全唐詩

第 十 五 册

全唐诗续拾(卷二六—六○)

中 华 书 局

全唐诗第十五册目次

全唐诗续拾目次

卷三六

卷三七

全唐诗续拾卷二六

谢　观

观,文宗时官荆州从事。有赋八卷。今存诗二首。(《全唐诗》无谢观诗,传据《新唐书·艺文志》、《全唐文》卷七五八)

招李夫人魂赋附楚词

白玉洁兮红兰芳,忽玉折兮兰已伤。魂兮勿复游他方,盍归来兮慰我皇。

彩云裾兮流霞袂,倏而来兮忽而逝。魂兮勿复游四裔,〔盍〕归来兮膺万岁。见《文苑英华》卷九六。

普化和尚

普化和尚,嗣盘山宝积禅师,在镇州,与临济和尚同时。诗二首。(《全唐诗》无普化诗)

偈

少室人不识,金陵又再来。临济一只眼,到处为人开。

河阳新妇子,木塔老婆禅。临济小厮儿,却具一只眼。《五灯会元》卷四。

崔玄亮

十二月四日寄乐天 题拟

共相呼唤醉归来。见《白氏长庆集》卷二一《答崔宾客晦叔十二月四日见寄》题注引。

登第后自咏 题拟

人间不会云间事,应笑蓬莱最後仙。见前书卷二三《得湖州崔十八使君书喜与杭越邻郡因成长句代贺兼寄微之》诗末自注引。

       按:白氏诗注云:"贞元初同登科,崔君名最在后。当时崔自咏云(略)。"

李　邰

石床石鉴

麑床高接天,伏虎上栖烟。松低轻盖偃,藤细若钩悬。石明如挂镜,照物别媸妍。鹤鸾时弄影,何处觅神仙。见嘉庆十一年曾珏纂《宁远县志》卷九。

       按:《沅湘耆旧集》卷三以此诗为二首,前四句题作《麑床》,后四句题作《石鉴》。今详诗意,似作一首为是。又此诗与《全唐诗》卷七七骆宾王《出石门》甚相似,疑即据骆诗伪托。

崔　岐

       岐,齐州全节人。进士,官江阴主簿。(《全唐诗》无崔岐诗,传据《新唐书》卷七二《宰相世系表》及下引杜牧文)

赠 杜 颙

贾马死来生杜颙，中间寥落一千年。见《樊川文集》卷九《唐故淮南支使试大理评事兼监察御史杜君墓志铭》。

吕 让

让，河中人，渭子。大和八年为楚州刺史，官至太子右庶子。诗一首。（《全唐诗》无吕让诗，传据《旧唐书》卷一三七《吕渭传》、《全唐文》卷七一六）

和 入 京

俘囚经万里，憔悴度三春。发改河阳鬓，衣馀京洛尘。锺仪悲去楚，随会泣留秦。既谢一作"得"平吴利，终成失路人。见《文苑英华》卷二四〇。

按：《古诗纪》、《全隋诗》及逯钦立辑《先秦汉魏晋南北朝诗》皆收此诗为隋诗，实误。隋无吕让其人，《文苑英华》另收吕让大和八年作《楚州刺史厅记》，可证。

范 酂

酂，大和八年进士，仕至郎中。（《全唐诗》无范酂诗，传据《唐诗纪事》卷五十、《登科记考》卷二一）

句

岁尽天涯雨。见《唐诗纪事》卷五十、《增修诗话总龟前集》卷十四引《北梦琐言》。

严休复

与 于 驸 马

莫惜歌喉一串珠。见《白氏长庆集》卷三二《寄明州于驸马使君三绝句》自注引。

卢　仝

句

不鲫溜钝汉。见《宋景文公笔记》卷上。

陆　亘

亘，字景山，苏州人。元和三年，策制科中第，补万年丞，再迁太常博士。自虞部员外郎出为邓州刺史，复入为户部郎中、秘书少监、太常少卿，历刺衮蔡虢苏四州，迁浙东观察使，徙宣歙观察使，大和八年九月卒，年七十一。诗一首。（《全唐诗》无陆亘诗，传据《旧唐书》卷一六二、《新唐书》卷一五九本传）

游 天 衣 寺

处世空旦夕，探幽放情志。长歌向闲云，引客游古寺。秦山倚寥廓，高鸟下苍翠。凝阴向杉松，界法齐天地。疏钟远僧舍，深殿有猿戏。警梵千谿中，真禅寂无二。寒泉耸毛发，清露遣心累。省虑因悟非，劳神岂为贵。起然静中见，觉了愚胜智。愿得栖烟霞，书之谢名利。
见《会稽掇英总集》卷八。

沈传师

白 云 亭

僧爱白云溪上飞,白云深处敞禅扉。莫言便是无情物,思着故乡依旧归。见嘉庆二十年洪亮吉纂《宁国府志》卷二四。

赞 碎 金

墨宝三千三百馀,展开胜读两车书。人间要字应来尽,呼作零金也不虚。见斯六二〇四卷,原署"沈侍郎"。

普　愿

　　普愿,姓王,郑州新郑人。至德二年依大隗山大慧禅师,后师马祖道一。贞元十一年后,住池州南泉山,世称南泉和尚。大和八年卒,年八十七。诗一首。(《全唐诗》无普愿诗)

久住投机偈

今日还乡入大门,南泉亲道遍乾坤。法法分明皆祖父,回头惭愧好儿孙。见《景德传灯录》卷十。

性　空

　　性空,吉州孝义寺僧,嗣丹霞和尚。诗一首。(《全唐诗》无性空诗)

偈

乌不前，兔不后，几人于此茫然走。只有阇黎达本源，结舌何曾着空
有？《五灯会元》卷五。

王　涯

宫　词

帘外微明烛下妆，殿明放锁待君王。玉阶地冷罗鞋薄，众里偷身倚
玉床。《分门纂类唐宋时贤千家诗选》卷十六。

崔　觐

　　觐，梁州城固人。为儒不乐仕进，以耕稼为业。老而无子，
乃以田宅家财分给奴婢。夫妻遂隐于城固南山，林泉相对，以
啸咏自娱。山南西道节度使郑馀庆高其行，辟为节度参谋，累
邀方至府第。大和八年，左补阙王直方因召见，荐觐有高行，诏
以起居郎征之，觐辞疾不起。卒于山。诗三首又十句。(《全唐
诗》无崔觐诗，传据《旧唐书》卷一九二《隐逸传》)

灙　谷

高峰偃蹇云崔嵬，层崖巨壑长峡开。龙蛇纵横虎豹乱，古《洋县志》作
"石"栈朽灭埋深苔。见宋祝穆《方舆胜览》卷六六，校以光绪二十八年张鹏翼纂《洋
县志》卷七。

缺　题

寥寥官舍静于僧，虽有园亭亦倦登。桃李光阴流似水，图书滋味冷如冰。

缺　题

地形连楚阔，山势入秦豪。平外斜通骆，深中远认褒。图经何壮观，故事有萧曹。

汉 中 城 楼

断烟横沔水，孤鹜入洋州。

　　　　按：《方舆胜览》卷六六收此二句，题作《城楼》。

晚霭昏斜谷，晴阳露斗山。

　　　　按：四句当分属二首。

廉 水 渡

江水不流廉节去，清名长解胜贪泉。

教　场

岂知王子山前月，曾照曹刘夜战来。

句

直望汉江三百里，一条如线下洋州。以上六题均见宋王象之《舆地纪胜》卷一八三《兴元府》。

　　　　北宋文同《丹渊集》卷十五《崔觐诗》（原注：大中时人）：“崔觐者高士，梁州城固人。读书不求官，但与耕稼亲。夫妇既已老，左右无子孙。一

日召奴婢，尽以田宅均。俾之各为业，不用来相闻。遂去隐南山，杂迹麋
鹿群。约曰或过汝，所给为我陈。有时携其妻，来至诸人门。乃与具酒食，
啸咏相欢欣。山南郑馀庆，辟之为参军。见趣使就职，漫不知吏文。已复
许谢事，但谓长者云。补阙王直方，本覩之比邻。文宗时上书，召见蒙咨
询。荐覩有高行，用可追至淳。诏授起居郎，哀斜走蒲轮。辞疾不肯至，
高风概秋旻。我昨过其县，裴回想芳尘。访问诸故老，寂无祠与坟。斯人
久不竞，薄夫何由敦？此县汉唐时，诸公扬清芬。刻诗子坚庙，来者期不
泯。”

　　按：文同于北宋熙宁六年知汉中府，此诗为其时作。诗中保存了一
些崔覩事迹的传闻，故附存之。

空　海

过　金　山　寺

古貌满堂尘暗色，新华落地鸟繁声。经行观礼自心感，一雨僧人不
显名。《经国集》卷十。转录目《空海全集》第七卷《拾遗杂集》。

青龙寺留别义操阇梨

同法同门喜遇深，空随白雾忽归岑。一生一别难再见，非梦思中数
数寻。同前。

在唐日观昶法和尚小山

看竹看花本国春，人声鸟哢汉家新。见君庭际小山色，还识君情不
染尘。同前。

在唐日赠剑南僧惟上离合诗

磴危人难行，石嵴兽无登。烛暗迷前后，蜀人不得登。同前。

按：张步云《唐代逸诗辑存》收入后三首。

鉴　空

鉴空，俗姓齐，吴郡人。少小贫苦。壮岁为诗，不多靡丽。元和初游钱塘，投灵隐寺出家，后周游名山。大和元年至洛阳，住香山寺。约卒于大和九年，年七十七。诗一首。（《全唐诗》无鉴空诗）

示柳珵　题拟

兴一沙衰恒河沙，兔而罝，犬而拿，牛虎相交与角牙，宝檀终不灭其华。《宋高僧传》卷二十《唐洛阳香山寺鉴空传》。

李逢吉

奉和酬相公宾客汉南留赠八韵

自作分忧别，今方便道过。悲酸如我少，语笑为君多。泪亦因杯酒，欢非待一作"侍"绮罗。路〔歧〕(岐)伤不已，松柏性无他。怅望商山老，殷勤汉水波。重言尘外约相公往年垂赠六韵，难继郢中歌。玉管离声发，银〔釭〕(缸)曙色和。碧霄看又远，其奈独愁何。见《文苑英华》卷二四五。

按：《文苑英华》在令狐楚《将赴洛下旅次汉南献上相公二十兄言怀八韵》后，紧接本诗，署"前人"。中华书局影印本新编目录订为李逢吉诗，是。二诗押韵相同，诗中事迹亦皆可考，兹不赘述。《全唐诗》不收此诗。

智　常

　　智常，嗣马祖，在江州归宗寺，时号赤眼归宗和尚。白居易在江州，尝与游。又曾与江州刺史李渤讨论佛理。诗二首。（《全唐诗》无智常诗，传录《祖堂集》卷十五、《景德传灯录》卷七）

万卷赞

出廊送钱嫌不要，手提蒉笠向庐山。昔日曾闻青霄鹤，更有青霄鹤不如。

偈

归宗事理绝，日轮正当午。自在如师子，不与物依怙。独步四山顶，优游三大路。吹嘘《灯灯》、《事苑》作"欠呿"飞禽堕《灯录》、《事苑》作"坠"，噢呻众兽《灯录》、《事苑》作"邪"怖。机竖箭易及，影没手难覆。施张如《灯录》、《事苑》作"若"工《事苑》作"二"使，剪截《灯录》、《事苑》作"裁剪"成尺度。巧镂万盘《灯录》、《事苑》作"般"名，归宗还似土。语密《灯录》、《事苑》作"默"音声绝，理《灯录》作"旨"、《事苑》作"音"妙言《灯录》、《事苑》作"情"难措。弃个耳《灯录》、《事苑》作"眼"还聋，取个目还瞽。一镞破三关，分明箭后路。何《灯录》、《事苑》作"可"怜个《事苑》作"大"丈夫，先天为心祖。《祖堂集》卷十五、《景德传灯录》卷二九、《祖庭事苑》卷二。

牛皮靸《五灯会元》作"鞋"露柱，露柱啾啾叫。凡耳听不闻，诸圣呵呵笑。《景德传灯录》卷七、《五灯会元》卷三。

德　诚

德诚,遂宁府人。嗣药山惟俨,与云岩昙晟、道吾宗智为同道交。住秀州华亭,泛一小舟,随缘度日,世称船子和尚、华亭和尚。诗四十首。(《全唐诗》无德诚诗)

拨　棹　歌

千尺丝纶直下垂,一波才动万波随。夜静水寒鱼不食,满船空载月明归。

按:《五灯会元》卷八载五代时建州白云令弇禅师引后二句。

三十年来《嘉禾志》作"二十馀年"江《五灯会元》作"海"上游,水清鱼见不吞钩。钓竿斫尽重栽竹,不计工夫《五灯会元》作"功程",《嘉禾志》作"工程"得便休。

三《嘉禾志》作"二"十馀年《五灯会元》作"年来",《四溟诗话》作"年前"坐钓台,竿《五灯会元》、《嘉禾志》、《四溟诗话》皆作"钩"头往往得黄能。锦《五灯会元》、《四溟诗话》作"金"麟不遇空《嘉禾志》作"虚"劳力,收取《四溟诗话》作"拾"丝纶归去来。以上三首,《嘉禾志》题作《自题三绝》。

一叶虚舟一副竿,了然无事坐烟滩。忘得丧,任悲欢,却教人唤有多端。

一任孤舟正又斜,乾坤何路指生涯。抛岁月,卧烟霞,在处江山便是家。

愚人未识主人公,终日孜孜恨不同。到彼岸,出樊笼,元来只是旧时翁。以上三首,《嘉禾志》题作《题松泽西亭三首》。

有一鱼兮日溯洄《五灯会元》作"伟莫裁",混虚《五灯会元》作"融"包纳信奇哉。能变化,吐风雷,下线何曾钓得来。

别人只看采芙蓉,香气长黏绕指风。两岸映,一船红,何曾解染得虚空。

问我生涯只是船,子孙各自赌机缘。不由地,不由天,除却蓑衣无可传。

莫学他家弄钓船,海风起也不知边。风拍岸,浪掀天,不易安排得帖然。

大钓何曾离钓求,抛竿卷线却成愁。活泼泼,乐悠悠,自是迟疑不下钩。

静不须禅动即禅,断云孤鹤两萧然。烟浦畔,月川前,槁木形骸在一船。

莫道无修便不修,菩提痴坐若为求?勤作棹,慧为舟,者个男儿始出头。

水色山光处处新,本来不俗不同尘。著气力,用精神,莫作虚生浪死人。

独倚兰桡入远滩,江花漠漠水漫漫。空钩线,没腥膻,那得凡鱼都上竿。

揭却云篷进却船,一竿云影一潭烟。既掷网,又抛筌,莫教倒被钓丝牵。

苍苔滑净坐忘机,截眼寒云叶叶飞。戴箬笠,挂蓑衣,别无归处是吾归。

外却形骸放却情,萧然孤坐一舟轻。圆月上,四方明,不是奇人不易行。

世知吾懒懒原真,宇宙船中不管身。烈香饮,落花茵,祖师元是个闲人。

都大无心阛象间,此中那许是非关。山兀兀,水潺潺,忙者自忙闲者闲。

浪宕从来水郭间,高歌欹枕看遥山。红蓼岸,白蘋湾,肯被兰桡使不闲。

古钓先生鹤发垂,穿波出浪不曾疑。心荡荡,笑怡怡,长道无人画得伊。

动静由来本两空,谁教日夜强施功。波渺渺,雾濛濛,却来江上隐云中。

媚俗无机独任真,何须洗耳复澄神。云与月,友兼亲,敢向浮沤任此身。

逐块追欢不识休,津梁浑不挂心头。霜叶落,岸花秋,却教渔父为人愁。

一片江云倏忽开,翳空晴日绝尘埃。适消散,又徘徊,试问本从何处来?

鼓棹高歌自适情,音稀和寡不求名。清风起,浪花平,也且随流逐势行。

不妨纶线不妨钩,只要钩轮得自由。掷即掷,收即收,无踪无迹乐悠悠。

钩下俄逢赤水珠,光明圆彻等清虚。静即出,觅还无,不在骊龙不在鱼。

卧海拿云势莫知,优悠何处不相宜。香象子,大龙儿,甚么波涛飏得伊。

虽慕求鱼不食鱼,网帘蓬户本空无。在世界,作凡夫,知闻只是个毗卢。

香饵竿头也不无,向来只是钓名鱼,波沃日,浪涵虚,万象牢笼号有馀。

乾坤为舸月为篷,一带云山一径风。身放荡,性灵空,何妨南北与西东。

终日江头理棹间，忽然失济若为还。滩急急，水潺潺，争把浮生作等闲。

有鹤翱翔出海风，往来踪迹在虚空。图不得，弄何穷，日月还教没此中。

钓头曾未曲些些，静向江滨度岁华。酌山茗，折芦花，谁言埋没在烟霞。

吾自无心无事间，此心只有水云关。携钓竹，混尘寰，喧静都来离又闲。

晴川清濑水横流，潇洒元同不系舟。长自在，任夷犹，将心随逐几时休。

欧冶铦锋价最高，海中收得用吹毛。龙凤绕，鬼神号，不见全牛可下刀。以上三十九首，均见嘉庆间刻本《机缘集》，原为宋大观四年风泾海会寺石刻。转录自《词学》第二期刊施蛰存先生《船子和尚拨棹歌》。宋明间收录船子和诗偈的著作，笔者所见有：宋释惠洪《冷斋夜话》卷五、胡仔《苕溪渔隐丛话前集》卷五六收第一首，宋释慧明《五灯会元》卷五收其一、其二、其三、其七、其八、其九，共六首，宋吴聿《观林诗话》收第三十九首，元至元《嘉禾志》卷三二收其一至其六，共六首，明谢榛《四溟诗话》卷三收第三首，杨慎《艺林伐山》卷十七收第一至第三首，今即据诸书所引出校。

　　《机缘集》附石刻后吕益柔跋云："云间船子和尚嗣法药山，飘然一舟，泛于华亭吴江洙泾之间。夹山一见悟道。尝为《拨棹歌》，其传播人口者才一二首。益柔于先子遗篇中得三十九首，属词寄意，脱然迥出尘网之外，篇篇可观，决非庸常学道辈所能乱真者。因书以遗风泾海会卿者，俾镵之石，以资禅客玩味云。"

　　吴聿《观林诗话》："华亭船子和尚诗，少见于世，吕益柔刻三十九首于枫泾寺，云得其父遗编中。……涪翁屡用其语。"

偈

本是钓鱼船上客，偶除须发著袈裟。佛祖位中留不住，夜深依旧宿芦花。见明杨慎《艺林伐山》卷十七《船子和尚四偈》。

　　施蛰存先生云："此首杨升庵所录四偈之三,疑是伪作。"

裴　通

　　通,字文元,士淹子。元和中尝游越。后任户部员外郎、金部郎中。长庆初为少府监,出使回鹘。宝历中任汝州刺史。文宗时自国子祭酒改詹事。著《易书》一百五十卷。诗一首。(《全唐诗续补遗》卷二十录通诗一首,事迹失考。今据《郎官石柱题名考》卷十二补传)

王　右　军　宅

寂寂金庭洞,清香发桂枝。鱼吞左慈钓,鹅踏右军池。此地常无事,冲天自有期。向来逢道士,多欲驾文螭。见同治九年刊蔡以瑺撰《鄞县志》卷二四。

　　按:宋高似孙《剡录》卷四及《全唐诗续补遗》卷二十据《永乐大典》卷一三〇七四所录,均仅存前四句。

齐安和尚

　　齐安和尚,嗣华岩智藏禅师。住黄州。诗一首。(《全唐诗》无齐安禅师诗)

偈

猛炽焰中人有路,旋风顶上屹然栖。镇常历劫谁差互,杲日无言运照齐。见《景德传灯录》卷十、《五灯会元》卷四。

神　赞

神赞,嗣百丈怀海禅师,住福州古灵山。诗一首。(《全唐诗》无神赞诗)

偈

空门不肯出,投窗也大痴。百年钻故纸,何日出头时?见《五灯会元》卷四。

公畿和尚

公畿和尚,嗣章敬怀晖禅师,在河中府。诗一首。(《全唐诗》无公畿和尚诗)

偈

有名非大道,是非具不禅。欲识个中意,黄叶止啼钱。《祖堂集》卷十七、《五灯会元》卷四。

皇甫曙

再劝乐天酒 题拟

且劝香醪一屈卮。《白氏文集管见抄》载白居易《戏酬皇甫十再劝酒》题注引。

全唐诗续拾卷二七

李　翱

洗　墨　池

剩有临池兴，人称协律郎。至今蝌蚪迹，犹带墨痕香。见影印文渊阁《四库全书》本《湖广通志》卷八九。

朱庆馀

惆　怅　诗

梦里分明入汉宫，觉来灯背锦屏空。紫台日落关山晓，肠断君恩信画工。见《才调集》卷八。

　　按：《才调集》卷七复收此诗于王涣名下，《全唐诗》卷六九〇沿之。一书而两见，孰作较难确定，今重收之，以俟知者。

张又新

永　嘉　百　咏

滴　水　卷

　　滴水县在华盖山西北，流入郡城，涓涓不盈不竭。谢公与从弟书："地无佳井，赖华盖山北涌出一泉，名为滴水。"即此水也。

滴水泠泠彻碧纱，旱时无减雨无加。澄清好是为官侣，引入孤城一带斜。

　　　　按：此诗序见明姜准《歧海琐谈》卷十，承张靖龙同志录示。

郭　公　山

昔贤登步立神州，气象千年始一浮。南望群州如列宿，北观江水似龙虬。

大　罗　山

越王曾保此山巅，杨仆楼船几控弦。犹有旧时悬冰在，鲛绡千尺玉潺湲。

白　鹤　山

白鹤山边秋复春，文君宅畔少风尘。欲驱五马寻真隐，谁是当年入竹人？见永乐《乐清志》卷二、同治丙寅年刊齐召南纂《温州府志》卷四。

　　　　按：《全唐诗》卷四七九收本诗有缺误，今重录之。

百　里　芳

时清游骑南徂暑，正值荷花百里开。民喜出行迎五马，全家知是使君来。光绪《永嘉县志》卷二一《古迹》。

周　公　庙

祠像已加唐衮冕，乐工犹服晋衣冠。见光绪《永嘉县志》卷四"横山周公庙"条。

　　　　按：《百里芳》、《周公庙》二题，承张靖龙同志录示。

中界山　补序

木榴屿、玉流山也，居海中，去郡城三百里。东晋居人数百家，为孙恩所破，至今湖田尚存。见弘治《温州府志》卷三。

　　　　按：《中界山》诗，《全唐诗》卷四七九已收。

　　　　按：又新《永嘉百咏》，《全唐诗》卷四七九收《游白鹤山》、《白石岩》（从一作）、《罗浮山》、《青嶂山》、《中界山》、《帆游山》、《谢池》、《华盖山》、

《吹台山》、《青岙山》、《孤屿》(弘治《温州府志》卷二二题作《改孤屿为双峰》)、《春草池》等十二首,《全唐诗续补遗》卷八收《题常云峰》、《太玉洞》(存二句)二首,本书补五首,凡存十九首(二首残)。从《滴水巷》、《中界山》二诗序推测,各诗原似皆有序。

郑居中

居中,历任左司员外郎、郎中。宝历初除监察御史,改分司东台。后除中书舍人,不就,以疾辞官,恣游名山。开成二年卒。(《全唐诗》无郑居中诗,传据《郎官石柱题名考》卷一)

临终作 题拟

云山游已遍。《太平御览》卷二二二引《唐书》引。

吴士矩

士矩,字方之,濮阳鄄城人。淑子。文学早就,喜与豪英游。历任京兆司录、主客员外郎、郎中。大和七年为江西观察使,开成元年入朝为秘书监,次年因赃贬蔡州别驾,改流端州。(《全唐诗》卷八八七收士矩诗一首,无传,今据《元和姓纂》卷三、《新唐书》卷一五九、《郎官石柱题名考》卷二五、卷二六、《〈白氏长庆集〉人名笺证》拟传)

独酌谣

愚夫子不招。见《白氏长庆集》卷三三《吴秘监每有美酒独酌独醉但蒙诗报不以饮招辄此戏酬兼呈梦得》自注引。

赠元微之 题拟

永 惭沾药犬，多谢出囊锥。见《元氏长庆集》卷十《开元观闲居酬吴士矩侍御三十韵》自注引。

开成朝士

句

几人天上争仙桂，一岁闽南折四枝。见乾隆十九年刊鲁曾煜等纂《福州府志》卷六十《文苑》。

> 《福州府志》："萧膺，字次元，侯官人，开成三年登第。是岁闽中同举者三人，朝士诗云（诗略）。自是闽号为文儒之乡。官至大理司直。"注："万历《府志》，参《闽书》。"

令狐楚

九日黄白二菊花盛开对怀刘二十八

西花虽未谢，二菊又初芳。鬓云徒云白，腰金未是黄。曙花凌露彩，宵艳射星芒。日正开边树，风清发更香。山椒应散乱，篱下倍荧煌。泛酒遥相忆，何由共醉狂。见蒲积中《古今岁时杂咏》卷三五。

> 按：此诗原署"相公"，其次为刘禹锡和诗"素萼迎寒秀"云云，检刘诗收《刘宾客外集》卷四，题作《和令狐相公九日对黄白二菊花见怀》，知此诗为楚作。

酬苏少尹中元夜追怀去年此夕鄙人与故李谏议郭员外见访感时伤旧之作

直继先朝卫与英，能移孝友作忠贞。剑门失险曾缚虎，淮水安流缘斩鲸。黄阁碧幢惟是俭，三公二伯未为荣。惠连忽赠池塘句，又遣赢师破胆惊。见蒲积中《古今岁时杂咏》卷二八。

　　按：《全唐诗》卷四七三收此为李逢吉诗，题作《奉酬忠武李相公见寄》。此题与诗意不契，疑有误植。

社日早出赴祠祭

满城人尽闲，惟我早开关。惭被家童问，因何别旧山？见同书卷十。

鄂州使至窦七副使中丞《王》作"窦巩中丞副使" 见示与元《王》此下有"稹"字相公献酬之什郧人《王》作"余顷"任户部尚书时《王》作"日"中丞是当司员外郎每示《王》作"有"篇章多相唱和今因《王》作"因题"四韵以寄所怀

仙吏秦城别，新诗鄂渚来。才推今八〔斗〕(米)从《王》改，职副旧三台。雕镂心偏许，缄封手自开。何年相赠答，却得在中台。录自《四部丛刊续编》影宋本《窦氏联珠集》，以王安石《唐百家诗选》(简作《王》)卷十四所录诗相校。

　　按：《全唐诗》卷三三四收此诗，题仅作《和寄窦七中丞》，诗中有误字，故重录之。同卷同人《秋怀寄钱侍郎》，《唐百家诗选》作《郧城秋怀寄江州钱徽侍郎》，附记于此，以备征考。

奉送李相公重镇襄阳

海内垤埤遍，汉阴旌旆还。望留丹阙下，恩在紫霄间。冰雪背秦岭，风烟经武关。树皆人尚爱，辕即吏曾攀。自惜两心合，相看双鬓斑。终期谢戎务，同隐凿龙山。见《文苑英华》卷二四五。

　　按：《全唐诗》卷四七三收此诗于李逢吉名下，实误。明刻本《文苑英华》误归逢吉，中华书局影印本参据各本，重编新目，移归令狐楚，是。检

《唐方镇年表》卷四,逢吉于元和十五年初任山南东道节度使,至宝历二年再任,即诗题所谓"重镇襄阳"。《文苑英华》同卷录逢吉《再赴襄阳辱宣武相公贻诗今用奉酬》,即酬和令狐楚送诗之作,皆六韵。《唐方镇年表》卷二载:楚于长庆四年至大和二年间任宣武军节度使。

重修望京楼因登楼赋诗　题拟

夷门一镇五经秋,未得朝天未免愁。因上此楼望京国,便名楼作望京楼。见宋乐史《太平寰宇记》卷一。

　　按:《全唐诗》卷五六三收此为令狐绹诗,题作《登望京楼赋》。岑仲勉先生《读全唐诗札记》云:"按《寰宇记》一开封府浚仪县,'望京楼,城西门楼,本无名,唐文宗太和二年,节度使令狐绹重修,因登楼赋诗曰'云云,诗中不免作未免。据《旧书》一七上,长庆四年九月,'庚戌,以河南尹令狐楚检校礼部尚书、汴州刺史宣武军节度宋汴亳观察等使',由此计至大和二年,恰是五年。绹虽尝一镇宣武,但《旧书》一七二《绹传》云,'咸通二年,改汴州刺史宣武军节度使,三年冬,迁扬州大都督府长史淮南节度副大使知节度事',则先后只两年,非五经秋也。且在大和二年后三十馀祀,纪年亦不合,是知《寰宇记》云令狐绹,实令狐楚之讹,此诗应移收前五函九册,绹更无他诗,名应删却。"今从其说录归楚名下。《旧唐书》卷十七上载大和二年十月李逢吉移宣武,"代令狐楚,以楚为户部尚书"。楚在宣武任时间正与诗合。

元和初任礼部员外郎作

移石几回敲废印,开箱何处送《吟》作"纳"新图。见《春明退朝录》卷上。《吟窗杂录》卷四十作初任员外郎作诗。

　　按:《全唐诗》卷三三四已收二句,缺题,故重录之。

萧　廪

　　　　廪,字次元,侯官人。开成三年登第,仕至大理司直。(《全

唐诗》无萧膺诗。兹据《登科记考》卷二一引《大典》引《闽中记》、《三山志》录其事迹)

土圭诗

白日在重云,如何分曲直。见宋陈应时《吟窗杂录》卷二九。

李 滂

　　滂,字注善,闽县人。开成三年及第,终大理评事。(《全唐诗》无李滂诗。事迹出处同前人)

咏 愁

应缘心里难停住,化作新丝出鬓边。同前。

陈 嘏

　　嘏,字君锡,莆田人。开成三年进士。累官刑部郎中。诗一首。(《全唐诗》无陈嘏诗,传据《全唐文》卷七六〇、《登科记考》卷二一)

霓裳羽衣曲赋附歌

圣功成兮至乐修,大道叶兮皇风流。《文苑英华》卷七四。

裴 丹

　　丹,开成三年为泾令。诗一首。(《全唐诗》无裴丹诗)

重建东峰亭 有序

　　唐永泰元年春二月,江西帅御史中丞季公广琛尝游属城,泊于泾水陵岩佛庙之东峰,始创亭台焉。明年秋七月,御史中丞袁公慘复为江淮招讨使,尽殄江西之寇,回军屯于泾上。命前锋破洞贼方清于石埭,捷书始至,公命宾僚宴贺于斯亭,赋诗纪事,凡七首。从事则曰刘公太真为首序,王公纬、高公参、崔公何、陆公渭、郭公澹、苏公寓,皆当代之英髦,一时之名士。继唱累累,存乎贞石,迄于今七十馀年矣。萝木斯郁,亭台寻坏,人迹罕到,野麋徒游。顾丹不敏,作人兹邑,探幽馀闲,杖履及此,乍陟樵巇,芳溪如线,探得遗趾,追琢可披,吁嗟吟哦,不知日夕。乃召缁徒之上首,谓之曰:"大夫官纪功之地,理当严饬,今旷岁芜没,过孰甚焉!矧兹寺也,工徒不匮,物力且完。"遂命深沉夷翳,荟架危槛,构小亭,颐指思图,浃旬而就。木虽大材者必诛,草虽芳微者不薙,山翠匝野而尽出,谿光透灵而下窥。烟岚忽开,日月先照,物外凝想,英豪眇焉。山前静吟,风韵犹在,以其湮没浸远,今复创理,宜有纪述,以永前休,乃为五言一首十六韵,刻于他石,以附碣侧。开成三年龙集戊午仲秋十四日也。

大贤志勋略,琢石依崔嵬。声容问古今,文字埋草莱。仰想驻旌戟,仍闻建亭台。胡为积岁荒,密迩无人开。顾鄙作吏间,探幽来此隈。披寻忽惊喜,叹咏空徘徊。盼睐得殊境,卑高怯冗材。薙芜碧藓出,芟竹鲜风来。危槛架幽谷,飞轩标胜垓。分明见城郭,毕竟抛尘埃。叠嶂天外展,长溪林际回。平原淡烟境,远壑生云雷。物象宁极已,英灵信悠哉。凄清泛瑶瑟,放浪酣金杯。求古外凡意,立言悲自媒。永怀紫芝客,眺览期相陪。清嘉庆十一年刊洪亮吉纂《泾县志》卷三一。

　　清赵绍祖《泾川金石记》载宋蒋之奇跋云:"裴丹《东峰亭诗》十六句,其碑亡之久矣。初中裕得断碑以示余,有其诗并序,才十("十"字似为衍文)六韵,而阙其十韵。今年至水西,及还,中裕以其碑见寄云:'白云院僧处珽掘土获之。'十六韵皆全,而缺二十馀字。其前六韵并序所缺字,则以断编正之。独后十韵中缺一字不可考。既而公曼复于民间访得一本为示，又补后所阙一字，遂为完篇矣。序虽不甚佳，而诗颇近雅，重刻之，所以存故事也。熙宁二年十一月十六日，尚书主客员外郎前殿中侍御史里行蒋之奇颖叔题。"

裴　度

新开龙泉晋水二池

方塘含白水。见《白氏长庆集》卷三四《又和令公新开龙泉晋水二池诗》注引。

夏中雨后游城南庄示乐天八韵 题拟

何处趁杯盘。见《白氏长庆集》卷三二《奉酬侍中夏中雨后游城南庄见示八韵》自注引。

开成时儒

送义存出家 题拟

光阴轮谢又逢春，池柳亭梅几度新。汝别家乡须努力，莫将辜负丈夫身。

鹿群相受岂能成，鸾凤终须万里征。何况故乡贫与贱，苏秦花锦事分明。

〔原宪〕（宪原）守贫志不移，颜回安命更谁知？嘉禾未必春前熟，君子从来用有时。见《祖堂集》卷七。

　　按：《祖堂集》云："师初出家，时儒假大德送三首诗。"师指义存，长庆二年生，十七出家，时在开成三年。"假大德"似非人名，"假"疑"贾"之误，未能臆定，故姑以"开成时儒"立目。

法　常

法常,俗姓郑,襄阳人。嗣马祖。贞元十二年自天台移住明州大梅山,即梅子真隐所建僧院。开成初院成,徒侣可六七百人。四年卒,年八十八。诗二首。(《全唐诗续补遗》卷十四之法常为另一人。今从《祖堂集》卷十五、《宋高僧传》卷十一录传)

答盐官齐安国师见招

摧残枯木倚寒《祖堂集》作"青"林,几度逢春不变心。樵客遇《祖堂集》作"见"之犹不顾《比事》作"采",郢人何事《祖堂集》作"那更",《传灯录》、《五灯会元》作"那得"苦追《比事》作"搜"寻。见《古今禅藻集》卷七。《祖堂集》卷八作曹山和尚引古人偈,《景德传灯录》卷七、《苕溪渔隐丛话后集》卷三七均作偈,《莆阳比事》卷七引《禅林宝传》载唐末闽僧耽章称引此偈,今取以对校。

> 按:《全唐诗》卷八二三收此诗于耽章名下,误。耽章系引此偈辞锺传召,非自作。《莆阳比事》云耽章即曹山本寂,可与《祖堂集》相参。

一池荷叶衣无尽,数树松花食有馀。刚被世人知住处,又移茆舍《沅湘耆旧集》作"屋"入深居。见《五灯会元》卷四、《古今禅藻集》卷七。张靖龙云见董庆酉《四明诗干》卷下引《鄞县志》、明李邺嗣《甬上高僧诗》卷首。

> 按:《沅湘耆旧集》卷十收作隐山和尚诗,似误。《全唐诗》卷八六○收许宣平《见李白诗又吟》,与此诗相似,唯异文较多。检最早记载许宣平诗事沈汾《续仙传》,并不载此诗。杜文澜《古谣谚》卷五二引《云谷卧馀》谓初见于焦竑《焦氏类林》,似作许诗为明人附会。今互收。

宗　密

　　宗密，俗姓何，果州西充人。住圭峰，世称圭峰大师、草堂和尚。为华严宗五祖。会昌元年卒，年六十二。诗四首。(《全唐诗》无宗密诗，传据《释氏疑年录》卷五、《祖堂集》卷六)

偈

乐儿本是一形躯，乍作官人乍作奴。名目服章虽改变，始终奴主了无殊。见《宗镜录》卷七四。

座　右　铭

寅起可办事，省语终寡尤。身安勤戒定，事简疏交游。他非不足辨，己过当自修。百岁既有限，世事何时休。落发堕僧数，应须侪上流。胡为逐世变，志虑尚嚣浮。四恩重山岳，锱铢未能酬。蚩蚩居大厦，汲汲将焉求。死生在呼吸，起灭若浮沤。无令方服下，番作阿鼻由。《缁门警训》卷二。

答复礼禅师《真妄偈》 题拟

本净本不觉，由斯妄念起。知真妄即空，知空妄即止。止处名有终，迷时号无始。因缘如幻梦，何终复何始？此是众生源，穷之出生死。不是真生妄，妄迷真而起。悟妄本自真，知真妄即止。妄止似终末，悟来似初始。迷悟性皆空，皆空无终始。生死由此迷，达此出生死。《林间录》卷上。

刘禹锡

望赋附宫人忆月之歌

张衡侧身愁思久,王粲登楼日回首。不作渭滨垂钓臣,羞为洛阳拜尘友。见《刘宾客集》卷一。

改高陵人颂刘仁师诗 题拟

噫泾水之逶迤,溉我公兮及我私。水无心兮人多僻,锢上游兮干我泽。时逢理兮官得材,墨绶蕤兮刘君来。能爱人兮恤其隐,心既公兮言既尽。县申府兮府闻天,积愤刷兮沈疴痊。划新渠兮百亩流,行龙蛇兮止膏油。遵水式兮复田制,无荒区兮有良岁。嗟刘君兮去翱翔,遗我福兮牵我肠。纪成功兮镌美石,求信词兮昭懿绩。见《刘宾客集》卷二《高陵县令刘君遗爱碑》。

> 碑云:"先是高陵人蒙被惠风而惜于舍去,发于胸怀,播为声诗。今采其旨而变其词,志于石。"

祭韩吏部文附诗

岐山威凤不复鸣,华亭别鹤中夜惊。畏简书兮拘印绶,思临恸兮志莫就。生刍一束酒一杯,故人故人歆此来。见《刘宾客外集》卷十。

听 轧 筝

满座无言听轧筝,秋山碧树一蝉清。只应曾送秦王女,写得云间鸾凤声。见《千载佳句》卷下《宴喜门·筝》。

赠 乐 天

唯君比萱草,相见可忘忧。《白氏长庆集》卷三四《酬梦得比萱草见赠》自注引。

贫居咏怀赠乐天

若有金挥胜二疏。同前卷三五《酬梦得贫居咏怀见赠》自注引。

酬　乐　天

炼尽美少年。同前《梦得前所酬篇有炼尽美少年之句因思往事兼咏今怀重以长句答之》。

贺乐天谈氏外孙女初生

从此引鹓雏。同前《谈氏外孙生三日喜是男偶吟成篇兼戏呈梦得》自注引。以上四题皆承陶敏先生见示。

　　按：陶敏先生告：《南京日报》一九七八年十月二十八日刊许总《友谊的遗珍》一文，云刘禹锡作《赠日本僧智藏》诗，智藏有和诗云："杯浮碧海海浮天，飘向中华五岳巅。佛法精微期妙悟，诗灵胿螽总勾牵。流连胜境忘来处，契禽嘉宾结异缘。谁说个中多障碍，试开心镜照飞烟。"云出"埋没数百年的未刊钞本"。此诗出处不明，姑附此以俟考详。

路　单

　　　　路单，阳平冠氏人。左谏议大夫路季登之幼子。约于元和、长庆间登进士第，会昌初任桂管观察副使。诗一首。（传据《旧唐书》卷一七七《路岩传》及《桂林风土记》）

和元常侍晦除浙东留题越亭　题拟

谢安致理逾三载，黄霸清声彻九重。犹辍珮环归凤阙，且将仁政到稽峰。林间立马罗千骑，池上开筵醉一钟。共喜甘棠有新咏，独惭霜鬓又攀龙。《桂林风土记》。

按：《全唐诗》卷五四七收此诗，作者误为路贯，今改正重录之。

施肩吾

咏 山 魈

山魈本是伍家奴，何事今为圣者呼？小鬼不须乖去就，国家才子号
肩吾。见何光远《鉴诫录》卷八。

> 《鉴诫录》云：肩吾"及第后，游南楚。楚多山魈为患，俗号圣者。是时
> 亦来馆谷，搅扰施君，施君当风一咏，于是屏迹。诗曰（略）。"

下 元 歌

契真之道飘飖易，动不动中如有寄。那知有无可超忽，去住玄机此
其义。《云笈七签》卷八八施肩吾《养生辨疑诀》附。

赠 袁 将 军

白锦满胸鹰未老，青鳞动匣剑长寒。《千载佳句》卷上《人事部·将军》。

太 白 经 附 颂

神水华池便是丹，东西高下自相看。劝君莫把凡铅弄，活计生涯便
好捐。铅则何妨本自铅，铅中何处觅神仙？东西南北还丹了，争奈
仙家不肯传。同色同名合好音，亦能烁烁亦沉沉。乾坤颠倒驱雷雨，
龙跃安能出上阴？《正统道藏》本《太白经》。

潘 咸

皇 恩 寺 题拟

睿别本作"广"泽潭来数百年，海山高处有祇园。禅林自是三三别本作

"山"界，尘世谁知十二门。诗客迢迢寻义路，禅翁特特别本作"转"起谈轩。香炉顶上垂东注，万派分明出一源。见影印文渊阁《四库全书》本《淳熙三山志》卷三五，所注别本指上海图书馆藏清红格抄本。原署作者为"潘诚"，今从《全唐诗》以咸为正名。

宜春头陀

宜春头陀，姓名不详，会昌间结庵宜春之钟村，自称年已一百四五十，村氓彭叟与其善，传其歌辞。诗一首。(《全唐诗》无宜春头陀诗)

歌

经世学，经世学成无用著。山中乐，山中乐土堪耕凿。瘿飘有酒同君酌，醉卧草庐谁唤觉。松阴忽听双鸣《中国医籍考》卷七十引作"鸠"鹤，起来日出穿林薄。见《道藏·太平部》收《急救仙方》卷六十《仙授理伤续断仙方序》引。

道 常

道常，嗣盐官，在襄阳，世称关南和尚。诗一首。(《全唐诗》无道常诗，传据《祖堂集》卷十七、《五灯会元》卷四。《景德传灯录》卷二五有传之道常，为另一僧)

乐道歌 《灯录》作"获珠吟"

三界兮如焰一作"幻"，六道兮如幻一作"梦"，圣贤出世兮同一作"如"。国土犹如水上泡，无常生灭频一作"无生灭"迁变。唯有摩诃大般若一作

"般若坚",坚一作"犹"如金刚是可羡一作"不可赞"。软似兜罗大等空,极小纤一作"小极微"尘不可见。拥之令聚而不聚,拨之令散而不散,侧耳欲闻而不闻,瞪目观之不能见一作"而不见"。歌复歌,盘陀石上笑诃诃。笑复笑,青萝松一作"松影"下高声叫。自从顿获此明珠一作"获得此心珠",帝释轮王都一作"俱"不要。不是山僧独施为,自古先贤作此调。不坐禅,不修道,任运逍遥只摩好一作"么了"。但知万一作"能方"法不干怀,无如一作"始"何曾有生老。见《祖堂集》卷十七,注"一作"者,为《景德传灯录》卷三十所收此诗之异文。

愚公谷人

　　愚公谷人,姓名不详。武宗会昌间在世。

船子和尚东游泊钓船处

和尚东来泊钓船,一溪秋水月明天。此中定有高人出,为忆前身几百年。《续机缘集》卷上。

　　按:清嘉庆六年三月二十七日,法忍寺天空阁毁于火,于灰烬中得小碣,中刻此诗,后勒会昌元年十一月款,书愚公谷人记。

全唐诗续拾卷二八

贾 岛

逢 友 人

还似不才命未通,相逢云水思无穷。清时年少为幽客,寒月更深听过鸿。东越山多连楚叠,南朝城古枕江空。苍崖欲隐谁招我?姜子生涯只此中。 见《吟窗杂录》卷十三梅尧臣《续金针诗格》引。

桃 氏 林 亭

窗含明月树,沙起白云鸥。 见同书卷十四正字王元《诗中旨格》。

南 台 对 月

僧归湖里寺,鱼听水边经。

寄〔贞〕(正)空二上人

老窥明镜少,秋忆故山多。 均见同书卷三五《贾岛句对》。

句

风雷一夜雨,山川半年行。 见同书卷十三王梦简《进士王氏诗要格律》。

祭闲收朔雪,吊后折寒花。

周 贺

梧 桐 诗

只期丹凤宿,不许别禽栖。见《吟窗杂录》卷十四正字王元《诗中旨格》。

刘得仁

秋 望

西风蝉满树,东岸有残晖。见《吟窗杂录》卷十徐衍《风骚要式》。

贺兰朋吉

句

五更愁处雨,三月尽时花。见《吟窗杂录》卷三五。

滕 迈

句

多少千条拂地垂。《江湖小集》卷七绍嵩《江浙纪行集句诗》引。

僧 初

僧初,白居易同时人。诗一首。(《全唐诗》无僧初诗)

玉泉寺次韵寄白乐天刺史

古泉犹玉色，散木自闲身。挹秀寻芳躅，赓题步后尘。登山谢双屐，漉酒一陶巾。谁得向清净，居亭作主人。见《古今禅藻集》卷四。

李　播

悼　故　妓

直应人世无风月，始是心中忘却时。见《白氏长庆集》卷三五《对酒有怀寄李十九郎中》自注引。

　　按：李十九即李播，从郁贤皓先生《唐刺史考》卷一三一《蕲州》考证。

吴二娘

　　吴二娘，白居易同时之江南人。或云为杭州名妓。诗一首。（《全唐诗》无吴二娘诗）

长　相　思

深画眉，浅画眉，蝉鬓鬅鬙云满衣，阳台行雨回。　　巫山高，巫山低，暮雨潇潇郎不归，空房独守时。见宋黄昇《唐宋诸贤绝妙词选》卷一，原署为白居易作。

　　明刻本《吟窗杂录》卷五十录吴二娘《长相思令》云："深黛眉，浅黛眉，十指笼葱云染衣，巫山行雨行（疑为回之误）。　　巫山高，巫山低，暮暮朝朝良不归，空房独守谁？"

　　明杨慎《升庵诗话》卷四云："吴二娘，杭州名妓也。有《长相思》一词云：'深花枝，浅花枝，深浅花枝相间时，花枝难似伊。　　巫山高，巫山低，暮雨潇潇郎不归，空房独守时。'白乐天诗：'吴娘暮雨潇潇曲，自别江南久不闻。'又：'夜舞吴娘袖，春歌蛮子词。'自注：'吴二娘歌词有暮雨潇潇郎不归之句。'《绝妙词选》以此为白乐天词，误矣。吴二娘亦杜公之黄四娘也，聊表出之。"

　　今按：杨慎引白氏二诗，前诗为《寄殷协律》，后诗为《听弹湘妃怨》。其订黄氏之失，甚是。《吟窗杂录》为北宋末蔡传所作书（详拙文《殷璠〈丹阳集〉辑考》），已径题吴二娘作，可证。惟三本文字差异较大，黄昇所录，似与白氏所闻者最为接近，故录为正文，而以馀二本附于后。《全唐诗》卷八九〇据黄昇所录收归白居易，今为移正之。

白居易

济源上枉舒员外两篇因酬六韵

歇手不判案，举头仍见山。虽来鞍马上，不离诗酒间。济源三临泛，王屋一登攀。犹嫌百里近，只得十日闲。明朝却归府，尘事如循环。犹听瑶华曲，稍开风土颜。见《四部丛刊》影印那波道圆本《白氏文集》卷五二。

同崔十八宿龙门兼寄令狐尚书冯常侍

水碧玉磷磷，龙门秋胜春。山中一夜月，海内两闲人。等是幽栖伴，俱非富贵身。尚书与常侍，不可得相亲。见前书卷五七。

雨歇池上

檐前微雨歇，池上凉风起。桥竹碧鲜鲜，岸莎莎靡靡。苍然古苔石，清浅平流水。何言中门前，便是深山里。双僮侍坐卧，一杖扶行止。饥闻麻粥香，渴觉云汤美。平生所好物，今日多在此。此外更何思？市朝心已矣！见前书卷六三。

十二时行孝文

平旦寅，早起堂前参二亲。处分家中送疏水，莫〔教〕(交)父母唤频声。

日出卯，立身之本须行孝。甘饐盘中莫使空，时时奉上知饥饱。

食时辰，居家治务最须勤。无事等闲莫外宿，归来劳费父嫌憎。

隅中巳，终孝之心不合二。竭力勤酬乳哺恩，自得名高上史记。

正南午，侍奉尊亲莫辞〔诉〕(近)。回干就湿长成人，如今去 疑为"未"字 合论辛苦。

日昳未，在家行孝兼行义。莫取妻言兄弟疏，却〔教〕(交)父母流双泪。

晡时申，父母堂前莫动尘。纵有些些不称意，向前小语善咨闻。

日入酉，但愿父母得长〔寿〕(受)。身如松柏色坚政，莫学愚人多饮酒。

黄昏戌，下帘拂床早交毕。安置父母卧高堂，睡定然乃抽身出。

人定亥，父母年高须〔保〕(报)爱。但能行孝向尊亲，总得扬名于后世。

夜半子，孝养父母存终始。百年恩爱暂时间，莫学愚人不欢喜。

鸡鸣丑，高楼大宅得安久。常劝父母发慈心，孝得题名终不朽。 见伯三八二一卷。原题作"白侍郎作《十二时行孝文》"。

行香子 清凉山文殊赞

文殊菩萨，出化清凉，神通力以一作"应"现他方。真一作"身"座金毛师子，微放珠光。众生仰持宝盖，绝名香。　　我今发愿，虔诚归命，不求富贵，不恋荣华。愿当来世，生一作无"世"、"生"二字，下同净土，法王家。愿当来世，生净土，法王家。 见日本长惠编《鱼山诗钞》，注"一作"者，为

《声明古调》本之异文。

鸟窠和尚赞

形羸骨瘦久修行，一纳麻衣称道情。曾结草庵倚碧树，天涯知有鸟窠名。见《祖堂集》卷三。

赠鸟窠和尚诗 题拟

空门有路不知处，头白齿黄犹念经。何年饮著声闻酒，迄至如今醉未醒。同前。

> 按：《全唐诗》卷四五八《戏礼经老僧》与此诗后二句同，前二句全异，未审为一诗抑为二诗。

南岳横龙寺 题拟

月射冷光新殿宇，风敲清韵古杉松。问师宝额因何立，笑指横溪有卧龙。见《南岳总胜集》卷中。

游紫霄宫七言八句 藏头拆字诗

水洗尘埃道味尝，甘于名利两相忘。心怀天洞丹霞客，各诵三清紫府章。早里采莲歌达旦，一轮明月桂飘香。日高公子还相觅，见得山中好酒浆。见宋桑世昌《回文类聚》卷二引。

> 按：《回文类聚》收此诗作环行排列，各句首字皆略去。附《读法》云："每句取第一字下半为起字，从右转，首句用浆字之下半水字读起，如'水洗尘埃道味尝，甘于名利两相忘'是也。"

赞崔氏夫人 并序 题拟

> 崔氏善女，万古传细。名而察之，宝亦周备。养育之法，方拟事人，若乏礼仪，过在父母。

亭亭独步□枝花,红脸青娥不是夸。作将喜貌为愁貌,未惯离家往
婿家。

拜别高堂日欲斜,红巾拭泪贵新花。徒来生处却为客,今日随夫始
是家。见《敦煌掇琐》二〇录伯二六三三卷。原附《崔氏夫人要女文一本》后,题作"白侍
郎赞"。

采石墓

采石江边李白坟,绕田无限草连云。可怜荒垅穷泉骨,曾有惊天动
地文。但是诗人多薄命,就中沦落不过君。渚蘋溪草犹堪荐,大雅
遗风不可闻。见《采石志》,转录自《李白在安徽》。

> 按:《全唐诗》卷四四〇收本诗,缺末二句,今重录。今人或谓末二句
> 系后人伪托。

宿云门寺

昨夜有风雨,云奔天地合。龙吟古石楼,虎啸层岩阁。幽意未尽怀,
更行三五匝。《会稽掇英总集》卷七。

会二同年

一樽聊接故人欢,百岁堪嗟鬓渐残。莫见白云容易爱,照湖澄碧四
明寒。同前卷十三。

题法华山天衣寺

山为莲宫作画屏,楼台迤逦插青冥。云生座底铺金地,风起松梢韵
宝铃。龙喷水声连击磬,猿啼月色闲持经。时人不信非凡境,试入
玄关一夜听。同前卷八。以上三首参邹志方《唐诗补录》收入。

戏酬皇甫十再劝酒

净名居士眼方丈，玄晏先生酿老春。手把屈卮未_{疑应作“来”}劝我，世间何处觅波旬？前二句见《千载佳句》卷上《人事部·闲放》，后二句见卷下《宴喜部·酒》。

重阳日　_{一无“日”字}

敬亭山外人归远，峡石溪边水去斜。茅屋老妻良酿酒，东篱黄菊任开花。前二句见《千载佳句》卷下《别离部·送别》，后二句见《草木部·菊酒》。

新　艳

云环独揌细蜻蜓，雪手轻柔玳瑁筝。飞雁一行挑玉柱，十三弦上语嘤嘤。同上《宴喜部·筝》。

江　郎　山

林虑双童长不食，江郎三子梦还家。安得此身生羽翼，与君来往共烟霞。《古今图书集成·职方典》卷一〇一六《衢州府部》、《山川典》卷一三〇《江郎山部》。

题　天　柱　峰

太微星斗拱琼宫，圣祖琳宫镇九垓。天柱一峰擎日月，洞门千仞锁云雷。玉光白橘相争秀，金翠佳莲蕊斗开。时访左慈高隐处，紫清仙鹤认巢来。《天柱山志》。

　　按：《舆地纪胜》收三、四两句为南唐李明作，详本书卷四十四。

赞　碎　金

猲头䚶趄人难识，瀎泧婢𡞍恼家心。写向箧中甚敬重，要来一字一碏当即“碎”字金。

寄卢协律

满卷玲珑实碎金，展开无不称人心。晓眉歌得白居易，𪖐𪖐卢郎更敢寻。二首见敦煌遗书斯六二〇四卷，皆署“白侍郎”。

登西山望硖石湖

菱歌清唱棹舟回，树里南湖似鉴开。平障烟浮低落日，出溪路细长新苔。居民地僻常无事，太守官闲好独来。犹忆长安论诗句，至今惆怅独书台。见《海昌胜迹志》卷三。同书引秦瀛语，谓疑出后人附会。此诗承陶敏先生录示。

和杨同州寒食干坑会后闻杨工部欲到知予与工部有敷水之期荣喜虽多欢宴且阻辱示长句因而答之

往来东道千馀骑，新旧西曹两侍郎。去年兄自工部拜同州，今年弟从常州拜工部。家占冬官传印绶，路逢春日助恩光。停留五马经寒食，指点三峰过故乡。犹恨干坑敷水会，差池归雁不成行。见金泽文库本《白氏文集》卷六五，据朱金城先生《白居易年谱》大和九年谱转引。《千载佳句》卷下《宴喜部·宴后》引五、六两句。

早春闲行

莺早乍啼犹冷落，花寒欲发尚迟疑。见日本大江维时《千载佳句》卷上《四时部·早春》。

对 酒 当 歌

强来便住无禁老,暗去难留不奈春。同上《四时部·送春》。

早 夏 闲 兴

簟冷乍逞新气味,扇凉重叙旧恩情。同上《四时部·首夏》。

辱牛仆射一札寄诗篇遇物寄怀情

风云聚散期难定,鱼鸟飞沉势不同。同上《人事部·朋友》。

辱牛仆射相公一札兼寄
三篇寄怀雅意多兴味亦以三
长句各各继来意次而和之

忧悲欲作煎心火,荣利先为翳眼尘。同上《人事部·感兴》。

　　按:严绍瓒以上列二首同列后题下,视为同作三首中之二首,可参
考。今仍分列。

任 氏 行

兰膏新沐云鬓滑,宝钗斜坠青丝发。
蝉鬓尚随云势动,素衣犹带月光来。均见《锦绣万花谷》卷十七。
　　按:以上两联,《全唐诗续补遗》收作无名氏诗。
燕脂漠漠桃花浅,青黛微微柳叶新。《千载佳句》卷上《人事部·美女》。
玉爪苍鹰云际灭,素牙黄犬草头飞。同书卷下《游牧部·游猎》。

闺 情

烟攒锦帐凝还散,风卷罗帏掩更开。同书卷上《人事部·艳情》。

木 芙 蓉

晚函—一作“涵”秋雾谁相似，如玉佳人带酒容。同书卷下《草木部·木芙蓉》。

杭 州 景 致

松风碎助潮声急，竹露零添涧水流。同上《草木部·松竹》。

春 兴

晚随酒客花间散，夜与琴僧月下期。同上《宴喜部·琴酒》。

同梦得醉后戏赠

唯欠与君同制令—一作“命”，一时封作醉乡侯。同上《宴喜部·醉》。

题 新 涧 亭

今日望乡迷处所，猿声暮雨一时来。同上《别离部·旅情》。原注：“一作刘禹锡《元日登高》。”

赠 隐 士

御风烟眇—一作“渺”多无伴，入鸟差池不乱群。同上《隐逸部·隐士》。

　　按：以上所据《千载佳句》，系据日本东京大学藏森鸥外所赠抄本。此本系由王水照教授影印携归。此本有校录异文。《文史》二十三辑刊严绍璗同志《日本〈千载佳句〉白居易诗佚句辑稿》，系据金子彦二郎校本，今亦据以参校。

七 夕

忆得少年长乞巧，竹竿头上愿丝多。见《日本古典文学大系》七三册藤原公任

《和汉朗咏集》卷上《七夕》。

　　川口久雄校注云:"《佳句·七夕》题作《七夕》,白'。《全唐诗》、《文集》、《全唐诗逸》均未见。当为在中国已散逸而在我国流传下来的白诗断句。"

闻裴李二舍人拜纶阁

凤池后面新秋月,龙阙前头薄暮山。见前书卷下《禁中》。

　　川口久雄校注云:"《佳句·早秋》及《禁中》作'白《闻裴李二舍人拜纶阁》'。私注作《题东北旧院小亭》,白'。《文集》及《全唐诗》均未见。《江谈》四作《同裴李文拜纶阁》。"

别后寄美人

莫怪红巾遮面笑,春风吹绽牡丹花。见前书卷下《妓女》。

　　川口久雄校注云:"私注作'《别后寄美人》,白'。《佳句·美女》作'白《春词》'。《文集》、《全唐诗》均未见。"

句

空夜窗闲萤度后,深更轩白日明初。同前书卷上《夏夜》。

　　川口久雄校注:"私注以下诸本作'《夜阴归房》,纪纳言'。"

碧浪金波三五初,秋风计会似空虚。同前书卷上《十五夜》。

　　川口久雄校注云:"私注作'《月影满秋池诗》发句,菅淳茂'。《文粹》八作'《八月十五夜侍亭子院同赋月影满秋池应太上法皇制》;菅淳茂'。……底本注作者'白',似误。"

嫌褰锦帐长薰麝,恶卷珠帘晚著钗。见前书卷下《妓女》。

　　川口久雄校注:"私注作'《佳人难出》,田达音'。集注作'《古题》,作者不知。或云菅三品作'。底本'白'字疑误。"按:以上三联疑皆非白居易作。因其出处甚早,仍附存之。

樱桃樊素口，杨柳小蛮腰。《云溪友议》、《本事诗》。

新　妇　石

堂堂不语望夫君，四畔无家石作邻。蝉鬓一梳千岁髻，蛾眉长扫万
年春。雪为轻粉凭风拂，霞作胭脂使日匀。莫道面前无宝鉴，月来
山下照夫人。《咸淳临安志》卷二六。以下皆转录自朱金城先生《白居易集笺校》。

西　岩　山

千古仙居物象饶，道成丹熟昼升霄。岩前宝磬转松韵，洞口灵池应
海潮。崖折百花迟日晚，鹤归清夜唳声遥。登临渐到希夷境，手拂
行云度石桥。同前卷二七。

懒　出

慵游懒出门多掩，纵暂逢迎不下堂。不是向人情渐薄，病宜闲静老
宜藏。金泽文库本《白氏文集》卷六八。

听琵琶劝殷协律酒

何堪朔塞胡关曲，又是秋天雨夜闻。青冢葬时沙莽莽，乌孙愁处雪
纷纷。知君怕病推辞酒，故遣琵琶劝谏君。《白氏文集管见抄》。

歙州山行怀故山

悔别故山远，愁行归路迟。云峰杂满眼，不当隐沦时。同前。以上四诗
皆转录自日本花房英树《白氏文集批判研究》。

句

慈恩塔下题名处，十七人中最少年。《唐摭言》卷三。

长生不似无生理，休向青山学炼丹。《唐诗纪事》卷三八引《诗人主客图》。

白发镊不尽，根在愁肠中。同前。

生为汉宫妃，死作胡地鬼。《集注分类东坡诗》卷四《昭君村》注引。

百年青天过鸟翼。《山谷诗注》卷九《乞桃花二首》注引。

园林亦要闻闲置。《山谷诗注》卷十四《万州太守高仲本约游岑公洞而夜雨连明戏作二首》注引。

李　绅

暮宿清凉院

野客闲来日，山房落叶中。微寒生夜半，积雨向秋终。证道方离法，安禅不住空。□迷将觉路，语默在西东。影印本《诗渊》第五册第三七三六页。

在端州知家累以九月九日发衡州因寄 题拟

菊花开日有人逢，知过衡阳回雁峰。江树送秋黄叶少，海天迎远碧云重。音书断达听蛮鹊，风水多虞祝媪龙。想见病身浑不识，自磨青镜照衰容。李绅《追昔游诗》卷一《逾岭峤止荒陬抵高要》诗"雁飞难渡漳江东"句下自注引。

> 按：自注云："余在南中日，知家累以其年九月九日发衡州，因寄云（略）。"为后来追述语气。今据以拟题。宣统《高要县志》拟题为《移家来端州先寄以诗》，与原注不甚契合。

再游应天寺圣母阁

越地灵踪多少处，伽蓝难尚此楼台。有时风掣浪声到，半夜月排山势来。极目烟岚迷远近，百般花木离尘埃。可怜光景吟不尽，知我登临更几回。宋孔延之编《会稽掇英总集》卷八。

仙　都　即　事

独出诸峰表,周围百丈圆。千寻雄镇地,万仞上擎天。湖浪动星际,莲花生日边。终当驾云鹤,绝顶会群仙。光绪《缙云县志》卷八。

题北峰黄道士草堂

清溪道士紫微仙,暗诵真经北斗前。坛上独窥华顶月,雾中潜到羽人天。飞流夜落银河水,乔木朝含绛阙烟。会了浮名休世事,伴君闲种五芝田。

> 按:宋林表民《天台前集别编》于杨衡《登紫霄峰赠黄仙师》诗下注:"即李绅所题北峰黄道士也。"杨诗收入《全唐诗》卷四六五。

题龙宫寺净院四上人

拥褐梵香四道师,灵山香侣自肩随。前期雁塔应同化,今日龙宫又再期。炎月护生依宝地,夜灯观性息禅枝。东方几度留车马,谈尽空门习氏知。以上二首见宋林师蒇《天台前集》卷中。

芝　草　题拟

灵根盘错呈天瑞,宝叶蝉联表地仙。见宋陈景沂《全芳备祖后集》卷十一《卉部·芝草》、无名氏《翰苑新书后集》卷十三。

缪岛云

过盱江麻姑山题绝句

万叠峰峦入太清,麻姑从此会方平。一从燕罢归何处,宝殿瑶台空月明。见宋赵与虤《娱书堂诗话》卷下。

《娱书堂诗话》：“先作‘自从’，后于同辈举似，同辈云：‘诗固清矣，自字未稳，当作一字。’云服其言。暨再入山，已为人改作‘一从’矣。亦可谓一字师。”

无　可

赠敬睦助教

禁掖人知连状荐，国庠官满一家贫。清仪都道蓬瀛客，直气堪为谏净臣。见宋谢维新《古今合璧事类备要后集》卷四十、宋潘自牧《记纂渊海》卷三二。

　　按：《全唐诗》卷五四五作刘得仁诗。

江宁咏雪

常持皎洁性，终恰艳阳年。见《吟窗杂录》卷三六《续句图》。

喻　凫

春寒夜宿先天寺无可上人房

双扉桧下开，寄宿石莓苔。隔北香风动，城寒散雪来。收棋想云梦，罢茗议天台。同忆前年腊，师初白阁回。见《四库珍本初集》本宋李庚《天台前集》卷上。

　　按：《全唐诗》卷六四九收此诗为方干作，文字略异。今考方干年辈晚于无可，喻凫则与无可年次相当。据诗意，似以喻作为近是。

薛　莹

海　上

花留身住越，月递梦还秦。见《海录碎事》卷十。

按:《全唐诗》卷五四二收此二句,缺题,今重录。

章孝标

曹　娥　庙

孝女魂兮何所之?故园遗庙两堪悲。岭头霞散漫涂脸,江口月沉难画眉。恨迹未消云黯黯,愁痕长在浪漪漪。人间荣谢不回首,千载波涛丧色丝。嘉庆《曹江孝女庙志》卷八《题咏》。此则承陶敏先生告知。

及第日报破东平

三十仙人谁得听,含元殿角管弦声。见《日本古典文学大系》七三册日人藤原公任一〇一八年顷纂《倭汉朗咏集》卷下《禁中》。

按:题据川口久雄校注引家藏私注本补。

秋夜旅情诗

枕上用心天未曙,北风吹出禁中钟。《千载佳句》卷上《时节部·闲夜》。

句

露寒钟结乳,风定玉花香。《剡录》卷十。

全唐诗续拾卷二九

王　起

答广宣上人

延英面奉入春闱,亦选功夫亦选奇。在冶只求金不耗,用心空学秤无私。龙门变化人皆望,莺谷飞鸣自有时。独喜向公谁是证?弥天大士与新诗。见《唐摭言》卷三、《唐诗纪事》卷七二。

　　按:二书皆云此诗为起会昌放第二榜后答广宣贺诗作,《唐诗纪事》又录刘梦得、元微之二人和诗,二人皆前卒。会昌当为长庆之误,此诗作于长庆三年春,详卞孝萱《刘禹锡年谱》。《全唐诗》卷三四六以此诗为王涯作,大误,王涯未曾知贡举,上举二书皆明确载为王起作。

杨汉公

訾　州　宴　游

桂林云物画漫漫,雨里花开雨里残。惟有今朝好风景,樱桃含笑柳眉攒。见唐莫休符《桂林风土记》、清汪森辑《粤西诗载》卷二二。

八月十五夜销夏楼玩月

人在虚空月在溪。见宋谈钥《嘉泰吴兴志》卷十三"明月楼"条引。

　　按:诗题中"夏"当作"暑",宋人讳改。此句下尚有"溪上玉楼楼上月"

一句,为《全唐诗》卷五一六已收之《明月楼》中句,《嘉泰吴兴志》同卷亦引之。另陈元靓《岁时广记》卷三录汉公《九月十五日夜绝句》,与《全唐诗》所收之《明月楼》异文全同。今辑出此句,与《明月楼》关系尚难确定。《明月楼》题为后人代拟,大约不成问题。

牛僧孺

答乐天见寄履道新小滩诗 题拟

请向归仁砌下看。见《白氏长庆集》卷三五《赠思黯》题注引。

句

萤烛多愁对九枝。宋苏颂《苏魏集》卷十二引《牛僧孺集》。

韦　瓘

句

作官不了却归来,还是杜陵一男子。见《全唐文》卷六九五韦瓘《浯溪题壁记》引。

李德裕

画桐华凤扇赋附歌

东风一作"青春"晚兮芳节阑,敷紫华兮荫碧湍。美斯鸟一作"兹禽"兮类鸤鸢,具体微兮容色丹。见《文苑英华》卷一〇八、《李文饶别集》卷一。

白芙蓉赋附歌

秋水阔兮秋露浓,盛华落兮叹芙蓉。菖花紫兮君不识,萍实丹兮君不逢。想佳人兮密静处,颜如玉兮舞冶容。见《李卫公别集》卷一。

重台芙蓉赋附歌

吴山秀兮烟景媚,因淑女兮感斯瑞。莲虽多兮无厥类,兰徒芳兮何足贵。人已去兮代不留,独含情兮托兹地。同前。

柳柏赋附谣

楚山侧兮秋一作"湘"水源,美斯柏兮托幽根,条总翠兮冬转茂,实垂昧兮秋始蕃,彼变化兮不测焉,知非张绪之精魂。见《文苑英华》卷一四五。

晚下北固山喜松径成
阴怅然怀古偶题临江亭

□□□□□,□□□□柳。□□□□,□□□□久。□□□□□,□□□□阜。自有此山川,于今几太守?忆昔蔡与谢,兹焉屡回首。□□□□□,□□□□口。□□□□,□□□□吼。□□□□,□□□□后。□□□□□,□□□□朽。□□□□,□□□□有。近世二千石,毕公宣化厚。丞相量纳川,平阳气冲斗。三贤若时雨,所至跻仁寿。凛凛君子风,余将千载友。丞相谓陆兖公,尚书谓毕隆择,平阳谓齐詹事滉,三贤皆历此郡。□□□□□,□□□□偶。□□□□绥。□□□□,□□□□苟。□□□□,□□□□酒。□□□□□,多景悬窗牖。□□□□□,□□□□负。详附按。

班剑出妓堂。郡城东南有谢公妓堂遗迹。　见《嘉定镇江志》卷十二。

按:"自有"二句、"忆昔"二句见《舆地纪胜》卷七《镇江府》,题作《游北固》;"自有"二句、"近世"六句见《野客丛书》卷十七、《嘉定镇江志》卷十四;自注据《嘉定镇江志》、《野客丛书》所录稍异,录如次:"毕构政事为开元第一,陆丞相象先、平阳齐澣,三贤皆为此郡。"疑已经引录者改写;"凛凛"二句及诗题见《嘉定镇江志》卷十四;"多景"句见《墨庄漫录》卷四;各韵字据《刘宾客外集》卷七《和浙西李大夫晚下北固山喜松径成阴怅然怀古偶题临江亭并浙东元相公所和(注:依本韵)》。全诗据傅璇琮先生《李德裕年谱》宝历元年谱考证处理。《全唐诗》卷四七五据《野客丛书》录八句及注。

阙　题

宛转双翘凤钗举,飘飘翠云轻楚楚。映烛看花未敢前,低鬟向人娇不语。见《锦绣万花谷前集》卷十七《美人》。

赠甘露寺僧道行　题拟

削圆方竹杖,漆却断纹琴。《尧山堂外纪》卷三三。

李敬方

登　天　姥

天姥三重岭,危途绕峻溪。水喧无昼夜,云暗失东西。问路音难辨,通樵迹易迷。依稀日将午,何处一声鸡?见孔延之《会稽掇英总集》卷四。

句

相逢不饮空归去,洞口桃花也笑人。见《苕溪渔隐丛话后集》卷十六引《复斋漫录》引。

贾　驰

句

东风吹晓霜，雪鸟双双来。见《唐诗纪事》卷六十引张为《诗人主客图》。

张文规

寄刘环中秀才

待醉乌程酒，思斟平望羹。烟云金斗暗，苔藓石尊平。见宋程大昌《演繁露续集》卷四引《顾渚茶录》。

郡斋书情

食有吴兴鲊。见《嘉泰吴兴志》卷十八。

雍　陶

和兵部郑侍郎省中四松诗

右相历兵署，四松皆手栽。剧时惊鹤去，移处带云来。根倍双桐植，花分八桂开。生成造化力，长作栋梁材。岂羡兰依省，犹嫌柏占台。出楼终百尺，入梦已三台。幽韵和宫漏，馀香度酒杯。拂冠枝上雪，染履影中苔。高位相承地，新诗寡和才。何由比萝蔓，攀附在条〔枚〕(枝)从《全唐诗》卷四八八改。见《文苑英华》卷三二四。

　　　按：《全唐诗》卷四八八收此诗作陶雍诗，系雍陶之误，今据中华书局影印本《文苑英华》新编目录移正。

小 桃 源 诗

学山云顶遍寻游，烟棹夷犹出简州。夜雨借公三日水，秋风送我一兰舟。

二水清浑合，三山锦绣张。迹况簿书冗，身在水云乡。见《舆地纪胜》卷一四五《简州》。

周　墀

贺王仆射放榜 并序

　　仆射十一叔以文学德行，当代推高，在长庆之间，春闱主贡，采摭孤进，至今称之。近者，朝廷以文柄重难，将抑浮华，详明典实，繇是复委前务。三领贡籍，迄今二十二年于兹，亦缙绅儒林罕有如此之盛。况新榜既至，众口称公。墀忝沐深恩，喜陪诸彦，因成七言四韵诗一首，辄敢寄献，用导下情，兼呈新及第进士。

　　按：《全唐诗》卷五六三收此诗，缺序，今据《唐摭言》卷三补录之。

杜　牧

贵 池 亭

倚云轩槛夏疑秋，下视西江一带流。鸟簇晴沙残照堕，风回极浦片帆收。惊涛隐隐遥天际，远树微微古岸头。只此登攀心便足，何须个个到瀛洲。见《古今图书集成·职方典》卷八一〇《池州府部·艺文》。

暮春因游明月峡故留题

从前闻说真仙景，今日追游始有因。满眼山川流水在，古来灵迹必通神。《麈史》卷中。

安 贤 寺

谢家池上安贤寺，面面松窗对水开。莫道闭门防俗客，爱闲能有几人来。见民国十三年刊徐乃昌纂《南陵县志》卷四二。

游 盘 谷

巉岩太行高，其下有幽谷。环绕两峰间，盘向廓山腹。甘泉注肥畴，茂草映修木。势阻绝喧哗，岩深易潜伏。昔人有李愿，筑地一居独。白鸟依芦塘，菰花映茅屋。心怡适所安，忧大反忘欲。掉头不肯应，谓我此乐足。友人韩昌黎，文章惊世俗。长言贵生毛，落落灿珠玉。好事买名石，镌文寄崖隩。已经三十年，磨灭仅可读。我来不复见，命吏广追逐。访知石氏遇，犹畏长官督。不爱石上字，秋风一砧覆。易之以千金，复使置岩麓。从此生光辉，万古从瞻瞩。见《古今图书集成·山川典》卷四八《太行山部》。

崔 □

　　崔□，名不详，杜牧之内兄，官和州刺史。诗一首。

走笔送杜十三归京

烟鸿上汉声声远，逸骥寻云步步高。应笑内兄年六十，郡城闲坐养霜毛。见《樊川文集·外集》。

　　按：此诗自宋时起，即收杜牧名下。胡震亨《唐音戊签》一（《统签》卷五六二）云："按牧之卒年五十，此云六十，或非牧诗也。"其说是。岑仲勉先生《唐人行第录》引后二句诗后云："如谓内兄指被送者而言，则牧既为杜十三，其内兄（即妻兄）断不能为杜十三。如曰诗题'杜十三'错误，亦有疑问，因牧卒时年仅五十一，若牧尚未还京，行年更不及五十，诗苟牧自作，断不至如此荒唐。故对此诗之较合理解释，当是送者乃牧内兄之为郡守者，后人不求甚解，将此诗混入《樊川集》内也。"今按：《樊川文集》卷四有《寄内兄和州崔员外十二韵》，知作者即此人。《全唐诗》卷五二四误收杜牧名下，今为移正。又，杜牧《自撰墓志铭》称妻裴氏，未言另有崔氏妻。《樊川文集》卷九有其妻兄裴希颜墓志，希颜仕履未至州牧，姑存疑。

张　祜

赠李庠郊居

扬子东湾下板桥，密篱迁巷半通桡。霜鸣郭外深秋月，水到门前半夜潮。看着竹林成竹笋，别来箕树长新条。相逢未语平生意，莫忘倾樽慰寂寥。影宋蜀刻本《张承吉文集》卷八。

春游东林寺

一到东林寺，春深景致芳。见《吟窗杂录》卷十二沙门文或《诗格》。

上牢盆使

椿儿绕树春园里，桂子寻花夜月中。见《桂苑丛谈》。

　　按：《全唐诗》卷五一一收二句，缺题，今补出。

采　莲　一作"花"

常闻浣纱女，复有弄珠姬。见《后村大全集》卷一七七《诗话续集》卷一引李康成《玉台后集》引。

　　按：《玉台后集》收诗迄于天宝末，不当收入张祜诗，后村所录，未详因何致误，今姑存此。

李　珏

　　李珏,字待价,其先出赵郡,客居淮阴。元和七年登进士第。历官渭南尉、右拾遗、吏部、司勋员外郎、翰林学士、户部侍郎等职。开成三年以本官同平章事。武宗即位后罢相贬外,大中间官至淮南节度使,七年卒。诗一首。(《全唐诗》无李珏诗,传据两《唐书》本传、《登科记考》卷十八)

李珏白日冲天诗

金字空中见,分明列姓名。三千功若满,云鹤自来迎。要警贪婪息,将萌宠辱惊。知之如不怠,霄汉是前程。《灯下闲谈》卷下《升斗得仙》。

　　按:诗题中之李珏,为扬子县之小贩,积功成仙,与作者姓名同。

淮南幕吏

上李珏相公诗　题拟

同姓复同名,金书应梦灵。彼行功已满,此德政惟馨。中国为元老,遥天是昴星。将知贤相意,不去为时宁。同前。

灵　祐

　　灵祐,俗姓赵,福州长溪人。年十五出家,二十三游西,参百丈,后住潭州沩山,世称沩山和尚。大中七年卒,年八十三。诗一首。(《全唐诗》无灵祐诗)

偈

不是沩山不是牛，一身两号实难酬。离却两头应须道，如何道德出常流。《五灯会元》卷九。

顾非熊

六言玉台体

梁间旧燕新归，塞外行人信稀。高树繁花漠漠，青楼细雨霏霏。妾伴待劝寒食，邻姑竞捣春衣。唯有妾颜憔悴，良时独怨芳菲。

未嫁谓如弄玉，嫁了却似淡容。小姑眠后餐饭，鸡舅鸣时起舂。对镜休梳堕马，照井暂掠盘龙。那似在家无事，浓妆闲趁游蜂。

少妇未离本家，新夫已行辽水。闺中梦觉一身，枕上泪流双耳。岁岁长羡鸳鸯，日日虚怜蟏子。有女莫嫁将军，可惜蛾眉愁死。影印本《诗渊》第六册第四一三九页。

入云门五云溪上作　六言

舟泊有时垂钓，舟行不废闲吟。沿山寺寺花树，枕水家家竹林。鸳鸯昼飞溪静，鹦鸽衣转村深。忽闻风动莲叶，起见波间月沉。《会稽掇英总集》卷八。

　　按：《会稽掇英总集》卷六收非熊《宿云门寺》，《全唐诗》卷五八二作温庭筠诗，卷五一○作张祜诗，题均作《题造微禅师院》。《茅山志》卷二八收非熊《赠茅山高拾遗》，《全唐诗》卷五○六作章孝标诗。孰作尚难确定，姑附识于此。

西明寺合欢牡丹

绿茎同本两花连，似证分身色相圆。黄药斗香欺瑞麦，檀葩并秀掩嘉莲。奏开祥瑞来天使,折去芳枝到御筵。想得六宫人尽爱,几多纤指递相传。影印本《诗渊》第四册第二三八〇页。

杨　宇

宇,字子麻,弘农华阴人。茂卿子。大和八年登进士第,历官左金吾卫兵曹参军、国子助教。大中五年卒,年四十五。(据《千唐志斋藏志》大中五年杨牢撰《唐故文林郎国子助教杨君墓志铭》)

赠舍弟

秦云蜀浪两堪愁,尔养晨昏我远游。千里客心难寄梦,两行乡泪为君流。早驱风雨知龙圣,饿食鱼虾觉虎羞。袖里镆铘光似水,丈夫不合等闲休。《才调集》卷九。

按:《全唐诗》卷五六四误收此诗于宇兄牢名下,今为改正重录。

赵　嘏

游　云　门

五云溪影里,万虑淡凉天。红叶斜阶日,清风满寺蝉。几多长道路,一饷暂留连。惜别疏钟去,看山坐水边。见《会稽掇英总集》卷六。

赠　陈　处　士

钧捐烟江风艇在,雨依山酒夜琴横。《千载佳句》卷下《隐逸部·幽居》。

陪卢侍御访庐山元处士

望腊早花缘路见，堕岩寒水隔林闻。同书卷上《四时部·岁暮》。

崔　涯

句

暗递花香入客衣。《江湖小集》卷六绍嵩《江浙纪行集句诗》。

希　运

希运，闽人。幼于高安黄蘗山出家，后住山。后游京师，裴休甚钦重之。大中中卒，谥断际禅师。诗一首。（《全唐诗》无希迁诗，传据《宋高僧传》卷二十）

答裴相国休

心如大海无边际，口吐红莲养病身。虽有一双无事手，不曾只揖等闲人。《黄蘗断际禅师宛陵录》、《天圣广灯录》卷八。

李贻孙

贻孙，大和初为福建团练副使，会昌五年为夔州刺史，大中三年以左谏议大夫充弘文馆学士判馆事，大中五年为福建观察使。（《全唐诗补逸》卷十七据《入蜀记》录夔州刺史李贻诗一句，李贻为李贻孙之误。今据《郎官石柱题名考卷十六拟传》）

同观察使张公仲方大和元年 夏祷雨归至圣泉寺作 题拟

旌旆忧民至，风云逐马《闽都记》作"雨"来。见《淳熙三山志》卷八、《闽都记》卷
十一。

李 褒

褒，京兆人。开成元年为起居舍人，五年为翰林学士，会昌
元年拜中书舍人，加承旨。二年，出守本官。大中三年以礼部
侍郎知贡举，出为浙东观察使，终于黔南观察使。诗一首。
（《全唐诗》无李褒诗，兹据《郎官石柱题名考》卷十、《旧五代
史》卷九二拟传）

宿云门香阁院

香阁无尘雪后天，石盆如月贮寒泉。高僧洗足南轩罢，还枕蒲团就
日眠。见《会稽掇英总集》卷六。

张 固

醉 石

山南山北郁嵯峨，千古声名保不磨，笑入醉乡聊偃卧，我临苔石重
摩挲。见影印天一阁藏《正德南康府志》卷十。

东 林 寺

鹿石晓寒云漠漠，虎溪春浅水潺潺。见《舆地纪胜》卷三十《江州》。

李商隐

笋 _{题拟}

昨夜春霞迸藓根，乱披烟箨出柴门。稚川龙过应回首，认得青青几代孙。见《全芳备祖后集》卷二三。

句

斜倚绿窗□□□。见李壁《王荆文公诗笺注》卷三五《金陵怀古》注引。

清　越

清越，大中时敬亭山沙门。(《全唐诗》无清越诗，传据《全唐文》卷九二○)

赠　方　干

弟子已折桂，先生犹灌园。见王定保《唐摭言》卷四。

《摭言》云："李频师方干，后频及第，诗僧清越赠干诗云(略)。"《全唐诗》卷六五三误将二句收归方干，题作《寄李频及第》，今改正。

又：《全唐诗》卷八二九据《禅月集》卷八收贯休《赠方干》一首，其三、四句云："弟子已得桂，先生犹灌园。"与清越二句几全同。考李频为大中八年进士，《全唐文》收清越一文，大中十三年作，时正相合。疑贯休用清越句入诗以赠方干，或清越为贯休早年所用之法名，识此俟考详。

宣宗皇帝李忱

浮云宫

道人西蜀来，自谓八万岁。爱此华林幽，穴居聊避世。真风度万劫，
神仙邈相继。灵岫摩天空，鸟道入云际。石罇紫苔封，泉泓墨龙憩。
碧桃花未开，白鹿迹已逝。春风撼山馆，急雪舞林底。涤除衣上尘，
刮尽眼中翳。何当赠刀圭，岂复便俗吏。吾不学李宽，盗名职嘲戏。
见影印文渊阁《四库全书》本《江西通志》卷一四七、同治十二年刊萧浚兰纂《瑞州府志》
卷二一。

悼盐官和尚

　　　　题据《祖庭事苑》拟。《海昌胜迹志》题作《悟空塔》。

像季何一作"谁"教祸所钟，释门光彩丧骊龙。香阶懒踏初生草，抵掌
悲一作"蕙帐愁"看旧日容。玉柄永离一作"辞"三教座，金鸣一作"铭"长镇
万年踪。知师下界因缘尽，应一作"却"上诸天第几重？见宋僧善卿《祖庭
事苑》卷二。注"一作"者为《海昌胜迹志》卷一（承陶敏先生告）之异文。

送崔铉赴淮南

今遣股肱亲养治，一方狱市获来苏。《金华子杂编》卷上。

　　　　按：《全唐诗》卷四收此诗，前一句完全不同，故重录。此承陶敏先生
告知。

题天乙山寺

门前山水丹青谱，洞里乾坤蓬岛图。道光《奉新县志》，转录自《文学遗产》一
九八七年第二期刊谢先模文。

轩辕集

　　轩辕集,世称罗浮先生。唐武宗时以山人进。宣宗即位,流岭南,居罗浮山。大中十一年,征至长安。寻归罗浮。诗一首。(《全唐诗》无轩辕集诗,事迹据《历代真仙体道通鉴》卷四二、《全唐文》卷九二八)

还 丹 口 诀

世上喧喧车马人,红颜绿鬓不长春。药术相传万甲子,学者茫茫寻不真。寻不真,莫生嗔,盖为黄芽不得真。铅是铅,汞是汞,世上之人总错用。草黄芽,木黄芽,世上闻说也乱夸。自古口传不形纸,烧者徒劳尽破家。堪分付,递相传,固济元来此道门。妄传非人遭殃祸,父子粗疏不合言。黑服硫黄烧不烟,饵之中寿几千年。更加金室乾坤内,脱世浮空得飞仙。《大还丹照鉴》。

高元裕

简知举陈商 题拟

中丞为国拔英《全唐诗》作“贤”才,寒畯《全唐诗》作“俊”欣逢藻鉴开。九朵莲花秋浦隔,两枝丹桂一时开。《登科记考》卷二二引《永乐大典》引《秋浦新志》。此诗承汤华泉同志录示。

　　按:《全唐诗》卷七九五仅存此诗之前二句。

南 卓

句

芙蓉点露一枝开。胡伟《宫词》。

全唐诗续拾卷三〇

项　斯

寄剡谿友

歇马亭西酒一卮,半年闲事亦堪悲。船横镜水人眠后,蓼暗松江雁
下时。山晚迥寻萧寺宿,雪寒谁与戴家期。夜来忽觉秋风急,应有
鲈鱼触钓丝。见宋高似孙《剡录》卷六。

李　郢

泉

飞下数千尺,全然无定形。霓横天日射,龙出石云腥。壮势春曾看,
寒声佛共听。昔人云此水,洗目最能醒。见《宛委别藏》本《分门纂类唐宋时
贤千家诗选》卷十五。

智　通

智通,嗣归宗。初在归宗会下,后住五台山法华寺。诗一
首。(《全唐诗》无智通诗)

临　终　偈

举手攀南斗,回身倚北辰。出头天外见《五灯会元》作"看",谁是我般人?

见《景德传灯录》卷十、《五灯会元》卷四。

周　硝

硝，大中间庐山布衣。诗二首。（《全唐诗》无周硝诗）

题 东 林 寺

大中天子海恩深，再使迷徒识佛心。半死白莲初降〔雨〕（云）从《殷礼在斯堂丛书》本改，欲成荒地又铺金。僧开石室经犹在，虎印溪泉迹未沉。谁谓五湖书剑客，此生重得见东林。

再崇玄法象西天，宏闳新高碧嶂前。风送片云招白马，鹤迎贫女施金钱。沙门觅佛曾谙路，苦海悲人易得船。三教共兴谈帝道，大中年是太平年。见《吉石盦丛书》影宋本陈舜俞《庐山记》卷四，原署："布衣周硝。"

韩　琮

巢父井三绝

巢由终古洒清风，四海轻于脱〔屣〕（徙）中。留此一泓来者见，蜗牛角上少争雄。

深沉千尺湛寒泉，来往无私施不偏，愧我扶衰酌灵液，谁知真暖发丹田。

高名已与白日连，遗迹犹闻故老传。吊古每来荒庙下，落花流水总依然。见影印天一阁藏《正德汝州志》卷七。

　　　　按：诗下原署："韩琮，员外郎。"

游香山寺

信马盘桓上碧穹，云埋松翠梵王宫。老僧细说禅机话，深会菩提色即空。同前。

> 按：诗下原署："宋韩琮，员外郎。"检宋人传记专书，未闻有韩琮其人。唐之韩琮，尝官司封员外郎，任陈许节度判官，官职既合，汝州亦其曾到之地，作宋人误。

句

昨夜小园春已老。《江湖小集》卷二十李莱《梅花衲》引。

栖　白

寄独孤处士

林下别多年，相逢事渺然。扁舟浙水上，轻策剡山前。坐石吟杉月，眠云忆岛仙。何期归太白，伴我雪中禅。见高似孙《剡录》卷四。

怀竺法深

荒斋增暑梦，数夕罢冥搜。南极高僧问，西园独鹤愁。兴生黄竹晚，吟断碧云秋。共是忘机者，何当卧沃洲。同治《嵊县志》卷二五《文翰志·方外》此首承陶敏先生录示。

奉赠河西真法师

知师远自敦煌至，艺行兼通释与儒。还似法兰与上国，仍论博望献新图。已闻〔□〕陇春长在，更说河湟草不枯。郡去五天多少地，丕腾得见雪山无。见伯三八八六卷。原署："京荐福寺内供奉大德栖白上。"

圆　鉴

圆鉴,大中间长安千福寺僧。诗一首。(《全唐诗》无圆鉴诗)

五言美瓜沙僧献款诗一首

圣主恩方洽,瓜沙有异僧。身中多种艺,心地几千灯。面进输诚款,亲论向化能。诏迥疑应作"回"应锡赉,殊宠一层层。同前,又见伯三七二〇卷。原署:"右街千福寺内道场应制大德圆鉴。"

彦　楚

彦楚,大中间长安崇先寺僧。诗一首。(《全唐诗》无彦楚诗)

五言述瓜沙—下有"州"字僧献款诗一首

乡邑虽然异,衔恩万国同。远朝来凤阙,归顺贺宸聪。昌疑应作"冒"字暑闻莺啭,看花落晚红。辩清能击论,学富早成功。大教从西得,敷皂赐一作"筵廙"向东。今朝承圣旨,起坐沐天风。同前。注"一作"者,为伯三七二〇卷之异文。原署:"右街崇先寺内讲论兼应制大德彦楚。"

子　言

子言,大中间长安千福寺僧。诗一首。(《全唐诗》无子言诗)

五言美沙僧献款诗一首

圣泽布遐荒，僧来自远方。愿弘戒痟地，却作礼仪乡。博□谕乡雅，清谭义更长。□应恩意重，归路转生央。见伯三八八六卷。原署："右街千福寺沙门子言。"

建　初

　　建初，大中间长安报恩寺僧。诗一首。(《全唐诗》无建初诗)

感圣皇之化有敦煌都法师悟
真上人特疏来朝因成四韵

名出敦煌郡，身游日月宫。柳烟轻古塞，边草靡春风。鼓舞千年圣，车书万里同。褐衣特献疏，不战四夷空。同前。原署："报恩寺赐紫僧建初。"

太　奉

　　太奉，大中间长安报圣寺僧。诗一首。(《全唐诗》无太奉诗)

五言四韵奉赠河西大德

喁喁空门客，洋洋艺行全。解投天上日，不住〔□□〕禅。飞锡登云路，抠衣拂戍烟。喜同清净教，乐我太平年。同前。原署："报圣寺内供奉沙门太奉。"

有　孚

　　有孚,大中间长安僧。诗一首。(《全唐诗》无有孚诗)

立赠河西悟真法师

沙徽虏尘清,天亲入帝京。词华推翘类,经论许纵横。幸喜乾坤泰,
忻逢日月明。还乡报连〔帅〕(师),相宁□升平。同前。原署:“内供奉文章
应制大德有孚。”

　　　　按:有孚,疑即《全唐诗》、《全唐诗补逸》已收之元孚。元孚大中间自
　　署为“上都左街保寿寺文章应制内供奉”,与有孚所署合。元、有二字,音
　　亦相近,疑有抄误。今仍分列,以俟考详。

宗　茝

　　宗茝,大中间长安千福寺僧。诗二首。(《全唐诗》无宗茝
诗)

七言美瓜沙僧献款诗二首

沙漠关河路几程,师能献土远输诚。因兹却笑宾熬旅,史籍徒章贡
赋名。

行尽平沙入汉川,手摇金锡意朝天。如今政是无为代,尧舜聪明莫
比肩。同前。原署:“右街千福寺内道场表白兼应制赐紫大德宗茝。”

辨　章

　　辨章,大中间长安千福寺僧,三教首座。诗一首。(《全唐

诗》无辨章诗）

依韵奉酬悟真大德 题拟

生居忠正地，远慕凤凰城。已见三冬学，何言徒聚萤？伯三七二〇卷。原
附悟真诗后，题作"依韵奉酬"。其署衔为"右街千福寺三教首座入内讲论赐紫大德"。

悟　真

　　悟真，瓜沙僧。大中五年入长安，诏奖之，赐紫，许巡礼两
街诸寺，长安诗僧多赠以诗什。后任河西都僧统，年逾七十。诗
一首。（《全唐诗》无悟真诗）

辞谢辨章大德 题拟

生居狐〔貊〕(陌)地，长在碛边城。未能学吐凤，徒事聚飞萤。同前，原
题作"悟真未能酬答和尚，故有辞谢"。

　　按：《敦煌歌辞总编》卷五收悟真《百岁篇》一组十首，兹不备录。

景　导

　　景导，大中间长安左街保寿寺僧。诗一首。（《全唐诗》无
景导诗）

赠沙州僧悟真上人兼送归

河湟旧邑新道后，天竺名僧汉地来。经论三乘鹙子辩，诗吟五字慧
休才。登山振杖穿云锡，渡水还浮逆浪杯。明日玉阶辞圣主，恩光
西迈送书回。斯四六五四卷。原署："左街保寿寺内供奉讲论大德景导。"

李 节

过耒江吊子美

耒阳浦口系扁舟,红蓼滩头宿白鸥。半夜青灯千里客,数声寒雁一
天秋。蛮吟隔岸情如诉,斗柄横江势欲流。惆怅杜陵老诗伯,断碑
古木绕荒丘。《杜诗详注》附《诸家咏杜续编》引《耒阳县志》。此诗承陶敏先生录示。

于武陵

泛若耶宿云门

溪船泛数里,渐觉少炎晖。映水花连影,逢人鸟背飞。深犹见白石,
凉好换生衣。未得多诗句,终须隔宿归。《会稽掇英总集》卷六。

韦 曲

韦曲城南锦作堆,千金不惜买花栽。谁知贵戚多羁束,落尽春红不
看来。《类编长安志》卷九。

裴 休

白水洞飞泉

灵泉何太高,北斗想可挹。凌日五色云,直逼千仞急。白虹下饮涧,
寒剑倚天立。闪电不得瞬,长雷无敢蛰。万丈石崖坼,一道林峦湿。
险逼飞泻坠,冷心山鬼泣。须当截海去,浊浪不相入。见乾隆十二年刊
张雄图纂《长沙府志》卷四五、光绪《湖南通志》卷四《山川》二。

延庆化城寺

平生志在野云深，建立精蓝大用心。须达买园充圣地，只陁施树不收金。鸣钟尚息刀轮苦，下击三涂地狱音。为报往来游玩者，园林常住勿相侵。见道光五年刊方履籛编《河内县志》卷二十。

《河内县志》云此诗石刻为正书，在河内县，题下署裴相公诗，诗末题一行："唐长兴四年癸巳主僧惠□立石。"县志作者附跋云："裴公美本济源人，常读书野寺中，兹化城寺近其所居，故亦勒其诗。然考此诗殊不似唐人作，疑即梵徒托名为也。"今按：此跋既谓裴休为邻县人，有作诗可能，复疑其伪，立论不免牴牾。石刻既为后唐时立，休亦一生佞佛者，《景德传灯录》至为其立传，此诗与赠希运一诗相类，可决其非后世梵僧所伪撰。又乾隆五十三年刊《济源县志》卷十六亦收此诗，题作《书留延庆化城寺壁》。

颂黄陵断际禅师 题拟

尘劳迥脱事非常，紧把绳头系一场。不是一番寒彻骨，争得梅花扑鼻香。见《大正新修大藏经》第四八册裴休撰《黄陵断际禅师宛陵录》。

武林石桥亭

山断石为桥。见宋施谔撰《淳祐临安志》残本卷八。

按：影宋蜀刻《张承吉文集》卷八《题天竺寺》有此句。

清　教

清教，咸通以前僧人。诗二句。（《全唐诗》无清教诗）

句

雷电下嵩阴。

香连邻舍像。见《唐诗纪事》卷四九引《酉阳杂俎》。

道吾和尚

　　道吾和尚,嗣关南道常。住襄州关南。及与德山宣鉴、赵州从谂游。诗一首。(《全唐诗》无道吾和尚诗,传据《祖堂集》卷十九、《景德传灯录》卷十一。唐另有潭州道吾山圆智禅师,据张靖龙考证,并非此诗作者,兹不取)

乐　道　歌

乐道山僧纵性多,天回地转任从他。闲卧孤峰无伴侣,独唱无生一曲歌。无生歌,出世乐,堪笑时人和不著。畅情乐道过残生,张三李四浑忘却。大丈夫,须气概,莫顺人情莫妨碍。汝言顺即是菩提,我谓从来自相背。有时憨,有时痴,非我途中争得知。特达一生常任运,野客无乡可得归。今日山僧只遮是,元本山僧更若为。探祖机,空王子,休似浮云勿隈倚。自古长披一衲衣,曾经几度遭寒暑,不是真,不是伪,打鼓乐神施拜跪。明明一道汉江云,青山渌水不相似。禀性成,无揩改,结角罗纹不相碍。或运慈悲喜舍心,或即逢人以棒闾。慈悲恩爱落牵缠,棒打交伊破恩爱。报乎月下旅中人,若有恩情吾为改。见《景德传灯录》卷三十。

毕　诚

　　毕诚,字存之,郓州须昌人。大和中擢进士第。会昌间任磁州刺史。大中时,历官翰林学士、刑部侍郎。咸通初入相,四年出守河中,卒,年六十二。(《全唐诗》无毕诚诗,传据《旧唐

书》本传及《唐刺史考》）

句

萍聚只因今日浪，荻斜都为夜来风。《唐语林》卷三。

周　繇

惜　春

自从春草生，不敢下阶行。见日本汲古书院出版《和刻本类书集成》本宋陈元靓
《重编群书类要事林广记癸集》卷十三《诙谐文话》引。

詹　雄

咏　蝉

雨馀翼敛槐烟薄，风急声翻柳巷深。

咏　柳

自从彭泽先生后，翠叶芳条只自春。均见《吟窗杂录》卷二九《历代吟谱》。

景　岑

　　景岑，长沙人。嗣南泉。初住鹿苑，后无定所。众称长沙
和尚。诗二十一首。（《全唐诗》无景岑诗）

劝　学　偈

万丈竿头未得休，堂堂有路少人游。禅师欲《景德传灯录》作"愿"达南泉

去,满目青山万万秋。《祖堂集》卷十七、《景德传灯录》卷十。

诫人斫松竹偈

千年竹,万年松,枝枝叶叶尽皆同。为报四方参《景德传灯录》作"玄"学者,动手无非触祖翁《景德传灯录》作"公"。同前。

投　机　偈

处处真,处处真,尘尘尽是本来人。真实说时声不现,正体堂堂没却身。《祖堂集》卷十七。

因　事　颂

自觉开佛堂,慧放五道光。无人不佛佛,不悟意中藏。同前。

须弥纳芥子颂

须弥本非有,芥子元来空。将空纳非有,何处不相容?同前。

明教中幻意偈

若人见幻本来真,是即名为见佛人。圆通法界无生灭,无灭无生是佛身。同前。

答南泉久住投机偈 题拟

今日投机事莫论,南泉不道遍乾坤。还乡须《五灯会元》作"尽"是儿孙事,祖父从来不入《五灯会元》"出"门。《景德传灯录》卷十、《五灯会元》卷四。

　　按:《五灯会元》以此首为南泉普愿作,而以南泉之作为景岑作,似误。

偈

百丈竿头不动人，虽然得入未为真。百丈竿头须进步，十方世界是全身。《祖堂集》卷十七、《景德传灯录》卷十。

也大奇，也大奇，一月之中两月疑。见与见缘无自性，常寂谁是复谁非。《祖堂集》卷十七。

最甚深，最甚深，法界人身便是心。迷者迷心为众色《宗镜录》作"刹"，悟时刹海《景德传灯录》作"境"是真心。

身界二尘无实性《宗镜录》、《景德传灯录》作"相"，分明达此号知音。《祖堂集》卷十七、《宗镜录》卷九八、《景德传灯录》卷十。

摩诃般若照，解脱甚深香《景德传灯录》作"深"、《五灯会元》作"法"。法身寂灭体，三一理圆常。欲识功齐处，此名常寂光。《祖堂集》卷十七、《景德传灯录》卷十、《五灯会元》卷四。

虚空问万像，万像答虚空。何《景德传灯录》作"谁"人亲得闻，木叉卯角童。《祖堂集》卷十七、《景德传灯录》卷十。

假有元非有，假灭亦非无。涅槃偿债义，一性更无殊。《祖堂集》卷十七。

妙空妙用不思议，无灭无生无所依。本觉性真为智父，父生智子妙难思。智智不觉元来妙，达见无观即本如。父子本来无二相，即今即本更无时。同前。

满眼本非色，满耳本非声。文殊常触目，观音塞耳根。会三元一体，达四本同真。堂堂法界性，无佛亦无人。《祖堂集》卷十七、《景德传灯录》卷十。

谁问山河转，山河转向谁？圆通无两畔，法性本无归。同前。

碍处无《景德传灯录》作"非"墙壁，通处勿《景德传灯录》作"没"虚空。若能《景德传灯录》作"人"如是解，心色本来同。《祖堂集》卷十七、《景德传灯录》卷十。

学道之人不识真，只为从来认识神。无始劫来生死本，痴人唤作本来身。《景德传灯录》卷十、《五灯会元》卷四、《丛林公论》。

佛性堂堂显现，住性有情难见。若悟众生无我，我面何殊《五灯会元》
作"如"佛面？《景德传灯录》卷十、《五灯会元》卷四。

不识金刚体，却唤作缘生。十方真寂灭，谁在复谁行。同前。又见《林间
录》卷上。

万法一如不用拣，一如谁拣谁不拣。即今生死本菩提，三世如来同
个眼。同前。

亡　僧　偈

目前无一法，当处亦无人。荡荡金刚体，非妄亦非真。《林间录》卷上。

师　复

　　师复，咸通间福州双峰寺僧。（《全唐诗》无师复诗）

句

君自成龙我成道。见明王应山纂《闽都记》卷十九。

　　《闽都记》云："双峰寺在绥平里，今四都也。唐咸通五年，僧师复自小
　　箬双髻峰移建今所焉。观察使林衮同业儒同入关，至扬子渡口，师复有出
　　尘之兴，赋诗曰（略）。浩然而归，卜筑於此。观察使李瓒请赐寺额。"

智　真

　　智真，姓柳，扬州人。嗣怀晖。住福州龟山。咸通六年卒，
　　年八十四。诗四首。（《全唐诗》无智真诗）

偈

心本绝尘何用洗，身中无病岂求医。欲知是佛非身《淳熙三山志》卷三七作"心"处，明鉴高悬未照时。

明月分形处处新，白衣宁坠解空人。谁言在俗解《五灯会元》作"妨"修道，金粟曾为长者《五灯会元》作"居士"身。

忍仙林下坐禅时，曾被歌王割截肢。况我圣朝无此事，只今休道亦何悲。见《景德传灯录》卷九、《五灯会元》卷四。

　　　按：《祖堂集》卷十七以"心本"、"忍仙"二首作正原偈。《淳熙三山志》卷三七则以正原"沧溟几度变桑田"一偈归智真，今皆不取。

救命如雷下翠微，风前垂泪脱禅衣。云中有寺不容住，尘里无家何处归。见《五灯会元》卷四。

　　　按：《舆地纪胜》卷十九录中和间僧麻衣禅师《麻衣颂》，与此颂仅数字不同。难以确定归属，今两收。《石仓历代诗选》卷一一一收"明月"、"救命"二首。

温庭筠

句

窗疏眉语度。见《类说》卷四九《汉上题襟》。

卜 山 居

山底采薇云不厌，洞中栽树鹤先知。见《日本古典文学大系》七三册藤原公任《和汉朗咏集》卷下《仙家》引。

　　　按：上毛河世宁《全唐诗逸》卷中收二句归"温达"。川口久雄注《和汉朗咏集》以为系沿袭《千唐佳句》抄本的误字而致误。题从架藏私注本。

封特卿

　　特卿，字亚公，渤海人。敖之从子。进士及第，为湖州军倅，后历位清显。诗二首。（《全唐诗》无封特卿诗，兹据《旧唐书》卷一六八《封敖传》、《新唐书》卷七一《宰相世系表》拟传）

为湖州军倅日与同年李大谏诗酒唱酬以疾阻欢及愈作此诗 题拟

已负数年红画烛，更辜双带绣香球。白蘋洲上风烟好，扶病须挤到后筹。

离　别　难

佛许众生愿，心坚石也穿。今朝虽送别，会却有明年。均见《增修诗话总龟》卷二三引江邻几《杂志》。今本《江邻几杂志》无此条。

义　玄

　　义玄，俗姓邢，曹州南华人。嗣希运。后住镇州临济院，创临济宗。咸通八年卒。诗一首。（《全唐诗》无义玄诗）

将示灭说传法偈

沿流不止问如何？真照无偏《五灯会元》、《林间录》作"边"说似他。离相离名人不禀，吹毛用了急还《林间录》、《五灯会元》作"须"磨。见《天圣广灯录》卷十、《五灯会元》卷十一、《林间录》卷下。

某大德

赵州和尚将游五台作偈留之 _{题拟}

何《五灯会元》作"无"处青山不道场,何须策杖礼清凉。云中纵有金毛现,正眼观时非吉祥。见《景德传灯录》卷十、《五灯会元》卷四。《石仓历代诗选》卷一一一误作从谂诗。

从 谂

从谂,姓郝,曹州郝乡人。嗣南泉,住赵州观音院。世称赵州和尚。咸通九年卒。诗十七首。(《全唐诗》无从谂诗,传据《古尊宿语录》卷十四。《祖堂集》卷十八法名作全谂,青社缁丘人)

十 二 时 歌

鸡鸣丑,愁见起来还漏逗。裙子褊《偈颂》作"偏"衫个也无,袈裟形相些些有。褌无腰一作"裆",裤无口,头上青灰三五斗。比望一作"本为"修行利济人,谁知变作一作"翻成"不唧溜。

　　按:宋圆悟《碧岩录》卷四仰山引此首,注"一作"者为其异文。

平旦寅,荒村破院实难论。解斋粥米全无粒,空对闲窗与隙尘。唯雀噪,勿人亲,独坐时闻落叶频。谁道出家憎爱断,思量不觉泪沾巾。

日出卯,清净却翻为烦恼。有为功德被尘谩《偈颂》作"幔",无限田地未曾扫。攒眉多,称心少,叵耐东村黑黄老。供利不曾将得来,放驴吃我堂前草。

食时辰，烟火徒劳望四邻。馒头馄子前年别，今日思量空咽津。持念少，嗟欢频，一百家中无善人。来者只道觅茶吃，不得茶童《偈颂》作"噇"去又嗔。

禺中已，削发谁知到如此。无端被请作村僧，屈辱饥凄受欲死。胡张三，黑李四，恭敬不曾生些子。适来忽尔到门头。唯道借茶兼借纸。

日南午，茶饭轮还无定度。行却南家到北家，果至北家不推注。苦沙盐，大麦醋，蜀黍米饭齏莴苣。唯称供养不等闲，和尚道心须坚固。

日昳未，者回不践光阴地。曾闻一饱忘百饥，今日老僧身便是。不习禅，不论义，铺个破席日里睡。想料上方兜率天，也无如此日炙背。

晡时申，也有烧香礼拜人。五个老婆三个瘿，一双面子黑皴皴。油麻茶，实是珍，金刚不用苦张筋。愿我来年蚕麦熟，罗睺罗儿与一文。

日入酉，除却荒凉更何守。云水高流定委无，历寺沙弥镇常有。出格言，不到口，枉续牟尼子孙后。条拄杖粗榔藜，不但登山兼打狗。

黄昏戌，独坐一间空暗室。阳焰灯光永不逢，眼前纯是金州漆。钟不闻，虚度日，唯闻老鼠闹啾唧。凭何更得有心情，思量念个波罗蜜。

人定亥，门前明月谁人爱。向里唯愁卧去时，勿个衣裳着甚盖。刘维那，赵五戒，口头说善甚奇怪。任你山僧囊罄空，问着都缘总不会。

半夜子，心境何曾得暂止。思量天下出家人，似我住持能有几？土榻床，破芦蕟，老榆木枕全无被。尊香不烧安息香，灰里唯闻牛粪气。此组诗又见《禅门诸祖师偈颂》卷上之下。

因见诸书见解异途乃有颂

石桥南,赵州北,中有观音有弥勒。祖师留下一只履,直到如今觅不得。此首又见《祖堂集》卷十八。

因鱼鼓有颂

四大犹《五灯会元》卷四作"由"来造化功,有声全贵里头空。莫怪不与凡夫说,只为宫商调不同。

因莲花有颂

奇异根苗带雪鲜,不知何代别西天。淤泥深浅人不识,出水方知是白莲。

颂

渠说佛有难,我说渠有灾。但看我避难,何处有相随?有无不是说,去来非去来。为你说难法,对面识得来。以上十六首均见宋渭颐藏主《古尊宿语录》卷十四《赵州真际禅师语录》卷下。

送凌行婆颂

当机直面提,直面当机疾《五灯会元》录二"直"字皆作"覿"。报尔凌行婆,哭声何得失。见《景德传灯录》卷八、《五灯会元》卷三。

凌行婆

　　凌行婆,从谂同时人。诗一首。(《全唐诗》无凌行婆诗)

答赵州和尚颂

哭声师已晓，已晓复谁知。当时魔《五灯会元》作"摩"竭国，几丧目前机。同前。

郑　玘

　　郑玘，咸通中人。与沈云翔、秦韬玉等十人，皆交通中贵，时称为芳林十哲。诗一首。(《全唐诗》无郑玘诗)

伤淘者

披沙辛苦见伤怀，往往分毫望亦乖。力尽半年深水里，难全为一凤凰钗。《太平御览》卷八一一引《岭表录异》，又见四库本《岭表录异》卷上。

全唐诗续拾卷三一

皇甫松

大隐赋附歌

茫茫大块兮瀰沦逶迤,生我至德兮其心孔殷,茫茫兮孰知其施? 道之虚,维吾之庐;阒之隘,维吾之宾矣;道之谧,维吾之室;阒之嚣,维吾之党矣! 杳乎徐乎,辽乎冥乎,维吾之娱矣! 刚龙之蟠长云兮夭矫蜿蜒,修鳞之喜横海兮纷潾漩沿,游神于六合之外兮希夷自然。

曾澜起兮风自飘,云溶溶兮连〔沕〕(沉)寥,微风息兮波以平,云霏霏兮开杳冥。重岩邈兮修已远,洄潭渺兮深复浅,羽余觞兮空余罍,玉颜酡兮山已颓,羲皇何以不复回? 捐形弃世兮如我何哉! 金踊跃兮求莫耶,为不祥兮将奈何! 以上二首檀栾子歌。

大道由由 一作"悠悠" 而熙熙,吾莫知施谁宗,栾子吾其嗣之。至化荡荡而一一,吾莫知专谁师,栾子吾其与焉。此首招隐者歌。均见《文苑英华》卷九九。

　　按:檀栾子为皇甫松自号。

赵　象

　　象,咸通间河南人。诗五首。(《全唐诗》无赵象诗)

绝句寄步非烟 题拟

一睹倾城貌，尘心只自猜。不随萧史去，拟学阿兰来。

赋诗以谢步非烟

珍重佳人赠好音，彩笺芳翰两情深。薄于蝉翼难供恨，密似蝇头未写心。疑是落花迷碧洞，只思轻雨洒幽襟。百回消息千回梦，裁作长谣寄绿琴。

于前庭独坐赋诗

绿暗红藏起暝烟，独将幽恨小庭前。沉沉良夜与谁语，星隔银河月半天。

寄步非烟 题拟

见说伤情为见春，想封蝉锦绿蛾颦。叩头为报烟卿道，第一风流最损人。

托门媪赠步非烟诗 题拟

十洞三清虽路阻，有心还得傍瑶台。瑞香风引思深夜，知是蕊宫仙驭来。均见《太平广记》卷四九一引《三水小牍》。

良　价

　　良价，俗姓俞，诸暨人。初从五泄灵默披剃，后诸嵩山具戒。历参马祖沩山，师云岩昙晟得法。大中末住豫章高安之洞山，大行禅法，后得曹山本寂发挥，开曹洞一宗。咸通十年卒，

年六十三。诗三十六首。（《全唐诗》无良价诗，传据《宋高僧传》卷十二及辑诗所据诸书）

新 丰 吟

古路坦然谁措足？无人解唱还乡曲。清风月下守株人，凉兔渐遥春草绿。天香袭兮绝芳馥，月色凝兮非照烛。行玄犹是涉崎岖，体妙因兹背延促，殊不然兮何展缩，纵得然兮混泥玉。獬豸同栏辨者嗤，薰莸共处须分郁。长天月兮遍豁谷，不断风兮偃松竹。我今到此得从容，吾师叱我相随逐。新丰路兮峻仍敧，新丰洞兮湛然沃。登者登兮不动摇，游者游兮莫勿速。绝荆榛兮罢钐剧，饮馨香兮味清肃。负重登临脱屣回，看他早是空担鞠。来驾肩兮履芳躅，至潡心兮去凝目。亭堂虽有到人稀，林泉不长寻常木。道不镂雕非曲颖，郢人进步何瞻瞩。工夫不到不方圆，言语不通非眷属。事不然兮讵冥旭，我不然兮何断续。殷勤为报道中人，若恋玄关即拘束。

宝镜三昧歌

如是之法，佛祖密付。汝今得之，宜善保护。银盌盛雪，明月藏鹭。类之不《五灯会元》卷十三作"弗"齐，混则知处。意不在言，来机亦赴。动成窠臼，差落顾伫。背触俱非，如大火聚。但形文彩，即属染污。夜半正明，天晓不露。为物作则，用拔诸苦。虽非有为，不是无语。如临宝镜，形形《五灯会元》作"影"相睹。汝不是渠，渠正是汝。如世婴儿，五相完具。不去不来，不起不住。婆婆和和，有句无句。终不得物，语未正故。重离六爻，偏正回互。叠而为三，变尽成五。如荃《五灯会元》注："徒结切"草味，如金刚杵。正中妙挟，敲唱双举。通宗通途，挟带挟路。错然则吉，不可犯忤。天真而妙，不属迷悟。因缘时节，寂然昭著。细入无间，大绝方所。毫忽之差，不应律吕。今有顿渐，缘立宗趣。宗趣分矣，即是规矩。宗通趣极，真常流注。外寂中摇，系驹伏鼠。先圣悲之，为法檀度。随其颠倒，以缁为素。颠倒想灭，肯心自许。要合古辙，请观前古。佛道垂成，十劫观树。如虎之缺，如马之异《五灯会元》注:"之戌切"。以有下劣，宝几珍御。以有惊异，黧奴白牯。羿以巧力，射中百步。箭锋相值，巧力何预？木人方歌，石女起舞。非情识到，宁容思虑？臣奉于君，子顺于父。不顺不《五灯会元》作"非"孝，不奉不《五灯会元》作"非"辅。潜行密用，如愚如鲁。但能相续，名主中主。

自　诚

不求名利不求荣，只么随缘度此生。三寸气消谁是主？百年身后谩虚名。衣裳破后重重补，粮食无时旋旋营。一个幻躯能几日，为他闲事长无明。

辞北堂颂二首

未了心源度数春，翻嗟浮世谩逡巡。几人得道空门里，独我淹留在世尘。谨具尺书辞眷爱，愿明大法报慈亲。不须洒泪频相忆，譬似当初无我身。

岩下白云常作伴，峰前碧障以为邻。免干世上名与利，永别人间爱与憎。祖意直教言下晓，玄微须透句中真。合门亲戚要相见，直待当来证果因。

后寄北堂颂 斯二一六五卷作"辞亲偈"

不求名利不求儒斯二一六五卷作"不好浮荣不好儒"，愿乐空门舍俗徒。烦恼尽时愁火灭，恩情断处爱河枯。六根戒定香风引，一念无生慧力扶。为报北堂休怅望斯二一六五卷作"忆念"，譬言死了譬如无。

网要颂《五灯会元》卷十三作"偈"三首
敲唱俱行

金针双锁备，叶路隐全该。宝印当空《五灯会元》作"风"妙，重重锦缝开。

金锁玄路

交互明中暗，功齐转觉难。力穷忘进退，金锁网鞔鞔。

不堕凡圣《五灯会元》注："亦名理事不涉"

事理俱不涉，回照绝幽微。背风无巧拙，电火烁难追。

功勋五位颂

　　　　原注：本则既已出上。异本作"上堂次示问话僧颂"。

圣主由来法帝尧，御人以礼曲龙腰。有时闹市头边过，到处文明贺圣朝。向。

净洗浓妆为阿谁？子规声里劝人归。百花落尽啼无尽，更向乱峰深处啼。奉。

枯木花开劫外春，倒骑玉象乘《五灯会元》作"趁"麒麟。而今高隐千峰外，月皎风清好日辰。功。

众生诸佛不相侵，山自高兮水自深。万别千差明底事，鹧鸪啼处百花新。共功。

头角才生已不堪，拟心求佛好羞惭。迟迟空劫无人识，肯向南询五十三。功功。

　　　　按：《五灯会元》卷十三所收连作一首。

真　赞

□□□□□，□□□□□。徒观纸与墨，不是山中人。

答僧问如何是主中主

嗟见今时学道流，千千万万认门头。恰似入京朝圣主，只到潼关便〔即〕据《五灯会元》卷十三补休。

临寂示颂　题拟

学者恒沙无一悟，过在寻他舌头路。欲得忘形泯踪迹，努力殷勤空里步。以上均见《大正新修大藏经》第四七册《筠州洞山悟本禅师语录》。

过水睹影大悟前旨因有偈　题拟

切忌从他觅，迢迢与我疏。我今独自往，处处得逢渠。渠今正是我，我今不是渠。应须与么《祖堂集》作"摩"，《五灯会元》、《悦心集》作"恁么"会，方始前引三书作"得"契如如。同前。以《祖堂集》卷五、卷七、《五灯会元》卷十三、《悦心集》卷一所引相校。《悦心集》题作《水中睹影口占》。《五灯会元》卷七作《过水偈》，引疏、渠二韵。

王子颂五首

诞　生

天然贵胤本非功，德合乾坤育势隆。始末一期无杂种，分宫六宅不他宗。上和下睦阴阳顺，共气连枝器量同。欲识诞生王子父，鹤腾霄汉出银笼。

朝　生

苦学论情世不《五灯会元》作"莫"群，出来凡事已超伦。诗成五字三冬雪，笔落分毫四海云。万卷积功彰圣代，一心忠孝辅明君。盐梅不是生知得，金榜何劳显至勋。

末　生

久栖岩岳《五灯会元》作"壑"用功夫，草榻柴扉守志孤。十载见闻心自委，一身冬夏衣缣无。澄凝愁看《五灯会元》作"含笑"，《禅门诸祖师偈颂》作"愁笑"三秋思，情苦高名上哲图。业就巍《五灯会元》作"高"，《禅门诸祖师偈颂》作"帝"科酬极志《五灯会元》作"志极"，比来臣相不当途。

化　生

傍分帝化《五灯会元》作"位"，《禅门诸祖师偈颂》作"命"为传持，万里山河布政威。红影日轮凝下界，碧袖《禅门诸祖师偈颂》作"油"风冷暑炎时。高低岂废尊卑奉，五裤苏途远近知。妙印手持烟塞静，当阳那肯露纤机。

内　生

九重深密《五灯会元》作"密处"复何宣，挂弊蘝《禅门诸祖师偈颂》作"兴"来显妙传。祇奉一人天地贵，从他诸道自分权。紫罗帐合君臣隔，黄阁帘垂禁制全。为汝方隅官《禅门诸祖师偈颂》作"愚宫"属恋，遂将黄叶止啼钱。以上五首均见《大正新修大藏经》第四七册《筠州洞山悟本禅师语录·歌颂》校记别本。又见《五灯会元》卷五石霜庆诸引"颂洞山五位王子"。《石仓历代诗选》卷一一一收末首，误为庆诸作。《禅门诸祖师偈颂》卷上之上云为"石霜诸禅师出题，洞山悟本大师颂"。

心　丹　诀

吾有药，号心丹，烦恼炉中炼岁年。知伊不变胎中色，照耀光明遍大千。开法眼，睹毫端，能变凡圣刹那间。要知真假成功用，一切时中锻炼看。无形状，无方圆，言中无物物中言。有心用即乖真用，无意安禅无不禅。亦无灭，亦无起，森罗万像皆驱使。不论州土但将来，入此炉中无不是。无一意，是吾意，无一智，是吾智，无一味，无不异。色不变，转难辩，更无一物于中现。莫将一物制伏他，体合真空非锻炼。见《大正新修大藏经》第四八册吴越释延寿《宗镜录》卷九八。

茫茫天下虚寻觅，未肯回头自相识。信师行到无为乡，始觉从来枉施力。同前书卷十六引。

悟　道　偈

向来物物上求通，只为从前不识宗。如今见了浑无事，方知万法本来空。同前书卷六引。

偈

世间尘事乱如毛，不向空门何处消。若待境缘除荡尽，古人那得喻芭蕉。同前书卷四十引。

缺　题

吾家本住在何方？鸟道无人到处乡。君若出家为释子，能行此路万相当。同前书卷十二引。

五位君臣颂

正中偏，三更初夜月明前。莫怪相逢不相识，隐隐犹怀旧日嫌—作"妍"。

偏中正，失晓老婆逢古镜。分明—作"月"觌面别无真，休更迷头犹—作"还"认影。

正中来，无中有路隔尘埃。但能不触当今—作"时"讳，也胜前朝断舌才。

兼—作"偏"中至，两刃交锋不须避。好手犹如火里莲，宛然自有冲天志—作"气"。

兼中到，不落有无谁敢和。人人尽欲出常流，折合还归炭里坐。见《五灯会元》卷十三，注"一作"者为《抚州曹山元证禅师语录》之异文。

呈 云 岩 偈

也大奇，也大奇《祖堂集》作"可笑奇，可笑奇"，无情解说《五灯会元》作"说法"
不思议。若将耳听声不现《五灯会元》作"终难会"，眼处闻声始可知《祖堂
集》、《五灯会元》作"方得知"。见《景德传灯录》卷十五、《五灯会元》卷十三。

答 仰 山 颂

诗咏人间事，空门何不删？探珠宜静浪，动水取应难。名利心须剪，
非朋不用攀。舍邪归正道，何虑不闲闲。《天圣广灯录》卷十二。

颂

道无心合人，人无心合道。欲知此《五灯会元》作"个"中意，一老一不
老。《祖堂集》卷二十、《五灯会元》卷十三。

道　允

　　道允，新罗汉州鸺岩人。长庆五年入唐，投南泉普愿为师。
会昌七年归国。咸通九年卒，年七十一。世称双峰和尚。诗一
首。(《全唐诗》无道允诗，传据《祖堂集》卷十七)

辞雪峰和尚 题拟

暂辞雪岭伴云行，谷口无关路坦平。禅师莫愁怀别恨，犹如秋月月
常明。《祖堂集》卷七。

隐山和尚

隐山和尚，嗣马祖。与良价同时，法名待考。隐山在潭州湘潭县西南。诗二首。（《全唐诗》无隐山和尚诗，《五灯会元》作龙山和尚）

示洞山偈

青山白云父，白云青山儿。白云终日依一作"倚"，青山都一作"总"不知。欲知此中意，寸步不相离。见《祖堂集》卷二十。

留　壁　题从《沅湘耆旧集》

三间茅屋从来住，一道神光万境闲。莫把事非来辨我，浮生穿凿不相关。见《五灯会元》卷三、《石仓历代诗选》卷一一一、《沅湘耆旧集》卷十。

按：《沅湘耆旧集》另录一诗，为大梅法常偈误入，见本书卷二十七。《正法眼藏》卷三作"洞山颂"。

师　虔

师虔，初师夹山，住随州土门小青林兰若，世称青林和尚。后师洞山良价，移住洞山，称后洞山禅师。诗一首。（《全唐诗》无师虔诗）

栽　松　颂

短短一尺馀《景德传灯录》、《五灯会元》、《古今禅藻集》均作"长长三尺馀"，纤纤前引三书均作"郁郁"覆绿《景德传灯录》作"荒"，《五灯会元》、《古今禅藻集》作"青"草。

不知何世前引三书均作"代"人，得见此松老。见《祖堂集》卷八，以《景德传灯录》卷十七、《五灯会元》卷十三、《古今禅藻集》卷七对校。

正　原　《五灯会元》作"正元"

正原，姓蔡，宣州南陵人。嗣五泄，同住龟山。咸通十年卒，年七十八，谥性空大师。诗三首。（《全唐诗》无正原诗）

偈

沧溟几度变桑田，唯有虚《三山志》作"灵"空独湛然。已到岸人休恋筏，未曾度者任一作"要"须《三山志》作"便求"船。

寻师认得本心源，两岸俱玄一不全。是佛何一作"不"须更求一作"觅"佛，只因从一作"如"此便忘言一作"缘"。见《祖堂集》卷十七、《景德传灯录》卷十、《五灯会元》卷四。注"一作"者为后二书之异文。《淳熙三山志》卷三七以前一首为释智真作，今不取。

刘民周续岂颠痴，弃世犹求远大师。今日幸逢玄旨在，须将心地种禅枝。见《淳熙三山志》卷三七。

按：《祖堂集》录正原偈四首，后二首应为智真作，参本卷智真条。

李　骘

判人求免税　题拟

松垣笔力破沧溟，欲援任涛免税□。一段风流好公案，锦江重写入图经。《尧山堂外纪》卷二六。

义　忠

　　义忠,姓杨,福州福唐县人。嗣大颠,在漳州。咸通十三年十一月卒,年九十二。诗五首。(《全唐诗》无义忠诗)

答王侍郎讽问黑豆未生芽时颂　题拟

菩提慧日朝朝照,船若凉风夜夜吹。此处不生聚杂树,满山明月是禅枝。

偈　四首

即此见闻非见闻,无馀声色可呈君。个中若了全《宗镜录》卷九八作"浑"无事,体用无《五灯会元》卷五作"何"妨分不分。

见闻觉知本非尘,识海波中自昧身。状似碧潭波沫覆,灵王翻作客中宾。

见闻知觉本非因,当体虚玄觉妄真。见相不生痴爱业,洞然全是释迦身。见《祖堂集》卷五。

解擘当胸箭,因何只半人?为从途路晓,所以不全身。《五灯会元》卷八。

京师小子弟

谑杨莱儿

尽道莱儿口可凭,一冬夸婿好声名。适来安远门前见,光远何曾解一鸣。见《北里志》。

陈 陶

和江西李助副使早登开元寺阁

按:《全唐诗》卷七四五此诗,第十五句缺一字。检胡震亨《唐首戊签》八(《统签》卷五九七),收此诗于雍陶名下,题作《登武昌江山寺》,第十五句不缺,作"书剑忽若空"。全诗较长,不重录。胡氏未云因何收归雍陶名下。《唐音戊签馀》二八陈陶名下重收。

严 都

都,咸通初任试官,后为金部员外郎,司勋郎中。诗一首。(《全唐诗》无严都诗,兹据《黄御史公集》卷八《颍川陈先生集序》、《郎官石柱题名考》卷七、卷十六拟传)

〔拟〕送贺秘监归会稽诗

广成何必挂朝衣,已奉玄珠佐万机。还蹑旧衣凫舄去,不将新赐鹤书归。先生因辞宠禄,竟追成命。暂凭风驭游清禁,终泛仙槎出紫微。今日汉庭因少别,人间无限白云飞。将离洛都,历别公卿十数事,其处皆有白云起。见《会稽掇英总集》卷二。

李 频

宝贤堂

游访曾经驻马看,窦犨遗像在林峦。泉分石洞千条碧,人在冰壶六月寒。时雨欲来腾雾霭,微风初动漾波澜。个中若置羊裘叟,绝胜当年七里滩。《古今图书集成·职方典》卷三○五《太原府部》。

苏州寒食日送人归觐

江声寒食下，花木惨离魂。几宿投山寺，孤帆过海门。篷声泼火雨，
柳色禁烟村。定看堂高后，斑衣灭泪痕。见《择是居丛书》影宋绍定二年刊
本宋范成大《吴郡志》卷四九。

　　　　按：《全唐诗》卷五八九录此诗，有缺字，今重录。另同卷《即席送许□
　　　之曹南省兄》，据《吴郡志》同卷，所缺一字为"制"字，诗不重录。又《吴郡
　　　志》所收二诗皆见宋王禹偁《小畜集》卷七，作频诗恐误。

句

恩深转无语，怀抱自分明。见《吟窗杂录》卷十三王梦简《进士王氏诗要格律》。

　　　　按：原署"李颖"，收二联，另一联"天下已归汉，山中犹避秦"，为李频
　　　《四皓庙》句，知此二句亦为李频诗。

李　罕

　　　　李罕，咸通中进士。（《全唐诗》无李罕诗）

披云雾见青天诗

颜回似《吟窗杂录》作"貌如"青天。《太平广记》卷二六一、《吟窗杂录》卷三九。

王　□

　　　　王□，晋阳人。咸通中在世。诗一首。（《全唐诗》无王□
　　诗）

王氏殇女墓铭

王氏殇女其名容,名由仪范三德充,诵诗阅史慕古风,卑盈乐善正
养蒙。是宜百祥期无穷,奈何美瘀剿其躬。芳年奄谢午咸通,季夏
二十三遘凶,翌月十八即幽宫,寿逾及笄三而终。晋阳之胄冠诸宗,
厥考长仁命不融,外族清河武城东,中外辉焯为世雄。今已矣夫石
窆封,仲父刻铭藏户中,以纾临穴婗悲恫。古往今来万化同,高高谁
为问圆穹? 姑安是兮龟筮从,竦吉良兮从乃公。见饶宗颐编《唐宋墓志·
远东学院藏拓片图录》。

　　按:此方墓志无序,铭文通篇为七言韵文,与诗无异。在唐志中颇罕
　　见,故录出之。作者为死者王容之仲父,"午咸通"即咸通三年壬午岁。

卢　肇

牡　丹

绝代只西子,众芳唯牡丹。月中虚有桂,天上谩夸兰。夜濯金波满,
朝倾玉露残。性应轻菡萏,根本是琅玕。夺日霞千片,〔凌〕(陵)风绮
一端。稍宜经一作"沾"宿雨,偏觉耐春寒。见说开元岁,初令植御栏。
贵妃娇欲比,侍女妒羞看。巧类鸳机织,光攒射月团。渐移公子第,
还种杏花坛。豪士倾囊买,贫儒假乘观。叶藏梧际凤,枝动镜中鸾。
似笑宾初至,如愁酒欲阑。诗人忘芍药,释子愧梅檀。酷烈宜名寿,
姿容想姓潘。素光翻露羽,丹焰艳鸡冠。燕拂惊还语,蜂贪困未安。
倘令红脸笑,兼解翠眉攒。少长呈连萼,娇矜寄合欢。息肩移九轨,
无胫到千官。日耀香房折,风披蕊粉干。好酬青玉案,称贮碧冰盘。
璧要连城与,〔珠〕(殊)堪十斛判。更思初甲拆,那得异泥蟠。骚咏应
遗恨,农经只粗刊。鲁般雕不得,延寿笔将殚。醉客同攀折,佳人惜

犯干。始知来苑囿，全胜在林峦。泥潭当浇洒，庭除又绰宽。若将桃李并，方觉效颦难。见《文苑英华》卷三二一。

送李群玉

君梦浔阳月，中秋忆〔棹歌〕（归棹）。铅黄辞秘府，诗酒寄沧波。妙吹应谐凤，工书定得鹅。〔□□□□□，□□□□□〕。详附按。

> 按：此诗诗题及前四句，出宋王象之《舆地纪胜》卷七十。"归棹"二字不韵，从《全唐诗》卷五五一引《岳州府志》改。"妙吹"二句，出宋钱易《南部新书》卷乙。详诗意及押韵，与前四句应为一首。原诗应为五律，末二句缺。"君梦"、"妙吹"二联，《全唐诗》已收入。

病　马

尘土卧多毛已一作"色"暗，风霜受尽眼犹一作"光"明。见陆游《渭南文集》卷二八《跋唐卢肇集》引。

> 陆游跋云："子发尝谪春州，而集中误作'青州'，盖字之误也。《题清远峡观音院诗》，作'青州远峡'，则又因州名而妄窜定也。前辈谓印本之害，一误之后，遂无别本可证，真知言哉！《病马诗》云（略）。足为当时佳句。此本乃以'已'为'色'，'犹'为'光'，坏尽一篇语意，未必非妄校之罪也。可胜叹哉！庆元庚申二月三日，放翁灯下书。"

> 按：《吟窗杂录》引《诗中旨格》收此二句为秦韬玉诗，见本书卷三十三。

咤姚岩杰诗

明月照巴山。见《唐摭言》卷十。

题云峰寺

朔风振林壑，楼殿虚无间。半夜云开月，流水满空山。民国重刊明弘治

《衡山县志》卷六。此诗承陶敏先生录示。

刘　瞻

瞻，字几之，彭城人。大中初擢进士第，四年，登博学宏词科。历佐州府。咸通初入朝，累迁为翰林学士、中书舍人等职。出为河东节度使，入为京兆尹。十年，同平章事，次年因同昌公主事贬外，入朝以太子宾客公司。（《全唐诗》无刘瞻诗，传录《旧唐书》卷一七七本传）

竹枝词　送李庾

蹑履过沟竹枝恨渠深女儿。见《中朝故事》。

《中朝故事》：瞻"至湖南，李庾方典是郡，出迎于江次竹牌亭。置酒，瞻唱《竹枝词》送李庾（略）。庾慽怒，乃上酒于瞻。瞻命庾酬唱。庾云：'不晓词间音律。'瞻投杯曰：'君应只解为制词也。'是夕，庾饮鸩而卒。"

从　朗

从朗，嗣从谂。住婺州木陈。诗一首。（《全唐诗》无从朗诗）

将归寂有偈

三十年来住木陈，时中无一假功成。有人问我西来意，展似眉毛作么生。见《大正藏》本《景德传灯录》卷十一（影宋本无）、《五灯会元》卷四。

卢　庠

庠，大中咸通间任河南府掾、鄂州观察判官。诗一首又二句。（《全唐诗》无卢庠诗）

送张晔赴举

一直照千曲，一雅肃群俗。如君一轴诗，把出奸妖服。
乃知诗日月，瞳瞳出平地。见《千唐志斋藏志》咸通十一年李夷遇撰《唐故乡贡进士南阳郡张公（晔）墓志铭》引。

张　晔

晔，字日章，南阳人。应进士举，未第。工古律诗。咸通十一年卒，年五十五。诗一首。（《全唐诗》无张晔诗）

寄　征　衣

开箱整霞绮，欲制万里衣。愁剪鸳鸯破，恐为相背飞。同前。

孔　纾

孔纾，字持卿，孔子四十代孙。咸通九年进士，官至左拾遗。咸通十五年卒，年三十三。诗一首。（《全唐诗》无孔纾诗）

临终前月馀作隐语 题拟

许下无言夺少年，震而不雨月当弦。风涛渭逆艅艎没，从此无舟济大川。《金石萃编》卷一一七郑仁表《唐故左拾遗鲁国孔府君墓志铭》引。

全唐诗续拾卷三二

裴　坦

坦，字知进，望出闻喜，大和八年进士，入宣州幕，拜左拾遗、史馆修撰，历楚州刺史、职方郎中，知制诰，进礼部侍郎。会昌间为江西观察使。咸通间出镇襄阳，迁华州刺史。乾符初入相，旋卒。(《全唐诗》无裴坦诗，传据《新唐书》卷一八二本传、《元氏长庆集》卷五五、《登科记考》卷二一、《唐方镇年表》卷四、卷六)

予自右辖出镇钟陵秘监家兄不忍远别亟见宰坐求替遂得同赴江西时也荐福大德显公禅门上首言归东林亦获结侣道路陪游每承清论今过寺因留题诗一首

麟台朝士辞书府，凤阙禅宗出帝京。归到双林亲慧远，行过五柳谒渊明。白衣居士轻班爵，败〔衲〕高僧〔薄世〕情。引得病夫无外想，一心师事〔竺先生〕。见罗振玉《吉石盦丛书》影宋钞本、《殷礼在斯堂丛书》校排本宋陈舜俞纂《庐山记》卷四。诗缺六字，据《永乐大典》卷六六九九引宋佚名《江州志》补。

按：《全唐诗补逸》卷十二据《永乐大典》录此诗。归裴休，题阙另拟。

诗有误字。今重录。"一心",宋抄误作"二心",罗校本已改正。《江州志》作"一生"。本诗作者,《永乐大典》及《庐山记》均题为裴休,后者并收有作者兄裴谟之和诗。岑仲勉先生《唐方镇年表正补》谓:裴"休自中舍除江西,有张又新《建碑记》及杜牧《代让平章事表》可证,非自右丞(右辖)出,休兄亦不名谟,唯《新表》中眘裴,僖宗相裴坦之兄名谟,乃知诗实坦作,后人误书坦为休也"。其说可从,今据以移正。

与大愿和尚诗　题拟

竟辞圣主宫中诏,来赴遗民社内期。见贯休《禅月集》卷五《寄大愿和尚》注引。

　　按:贯休诗注云二句为"太平裴相公与师诗",又云:"时裴公出守钟陵,与师同行。"又云:"裴公镇襄阳,频使迎取,师坚不往。"《唐方镇年表》考之甚详,可参看。又前诗题中所称之"荐福大德显公",岑仲勉以为与此大愿应为一人,只是"愿、显形近,未详孰正"。

裴　谟

　　谟,坦兄。大中间任秘书监,台州刺史等职。诗一首。(《全唐诗》无裴谟诗,事迹据《新唐书·宰相世系表》、《庐山记》及《嘉定赤城志》卷八,并参岑仲勉考证)

和舍弟留题东林寺

元非附凤攀龙客,本是山猿野鹿身。虚向班行纡组绶,争如云水洗埃尘。欢同玉季为良伴,喜奉金仙结胜因。今日香炉峰下过,方欣物外有遗民。见《吉石盦丛书》本《庐山记》卷四,缺讹据罗振玉《殷礼在斯堂丛书》校排本及日本内阁文库藏宋刊本补改。

送陈说授本府长史 题拟

瓯闽地秀出文儒,书锦堪夸旧弃□。见明刻本《吟窗杂录》卷四一。

张　演

咏万安邑 《方舆胜览》题作《万安驿》

劲兵重作付胡奴,驱雀驱鱼计自疏。地入万安知几许,却怜此邑始
回车。见《锦绣万花谷续集》卷十一“绵州”、《方舆胜览》卷五四《绵州》。

诗后附记云:“唐明皇幸蜀,至此而叹曰:‘一安尚不可,况万安乎?’”

句

雉膏美景在蓁阴,红蕊丹跗次第寻。见宋杨伯岩《臆乘》。

潘　炜

吴　兴　诗

桑柘远连云。见《嘉泰吴兴志》卷二十。

曹　唐

真人酬寄羡门子

云洞烟深意自迷,忆君肠断武陵溪。三山未觉家中远,九府那知路
甚低。绛阙有时申再会,赤城何日手重携。唯愁不得分明语,惆怅
长霄月又西。见《四库珍本初集》本《天台前集别编》。

汉武帝宴西王母

花影暗回三殿月，树声深锁九门霜。《五代史补》卷一。此则承汤华泉同志见告。

崔　珏

灼　灼　歌

坐中之客皆龙虎。见《王状元集注分类东坡先生诗》卷九《九日黄楼作》注引崔班《灼灼歌》。

人心亦似春心逸。见陈元龙《片玉集注》卷七《玉烛新》注引崔珏诗。

舞停歌罢来中坐。见同书卷十《迎春乐》注引《灼灼歌》。

　　按：《片玉集注》引《丽情集》中诗，或称篇名，或称作者，或并引之，颇不一致，可参本书卷十八元稹《崔徽歌》条按语及拙辑《苏舜钦诗文续拾》《爱爱歌》附按。就《灼灼歌》三句出处不同称引考察，可知"崔班"即为崔珏之误。《才调集》卷三录韦庄《伤灼灼》诗，可证崔珏与灼灼恰为同时之人，有作诗之可能。灼灼故事，详《绿窗新话》卷上引《丽情集》。

　　又按：《全唐诗》卷五九一收崔珏《门前柳》，首句缺一字。《文苑英华》卷三三七、《全蜀艺文志》卷十八收此诗皆不缺，前者作"先"，后者作"早"。诗不重录。

宗　亮

　　宗亮，一作元亮，俗姓冯，奉化人。家傍月山而居，因号月山，又称月僧。开成中出家。会昌间退居家山。大中时住持明州国宁寺，与李频、方干善，又与贯霜、栖梧、不吟等人选为文会。晚年专事禅寂，不出寺门。年八十终于本寺。有诗集三百

许首传世。今存四首。(《全唐诗》无宗亮诗,传据《宋高僧传》卷二七《唐明州国宁寺宗亮传》及下引诸书)

它　山　歌

它山堰,堰在四明之鄞县。一条水出四明山,昼夜长流如白练。连接大江通海水,咸潮直到深潭里。淡水虽多无计停,半邑人民田种费。大和中有王侯令,清优为官立民政。昨因祈祷入山行,识得水源知利病。棹舟直到溪岩畔,极目江山波澜漫。略呼父老问来由,便设机谋造其堰。叠石横铺两山嘴,截断咸潮积溪水。灌溉民田万顷馀,此谓齐天功不毁。民间日用自不知,年年丰稔因阿谁。山边却立它神庙,不为长官兴一祠。本是长官治此水,却将饮食祭闲鬼。时人若解感此恩,年年祭拜王元暐。

它　山　堰

截断寒流叠石基,海潮从此作回期。行人自老青山路,涧急水声无绝时。以上二首均见南宋魏岘《四明它山水利备览》卷下,《四明丛书三集》本。二诗承温州师院张靖龙同志录示。

　　张靖龙云:南宋林元晋《回沙闸记》云:"唐僧元亮赋堰诗,有曰:'海潮从此作回期。'人谓绝唱。"明末李邺嗣《甬上高僧诗》卷上曰:"县令王元暐起它山堰,主水启闭,民德之,亮公为题一诗。宋志载吾最四绝句,以公题它山堰为第一。所云景绝诗亦绝者也。公又作长歌一首以记其事。"魏岘考订《它山歌》为元亮所作:"人知它山之诗而不知它山之歌。歌以言诗之未尽,诗以言歌之所不欲文。不观其诗,无以见亮公之绝唱,不观其歌,无以见王侯之始谋。予方幼时,盖尝耳其歌之大略矣。每以石刻不存为恨。咨询耆老有年于兹,近划得墨刻,读之甚喜。或疑图志上载绝句为唐僧元亮所作,此刻不载岁月名称,恐非亮公之笔。然即其歌以溯其意,如因祈祷入山与夫棹舟深入之语,非亮公距王侯未远,其孰能知此耶?"

礼舍利塔

铁轮王使鬼神功,灵塔飞来鄮岭东。有客不随流水去,罄敲疏雪细云中。明郭子章《明州阿育王山志》卷十。

灵鳗井

散尽残云碧甃开,灵鱼石缝露星腮。寒生镜底长清浅,泉脉流从印土来。同前。又见同书卷五引吴越释赞宁开宝五年撰《护塔灵鳗菩萨传》引。

曹 邺

东 洲

江城隔水是东洲,浑似金鳌水上浮。万顷颓波分泻去,一洲千古砥中流。

东 郎 山

东郎矻立向东方,翘首朝朝候太阳。一片丹心存万古,谁云坐处是遐荒?

西 郎 山

西郎何事面西方?欲会东郎隔大江。自古朋良时一遇,东郎未会恨斜阳。均见清汪森辑《粤西诗载》卷二二。

　　按:以上三诗,梁超然先生《曹邺诗注》已收入。《文学评论丛刊》第七辑刊同人《论晚唐诗人曹邺》云:"《东郎山》、《西郎山》二诗在阳朔东、西郎山有石刻。"

李　庾

　　庾,字子虔,陇西人。进士及第。历官荆南节度推官、殿中侍御史、中书舍人、湖南观察使,乾符元年卒。诗一首。(《全唐诗》无李庾诗。事迹据《新唐书·宗室世系表》、《登科记考》卷二七、《唐方镇年表》卷六及考证、岑仲勉《续贞石证史·李昼李庾》)

东都望幸庾歌　题拟

晓云行兮西风,庆摇裔兮龙在中。望云光兮拜千百,西泽霈兮均东泽。见《文苑英华》卷四四《东都赋》。

道　朗

　　道朗,乾符三年兴宁沙门。诗一首。(《全唐诗》无道朗诗)

白鹿山人李端符舍书奉报四恩三有
永充供奉善众君子建尊胜幢因书长句

善往因来诣法王,七生业累获销亡。还居忉利持章句,不遂天人恋色香。波利一心瞻佛祖,文殊再遣往西方。今朝国土云幢立,□智巍巍天地长。见《江苏通志稿金石略》卷六《李端符经幢》附。

　　按:此经幢今在无锡市锡惠公园内,为八面刻石,先刻《佛顶尊胜陁罗尼经》并序,后刻此诗,署"兴宁沙门道朗",诗后题记云:"大唐乾符三年岁次丙申十一月甲戌朔廿二日乙未建。都维那僧宏益,上座僧全从,寺主僧行忠，老宿杜谏，都料郁□，直僧岁智宗。"

周　朴

登灵岩寺上方

雨后灵岩寺上方，如何云者合思量。

登福唐县楼

咸通五载后伏里，登此福唐县上楼。以上均见明刻本《吟窗杂录》卷十二沙门文彧《诗格》引。

梨　花　题拟

临风千点雪。见《全芳备祖前集》卷九《梨花门》。

天门灵泉院

华亭参后最幽玄，一句能教万古传。猿抱子归青嶂后，鸟衔花落碧崖前。虽知物理无穷际，却恐沧溟有尽年。为报五湖云外客，何妨来此老林泉。

　　按：《沅湘耆旧集》卷八云："琮案：元慈利张兑《天门山图诗》末云：'可怜宜都周内史，古冢累累在山址。感时抚景亦怆然，周朴小诗何足拟?'即指此诗也。次联为中和间僧传明语。传明即善会，自鹤林入夹山，有僧问如何是夹山境，答以猿抱子归云云，朴即用其语也。"

南　楼

春山到处喜相从，又是天门十六峰。翠壁深深回鹳鹤，青峰矗矗隐芙蓉。乍疑日出同吴观，只少金泥拟汉封。愿借仙人杖九节，临风直欲舞双龙。

徙倚高楼夜色残，故人聊得罄交欢。千林日落晴偏雨，五月云深暑亦寒。诘曲断岩飞鸟度，参差倒影过江看。惭予浪着登山屐，酒罢豪吟兴未阑。以上三首均见《沅湘耆旧集》卷八、同治十三年刊增寿等纂《直隶澧州志》卷二五、同治八年刊魏湘纂《续修慈利县志》卷十四。

　　《直隶澧州志》卷十六《隐逸》云："周朴，隐居天门山，楚王马殷征召不起，著有《灵泉诗集》。"

　　同书卷二六《辨讹》云："周朴，能诗而隐，有气节。闽诗集中所载小传，与《慈志》异。其避地福州不降黄巢遇害者，吴兴人也。居天（缺二十字）于□□仅为（缺九字）征□则又为唐□□□人，未可强合为一。其《天门灵泉院》诗'不惟用唐僧，传明语即起'，已直溯其事。章华孙斯亿乃谓朴生于晋，老于五代，所咏之灵泉，属慈，非石门夹山之灵泉寺。指为唐僧周朴诗，志亦载其墓，称晋处士，不知何考？若谓生于石晋时，则马氏早灭；若所指司马晋，则又先马殷数百年，相距凡七姓八朝。只是诗与《南楼》二首俱近体，非前五代人作。而廖大隐《楚风补》又以朴为慈利人，唐末寓福州，摭采闽集，益以《南楼》二作。不知寓福者，本吴兴人。闽徐兴公刻朴诗集，叙述甚详，集内亦无《灵泉院》、《南楼》诗，与志载居若墓并在天门山，自当另为一朴。但闽集有《吊李群玉》一绝，曰'知何处'，曰'隔岸香'，固亦尝游澧者。其《灵泉院》、《南楼诗》之为慈周朴作，抑为吴周朴游澧时作，而闽集或以隔远失采，惜不得《慈志》中所纪《灵泉诗集》具览，一厘正之，并以决朴墓之在慈与辞楚辟之，信有事否？若氏族谱，直载为福州人，则尤疏谬者也。"

　　今按：《全唐诗》卷六七三收周朴诗一卷，其中有《吊李群玉》一首，可证朴确曾客澧。又《宿玉泉寺》一首，《直隶澧州志》卷二四，以为寺在澧州。又有《春中途中寄南巴崔使君》、《喜贺拔先辈衡阳除正字》、《次梧州却寄永州使君》，疑朴自巴东入湘，复南行经澧、衡、永、梧而南游。《直隶澧州志》所载慈利另有一周朴之根据，尚嫌不足。惟此说罕为人知，谨录出以资研究。

章　碣

句

事向无心得。《老学庵笔记》卷四。

陈　蓬

蓬,乾符间驾舟从海来福州,家于后崎。后号白水仙。
(《全唐诗》卷八六二收陈蓬《题松山》诗二句,为仙,无传,今
据《淳熙三山志》卷六补传)

谶

东去无边海,西来万顷田。松山沙径合,朱紫出其间。

诗

石头荦确高低踏,竹户鼓亨左右间。均见宋梁克家《淳熙三山志》卷六。

蒋　琰

琰,字公器,高池人,一作仙居人。乾符间明经,累官谏垣。
诗二首。(《全唐诗》无蒋琰诗)

隐 居 即 事

半榻和云卧碧山,飘飘似鹤一身闲。十年不作红尘梦,卓午呼童早
闭关。见《光绪仙居志》卷二三。

日 泊

谁惜光阴似惜金,十年湖海已投簪。于今雨屋《安州诗录》作"屋雨"青灯夜,消尽风尘未了心。见清戚鹤泉编《三台诗录》卷一。张靖龙云见清王魏胜《安州诗录》卷一。

邵 谒

词

吴刀楚制为佩祎,纤罗雾縠为羽衣。含商咀征歌露晞,珠履飒沓歌袖飞。凄风戞起素云回,车怠马烦客忘归,兰膏明烛承夜晖。桂宫柏寝拟天居,朱爵文窗韬碧疏。象床瑶席镇犀渠,雕屏合匝组帷舒。秦筝赵瑟挟笙竽,垂珰散佩盈玉除,停舻不御欲谁须。三星差池露沾湿,弦悲管清月将入。寒光萧条候虫急,荆王流叹楚妃泣。红颜难长时易戢,凝华结彩久延立,非君之故岂妄集。池中赤鲤庖所捐,琴高乘去飞上天。命逢福世丁溢恩,簪巾藉绮升曲筵。恩厚德深委如山,洁诚洗志期暮年,乌臼马角宁足言。影印本《诗渊》第六册第四一一五页。

李 当

遇疑应为"过"信美台诗

零陵郡北云帆落,信美台前江月明。石浅风高滩濑急,孤舟一夜听寒声。见《舆地纪胜》卷五六《永州》。

张　乔

送友人北游

东归未遂心,北去几沉吟。把酒思乡远,投文入塞深。晋山擘白道,汾水截青林。想见连天雪,安知一作"长安"是积霖。见《文苑英华》卷二八三、《唐音统签》卷六四九《戊签》六四。

利　踪

> 利踪,姓周,潭州人。嗣南泉,住衢州子湖山,世称神力子湖和尚。广明中卒,年八十一。诗五首。(《全唐诗》无利踪诗)

颂

三十年来住子《祖堂集》卷十八作"紫"湖,二时粥饭《祖堂集》及《景德传灯录》卷十作"斋粥"气力粗。无事上山走一转《祖堂集》、《灯录》作"每日上山三五转"。试《五灯会元》卷四作"借"问《灯录》作"问妆"时人《祖堂集》作"回头问汝"会也无。从来事非物,方便名为佛。中下竞《祖堂集》作"觅"是非,上流《祖堂集》作"士"始知屈。

临行颂三首

我闻过去佛,纵横尽丈夫。示汝真归处,千江月影孤。
观音与文殊,示我常飞动。吾今已归真,触处皆无用。
佛性本来无阻障,众生不识难归向。若见如来成佛时,莫向世间求取相。以上五首均见宋渭颐藏主编《古尊宿语录》卷十二《衢州子湖山第一代神力禅师语录》。

按:《祖堂集》卷十八作"紫湖和尚"。

罗汉和尚

罗汉和尚,始从襄州关南道常禅师学,后住漳州。诗二首。(《全唐诗》无罗汉和尚诗)

歌

咸通七载初参道,到处逢言不识言。心里痴《五灯会元》作"疑"团若栳栳,三春不乐止林泉。忽遇法王毡上坐,便陈疑恳向师前。师从毡上那伽起一作"定",祖膊当胸打一拳。骇散痴《五灯会元》作"疑"团獦狙落,举头看见日初圆。从兹蹬蹬以碣碣,直至如今常快活。只闻肚里饱膨脝,更不东西去持钵。

偈

宇内为闲客,人中作野僧。任从他笑我,随处自腾腾。均见《景德传灯录》卷十一、《五灯会元》卷四。

薛 能

海 棠 补序

蜀海棠有闻而诗无闻,杜工部子美于斯有之矣,得非兴象不出,殁而有怀。何天之厚余,获此遗遇,谨不敢让,用当其无。因赋五言一章二十句,学陈梁之紫,媲汉魏之朱,不以彼物择其功,不以陈言踵其序。或其人之适此,有若韩宣子者,风雅尽在蜀矣,吾其庶几。又花植于府之古营,因刻贞石以遗吾党,将来君子业诗者,苟未变于道无赋耳。咸通七年十二月二十三日叙。《海棠谱》卷中。

　　按:《全唐诗》卷五六〇录此序仅存三十九字,殆据《容斋随笔》卷七之节录本。陈耀东据《古今图书集成·草木典》卷二九九《海棠部》录此序。

海　棠

四海应无蜀海棠,一时开处一城香。晴来使府低临槛,雨后人家散出墙。闲地细飘浮净藓,短亭深绽隔垂杨。从来看尽诗谁苦,不及欢游与画将。同前。

再游云门访僧不遇

数歇渡深水,渐非尘俗间。泉声入秋寺,月色遍寒山。石路几回雪,禅房又闭关。不知双树客,何处与云闲。见《会稽掇英总集》卷六。

　　按:《全唐诗》卷五九五收作于武陵诗,题作《夜寻僧不遇》。当以薛作为是。

风　诗

就树撮将黄叶去,入山吹出白云来。见《吟窗杂录》卷十四《诗中旨格》。

陆龟蒙

野庙碑附诗

土木其形,窃吾民之酒牲,固无以名。土木其智,窃吾君之禄位,如何可议。禄位顾顾,酒牲甚微,神之飨也,孰云其非。视吾之碑,知斯文之孔碑。见《甫里先生文集》卷十八、《唐文粹》卷五二。

　　按:《全唐诗》卷六一九收《纪梦游甘露寺》第十四句缺三字。今检《四库全书》本《甫里集》卷四,此句作"嘹哓馀韵峥"。诗甚长,不重录。

句

思量浮世何如梦,试就南窗一寐看。《大正藏》本崔致远《唐大荐福寺故寺主翻经大德法藏和尚传》。

善　会

> 善会,姓廖,汉广岘亭人。嗣华亭和尚德诚。在澧州,世称夹山和尚。中和元年卒,年七十七。诗三首。(《全唐诗》无善会诗)

临终偈

大江沉尽小江现,明月高峰法自流。石牛水上卧,影落孤峰头。荒田闻我讶,始同不系舟。见《祖堂集》卷七。

颂

明明无悟法,悟法却迷人。长舒两脚睡,无伪亦无真。见《景德传灯录》卷十五、《五灯会元》卷五。

劳持生死法,唯向佛边求。目前迷正理,拟火觅浮沤。《五灯会元》卷五。

李　达

> 李达,一名处,赵郡人。商人,与日僧圆珍交厚,有诗唱和。中和四年,随日僧圆载等同船赴日,遇风倾覆,侥幸脱险。诗一首。(《全唐诗》无李达诗)

奉和大德思天台次韵

金地炉峰秀气浓，近离双涧忆青松。刷泉挂锡净心相，远传佛教观真容。见日本三井唐院藏真迹本，转录自傅云龙《游历日本图经》。

詹景全

　　詹景全，时称詹四郎，商人。咸通、中和间，多次赴日，与日僧圆珍交厚，有诗唱和。中和四年，随日僧圆载赴日，船遇风倾覆而死。诗二首。(《全唐诗》无詹景全诗)

次　韵　二　首

大理车回教正浓，乍离金地意思松。沧溟要过流杯送，禅坐依然政法容。

一乘元仪道无踪，居憩观心静倚松。三界永除几外想，一诚归礼释伽容。同前。

　　按：李达、詹景全诗，皆转录自张步云《唐代逸诗辑存》。

休　静

　　休静，嗣洞山。住洛京华岩寺。世称华岩和尚。诗一首。(《全唐诗》无休静诗，传据《祖堂集》卷八)

颂

藏身没迹师亲嘱，没迹藏身自可知。昔日时时逢剑客，今朝往往遇痴儿。《祖堂集》卷五。

择禅师

　　择禅师,休静、善会同时僧。诗二首。(《全唐诗》无择禅师诗)

因道吾指夹山寻师颂

京口谈玄已有名,吾山特地涉途程。虽云法眼无瑕翳,争奈真人掩耳听。参学须参真心匠,合头须诈不劳聆。此来更欲寻师去,决至应当暂改形。道友当年深契会,老僧今日苦叮咛。特报水云知识道,半秋孤月落花亭。

夹山顿遇以华亭颂

一泛轻舟数十年,随风逐浪任因缘。只道子期能□此字残损律,谁知座主将参禅。□前无寺成椿橛,句下相投事不然。遥指碧潭垂钓叟,被师呵退顿忘筌。同前。

全唐诗续拾卷三三

寰普

　　寰普，具戒于洛阳。南游澧州，值夹山善会，心契之。列大鉴七世，称洛京韶山寰普和尚，又称韶山和尚。诗一首。(《全唐诗》无寰普诗，传据《景德传灯录》卷二二)

心珠歌

山僧自达空门久，淬炼心珠功已构。珠迥玲珑主客分，往往声如师子吼。师子吼，非常久，皆明佛性真如理。有时往往自思惟，豁然大意心欢喜。或造经，或造论，或说渐兮或说顿。若在诸佛运神通，或在凡夫兴鄙吝。此心珠，如水月，地角天涯无殊别。只因迷悟有参差，所以如来多种说。地狱趣，饿鬼趣，多种轮回无暂住。此非诸佛不慈悲，岂非阎王配交做。劝时流，深体悉，见在心珠勿浪失。五蕴身全尚不知，百骸散后何处觅。见《景德传灯录》卷三十。

秦韬玉

简寂观

物外灵踪客到稀，竹房斜掩旧荆扉。丹书万卷题朱字，碧岫千重锁翠微。泣露白猿携子去，唳风玄鹤傍人归。只应玉阙名长在，日暮闲云空自飞。见《吉石庵丛书》本《庐山记》卷四。

马　诗

尘土卧多毛色暗，风霜受尽眼由《诗学指南》本作"犹"明。见《吟窗杂录》卷十四《诗中旨格》。

　　　　按：陆游引此二句为卢肇诗，见本书卷三十一。

张　贲

题招提院静照堂

瓶锡为生久，门阑过客疏。于闲见真寂，燕坐此清虚。事事皆身外，悠悠度岁馀。如何繁草木，还长旧庭除。见《至元嘉禾志》卷三二。

清弋江田舍

草木翳荒径，岩阿有竹扉。童牛随犊出，乳燕哺雏归。钓艇横幽渚，耕蓑挂落晖。罕知盐酪味，父子入城稀。见民国十三年刊徐乃昌等纂《南陵县志》卷四二。

张　孜

庚子年遇赦

时清无大赦，何以安天下？直到赤眉来，始寻黄纸写，草草蠲赋与《学海》本作"税"，忙忙点兵马。天子自蒙尘，何曾济孤寡？

杂　言

只爱轻与肥，不忧贫与贱。著牙卖朱紫，断钱赊举选。均见何光远《鉴诫录》卷九。

《鉴戒录》云："又驾在蜀日,孜著杂言数百篇,伤时颇切,其一首两联云(略)。"前二句,《全唐诗》卷六百七已据《唐诗纪事》收入。

薛 逢

送 白 相 公

飞龙在天,云雨阛阛。贤相秉钧,伦方序圆。时哉时哉,君其勉焉。
见《文苑英华》卷六六二《上白相公启》引。

元 日 观 仗 之二

紫掖晴来宫殿高,万方瞻拜赤霜袍。关中王气浮双阙,海外欢声抃九鳌。晨箭莫催青锁漏,寿宫方献碧花桃。香烟不动龙颜悦,初日辉辉上采旄。见《古今岁时杂咏》卷一。共三首,《全唐诗》仅收二首。

寄湖州开元寺座主

傍城花柳覆精庐。见《舆地纪胜》卷四《安吉州》、《嘉泰吴兴志》卷十三。

慧 寂

慧寂,姓叶,韶州怀化人。嗣沩山。在袁州仰山,世称仰山和尚。开沩仰宗。中和三年卒,年七十七。诗五首。(《全唐诗》无慧寂诗,传据陆希声《塔铭》及下引诸书)

偈

法身无作化身作,薄伽玄应诸病药。唾唻闻响拟噂吠,焰水觅鱼痴老鹤。见《祖堂集》卷十八。

年满七十七,老去是今日。任性自浮沉《五灯会元》卷九作"无常在今日。日轮正当午",两手攀屈膝。见《景德传灯录》卷十一。

滔滔不持戒,兀兀不坐禅。酽茶三两碗,意在钁头边。

一二二三子,平目复仰视。两口一无舌,即是吾宗旨。见《五灯会元》卷九。

上 洞 山 颂

何代隐荒丘,茅堂独寝幽。随缘三事衲,顿觉万缘休。貌古因持戒,身贫为少求。吾师登鸟量,物外绝追游。《天圣广灯录》卷十二。

杨奇鲲

岩 嵌 绿 玉

天孙昔谪下天绿,雾鬓风鬟爱草木。一朝骑凤上丹霄,翠翘花钿留空谷。见《明滇南诗略》卷首、民国五年周宗麟纂《大理县志稿》卷三一。

郑 畋

酬通义刘相瞻

刘刚暗借飙轮便,睿武楼中似去年。见《苕溪渔隐丛话后集》卷三五引《蔡宽夫诗话》。

二十八宿诗

员明青饥饭,光润碧霞浆。《增修诗话总龟》卷二一引《零陵总记》。

　　　　按:《全唐诗》卷五五七录二句,缺题,今重录。

谬独一

　　谬独一,自号兰陵子,约为常州人。与淡然、贯休为友。(《全唐诗》无谬独一诗,传从曹汛说)

句

思牵吴岫起,吟索剡云开。贯休《禅月集》卷十《怀诸葛珏二首》"谬独哭不错"句自注引。

　　按:此则据《中华文史论丛》一九八七年第一期刊曹汛先生《淡然考》收入。

麻衣禅师

　　麻衣禅师,中和间住池州翠微寺。诗一首。(《全唐诗》无麻衣禅师诗)

麻　衣　颂

敕下如来到翠微,佛前垂泪脱麻衣。深山有寺不容住,四海无家何处归? 见《舆地纪胜》卷十九《池州》。

　　按:《补续高僧传》卷二三有释麻衣,五代之际往来泽潞间,发河图之秘授陈抟。似为另一僧。又《五灯会元》卷四收智真一偈,与此首仅数字不同,见本书卷三十。

张白醪

　　白醪,广明末衡阳人。诗一首。(《全唐诗》无张白醪诗)

歌

山花头上插，浊酒口中斟。醉眼看醒汉，忙忙尽丧真。见《宛委别藏》本
宋陈田夫《南岳总胜集》卷上。

> 《南岳总胜集》云："灵隐峰，下有伏虎岩。旧记云：广明末有野人张白
> 醪辟谷，日饮浑酒未尝醒。时来往衡阳，昼卧石鼓洞，夜归岩中，人数见
> 之。虎卧岩前，无敢近者。或询之来往，答云：'拂地来，拂地去。'头上插野
> 花，每念歌云（略）。后亦不知所往。樵者见之，但破钵而已。虎亦从此不
> 来。后五年，里人见之于成都。"

来　鹏

水仙花　题拟

瑶池来宴老金家，醉倒风流萼绿华。白玉断笄金晕顶，幻成痴绝女
儿花。

花盟平日不曾寒，六月曝根高处安。待得秋残亲手种，万姬围绕雪
中看。见《全芳备祖前集》卷二一"水仙花"门。

皮日休

望故沔城

江城遗壤在，舣棹望天涯。古壁昭丘树，残红梦苑花。楼台依水势，
雉堞带山斜。何事堪挥泪，乡程北去赊。见民国十年刊《湖北通志》卷一〇
一《金石》九录《鄂州杂诗碑》引。

> 按：《鄂州杂诗碑》分五层，录谢朓及唐人诗三十九首，题"熙宁二年
> 六月□日额立"。不著书人姓名。清时尚存黄鹤楼后斗姥阁西壁。

天 门 夕 照

落霞如绮绚晴空，坐看天门欲下春。十里孤峰层汉碧，数家残照半江红。荒村市暝人归牧，远浦沙明水宿鸿。回首长安何处是？嵯峨宫阙五云中。

道 院 迎 仙

百尺丹台倚翠华，洞门迢递隔烟霞。雨中白鹿眠芳草，松下青牛卧落花。幽谷月明浮紫气，瑶池水暖伏丹沙。抛书亦欲寻真去，安得相从一饭麻。

青 城 暮 雨

草树连云雉堞平，萧萧风雨暗荒城。流归涧壑应无色，响入松杉觉有声。旅邸愁人宁复梦，书堂倦客若为情。芭蕉滴沥伤心处，俯仰空怀一笑名。以上三首均见《古今图书集成·职方典》卷一一四七《安陆府部》。疑伪。

王　铎

〔拟〕送贺秘监归会稽诗

诏许真人归旧隐，为言海上忆孤峰。宸庭《广卓异记》作"旒"暂别期千岁，野服飘然出九重。华表尚迷丁令鹤，竹陂犹认葛仙龙。自怜弱羽尘埃重，于此《广卓异记》作"云外"无由蹑去踪。见《会稽掇英总集》卷二，校以《广卓异记》卷三。《广卓异记》题下署："门下侍郎王铎。"

全　豁

　　全豁，俗姓柯，泉州南安人。嗣德山，后住持鄂州唐宁寺，世称岩头和尚。中和五年卒，年六十。诗一首。(《全唐诗》无全豁诗。事迹见《宋高僧传》卷二三。《五灯会元》卷七谓光启三年卒)

曜日颂

当机直下现前真，认诗之徒未可亲。本色先陁如懀懼，岩头松桧镇长新。见《祖堂集》卷七。

郑殷彝

　　殷彝，进士，光启中人。诗一首。(《全唐诗》无郑殷彝诗)

依韵继和王霞卿诗　题拟

题诗仙子此曾游，应是寻春别凤楼。赖得从来未相识，免交锦帐对银钩。见王铚《侍儿小名录补》引《女仙图》。

张　曙

击瓯赋附歌

江风起兮江楼春，千里万里兮愁杀人。楼前芳草兮关山道，江上孤帆兮杨柳津。是何贶《全唐文》作"况"我兮击拊，眷我兮殷勤。见宋史绳祖《学斋占毕》卷二、《全唐文》卷八二九。

按：史绳祖云此篇"巴州郡楼尚有碑刻，曾祖作巴倅时，曾有墨本藏之家。"拟题为《击瓯赋》。杜文澜《古谣谚》卷九二则拟题为《游巴州东楼歌》。

途 中 闻 蝉

每岁听蝉处，那将此际同。孤村寒色里，野店夕阳中。见《能改斋漫录》卷八。为原诗的前四句。

还阳子

还阳子，苏门山隐士，光启二年在世。诗七首。（《全唐诗》无还阳子诗）

识 黄 芽 歌

乾坤感合始成形，造化元居北户生。日月循环魂魄满，阴阳交媾龙虎成。分明本自从金长，谁悟偏能与水并。无限遍于尘世里，时人日用不知名。

识 铅 汞 歌

世事忙忙无了程，百年如梦瞥然荣。不知道有云衢客，刚自争邀尘里名。欲驻流年泛太清，须知灵药必长生。纯烧天地阴阳髓，全炼乾坤日月精。嫁娶阴阳成匹配，对持龙虎自相吞。伏得离宫赤帝精，感他坎户白龙液。黄芽只此是根源，自外徒劳虚费力。若不曾逢真至人，如何得到幽玄术？火候须教经九转，丹成直待周千日。炉上烟生五彩光，鼎中药奋弘红色。刀圭一粒冲天汉，逍遥顿蹑三清畔。驾鹤乘龙役鬼神，反笑桑田数回换。自此长居碧落宫，永共群仙醉金殿。

日华兼月魄,戊己本为君。金木东西并,阴阳上下分。减添依次序,进退合先文。十月怀胎满,翩翩泛白云。

师　访

共拟丹霄万古存,出尘心事苦曾论。于今莫倦频相访,已似孤云鹤到门。

师　勉

早向忙中认取闲,休将心力役机关。花依时节重开得,水向东流定不还。春色潜偷青鬓发,风光暗换少年颜。须知世事堪悲叹,尽在庄周一梦间。

师　贻

我今一一诀真门,古圣皆因此出尘。昨日蓬莱仙会里,长生籍上又添君。

师诲而饯之

松柏坚且贞,涧水流复清。勿久尘寰间,是非污耳聆。以上均见《正统道藏》本《大还丹金虎白龙论》。末有附跋,录如次。

跋云:"时光启二年冬首中旬有七,横峰先生永阳子杜希逼,字忘机,多事之秋,避祸汶郊,每抵鄜中,只接大隐南阳公。公颇奉道,耽玄悟真,栖心闲雅,若夫发迹扬名,俟之知己。夫为交者,有名焉,有利焉,余与公交,非名与利,每一接,未尝不话道永日,除玄之又玄外,馀无所云。故书先师药诀相赠,切希千万保惜,勿传下士。大凡方外之事,岂使常人知之?常人知之,则自遭谴谪。仙师曰:钦承者纪名于玄箓,泄慢者责身为下鬼。又曰:殃庆逮于九祖,升沉止于一形。今以青山白云为誓,勿负誓言,千万千万。"

濮阳人

　　濮阳人,姓名不详。光启中避乱南奔湘邑。(《全唐诗》卷八六四录尤启中诗二首,出《万首唐人绝句》卷六九。按尤启中为"光启中"之误读;诗不再重录)

与崔渥登眺江亭赋长韵 题拟

槛外征帆次第行,渔歌偏唱《竹枝》声。荷翻水面真珠碎,柳扬湾头绿线轻。峦隐九疑忘去处,泪经千古转分明。寥寥日暮云空淡,应为严妆庙貌清。《灯下闲谈》卷下《湘妃神会》。

崔　渥

　　崔渥,博陵人。光启中自蒲坂至湘邑。补诗一首。(《全唐诗》卷八六四湘妃庙下收崔渥诗二首)

和濮阳人登眺江亭赋长韵 题拟

闲步江亭驻客行,殿台高敞杜鹃声。风生屈宋魂应散,雨过黄娥恨亦轻。春笋乱穿阶藓缺,晚霞旁衬野花明。翠华不返蒲关去,鸳鹭数行松韵清。同前。

胡 曾

题 三 陵 冢

春到三陵淑气和,雪初消处翠嵯峨。梅花未知开多少,策杖携壶试一过。《记纂渊海》卷十七。

玉 川 偶 兴

玉川鹤避卢仝啜,盘谷猿惊李愿归。兴尽携筇一回首,西风拂拂白云飞。见乾隆二十四年刊萧应植纂《济源县志》卷十六。此诗疑伪。

高 骈

夏 日 题拟

汗浃衣巾诗癖减,茶盈杯碗睡魔降。见《锦绣万花谷后集》卷三"夏"门。

罗 邺

宿 云 门 寺

入松穿竹路难分,藉地连岩总是云。欲问老僧多少事,乱泉相聒不相闻。见《会稽掇英总集》卷六。

郑昌图

昌图,字光业。咸通十三年进士第一名。中和元年以中书舍人知昭义留后。二年为义威节度行军司马。四年以兵部侍郎入相。光启二年襄王僭位，仍为相。事败，于次年三月被杀。诗一首。（《全唐诗》卷八七〇收郑光业诗一首，无传，今据《登科记考》卷二三、《郎官石柱题名考》卷八补传）

答 楚 儿

大开眼界莫言冤，毕世甘他《说郛》本作"必若遭伊"也是缘。无计不烦乾《说郛》本作"轻"偃蹇，有门须是疾连拳。据论当道加严篓，便合披缁念《法莲》。如此 兴情殊不《说郛》本作"都未"减，始知昨日是蒲鞭。见孙棨《北里志》。

方 干

再 游 云 门

岭头云向窗中起，砌下泉从石上来。僧老终无出山意，岩猿涧鸟莫相猜。见《会稽掇英总集》卷六。

和征妇寄寒衣

西风吹雁到东吴，自整寒衣欲寄夫。一剪一针肠一断，不知夫亦断肠无。见清王魏胜《安州诗录》卷一。此诗承张靖龙同志录示。

游雪窦寺

绝顶空王宅，香风满薜萝。地高春色晚，天近日光多。流水随寒玉，遥峰《四明山志》作"岑"拥翠波。前山有丹凤，云外一声过。见《古今图书集成·山川典》卷一一〇、雍正十一年刊曹秉仁纂《宁波府志》卷三五。

张靖龙云：见黄宗羲《四明山志》卷七《诗括》。黄宗羲按："有为《雪窦志》者载此诗，注其爵里曰'元和状元'。不知方干唐末不第，死后得赐一

官以慰冥魂。余戏为一绝云：'元英诗句不销磨，十举终难占一科。死后奏
名何足慰，不如雪窦莽禅和。'"此诗又见康熙《雪窦寺志》卷九下、雍正
《宁波府志》卷三五、清陈之网《四明古迹》卷二。雪窦寺在奉化溪口附近
的雪窦山，为天下禅宗十刹之一。寺本唐会昌以前创，名瀑布，咸通八年
改名雪窦。

游 岳 林 寺

投闲犹自喜，古刹《岳林寺志》作"策"刹东寻。只树随僧老，龙溪绕岸
深。楼高春色晚，天近日光阴。共笑家声旧，何时解盍簪。见光绪三十
四年刊张美翊纂《奉化县志》卷四。

　　张靖龙云：见清戴明琮《明州岳林寺志》卷五《诗赋》。岳林寺在奉化
县城东北，梁大同二年创于龙溪西，名崇福院。李绅书额。会昌中毁。大
中二年闲旷禅师徙建溪东，改岳林寺。

驻 紫 霞 观

易觉春光老，难消夏昼长。问囚伤道气，嚼句疗饥肠。殿古苔痕涩，
坛高松桧凉。黄冠谁可语，试与辩亡羊。见民国二十五年刊陈善同等纂《重
修信阳县志》卷三十。

戏吴杰令 题拟

一盏酒，一捻盐，止见门前悬箔，何处眼上垂帘。见《唐语林》卷七。

吴　杰

　　杰，杭州军倅，与方干同时。（《全唐诗》无吴杰诗）

还方干令 题拟

一盏酒，一脔鲊，止见半臂著襕，何处口唇开裤。同前。

《唐语林》云:"方干貌陋唇缺,味嗜鱼鲊,性多讥戏。萧中丞典杭,军倅吴杰,患眸子赤。会宴于城楼饮,促召杰。杰至,目为风掠,不堪其苦。宪笑命近座女伶,裂红巾方寸帖脸,以障风掠。时在席,因为令戏杰曰(略)。杰还之曰(略)。一席绝倒。尔后人多目干为'方开裤'。"

按:《唐摭言》卷十三载方干与龙丘李主簿互嘲酒令,均为六言四句,内容相近,为同一嘲谑之不同传本。六言二首已收入《全唐诗》卷八七九。

张　拙

拙,约为咸通、光启间人,尝诣庆诸问佛法。诗一首。(《全唐诗》无张拙诗)

偈

光明寂照遍恒一作"河"沙,凡圣含灵共一一作"我"家。一念不生全体现,六情一作"根"才动被云遮。遣除凡拙一作"破除烦恼"重增病,趣一作"趋"向真如亦是邪。任逐境缘一作"随顺世缘"无罣〔碍〕(得),真如凡圣是空花一作"涅槃生死等空花"。见《祖堂集》卷六,据《五灯会元》卷六,郑方坤《全闽诗话》卷一校改。

慧　光 《五灯会元》作"慧觉"

慧光,嗣石霜,号肥田伏禅师,不知终始。诗二首。(《全唐诗》无慧光诗)

颂

心静愁难入,无忧祸不侵。道高龙虎伏,德重鬼神钦。见《祖堂集》卷九。修多妙用勿《五灯会元》作"好句枉"功夫,返本还源是大愚。古《五灯会元》

作"祖"佛不从修证得,直饶玄妙《五灯会元》作"纵行玄路"也崎岖。《祖堂集》卷九、《五灯会元》卷六。

约禅师 附缺名僧

> 约禅师,潭州宝盖山僧。嗣石霜庆诸。诗一首。(《全唐诗》无约禅师诗)

答僧问 题拟

宝盖高高挂,其中事若何?谁师言下旨,一句不消多。僧问。
宝盖挂空中,有路不曾通。倘求言下旨,便是有西东。师答。《景德传灯录》卷十六、《五灯会元》卷六。

尔朱翱

> 尔朱翱,唐时道士。传详附按。诗一首。(《全唐诗》无尔朱翱诗)

还丹口诀

置天立地混沌分,造化含花处处焚。一阴一阳乃成道,秋石苍苍浪子孙。玄武朱雀明前路,涌泉真汞守乾坤。鼎鼎制铅成宝物,姹女藏头不肯出。十二葫中紫河车,四十二气烈仙窟。颜如玉,貌如霜,枣叶雄朱修修毕。手挥日月入炉中,炎炎赫赫魂不失。非济凡间饥冻疾,不如学道急须出。水煮冥冥白虎身,兽炉上下两莫测。大象不游于兔穴,大悟不拘于小节,迷者心差皆总失。非传下界盲瞽人,灭族亡身不可出。六歌六歌,尔翱已去往蓬莱,白日霞仙,今古密鹤，叫前程，洞庭湖，礼我圣祖为留术。去无声，甘如蜜，一七二七七万毕。开炉忽见火一团，光彩炎炎赫赫奕。虽济凡间饥冻疾，不如访道栖金室。《大还丹照鉴》。

　　按：《十国春秋》卷四七："尔朱先生，成都人也。字通微，亦号归元子。唐僖宗时隐炼于金鸡关下石室。居久之，有异人与药一丸，且戒曰：'子见浮石而服之，仙道成矣。'自是遇石必投之水间，视其浮沉。人皆笑以为狂。一日游峡上，有叟舣舟相待，叩其姓氏，对曰：'涪州石姓也。'遂豁然悟曰：'异人浮石之言，斯其应乎？'因服药轻举而去。时天复末年也。先生有《还丹歌》传于蜀中。"应即此人。此诗应即《还丹歌》。《大还丹照鉴》作者为后蜀广政间人，故得以收录之。

全唐诗续拾卷三四

顾 云

送崔致远西游将还 题拟

我闻海上三金鳌，金鳌头戴山高高。山之上兮，珠宫贝阙黄金殿；山之下兮，千里万里之洪涛。傍边一点鸡林碧，鳌山孕秀生奇特。十二乘船渡海来，文章感动中华国。十八横行战词苑，一箭射破金门策。《三国史记》卷四六。《大正藏》第四九册《新刊贤首碑传正误》引"文章感动中华国"一句。

　　按：《三国史记》引此诗为节引。

孤 云 篇

因风离海上，伴月到人间。徘徊不可住，漠漠又东还。高丽李仁老《破闲集》引，转引自韦旭升《朝鲜文学史》。

　　按：《破闲集》云："文昌公崔致远字孤云，以宾贡入中朝擢第，游高骈幕府。时天下云扰，简檄皆出其手。及还乡，同年顾云赋《孤云篇》以送之云（诗略）。"疑与前《三国史记》所录者为同一首诗中之断片。

刘崇龟

伏蒙仆射相公许崇龟攀和杜鹃花诗勒诸岩石伏以崇龟本乏成章矧恐绝唱徒荷发扬之赐终流唐突之爱将厕庭觐光叨荣被谨次前韵兼寄呈桂州仆射

碧幢红苑合洪钧，桂树林前信有春。莫恋花时好风景，磻溪不是钓鱼人。见桂林市文物管理委员会编《桂林石刻》第一册《唐张潜刘崇龟杜鹃花唱和诗》。

　　按：张、刘二人诗刻摩崖在龙隐洞，高一尺五寸，宽二尺四寸，真书径八分。刘诗下署衔曰："前岭南东道节度使检校右仆射刘崇龟上。"末题记一行云："乾宁元年三月廿七日将仕郎前守监察御史张岩书。"刘诗已收入《全唐诗》卷七一五，题仅作《寄桂帅》，有五字误，今重录之。

僧　鸾

句

鳌头浪蹙掀天白，鲸目光烧半海红。见宋吴垌《五总志》。

　　按：《全唐诗》卷八五一据《增修诗话总龟》卷八收"唐末蜀沙门"尔鸟逸句二，与此二句全同，惟前后互乙。今考僧尔鸟未见唐人记载。"鸾"字离作"亦鸟"二字，与"尔鸟"二字字形极相近。可知"僧尔鸟"必为"僧鸾"之形讹，非另有其人。

文　炬

　　文炬,字子薰,一字涅槃,福州黄氏子。初为县狱卒,常弃役往禅院听讲,后为僧,出言成谶。王审知甚加礼重,于泉州创崇福院以居之。号慧日禅师。光化元年卒。一云乾宁中卒。诗二首。(《全唐诗》无文炬诗)

偈

小月走烁烁,千落及万落。处处凤离穴,家家种葵藿。《十国春秋》卷九九《僧文炬传》。

过尤溪青印石留偈 题拟

塔前青印见,家家亲笔砚。水流保安前,尤溪出状元。见嘉靖《尤溪县志》卷一。称为黄涅槃作。

郏　滂

　　郏滂,光化中为六合令。诗二十一首。(《全唐诗》无郏滂诗)

六合怀古诗

横山 原题作"横山怀古"

昭明曾置读书堂,后倚横山翠石冈。巨盗黄巢锋刃刺,神坚终不下僧床。见康熙《仪真县志》卷十二,据上海图书馆藏缩微胶卷。

　　隆庆《仪真县志》卷二载:"梁读书堂,在横山西,天监中建。宋郏滂诗谓昭明太子尝读书于此,即禅征寺也。""宋"为"唐"之误。

芳 草 涧

芳草涧边灌水《光绪志》作"木"阴，青青别有岁寒心。却缘飘落秋风后，才子临流亦费吟。

> 《嘉靖志》注："《嘉定志》。自此以下二十首皆郏滂《怀古诗》。"

塔 山 二 首

此山元以形如塔，贞观年中改叠层《光绪志》作"成"。圭字峰尖真似画，塔名不语为高增《光绪志》作"何僧"。

> 《嘉靖志》注："《嘉定志》。"

叠叠山形似塔形，崔峨耸翠几棱层。乘驹玩罢归禅院，佳境《光绪志》作"地"原来尽属僧。

> 《嘉靖志》注："《成化志》。"

独 山

独山有峰插天表，湖水临谿接官道。我欲浩歌一登游，不忍足脚《光绪志》作"踏"青青草。

> 《嘉靖志》注："《嘉定志》。"

广泽之中是独山，恍疑翠带绕城《光绪志》作"层"峦。登临绝顶遥相望，惟见烟云万木攒。

> 《嘉靖志》注："《成化志》。"

惜 水 湾

惜水纡回惧水奔，春潮带雨晚流浑。灵岩滁口常萦绕，沙际矶头只见痕。

> 《嘉靖志》注："见《成化志》，参之《嘉定志》，有数字不同，正之，后多改正。"

龙 池

波光杳霭远连天，鹭宿沙头玉一拳。料想中流深莫测，龙潜潭底抱珠眠。

池深常有神龙隐，湾岛如人出擘《光绪志》作"臂"拳。澄澈无涯深浅水，
虔恭祈祷雨连绵。

　　　　《嘉靖志》注："《嘉定志》。"

晋　王　城

隋收建业临江渚，东望金陵筑此城。正与石头为对岸，从兹一统六
朝平。

　　　　《嘉靖志》注："《嘉定志》。"

〔苻〕（符）融城

秦人百万征南日，蕞《光绪志》作"蕈"地〔苻〕（符）融筑此城。把隘亡兵今
有几，莲峰之下误争名。

　　　　《嘉靖志》注："《嘉定志》。"

龙　津　桥

桥湾蟠蛛临滁水，十八衙高似月轮。不是巢兵烧毁后，至今犹复《光
绪志》作"得"跨龙津。

永　定　冈

梁朝瞻见长冈秀，凿断川流寺涛《光绪志》作"寿"基。杳杳松门千万绿，
山亭溪树荜《光绪志》作"有"萝垂。

治　浦　桥

治浦桥连香积寺，东出城门五里遥。远望真如有图画，关防迢递在
云霄。

　　　　《嘉靖志》注："《嘉定志》。"

滁　河

滁水源从德固塘，支流六九合流棠。经过瓜步趋江海，惟有人心难
测量。

　　　　《嘉靖志》注："《嘉定志》。"

废 清 风 亭

旧县元基城巽隅,亭帘高槛蘸清滁。风生六月思裘褐,百里恩波刬
割馀。

《嘉靖志》题注:"《嘉定志》:唐时县治有清风亭,县令独孤及建。至郏
滂时已废。"

《光绪志》诗末注:"唐时县志有清风亭,令独孤及建。"

废 士 林 馆

士林馆侧尽儒流,朝士庄田隔近陬。见说人稀难驻泊,于今荆棘走
獐麀。

《嘉靖志》题注:"《嘉定志》:士林馆在竹镇,其地习儒业,多仕官。郏
滂时馆已废。"

《光绪志》诗末注:"士林馆在竹镇,地多习儒业。"

废 如 归 馆

旅况凄凄南北涯,每投新馆便如归。当年盛《光绪志》作"胜"事今何在,
却使杨朱泪满衣。

《嘉靖志》题注:"《嘉定志》:如归馆在东门,南北若馆驿然。郏滂时已
废。"

《光绪志》诗末注:"如归馆在东门北。"

《金陵诗征》卷三五题注:"在东门外。"

城 隍 庙

黥布城隍有感灵,只缘刘项霸江津。古来庙祝依然在,福荫江堧万
万春。

《嘉靖志》注:"《嘉定志》。"

儒 学 旧 基

牛市街中儒祖庙,衣冠俎豆五经书。不知殿宅今存否?双桧苍虬耸
碧虚。

《嘉靖志》题注:"《嘉定志》:儒学在河南牛市街。郑滂时学已迁。其地有杜荀鹤所植偃松二。"

偃　　松　《光绪志》作"偃盖松"

千年松树枝芳偃,屈曲如人掉臂形。见说瓦棺藏桧下,杜生题后定时名。以上二十首均录自上海图书馆据天一阁藏本所摄胶卷明嘉靖刻本嘉靖三十二年黄绍文纂《六合县志》(简称《嘉靖志》)卷八《艺文志·诗类》。校以光绪癸未年刊贺廷寿纂《六合县志》(简称《光绪志》)卷七所录诗及光绪刊朱绪曾辑《金陵诗征》卷三五所收诗。《光绪志》录十六首,缺《治浦桥》、《滁河》、《儒学旧基》、《城隍庙》四首。《金陵诗征》仅收《龙池》之一、《废如归馆》二首。

《嘉靖志》题注:"《嘉定志》:偃松在牛市街,文宣王庙前,偃蹇若盖,清阴数亩。传云杜荀鹤所植。又云松下有瓦棺。"

《光绪志》诗末注:"古志云,松下有瓦棺。"

《嘉靖志》诗末注:"按以上二十首,皆郑滂诗。五十首,今《成化志》所载仅数首耳,馀皆《嘉定志》得之,然尚未及其半云。"

《嘉靖志》卷首凡例云:"宋嘉定间县令刘昌诗所修志,板已劂灭,其本无传。近于藏书家觅得写本,据其所载,有可采者增入。"

《嘉靖志》卷四《秩官志》云:"郑滂,光化中为六合宰,尝作《怀古诗》五十首,叙灵岩则曰:'岩峻尝有灵瑞。'叙龙津则曰:'士马更成往来。'若儒学、士林馆、龙池、昌市楼等处,皆有题咏。意滂必文彩风流之士,当时之民被和平之化矣。惜其政事无传,诗之存者载《诗纪》。"末注:"《嘉定》、《成化志》。"

《光绪志》卷四《官师志》云:"郑滂,光化中为六合令。惧文献无征,作《怀古诗》五十首,各系以小叙,今其诗存者三十二首,惜政迹不传。"

《金陵诗征》卷三五录滂诗二首,小传云:"滂,光化中六合令,因家焉。"注云:"宋《嘉定六合县志》云:郑令惧棠邑文献无征,作《怀古诗》五十首,各系以小叙,其叙灵岩曰:'岩峻尝有灵瑞。'叙龙津曰:'士马更戍往来。'士林曰:'其地业儒多宦。'叙寺则始于解脱,叙混成观则起于宋元。《嘉靖仪真志》存三十二首,至雍正乙卯六合令苏作睿《志》尚存十六首,乾隆癸卯廖抡升《志》,乃悉削去。唐人著作,征文考献,何可弃也。"

今按:嘉定、成化修《六合县志》,今均无传。传世者以《嘉靖志》为最早,所录二十首。据修志者所云,则《嘉定志》所收亦不过此数。《光绪志》当系自雍正《六合县志》转录,文字歧异较多,疑非源出于嘉靖《六合县志》,而系自嘉靖《仪真县志》录出。唐六合县辖境,明代部分归仪真县,故其诗得兼收之。今传《仪真县志》,似以《隆庆志》为最早,已有影印天一阁本行世,经检并无滂诗。朱绪曾、贺廷寿皆清季人,皆云所存有三十二首之数,疑曾获见嘉靖《仪真县志》,俟续访之。滂诗除已录出之二十一首外,仅知诗题者尚有《灵岩》、《龙津》、《昌市楼》、《混城观》等,已见前录。

海 印

诗

境风吹性海,波起成连山。

澄渟复湛然,影像分如印。宋晁迥《道院集要》卷三。

陈 岩

岩,颍川人。黄巢入闽,岩聚众号九龙军。福建观察使郑镒奏为团练副使。中和四年,岩逐镒自称观察使,朝廷从之。大顺二年卒。诗二句。(《全唐诗》无陈岩诗,传据《唐方镇年表》卷六)

句

金甲终不卸,将分理立忧。见《吟窗杂录》卷四一《闽川(原误作"山")名士传》。

李山甫

牡　丹

嫚黄妖紫间轻红,谷雨初晴早景中。静女不言还爱日,彩云无定只随风。炉烟坐觉沉檀薄,妆面行看粉黛空。此别又须经岁月,酒阑把烛绕芳丛。见《梦粱录》卷十八。

赠前翰林待诏王敬傲 题拟

幽兰绿水耿清音,叹息先生枉用心。世上几时曾好古,人前何必苦沾襟。《太平广记》卷二〇三引《耳目记》引。

　　按:《全唐诗》卷六四三收山甫七律《赠弹琴李处士》,前四句与此首较相似,但首句完全不同,另三句也颇有异文,故仍录出。

元　安

　　元安,俗姓淡,凤翔麟游人。嗣夹山,后居澧州乐普山,世称乐普和尚。光化元年卒,年六十五。诗六首。(《全唐诗》无元安诗,传据《宋高僧传》卷十二,《祖堂集》卷九“乐普”作“落浦”,卒年为光化二年)

神　剑　歌

异哉神剑实摽奇,自古求人得者稀。在匣谓伯作“为”言无照耀,用来方觉转伯作“见腾”光辉。破犹伯作“由”预,除狐疑,壮心胆兮定神姿。六贼既因斯剪拂,八万尘劳尽乃伯作“犹自”挥。斩邪徒,汤妖孽,生死荣枯伯作“魔云”齐了决。三尺灵蛇覆伯作“赴”碧潭,一片晴光莹伯作“暎”寒月。愚人忘伯作"望"剑刻舟求，奔驰伯作"他"浊浪徒悠悠伯作"游游"。抛弃澄伯作"尘"源逐浑派，岂知神剑不随流。他人剑兮伯无"兮"字带血腥，我之剑兮含灵鸣伯作"明"。他人伯作"之"有剑伤物命，我之有剑救生灵。君子得时伯作"之"离彼此伯作"我"，小人得处自轻伯作"之倾其"生。他家不用我家剑，世上伯作"时向"高低早晚平。须知神剑功伯作"弘"难纪，慑魔威伯作"怨"兮定生死。未得之者易成难，得剑之人难却易。伯无此二句。展则伯作"耶"周遍伯作"游"法界中，收乃还归一尘里。伯 此下有"不逢斯剑异成难，得剑之人难成异"二句。若将此剑镇乾坤，四塞终无战云起。见《祖堂集》卷九、伯三五九一卷。

浮沤歌 《景德传灯录》卷三十作乐普和尚《浮沤歌》

秋《灯录》作"云"天雨滴《灯录》作"落"庭中水，水上漂漂见沤起。前者已灭后者生，前后相续何《灯录》作"无"穷已。本因雨滴水成沤，还缘风激沤归水。不知沤水性无殊，随他转变将为异。外明莹，内含虚，内外胦胧《灯录》作"玲珑"若宝珠。正在澄波看似有，及乎动著又如无。有无动静事难明，无相之中有相形。只知沤向水中出，岂知水不《灯录》作"亦"从沤生。权将沤水类余身，五蕴虚攒假立人。能达蕴空沤不实，方能明见本来真。同前。以《景德传灯录》卷三十所录诗相校。

答学人问如何是西来意 题拟

飒飒当轩竹，经霜不知寒。只闻风击响，不知几千竿。同前。

偈

决志归乡去，乘船渡五湖。举篙星月隐，停棹日轮孤。解缆离邪岸，张帆出正途。到来家荡尽，免作屋中愚。《五灯会元》卷六。
石人机似汝，也解唱巴歌。汝若似石人，雪曲也应和。同前。

亭午犹亏半，乌沉始得圆。要会个中意，牛头尾上安。同前。

刘　松

　　松，字秬美，袁州人。进士，与李咸用有过往。尝集其州天宝以后诗四百七十篇为《宜阳集》六卷。诗一首。(《全唐诗》无刘松诗。事迹据《新唐书》卷六十《艺文志》四及《李推官披沙集》卷中、卷下)

题九疑山

灵山登暂歇，欲别忍携筇。却上云房后，翻思尘世慵。坛铺秋月静，竹挂晓烟浓。稽首壶中客，仙方愿指踪。见同治十一年刊锡荣纂《萍乡县志》卷六。

令　超

　　令超，住筠州上蓝山，世称上蓝和尚。大顺庚戌岁卒。(《全唐诗》卷八七五收上蓝谶偈三则，云"失其名"，今据《景德传灯录》卷十六补传)

垂训诗

行藏虚实自家知，祸福因由更问谁。善恶到头终有报，只争来早与来迟。闲中检点平生事，静坐思量日所为。常把一心行正道，自然天地不相亏。见《悦心集》卷一。

文　喜

　　文喜，姓朱，嘉兴义和镇人（《五灯会元》作嘉禾语溪人）。
嗣仰山。初住五台千顷山，后避地湖州。光启三年，钱镠请住
龙泉寺，移圣果，加号曰无著禅师。光化二年卒。诗一首。
（《全唐诗》无文喜诗，《全唐诗续补遗》卷十八收文喜诗二句，
为宋仁宗时同名诗僧诗误入。今据《十国春秋》卷八九录传）

五台山夜行遇童子问答忽然不见作

豁州沙界胜伽蓝，满目文殊接话谈。言下闻知开佛眼，回头只见翠
山岩。见《全五代诗》卷七四。

孙　偓

南迁至衡岳赠全玼诗　题拟

窠居过后更何人，传得如来法印真。昨日祝融峰下见，草衣便是雪
山身。见《宋高僧传》卷三十。

　　按：《全唐诗》卷六八八收此诗，有缺文，今重录。

本　寂

　　本寂，俗姓黄，莆田人。年十九往福州出家，二十五登戒。
寻谒洞山得法。后住抚州曹山，开曹洞宗。尝注《对寒山子
诗》。天复元年卒，年六十二。诗十二首。（《全唐诗》卷八二三
收耽章诗一首，系误收大梅法常之作。耽章即本寂，见《林间

录》卷上，另详本书卷二十七法常条附考）

题 廊 壁

肃肃秋风送暮钟，江门束鹿傍苍松。野人不与朝家事，早晚焚香拜
九重。《莆风清籁集》卷四八。

示纸衣道者颂

觉性圆明无相身，莫将知见妄疏亲。念异便于玄体昧。心差不与道
为《正法眼藏》卷二作"相"邻。情分万法沉前境，识鉴多端丧本真。如是
《僧宝传》卷一作"若向"句中全晓会，了然无事昔时人。

五 相 偈

白衣须拜相，此事不为奇。积代簪缨者，休言落魄时。○偈。
子时当正位，明正在君臣。未离兜率界，乌鸡雪上行。○偈。
焰里寒冰结，杨华九月飞。泥牛吼水面，木马逐风嘶。☉偈。
王宫初降日，玉兔不能离。未得无功旨，人天何太迟。○偈。
混《五灯会元》作"浑"然藏理事，朕兆卒难明。威音王未晓，弥勒岂惺
惺。●偈。

四 禁 偈

莫行心处路，不挂本来衣。何须正凭么，切忌来生时。

示 学 人 偈

从缘荐得相应疾，就体消停得力迟《宗镜录》卷四一作"就体消机道却迟"。
瞥起本来无处所，吾师暂说不思议。

僧举香岩语示颂

枯木龙吟真《林间录》卷下作"方"见道，髑髅无识《祖庭事苑》卷二作"识尽"眼初《林间录》作"方"明。喜识尽时消息《景德传灯录》卷十七作"不"尽，当《僧宝传》卷一作"常"人那辨浊中清。

读傅大士法身偈后作偈

渠本不是我，非我。我本不是渠。非渠。渠无我即死，仰汝取活。我无渠即余。不别有。渠如我即佛，要且不是佛。我如渠即驴，二俱不立。不食空王俸，若遇御饭直须吐却。何假雁传书。不通信。我说横声唱，为信唱。君看背上毛。不与尔相似。乍如谣《白雪》，将谓是《白雪》。犹恐是巴歌。传此句无注。以上十首均见《大正新修大藏经》第四七册《抚州曹山元证禅师语录》。

颂

今年田不熟，来年种有期。爱他年少父，须得白头儿。见《祖堂集》卷二十。

偈

学者先须识自宗，莫将真际杂顽空。妙明体尽知伤触，力在逢缘不借中。出语直教烧不着，潜行须与古人同。无身有事超歧路，无事无身落始终。《五灯会元》卷十三。

道　虔

道虔，俗姓刘，福州侯官县人。嗣石霜。在江西九峰，世称九峰和尚。诗二首。（《全唐诗》无道虔诗，传据《祖堂集》卷

九)

送洪州禾山和尚偈 题拟

将宝类宝意不殊,琉璃线贯琉璃珠。内外双通无异径,郁我家园桂
一株。见《祖堂集》卷十二。

颂

当午日轮圆不照,却指三更暂示人。莫将明暗消前辈,不是灯边具
足身。同前卷九。

余　镐

　　余镐,字周京,莆田人。咸通十年进士及第。除校书郎。黄
巢乱后隐莆之黄石。王审知屡辟不就。诗一首。(《全唐诗》无
余镐诗)

哀林虔中

接翅十年同抗疏,投荒万里独登楼。常山忽为孤城死,睢水空存百
战谋。函草漫从灰里觅,嘤声长向梦中求。欲知后死今何事,已在
莆中买钓舟。《闽诗录甲集》卷一。

高　蟾

秋晚云溪隐者居

野寺秋声苦,灵溪晚翠荒。人家红树老,天气白云深。泽国尘埃少,
山川岁月长。明时一樽酒,谁作钓沧浪?影印本《诗渊》第五册第三一六二

页。

寄题海陵离亭

银根菡苕连天落,玉穗兼蕸动地飞。汤桨先生曾寄梦,凭轩公子合忘机。江村白鸟和云没,泽国寒蝉带雨微。何似高秋钓台上,一声清啸送僧归。同前第三四八六页。

　　按:《诗渊》第三册第二一六八页收《若耶溪》、第五册第三一七七收《越州新楼》、第三四〇五页收《忆题惠山寺书堂》,皆署高蟾名,经查均应为李绅诗。前录二诗,颇疑亦李绅所作。今仍收高蟾名下,俟考详。

郑良士

郑明府池亭

月魄星精称逸才,讼亭南面小亭开。啸猿洞里移松入,栖鹭湾中选石来。数处履痕侵绿甃,半街帘影护青苔。静留野客看云坐,多把清吟送酒杯。《诗渊》第五册第三一三六页。原署郑昌士,为良士之初名,见《十国春秋》卷九五。

送人罢尉归山

数年山县掌闲司,罢任还同到任时。临别更无邀客酒,还归空有寄僧诗。路傍岳色行难尽,馆宿泉声梦最迟。想达故斋春日晚,旧〔栽〕(裁)庭树是花枝。同前第六册第四三八三页。

题鸣峰岩

卓锡栖云老道翁,结茅甃塔万山中。石炉昼夜香腾雾,琪树春秋翠插空。菜长给孤园值雨,藤摆罗汉谷生风。禅闻寂寞无人到,尘世喧嚣总不同。

烟水苍苍鲤水南，千松万籁障精蓝。银钉剔起残灯焰，石鼎烹来新茗甘。磬响僧憧扬梵语，云迷佛阁隐瞿昙。道人去久知何处，明月年年照石龛。《莆风清籁集》卷五四。

洪　諲

　　洪諲，俗姓吴，吴兴人。嗣沩山。住杭州径山院，世称径山和尚。光化四年卒。诗一首。（《全唐诗》无洪諲诗，传据《释氏疑年录》卷五）

偈

东西不相顾，南北与谁留。汝则言三四，我道其中一也无。见《祖堂集》卷十一。《景德传灯录》卷十一录此偈，后二句作"汝即言三四，我即一也无"。《五灯会元》卷九作"汝言有三四，我道一也无"。

本　空

　　本空，嗣云居道膺。住杭州佛日寺，世称佛日和尚。与径山同时。诗一首。（《全唐诗》无本空诗，传据《景德传灯录》卷二十）

颂

遍学穷切抱死尸，出身不得病难治。任汝入海常献宝，不如自治剑轮飞。见《祖堂集》卷十一。

全唐诗续拾卷三五

张 濬

咏红叶题诗事 题拟

长安百万户，御水日东注。水上有红叶，子独得佳句。子复题脱叶，
流入宫中去。深宫千万人，叶归韩氏处。出宫三千人，韩氏籍中数。
回首谢君恩，泪洒胭脂雨。寓居贵人家，方与子相遇。通媒六礼具，
百岁为夫妇。儿女满眼前，青紫盈门户。兹事自古无，可以传千古。
见宋刘斧《青琐高议前集》卷五录张实《流红记》引。

　　按：红叶题诗故事，唐时已有三说，《流红记》述韩氏、于祐事为第四
说，宋人或斥为衍唐人故事之小说。张濬此诗，是否出于伪托，尚待考证。

隐 峦

句

释闷还拈架上书。《江湖小集》卷二二李龏《剪绡集》引。

老人终岁闭门坐。《梅花字字香后集》。

克符道者

　　克符道者，即纸衣和尚，嗣临济义玄，住涿州。诗四十二

首。(《全唐诗》无克符道者诗)

颂

夺人不夺境,缘自带诮《五灯会元》、《人天眼目》作"谪"讹。拟欲求玄旨,思
量反责么。骊珠光灿烂,蟾桂叶《五灯会元》、《人天眼目》作"影"婆〔娑〕(娑)
从《五灯会元》、《人天眼目》改。亲体《五灯会元》、《人天眼目》作"面"无差《人天眼
目》作"回"互,还应滞网罗。

夺境不夺人,寻言何处真?问禅禅是妄,究理理非亲。日照寒光澹,
山摇《人天眼目》作"遥"翠色新。直饶玄会得,恬似《五灯会元》、《人天眼目》作
"也是"眼中尘。

人境两俱夺,从来正令行。不论佛与祖,那说圣凡情。拟犯吹毛剑,
还伤《五灯会元》、《人天眼目》作"如"值木《人天眼目》作"目"盲。进前求妙会,
特地打《五灯会元》、《人天眼目》作"斩"精灵。

人境俱不夺,思量意不偏。主宾言不《五灯会元》作"少"异,问答理俱
全。踏破澄潭月,穿开碧落天。不能明妙用,沦溺在无缘。《天圣广灯
录》卷十三、《五灯会元》卷十一、《人天眼目》卷一。

初祖熊耳峰

闲佩毗卢印,人天末位尊。宝航横凤浦,金锡挂龙门。去后梁王感,
来光魏主恩。葱山携只履,半偈动乾坤。

二祖漳川凤

别嗣神州祖,联灯又一回。密传三祖印,还梦五侯街。玄字乾坤太,
慈天日月开。逆流漳浦上,天感泣云雷。

三祖山谷麟

北齐传得印,独步出人间。祖地江河阔,随天日月闲。妙音流四海,

瑞气溢三山。一句南来信,清风撼雪关。

四祖双峰松

翠合鸡山树,峨峨祖岫松。凝霜分五叶,含雪振双峰。月迥金河内,珠添玉镜中。飔飔传细离,天下播真宗。

五祖东山月

东山分祖印,空际月成轮。碧眼风光翠,黄梅树色春。九枝添瑞鹤,一叶拂祥麟。别得金仙记,曹谿第五人。

六祖曹溪宝

南得黄梅意,曹溪记法泉。三衣兼祖印,一钵尽师传。慈月光千海,玄河注百川。神洲十二代,法眼继相传。

毗 卢 印

天中慈月三峰迥,指外悬河万派深。仙舸独游华藏海,无边川泽喜归心。

熊 耳 岩

熊耳宗师葬洛阳,龙城天子〔泣〕(位)千行。回担只履葱山上,惊杀梁王与魏王。

马 祖 麟

麟眠法苑分千叶,马踏曹溪迸万泉。古佛传中亲授记,月转碾破海中天。

百 丈 松

百丈和霜岭上松，蛇盘鹤性瘦如龙。下堂索著称名字，不会师心一万重。

临 济 龙

龙控悬河海月秋，烟霞风雨一时收。波涛急急人难会，截断千江水不流。

龙 潭 月

祖派波澜半偈玄，曹溪舟棹接风烟。一转海底龙潭月，碾破鸡山雪岭前。

双 林 桂

身受龙华三会主，捶开凤阁九重城。梁王筑倒金刚佛，更〔问〕（门）如何不讲经。

药 山 刀

药岫龙泉照瞻清，乾坤宗匠尽流行。格高一句难分出，蓦就云岩谷口明。

丹 霞 日

一片丹霞见石头，麒麟双凤况难传。锋铓欲说宗门印，哽得师心掩耳休。

鸟窠柏树居

白凤烟霞控鸟窠,骊龙珠耀祖山河。当初捻起布毛意,体用毗卢些子多。

石　巩　弓

龙剑雕弓祖佛威,霜锋雷电急难追。当初金镞胸前过,由未重玄多许为。

归　宗　石

雪彩霜威马祖风,虎降高格气如龙。谁人会得归宗路?一镞三关海内通。

大　梅　霜

虎见烟萝透洞门,心中古佛震乾坤。龙泉截断麒麟角,撼得毗卢海月昏。

灌　溪　水

一派曹源与灌溪,龙行风雨动云霓。后机箭筈波澜急,撼得毗卢海岳低。

天　皇　竹

龙吟凤彩震乾坤,熊耳鸡山海内闻。一片雪霜三岛外,虎心半偈洒风云。

牛 头 雪

六叶牛头枡别栽，五天熊耳纵云雷。须知四祖垂机接，百鸟衔华更不来。

五 泄 泉

发意当初问石头，江河心溃渺分流。唤回指出毗卢印，便得如山万事休。

鲁 祖 岩

虎径龙泉绕行岩，凤栖霜倚鹤和杉。谁人会得宗师意？〔扭〕(纽)转乾坤好不参。

汾 州 玉

龙宫鹿苑百川通，八藏三乘在掌中。却是江西逢马祖，回头踏转大虚空。

疏 山 松

疏岭松萝五叶云，毗卢天外别为秦。骊龙踏落虚空月，木马重嘶雨露新。

关 南 鼓

锡撼风霜虎豹愁，楚王城里倒骑牛。腾腾尽喝关南鼓，声压云雷动九畴。

韵 山 壁

熊耳鸡山五印玄,蛇盘凤口九泃泉。紫霄峰上一轮月,照破曹溪半
夜圆。

南岳让禅师风

别沐曹溪水,栖衡岳万重。有心传五叶,无意据千峰。洞鹤争藏翼,
岩鸡息瘦容。一声乾象外,海内继真风。

吉 州 鲤

五天慈雨细,师得润禅林。碧眼千灯印,清源一派心。有涯来复远,
无底更深沉。别嗣曹溪后,众人仰德音。

南 泉 竹

根蒂欲何寻?孤奇迥众林。风来敲节目,龙去晓知音。撼雪精神别,
吟风体物深。平常烟霭里,动转振虚心。

石 头 松

出石雄委迥,樛林况莫同。翠含烟霭外,闰布雪霜中。影撼千溪月,
声联五叶风。妙音传药峤,天下定真宗。

夹 山 雷

澧水风涛急,参差海岳摧。浪中澄得月,天外振惊雷。龙领珠难取,
溪岩宝易栽。接人机路险,寰海更谁偕?

洞 山 泉

深沉分派异,方外一轮孤。海底清天镜,潭中碧眼珠。千重排雪岸,
半偈彻冰壶。递印宗门后,人天作楷模。

赵 州 关

孤峻南泉派,师机已得闲。三衣传祖域,一句动人〔寰〕(众)。幽谷珠
光异,蓝田玉彩班。未明根下蒂,难过赵州关。

云 居 月

素容空界外,廓落迥无边。玉镜同千域,金轮匝五天。霜凝熊耳印,
冰浩鹫峰玄。不是龙居月,难光洞上泉。

都 颂

侬家住处实堪隈,吞炭藏身几万回。不触波澜招庆月,动人云雨鼓
山雷。以上三十八首皆见《天圣广灯录》卷十三,原总题作"师颂三十八首"。

志 闲

　　　　志闲,俗姓史,魏府馆陶人。嗣义玄,住灌溪。乾宁二年卒。
　　诗一首。(《全唐诗》无志闲诗)

颂

僧家无事最幽玄,近对青松远对山。诗句不曾题落叶,恐随流水到
人间。《祖庭事苑》卷三。

钱 珝

和王员外雪晴早朝

紫微晴雪带恩光,绕仗偏随鸳鹭行。长信月留宁避晓,宜春花满不飞香。独看积素凝清禁,已觉轻寒让太阳。题柱盛名兼绝唱,风流谁继汉田郎。见《钱考功集》卷八。

按:《万首唐人绝句》卷六八收前四句作钱珝诗。《韵语阳秋》卷二谓此诗及《同程七盍入中书》"二诗皆珝所作无疑,盖起未尝入中书也"。《全唐诗》卷二三九收此诗于钱起名下,今为移正。

赴章陵酬李卿留别

一官叨下秩,九棘谢知音。芳草文园路,春愁满别心。见《万首唐人绝句》卷八一、《钱考功集》卷十,均收作钱起诗。《全唐诗》卷二三九收作钱起诗。

罢章陵令山居过中峰道者二首

宁辞园令秩,不改渊明调。解印无与言,见山始一笑。幽人还绝境,谁道苦奔峭。随云剩渡溪,出门更垂钓。吾庐青霞里,窗树玄猿啸。微月清风来,方知散发妙。

丘壑去如此,暮年始栖偃。赖遇无心云,不笑归来晚。鸣鸠拂红枝,初服傍清畎。昨日山僧来,犹嫌嘉遁浅。托君紫阳家,路灭心更远。梯云创其居,抱犊上绝巘。杏田溪一曲,霞境峰几转。路石挂飞泉,谢公应在眼。愿言携手去,采药长不返。见《钱考功集》卷三。《全唐诗》卷二三六收作钱起诗。吴企明云章陵为唐文宗陵。

裴侍郎湘川回以青竹筒相遗因而赠之

楚竹青玉润,从来湘水阴。缄书取直节,君子知虚心。入用随宪简,积文不受金。体将丹凤直，色映秋霜深。宁肯假伶伦，谬为龙凤吟。唯将翰院客，昔秘瑶华音。长跪捧嘉贶，岁寒惭所钦。同前。吴企明云裴侍郎为裴瓒。

禁闱玩雪寄薛左丞

玄云低禁苑，飞雪满神州。虚白生台榭，寒光入冕旒。粉凝宫壁静，乳结洞门幽。细绕回风转，轻随落羽浮。怒涛堆砌石，新月孕帘钩。为报诗人道，丰年颂圣猷。见《钱考功集》卷六。《全唐诗》卷二三八收作钱起诗。吴企明云薛左丞指薛廷珪。

中书遇雨

济旱惟宸虑，为霖即上台。云衔七曜起，雨拂九门来。纶阁飞丝度，龙渠激雷回。色翻池上藻，香裛鼎前杯。湘燕皆舒翼，沙鳞岂曝腮。尺波应为假，虞海载沿洄。同前。

中书省言怀因酬嵩阳张道士见寄

朝花寻暝林，对酒伤春心。流年依素发，不觉映华簪。垂老遇中巳集作“明代”，又作“知己”，酬恩看寸阴。如何紫芝客集作“多惭紫阳客”，相忆白雪深。见《文苑英华》卷二二八，署“钱起”。《全唐诗》卷二三七收作钱起诗。

　　　按：以上七首，《全唐诗》皆收作钱起诗。今从《文学评论》第十三辑吴企明《钱起钱珝诗考辨》一文移正为钱珝诗。吴文于此数诗考证甚详，可视作定论。因文长，兹不备录。另吴文尚考出七首钱起诗为钱珝作，惜所举之证尚难成为定论，今不取。

张　瑜

　　　　张瑜，乾宁元年为乡贡进士。诗一首。(《全唐诗》无张

瑜诗）

感应诗五十六字

圣女嘉祥推感应,葬仪伤恸九般情。林中愁听黄莺啭,月下惟闻白鹿鸣。慧日流光重抱戴,瑞云频绕《山右石刻丛编》作"现"五花成。莫言此地无《山右石刻丛编》作"栽"松柏,刊石留将记姓名。《山西通志》卷九三《金石记》五录张瑜撰《大唐广平郡乐公之二女灵圣通化合葬先代父母有五瑞记》附。此则承张忱石先生录示。又见胡聘之《山右石刻丛编》卷九。

欧阳董

　　董,清江人。昭宗时隐居山中。丞相孙偓以谪宦至,见之,叹为神仙中人。诗一首。(《全唐诗》无欧阳董诗。传据《江西诗征》卷三)

读 书 台

坐上沿江碧玉流,读书人住几春秋。尘埃青竹阴连栋,风雨黄茅冷盖头。一榻蠹鱼今槁死,千年别鹤旧经游。吾方晓夜遥山梦,世事从今只钓舟。见清曾燠编《江西诗征》卷三。

颜 荛

题孟浩然墓

可怜垂世诗千首,换得荒坟数尺碑。见《舆地纪胜》卷八二《襄阳府》。

习家池大堤 题拟

习家池畔思前事,游女江边想弄珠。檀溪春水长青蒲,溪上行人问的卢。同前。

又

习郁穿池事胜游，山翁酣饮继风流。同前。

归耕子

　　归耕子，自称为士之不遇者，幼习文武之艺，好奇异之状，天复二年撰《神仙炼丹点铸三元宝照法》。诗一首。（《全唐诗》无归耕子诗）

炉 养 丹 歌

六十时中运丙丁，每用随时辨五行。阳气进时顺天转，阴气灭候逐星征。常以加临须正午，冈宿周来至药成。《正统道藏》本《神仙炼丹点铸三元宝照法》。

李慎微

　　慎微，赵郡人，宪宗相绛之孙。天祐元年进士。诗一首。（《全唐诗》无李慎微诗，事迹据《新唐书》卷七二《宰相世系表》、同治《广东通志》卷二九六）

〔拟〕送贺秘监归会稽诗

有客自言狂，经书仕圣唐。业尊〔傅〕（传）帝子，道妙宠君王。厌俗怀仙观，思游忆故乡。公卿祖疏广，亲戚送刘纲。海上波澜急，江干烟路长。蓬莱不可见，何处访霓裳。见《会稽掇英总集》卷二。

赵　崇

崇，字为山，新安人。咸通十三年登进士第。僖宗时为司勋员外郎、史馆修撰，入河东郑从谠幕。天复中为御史大夫。天祐元年检校右仆射，次年贬曹州司户，后为朱全忠所杀。诗一首。（《全唐诗》无赵崇诗，传录《登科记考》卷二十三、《郎官石柱题名考》卷八）

赠崔垂休诗 题拟

慈恩塔下亲《说郛》本作"上新"泥壁，滑腻光华玉不如。何事博陵崔四十，金陵腿上逞欧书。见《北里志》。

《北里志》："王团儿……有女数人。长曰小润，字子美，少时颇籍籍者。小天崔垂休变化年溺惑之，所费甚广。尝题记于小润脾上，为山所见（原注：名就今字衮求近白小求宰临晋），赠诗曰（略）。""为山所见"四字及原注，《中国古典文学参考资料小丛书》本《北里志》校记及岑仲勉先生《唐人行第录》"崔四十胤"条皆以为有脱误讹舛，甚是。今检同书有"小天赵为山"云云，知此诗为赵崇赠崔胤之作。《说郛》本《北里志》上引四字作"为同年李义山所见"。李商隐已卒于大中间，与崔胤不同时，其误显然。至原注所云，终难索解，姑存疑。（《全唐诗》卷八七二收作无名氏之作，今移正重收。）

陈　峤

闲　居

小桥风月年年事，争奈潘郎老去何。见《南部新书》卷戊。

按：《全唐诗》卷七九五收二句，缺题，缺一字，今重录。

杜荀鹤

三明大师赠彻大德

存诗勾引未能休,闲即因吟到御沟。故园别来杉桧老,旧山禅处水
云秋。寒声渐细钟摇寺,夜色无穷月满楼。攀羡此情高且逸,平生
辛苦未能酬。

初 出 长 安

圣主每娇奢,朝庭事可嗟。不取前殿谏,唯爱《后〔庭〕(停)花》。为进
中书策,翻馀逐浪沙。从兹辞帝阙,何处却为家?

同　前

一乍出皇都,时登日月馀。遥看山(何)近远,店舍路崎岖。想料天子
女,翻华疑草外夫。然虽朋流下,荣辱□□□。

　　　　以上三首均见伯四九八五卷。

过夷门献诗

四海九州空第一,不同诸镇府封王。《旧五代史》卷二四、《登科记考》卷二四
引《唐新纂》。此则承汤华泉同志见告。

　　　　《唐新纂》:"荀鹤举进士及第,东归过夷门,献梁太祖诗句云(诗
　　略)。"

维扬冬末寄幕中二从事

闻道长溪尉,相留一馆闲。已投三寸管,尚隔几重山。为旅春风外,
怀人夜雨间。年来疏览镜,怕见减朱颜。《四库全书》本《唐风集》卷一。

按：《全唐诗》卷六九一收此诗，第三句全缺，今重录。

题周繇先辈石门山庄

花亭野客眠云醉，药圃家童蹈月锄。同前卷下《隐逸部·山居》。

崔　远

远，博陵安平人，吏部侍郎澹子。龙纪元年登进士第。大顺初，以员外郎知制诰，召充翰林学士，正拜中书舍人。乾宁三年，转户部侍郎、兵部侍郎承旨，寻以本官同平章事，迁中书侍郎兼吏部尚书。天祐初，从昭宗东迁洛阳，罢相，守右仆射。二年，为柳璨希朱全忠意，累贬白州长史，旋被害。远文才清丽，风神峻整，为时所重。诗一首。（《全唐诗》无崔远诗，事迹据《旧唐书》卷一七七《崔珙传》附本传）

送广利大师归江东

楚山枫老楚江清，笠挂高帆浪注罌。真性本无前后际，叶舟谁问去来程。忘机每与鸥为伴，息念应怜月共明。想见家山诸弟子，盛夸新赐大师名。见宋岳珂纂《宝真斋法书赞》卷六。

按：岳珂云此诗真迹一卷，嘉定甲申九月赎之邵邸，楷书，诗并序尾纪共八行。诗末署："中书侍郎平章事崔远，乾宁四年季夏二十九日书。"珂另有赞语，评其书法，兹不录。

《宣和书谱》卷四著录崔远《送昙光诗》。

朱　著

　　朱著,永嘉人,朱褒兄。中和元年永嘉朱褒作乱,二年浙东观察使刘汉宏招之,表请褒为州刺史,从之。大顺元年褒兄诞自为刺史,乾宁元年著自为刺史,历七年,至天复元年褒复为刺史,二年褒兄翔自为刺史。兄弟交据温州二十馀年。补诗一、句二。(《全唐诗》无朱著诗)

游 南 雁 荡

山呈图画水鸣弦,石室丹台别有天。官况屡来忘是客,凡襟洗去欲成仙。只因紫绶羁尘海,须把黄花种玉田。药径云关堪驻迹,钓矶风月不须钱。见周喟《南雁荡山志》卷七引陈玭《嘉靖南雁山志》、郑思恭《崇祯南雁山志》。

延 福 院 句

洞口花开新佛寺,岭头苔锁古仙坛。见明人姜准《歧海琐谭》卷五引南宋曹叔远《永嘉谱》。

　　按:朱著逸诗及小传,皆承张靖龙同志录示。

吴　璋

　　吴璋,天祐年间温州制置使。诗一首。(《全唐诗》无吴璋诗)

游 南 雁 荡

碧桃花暖洞门开,遥向春山举一杯。洒墨几人镌月牖,乘风两度到蓬莱。绿阴窗户长疑雨，白石林泉半杂苔。王事贤劳闲未得，趣归猿鹤莫相猜。见周喈《南雁荡山志》卷七引陈玭《嘉靖南雁山志》、郑思恭《崇祯南雁山志》。

　　按：吴璋逸诗及小传，皆承张靖龙同志录示。

僧　润 ——作"僧涧"

　　僧润，约为晚唐五代间僧人。诗三首。(《全唐诗》无僧润诗)

因览《宝林传》

祖月禅风集《宝林》，二千馀载道堪寻。虽分西国与东国，不隔人心到佛心。迦叶最初传去盛，慧能末后得来深。览期顿悟超凡众，嗟彼常迷古与今。

赠　道　者

一语真空出世间，可怜迷者蚁循环。此生胜坐三禅乐，好句常吟万事闲。秋月圆来看尽夜，野云散去落何山？到头自了方为了，休执他经扣祖关。

赠　禅　客

了妄归真万虑空，河沙凡圣体通同。迷来尽似蛾投焰，悟去皆如鹤出笼。片月影分千涧水，孤松声任四时风。直须密契心心地，休苦劳生睡梦中。见影宋本《景德传灯录》卷二九。

　　按：《宝林传》为贞元十七年释智炬作。僧润时代在智炬以后。

马 冉

岑 公 洞

南溪有仙涧,咫尺非人间。龙向葛陂去,鹤从辽海还。泠泠松风下,
日暮空苍山。见《舆地纪胜》卷一七七《万州》。

  按:诗末有注云:"刺史马冉《岑公洞》诗。既曰马冉仁才,故又谓马仁
才。按《思州图经》,有招慰使冉安昌,则周时有人性冉,不可谓姓马也。"
《全唐诗》卷七二七收此诗仅四句,今重录。

处 真

  处真,嗣曹山本寂。住襄州鹿门山华严院。诗一首。(《全
唐诗》无处真诗)

偈

一片凝然光灿烂,拟意追寻卒难见。炳一作"瞥"然掷一作"撞"着豁人
情,大事分明皆总一作"揔成"办。是一作"实"快活,无系绊,万两黄金终
不换。任地千圣出头来,从一作"揔"是向渠影中现。见《景德传灯录》卷二
十。注"一作"者,为《五灯会元》卷十三之异文。

李 标

  标,唐末进士,自称为李勣之后。诗一首。(《全唐诗》无李
标诗)

题王苏苏窗 题拟

春暮花株绕户飞，王孙寻胜引尘衣。洞中仙子多情态，留住刘郎不放归。见《北里志》。

文 秀

端 午 题拟

辟兵已佩银符小，续命仍荣彩缕长。见《锦绣万花谷后集》卷四《端午》。

王 硕

松江亭 题拟

昔年张翰此归休，鲈脍莼羹八月秋。万顷烟波闲极目，一帆风便不回头。洞庭有路通仙室，笠泽无人直下钩。自恨宦名身未了。拂衣东去阿谁留？见《百城烟水》卷四。

君 山 诗

不饶衡岳秀，长占洞庭心。见《舆地纪胜》卷六九《岳州》。

玄 泰

玄泰，不知何许人。嗣石霜。住南岳七宝台寺，与贯休、齐己为友。誓不立门徒，逍遥自适，时谓泰布衲。尝为曹山本寂禅师作碑。卒年六十五。所著塔铭歌颂等，好事者编聚成集。诗三首。(《全唐诗》无玄泰诗，传据《祖堂集》卷九、《宋高僧

传》卷十七）

畲山谣

畲山儿，畲山儿《沅湘》无此三字，无所知，年年凿《五灯会元》作"斫"断青山
嵋。就中最好衡山《五灯会元》、《沅湘》作"岳"色，杉松利斧摧贞枝。灵禽
野鹤无因依，白云回避青烟飞。猿猱路绝岩崖《沅湘》作"岸"出，芝术
《沅湘》作"树"失根茅草肥，年年斫罢仍再钼《沅湘》作"复锄"，千秋终是难
复初。又《南岳总胜集》作"由"道今年种不多，来年更斫《南岳总胜集》作"明
年阔斫"当阳坡。国家寿岳尚如此，不知此理如之何。见《古今禅藻集》卷
三，校以《五灯会元》卷六、《沅湘耆旧集》卷十、《南岳总胜集》卷中，后者仅录末四句。又
明刻本《景德传灯录》注收此诗。

临化偈

今年六十五，四大将离主。其道自玄玄，个中无佛祖。
不用〔剃〕（涕）从《五灯会元》改头，不用澡浴。一堆猛火，千足万足。见《祖
堂集》卷九、《五灯会元》卷六。

司空图

岁尽日二首 之二

桂花穷北陆，荆艳下东邻。残妆欲送晓，薄衣已迎春。举袖争流雪，
分歌竞绕尘。不应将共醉，年去远催人。见上海图书馆藏明抄本《古今岁时
杂咏》卷四一。

南至日

年年山压压来频，莫强孤危竞要津。吉卦偶成开病眼，暖檐还茸寄
羸身。求仙自躁非无药，报国当材别有人。鬓发堪伤白已遍，镜中

更待白眉新。同前书卷三九。

　　按:《全唐诗》卷八八五收此诗首句缺二字,今重录。

任　翻

台州早春

微雨夜来歇,江南春色回。已惊时不住,还恐老相催。人好千场醉,花无百日开。岂堪沧海畔,为客十年来。见《四库珍本初集》本《天台前集》卷下。

　　按:《全唐诗续补遗》卷十六据《舆地纪胜》收此诗末二句。《全唐诗》卷一四八收作刘长卿诗,题作《早春》,但诗中海畔为客十年之意,与刘生平不合。任翻在台州生活时间较长,应为其所作。

匡　慧

　　匡慧,俗姓高,福州福唐人。出家罗汉院,嗣曹山,后居抚州荷玉山,世称荷玉和尚。昭宗大顺二年被召,辞之,赐号玄悟禅师。

颂

好心相待人少悉,开门来去何了期。不知达取同风事,我自修行我自知。《祖堂集》卷十二。

全唐诗续拾卷三六

刘　望

望,袁州万载人。唐末进士及第,与钟传同时。补诗一首。(《全唐诗》卷七七五收刘望诗一首,列为世次爵里俱无考作者。今据徐松《登科记考》卷二七引《永乐大典》引《宜春志》及下补诗叙其事迹。钟传卒于天祐三年)

献江西钟令公

负笈蓬飞别楚丘,旌旄影里谒文侯。即随社燕来朱户,忽听鸣蝉泣素秋。岁月已嗟迷进取,烟霄只望怨依投。那堪思切溪山路,家苦箪瓢泪欲流。录自民国二十九年刊龙赓言纂《万载县志·诗征》。

按:题下原注:"以下采《嘉定志》补。"《嘉定志》当指宋林护新嘉定十三年纂《宜春志》十卷集八卷。原书久佚,《永乐大典》收入,清人尚有采撷,今不传。详《中国古方志考》。

黄　台

台,唐末为江西钟传从事。著有《江西表状》二卷,《新唐书·艺文志》著录,今佚。诗一首。(《全唐诗》无黄台诗)

问　政　山

千寻练带新安水，万仞花屏问政山。自少云霞居物外，不多尘土到人间。壶悬仙岛吞舟一作"丹"罢，碗浸星宫沉一作"咒"水闲。宝箓篋一作"匣"垂金绦一作"缕"带，绛囊緺锁玉连环。静张棋势一作"局"铺还打，默考仙经补又删。床并葛鞋寒兔伏，窗横桱几老龙蛇。溪童乞火朝敲竹，山鬼听琴夜撼闩。草暗碧潭思句曲，松昏紫气度〔函〕(深)据《苕》改。关。龟成〔钱〕(浅)据《苕》改。甲毛犹绿，鹤化幽一作"黑"翎顶更殷一作"丹"。阮洞神仙分药去，蔡家兄弟寄书还。黄精苗倒眠青鹿，红杏枝低挂白鹇。容易煮茶一作"银"供客用，辛勤栽果与猿攀。常寻灵穴通三岛一作"楚"，拟过流沙化百蛮。新隐渐开一作"闻"侵月窟，旧林一作"邻"犹悦一作"说"枕沙湾。手疏俗礼慵非傲，肘护一作"后"灵方臂一作"秘"不悭。海上使频青鸟黠，篋中藏久白驴顽。筇枝健杖一作"拄"菖蒲节，笋栉高簪玳瑁斑。花气薰心香馥馥，涧声聆耳泠一作"响"潺潺。高坟自掩浮生骨，短暑难穷一作"凋"不死颜。早晚重逢萧坞客，愿随芝盖出尘寰。见《增修诗话总龟》卷十五。注一作者，为《苕溪渔隐丛话后集》卷三八之异文。

　　按：《苕溪渔隐丛话》录本诗各句次第，与《诗话总龟》有较大不同。兹录其各联韵脚以存其次第："山"、"间"、"闲"、"关"、"丹"、"还"、"斑"、"湾"、"鹇"、"顽"、"悭"、"环"、"蛮"、"攀"、"删"、"蛇"、"闩"、"潺"、"颜"、"寰"。

　　又按：《增修诗话总龟》云："歙州问政山聂道士所居，尝有人陟险攀萝至绝壁，于岩下嵌空处见题诗一首，虽苔藓昏蚀，而文尚可辨，题云黄台词，不知台何人也。(下录诗，略。)台，国初时任屯田员外郎。世有全篇。"《苕溪渔隐丛话》亦以台为"国初"人。二本差异甚大，当一录自石刻，一即"世有全篇"之什。厉鹗《宋诗纪事》卷二收入本诗。然详绎本诗及有关记载，此诗应为唐末任钟传从事之黄台所作为是。主要证据有：一、宋初之黄台，除《总龟》所云外，无他事迹可考。二、问政山在歙州城外十许里，其地唐末适为钟传所奄有。黄台为传从事，具备作诗刻石之条件。三、宋初避太祖讳，"殷"字亦讳，如殷全义即更名汤悦，而石刻诗中尚有"殷"字，世传之本始易为"丹"字，知非宋初人作。四、胡仔、厉鹗均谓此诗系咏问政先生聂师道之作。师道事详《苕溪渔隐丛话》引山谷诗、《方舆胜览》、《十国春秋》，为唐末至杨吴初年人，与黄台适同时。而问政山名或谓始于师道，则非。胡仔及闵嗣麟《黄山志定本》卷六均谓山名始于于德晦。德晦为邵孙，约大和会昌间人。

张　鸿

鸿，连州桂阳人。天祐二年进士。时唐祚式微，鸿知势不可为，遂隐居不仕。诗清纯，著述甚富，有集十二卷，今不存。（《全唐诗》卷七七四收鸿诗一首，列为世次爵里俱无考作者。今据《粤诗搜逸》卷一引《连州志》本传补其事迹）

贞女石 相传秦时有数女游，卒遇风雨，一女化为石。

当时非望夫，亦不采蘼芜，自化为贞质，因兹入画图。风恬潭镜朗，云散石房孤。寄语郴江妇，初心相似无。见清黄子高辑《粤诗搜逸》卷一，注出《连州志》。

张　咸

咸，宜春人。进士及第。与唐廪同时。诗一首。（《全唐诗》无张咸诗，传据《登科记考》卷二七引《永乐大典》引《宜春志》，另详附按）

题黎少府宅红蕉花

不争桃李艳阳天,真对群芳想更妍。秋卷火旗闲度日,昼凝红烛静
无烟。肯于萍实夸颜色,要与芙蓉较后先。须信晚成翻有遇,赤心
偏得主人怜。见同治十一年刊锡荣纂《萍乡县志》卷六。

> 按:《萍乡县志》同卷有唐廪《夏日书黎少府山斋》,因知咸与唐廪为
> 同时人。唐为乾宁元年进士。今人张彦生《善本碑帖录》第三卷记曲阜博
> 物馆藏《唐充公颂碑》碑侧刻大和九年张咸题名,与此诗作者恐非一人。

郑 启

九 疑 山

天放烟晴绕四围,九峰高处彩云飞。仙坛丹灶灵犹在,鹤驾青霄去
不归。晋末几迁风景别,尘中空换子孙非。松花落尽无消息,夜半
疏钟彻翠微。康熙《萍乡县志》卷五、同治《萍乡县志》卷六。

> 按:《全唐诗》卷六六七收郑启《邓表山》诗,首二句几全异,后六句大
> 致相同。

子 兰

柳 花 题拟

本是无情花,南飞又北飞。见《全芳备祖前集》卷十八。

孙 郃

春 日 早 朝

三严一作"年"望仗正徘徊,曙色盈盈正一作"金"殿开。青琐侍香扶日

出，紫云护阙拥山来。班联鹓鹭仙官舞，影动龙蛇淑气催。禁秘天颜常咫尺，小臣—一作"欣忭"愿进万年杯。

长 信 宫

一从同辇辞君宠，已分齐纨赋妾诗。别院花红休怅望—一作"恨"，亦曾开在阿娇时。以上二首均见嘉庆元年刊戚鹤泉编《三台诗录》卷一、光绪二十年刊王棻纂《光绪仙居志》附《仙居集》卷十九。注—一作者，为张靖龙同志所录示之异文。

宫 词 二 首

杨柳宫边日已斜，歌声犹按《后庭花》。不知春思当谁似，青黛娥眉夺丽华。

双双紫燕语呢喃，怪引春宫梦不甘。闻道君王多惜玉，肯教自碎碧鸾簪。详附按。此二首承张靖龙同志录示。

　　按：张靖龙同志录孙郃四诗见示，并附按语云："以上诗见清王魏胜《安洲诗录》卷一。清戚学标《三台诗录》云：'郃有《早朝诗》，冠冕乔皇，王岑遗范。颈联（应为颔联）云："青琐传香扶日出，紫云护阙拥山来。"其云日字与春早互映尤佳。'张寿镛《孙拾遗外纪》中云：'董竹史先生庆酉辑《四明诗干》三卷，录拾遗诗《古意二首》，《哭玄英方干先生诗》一首，末载《三台诗录》语。然则拾遗诗幸存于《唐文粹》而戚氏得录之，独恨其少耳。'详见张寿镛辑《孙拾遗文纂》一卷《补遗外纪》一卷，《四明丛书》第二集第一册。"

黄　璞

　　璞，字德温，一字绍山，侯官人，后迁莆田。大顺二年进士第四人。官至崇文馆校书郎。自号雾居子，著有《雾居子》十卷、《闽川名士传》一卷，均不传。诗一首。（《全唐诗》无黄璞诗。兹

据《新唐书·艺文志》、《莆阳比事》卷二、《淳熙三山志》卷二
六、《登科记考》卷二四拟传）

题 玉 泉

水性能方圆，泉色常珪璧。云山静有辉，琼液来无迹。泉上修禅人，
曹溪分一滴。鉴止更澄源，纷纷万缘息。见《嘉定赤城志》卷二三。

谭禅师

> 谭禅师，嗣青林师虔，住韶州龙光寺。诗一首。（《全唐
> 诗》无谭禅师诗）

偈

龙光山顶宝月轮，照耀乾坤烁暗云。尊者不移元一质，千江影现万
家春。见《景德传灯录》卷二十、《五灯会元》卷十三。前者但称龙光和尚，今从后书。

王贞白

题狄梁公庙

惟公仗高节，为国立储皇。见《诗学指南》本《诗中旨格》。《吟窗杂录》本作者名
缺"贞"字。

吴　畦

> 畦，温州安固人。大中十三年登进士第，终谏议大夫润州
> 刺史。诗一首。（《全唐诗》无吴畦诗，传据弘治《温州府志》卷

十三)

登雁荡明王峰诗

明王巉岉与天齐,势压诸峰不可梯。霏雨孤钟云外渡,叫霜群雁月中栖。仰观碧落星辰近,俯视红尘世界低。七尺灵光双彩展,石门金鼎谩留题。见同治丙寅刊齐召南修《温州府志》卷二八。

同治《温州府志》卷二十《名臣》录《万历志》云:"吴畦,字正祥,家安国之卢村。登进士第。乾符中,为河南节度使,督修黄河有功。黄巢乱,奉敕破走之。中和二年召入朝,同平章事。文德元年,拜谏议大夫,进太子太保,封光禄大夫,勋柱国。论事忤上意,贬润州刺史。会钱镠为镇海节度使,不安其职,遂引退,家居而卒。"出将入相如此,而史家阙如,甚为可疑,今不取。张靖龙云:"见周喟《南雁荡山志》卷七《诗外编》引明人郑思恭《崇祯南雁荡山志》,又见《乾隆平阳县志》卷二。明王峰在白云山(属南雁荡山)。"

李 洞

过 荆 山

无人分玉石,有路即荆榛。见《吟窗杂录》卷十四正字王玄《诗中旨格》。

野 望

柳色舞春水,花阴香客衣。同前。

句

鱼弄晴波影上帘。见宋陈善《扪虱新话》上集卷一。

吴　融

富春二首 之二

两岸山花中有溪，山花红白偏高低。灵源忽若乘槎到，仙洞还同采药迷。二月辛夷犹未落，五更鸦舅最先啼。茶烟渔火遥看处，一片人家在水西。见《唐音戊签》八一（《统签》卷七三四）。

狄常侍

悼孟昭图 题拟

一何罪死一何名，独向湘江吊屈平。从此蜀川春夜月，杜鹃啼作两般声。周校本《诗话总龟》卷四五引卢璨《抒情》。

　　按：卢璨《抒情》云："僖宗幸蜀，拾遗孟昭门上疏切直，蹈于非罪。时狄常侍归蜀，以诗悼之曰（诗略）。"《全唐诗》卷六〇〇据《南部新书》卷己、《唐诗纪事》卷六八等书所引，收归裴澈名下。《抒情诗》成书较早，诗句差异较大，故两存之。狄常侍，疑即狄归昌。昭门，显为昭图之误。《全唐诗》作"孟昌图"，亦未谛。

唐彦谦

雪

客来迷旧径，虎过识新踪。浦近浑无鹤，林疏只有松。《分门纂类唐宋时贤千家诗选》卷十三。

郑　谷

赠齐己　题拟

敲门谁访□，□客即□师。应是逢新雪，高吟得好诗。格清无俗字，思苦有苍髭。讽味但忘倦，抛琴复舍棋。见《四部丛刊》本《白莲集》卷首孙光宪《白莲集序》引。此首承赵昌平同志录示。

　　《白莲集序》："郑谷郎中与师□□□□□（下引诗，略）其为诗家流之之称许也如此。"

荷　花　题拟

佛爱我亦爱，清香蝶不偷。一般奇特处，不上妇人头。见《全芳备祖前集》卷十一。

笔　峰

似笔挺然秀，山川亦好文。宕渠花里发，秦垅竹间分。石白生春水，香龛积暮云。道经难久住，日后忆离群。见民国十七年刊曾瀛藻纂《大竹县志》卷十四。

春　日　即　事

典衣估酒得，伴客看闲花。见《吟窗杂录》卷十四正字王玄《诗中旨格》。

赠　王　贞　白

殿前新进士，阙下校书郎。《唐才子传》卷九。此则承陶敏先生见告。

崔致远

秋夜雨中

秋风唯苦吟，举世少知音。窗前三更雨，灯前万里心。金东勋云见《东文选》卷十九。

登润州慈和寺上房

登临暂隔路歧尘，吟想兴亡恨益新。画角声中朝暮浪，青山影里古今人。霜摧玉树花无主，风暖金陵草自春。赖有谢家馀景在，常叫词客爽精神。

按：《全唐诗逸》卷中收三、四两句。

送吴进士峦归江南

自识君来几度别，此回相别恨重重。干戈到处方多事，诗酒何时得再逢。远树参差江畔路，寒云零落马前峰。行行遇景传新作，莫学嵇康尽放慵。

秋日再经盱眙县寄李长官

孤蓬再此接恩辉，吟对秋风怅有违。门柳已凋新岁叶，旅人犹着去年衣。路迷霄汉愁中老，家隔烟波梦里归。自叹身如春社燕，画梁高处又来飞。

暮春即事和顾云友使

东风遍阅百般香，意绪偏饶柳带长。苏武书回深塞尽，庄周梦逐落花忙。好凭残景朝朝醉，难把离心寸寸量。正是浴沂时节日，旧游魂断白云乡。以上五首录自《社会科学战线》一九八四年第四期刊何鸣雁《新罗诗人崔致远》一文。

山阳与乡友话别

相逢暂乐楚山春，又欲分离泪满巾。莫怪临风偏怅望，异乡难遇故乡人。《东文选》卷十九。

古　意

狐能化美女，狸亦作书生。谁知异物类，幻惑同人形。变化尚非艰，操心良独难。欲辨真与伪，愿磨心镜看。同前卷四。

江　南　女

江南荡风俗，养女娇且怜。性冶耻针线，妆成调管弦。所学非雅音，多被春心牵。自谓芳华色，长占艳阳年。却笑邻家女，终朝弄机杼。机杼纵劳身，罗衣不到汝。同前。

寓　兴

愿言扃利门，不使损遗体。争奈探珠者，轻生入海底。心荣尘易染，心垢正难洗。澹泊与谁论，世路嗜甘醴。同前。

蜀　葵　花

寂寞荒田侧，繁花压柔枝。香轻梅雨歇，影带麦风欹。车马谁见赏，蜂蝶徒相窥。自惭生地贱，堪恨人弃遗。同前。以上五首皆录自《中央民族学院学报》一九八五年第一期刊金东勋《晚唐著名诗人崔致远》一文。

梦　中　作

粪墙师有诚，经笥我无惭。乱世成何事，唯添七不堪。《大正藏》本《唐大荐福寺故寺主翻经大德法藏和尚传》。

　　按：此诗为崔致远天复四年春梦中遇宰予、边孝先二贤，前二句为二贤句，后二句为崔续成之。

　　按：崔致远归国后诗，今获见十一首，附录于次，以便参考。

题伽倻山读书堂瀑布

狂喷叠石吼重峦，人语难分咫尺间。常恐是非声到耳，故教流水尽笼山。何鸣雁文引。又见《新增东国舆地胜览》卷三十。

乡乐杂咏五首

金　丸

回身掉臂弄金丸，月转星浮满眼看。纵有宜僚那胜此，定知鲸海息波澜。

月　颠

肩高项缩髪崔嵬，攘臂群儒斗酒杯。听得歌声人尽笑，夜头旗帜晓头催。

大　面

黄金面色是其人，手抱珠鞭役鬼神。疾步徐趋呈雅舞，宛如丹凤舞尧春。

束　毒

蓬头蓝面异人间，押队来庭学舞鸾。打鼓冬冬风瑟瑟，南奔北跃也无端。

狻　猊

远涉流沙万里来，毛衣破尽着尘埃。摇头摆尾驯仁德，雄气宁同百兽才。《三国史记》卷三二。

寄颢源上人

终日低头弄笔端，从人杜口话心难。远离尘世虽堪喜，争奈风情未肯阑。影斗晴霞红叶径，声连夜雨白云湍。吟魂对景无羁绊，四海深机忆道安。《新增东国舆地胜览》卷三十。

赠金川寺主

白云溪畔创仁寺，三十年来此住持。笑指门前一条路，才离山下有千歧。《东文选》卷十九。

入 山 诗

僧乎莫道青山好，山好何事更出山。试看他日吾踪迹，一入青山更不还。见《汉诗选集》。以上二首录自金东勋文。

智异山花开洞

东国花开洞，壶中别有天。仙人推玉枕，身世倏千年。见赵书印编《韩国文苑》卷七，注出《择里志》题注云：“宣庙时有僧得之岩石间云。”

临 镜 台

烟峦簇簇水溶溶，镜里人家对碧峰。何处孤帆饱风去，瞥然飞鸟杳无踪。录自韦旭升《朝鲜文学史》。

　　按：据金东勋说，崔诗除《全唐诗逸》及《桂苑笔耕集》（已收《全唐诗补逸》）所收外，《三国史记》存五首，《东文选》收三十首，另见于石刻、方志者尚有十馀首，共存百首左右。今所得仅二十馀首，尚缺二十首左右。据前引各文所述，未见者有《饶州鄱阳亭》、《夜赠乐官》、《芋江驿湾》、《赠智光上人》等。

　　又按：《朝鲜文学史》录崔匡裕《长安春日有感》云：“麻衣难拂路歧尘，鬓改颜衰晓镜新。上国好花愁里艳，故园芳树梦中春。扁舟烟月思浮海，羸马关河倦问津。只为未酬萤雪志，绿杨莺语太伤神。”又谓其另有《郊居呈知己》、《忆南李处士》等诗，崔承祐有《送曹松入罗浮》、朴仁范有《九成宫怀古》、《泾州龙朔寺》、《江行呈张秀才》诗。诸诗皆新罗人在唐时所作，因未注出处，世次不明，又仅录一首，姑附识于此。

陈　光

下第商山对绯桃

半夜东风力，霞光一片新。细看初着雨，繁艳欲烧人。得意开当日，
无言空过春。东堂失意客，归去倍伤神。影印本《诗渊》第四册第二五二一
页。

旅　馆

对坐庭梧下，风凉月色新。远砧来迥夜，孤馆未眠人。何计成他事，
唯忧老此身。不知霄汉路，谁与脱凡鳞？同前第五册第三三六八页。

送人归新罗

巨浸隔乡关，离城日已残。日将程共远，风与浪争难。岸尽霞光落，
天光海色寒。扶桑归到后，万里梦长安。同前第六册第四三八二页。

送人游交趾

挂席天涯去，想君万里心。人间无别业，海外访知音。浪歇龙涎聚，
沙虚象迹深。往来应隔阔，须自惜光阴。同前第四四四九页。

王　舆

舆，唐末人。有诗名。（《全唐诗》无王舆诗）

句

天汉尚不正，河源争得清。见曾慥《类说》卷十二《纪异记》引。

《纪异记》:"王舆有诗名,尝有一联云:'天汉尚不正,河源争得清。'崔胤相国闻之,大不悦。竟流落而死。"

按:南唐时有王舆,事烈祖,似与此诗作者无涉。

归 仁

句

舟归范蠡五湖上,国破西施一笑中。见《吟窗杂录》卷十三《进士王氏诗要格律》。

林仙人

林仙人,自称金门羽客。诗四首。(《全唐诗》无林仙人诗)

五 言 长 句

此境极岹峣,登临近斗杓。天元诸圣会,地势万峰朝。西揖昆丘峻,东连蓬海遥。泉甘生玉顶,坛稳压金腰。泰华三峰立,黄河一带漂。五更观海日,半夜听箫韶。落月低龙岭,寒烟锁虹桥。雪鸡声喔喔,风竹韵萧萧。云屋香烟起,芝灯瑞彩销。麻笼腾秀气,药柜显灵苗。丹井犹清浅,神钟又寂寥。八冈齐岌岌,双鹤对飘飘。瀑水银垂线,霞城绮建标。池清深见底,柏耸翠凌霄。道馆新居壮,真公旧事辽。几瞻青嶂上,时有白云飘。石室虚难问,台松老不凋。岩花铺锦绣,溪溜漱琼瑶。洞壑非尘趣,林峦隔世器。轩皇开彩仗,王母阒鸾轺。旦暮阴阳变,炎凉节候调。暝猿啼复歇,晴霭合还消。歌咏聊能纪,工夫岂易描?妙龄希郄桂,晚岁乐颜瓢。有志追伊霍,无才佐舜尧。

披图常景仰,酒翰益倾翘。声色情俱泯,希夷兴已超。何当归卜隐,
高蹈访松乔。

七 言 三 首

万壑松萝拂紫烟,丹台秘邃集神仙。乾坤结秀真灵岳,日月飞根照
洞天。尘世暗移知几代,蟠桃初熟未经年。时人莫测幽微事,五色
云封种王田。

清虚小有洞中天,银座金腰玉顶坚。芝草秀从龙汉劫,丹砂结自赤
明年。洗参井纪燕萝子,聚虎平川白水仙。寄语避秦沟里客,茅斋
先盖两三椽。

白石磷磷上接天,青松郁郁下临川。草生福地皆为药,人在名山总
是仙。待客远寻岩下蕨,烹茶满酌洞中泉。前生恐是白云子,今世
还来卧翠颠。以上四首皆见《正统道藏》本杜光庭《天坛王屋山圣迹记》。

通真道人

通真道人,唐末以前人。诗一首。(《全唐诗续补遗》卷十
七收杜光庭《题天坛》诗,《天坛王屋山圣迹记》原作通真道人
诗)

七言三十韵

摆脱尘缨淡无欲,闲阅图经寻岳渎。林泉何处惬予心,收拾琴书将
卜筑。崎岖不敢千里辞,东自太行入王屋。先探藏花坞里春,蟠桃
毕竟何时熟?燕罗故宅阳台宫,九龙戏珠画幨簌。丹井沉沉浸月明,
丫髻仙童抱参副。昂头贪看华盖峰,蓦然误入紫微谷。上方楼阁与
云闲,金碧交光射林麓。避秦沟有避秦人,夜半闻歌《采芝曲》。策

杖穷跻瘦龙岭，嶮似剑关西向蜀。扪参历井上冲真，千仞断崖横独
木。自辰及酉脚力穷，恰到紫金堂下宿。再拜新尝太一泉，顿觉洒
然消病骨。恍兮惚兮九霄间，万顷岚光醒醉目。恭叩仙坛祷真境，
坛与天通隔尘俗。银座金腰玉顶寒，帝遣仙官分部属。小有中藏万
里地，都压洞天三十六。日精月华左右奇，黛色倚空如削玉。东观
大海日轮红，西望穷边坛影绿。炼丹炉下土犹香，抱出神丹知几斛。
处山使者持太阿，保护圣躯谁敢黩？王母洞深非可测，雷霆屡震蛟
龙窟。遥指三官校勘台，樵人几度闻丝竹。抱朴岩前采药童，手捻
金芝身薜服。北斗平连北斗星，自是天关通地轴。麻笼药柜翠相接，
瑞草灵苗香馥郁。或闻仙犬吠仙灯，或睹仙人跨仙鹿。奇踪异迹难
尽言，更欲题诗毛颖秃。短歌聊寄名利人，谁肯同来伴幽独？一声
长啸坐孤石，紫云悠悠送黄鹄。个中疑是麻姑仙，冷笑世间光景促。
同前。

张永进

永进，自号三楚渔人。金山国老臣。天祐二年在世。诗二
首。（《全唐诗》无张永进诗）

白雀歌　并进表

伏以金山天子殿下：上禀宝（王校作"虚"字）符，特受玄黄之册，下副
人望而南面为君。继王凉之中兴，拥八州之胜地。十二冕旒，渐睹龙飞之
化；出警入跸，将〔成〕（城）万乘之彝。八备箫韶，以像尧阶之儛，承白雀之
瑞，膺周文之德。老臣不才，辄课《白雀歌》一首，每句之中，偕以霜雪洁白
为词，临纸悾汗，伏增战悚。三楚渔人臣张永进上。

白雀飞来过白亭，鼓翅翻身入帝城。深向后宫呈宝瑞，玉楼高处送

嘉声。白衣白韠白纱巾，白马银鞍珮白缨。自古不闻书不战，一剑
能却百万兵。王母本住在昆仑，为贡白环来入秦。汉武遥指东方朔，
朕感白霞天上人。紫亭南岭白狼游，为效祯祥属此州，昔日周王呈
九尾，争似如今耀斗牛。白旗白绂白旄头，白玉雕鞍白瑞鸠，筑坛待
拜天郊后，自有金星助冕旒。白岩圣迹俯王都，玉女乘虚定五湖。白
广山巅云缭绕，人歌圣德满长衢。金鞍山上白犛牛，摆撼霜毛始举
头。绕泉百匝腾空去，保王社稷定徽猷。白山堤下白澄津，一道长
河夹岸春。白雪梨花连万朵，王向东楼拥白云。东苑西园池白蘋王
校作"薤"，白渠流水好阳春。六宫尽是名家子，白罗绰约玉颜新。平
河北泽白龙宫，贺拔为王此处逢。昨来再起兴云雨，为赞君王瑞一
同。嵯峨万丈耸金山，白云凝霜古圣坛。金鞍长挂湫南树，神通日
夜助王欢。山出西南独秀高，白霞为盖绕周遭。山腹有泉深万丈，
白龙时复震波涛。白楼素屏白银钩，砌玉龙墀对五侯。雉尾扇移香
案出，似月如霜复殿幽。白牙归子白铠炉，倚障虬蟠衔白珠。白衣
童子携白绂，宫官执持以上在伯二五九四号卷子银湮盂。应须筑殿白金
栏，上禀金方顶盖圆，白玉垒阶为蹬道，工输化出大罗天。白衣殿下
白头臣，广运筹谋奉一人。白帝化高千古后，犹传盛德比松筠。白
衣居士写金经，誓弼人王不出庭。八大金刚持宝杵，长当护念我王
城。白坛白社白莲花，大圣携持荐一家。太子福延千万叶，王妃长
降五香车。楼成白璧钻珠珍，五部龙轩倚桷新。葛拱白平红镂顶，
白龙行雨洒埃尘。白旌神蘙树龙墀，白象衔珠尽合仪。春光驾幸东
城苑，雅乐前临日月旗。百官在国总酋豪，白刃交驰未告劳。为感
我王洪泽厚，尽能平虏展戎韬。白裙皂履出众群，国舅温恭自束身。
罗公挺拔摧凶敌，按剑先登浑舍人。白雪山岩瀚海清，六戎交臂必
须平。我王自有如神将，沙南委付宋中丞。白屋藏金镇国丰，进达
偏能报虏戎。楼兰献捷千人喜，敕赐红袍与上功。文通守节白如银，

出入王宫洁一身。每向三危修令得,唯祈宝寿荐明君。稟王校作"填"词陈白未能休,笔势相催白汗流。愿见金山明圣主,延龄沧海万千秋。

颂　曰

白银枪悬太白旗,白虎三旌三戟枝。五方色中白为上,不是我王争得知。楼成白璧耸仪形,蜀地求才赞圣明。自从汤帝升遐后,白雀无因宿帝廷。今来降瑞报成康,果见河西再册〔王〕(玉)。韩白满朝谋似雨,国门长镇在敦煌。以上二首均见伯二五九四、伯二八六四卷,参王重民《金山国坠简零拾》,收入《敦煌遗书论文集》。

张文彻

张文彻,敦煌人。曾任西汉金山国宰相、吏部尚书。诗一首。(按原卷署张乞,王重民录作张垒,今从李正宇所考)

龙泉神剑歌

龙泉宝剑出丰城,彩气冲天上接辰。不独汉朝今亦有,金鞍山下是长津。天符下降到龙沙,便有明君膺紫霞,天子犹来是天补,横截河西是一家。堂堂美貌实天颜,□德昂藏镇玉关。国号金山白衣帝,应须早筑拜天坛。日月双旌耀虎旗,御楼宝砌建丹墀。出警从兹排法驾,每行青道要先知。我帝金怀海量□疑为"宽"字,目似流星鼻笔端。相好与尧同一体,应知天分数千般。一从登极未逾年,德比陶唐初受禅。百灵效祉贺鸿寿,足踏坤维手握乾。明明圣日出当时,上膺星辰下有期。神剑新磨须使用,定疆广宇未为迟。东取河兰广武城,西取天山瀚海军。北扫燕然□岭镇,南尽戎羌逻莎平。三军壮,甲马兴,万里横行河湟清。结亲只为图长国,永霸龙沙截海鲸。
我帝威雄人未知,叱咤风云自有时。祁连山下留名迹,破却甘州必
□迟。金风初动房兵来,点齾干戈会将台。战马铁衣铺雁翅,金河
东岸阵云开。慕良将,拣人材,出天入地选良枚王录作"牧",近是,惟不协
韵。先锋委付浑鹞子,须向将军剑下摧。左右冲□搏房尘,匹马单枪
阴舍人,前冲房阵浑穿透,一段英雄远近闻。前日城东出战场,马步
相兼一万强。我皇亲换黄金甲,周遭尽布阴沉枪。着胄匈奴活捉得,
退去□竖剑下亡。千渠三堡铁衣明,左绕无穷授四城。宜秋下邑摧
凶丑,当锋入阵宋中丞。内臣更有张舍人,小小年内则伏勤。自从
战伐先登阵,不惧危亡□□身。今年回鹘数侵疆,直到便桥列战场。
当锋直入阴仁贵,不使戈铤解用枪。堪赏给,早商量,宠拜金吾超上
将。急要名声贯帝乡,军都日日更英雄。□由东行大漠中,短兵自
有张西豹,遮收遏后与罗公。蕃汉精兵一万强,打却甘州坐五凉。东
取黄河第三曲,南取雄威及朔方。通同一个金山国,子孙分付坐敦
煌。□番从此永归投,扑灭狼星壮斗牛。北庭今载和□□,兼获瀚
海与西州,改年号,挂龙衣,筑坛拜却南郊后,始号沙州作京畿。嗣
祖考,继宗枝,七庙不封何飨拜。祖父丕功故尚书,册□□□□尊
姻。北堂永须传金印,天子犹来重二亲。臣献□歌流万古,金山缭
绕起秦云。今朝以日罗公至,捣起红旗似跃尘。今年收复甘州后,
百寮舞蹈贺明君。见伯三六三三卷。据今人李正宇录本,以王重民《金山国坠简零
拾》所引参校。

全唐诗续拾卷三七

易　静

易静，唐时任武安军左押衙。著有《兵要望江南》，凡收词七百二十二首。今编为四卷。(《全唐诗》无易静诗，事迹据《崇文总目》卷三、《郡斋读书后志》卷二)

兵要望江南

委任第一京本作"占委任第一"　二十六首

兵之道，切忌起无名。不止京本作"正"少功虚效力，逡巡反川本作"及"祸复京本作"复祸"危倾，容易勿言兵。

统军京本作"兵"帅，不可比〔盐〕(咸)据川本、辛本、京本改梅。相政乖亏犹可救，朝纲虽失亦能回，兵败国倾危。

当权将，其责重如山。社稷存亡全在尔，安危君父一时间，须要立功还川本、辛本作"爵禄帝王颁"。

铨大将京本作"帅"，须要素知京本作"司"〔兵〕(名)据辛本、川本、京本改。非是等闲虚誉职，莫将军印京本作"兵柄"任辛本、川本作"委"、京本作"付"狂生，轻拥甲兵行。

诸属幕，必京本作"须"是选贤辛本、川本作"堪"、京本作"沉"良。勿取京本作"使"门高京本作"风"当势位，无私亲旧与乡邦京本作"同乡"，曲顺京本作"邪曲"定为殃。

攻敌策，谋及胜之原京本作"源"。勿使辛本、川本、京本作"祗"迎兵京本作"军"交血刃，休凭角京本作"勇"力靠兵官，勇是祸之端。经曰：善战者不怒，善胜者不争。非智者不能行，非贤者不能用也。

统军帅，智虑有明谋。善识天文能勇敢，更兼威德赏勤劳，士卒自英豪。

为将帅，筮卜识机缘。更用一人高术士，精通占候要知言，凶吉预闻先。

觇彼势，虚实要先评。兵有正奇将胜败京本作"关将敏"，有京本作"势"无强弱在军精辛本作"情"，料敌不须惊。

量彼敌，将勇戒骄盈。整暇正须期死战，凯旋犹惧有骄辛本、京本作"生"兵，养气勿轻迎辛本作"临"。

战危事，上将戒贪行辛本作"兵"。阃京本作"国"计岂应辛本作"能"、京本作"令"求京本作"图"小利，师行自古有常经，纪律要精明。

参彼将，德京本作"得"性好攻心。仔细究情辛本作"精"随彼好，中行离〔反〕(问)据辛本、京本改诡相亲，设利诱前擒。覆兵败将，攻其便，究其情，伐其机。

统军将辛本、川本作"兵帅"，刚暴自残兵。有勇有劳无赏罚，却将傲慢事行刑，彼将定欺凌。

审向道京本作"彼将"，测京本作"斥"，辛本作"情"候要分明。莫为时多蒙辛本作"朦"躁进京本作"莫与兵徒萌躁进"，勿从刚暴速兼程，虑京本作"虞"彼伏潜兵。

途顿止，调节要京本作"力"均停。力若有馀兵有京本作"军自"锐，纵逢强贼京本作"卒逢贼马"亦堪征，不致有惶惊。

量强弱，彼我孰优长？敌若势雄兵将广辛本作"兵将广大"，吾军衰弱亦京本作"何弱力"难当，主帅要参详京本作"奇计可施张"。

将权柄，识务辨京本作"职务长"春秋。须是先施仁与惠，后行刑戮京本作"狱"择其尤辛本作"由"，威令辛本、京本作"爱"自然收。

赏与罚，须是要均平。不可徇辛本作"循"私行喜怒，稍京本作"私"偏亲旧失军情，如此辛本、京本作"否则"祸灾生。

水与陆，两势作幢棚。陆有势形水京本作"湖"亦有，舟车捷力京本作"利"不相争，专在将能明。

统军帅，不可妄行刑。莫以军威行杀戮，人生一失永无生，误损命天嗔。

统军帅，职爵受皇恩。莫以暂时轻赏罚，休生外意信奸人，叛〔智〕据辛本、川本补怎据成名？

如信佞，叛背事皆讹。自古两邦难并立辛本、川本作"立庙"，当朝忠孝赐恩多，世代尽包罗。

狂京本作"征"寇走辛本、川本、京本作"定"，乘马复还京京本作"军"。结局奏京本作"有"功须均京本作"当"赏，莫将亲识京本作"旧"冒功升，〔反〕(及)据辛本、川本、京本改掩勇无名。

锋辛本、川本作"蜂"、京本作"封"城垒，谨守保边隅。莫恃雄强侵彼境，复从奸佞起兵夫，虚国死无辜。

太平世，积食京本作"粟"养雄兵。不可辄忘征战意京本作"备"，常时论武京本作"常须讲习"使兵辛本、川本作"令"精，防寇犯京本作"彼寇"边庭。

吾势锐，人马总精雄。财宝京本作"货"满盈军用足辛本、川本、京本作"足用"，更详天象审苍穹，灾祸免辛本、川本、京本作"那"军中。经曰："用兵者，非信义不立，非阴阳不顺，非奇正不列，非诡谲不战。谋藏于心，事见于迹，心与迹同者败，心与迹异者胜。"

风角第二辛本作"占风角第二"、京本作"占风第三"　三十三首

兴兵道，风角最为先。若是逆风辛本、川本作"迎风"权且住，后来风助合苍天，大战我当先。

春属木，风自震方来。才起微微声不大，终无祸福不须猜，疑虑却成

灾。

离与兑，壬癸子辛本、川本、京本作"自"三方。飘作如春依逐分，不须多虑与张惶，有寇整兵当。

四季内，或京本作"忽"有猛风声。倒京本作"卷"瓦扬沙急京本作"几"似箭，随来方所摆京本作"拥"精兵，急备彼军情辛本、川本作"人"、京本作"急急备军人"。

猛风过，如箭便京本作"更"无踪。名曰飙飙当速备，风声才断贼来攻，曰后京本作"日入"愈为凶。

兵行次，〔黯黯〕（点点）据辛本、京本改久阴沉。不雨又无光色现，下人谋上恨情深，细意要搜寻。

军出京本作"离"国，风自背边生京本作"兴"。大则大赢为大胜京本作"吉兆"，小风小胜总堪征，天意助吾行。

军京本作"兵"大举，方出帝王城。逆面风来军恐惧，合将人马结营停，守过待时更京本作"行"。

军行次，风猛逆狂吹。出阵若逢如此兆，不如抽退得全归，免损将兵辛本、川本作"军"危。

吾击彼，参审京本作"审彼"主人方。莫问四时并气候，风来后助便辛本、川本作"得"无妨京本作"休论刑杀旺衰乡"，逆面主灾殃辛本、川本作"迎面莫征狂"，京本作"风要细推详"。

敌居所，风起自他方。便有精兵宜固守，若言举动祸之殃，实语莫猜量。

假令京本作"今"法，且论在三冬。彼国守乾吾欲讨，风生辛本、川本、京本作"颠"西北不堪征京本作"攻"，以此较馀宫。

虽是应京本作"风虽应"，还则京本作"即"应他方。也是彼赢吾负象，候京本作"当"其风止或攻傍京本作"成殃"，不可不参详京本作"量"。

假令法，彼国在离间。我拥军前辛本、川本作"前军"、京本作"全军"时正夏，南征辛本、川本、京本作"侵"北敌京本作"狄"苦冬寒，随象击倾京本作"急摧"
残。

八方法，推辛本、川本、京本作"准"此定成功。好事京本作"是"急乘他事辛
本、川本、京本作"气"逆，勿拘朝暮速吞攻京本作"功"，莫放彼从容。

己亥角，辰〔戌〕（成）从辛本、京本改便为商。丑未寅甲皆京本作"俱"属
〔征〕（子）据辛本、京本改，宫音子午正相当，卯酉羽为方京本作"旁"。

占风法，申京本作"甲"子是贪狼。丑戌谓之公正位，奸邪辰位自然当，
细审辛本、川本、京本作"审细"看来方。

亥卯位辛本、川本作"未"，阴贼内京本作"在"中藏。己酉辛本、川本、京本作"巳
酉"谓之宽大日京本作"位"，廉贞寅午位辛本、川本作"未"其方，知京本作
"加"意细推详。

占飘起，客认纳音风。微羽宫商并角姓，尽为主客辛本、川本、京本作
"位"辨方踪，胜负在其中。

纳音土，欲得角来风。土是客军水京本作"木"是主，风从己亥发来冲，
客败主收功。

纳音土，风向羽来吹。卯酉位也。水被土凌能克伏，定知主败客来追，
莫要展旌旗。

军营内，忽有旋风来京本作"卯酉羽风吹"。吹折枪旗并倒屋，奸谋恶党
并来推辛本、川本、京本作"欲来摧"，暗有贼兵欺京本作"来"。又防火。京本注：
"风从内起谋在里，风从外入贼在内。"

风来处，如式辛本作"遇"作泥人。苇箭挑弓披髪向，望空搭箭射来踪，
禳厌祸消熔。

泥人子，手执木桃弓。披髪仰头风上指，张弓搭箭射来踪，禳厌祸消
熔。禳恶风法。

　　　　　按：此首仅见京本，似为前一首之别本。

风衣起京本作"动"，昼则不闻声。寇贼夜行明则伏，遣人窥辛本、川本作

"探"视_{京本作"伺候"}莫教停，防备夜偷营。

邦_{京本作"郡"}与邑，风猛似雷声。折木飞沙并_{京本作"兼"}走石，摇门拔户祸应生，第一怕三刑。_{京本注："寅申己亥辰戌丑未之类。"}

军营内，风猛突然来。若在岁刑忧岁内，月刑之内必为灾，准备莫迟回。

乾与坎，艮震巽离宫。坤兑八方真正位，敌军_{京本作"人"}居守起方风，狂_{辛本、川本、京本作"枉"}战我无〔功〕_{(攻)据辛本、川本、京本改}。

吾攻彼，审令看风情。令不顺方兵_{辛本、川本、京本作"吾"}莫_{京本作"可"}击，风如_{京本作"仍"}顺我必攻城_{京本作"成"}，降虏出前迎。

营下毕，风卒似雷声。吹倒枪旗并_{辛本、川本、京本作"旗枪飘"}帐幕，须防敌骑欲偷_{辛本、川本作"弃"、京本作"夺"}营，大战血交并。_{天风起，有雷声吼，三朝五日同。}

兵行次，风卒乱_{辛本、京本作"突"}军旗。人马惊奔皆恐惧_{京本作"悸恐"}，前程必有庙堂期_{京本作"基"}，祭拜免灾危。

临阵次_{京本作"处"}，风向后飘_{京本作"头"}来。旗帜翩翩吹向敌_{京本作"从敌上"}，天威默助凯歌回，贼败息_{京本作"悉"}尘埃。

临阵次_{京本作"处"}，风起四维间。兵近塞_{京本作"寨"}边先备敌，更_{辛本、京本作"便"}从豹尾击黄幡，杀敌_{京本作"贼"}不为难。

占云第三_{京本作"占云第二十四"}　二十六首

兵若进，先_{辛本、京本作"须"}要_{京本作"是"}识浮云。云气顺时_{京本作"随"}当急_{京本作"速"}战，毋_{京本作"勿"}令云散后交兵，莫问昼阴晴。

商音姓，军阵见〔云从〕_{(从营)从辛本、京本改}。白与黑时_{京本作"分"}吾大吉，青云亦_{京本作"主"}胜赤云凶，黄者两平踪。_{辛本注："主取天子姓，不主出帅姓。"京本注："天子出，取天子姓，不出则以主将。"}

角音姓，青气见_{辛本作"寓"}晴空。黄赤二云军_{京本作"兵"}亦胜，黑云阴助喜先锋，白色定为凶。

宫音姓，黄色京本作"赤"要先逢。青色气京本作"云"来军大败，更兼兵死将无功，黑气利先攻京本作"锋"。

徵音姓，赤色火烧金。非火京本作"是"克金成大器，青云京本作"赢"黄助黑云凶辛本作"白云黑气现黄云"，军将祸京本作"尽"殃深。

羽音姓，惟是辛本作"事"要青京本作"黑云"青。列阵贼来先自京本作"是"走，赤黄白黑京本作"赤云遍处"总非赢，宜退京本作"去"不宜征。

云起处京本作"气至"，形色辛本、川本作"行色"重而乌。暗伏贼兵京本作"师"军不见，露其形体京本作"体象"在高隅，一半是番胡。

云起处京本作"气至"，低覆似人形。此是贼军辛本作"兵"谋我象京本作"重"，须防入境起征凶京本作"凶征"，遣将用精兵。

云似虎，或若豹行形京本作"形行"。及似穿连走匹练首本注："一作骢。"辛本、川本作"绢"，暴师入境却偷营，排京本作"摆"阵整兵迎。

四方现，云色京本作"气"竞腾过。黯淡相亲京本作"侵"来我寨，贼来请命未为和，贤将莫蹉跎。

云起现，片片或舒长。有似舒绳排椽木，名为愁气不相当，现处将忧丧。

云气赤，尤更接连绵。有似长藤无京本作"并"断续，外邦贼起入京本作"及"中原，主战在秋天京本作"前"。

云气赤，那更满苍京本作"青"天。必定贼来侵我界，黑云中赤亦徒然，吾将必京本作"莫"迁延。

云来往，有似两〔争龙〕(龙争)从辛本、川本改，京本作"两条龙"。只在外军盘顶上，贼邦兵将必逢凶，我帅显英雄。

军似鸟，盘绕在其京本作"军"中。此时京本作"是"上方天京本作"苍加"助顺，不宜复见黑云峰，连赤亦为凶。

甲乙日，大辛本、川本作"将"忌白云前。若奔吾军还势急，理当速退京本作"去"舍平川，守固在京本作"固守险"高原。

丙丁日，若京本作"前"遇黑云拦辛本、川本作"闲"。莫恃兵多兼将勇，也宜坚守京本作"壁"引师还，征战京本作"伐"必遭〔残〕（映）从京本改。

戊己日，前面有云青。忽止忽行权且住辛本、川本作"急止匆行权住在"，京本作"急止匆行权住寨"，似以京本为长，军人讹辛本、川本作"须"语审详听，施德惠于京本作"其"兵辛本、川本作"施惠得中旌"。

庚辛日，前忌赤云来。势紧迫京本作"迎"吾须大战，彼军得胜我军摧，守险固颠危。过旬（京本作"日"）中却行。

壬癸日，云忌暗京本作"色"而黄。此兆主灾军京本作"兵"将损辛本、川本作"迎老将"，无缘兵广恣猖狂，谋者审京本作"贵密"而详。〔观〕（现）从辛本、京本改云气，择士细详京本作"汝当"看。昼夜〔用〕（同）从辛本改心精审究京本作"却须精细审"，莫将此事以京本作"拟"为闲，风色便辛本作"辨"，京本作"旺"相干。

军营上，云若似飞鸟。有似盖来并伏虎，此为胜气不须疑，攻则定疏虞。

军营上，云若死灰扬。若似辛本、川本作"盖"卧鱼或乍见，此为衰气不须张，不动将兵辛本、川本作"军"亡。移寨远处吉。

城头上，突出赤色云。或是黄红云上现，城中不久喜来臻，以此得和平。

占候法，鸡羽作为车。二者勿惟牙帐内，敌人千里外须图，知辨在须臾。

将军善，识得气妖祥。风角鸟占能总解，心无机巧计从长，报国效忠良。既有其象，当随其景，就谋术，以破其军。

按：以上二首据京本补，首本等入《占气第四》，稍异。

占气第四京本作"占气第二十三"　三十一首

占气色辛本作"法"，鸡羽为轮车。二者勿离牙帐内，敌人千里外须知，图变在须臾。

军既举，惟以气为先。兵若精雄加气锐，超关投石可攻前，鼓作在英贤。

将军善一作"位"，识得一作"善识"气妖祥。风角鸟云能总解，机〔筹〕（策）谋略〔又〕（应）均从辛本改相当，取胜应功良一作"征讨又功强"。

　　　　　按：此首又重见于"观气色"一首之后，今删去，异文注为"一作"。

军辛本、川本、京本作"兵"进击，睹京本作"观"气合参详。不似京本作"必"攻城并野战，度其形状自京本作"细"斟量，稍错便乖张。

城营内，气似凤京本作"似凤或"如龙。更若大京本作"太"山并类盖，犹如辛本作"人"火京本作"人大"赤降城中，其下不堪攻。下必有贵人。

高空现，拂拂又微微。透阙京本作"秀润"轻笼烟暧暧，一般黄气色依依，庆贺两朝期。

猛将气，龙虎两京本作"气"相连。挂矟蔽天兼掠地，蔓瓜盖路京本作"地"覆平川，坚守莫争先。

猛将气，楼阁及旌幢。或似长堤形淼淼，更如华京本作"兵"盖与王良京本作"虫狼"，其下莫能当。

猛将气，黑色似龙形。或似辛本、川本、京本作"类"虎形京本作"熊"并猛兽，当京本作"形"其敌上或城营，不可向前征。

猛将气，显赫京本作"象"又冲天。或似双蛇山岳辛本、川本作"兵"样，又如仓廪及浓烟，休战最为先。

猛将气，持戟京本作"戈"又辛本、川本、京本作"或"持刀。林下森森弓弩样，色兼青白若脂膏，将士尽雄豪。

猛将气，如虎黑霞遮。或似门楼旗立内，又如气出若蛟蛇，其下将堪夸。

暴兵气，如火又如烟。或似旗幡并战京本作"五"马；低头仰京本作"倾"〔尾〕（面）从辛本、川本、京本改向军前京本作"前军"，触战血成川。

伏兵气，浑浑又能圆。黑京本作"赤"气中间环赤色辛本、川本作"色"，京本作"含黑气"，又如赤杵黑霞连京本作"边"，其下立戈铤。状如赤杵在黑气中〔也〕(据京本补)。

降兵气，又手尽低头。形似成行相把手，三朝五日敌兵辛本、川本、京本作"来"求，指日倒戈矛。

伏兵气，仿佛状如楼。兼有似人形黑赤，或如京本作"如逢"山岳立辛本、川本、京本作"覆"岗丘京本作"头"，其下有戈矛。

兵发京本作"发兵"日，天气久阴沉。不雨又无光彩色，奸人谋事京本作"士"恨怀心，仔细速京本作"早"推寻。

〔观〕(现)从京本、辛本、川本改气色，日月气来冲。北面气来还北壮，气南南壮或西东，常京本作"俱"以此为宗。

城上气，结似犬羊京本作"作犬头"形。象主血流围邑破，好持降类出门迎，方免血京本作"死"残兵。

占蒙气，郁郁达辛本作"绕"城营。其气周回如帛绕，分毫不入此城中，休击此般城。

城营寨，有气入城中。必主奸谋事已定，安排大战夺吾城，谨守令严明。

军上气，渐渐变成云。或作山形于直上，内中将有大辛本作"大有将"机谋，要击且休休。

临阵次，赤气后前生。必有伏兵埋气下，事〔须〕(虽)从辛本、川本改谨慎探其情，固守莫胡行。

占败气，如纲又如蛇。赤气照天营上起，又如破屋坏毡车，其下死如麻。

占败气，卷京本作"扫"帚似猪羊。藤蔓死蛟并京本作"蛇兼"死狗，尘埃走鹿又京本作"及"惊獐，不战自奔亡。

占败气，群鸟似低头。或类扬灰鱼卧样辛本、京本作"死"，悬钟映晕或牵牛，才战若星流。

占败气，扫_{京本作"如"}帚又如虹。卷席_{京本作"锣鼓"}悬衣灰色样，卧尸无首覆船同，战彼不须攻。

败军_{京本作"占败"}气，鸠尾及鹰_{京本作"鹦"}飞。或似坏山并破屋，彼军形_{京本作"有"}现败无疑，一战自_{京本作"才战便"}奔驰。

败军气，乍有_{京本作"大"}乍微纤_{京本作"微"}。一去一来皆断续，又如霞气入青天_{京本作"在平田"}，俱是败之先_{京本作"亡原"}。

败军气，千万似人头。更有_{京本作"似"}偃鱼零落树，如灰_{京本作"又如"}瓦砾覆城楼，其下血交流。

黑气现，其象若胡人。又似虏兵_{京本作"军"}排列阵，八方夷夏_{京本作"狄"}起烟尘，民戮屋烧焚。

占雾第五_{京本列第八} 十首

天雾者，不止四时生。阳不顺时阴成雾，阴不和上雾昏沉_{辛本、川本作"昏昏"}，邪气事难精。

天之雾，五七日当占。有雨时时且平吉，若无雨时疫瘟缠，民病有灾愆。

相对敌，有雾敌_{京本作"客"}边来。似雨纷纷来_{京本作"须"}势急，如烟入眼目_{京本作"眼"}难开，马步一齐_{京本作"时"}来。

兵发日，雾气昼昏昏_{京本作"纷纷"}。一_{辛本、川本、京本作"欲"}似露来兼洒_{京本作"雾来兼似"}雨，此为天泣泪_{京本作"血"}纷纷，须驻_{京本作"驻泊"}赏三军。

久阴雾，颜色带红鲜。更被黄_{辛本、川本、京本作"黑"}风吹上去，兵戈即日_{京本作"目"}展平川，速备_{京本作"避"}莫迁延。

城营上，有雾似悬尸。为将且须观此象，所居营寨即那_{京本作"须"}移，不去将当之。

军营内，大雾数朝浓_{首本作"昏"，从辛本、川本、京本改}。昼夜不开相对敌，客军先败走奔冲，排阵_{辛本、川本、京本作"队"}袭其踪。

城京本作"军"营内，大雾起城头。白色似京本作"沙"烟兵战起辛本、川本、京本作"喜"，三朝五日簇戈矛，准备好京本作"防备外"方游。

大京本作"青"黄雾，腾晕京本作"胜气"掩山川。乍合乍开防诈伪，须防内外有京本作"与外"相连，不悟血侵京本作"浸"田。

周回雾，城内没些儿。欲要攻城攻不得，其城天助有军威，谨守自安宜。

<h2 style="text-align:center">占霞第六京本列第二十六　十一首</h2>

占霞色，似气不相成。形若似云云不是，形如拖扫气纷纷，识者自详因。

兵发日，占顾京本作"看"面前霞。甲乙怕逢霞气白，丙丁黑气向前遮，大战不应差京本作"定交加"。

兵发日，霞气日辰并辛本、川本作"兵"。纵有前程应京本作"勿"大战，逢霞生日应须赢，拗日不宜京本作"须"征辛本、川本作"多精"。甲乙日黄、戊己日黑之类。

观霞气辛本、川本作"气色"，霞气日辰裁京本作"谐"。兵进前途交战胜，开疆玉帛积成堆，人马尽驱来。

兵发日，五气辨灾祥。角姓怕逢霞气白，羽音黄气莫禁京本作"相"当，宫姓怕青苍。

商音姓，前怕赤霞拦。徵姓黑霞并黑气，皆为鬼贼怕相残京本作"攀"，不得视为闲。

城营上，五色气并霞。尽是贼京本作"败"军天预显，早须为计好防他辛本、川本作"警觉较量些"、京本作"警悟较些些"，否则死如麻。

霞与气，二件或相兼。气若色黄赤白好，霞如黑色亦京本作"气色一"同占，仿佛在良贤。

霞似虎辛本作"似席"、京本作"与气"，云即便京本作"变"为龙。龙虎相交军必战川本、辛本作"胜"，临时胜负更看风辛本、川本作"辨谁凶"，逐辛本、川本作"遂"我彼军凶。

出军日，霞气莫前拦。我后气来风更顺，从他前锐后宽严辛本、川本作"宽"，军马获平安。

攻城寨，先料水清源首本作"源情"、辛本、川本作"情源"，此从京本。上有大流堪决灌，不须交刃损兵员，勿纵暴刚权。

<h3 style="text-align:center">占虹霓第七京本作"占虹第九"　十一首</h3>

虹霓现，因雨影东西。晨现必当雨未止，晚来东现日光辉，术者细观之。

兵行次，虹贯日京本作"路"边傍。御京本作"预"备伏兵前有阻，且须审细自京本作"更"商量，移寨避灾殃辛本、川本、京本作"终不得开疆"。

虹霓现，城寨可攻之。虹辛本、川本作"蛇"直入来为病疫，浅虹兵瘴京本作"青虹兵战"要须知，移寨避灾宜京本作"危"。

虹赤白，尽是阻军行。若是京本作"似"虹桥栏着路，且须盘泊犒京本作"犒"军兵，不久却回程。

虹入井，尽是败军情。或有京本作"似"鼠形营上现，忽然交战血成坑，防京本作"勿"击保城营。

虹如晕，更复京本作"或"似弓形。有若白虹形断续，兼之五六见城营，皆主血光成京本作"生"。京本注："或见五六月。"

虹霓见，更或似弓形。有若晕来如断续，兵兴五日定辛本、川本作"便"回程，久住必灾成。

白赤虹，单见色无双。如气冲天或横过，蚩尤旗号动戈枪，起处必为殃。

虹起处，头尾地侵天。其虹见时非有雨，晴天见者血成川，民更有灾愆。

白虹见，昼川本作"尽"见地侵辛本、川本作"青"天。其地一方皆主乱，众人喧闹有灾缠，年内应其占。

白赤虹，昼川本作"尽"见莫兴兵。更有虹霓垂军上，彼军杀将且须停，动必有灾迍。

占雨第八京本列第二　十七首

凡论雨，二气是阴阳。升则为云降则雨，若逢兵动合灾祥，良将要参详。

师在道，或始出郊城。雷雨如倾溪涧阻，沐京本作"淋"尸凶象不堪行，勿要辛本、川本作"足"与天争。

兵辛本、川本、京本作"军"始进，雨急立成泥。名曰沐京本作"淋"尸当立辛本、川本、京本作"速"止，别诠吉日与良时，强进必京本作"有"凶危。京本注：军谶曰：兵行日暴风猛雨，折旗帜不止，此天怒也，不可进兵。待天象和明，别择日行。

军发日，微雨洒军京本作"润兵"行。此是润军兵京本作"兵人"必利，旌旗前指最为精，所向定须赢。

兵始进，旗帜绕于枪。半雨半晴霞气过，且须盘泊好参详，去即阵难当。

天数日，半雨半兼川本作"无"晴。营内有奸谋结叛，先晴后雨叛难成京本作"擒"，先雨后晴兴京本作"兵"。

兵首本作"风"，此从辛本发日，风雨逆沾人。天意示辛本作"欲"知教我记，不须前进恐危身，见阵溃亡军。《军行志》：如行军见暴风猛雨，倒折旗枪，大雨不止者，天之怒也，军不可进。宜待天象和明，别择日时门户，军行方吉也。

天雨物，形体不能声。其分凶灾主兵寇，功臣遭戮国须倾，固守得平平。

天雨血，贤退进邪人。血染金革皆不喜，急移营寨赏三军，无罪受王刑。

天雨鸟，爪翅及诸般。若在彼军他主败，我军逢此不能安，必见损兵官。

天雨蛋，在敌不能辛本作"宜"攻。或鳖或鱼皆凶首本作"吉"，今从辛本兆，我军见者便回程,不动必遭凶。

天雨毛,主将信邪奸。急宜谨廉须固守,莫将轻慢事非凡,天意报君颜。

无云雾,一色见天晴。此象无云而雨降,谓之天泣事难禁,主帅未安心。

黑云现,横截在天河。见此天河新作换,来朝有雨报君家,此语不曾差。

天河内,闪电见光明。随即来朝遭大雨,自然霂霈若盆倾,平地水汪盈。

月生晕,月晕晕参星。或晕井宿遭雨降,五朝七日不差分,空里似盆倾。

密云现,雨阵黑浓浓。蓦地拦前轰霹雳,天雷惊震拥首本作"攗",兹从辛本、川本来攻,有雨不多分。

占雷第九京本列第二十五　三十一首

老阳极,出地变成雷。出声之先收声后,此为灾怪号非时,兵起主荒饥。

占雷法,大怕出非时。皆是守官无政法,酷民枉法有天知,天怒震权威辛本、川本作"震威攗"。

兵发日,风吼忽雷鸣。战马尽惊旗倒折,前程必有贼来迎,大战血交并。

兵发日,云气与雷声。云趁我军雷逐后,天威神助大军行,此去必须赢。

兵发日,雷动我军营。天助威灵军得胜,若居彼上我劳军,审细听其声。

冬三月,何事忽雷鸣?只利客居川本作"军"非利主辛本、川本作"土",高旗先举定须赢,后战必无成。

雷霹雳，树木及诸般。若在彼军营寨上，天威杀气我难当，移寨始为安。

营寨上，雷止一声鸣。定是命来应迅速，不然急诏事叮咛，上将好详听。

营郡邑，天上忽雷鸣辛本、川本作"声"。欲似雷鸣还不是辛本、川本作"似"，多应土地注长二字据辛本、川本补倾，否则辛本、川本作"即"战将争。

兵发日，风送逆雷声。天意欲将京本作"显然"兵仔细，不宜先举恐伤危，遇敌恐京本作"必"遭摧。京本注：夫雷霆者，天地之成，震则以惊万物，兵者尤宜祭之。凡雷霆于将军士卒，宜擐甲张弦，其兵得天助也。

无云气，天色十分晴。蓦地一声如雷响，或如霹雳野鸡惊，龙出没灾刑。经曰："谓之天鼓，亦主兵火。"又曰："龙出。"

将军众，蓦地一声雷。次后并无雷附矣，将军兵众必行之，举处可先为。

春三月，甲子共庚寅。乙丑戊子并辛卯，雷鸣霹雳恐伤人，大战月旬惊。

将战次，临阵有雷声。从我军中谋至敌，敌军必败我军赢，反此一同情。

天阴久，不雨数朝期。忽有雷鸣我军上，前程得捷便占辛本、川本作"占便"宜，反此我军危。

雷四起，南北与东西。其势往还鸣不定，合当回避不须迟，大战两伤之。

声浑浑，其势又圆长。起处来方我军上，若还征战定无妨，又助我军强。

霹雳震，牙首本作"手"，兹从辛本、川本帐震声雄。忽速搜寻休要住，须知营寨有奸凶，寻觅莫从容。

密云见，踊跃若倾河。或辛本作"忽"有雷声先大作，其时有雨也无多，说处莫川本作"没"偏颇辛本作"说出遍遍无"。

　　　　按：首本此处缺一页，以下五首据辛本补。

雷忽震，震处众人惊。若雷又非声振怒，我军之上必摧倾，移寨免忧
惊。

雷声震，连日不收声。此象正为多失信，为他官吏不能清，天令与人
闻。

雷震雹，随即雪空飞。阴气胜阳因此得，贼臣将起事须疑，主吏损心
知。

兵发日，雷发我军中。天助神威兵大胜，若居彼上我军凶，详细辨雷
轰。

兵发日，霞气与雷声。霞随我军雷随彼，威感应之我军停，此去必成
功。

兵发日，须要识鸣方。雷自我军营上起，主军大胜客军伤，天意助吾
祥。以下七首从京本补。

兵发日，雷向敌军鸣。彼胜我输宜罢战，不然城寨定遭迍，预计不宜
征。

军营内，无雨及无云。营上忽然雷霹雳，主军大败急移营，不尔祸来
侵。

占雷兆，初发那方鸣。乾上主兴多士卒，坎方大水阻行兵，艮位病临
营。

占雷兆，初若震方鸣。决主其年谷高贵，预收粮饷赈军民，巽上旱灾
临。

占雷兆，初动在离方。恐有火灾兼旱孽，坤宫损稼总宜禳，兑位起兵
忙。

商音姓，鸣忌在离方。角姓兑乾宫震巽，羽防坤艮及中央，徵姓坎方
殃。天子出取天子姓，不出只以主将姓并日干为主，以八方生克断。诀云：甲乙兑乾方，

丙丁坎上当。戊己防震巽,庚辛离有殃。壬癸艮坤位,中央总不祥。我克他军败,他克我军伤。生他虽用计,生我自投降。上天昭应验,良将细推详。

全唐诗续拾卷三八

易　静

兵要望江南

占天第十　十一首

天之道，为父又为君。清静丽明为顺吉，昏暗阴散缺忠臣，谄佞近王庭。

天气赤，荫地一般红。人物尽来如屠血，来兵必战有灾凶，兵败莫西东。宋咸淳甲戌七月初六日庚辰酉时，在天有一丈馀高霞，映地如血，当年十二月过江，至丙子纳降，江淮军民遭涂炭。

　　　　按：此条原注为后人附加。

天之道，哀响又兼鸣。此处必主兴王道，异谋革位少良臣，年内见其因。

天之道，其象号乾方。或若分为于两半，分常别土乱征伤，人主见忧惶。

天之道，忽裂见楼台。皆主兵荒人世乱，千般祥瑞忽为灾，其怪报人来。以上五首首本缺，据辛本、川本补。

天河分，忽若似枪辛本、川本作"戟"尖。兵革当兴逢此兆，诸州郡府见忧煎，涂炭遍山川。

天色白，惨惨甚昏矇。久阴不雨阴谋事，必为兵火事难通"通"字据辛本、川本补，年内始知踪首本作"通"，兹从辛本、川本。

天忽响,鸣闹在苍穹。多是子忧当父感,天鸣臣怒鉴君同,君主可宽刑。

天道惨,惨色变深黄。必主大风三二日,船行急止莫徜徉_{辛本、川本作}“沧洋”,预报与君忙。

天忽见,有虹赤红黄。贯北斗极星还绕,君生贤圣主_{辛本作“至”}非常,此事甚相当。

天久旱,无雨水盆流。此是天时雨不润,不能下降令人忧_{辛本、川本作}“奔高流”,禾谷岂全收?

占日第十一_{京本列第六}　五十六首

太阳位,为主正为君。兆主国君家国事,通行循度总和平,昏蚀主忧惊。

日旁气,赤色若_{京本作“似”}悬钟。所见之时_{辛本、川本、京本作“游所见边”}须将死,不论春夏与秋冬,所举总成空。

日生晕,上下两重交。必有彼疆亡将过_{京本作“军亡将帅”},中谋独霸不成韬,终是举_{京本作“起”}枪刀。

日左_{辛本、川本作“在”}右,白气若虹交。兆_{京本作“即”}主血流成大战,缘君失政作成妖,无法可禳消。

日光晕,晕珥有阴风。左右并同为吉兆,三般变动日时逢_{京本作“同”},日月在罗笼。_{日边耳,经曰:日有抱晕于野,皆有降军降将至也。}

日光晕,有晕要须知。阙处预先防_{京本作“堤”}备吉,忽然不阙亦_{京本作“不”}须疑,三日雨淋漓。

日中晕,上盖下为阴_{京本作“缨”}。向晕即凶背晕吉,若无征战有风声,霞气雨还成。

晕不合,垂在两边生_{京本作“旁”}。城内有人谋不就,且饶缓慢看军_{京本作“牵”}情,一事也无成。

晕边气,入则外军赢。随气攻之应大胜,忽然内出外军倾,胜负预先明_{京本作"征"}。

晕边珥，一珥喜来生。两珥欲来相解意，又言败_{川本、辛本、京本作"拜"}将摄公卿，此术甚分明。

日月背，顺吉背须凶。若背东方西面胜，背西东面获其功，南北并皆同。

占日月，主客要先知。昼把_{京本作"犯"}太阳将作主，夜凭星月验安危，客认_{京本作"与"}气随时。日月星为主，云霞气为客。

相斗_{京本作"闻"}敌，两日见分明。必有拔营离寨去，正当日下_{京本作"夜"}看抛城，大战血交并_{京本作"兵"}。首本缺此首，兹据辛本、川本。

相斗_{京本作"闻"}敌，日斗对城营_{京本作"营城"}。交战血流看主客，必应主败客军赢，日度算还生。辛本、川本注："算太阳分野。"京本注："精算太阳分野，在日度算还生第十三首。"

日中晕，日被白虹穿。天下大兵看即_{京本作"帅"}起，又兼烈士报仇冤，奋怒气冲天。荆轲入秦时有此兆。

兵发日，日偶蚀并亏。莫往前程寻大战，天垂威_{辛本、川本作"戒"}象遣_{京本作"上天垂象欲"}人知，去则将难归。

冠缨日_{京本作"者"}，日上即为冠。右_{京本作"在"}下为缨擎捧日，冠为喜兆将须欢，缨则将心攒。

两日斗，少时_{京本作"小将"}及时朝。倘或必_{辛本、川本、京本作"忽"}闻如此兆，外藩草莽竞_{京本作"尽"}兴妖，进步即嚎啕_{辛本、川本作"疾兵消"}。

日边气，如杵赤而明。既显不当军将出，执迷坚往损其兵，一半不回程。

日旁晕，状若死蛇围。其兆主_{京本作"生"}灾先举_{京本作"损"}将，师徒半出不能回，宜改_{京本作"后"}拥师归。此首首本缺，据辛本、川本。

日边晕，抱日一边生。顺抱敌人须可击，还如逆抱战无赢，随众_{京本作"象"}举其兵。

日下气,赤气列三层。天下流亡兵竞起,黎民失业祸灾生,鹿走霸图争。

日四耳,多在四隅边。宫阙储君生太子,欢欣期降定三年,人马罢征权。

日中气,上下黑冲过。长子建谋兴大逆,速当根究莫蹉跎,迟便举_{京本作"起"}干戈。

两阵近,青气日边生。其状分明如半月,顺其形气速前征,交战必须赢。

太阳畔,八字气分明。下若鹿獐形势走,将亡兵溃祸灾生,固守保关营。

太阳畔,云气伞张形。又若飞烟星在_{辛本、川本、京本作"影"}里,火星傍出血成坑,坚守不宜行。

太阳畔,突出泰山端。紫气盘旋供_{辛本、川本作"俱"}不散,城中军胜贼当残,临阵审详看。

太阳畔,气盖_{京本作"贯"}日当中。白色东西连卯酉,主忧社稷_{京本作"宗社"}重灾凶,改号任神龙。_{龙名曰丧门。}

太阳畔,九曜旋_{辛本、川本、京本作"簇"}于边。似火如灯光烂烂_{京本作"烨烨"},九州大乱水滔天_{京本作"血流川"},王道苦_{京本作"若"}忧煎。又主兵戈。

太阳畔,牛斗竞争时。更有傍边持戟立,戟人无首影依稀,宗庙必倾危。_{首本此首两收,前二句一作"太阳斗,竞与日争时"。}

太阳畔,如幕_{京本作"蔓"}又如花。相继相连不间_{京本作"黏不"}断,嫔妃皇后乱其家,术士见生涯。

太阳畔,气如剪刀形。更有散花桃杏_{京本作"李"}杂,君王失政后妃称_{京本作"嗔"},鲜洁_{京本作"解结"}愈为精。

太阳畔,气若璧形圆。其影团圆_{京本作"团"}如晕色,群_{京本作"郡"}邦臣下反_{京本作"反主"}谋专,夺我境边田。_{主小臣谋反分国。京本注:"主小臣谋叛分}

国侵夺之事。"

太阳畔,一树蒂根成。两京本作"雨"气横生长拽出,杀君自缢叛臣情,随帝应其征。

太阳畔京本一作"时",如鼠树枝京本一作"林"间。又似鸡形双京本一作"头"翅举京本作"颐颈势",看京本作"举"看洪水作为京本作"危"难,移寨向京本作"上"高山。京本此首两见。

太阳畔,帆幔气堪疑。又若破船来向京本作"泊"岸,仍居乾位帝京基辛本、川本作"隳"、京本作"堕",帆落势倾时京本作"危"。

太阳畔,五色气鲜京本作"祥"明。下有奔獐形象具,忠臣遭戮又妖兴京本作"兵",不可不留情。

太阳畔,十字在中张。大祸欲来先露兆,奸凶怀恨京本作"诈"作妖祥,斋醮早消禳。

太阳畔,气色似人兵。若在离边移寨上,君王易代表临垧,贤者得其情。

太阳畔,两手在其傍。更有金星圆出现,后妃作孽乱生狂,乾地京本作"帝"应其殃。乾符六年二月十八日午时现。京本"乾符"前有"唐禧宗"三字。

太阳畔,举手若两京本作"首若双"分。或作帚形居两手,君王帝位欲分更,不散决然成。辛本、川本、京本注:"气现久不散,其殃必应。"

太阳畔,青气散如飞。变作雁行分势列,外邦小国贼臣欺,谋反祸相随。

太阳畔,若对斗牛间。更有一虹迎面见,三公流国战无还,迁改莫辞难。京本注:"国主政权应自失。"

日边气,皆应在蚩尤。申酉且须看獬豸,丧门申未午时求,见处便堪愁京本作"忧"。

日之外,有耳两边生。必有和通同好事辛本、川本作"善",京本作"同通好喜",两军不战结欢欣京本作"情",四海得安宁。

青天象，日月气来冲。北面气冲北面旺，南冲南旺任_{川本、辛本、京本作}
_{"认"}西东，取此以为宗_{川本、辛本、京本作"踪"}。

日色异，黄赤病之源。色若白时多死兆，更兼兵起祸凶年_{京本作"连"}，
疾疫凑来缠。

日五色，或有气棱层_{京本作"棱"}。其分国王权政失，耽迷酒色损生灵，
修德灭奢矜。

日紫色，名曰疾萎蕤。其分起兵多丧败，且宜修德厌天机，勿起_{京本}
_{作"忽即"}祸当时。

日有耳，两耳战均平。厚处必赢军占取，一边有耳一边赢，无战喜交
兵。

日色青，其分国堪伤。或似火光兼火影，皆为灾乱殄忠良，防备贼临
疆。

日生晕，须有晕形圆。其形如晕圆其圆_{辛本、川本作"圆圆背"}，皆主邦臣
_{辛本、川本作"那邦臣子"}叛谋专，夺取境边田。

日四耳，顶上即为冠。两下为缨须尽日，下为履象不为权，回报日须
端。_{经曰："日上为冠，下为履，两下为耳，长而为缨，朝抱日吉。"}

太阳位，下复见形圆。便若白来其色黑，王更国变别忧权，一日见忧
煎。

日出现，便若似_{川本作"是"}胭脂。荫_{辛本作"映"}地满天血如染，此为天_川
_{本作"大"}杀苦军权，七日雨平川。_{无雨主火灾。}

占月第十二_{京本列第七}　二十三首

太阴位，为后又为臣。凡有象形凶吉定，行兵主帅要知明，一一细分
清_{辛本、川本作"情"}。

占圆月，下小彼军多。若总_{京本作"见"}大时占我众_{京本作"胜"}，全_{京本作}
_{"总"}无大小亦相和，青白定_{京本作"早"}回戈。

出军夜，看月好参详。有兔主人占大胜，兔无反_{京本作"无兔还"}是客军

强，仔细审形相_{京本作“须要细端详”}。

占夜月，五色气相当。此是_{京本作“时”}交兵须谨_{京本作“警”}慎，直须拼_{京本作“挨”}得赏儿郎，悭吝必相伤。

太阴内，有晕使人惊。其象分明如刀字_{京本作“刃”}，奸臣谋反事将成，密究速加刑_{京本作“庶无凶”}。

守彼垒，吾督将须攻。月色无光灰_{京本作“如”}粉样，拔城不过一旬中，守将亦须凶。

看夜月，五色气相冲。皆_{京本作“此”}是将灾宜_{京本作“须”}谨慎，直须重赏宴军中，坚执祸相逢。

月生晕，厚薄四方停。此是三军均力象，一边有抱一_{辛本、川本、京本作“抱”}边赢，顺抱若神兵。

月生晕，晕有珥兼生。将有火_{京本作“大”}灾难闪避，三朝有雨得安宁，无雨祸还_{京本作“须”}成。

月生晕，晕内有流星。当有贵人奔出走，客星入侧将当惊，国亦不安宁。

月如赭，莫战最为良。若或不依_{京本作“不依言”}须见败，客军得胜主军伤，宜且守封疆。_{京本注：“先出客，后出主。”}

相斗敌，月满色无光。客胜主衰_{京本作“亏”}须谨慎，忽然交战主难当，城内欲投降。

双月现，现则有兵荒。两两三三俱荒乱_{辛本、川本、京本作“乱出”}，当其现处有_{辛本、川本、京本作“竟”}猖狂，人马两_{京本作“死及”}逃亡。

两月斗，侯景犯梁朝。倘或遭逢如此兆，外藩_{京本作“番”}雄略_{京本作“客”}有谋韬，俱废若_{京本作“永”}冰消。

兵在外，月色_{辛本、川本作“蚀”、京本作“食”}八分强。军欲还乡须_{京本作“休”}罢战，忽然蚀尽倒城亡，将死向郊_{京本作“饥”}荒。

太平夕_{京本作“久”}，月破作三分。四海荒荒兴逆叛，都缘人主宠奢昏京本作"民"，草寇辄称尊。

月黄色，分野现明光。此是将军迁京本作"还"职象，彼师我众两无伤，各自守封疆。

月边气，其象若群猪。羽姓将军兵大吉，宫商角徵不占拘京本作"推"，把捉顾方隅。

十五夜，月缺不团圆。一面凸凹三两处，近臣怪辛本、川本作"怀"怨京本作"怀恨"夺君权，急究反情原。

金入月，星朗月无光。星蚀太阴臣造逆，月明星暗将身辛本、川本作"星"亡，星没客军伤。

金与月，俱出在西方。星北北方军必胜，星南南面将身辛本、川本作"星"强，月白辛本、川本作"向"将兵亡。

金月晕，星暗月昏昏。客必败亡须好认，木星三晕将辛本、川本、京本作"宰"臣奔，天象显然分。

月有晕，白虹向中穿。天下大兵看即起，更兼壮士执仇冤，大辛本、川本作"日"怒气冲天。

占星第十三京本列第五　四十三首

兵要法京本作"诀"，为主认星辰。伏逆迟留京本作"留时"须固守，更看金京本作"堪全"现便京本作"使"宜行，俱伏两均平。

兵要诀，为主京本作"客"认金星。若也伏藏休动作，逆行逆战亦均平，顺则最宜行。星退宜退，星进宜进。

金与火，统帅识星无。须算辛本、川本作"等"行藏知决胜，何须坚执讲星孤，诸事细参图。

土星合，相犯必为灾。分野居京本作"老"、辛本作"若"当须有事，本藩太守祸之胎，修德免灾京本作"殃"来。

三星聚，晋宋为居辛本、川本作"兼"、京本作"卫兼"唐。此地将军须就狱，总兵主帅作猖狂，斩首献明京本作"君"王。

四星聚，平地辛本、川本、京本作"帝"会张星。王莽赤眉兵造起，后来光武扫馀京本作"除"兵，晋魏也曾更京本作"经"。

五星聚，汉祖得其时。秦灭汉兵东井会，君王起事合天机，星会尾如京本作"聚尾和"箕。

星落寨，为将恐遭殃。宜速移营方见吉，坚强旧所必凶伤，天降祸相辛本、川本、京本作"难"当。

星相打，攻守两茫茫京本作"忙忙"。遇战血流交满野京本作"遇贼血流郊野满"，攻城不下好堤防，宴犒赏儿郎。

金星畔，边有小星侵。相去不过咫尺远，客军当败将消沉，兵罢只如今。凡金星为将星，专主兵权兆。京本注："金星专主兵权之事。"

金星京本作"行"疾，急战定应京本作"须"赢。行若缓时须固守，星高攻京本作"远"战有功名，低害京本作"则"莫深征。

金芒角京本作"金星落"，随角出军征。若有焰光如扫帚，亦名天狗食妖兵，其下血成坑。如蝼赴水，其下必败。

占星宿，伏现在西东。星若近南南必胜，忽然近北北宜攻，专祖此为宗辛本、川本作"踪"。

金星出，出在卯中央。东面兵强莫京本作"休"与战，西出西方不可当京本作"出西面酉酉难当"，勿与动锋枪辛本、川本作"斗刀枪"，京本作"勿与斗锋芒"。

金西伏，木京本作"未"出现东方。军在西南休进战，二星同出现东方，西若战须亡。或水或木星。

金东伏，木京本作"未"出现西方。东北二方须败走，忽然同出在西方京本作"现在旁"，东面不能当。

同伏现，相去尺馀间。交战将兵须有应，水居月上战应先京本作"关"，月内必师还。水在月上也。

橇星现，分野在京本作"出"何方。若是正临灾在即，忽然头尾也遭殃，仁德可修禳。

星一个，无尾赤京本作"亦"兼青。直下落来营寨上，急须迁去别为营，此地定无成。

金昼现，名号是经天。其分用兵兵必罢，未曾动处却兵连，人马满郊田。已动败，未动易政。

星昼陨，声震响如雷。赤白或长三五丈，忽然更有小星陪，军势若寒灰。

星昼陨，其地定为灾京本作"其下地殃危"。必有火焚军寨栅，兼防将士涉沙泥京本作"堍"，移寨京本作"去"莫徘徊。

军营内，斗大坠星来。或是作声长数丈，其间大战将星移京本作"身攦"，急去免灾危。京本注："孔明、祖逖，皆有此兆。"

军营内，星陨落其间。拽尾或长三五尺辛本、川本、京本作"丈"，皆为败阵辛本、川本、京本作"证"莫京本作"欲"相残，急去免灾京本作"凶"奸。孔明、祖逖皆有此兆。

军营内，星陨作驴鸣京本作"形"。兆是京本作"此兆"败军并杀将，便须移寨不须京本作"当返不当"停，天意甚分明。

营寨内，星火殒其中。芒角光明兼京本作"并"曳尾，急须移寨避灾凶，不去祸重重。

出军法，夜与日相殊。彼上有光京本作"星"兼月朗，我军上面暗稀疏，进战决成输。

星昼陨，分作二三星。此是兵戈将欲动，须防敌国别来侵京本作"必来争"，阴贼逆谋生。

吾守壁，月内一星明。必是外奸来入垒，期于半夜害吾城，搜京本作"招"捉审奸情。

提大众，欲打破城墙。月左京本作"上"有星占上角，城中贤将有谋方，速退莫施张。

敌守垒，我力有馀攻。月下有星相近驻，彼城奸欲乱吾中，门户审其踪。

围彼久，月背一星随。壁京本作"城"内敌人谋走北，其城沉溃不须摧，捷报凯歌回。

观敌垒，月背有辛本、川本、京本作"见"三星。状若连珠敌便遁，不须攻打自安平，抚众勿残生。

军马进，月畔见三星。形似三星将月捧，攻城京本作"围"不下战无成，择地设营停京本作"再安营"。候过旬日，别看气候。

攻彼京本作"破"垒，月下见京本作"列"三星。城内诈降设京本作"施"巧计，急当准京本作"整"备出京本作"突"师征，莫信诈为诚。

围彼垒，月角露三星。亦京本作"形"类三台侵抱月，其城难取枉亡京本作"劳"兵，别处设谋赢。

彗星见，出在京本作"自"月旁边。必有弑君并杀父，国中纷扰祸相连，更主易桑田。

金临水辛本、川本作"木"，三五寸金分。少妇合忧生哭泣，又见斗将见灾凶，偏将丧郊中。

星坠地，鸣下似雷声。著把辛本、川本作"地"更辛本、川本作"便"如焚薪状，此为天狗食人民，百日见灾生。

慧星现，但看出何方。定主国君丧性命，不过百日见惊亡，减辛本、川本作"咸"灭在君王。

太白犯，昂毕二星缠。定主逆臣谋国主，马奔人走丧中原，入昂赦人原。

金与水，二曜若侵凌。定主破军并杀将，水居首本作"君"，兹从辛本、川本金上客军赢，在下主和平。

慧星现，从斗向南行。经过垣墙天市界，外边兵寇界相临，损将血成坑。

占北斗第十四京本作"占斗第四"　十六首

凡北斗,斗乃众星魁。天上众星难相犯,若来相犯有灾危,占候者须知。

斗口内,慧现出光芒。海内兵戈俱大起,江河流绝业成京本作"田"荒,民作甲兵粮。

北斗内,穿出慧星辉。国内主君边寨京本作"塞"将,阴谋恶党起旌麾京本作"强围",着意谨防危。

北斗下,气若破车轮。白色渐生侵口内,饥荒不稔寇成群,馀荒不堪论。

黑色气,守定斗口边。父子相吞天下歉,水潦城郭少干田,灾害四方传。

占北斗,第一是妖星。却京本作"都"要分明军辛本、川本、京本作"君"始吉,忽然不现众星明,主将落奸情。妖星乃贪狼星也。

占北斗,夜夜白霞遮。不过七旬兵大起,横尸千里卧如麻,忌战日西斜。斗为主,霞为客,有索战,不可出。京本"有索战"作"酉未来索战"。

占北斗,黄辛本、川本、京本作"紫"气在其中。吉京本作"喜"、辛本、川本作"有"事欲来君且记,不过旬日京本作"逾三月"喜重重,万姓贺尧风。

占北斗,赤气在其中。万万雄风辛本作"师"、川本作"帅"、京本作"兵"徒京本作"多"费力,攻城尽死不成功,枉把库廒空。

占北斗,兼有小星多。天下不安人失业,荒凉米贵递相磨,处处动干戈。

青苍气,渐入斗心中。定有贼来侵郡邑京本作"县",不然裨将欲谋凶,大忌是三冬。

占北斗,明闪电光辉。定主好人初出世,辅贤明德助人君,此兆即非轻。

占北斗,太白入其中。定主将军逢战死,城营难守乱人民,大小在辛本、川本作"走"西东。太白入斗,将星入度也。

黑云气,夜散辛本、川本作"蔽"星斗中。如此三朝当有雨,急须准备候天情辛本作"晴",此理甚分明。

占北斗,忽直或伸之。冲入斗中奸事有,犯其星位各占之,术士亦须知。

占北斗,通夜黑云遮。定主来朝须有雨,急披雨笠候天涯,应兆不能差。

占地第十五　二十一首

地之道,与月一般称。为母为臣生万物,发生含育尽乾坤,明辨岂无灵?

统军帅,下寨要安营。先是须知吉凶地,莫令误地损兵军,此理要精明。

地名好,川破不堪安。大路叉中休下寨,伏尸古墓见多般,将帅要知言。主虚惊,贼来破寨。

山窄地,泣滴莫安营。两路中间休立寨,龙头辛本、川本作"勿投"天灶怎持兵,仔细与军辛本、川本作"君"寻。天灶者,大谷之口;龙头者,大山之端。

战场地,古庙与灵坛首本作"台",兹从辛本、川本。攻破城营移辛本、川本作"遗"故地,尽言凶败与伤残,细说与军辛本、川本作"兵"官。

山谷中,下寨忌逢之。前高后下居之险,地无草木主忧疑,明将总须知。

大驿路,前后总须疑。或在高岗或在辛本、川本作"近"水,长深溪涧最无疑,下寨得便宜。

营已下,须识有灾非。地上忽生诸怪类,往来天象看来情,主将要知因。

占其地,毛羽忽然生。必主人君遭厄难,大兵侵国乱朝廷,百事应忧惊。

田地上，忽然便生毛。处处尽生人总见，此为谋逆血流郊，百日主凶妖。

城营内，火焰忽然京本作"生"光。将士败亡看在速，急须移寨京本作"转"免灾殃，不去祸难当。

城忽裂，必主起干戈。山中地或如雷吼，故军来时看辛本、川本作"速探"如何，急避莫蹉跎。

营寨京本作"砦"地，泉水及生尘。有战不离于月内，早排兵甲敌边邻，移寨避灾迍。先移后战。

城营京本作"营内"地，无故动还摇。大战必应于岁月，京本作"内"，并注："城年营月也。"直须移京本作"离"寨祸应消，不去京本作"出"将身招。

城营内，地动起兵戈。且早移营于吉地辛本、川本作"福上"，不然刑祸将身多，阵败辛本、川本、京本作"破"自消磨。

城营内，忽见地生毛。所统精兵当便起，须臾不去祸应遭，禳醮保功劳。

城营内，地上起钱京本作"残"花。有似马蹄同此兆，移营拥京本作"各营勇"士定归家，应验决无差。

城营内，地忽现辛本、川本、京本作"陷"崩摧。祸结兵连缘此兆，移营修义灭京本作"速修仁义免"凶灾，不信将身推京本作"危"。

城营内，忽见地生丹京本作"忽有土崩塌"。敌骑欲来冲突我，差人截路莫轻闲京本作"待莫轻看"，移寨庶几安辛本、川本作"倚亭关"。

城营内，花草忽然生。急出莫令军疾病，经旬不动将身倾，智士京本作"勇"切须明。

城营内，地上忽然京本作"生"黄。五谷或生并地长京本作"忽然生遍地"，将军禄位福无疆，士马乐京本作"亦"安康。

全唐诗续拾卷三九

易　静

兵要望江南

占树第十六　五首

城_{京本作"营"}中树，忽然总萎黄。威气_{京本作"风"}助吾军必胜，阴神佑我必成强，主将喜非常。

营侧畔，树木自崩摧。若近军前师败辱，不然近彼贼_{京本作"彼战必"}冲来，移去免凶灾。

诸树木，花发不当时。营内见之须速备_{京本作"避"}，定知贼众欲来围，移寨免灾危。

营寨内，树木被雷惊。或是震伤人与物，此为伤败被天嗔，移寨免忧心。

诸树木，忽地出奇枝。异花奇叶人罕见，必生异事报军_{辛本、川本作"君"}知，将帅看修为。

占蜂第十七_{京本列第十一}　五首

军营内，蜂众泊于营。兵_{京本作"军"}欲动移应不久，修磨器甲莫教停，总令便须行。

军行次，蜂蝶接连来。定有伏兵居草莽_{辛本、川本、京本作"泽"}，好防林木与山崖，先探保无灾。

军下寨，蜂蝶遍天飞。防有贼来攻我寨，急首_{首本作"忽"，兹从辛本、川本须}

固守莫迟回，主将要先知。

军营内，蜂恶乱叮辛本、川本作"呵"人。或是反军与谋将，必然军将有灾危，谨守贼欺追辛本、川本作"追欺"。

军营内，蜂子遍飞游。必主将军多口舌，若还移寨没灾危，记此在心机。

占鼠第十八京本列第十　十首

占见鼠，其物夙名虚。主盗主奸皆主贼，若来为怪将兵虞，不信祸难除。

逢见鼠，白色是金精。若顺军行军大胜，逆军来者祸相京本作"灾"生，凶吉甚分明。

逢赤鼠，来往在军前。此是伏军京本作"兵"藏诡计，搜寻斜谷道旁边，急备莫迟延。

军营内，鼠咬屋橡楹。或见辛本、京本作"向"壁间搬出土，移营在近改迁宁，排备向前程。

军营内，行鼠尾舒前。将京本作"军"主有灾须醮谢，夜深谷口京本作"各各"、辛本、川本作"谷谷"罢戈京本作"兵"铤，太白京本作"天似"报人言。

营寨京本作"军营"内，暮地鼠成行。欲似吊人声不罢京本作"出"，此须为祸将身当，禳谢得平京本作"保安"康。

营寨内，白日鼠搬儿。不是火灾应大水，三日辛本、川本、京本作"朝"五京本作"两"日速迁移，不出祸相随。

寨中鼠，能舞向人前。必有内奸通外敌，且须搜捉莫迁延，速备实为先。

军营鼠，血染将衣冠。或咬鼓旗皆不利，信须修谢拜星官，移寨且求安。

将军卧，眼上被鼠伤京本作"将军服，上衽鼠来伤"。必有奸贼京本作"喜神"来辛本、川本、京本作"看"在即，或伤腰下不相当，财散京本作"破"客军强。

经曰:"鼠者,贼也。如有变易,必主奸寇入也。"

<h2 style="text-align:center">占蛇第十九京本列第二十一　十二首</h2>

兵发日,路上遇横蛇。或入水中应大胜,蛇还赤地京本作"色"战无涯,
胜负较些些辛本、川本作"胜地住些些"。泊住过一日,外动则吉。

兵京本作"军"行次,蛇赤忌逢之。慎备京本作"阵当"前程来勒京本作"应
勤"战,训兵激赏布恩威,厚薄勿偏亏。

军发次,蓦地见交蛇京本作"蛟交"。讲武扬兵须宴犒,不然上将中风
邪,身丧掩黄沙。

蛇赤辛本、川本、京本作"诸"色,大小外边来。来入我军兵欲敌京本作"散",
更防引得外奸乖,德向京本作"得上"好通开首本作"关",兹从辛本、川本、京
本。

长蛇见,饮水近营京本作"军"傍。抽退还乡方始吉,不然移寨九天方,
禳厌免灾殃辛本、川本末八字作"向高强,营垒布旌幢"。京本注:"太岁九天上同。"

兵京本作"军"行次,蛇贯路边傍。备御伏京本作"贼"兵前道阻,且须仔
细更思量,终不使开京本作"利封"疆。

蛇入井,俱是败军形。或似杵形营内现,若还交战血成坑,坚守我军
营。

蛇贯道,白赤动京本作"助"军情。必有贼兵拦道路京本作"扣路道",只宜
盘泊赏军兵,不久却回程。但有异色之蛇拦路,回师罢战,大吉。

蛇如鸟,更有似弓辛本、川本作"车"形。或是白蛇形辛本、川本作"行"、京本
作"形如"断续,兼之五六见城营,泣泪血交并。

蛟蛇见,营寨必京本作"不"宜攻。更有青蛇人病疾,黄蛇疫瘴总成凶,
移寨京本作"徙"免灾凶京本作"逢"。

兵行次,水里怕逢蛇。更有鱼龙鼍类见,悉皆进退事无涯京本作"捱",
速退莫咨嗟。如见龙蛇鼍,并同。

下营毕京本作"军",绕寨京本作"蛇绕"大蛇栖。必有贼京本作"战"兵来打

寨，高强营垒蠹京本作"布"旌旗，谨慎欲京本作"好"防之。

占兽第二十　京本列第二十二，前六首
另作"占牛马第十八"　三十四首

城营内，马夜转槽鸣。军欲离营将大战，早排骁勇各严辛本、川本作"令行"明京本作"各令齐"，法令辛本、川本作"号"整齐行京本作"号令辨高低"。

军营内，马咬石兼沙。必有贼兵吾京本作"君"大获，将军克胜远方夸，大小总荣华。

军营内，牛舞向人前。欲罢战争休士卒，干戈不举却回旋，各辛本、川本、京本作"齐"贺太平年。

马厩内，天火忽然烧。看即大兵将欲起，直须修德辛本、川本作"福"祸方消，勿使自身招。

城营内，驴马作人言。听取语言为定京本作"作"准，更看马后辛本、川本作"骏"杀军年，方始报仇冤。

军川本作"城"营内，牛马夜间鸣。必有暴兵来觅斗，直须防备夜偷营，速暗布精兵。

城营内，生产两头奇。或有足多生八只，四足两头祸不移，裂土应逾期。

占走兽，兽字体相将。或辛本、川本作"凡"有怪形须要当，由分凶吉与君张，要辨辛本、川本作"兽"虎豺狼。

兵发日京本作"发兵次"，野兽截军京本作"兵"行。直向队中冲透过，必然京本作"分"队伍两纵横，良将要京本作"亦"须明。

兵行次，狼虎及熊罴。若在军前狂乱京本作"浪"走，此行旬日战无移京本作"旬战定无宜"，先举得京本作"合"天机。

诸禽兽，异色及无名。有爪有牙京本作"齿"为我怕，无牙无爪亦应轻，此兆甚分明。

营前后，野兽乱纵横。杀取太牢天地祭，三京本作"六"军方得保安宁，

有战必须_{京本作"然"}赢。

城营内，白鹿入营来。将士病灾方欲起，若还无角_{京本作"病"}主兵回，移寨免灾危。

兵屯次，鹿走入军营。必有降人来见我，期于三日事分明，或_{京本作"咸"}喜长威名。_{辛本、川本注：有战作，主大胜。}

狼与虎，切忌入军_{京本作"营"}中。队伍突冲并截路，不过数日有危凶，警备勿交攻。

虎相食，兆不出三年。必有大兵当至此，来其分野祸相煎，其兆理关天。

兵屯次，野象_{京本作"豸"}入于营。急急杀来将祭献_{京本作"鼓"}，三军从此得安宁，斋沐要严精。

城营内，鹿_{京本作"麂"}子入其中。杀取三牲将祭献_{辛本、川本、京本作"祷"}，急当移寨免灾凶，否则祸重重。

军营侧，蓦地有豪猪。须备伏兵来犯_{京本作"贼兵来劫"}我，便宜先举莫踌躇，移寨始无虞。

军营内，或_{京本作"忽"}有野猪来。若战先赢多后败，速当移寨避其灾，修谢莫迟回。

军营内，兔走在_{京本作"入"}其中。虽有雄兵终不战，都缘彼敌欲和同，不在苦_{京本作"若"}邀功。

军营内，狸兽_{京本作"走"}夜频鸣。恰似豺狼同此兆，必知将士欲离营，不久祸灾生。

兵屯_{京本作"行"}次，豺狗入于营。内有奸人_{京本作"兵"}相结外，急须搜捉察原情，莫遣叛纵横_{京本作"踪兴"}。

军营内，狗怪遣人猜_{京本作"灾"}。急杀血流于戌_{京本作"戍"}地，埋深三尺以禳灾，敌将必擒来。

军营内，獐入及登城。若遇此妖多是火，不然孝服与兵争，祈谢保_京

本作"得"安宁。

兵行次，路上遇猿猴。严令小心防恐怖，理当排槊_{京本作"戳"}整戈矛，预计尽良筹。

狼与虎，绕寨作悲鸣_{京本作"声"}。似哭似号_{京本作"嗥"}军大败，将军兵败_{京本作"溃"}事多惊_{京本作"更"}，尸垒涧沟平。

狼奔走，直撞入吾军。不出三日_{京本作"去三朝"}并五日，敌来降我引朝君，彼我受皇恩。

野猪鹿，从外入中营。定有降人来投_{京本作"伏"}我，只于三日见分明，引使_{京本作"伴"}履王庭。

狼与虎，卒见使人惊。我在徒师前去后_{京本作"在我帅营前后走"}，须防大战血成坑，不遇圣贤明。

兵行_{辛本、川本、京本作"屯"}次，狸走入其中。不住夜鸣围绕寨，先因风火事_{京本作"忧风火夜"}重重，埋伏且藏兵_{京本作"踪"、辛本、川本作"拟藏中"}。

军营内，蓦地有来獐。三朝七日须大战，不然讲武较旗枪，速斩免灾殃。

牛与马，产出是人形。定主胡人侵大国，不分南北乱人民，且候圣明生。

狼与虎，号泣_{辛本、川本作"号叫"、京本作"啸叫"}又伤人。五日七朝兵起至，临时胜负预铺陈，方许_{辛本、川本作"治"、京本作"耻"}败来军。

占水族第二十一_{京本列第十二}　七首

兵行次，水族忌逢_{京本作"行"}之。但是鱼龙蛟蜃类，悉皆不吉兆灾危，抽退却相宜。

龙现垒，室宅及池_{京本作"其"}中。必有大臣谋叛逆，且须作急探奸凶，莫待有奔冲。王莽、朱温时，龙现池沼。

军_{京本作"兵"}行次，龙斗在军前。必是_{京本作"有"}交锋亡命战，黄龙得胜黑龙偏，平地血成川。

城营内，鱼鳖现<small>辛本、川本、京本作"鳖忽露"</small>其形。防有内奸谋叛逆，不然水涨浸军兵，速去得安宁。

城营内，龟蟹入其<small>京本作"营"</small>中。更有聚蝇亿万数，军兵溃散<small>京本作"败"</small>败不从容，看即弃<small>辛本、川本作"旋"</small>营空。

军<small>京本作"兵"</small>行次，路上见鼋鼍。或有战争营寨<small>京本作"在战营征砦"</small>内，不宜前进有<small>京本作"损"</small>兵戈，细审莫奔波。

城营内，龟鳖入其营。尽是顿迟亡<small>首本作"忘"此从辛本、川本</small>败象，速当移寨免灾凶，不去祸灾<small>辛本、川本作"将"</small>生。

占鸟第二十二<small>京本作"占飞禽第二十"</small> 八十三首

占飞鸟，军旅要知因。或是纵横或逐我，或来逆我或成群，仔细说来情。

鹰搦鹞，势速入军营。必是义兄图义弟，不然义弟欲谋兄，奸祸两般情。

兵行次，鹰鹗面<small>京本作"鹞向"</small>前飞。所向进兵应<small>京本作"须"</small>大胜，必能捉彼将兵<small>辛本、川本作"师"、京本作"帅"</small>归，天意助神威。

城营内，鹞子搦苍鹰。定有奸谋阴祸起，早须排备莫惶惊，有战损精兵。

兵行次，鹞鹗<small>京本作"鹰鹞"</small>捉飞禽。此去前程须有战，得其首领尽生擒，主<small>京本作"上"</small>将称其心。

兵行次，鹰鹘<small>辛本、川本、京本作"鹘雁"</small>尽同占。鹰<small>辛本、川本、京本作"雁"</small>不避鹘鹘不搦，两军通好守盟言，各拥士回还。

城营内，忽<small>京本作"或"</small>见杜鹃来。应有负冤人未雪，佞臣谋间损贤才，天遣叫声哀。

群乌<small>京本作"雀"</small>噪，队队逐<small>辛本、川本、京本作"绕"</small>营飞。防有贼<small>京本作"外"</small>兵来劫寨，早须整<small>京本作"准"</small>备设关机，迟<small>京本作"稽"</small>慢致灾危。

城营内，众鸟噪声鸣。必有暴兵来劫寨，不然有战损于<small>辛本、川本作</small>

"千"、京本作"戈"兵，移转最为精。

群鸟队，飞去又飞来。不问辛本、川本作"以"下京本作"在"营并在路，此行千里足京本作"十里走"难回，仔细察天灾京本作"威"。

群鸟聚京本作"队"，飞起忽然惊。尽向满天鸣噪闹，不过三日火烧营，或有劫寨辛本、川本、京本作"残"兵。移营吉。

城营内，四面鸟声鸣京本作"有鸟声"。千万结成鸣噪去，急须固守本城营，坚执战伤兵。

城营内，鸟夜结群鸣。必有暴兵来觅战，不然城寨有虚惊，探后京本作"候"用心听。

城营内，鸟众泊京本作"拍"营墙京本作"坛"。头向此营皆尽叫，人惊不起是天殃，不免京本作"去"见伤亡。

城营内，鸟鹊辛本、川本、京本作"乌鸟"蓦然惊。内有奸臣连外贼，堤防大京本、辛本、川本作"苦"战血成坑，谋反京本作"叛"害英明川本作"其身"。

城营内，鸟鹊忽围墙。当有敌京本作"外"兵来打寨，不然疾病大辛本、川本、京本作"火"灾殃，营内欲来京本作"他"降。

城营内，鸟鹊辛本、川本作"噪"两京本作"叫二"三声。必有命京本作"使"来应在即，早须奉候出门迎，此意京本作"语"且须听。

鸟相打京本作"相打拍"，防击有奸争。斩断罪愆惩戒众，若无敌辛本、川本作"停"战祸应生，固守始为精。

城营内，鸟集夺巢飞。必有斗争相竞事，不然下吏欲为非，防慎见辛本、川本作"间"分京本作"有间相"离。

临阵次，鸟向四方鸣。选取鸟声鸣叫京本作"向"处，但从京本作"存"此地出军征，百战百回赢。

兵发日，前面有群鸟首本作"声鸣"，兹从辛本、川本、京本。乱叫乱辛本、川本、京本作"众"鸣防伏截，或京本作"忽"然有战莫先图，详缓保京本作"却"无虞。

兵行次，鸟众集旌旗。若见中军加喜气，将军增爵位迁移，在即不为迟_{京本作"在疾莫迟为"}。

兵发日，鸟众逐军行。未见彼军防隐伏，若逢敌战_{京本作"阵"}利先征，攻战必先赢。

兵_{京本作"军"}行次，横阵列鸟来。防有伏兵冲队伍_{京本作"阵位"}，搜罗前后用心猜，不信必为灾。

兵行次，鸟众后头来。若遇前随应大胜，逆来冲我且宜回，退却免凶灾_{辛本、川本、京本作"灾危"}。

兵行次，鸟立在军旗。必有奸人言贼势，今旬来月好防之，偷_{京本作"发"}号运谋机。

兵行次，军上鸟鸣飞。不论下营将布阵，若同此瑞合天机，必胜莫迟疑。

下营次，鸟众集牙旗。急宰三牲将祭祷，不然军_{京本作"兵"}败主分离，灵物报人知。

城营内，白鹊_{京本作"雀"}入军营_{辛本、川本、京本作"营中"}。若作巢窝兵大起，急须移寨免灾凶，否则祸重重。

城营内，灵鹊_{京本作"雀"}作巢窝。不去营空兼火起，速当移寨祸消磨，久住杀伤多。

寨始定，白鹊入营来。此是金星呈怪象，有人相害处谋乖，移寨免其灾。

群鹊_{京本作"雀"}噪，头向敌军营。随鹊战之军必胜，一般群鹊_{京本作"雀"}事无成，在外也须惊。_{头指敌噪我军胜，不指敌噪闹则虚惊。}

城营内，野雉入军中。若在德乡来即吉，或临刑杀候为_{京本作"刑或杀帅侯"}凶，仔细审西东。

城营内，蓦地降鸳鸯。必有奸人生户内，不然朋友害忠良，自卫己身强。

城营内，燕鸽忽离城。定有火灾兼祸起，军中行克事叮咛，禳厌始安平。

城营内，水鸟忽衔鱼。将至门桥并台屋_{京本作"楼台屋上"}，必应大水漫街衢，预办早防虞_{京本作"危"}。

鸭声异，一样似鹅声_{京本作"鸣"}。必有官灾并口舌，速须斋醮慎交争，方使免灾_{京本作"遭"}刑。

鹅与鸭，或解_{京本作"忽辨"}作人声。家内必登三品禄_{京本作"位"}，一门子_{辛本、川本作"儿"}侄尽_{京本作"更"}享_{辛本、川本、京本作"亨"}荣，吉兆自天生。

城营内，鸡母作雄声。或在夜鸣家_{京本作"皆"}有祸，若门_{京本作"闻"}阴暗_{京本作"口"}不惺惺，禳_{京本作"醮"}谢始安宁。

兵_{京本作"军"}行次，军上伯劳鸣_{京本作"莺"}。兆是军分为_{京本作"鸣兆是军分"}两路，兼防祸起察奸情，主将要须_{京本作"详"}明。

伯劳鸟，闹噪在军前。大祸预_{辛本、川本作"须"}知_{京本作"将临"}须早觉，不逾两月_{京本作"日"}事应然，此象理关天。

伯劳鸟，啼叫在军营。南北敌人困我将，东西只是有虚声，此象甚分明。

城营内，枭鸟噪声鸣。若_{京本作"如"}在德乡分队伍，如居刑杀有奔惊，预叫使人听。

下营次，众鸟集群鸣。如在德乡犹自可，若临刑上血成坑，此兆细_{京本作"仔细要"}详听。

兵发日，百_{京本作"白"}鸟忽迎军。此是天威来助顺，贼人归向息边尘，端的立功勋。

兵行次，众鸟覆_{京本作"巨鸟伏"}于营。必有大军来击我，皂旗黄杆引师行，禳厌必_{辛本作"毕"}登程_{京本作"早堪程"}。

兵行日_{京本作"已"}，禽乃或_{京本作"巨鸟或"}朝军。将有福神天佑助，必然旬日立功勋，官爵显超群。

鸡声闹京本作"斗",半夜及黄昏。半夜精兵行在速,黄昏啼后有回军,太白报人闻。众鸡主国事,一鸡主家咎。

燕雀闹,邻境动京本作"有"兵争。更有黑头黄鸟至,腹黄身黑不知名,彼已出精兵。

城营内,鸡鸟共喧争。鸟若赢时军外京本作"客军"胜,鸡赢主胜甚分明,偷寨两般情。

鸦鸣京本作"鸟"噪,无故噪城营。此是用兵灾欲起京本作"预兆",人家被噪有凶情,祸发不安宁。

城营内,鹜京本作"鹭"鸟入其城。定有兵灾并瘴疫,人民饥饿失京本作"不"耕耘,修德免灾成。

城营内,黄鸟京本作"牛"赤其头。必有官灾三日内,兼防奸叛有因由,荧惑祸堪忧。荧惑祸者,火灾也。

城营内,赤鸟入于京本作"其"营。更有野鸡并野雉,须防风火与虚惊,皂帜厌为精。水克火,故用皂旗。如见赤色鸟入军营,覆将帐幕以皂旗白竿,立帐前三日,厌吉。

城营内,大京本作"各"鸟绕其中。不是将军亡瘴疫,及防外寇损身躬,先兆京本作"逃"已呈凶。

城营内,异鸟或京本作"忽"然来。好慎外归京本作"切忌外方"刑祸事,不然军京本作"君"将主辛本、川本、京本作"主将"身灾,斋醮保无京本作"年"乖。

城营内,夜静有鸠鸣。此是暴兵来逼我,便京本作"更"须防备速移营,即得事安宁。

城营内,众鸟暮翱翔。障日翳天成阵起,必知内外将猖狂,仔细可京本作"好"消详。

彼军上,众鸟泊其中。定见京本作"主"抛营军败走,不然潜伏刷营空,仔细审其踪。

彼军上,众鸟闹纷纷。聚散只看三五日,不然潜伏拟谋人,防御始参真。

诸鸣鸟，不利叫三声。一语辛本、川本、京本作“与”五声将快和京本作“利”，若逢京本作“过”此数不堪听，一任彻更辛本、川本、京本作“天”鸣。《易》云：“三多凶。”故不利。

占飞鸟，何事辛本、川本作“处”入军营。若在德乡加喜气，只从刑地京本作“上”是凶声，百鸟一般听。

城营内，鸟散作巢窝。其地欲荒堪京本作“看”在即，速须移寨莫蹉跎，不去祸来磨京本作“多”。

攻城次，群鸟出墙头。内有敌围京本作“人”军欲出，外兵急备整戈矛首本作“干戈”，此从辛本、川本、京本，用意设良筹。

军营内，白鸟立旗头。相聚数枚人总见，将军迁位作公侯，吉庆喜天休。

鹰与鹞，逐鸟奔吾军。前有暴客辛本、川本、京本作“兵”来势猛，速当准备莫因循，常京本作“当”守险关津。

下营次，鸟立树枝间。或在牙旗毛羽掩京本作“际”，须防敌骑欲相残，三日内生奸。

城营内，异鸟入其中。宿处不知人不识，终京本作“中”须血染草头红，防备有奸京本作“妨”通。

占乌鸟，结伴后京本作“尽”随军。路后川本、京本作“寇”敌京本作“贼”人应过去，我军不久却回程，相贺喜安平京本作“宁”。

城营内，巨鸟忽留停。防备贼人来索京本作“兵来搁”战，兆当催众早收京本作“拥士倒抽”兵，不去祸还成。京本注：“三日从始吉。”

城营内，巨鸟至纷纷。地辛本、川本作“他”分欲荒应在即，早须排备莫留停，号令速驱兵。

临阵次，聆京本作“听”取鸟声鸣。若在我军头上叫，切忌川本作“须”备敌莫京本作“须忌取敌”交兵，在彼我军赢。

临阵次,鸟向京本作"斗"彼军飞。便整旗枪京本作"幡"征敌吉,统兵大帅不须疑,天助得其时。

临阵次,鸟向敌军来。一只一只辛本、川本作"双"犹可击京本作"自可",或京本作"忽"然成阵叫声哀,勿战速当回。

彼军垒,群鸟出高飞。内有雄兵来突我京本作"将突出",其城须辛本、川本、京本作"难"下速当回,不悟将身危。

城营内,鸡雁京本作"鹰鹊"入其中。必京本作"的"有外京本作"内"奸通敌事京本作"外敌",忽然搦鸟更为京本作"尤"凶,遇战岂成京本作"我无"功。

兵发日,乌鸟后随声。此是顺天天助我,灵禽预报战须赢,将士有欢情。

临阵次,敌上鸟来冲。进战必当伤将士,如从我后却宜攻,贼败定生擒。

城营内,夜静有鸠鸣。军欲还乡宜准备,此为天意事叮咛,为将莫忧惊。

下营次,鸟众聚营中。防有外兵来击我,亦虞诸将起奸凶,急去莫从容。

他阵上,四面有鸟来。进战必因伤将士,若从我阵往前摧,生捉将休猜。

兵发日,旗后有乌鸣。此是天教吾得胜,令禽先报我公卿,将士尽欢欣。以上三首据京本补。

全唐诗续拾卷四○

易 静

兵要望江南

占怪第二十三京本作"占怪象第十四" 四十四首

戈矛上，忽有火光明。兆主三军轻命战，管须京本作"取"交战我军赢，青焰不宜兵。火青焰小如鬼火者主兵忧。

帅衣服，无故血痕班。防有奸人京本作"备奸谋"来害己，急须焚毁祸回还，不尔将京本作"帅"遭殃。

抽刀剑，血点自然生。战有大功须在近，又兼铃铎不摇京本作"扬"鸣，遇战京本作"贼"必须赢。

出军日，龙现众人惊。急令京本作"命"师京本作"帅"回休强去辛本、川本、京本作"进"，若还坚执往前行京本作"向前营"枉损马和兵。

将军帐，无故似人摇。兆主敌人兵溃散，稍驱兵马向前交，瓦解与冰消。

将军帐，床动众人惊。及有血生俱作怪京本作"怪讶"，若还临阵祸无轻，身丧掩黄辛本、川本、京本作"泉"坰。

将军袂，蓦地起飞腾。此是将军倾折象京本作"逝相"，难禳兵众敌相凌京本作"急须禳厌敌相临"，火急整回程。

军才统京本作"上"、辛本、川本作"正"，陂泽与郊京本作"菱"田。或有石盘从地涌，此为吉兆可攻前，君圣京本作"任"宰臣贤。

安营讫,分布已周围_{京本作"依圆"}。碎石或生无数目,将军不久罢兵权,天地_{京本作"兆"}应昭然。

军营内,田地陡然高。必得敌人来土贡_{京本作"城土地"},开旗赢彼不疲劳,休士少川本作"止"、京本作"要止"枪刀。

军营内,元处是平田。地比始临微似长,将军官职必升迁,禄位享遐年。

军营内,地上或_{京本作"忽"}生黄。兆首本作"照",此从京本得敌人兵与将,凯旋归国长威光,天下举宫商。

军营内,气出地_{京本作"应"}中央。满寨便教_{京本作"交"}人勿讶,敌人怯战愈乖张,获将得封疆。

军营内,地上水泉生。此是润军天助顺,须当先敌_{京本作"预"}将和兵,捷报入朝京。

军止歇_{京本作"憩"},地上忽生尘。若有震声人总怪,三朝首本作"日",此从辛本、川本、京本五日定还军_{京本作"勒还兵"},大战苦劳心_{辛本作"辛"}。

军寨内,地上血纷纷。此象大凶人速避,麻衣布_{京本作"履"}帽送将_{京本作"三"}军,休望有功勋。

军营内,地上艾方_{京本作"蒿"}生。青嫩叶苗人尽识,师徒将捷_{京本作"疾"}事非轻,恶疾使人惊。七年之病,求三年之艾,故为病兆。

安营内_{京本作"毕"},街_{京本作"阶"}经_{京本作"迳"}已编成。地上忽然土裂坼辛本、川本、京本作"生拆裂",不如准备速移营,不信大亡倾。

营寨内,地陷或_{京本作"忽"}成坑。大陷大亏微小负,俱为战败丧军情,火速去移营。

军营内,地陷几_{京本作"使"}人惊。若更似催征_{京本作"作声如"}战鼓,此般凶象速移营,少辛本、川本、京本作"稍"缓祸灾成。

城_{京本作"军"}营内,半夜忽锅鸣。定有暴兵来劫寨,并_{京本作"兼"}防谋反_{京本作"叛"}及奸生,列阵后_{京本作"远"}相迎。

军营内，蝼蚁满营生。好备奸谋阴京本作"阴奸谋"祸起，兼虞地道入奸京本作"城"兵，早备得平平。

军邑京本作"营口"内，天上忽闻声。恰是京本作"似"雷声还不是京本作"似"，多应京本作"因"土地见英京本作"现阴"灵，不久京本作"是"战兵行京本作"兴"。

诸怪现，不可广传闻京本、辛本、川本作"声"。防有奸人知仔细，亦防京本作"虞"、川本作"如"彼内有贤英，知我兆原京本作"元"情。

城京本作"军"营内，昼夜起虚惊。营所田辛本、川本、京本作"旧"为神庙地，速移营寨莫居停京本作"速将移徙莫教停"，不去贼偷营。

城营内，旗鼓自摇鸣。此是天威来助我，十番出战九须赢，上将称其情。

城营内，鼓角急声雄。此是乾坤兴废事，戈矛京本作"铤"大举祸重重，万姓失耕农。

城营内，鼓角自然鸣。必有敌京本作"外"军来击我，急须整备待来兵，着意与交征。

城营内，鼓打不多鸣。一丈高悬并九尺，都虞副将验槌声，七拜解妖精。各七拜后打。

城营内，鼓打不能鸣。主将战输遭寇掳，早须收拾便回程，不去损其兵。移寨兵得。

或昼夜，大将剑刀鸣。刺客奸人在庭京本作"应在"近，急须搜捉莫教停，不信辛本、川本作"便见"血光成京本作"成坑"。

营与邑，井沸闻其京本作"鼎沸忽闻"声。或溢水泉皆是败，更还京本作"逢"龙见也同情，睹此便移营。

城营内，独鼓辛本、川本作"角"自然京本作"能"鸣。此兆敌人来劫我，随鸣火急整精兵，远探向前征。

城营角，吹声辛本、川本、京本作"了"远而微。韵断声长京本作"哀"人怪讶，兆当我众有灾危，固守免倾首本作"灾"，兹从辛本、川本、京本颓。

金鼙鼓，自裂七分馀。此是三京本作"将"军囚没兆京本作"死"，速当求解醮移居，不可侈辛本、川本、京本作"恣"行诛。

枪旗戟，无故倒交加。象主病灾如卧草，四门宰犬沥田沙，子候京本作"后"设施佳。子时以犬血沥四门地上。

铃与铎，风息自然鸣。鼓角雄声音振地，必须胜敌悦军行辛本、川本、京本作"情"，拥众返回程。

或昼夜，饮宴在其中。蓦地盏鸣人总讶，贼辛本、川本、京本作"劫"人已起影无踪辛本、川本作"意忙匆"、京本作"尽忙匆"，急遣将邀冲。

杯器内，清水忽然红。有似血来人尽讶，此为祥瑞立奇功，战急总无凶。

军营内，战马忽然嘶。跑拥摇身非时乱，贼兵降伏要相欺，祭享上天知。

军器甲，夜后更生光。折毁月形方上窖，离营百步正相当，远去更宜长辛本作"良"。

风不起，旗号自飞扬。前指敌军并阵次，必当我胜用心肠，得胜早回乡。

临阵次，马匹忽然惊。欲悚欲慊多退缩，牵缠不动自迟情，回首免军惊。

占怪异，说与众贤知。正是一人行踏处，当逢奇异怪逢为，兵众岂无知。

　　　　襄厌第二十四京本作"占厌襄第十九"　十三首

襄厌法，其理事情深。首异诸般奇异怪，或逢要日要时辰，厌法要精明。

军行日，春正及春分。须用长枪前列京本作"作"胜，次排弓弩在中军，决胜定须闻。

军行日，立夏至皆同。令下三军诸将士，须排戈戟作先锋，将士定英雄。

军行日，秋始与秋分。金气旺时须要顺，先持弓矢向前行_{京本作"存"}，得胜远方闻。

军行日，凛冽正当冬。得气一阳回一候，首令刀剑向前冲，举战得全功。

东方阵，角姓七人从。纯着青衣青队伏，青旗青_{京本作"骢"}马作先锋，木阵号青龙。

南方阵，徵姓最为雄。七个赤衣乘赤马，赤旗招动号长空，朱雀阵先锋。

西方阵，商姓白衣兵。七个健儿乘白马，白旗独角_{京本作"却"}引前程_{京本作"行"}，为首向先行_{京本作"前征"}。

北方阵，羽姓显然明。骓马乌衣如北斗，黑旗玄武队前行，贼将势摧倾。

中央阵，宫姓要黄衣。七个黄旗黄色马，勾陈大将助堪依，敌国定横尸。

凡行阵，甲子甲辰申_{京本作"寅辰"}。三个甲头旬日内，前驱_{辛本、川本作"袪"、京本作"行"}天马摆令真，整顿要辛勤。

凡行阵，甲午甲寅_{京本作"申"}旬。甲戌都来为一处，当时_{京本作"持"}刀剑在前行，其阵勒来兵。

扬兵吉_{京本作"禳兵告"}，顿在_{辛本、川本、京本作"须向"}九天方。诸恶不成加喜气，更宜上将见恩光，安得_{京本作"将"}有乖张。《太乙式》云："九天之上，可以陈兵，九地之下，可以潜伏。"

占梦第二十五_{京本列第十三}　九首

凡占梦，本出自微茫。得一梦来三事应，方知凶吉为君张，神魄预知祥。

将军梦，云外见飞龙。急去战时须获捷，不过三_{辛本、川本作"百"}日帝王封，位显立奇功。

将军梦，鱼变作蛟龙。百战自然皆百胜，相敌来捉必无凶，大将职加封。

将军梦，打_{辛本、川本、京本作"大"}鼓大声鸣。小鼓小声_{京本作"鸣"}军小胜，不鸣固守莫先_{京本作"前"}征，胜负取其声。

将军梦，梦得大鱼形。若得小鱼军_{京本作"兵"}小胜，电光霹雳主军鸣_{辛本、川本、京本作"惊"}，此象最为灵。

将军梦，见水及_{京本作"梦见汲"}波涛。或_{京本作"忽"}与敌人相角_{京本作"争"}竞，须来挑_{京本作"排"}战莫轻交，坚守我门桥。

将军梦，天上作雷鸣。破敌勤_{辛本、川本、京本作"擒"}王有_{京本作"看"}此兆，无_{京本作"不"}拘明_{辛本、川本、京本作"月"}暗与阴晴，拥_{京本作"勇"}士向前程_{京本作"征"}。

将军梦，身涉大高山。遇战必赢功显著，相逢敌战_{京本作"斗敌"}急攻残，莫放片时间。

将军梦，梦见大舟船。顺水顺风帆幔顺，战之获捷独为先，快乐_{辛本、川本作"不尔"}似神仙。

《周易》占候第二十六　　三十七首

圣人造，作《易》变爻辞。掷卦要知凶与吉，切须盥手动占仪，恳意合天机。

凡占《易》，动静卦爻装。先辨刚柔分彼我，更分主客要知当，决胜自昭彰。

论主客，后举我为尊。旗底_{辛本、川本作"低"}住坐并为主，先身行者号为宾，此理甚分明。

入他国，我即论为_{辛本、川本作"其"}宾。若是他来攻我寨，我为主_{辛本、川本作"宾"}者汝为宾_{辛本、川本作"尊"}，此理合天文。

凡占《易》，先论六亲方。大煞彼乡_{辛本、川本作"大谨五乡"}比和克，应杀世主总漂扬，官鬼子孙量。

彼与我，子鬼取为先。子孙旺相吾军胜，鬼爻囚死彼_{辛本、川本作"复"}遭愆，反此亦如然。

世为我，应象便为他。世克应兮当我胜，应爻克世我无家，比者各安家。

内卦我，外卦属他邦。内克外时无大损_{辛本、川本作"攒捷"}，子孙发动急旋_{辛本、川本作"施"}张，大战我军强。

官爻动，却在内爻兴。若在子孙傍发动，未_{辛本、川本作"虽"}来攻我不曾赢，彼败怎回程？_{凡占战，世为我，应为他；内为我，外为他；子为我，官为他；比和者吉。}

子孙动，有气甚分明。我若击他全获捷，他来攻我败无门，我将立功勋。

占贼信，官鬼上二爻。无气动居爻五六，虽然已动不相遭，贼众自_{辛本、川本作"再"}回巢。

占贼信，鬼发内三中。或是官爻生有气，贼军来速在逡巡，急备点三军。

占贼兴，卦里子孙兴。六位官爻全不见，话中空自说来情，不见信和音。

占贼信，应动是_{辛本、川本作"世"}为他。其贼来时须_{辛本、川本作"虽"}是到，到时攻我将须拿，来将丧黄沙。

占贼信，兄弟动如何。三四爻中他_{辛本、川本作"我"}克我，逡巡来到不蹉跎，到后却安和。

占贼信，父母主文书。若遇吉神天喜位，朝廷加禄永安和，贼智设机多。

占贼信，卦象动妻财。天喜来交爻已动，若来相战见兵乖，我将得和谐。

凡占《易》，奇偶与刚柔。阳爻为九阴爻六，阳爻多众我须周，柔少我军忧。<small>辛本作"彼"</small>

入他境，我却用官爻。官旺子孙休我胜，若煞反此少功劳，术士自详消。

入他国，大要看财乡。子动才兴皆出现，处处获捷有衣粮，饱赏喜还乡。

爻上见，无鬼又无孙。但有应方并世上，以应为他我世军，此克定军情。

世爻旺，若克应爻宫。速便提兵前去吉，自知天助喜重重，主将得奇功。

兄独发，有寇伏埋藏。且莫提兵行远路，急行前必有惊惶，不信见灾<small>辛本、川本作"遭"</small>殃。

财<small>辛本、川本作"贼"</small>爻动，便是我军粮。出国寻粮我军旺<small>辛本、川本作"财旺发"</small>，无财难<small>辛本、川本作"虽"</small>旺恐饥荒，仔细好推详<small>辛本、川本作"半敌遇空亡"</small>。

世若墓，我军且默<small>辛本、川本作"执"</small>屯。应爻被克休囚位，来军必败损人兵，我众喜忻忻。

官临火，克我应<small>辛本、川本作"虑"</small>偷营。水立官乡休立寨，土临官鬼四方兵，不可<small>辛本、川本作"一"</small>乱提兵。

木官<small>辛本、川本作"宫"</small>旺，必定有雄兵。金火不宜临世应，两家流血定交争，火鬼劫吾营<small>辛本、川本作"军"</small>。

兄爻克，防夺我军粮。水动舟车火营寨，文书父母合穹苍<small>辛本、川本作"仓场"</small>，严令下儿郎。

爻辞位，九六号阴阳。中半自然皆相守，比和世应两无伤，各自主刀枪。

外卦静，内动见兄爻。空亡临象虚惊事，更兼不定事无毫，固守且平交。

归魂卦，三四动爻凶。若制鬼爻凶转遂辛本、川本作"队"，若逢天喜好回军，不久却抽兵。

《易》之位，六亲与五乡。外卦世爻子孙旺，三般有气我无伤，勿要落空亡。

凡占课，内动外平安。动爻无鬼虚惊恐，内爻凶辛本、川本作"兄"动稔凶张，术者细参详。

外卦动，内卦动兴爻。内外动爻俱动发，若然我战动枪刀，大战杀声高。

鬼爻旺，三四动交爻。定主贼兵侵我阵，急须回首莫相交，动则我军咷。

四德用，其课我军强。春占雷巽寅卯木，夏火巳午得离乡，此理要知详辛本、川本作"当"。

秋乾位，申酉喜逢临辛本、川本作"相逢"。三冬亥子坎宫卦，土旺用事艮和坤，丑未辰戌冲辛本、川本作"辰中"。

太乙式第二十七　本门中"太乙"二字，辛本、
川本皆作"天乙"　三十一首

太乙式，逆顺论阴阳。五日六时成一局，八门九曜遂辛本、川本作"逐"时当，凶吉利门方。

为术者，太乙式辛本、川本作"遁"须知。起造凶丧须得此，出行莅任动兵机，用者得便宜。

出军日，出门向何方。开休生门三路吉川本作"吉路"，一奇临合自然良，主将得安康。

乙丙丁，名曰是三奇。天上若临三吉路，自然神助合天机，任辛本、川本作"恁"往莫忧疑。

九星位，当位_{辛本、川本作"住"}八宫方。惟有中宫寄在二，术人运式细消详，依此我军强。

甲加丙，龙反首_{辛本、川本作"首反"}为先。丙甲相临鸟跌穴，时中得此自然全，得胜凯歌旋。

太乙遁，月奇合生门。下有六丁加临者，此时摄政显公卿，上策进书呈。

开门合，日奇六七_{辛本、川本作"乙"}方。此为地遁安营吉，藏兵设伏免忧殃，所献日精长_{川本作"良"}。

星奇合，休门有荫人。举善荐贤求猛将，和仇说敌哲明言，此法合先贤。

月奇合，生门见九天。祭祷神祇行圣术，布仇_{辛本、川本作"筹"}作法此间言，神遁不虚传。_{生门月奇合，得九天所临之位，谓"神遁"。宜作布筹，行圣术，祭神祇。}

日奇合，九地见开门。探审贼机扬虚阵，遥虚设假利偷营，鬼遁隐神兵。

日休并，九地上加临。龙遁祭龙宜水战，祈求雨泽_{辛本、川本作"水"}奏天庭，掩敌有才能。

生门下，辛仪艮位安。此处一方为虎遁，招安反贼讨交关，将帅总平安。

论云遁，龙走有奇门。便把铁砾喷噀酒，令军布_{辛本、川本作"仰"}望必升平，云遁自相陈。

论风遁，白虎号张狂。运式天星加地乙，祭风起顺祝吾邦，此理合天苍。

九天上，大利我军陈。九地伏藏宜密事，逃潜六合避凶星，隐伏喜忻情。

五不过_{辛本、川本作"遇"}，甲午丙从辰。乙日巳时丁日卯，更兼戊日在于寅,都是忌行军。

五不击,第一九天方。九地直符直使位,生门通兵_{辛本、川本作"共"}五般伤,此法遁中藏。

六仪刑,谋事总难成。遇着此时遭失陷,奇门虽有也难生_{川本作"禁"},大忌用兵行。

子符使,都忌在三宫。戌怕冲_{辛本、川本作"坤"}宫申在艮,午离酉巽必为凶,寅与甲辰同。

三奇墓,课是没_{辛本、川本作"设"}人多。好事中间须减_{辛本、川本作"灭"}力,奇门虽_{辛本、川本作"须"}遇也难过,固守免蹉跎。

乙奇墓,未上望坤方。丙奇_{辛本、川本作"其"}戌地酉中是,丁奇同位戌乾_{辛本、川本作"朝"}张,都是审明方。

三奇将,游在六仪中。子庚丑辛寅乾上,卯壬为例顺行踪,八方四维宫。

六癸丁,天网四张时。举用所谋皆不定,周天网者有高低,坎地一宫随。

如急难,事速要_{辛本、川本作"为"}逃之。刀刃对肩居左右,行过六十步无疑,此事要君知。

开门照,六戊_{辛本、川本作"戌"}合奇门。前程_{辛本、川本作"门"}贵客相伏_{辛本、川本作"扶"}助,阴人酒肉待相迎,拜访喜忻忻。

休门外,喜笑得钱财。出门_{辛本、川本作"外"}三旬五十里,蛇鼠阴人及小孩,出外免无厄_{辛本、川本作"定无灾"}。

生门上,三奇合此门。公吏官人生紫皂,逢之军马六三程,特应与军门。

伤门内,捕盗可移趋。杜门有难前潜吉,景门凡事不安居,献策稍通疏。

死门上,攻战莫_{辛本、川本作"要"}逢之。出腊_{辛本、川本作"猎"}更宜朝北_辛

本、川本作"此"向，若还征战贼亡威辛本、川本作"灭"，决胜要逢之。

惊门路，捕盗捉逃亡。出行一二十里路，路道不通鹊噪狂，论讼喜公方。

占六壬第二十八京本列第十七　四十五首

看行动，只取京本作"在"日辰推。若在贵人前实是京本作"是实"，三传同去此辛本、川本作"此去"无京本作"此不须"疑，反此却难移。

看天马，辰戌亦同前。京本注："魁罡也。"若在支干京本作"干支"应空辛本、川本、京本作"定"发，更还加季不京本作"主"留连，人马闹京本作"更"喧喧。

占虚实，后六作天空。若在干支虚事定，天空为煞最朦胧，虚妄祸辛本、川本作"更"、京本作"更望更"重重。

占主客，胜负蚤须知。甲乙丙丁并戊子辛本、川本作"己"、京本作"字"，阳时出战主凶危，此事决京本作"定"无疑。

占宿次，今夜定如何。太乙天罡太冲上，支干见者恐奔过京本作"波"，准辛本、川本、京本作"整"备御兵戈京本作"预防他"。

看岁月，冲破时辛本、川本、京本作"下"推之。上将行年居此位辛本、川本、京本作"下"，师行辛本、京本作"侯"身必有凶危，禳厌始无亏。月将加所得之时，看支干上见魁罡星者主惊溃。将帅行年上见魁罡者宜禳之。

看六害，用将及传中。若见定知他捷京本作"健"利，更兼恶京本作"月"将定重凶，不斗却无凶京本作"为雄"。

后三五，前四将年辰。若被日冲兼被辛本、川本作"破"害，被刑之辛本、川本作"亡"者负于人，好记认为真。

参详取，太岁头上京本作"上头"神。若克贵京本作"能责"人虚诈事，太阴六合辛本、川本作"后"、京本作"神后"伪为京本作"非"真，防备见伤人。

闻贼去，大吉是其元。若在干辛本、川本、京本作"前"时应末去，若临干辛本、川本、京本作"贼"后是虚传，勿听此狂言。

他军走京本作"是"，虚实辛本、川本、京本作"的"好参陈。神克日辰天马并，传扬定去必无人，此兆决然真。

经险路，惟是_{京本作"则"}、辛本、川本作"为则"忌天罡。加孟前行喜_{辛本、川本、京本作"应"}不喜，罡临四仲己中伤，加季后_{京本作"复"}逃亡。

兵行次，四季狱神凶。春卯_{京本注："夏午。"}顺_{京本注："四季。"}雷_{京本作"来"}居震位，辰年艮_{京本作"日辰年"}上忌相逢，临着失勋功。

游都将，并杀又重伤。若遇德乡神并合_{京本、辛本、川本作"神并合将"}，加临不克又加_{京本作"有嘉"}祥，降虏我军强。

游都将，克日至行年。约束_{京本作"若属"}我军牢固守，若_{辛本、川本作"莫"}教见阵必遭愆_{京本作"遭"}，不斗却为贤。

主年上，须要克游都。克得此宫为大胜，多应擒捉贼_{京本作"客"}酋徒，半虏半降诛。

游都将，玄武与勾陈。白虎年将须稳审_{辛本、川本作"害"}，休囚绝气不伤人，旺相却_{京本作"即"}残身。

玄武将，断例与前同。无克后三皆大胜，后三来_{京本作"未"}克主皆凶，却是_{京本作"试"}审其中。

勾陈将，忌克主行年。若克行年多败死，行年无_{京本作"多"}克见勋全，审细去参诠。勾陈克玄武，主胜。

凶神将，又克主行年。若遇行年克前四，此是交战_{京本作"胜"}胜当先，喜跃信_{京本作"作"}超_{辛本、川本作"趋"}前。

军胜负，六害卦中凶。更作恶神并恶将，直须固守候时_{辛本、川本、京本作"晴"}风，惧_{辛本、川本、京本作"俱"}慎莫前冲。

游都将，临日在如今。辰上见之明日是，支干不见_{辛本、川本作"是"}用前神，三二是朝迍。

闻贼去，仔细验天罡。若在孟方犹未去，忽然加仲已商量，加季发他乡。

三传将，遥日_{辛本、川本、京本作"见"}觅支干。将见支干休进战，三神被克我军京本作"神"安，必获彼旗幡。

课中恶，忌见战雌神。传送是春登明夏，秋寅冬巳爱伤人，日与喜神亲京本作"发动愈重迍"。

行军京本作"兵"课，惟有伏吟时。兵伏自然军勿进，预忧中道有俭京本作"阴"奇，审课要知机。

行兵京本作"军"课，切忌反吟凶。若遇喜神应解退，恶神立败祸来冲，反覆我军中。

荧惑煞，只是丙丁神。加在金方兵已退，亦无征战不伤人，发动愈重迍京本作"日与喜神亲"。

看课内，太白是庚辛。若在东方奸贼至，天罡加孟急京本作"疾"如神，警备要专勤。

课中圣，惟是战雄并。四季孟神雄将位与战对冲是也，若居喜将得相生，旺相更为荣。

看课上，与下要相生。上克下兮须损失，逢占恶将京本作"要逢虚将"必须惊，喜京本作"吉"将喜无争。

何煞重，天狗是其殃。无杀福神相次恶，天雷并者是京本作"也"无妨，三杀可商量京本作"参商"。

勾陈将，玄武共相亲。带煞并加为恶煞，若逢相克不宜军京本作"君"，有煞便相侵。

三刑内，最恶是天罡。或是季兮为日上，冲加四煞必相伤，夜即恐惊忙京本作"亡"。魁罡临日，主大将死，临辰，主小将死，日辰俱临，俱死。

课惊怖，日上细寻推。辰巳太冲加日上，若逢蛇雀见凶危，复手也如之。大吉加日，宜急去，不可住，辰上见太冲，夜必有风雨，若神后太乙加日辰，夜有贼盗。旺相必见，无气则不见。

课惊怖，辰巳卯三辰。无杀相并天马并，用之发课不宜人，虚杀总相亲。

移伏起，阳日在中传。阴则未传君记取，觉知如此见由缘，照处是推源。

欲捕捉，玄武定三传。相克三传皆捉得，相生不克是无缘，好记不虚言。

三传克，克日易前擒。快_{京本作"决"}出疾行方始得，奸人移伏恐军侵，离日却难寻。

传课中_{京本作"内"}，蛇雀与勾陈。蛇主虚惊雀主火，亦兼音信又公文，仔细好推论。

传白虎，相克战伤人。无气不伤途死损，天空依旧_{京本作"积"}是空陈，旺处是穷贫。

占行路，逐日定占之。有气青龙并六合，钱财仓库定无疑，多获彩缣持。

将一二，兼持_{京本作"赤"}忌勾陈。若见后三并五六，因为发卦不宜军，进步必遭迍。

将军吏，支干审占之。大吉小吉支干上，天罡加孟以同推，不战两无疑。

后五六，即是我军伤。六帅有人虚诈说，日辰不克也无妨，克日不宜良。

医方第二十九　十六首

众军聚，驻札已经时。多有相蒸人_{辛本、川本作"多"}气郁，使军疫瘴见灾危，一一与君知。

如瘴气，鹘骨火烧将。便去上风焚此物，众人闻此灭灾殃，从此得安康。

转筋脚，急去使生姜。新水一钟煎五合，饮之即去总无妨，主将记心肠。

金刀重，速剪马牛毛。二件一同烧作末，敷之血止自然消，皮血便坚牢。

金伤者，香白芷为灵。细嚼喋敷疮口上，更将暖酒饮七分辛本作“酒下七分功”，细说与君听。

金伤者，甚渴急辛本作“即”非常。切忌休将水与饮，饮之必定有乖张，肥腻即无妨。

金伤处，伤脑及天苍辛本作“仓”。臂中脉跳并心内，鸠尾五脏小腹胱，医者不能当。

金伤者，脑髓出非常。颈咽喉中声沸者，两目直视痛难当，血似水流辛本作“泉”塘。似此，皆不治而难医也。

金疮法，闲时备急方。五月五日平明节，采其诸草捣成浆，石灰共作汤。

遭毒箭，更兼马汗方。大头虻虫端午取，去翅阴干为末霜，挑破药敷疮。次用醋打面糊纸压疮口上，即追出毒气也。

军或患，发背及痈疽。人屎粪盘下润土，碾细筛罗贴敷之，猪胆共调施。

人霍乱，吐泻有方高。生姜二辛本作“三”两须炮过，芭蕉一两去皮熬，五两大黄烧。大黄炒过为末，蜜为丸，如梧桐子大，每服三丸，以利为度；如不利，以米粥投药。

急喉闭，青艾汁须灵。滴下自消血破出，逡巡不救损于人，切记在心勤。

冬月内，无叶艾枝枯。草内急寻蛇床子，烧烟入口自消除，速救免灾虞。

军人众，涉水冒霜多。手脚面皮皆裂拆，麦叶浓煮汁相过，热洗即安和。

山瘴气，岚谷用恒山。独头大蒜乌梅肉，速将酒煮便能痊，谨记此良言。恒山二两，独头蒜一两，乌梅二十枚，咬咀，用酒二盏，煎至一大盏，分为二服。初一服未发时吃,次一服已发时吃。

马药方第三十　四首

常灌马,黄柏与黄连。升麻大黄山栀子,胡盐青黛郁金仙,等分勿令偏。

相马法,要试岁年何。鼻上金字十八岁,四字八岁不年多,八字四年过。

鼻上赤,二十岁无零。马鼻若青三十岁,公字虽_{辛本作"须"}当念五乘,此象最_{辛本作"甚"}分明。

马瘟病,急取獭之肝。肚内将来去屎洗,煮汁唊灌便平安,牢记在心间。

按:以上易静词四卷,凡七百二十一首,均见于《兵要望江南》一书。《崇文总目》卷三著录于《子部·兵家类》:"《神机武略兵要望江南词》一卷。"《郡斋读书后志》卷二《兵类》云:"《兵要望江南》一卷。右题云黄石公以授张良者。按其书杂占行军吉凶,寓声于《望江南》词,取其易记忆。《总目》云:'武安军左押衙易静撰。'盖唐人也。"《总目》即《崇文总目》,今本已失解题,钱侗校本据以补出。检《新唐书》卷六九《方镇表》:光启元年"改钦化军节度为武安军节度使"。因知易静应为唐末人。今所据凡四本:其一为明辛自修刊本(简称辛本),刊于万历十年,今藏北京图书馆;其二为四川省图书馆藏清初钞本(简称川本),此本错别字较多,文字较近于辛本;其三,首都图书馆藏钞本(简称首本),题作《李卫公望江南》,分上下两卷;其四为北京图书馆收藏前京师图书馆旧钞本(简称京本),附跋云:"此从明督浙江都御史晋江苏茂相校本录出,题作《白猿奇书兵法杂占象词,唐开府仪同三司卫公三原李靖者。"首本、川本、辛本均为足本,但均有所残缺。京本则仅存五百首,但有十馀首不见于前三本,文字亦差异较大。今以首本为底本,以辛本、川本、京本校补。首本、辛本、川本皆据任半塘先生与王小盾同志合编《隋唐五代燕乐杂言歌辞集》(稿本)转引,京本则转引自张璋、黄畲编《全唐五代词》。

全唐诗续拾卷四一 五代上

罗衮

鸣　山

天下名山有，未闻山自鸣。昂藏如许阔，尔何亦不平。见同治丙寅刊齐召南等纂《温州府志》卷四《山川》。

按：《宋诗纪事补遗》卷八八误收罗衮此诗入事迹无考作者。

罗绍威

公　宴　诗

帘前淡泊云头日，座上萧骚两脚风。见《吟窗杂录》卷二五《历代吟谱》。

按：《全唐诗》卷七三四收二句，缺题，今重录。

孙　棨

答王福娘红笺题诗 题拟

韶妙如何有远图，未能相为信非夫。泥中莲子虽无染，移入家园未得无。见《北里志》。

黄匪躬

　　匪躬，连州人。登光启三年进士第。仕梁，为江西钟传掌书记。尝使楚，马殷倾慕之。诗二句。（《全唐诗》无黄匪躬诗，传据《十国春秋》卷七五）

句

志大惟忧国，恩深岂顾身。见明黄佐《广州人物传》卷四、清黄子高辑《粤诗搜逸》卷一引《连州志》。

匡　仁

　　匡仁，新淦人。初嗣洞山，后历游瑞、潭、福州，得圆悟法。危全讽为抚州刺史，延请住持疏山白云禅院，世称疏山和尚。著有《四大等颂略》、《华严长者论》。诗二首。（《全唐诗》无匡仁诗，传据《祖堂集》卷八、《宋高僧传》卷十三、《江西诗征》卷八七）

偈

吾有一宝琴，寄之在旷野。不是不解弹，未遇知音者。见《五灯会元》卷十三。

临迁化时偈 《江西诗征》题作"诗"

我路碧空外，白云无处闲。世有无根树，黄叶送风《景德传灯录》、《五灯会元》作"风送"，《江西诗征》作"风吹黄叶"还。见《祖堂集》卷八、《景德传灯录》卷十

七、《五灯会元》卷十三、《江西诗征》卷八七。

智 闲

　　智闲,青州人。嗣沩山。住邓州香严山,世称香严和尚。梁时卒。诗三十一首。(《全唐诗》无智闲诗,传据《祖堂集》卷十九、《宋高僧传》卷十三)

掷瓦果悟道偈 题拟

一拴一作"击"忘所知,更不自一作"假"修持一作"治"。〔动容扬古路,不堕悄然机〕二句据《景德传灯录》卷十一补。处处无踪迹,声色外威仪。十《五灯会元》卷九作"诸"方达道者,咸言上上机。

对仰山问作偈 题拟

去年未是贫,今年始是贫。去年无卓锥之地,今年锥也无。《五灯会元》卷九作:"去年贫未是贫,今年贫始是贫。去年贫犹有卓锥之地,今年贫,锥也无。"

励 学 吟

满口语,无处说,明明向道人一作"人道"不决。急著力,勤咬啮,无常到来救不彻。口里话一作"语",暗嗟一作"瑳"切,快磨古锥净挑揭。理尽觉,自护持,此生事,吾一作"终"不说,玄旨一作"学"求他古老吟,禅学须穷心影绝。

诚宗教接物颂

三句语,究人玄。迅面目,示豁然。开两路,备机缘。投不遇,说多年。

最后颂 一作"语"

有一语,全规矩,休思量一作"惟",不自许。路逢同一作"达"道人,杨眉省来处。踏不著,多疑虑,却思量一作"看",带伴侣。一生参学事无成,殷勤抱得旃檀树。

修 行 颂

天寒宜曝日,归堂一食倾。思著未生时,宜然任他清。只摩寻〔□□〕时,明镜非明镜。独坐觉虚凉,行时也只宁。

发机颂答郑郎中又问

语里埋筋骨,音声梁道容。即时才妙会,拍手趁乘一作"乖"龙。

清 思 颂

尽日坐虚堂,静思绝参详。更无回顾意,争肯置平常。

谈玄颂 一作"谭道颂"

的的无兼带,独运何依赖。路逢达道人,莫将语嘿对。

浑 沦 语 颂

一束茚,草六分,盖得庵,无子门。藏头人,入去却,转头来,语浑沦。

明古颂 一作"授指"

古人骨,多灵异。贤子孙,密安置。此一门,成孝义。人未达,莫差池。须志固,遣狐疑。得安静,不倾危。向即远,求即离。取即失一作"急",急一作"失"即迟。无计校,忘觉知。浊流识,今古伪。一刹那,通变异。嵯峨山,石火起一作"气"。内里发,焚巅巇。无遮拦,烧海底。决网疏,灵焰细。六月卧,去被衣一作"衣被"。盖不得,无假伪。达道人,习一作"唱"祖意。我师宗,古来讳。唯此人,善安置。足法财,去一作"具"惭愧。不虚施,用处谛。有人问,小一作"少"呵气。更寻一作"审"来,说米贵。

与崔大夫畅玄颂

达人多隐显,不定露形仪。语下不遗迹,密密潜护持。动容扬古路,明妙乃方知。应求俱一作"物但"施设,莫道不思议。

宝 明 颂

思清人少虑,风规自然足。影落在音容,孤明绝撑触。

出 家 颂

从来求出家,未详出家称。起坐只寻常,更无小《宗镜录》卷二四作"少"殊胜。

寄 法 堂 颂

东间里入寂,西间里语话。中间里睡眠,通间里行道。向前即捡校,向后即隐形。

时人都不措问什么精灵答曰

净地上鼓怒,怡然中伴嗔。平坦处不守,危崄中藏身。盲聋遇之眼开,僧瑶驻笔通神。

玄旨颂

去去无标的，来来只摩一作"么"来。有人相借问，不语笑咳咳。

赠同住归寂颂 一作"归寂吟赠同住"

同住道人七十馀，共辞城郭乐山居。身如寒木心芽一作"牙"绝，不话唐言休梵书。心期尽处身虽丧，如来弟子沙门样。深信共崇钵塔成，巍巍置在青山嶂一作"掌"。观夫参道不虚然，脱去形骸惹一作"甚"高上。从来不说今朝事，暗里埋头隐玄畅。不留踪迹异人间，深妙神光饱明亮。

劝学颂

出家修道莫求安，失念求安学道难。未得直须求大道，觉了无安无不安。

志守得破颂

十五日已前，师僧莫离此间。十五日已后，师僧莫住此间。去即打汝头破，住即亦复如然。

辞见闻颂

好住径分离，幽宗人迹稀。从来未登陟，无计遣狐疑。

遵古路颂与郎中

虚心越境净思量，句里无踪声外详。文字影像骇惊觉，动容弹指饱馨香。

与董兵马使说示偈

宿静心意到山中，为求半偈契神踪。向道却思思不得，却将寻思寻疑即"碍"之俗写字不通。

与学人宗教宗如

满寺释迦子，未详释迦经。唤来试共语，开口杂音声。

三句后意颂

书出语多虚，虚中带有无。却向书前会，放却意中珠。以上均见《祖堂集》卷十九。注"一作"者，为《景德传灯录》卷二九之异文。

达道场与城阴行者颂

理奥绝思量，根寻径路长。因兹知隔阔，无那被封疆。人生须特达，起坐觉馨香。清净如来子，安然坐道场。

显　旨　颂

思远神仪奥，精虚履践通。见闻离影像，密际语前踪。得意尘中妙，投机露道容。藏明照惊觉，肯可达真宗。

明　道　颂

思思似有踪，明明不知处。借问示宗宾，徐徐暗回顾。

与邓州行者颂

林下觉身愚，缘不带心珠。开口无言说，笔头无可书。人问香严旨，莫道在山居。

三　跳　后　颂

三门前合掌,两廊下行道。中庭上作舞,后门外摇头。

破法身见颂

向上无父娘,向下无男女。独自一个身,切须了却去。闻我有此言,
人人竞来取。对他一句子,不话无言语。以上六首均见《景德传灯录》卷二
九。

　　按:敦煌遗书斯五五五八卷收"龙兴寺香岩和尚《嗟世三伤吟》",存
二首。《鉴诫录》卷十收伏牛上人(即自在)《三伤颂》,其前二首与敦煌本
大致相同。详《全唐诗外编》(修订本),兹不重收。

郑郎中

　　郑郎中,道闲同时人。诗一首。

问香岩和尚　题拟

来无他〔辙〕(彻)迹,去是非我途。并逐猿猴尽,山川境在无? 见《祖堂
集》卷十九。

敬新磨

　　新磨,后唐庄宗时伶人。诗一首。(事迹见《新五代史》卷
三七《伶官传》,《全唐诗》无敬新磨诗)

六目龟口号　题拟

不要闹,不要闹,听取龟儿口号。六只眼儿睡一觉,抵别人三觉。见

宋张世南《游宦纪闻》卷二。

> 按:《游宦纪闻》谓此诗为东坡谑吕微仲时述,张端义《贵耳集》卷上
> 径作东坡代龟作,恐非。《东皋杂录》卷一仅作"六只眼儿分明,睡一觉抵
> 别人三觉"。

卢道者

卢道者,后唐时道士。(《全唐诗》无卢道者诗)

遗 诗

三十年前卖卜,化得一间茅屋。

撒手永超三界,一去定无反复。是郑方坤《五代诗话》卷九引《粤西通志》。

> 《粤西通志》云:"卢道者精于卜,后唐同光二年,有郡倅因内孕岁馀
> 不产,求卢道者卜之。书一'酷'字,遂不逾月二十一日酉时娩。倅以为神,
> 建塔居之。后坐化,遗诗云(略)。末云:(略)。"

李存勖

皇帝癸未年膺运灭梁再兴缺迎太后七言诗

禁烟节假赏幽闲,迎奉倾心乐贵颜。燕语雕梁声猗狔,鹦吟〔绿〕
(渌)树韵开关。为安家国千场战,思忆慈亲两鬓斑。孝道未能全报
得,直须顶戴绕弥山。

> 刘铭恕《斯坦因劫经录》云:"按《全唐文》一〇四唐庄宗《亲至怀州奉
> 迎太后敕》,略谓天下已定,理应到汾州亲迎太后,不得已只到怀州迎接,
> 是知迎太后诗,即为此时作品。"

题北京西山童子寺七言

昔时童子〔慕〕(募)清闲,今古犹传在此山。百派峥嵘流海内,千溪

嵌岘透云间。猿啼岭上深幽静，虎嗅应即"啸"字岩边去复还。恓想翠花峻谷变，空留禅室喜登攀。

题南岳山七言 <small>直在江南</small>

融峰绝顶九霄边，独立孤峦势近天。北眺洞庭千里浪，南观石磠万坡烟。云藏碧涧泉声远，僧迫金乌耳伴喧。唯有此山侵上界，姮娥吹瑟古松前。

题幽州盘山七言 <small>在幽州北</small>

冲过浮云数千重，经霄始到最高峰。日出近观沧海水，斋时遥听梵天钟。千年松树巢仙鹤，五个盆池隐毒龙。下方乞食上方去，尘俗难寻道者踪。

题幽州石经山 <small>在南</small>

闲弃五马谒真宗，来入山门问远公。云起乱峰朝古寺，鸟巢高处恋晴空。碧萝引蔓枝枝到，石溜穿渠院院通。佛境不离人境内，人心不与佛心同。<small>均见斯三七三卷。</small>

韦　说

　　说，京兆万年人。乾宁二年进士。唐末为殿中侍御史，后事梁为礼部侍郎。庄宗定汴洛，守本官同平章事。及明宗即位，贬叙州刺史、夷州司户参军。（《全唐诗》无韦说诗，传据《登科记考》卷二四、《新五代史》卷二八、《旧五代史》卷六七）

句

印将金锁锁,帘用玉钩钩。见《北梦琐言》卷七。

> 按:《全唐诗》卷七〇〇误收此二句为韦庄诗,今移正。

郄殷象

殷象,梁史臣,贞明中奉诏与李琪等撰《梁太祖实录》,后唐时尝任兵部侍郎。(《全唐诗》无郄殷象诗,事迹据《旧五代史》卷十八、卷六八)

句

鸳鸯分品秩,龙衮耀簪裾。见《吟窗杂录》卷十三王梦简《进士王氏诗要格律》。

裴　说

寒　食 题拟

云浓云淡半阴春,禁火天时欲洒尘。花艳有枝还怕雨,柳烟无赖尚重人。画球轻蹴壶中地,彩索高飞掌上身。一路绿莎东郭外,也宽情抱也伤神。见《古今合璧事类备要前集》卷十六。

> 按:《唐音戊签》九八据《事文类聚》收五六两句,《全唐诗》卷七二〇已收入。

客 中 重 阳

避地逢佳节,穷愁强不知。十年犹乱过,九日又奚为?况借他蜗舍,兼无自菊篱。登高转惆怅,回首也风吹。见前书卷十七。

秀　登

秀登，齐己、贯微、小白同时人，五代时在世。诗三首。
（《全唐诗》无秀登诗）

送小白上人归华顶 <small>一本云守恭作</small>

瀑溅安禅石，秋云锁碧层。一峰如卓笔，几日策孤藤。树偃前朝盖，
星辉下界灯。超然归此处，心已契南能。

朝 海 峰

万仞朝沧海，秋层上碧虚。峭欹云尽后，寒绮月生初。影落阳侯宅，
根连觉帝居。谁能谢尘迹，向此结茅庐。

送贯微归天台

秋归赤城寺，幽兴唯相同。迹与片云合，心向万境空。倾耳霜树猿，
吹衣瀑布风。后夜越溪上，梦断寒猿中。《增广圣宋高僧诗选后集》卷上。

　　按：秀登事迹无考。小白为唐僧，《全唐诗续补遗》收其诗三首；贯微
为齐己之友，《白莲集》中有《荆门病中寄怀贯微上人》、《拟嵇康绝交寄湘
中贯微》（均卷四）、《谢贯微上人寄示古风今体四轴》（卷七）、《荆州寄贯
微上人》（卷八）、《寄武陵贯微上人二首》（卷九）等诗。知秀登与齐己同
时，为五代时人。《宋诗纪事》卷九一收入，无事迹，似误。

史　松

　　史松，又名史邕，郑滑人。试礼部不第，往游荆州。天成二

年至武陵。诗二首。(《全唐诗》无史松诗)

梦中献南楚国王夜宴诗　题拟

妙乐佳人数步随,殿堂高敞盛威仪。凤笙品弄檀唇散,鼍鼓喧钧锦袖垂。宝帐珍华光煦灼,玳筵花烛影参差。酒酣回顾清歌妓,粉面皆言某在斯。《灯下闲谈》卷下《梦与神交》。

脩公上人草书歌　题从《书苑菁华》

真踪草圣今古有,脩公学得谁及否?古人今人一手书,师今书成在两手。书时须饮一斗酒,醉后扫成龙虎吼。风雨飘《书苑菁华》作"惊"兮魍魉走,山岳动兮龙蛇斗。千尺松枝如蠹朽,欲折不折横《书苑菁华》作挂"岩口。张旭骨,怀素筋,筋骨一时传斯人,斯人传得《书苑菁华》作"是"〔妙〕通神。攘臂纵横草复真,一身疑是两人身。同前,原缺一字。又见《书苑菁华》卷十七,作者署"史邕",今据以校补。

后唐厨官

咏魏王继岌羹丞相卢澄粥　题拟

王羹亥卯未,相粥白玄黄。《说郛》卷六一引《清异录》。

王思同

　　思同,幽州人。喜为诗什,自称蓟门战客。庄宗时,位止郑州刺史。明宗立,用为同州节度使,移镇陇右。后两任京兆尹。应顺元年,李从珂反于凤翔,思同为凤翔行营都部署往讨之,兵败被杀。诗二句。(《全唐诗》无王思同诗,传据《旧五代史》

卷六五、《新五代史》卷三三本传）

和吕知柔终南山诗 题拟

料伊直拟冲霄汉，赖有青天压着头。见《册府元龟》卷九三九、卷九五四、《旧五代史》卷六五。

李　愚

　　愚，字子晦，渤海无棣人。天祐三年，登进士第，又登宏词科，授河南府参军。梁初避地河朔，末帝召为左拾遗，累迁司勋员外郎。庄宗时，为翰林学士。长兴初，拜中书侍郎平章事。修成《创业功臣传》三十卷。清泰二年卒。著有《白沙集》十卷、《五书》一卷，已佚。诗一首。（《全唐诗》无李愚诗，传据《旧五代史》卷六七本传及《宋史·艺文志》）

述　怀

奉职常如履薄冰，屡看斜日下觚棱。盐梅且让当朝杰，粥饭甘为退院僧。虚负紫宸思宠渥，自伤白发病侵凌。明年便向燕南去，竹坞云庵独枕肱。见民国十四年刊张方墀纂《无棣县志》卷二三。

宇文翰

　　翰，程紫霄同时人。（《全唐诗》无宇文翰诗）

戏程紫霄登华山偶颠仆 题拟

不知上得不得，且怪悬之又悬。见《类说》卷四一《北梦琐言》。紫霄，原作"子霄"。

程　逊

逊，字浮休，寿春人。贞明二年进士。天成二年，自河阳掌书记擢为比部员外郎、知制诰。长兴三年以翰林学士为户部侍郎。应顺元年为翰林学士承旨。天福二年自兵部侍郎为太常卿，次年奉使吴越，使回溺死海中。(《全唐诗》无程逊诗，传据《旧五代史》卷三八、卷四三、卷四六、卷七六及卷九六本传。及第年据成化刊《浯溪程氏族谱》卷二)

诗

幽室有时闻雁叫，空庭无路见蟾光。见《册府元龟》卷九五一《总录·咎征》二。

《册府元龟》："程逊为太〔常〕(尝)卿奉使吴越，仲秋之夕，阴暝如晦。逊尝为诗曰(略)。同僚见之，讶其诗语稍异。及使回，遭风水而溺焉。"

任　赞

赞，开平初举进士，梁代仕至翰林学士。同光元年贬房州司马，天成间历任太子左庶子、工部侍郎、左散骑常侍。长兴、天福间历任户、刑、工、兵四部侍郎。诗一首。(《全唐诗》无任赞诗，传据《旧五代史》卷三十、卷三六、卷四十、卷四四、卷七八、卷一二八拟)

题案上诗　题拟

数年叨内署，衫色俨然倾。任赞字希度，知君是火精。见《类说》卷五四

《玉堂闲话》。

　　《玉堂闲话》："梁朝翰林学士任赞居职数年,犹着朱绂,于案上题诗。梁主知之,命赐紫袍金章。"

徐巡官

　　徐巡官,名不详,李崧同时人。(《全唐诗》无徐巡官诗)

送　宾

蟾桂三春捷,鸡林一国荣。

贻　友　生

诗道长年乐,生来贫却闲。均见宋龚鼎臣《东原录》引李崧《论诗答徐巡官》引。

　　按:李崧事迹,详《旧五代史》卷一〇八,《全唐文》及陆辑二书均失收此文。

陶　敞

　　陶敞,陶谷之族子。乾祐中秘书丞。(《全唐诗》无陶敞诗)

冷金亭赏菊分韵赋秋雁　题拟

天扫闲云秋净时,书空匠者最相宜。见《说郛》卷六一《清异录》。

　　《清异录》："乾祐中冷金亭赏菊,分韵赋秋雁,族子秘书丞敞先就,诗曰(略)。"

　　按:《清异录》一书,旧题陶谷撰,然自陈振孙以来,多疑为伪托,近人王国维《庚辛之间读书志》、余嘉锡《四库提要辨证》卷十八力证不出谷手,究为谁作,尚难考详。今敞姓姑从陶姓,确否待考。郑方坤《五代诗话》卷二以为韩敞,未列证,今不取。

胡　徽

徽,后晋时人。(《全唐诗》无胡徽诗)

题 洪 阳 洞

天窗通月影,地穴通江津。见《舆地纪胜》卷二八《袁州》。

　　按:《欧阳文忠公文集》卷三四《赠太子太傅胡公墓志》云胡宿之祖名徽,推其时,亦约为五代末人,疑即本诗作者。

张　休

　　张休,后晋天福二年上书拜官,授伊阳县主簿。(《全唐诗》无张休诗,传据《登科记考》卷二六)

郢州白雪楼　题拟

美人莫唱《阳春曲》,白尽湖南太守头。宋王之望《汉滨集》卷二《郢守乔民瞻寄襄阳雪中三绝因追述前过石城杯酒登临之胜为和》其三自注引。

　　王之望诗注云:"仆旧游白雪楼,见张休诗石刻,尾章云(诗略)。今石已亡,民瞻询于老吏,遂得其全篇,云将复刻诸石。"

张盈润

　　张盈润,后汉乾祐二年任节度押衙。诗一首。(《全唐诗》

无张盈润诗)

题敦煌千龛窟 题拟

　　润忝事台辈，载佐驱驰。登峻岭而骤谒灵岩，下深谷而钦礼圣迹。傍通阁道，巡万象如同佛国；重开石室，礼千尊似到蓬莱。遂闻音乐梵响，清丽以彻碧霄；香烟满鼻，极添幽冥罪苦。更乃游玩祥花，谁不割舍烦喧？观看珍果，岂恋世间恩爱。润前因有果，此身得凡类之身，休为色利，无端牵徙于火宅之内。今见我佛难量，拟将肝脑涂地，虽则未可碎体，誓归释教。偶因沿从，辄题浅句。

久事公门奉驱驰，累沐鸿恩纳效微。昨登长坡上大阪，走下深谷睹花池。傍通重开千龛窟，此谷昔闻万佛辉。瑞草芳芬而锦绣，祥鸟每常绕树飞。愚情从今归真教，世间浊滥誓不归。乾祐二年六月二十三日节度押衙张盈润题。见敦煌莫高窟第一〇八窟窟檐南壁外侧题壁，据《敦煌莫高窟供养人题记》。

杜四郎

　　四郎，唐末或五代时梁园富家子，时号杜荀鸭。(《全唐诗》无杜四郎诗)

句

三十年来尘扑面，如今始得一涂施元之注《苏东坡诗》《和张子野见寄三绝句》注引《小说》作"秋"泥。见曾慥《类说》卷二六《后史补》。

　　《后史补》云："梁园有富家子杜四郎，好接文士，爱为诗篇，时号杜荀鸭，以比荀鹤。每有诗即题壁，亲宾或污漫之，即云(略)。"《直斋书录解题》小说家类载《后史补》为"前进士高欲拙撰"。因知四郎当为唐末五代间人。

烟萝子

　　烟萝子，姓燕，名不详。王屋人。后晋天福间道士。著有《内真通明歌》一卷、《内真通玄诀》一卷、《养神关锁秘诀图》一卷、《上清金碧篇》一卷等。今存诗一首。(《全唐诗》无烟萝子诗，事迹据陈国符《道藏源流考》附录二《道藏札记·烟萝子》)

体 壳 歌

我今责这憨躯壳，只为从前爱乖角。三尸业鬼纵交往，一片身心难把捉。六贼使得终朝乱，见色逢财将命拼。身躯不觉业来缠，人前卖弄楼罗汉。更说图谋夸好手，资财营运磨星斗。富如王恺与石崇，死后幽泉独自走。苦爱腥膻与秽浊，坏得身躯如刻削。口中独道得便宜，您是一场愚蠢朴。蠢朴暂时听我语，无限荒郊堆冢墓。哀哉白骨被尘漫，往日英雄归甚处？不如闻早身心诲，免使沉埋为下鬼。时人一死无复生，浩浩东流如逝水。我今求得长生诀，等闲休向他人说。忽然误慢泄天机，必遭神明暗地折。宋石泰辑《修真十书》卷十八《杂著捷径》。

李　鹗

　　李鹗，五代后唐时官国子丞。工楷书。清泰三年书《汾阳王真堂记》。又九经印板，多为其所书。(《全唐诗》无李鹗诗，事迹据《金石录》卷十、卷三十、《集古录跋尾》卷十)

鸡　鸣

一声天欲曙，万里客心行。《吟窗杂录》卷十四正字王玄《诗中旨格》。

苏允平

苏允平，后周世宗显德间为安州防御判官。

妙乐寺重修舍利塔碑附偈

□□大圣尊，浊世中出现。能化百亿身，非论十八变。欲调庶汇情，
先与群魔战。法鼓震祥云，□□□□电。众生业重身，几个遭逢见。
□缘闻佛名，□□睹佛面。久居在世间，□众怀厌贱。是故现涅槃，
□□□慕恋。皆为实灭度，岂识真方便。□□□灵鹫山，或游沙界遍。
国王得舍利，造塔馀八万。劫□□□□，此□重修建。一心构胜缘，
□载□弘愿。表刹既兴隆，善缘□□□。□志劫修业，虔诚礼供养。
□□□□主，□获皆无量。果位从此兴，菩提渐无上。今告众多人，
愿钦众妙相。所陈简直辞，□□□□□。无非居因缘，无非居典则。
审谛听是言，勉励植众德。愿同□□□，当来遇弥勒。道光《武陟县志》
卷二一。

全唐诗续拾卷四二 　五代下

贾　纬

　　纬，镇州获鹿人。唐末举进士不第，州辟参军、邑宰。天成中，辟赵州军事判官，迁石邑令。天福中，为太堂博士，累迁至给事中。任史馆修撰，与修《唐书》。广顺元年贬平卢军行军司马；明年卒于青州。著有《唐年补录》六十五卷。诗一首。(《全唐诗》无贾纬诗，小传节录《新五代史》卷五七本传)

与监修国史赵莹诗

满《吟窗杂录》作"清"朝唯我相，秉柄无亲雠。三年司大董，最切是编修。史才不易得，勤勤处处求。愚从年始立，东〔观〕(望)思优游。昔时人未许，今来虚白头。春台与秋阁，往往兴归愁。信运北阙下，不系如虚舟。绵蕞非所好，一日疑三秋。何当适所愿，便如适瀛洲。见中华书局校点本《旧五代史》卷一三一《贾纬传》。《吟窗杂录》卷二十八录首四句。

徐台符

　　徐台符，真定获鹿人。后唐明宗时任镇州掌书记。后晋天福二年自监察御史改膳部员外郎、知制诰。开运元年以金部郎中除翰林学士。次年任中书舍人。后晋末被掳入契丹。乾祐元年五月逃归。后周广顺二年自中书舍人、史馆修撰判馆事迁礼部尚书、翰林学士承旨。次年自礼部侍郎迁刑部侍郎。显德二年十二月卒,终官翰林学士承旨。诗二句。(《全唐诗》无徐台符诗,传据《旧五代史》晋、汉、周三朝本纪及《李从敏传》、《贾纬传》)

哀韩玙 题拟

穹昊何事教埋玉,朋友无由继断金。《安阳集》卷四六《叙先考令公遗事与尹龙图书》引。

冯　道

平日自咏 题拟

公事之馀喜坐禅,少曾将胁到床眠。虽然现出宰官相,长老之名天下传。见宋金盈之八卷本《醉翁谈录》卷六。

《醉翁谈录》:"近代冯相于中书退朝之暇,未始不以坐禅为念。故天下万口一词,遂以冯长老之名归之,况冯相平日自有诗曰(略)。"

使虏诗

曾叨腊月牛头赐。见宋程大昌《演繁露》卷十三《牛鱼》。

同州判官

判酒务吏乞以家财修夫子庙 题拟

荆棘森森绕杏坛,儒官高贵尽偷安。若教酒务修夫子,觉我惭惶也大难。见宋陶岳《五代史补》卷三。

按:《全唐诗》卷八七〇据《古今诗话》收此诗归冯道幕客,二十八字
中有十八字不同,虽为一诗,而辗转相传,已失初貌。今据最早记录该诗
的《五代史补》重录。

和　凝

放鱼歌

骨鳞骨□皆龙子。见宋龚鼎臣《东原录》。

宫　词 第九十首

边藩开宴贺休征,细仗初排舜日明。坐定两重呈百戏,乐臣低折贺
升平。《全五代诗》卷十一。

按:《全唐诗》卷七三五录此诗缺一字,今重录。

洋　川

华夷图上见洋川,知在青山绿水边。〔□□□□□□□,□□□□
□□□〕。官闲最好游僧舍,江近应须买钓船。更待浃旬无事后,遍
题清景作诗仙。见王象之《舆地纪胜》卷一九〇。
自陪台斾到洋川,两载优游汉水边。同前。

按:《全唐诗》卷七三五以"华夷"、"官闲"二联为七绝一首,系据《唐
音戊签馀》四转录,后者又系辑自宋祝穆《方舆胜览》卷六八。今据《舆地
纪胜》所载及诗律推之,原诗当为七律,颔联二句已佚。《全唐诗续补遗》
卷十四将"自陪"二句接于"官闲"四句前,实误,今重录之。

龚　霖

霖,五代时进士。曾投卷于和凝,授诗诀于赞宁。有集一

卷，今佚。补诗八首。(《全唐诗续补遗》卷二十收龚霖诗二句，缺事迹，今据《类说》本《纪异记》、《小畜集》卷二十《左街僧录通惠大师文集序》))

怀荆州诸友

王粲南游后，年年事转新。应无故国梦，谁怨武陵春。信杳愁归雁，书成问去人。中心不可寄，绿水与红尘。影印本《诗渊》第一册第二四五页。

南 游 有 怀

怀才非独步，驱马出荆州。亲老未归去，路长何处游？鸟啼云梦晓，叶落洞庭秋。襟抱谁相问？西风吹客愁。同前书第二六九页。

秋 日 途 中

满眼水吾土，征轮尚远游。田园虚自废，禾黍美□秋。日暮乌犹返，风高云自收。因循不归去，歧路犹何求？同前第三册第二二一〇页。

再宿友生郊居

终日走歧路，唯君守草堂。重来身若旧，相见话偏长。夜半四邻静，雨馀群木香。不能同此住，名利自茫茫。同前第五册第三一五八页。

宿弹琴张处士所居

闻君鼓七丝，□我暂忘机。莫谓知音少，都缘能□稀。无风过竹槛，有月照柴扉。一弄一杯酒，坐来霜□衣。同前第三五〇四页。

拟 古

凉风摇翠袂，倚槛恨难平。远路人无信，西楼月又生。菱花消旧态，瑶瑟续新声。暗觉新声苦,夫谁知此情?同前第六册第三八九七页。

送进士董位

送君偏起恨,酸酒亦难消。为客日已久,还家路各遥。云繁天欲雪,林迥野初烧。何处期相见,春风满路招。同前第四三三七页。

送友人归荆

帝城多美酒,不醉别离人。北海谋归晚,东门送客频。燕啼迎馆树,草色逐征轮。到日逢乡友,如何话此身?同前第四三八三页。

五代外镇官

谢学士遗茶　题拟

粗官乞与真虚掷,赖有诗情合得尝。《青琐高议前集》卷五。

王仁裕

长兴中题杜光寺　题拟

上尔高僧更不疑,梦乘龙驾落沉晖。寒暄晕映琉璃殿,晓夜摧残氉衲衣。金体几生传有漏。玉容三界自无非。莓苔满院人稀到,松畔香台野鹤飞。见元骆天骧《类编长安志》寺观类杜光寺条,云长兴中王仁裕题诗云云。据《中国古都研究》收黄永年先生《述〈类编长安志〉》转录。

戮后主出降诗

蜀朝昏主出降时,衔璧牵羊倒系旗。二十万军高拱手,更无一个是男儿。涵芬楼排印本《说郛》卷三四《豪异秘纂》引王仁裕《蜀石》。

　　按：此诗《鉴诫录》卷五《徐后事》谓王承旨作，《后山诗话》则以为花蕊夫人作，文字略异。《全唐诗》卷七九八收花蕊名下，另注"一作蜀臣王承旨诗"。《全唐诗续补遗》卷十七据《鉴诫录》收归王承旨。今检《说郛》所引，与《鉴诫录》所载较相似，而于此诗作者，则云为"兴圣太子随军仁裕"。王仁裕初仕前蜀，尝随侍王衍作诗，蜀亡入洛，仕后唐。《说郛》所载可从，今为移正。

胡　峤

芭　蕉　诗

野人无帐幄，爱此绿参差。

句

瓶里数枝燕尾春。均见《说郛》卷六一《清异录》。

杨凝式

起　居　帖

行住坐卧处，手摩胁与肚，心腹通快时，两手肠下踞。踞之彻膀腰，背拳摩肾部。才觉力倦来，即便家人助。行之不厌频，昼夜无穷数，岁久积功成，渐入神仙路。见明刻本朱存理辑《铁网珊瑚·书品》卷一。

　　按：诗后题云："乾祐元年冬残腊暮，华阳焦上人尊师处传，杨凝式。"又附米友仁跋云："右杨凝式书神仙起居法八行，臣米友仁鉴定真迹跋。"

智　晖

　　智晖，俗姓高，咸秦人。乾化四年，自江表移住洛阳中滩浴

院。显德三年卒。诗一首。（《全唐诗》无智晖诗，传据《宋高僧传》卷二八、《景德传灯录》卷二十）

偈

我有一间舍，父母为修盖。住来八十年，近来觉损坏。早拟移住《五灯会元》作"别"处，事涉有憎爱。待他摧毁时，彼此无相碍。见《景德传灯录》卷二十、《五灯会元》卷十三。

符　蒙

赠同居友人

有情天地内，多感是诗人。见月长怜夜，看花又惜春。愁为终日客，闲过少年身。寂寞正相对，笙歌满四邻。影印本《诗渊》第一册第三七七页。

赠张山人

五字谁能摘？一枝犹未攀。始知无价玉，出自有名山。春静烟花秀，夜深风月闲。如何恃高节，垂老住云间？同上书第四三五页。

春日潜溪寓居

众山围四合，月色到门迟。石面和云坐，花根带土移。竹斜当径笋，松斫逼楼枝。正抱流年恨，芳春不我知。同前第五册第三五〇〇页。

李　涛

赠山翁

松萝深处住，闲野不生愁。鸟语烟岚静，水声门户秋。花间归洞路，

山下钓鱼舟。沐浴圣王化，自怜丝满头。<small>影印本《诗渊》第一册第四九一页。</small>

题处士林亭

帝里高人宅，苍苔绕径深。卷帘山入户，摘果鸟移林。石沼养龟水，月台留客琴。生涯一樽酒，名利不关心。<small>同前第五册第三一二三页。</small>

翟奉达

　　奉达，名再温，以字行，长于历学。天复二年二十岁，为敦煌郡州学上足子弟。天成三年任随军参谋。天福十年为州学博士。显德三年署登仕郎守州学博士。六年为朝议郎尚书工部员外行沙州经学博士兼殿中侍御史。今存其《寿昌县地境》、同光四年、天成三年、天福十年、显德三年、六年《具注历》。诗三首。(《全唐诗》无翟奉达诗，事迹据向达文整理)

抄逆刺占后题　<small>题拟</small>

三端俱全大丈夫，六艺堂堂世上无。男儿不学读诗赋，恰似肥菜根尽枯。

躯体堂堂六尺馀，走笔横波纸上飞。执笔题篇须意用，后任将身选文知。

哽噎卑末手，抑塞多不谬。嵯峨难遥望，恐怕年终朽。<small>见向达《唐代长安与西域文明·记敦煌石室出晋天福十年写本寿昌县地境》引敦煌所出天复二年翟奉达写《逆刺占》卷末题诗。原卷流落敦煌某氏，今不详所在。</small>

　　<small>按：向达同书《西征小记》云《逆刺占》末翟题云："于时天复贰载岁在壬戌四月丁丑朔七日，河西敦煌郡州学上足子弟翟再温记。"姓名旁注曰："再温字奉达也。"其后录诗三首。前引文录诗后复题云："幼年作之，</small>

多不当路。今笑，今笑。已前达走笔题撰之耳。年廿作，今年迈见此诗，羞煞人，羞煞人。"

李　沼

　　沼，深州饶阳人。仕至右资善大夫。无子，以兄子昉为后。诗二句。（《全唐诗》无李沼诗，传据《宋史》卷二六五《李昉传》，参中华书局校点本校勘记）

赠李昉　题拟

反观西里盛，世世秉钧衡。见《增修诗话总龟》卷三引《翰府名谈》。

　　《翰府名谈》："丞相李文正公昉少年时尝以诗呈叔侍中，览而喜，赠之诗曰（略）。后文正果大用，诏赐所居为谢元卿秉钧里。"

张文伏

　　文伏，字德昭，仙居人。天成元年进士，授淮东安抚司，移刺太原，称循吏，晋大中大夫锡二品服。未几归隐孟川。周显德及宋初屡诏皆不起，年八十馀卒。补诗一首。（《全唐诗续补遗》卷十九收文伏诗一首，无事迹）

柬范丞相质

禁秘同依日月光，分宣政拙得遐方。半生报国心犹赤，万里筹边鬓已苍。却忆西陲夸短驭，曾陪东阁赋长杨。迢迢云树今如许，渭朔春深正渺茫。见清戚鹤泉编《三台诗录》卷一。张靖龙云："见清王魏《安洲诗录》卷一。"

范　质

贺李昉除翰林学士　题拟

翰苑重求李谪仙,词锋颖利胜龙泉。朝趋建礼霞烘日,夜直承明月映天。圣主重知缘国士,相公多喜为同年。青春才子金门贵,蜀锦袍新夺日鲜。周本淳校点本《诗话总龟》卷二七引《古今诗话》。此诗为周世宗征淮南间作。

岳阳楼诗　题拟

烟容云态四溟濛,州在波涛汹涌东。

地收楚蜀西南水,天与江湖旦暮风。

按:以上两联属同一首诗。原诗应为七律。

可笑祖龙游不得,欲于何处访蓬莱。见《舆地纪胜》卷六九《岳州》。

按:范质入宋后,均在汴京。诗为其早年作。

法　瓘

法瓘,嗣云门文偃。住隋州智门山三十馀年。诗一首。(《全唐诗》无法瓘诗)

宗风颂

从上纲宗事最奇,卷舒生杀切须知。临机便有威雄势,宾主相呈纵夺时。不若食龙金翅鸟,当锋一撮更难支。现成公案睦州断,四门有路赵州机。仰山插锹犹因地,云门关捩几人知?镜清失利多风措,高亭送客看临歧。本分家风依时节,夹山典座得便宜。唯有龙潭吹灭烛，德山谛实更无疑。不是等闲虚妄说，呵佛骂祖天下知。自古纲宗难隐迹，如今著眼直须窥。只道寻常记得彻，泪乎把住眼如睬。敌磕便须大哮吼，莫作野犴狐兔儿。斯吒落水休吐气，密嘌智深谁瞻伊。提纲尽有同风事，好看云门顾鉴咦。《天圣广灯录》卷二十。

延禅师

　　延禅师，嗣广德义禅师，仍住襄州广德山。诗一首。（《全唐诗》无延禅师诗）

偈

才到洪山便踪跟，四方八面不言论。他家自有眼云志，芦管横吹宇宙喧。《景德传灯录》卷二三、《五灯会元》卷十四。

　　按：《五灯会元》作"义禅师"，其师作"延禅师"，今从《景德传灯录》及《天圣广灯录》卷二四目录。

窦　仪

　　窦仪，字可象，苏州渔阳人。天福中进士。历汉、周为翰林学士。宋乾德四年卒，年五十三。诗一首。（《全唐诗》无窦仪诗，传据《五朝名臣言行录》卷一）

贺李昉除翰林学士　题拟

厩马牵来哕哕嘶，马蹄随步蹑云梯。新街锦帐达三字，旧制星垣放五题。视草健毫从席选，受降恩诏待公批。仙才已在神仙地，逢见刘晨为指迷。周本淳校点本《诗话总龟》卷二七引《古今诗话》。为后周时作。

窦　俨

俨，字望之，蓟州渔阳人。天福六年进士，辟滑州从事，仕晋至左拾遗。仕汉为史馆修撰，入周，累转为翰林学士，尝奉使荆南。仕宋为礼部侍郎，卒年四十二。诗一首。(《全唐诗》无窦俨诗。传据《宋史》卷二六三本传)

北海题渚宫

纪南南望水城宽，水色天光混一般。大抵江乡足诗景，咏吟如把画图看。见《舆地纪胜》卷六五《江陵府》。

陶　穀

石　桥

重重翠巘耸云端，玉殿金楼缥缈间。圣境不容凡俗到，故将飞瀑隔尘寰。见《天台续集》卷中。

谢吴越王赠金钟　题拟

乞与金钟病眼明。

使吴越临出境赋诗于邮亭　题拟

井蛙休恃重溟险，泽马曾嘶九曲滨。均见《百川学海》本夷门君玉《国老谈苑》。

按：以上一首三句均为陶穀自宋使吴越时作，姑附存。

句

尖檐帽子卑凡厮,短靿靴儿末厥兵。《六一诗话》。

赵匡胤

> 匡胤,涿郡人。后周时仕至殿前都点检。代周自立,建立宋朝,在位十六年,庙号太祖。诗一首。(《全唐诗》无赵匡胤诗)

日 诗

欲出未出光辣达一作"太阳初出光赫赫",千山万山如火发。须臾走向天上来一作"一轮顷刻上天衢",逐却作一"退"残一作"群"星赶却一作"与残"月。见《说郛》卷五陈郁《藏一话腴》,校以陈岩肖《庚溪诗话》卷上。

华阴道中逢月出

未离海底《藏一话腴》作"峤"千山黑《扪虱新话》作"暗",才到天中《扪虱新话》作"中天"、《藏一话腴》作"天心"万国明。见《后山诗话》,校以《说郛》本《藏一话腴》、陈善《扪虱新话》卷二。题从《扪虱新话》。《藏一话腴》谓此二句系国史据《日诗》润色之。

> 按:宋人均记载匡胤二诗为其微时作。若可信,当作于晋汉之际。

王 溥

和座主王公仁裕见贺入相诗 题拟

挥毫文战偶褰旗,待诏金华亦偶为。白社遽当宗伯选,赤心旋遇圣人知。九霄得路荣虽极,三接承恩出每迟。职在台司多少暇,亲师不及舞雩时。见《广卓异记》卷六，又见《增修诗话总龟》卷十四引。

寄邓洵美

衡阳归雁别重湖，衔到同人一纸书。忽见姓名双泪落，不知消息十年馀。彩衣我已登黄阁，白社君犹葺旧居。南望荆门千里外，暮云重叠满晴虚。见前书同卷引《雅言系述》。

在翰林时作

两制职官三十客，自怜荣耀老莱衣。见乐史《广卓异记》卷五。

延　沼

延沼，馀杭刘氏子。一举不遂，乃出家。年二十五谒镜清，后嗣南院慧颙，住汝州风穴山。开宝六年卒，年七十八。诗五首。（《全唐诗》无延沼诗，传据《古尊宿语录》卷七。其法名，景宋本《景德传灯录》卷十三及《天圣广灯录》皆作延昭，今从《古尊宿语录》卷七、《五灯会元》卷十一、日本《续藏经》本《风穴语录》，并参《释氏疑年录》之说）

答西蜀欧阳侍郎颂　题拟

能忍相传恰二三，信行衣钵更谁担？明明历世千灯外，得自何人问那堪？

甘露台前靡不逢，免将明暗唬盲聋。当初贬着文殊处，笑杀寒山者老翁。

密密堂堂触处周，都缘妄识提浮沤。三千多泽狂华掩，俊矣天然遇石头。

因僧问话有颂 二首

万法虚无实际深，凝然妄肯绝疏亲。断常妙理修途者，镜像宜扶觉照频。

万种方圆在月前，低头思虑万重〔关〕(开)。吹毛莫比莫邪利，一点舒光遍大千。以上五首均见《天圣广灯录》卷十五。

李　昉

赠邓洵美

忆昔词场共着鞭，当时莺谷喜同迁。关河契阔三千里，音信稀疏二十年。君遇已知依玉帐，我无才藻步花砖。时情人事堪惆怅，天外相逢一泫然。见《增修诗话总龟》卷十四引《雅言系述》。

骆仲舒

骆仲舒，连州人。后周显德三年进士。入宋为起居舍人。（《全唐诗》无骆仲舒诗，传据康熙《连州志》）

句

张鸿诗在楞伽峡，韩愈碑留燕喜亭。《舆地纪胜》卷九二《连州》。

魏　丕

魏丕，字齐物，相州人。周世宗时历官右班殿直、供备库副使。入宋，改作坊副使。乾德二年出使南唐。官至右骁卫大将

军。咸平二年卒,年八十一。(《全唐诗》无魏丕诗)

登升元阁赋诗

朝宗海浪拱星辰。《宋史》卷二七〇《魏丕传》。

莫教雷雨损基扃。《入蜀记》卷二。

　　　按:以上二句为魏丕奉使南唐时作,故录出之。

陈　抟

周世宗时被召作　题拟

草泽吾皇诏,图南抟姓陈。三峰十年客,四海一闲人。世态从来薄,诗情自得真。超然居物外,何必使为臣。见陶岳《五代史补》卷五。

对　御　歌

臣爱睡,臣爱睡,不卧毡,不盖被。片石枕头,蓑衣铺地,震雷掣电鬼神惊,臣当其时正酣睡。闲思张良,闷想范蠡,说甚孟德,休言刘备,三四君子,只是争此闲气。争如臣向青山顶头,白云堆里,展开眉头,解放肚皮,且一觉睡。管什一作"甚"玉兔东生,红轮西坠。见足本《诗话总龟》卷四七、元蔡正孙《诗林广记后集》卷九引庞元英《谈薮》。

　　　《谈薮》云:"陈抟隐武当山,后居华州云台观,多闭户独卧,或累月不起。周世宗召入禁中,扃户试之,月馀始开,抟熟寐如故。尝对御歌此诗云。"

题俞公岩

万事若在手,百年聊称情。他时南〔面〕(岳)去,记得此岩名。见《舆地纪胜》卷八五《均州》。

《邵氏闻见录》卷七云："华山隐士陈抟，字图南，唐长兴中进士，游四方，有大志，隐武当山诗云：'他年南面去，记得此山名。'本朝张邓公改'南面'为'南岳'，题其后云：'藓壁题诗志何大，可怜今老华图南。'盖唐末时诗也。"

题 华 山

半夜天香入岩谷，西风吹落岭头莲。空爱掌痕侵碧汉，无人曾叹巨灵仙。《增修诗话总龟》卷十六、卷四六引《翰府名谈》。

赠金励睡诗

常人无所重，惟睡乃为重。举世皆为息，魂离神不动。觉来无所知，贪求心愈用。堪笑尘中人《事文类聚》作"尘世中"，不知梦是梦。

至人本无梦，其梦本游仙。真人本无睡，睡则浮云烟。炉里近《事文类聚》作"名"为药，壶中别有天。欲知睡梦里，人间第一玄。《增修诗话总龟》卷四六引《翰府名谈》、《事文类聚后集》卷二一。

冬 日 晚 望

山鬼暖或呼，溪鱼寒不跳。晚景愈堪观，危峰露残照。《增修诗话总龟》卷四六引《翰府名谈》。

句

山色满庭供画障，松声万壑即琴弦。《记纂渊海》卷二四。

诗

我见世人忙，个个忙如火。忙者不为身，为身忙却可。元王恽《秋涧大全集》卷九六《玉堂嘉话》卷四。

按：抟诗今存者尚多，张辂《太华希夷志》（《道藏》本）存其宋太宗时诗十数首。今仅录其作于五代及作年尚难确定者。

游士藻

士藻，晋王记室。(《全唐诗》无游士藻诗)

句

虚钉玲珑石镇羊。见《惜阴轩丛书》本《清异录》卷上。

按：五代封晋王者有数人，士藻所从，未详为谁。

刘东叔

刘东叔，约为五代时人。(《全唐诗》无刘东叔诗)

腊　月　雨

且雨且冻山径滑，是谁作此琉璃变？同前。

梓潼双灯寺僧

梓潼双灯寺僧，姓名不详，约为五代时在世。(《全唐诗》无梓潼双灯寺僧诗)

颂

撞来好个寄生囊。同前。

谢 调

谢调,青城山叟。约为五代时人。(《全唐诗》无谢调诗)

芭 蕉 歌

草中一种无伦比,琐屑蒿莱望帝尊。同前。

薛 熊

薛熊,疑为薛能之误。(《全唐诗》无薛熊诗)

赏 酴 醾

香琼绶带雪缨络。同前。

符昭远

符昭远,陶縠同时人。(《全唐诗》无符昭远诗)

谢陶縠饷鸭卵及莲枝一捻红 题拟

圣朝初出赤志翁,丑杖旁扶赤志翁。同前。

李善宁之子

李善宁之子,名不详,临川人。十岁能即席赋诗。诗一首。
(《全唐诗》无李善宁之子诗)

贫　家　壁

椒气从何得？灯光凿处分。拖筵来藻饰，惟有篆愁君。同前。

方　为

方为，处士，约为五代时人。（《全唐诗》无方为诗）

献　砚　诗

金棱玉海比连城，假借文章取盛名。同前卷下。

陶彝之

陶彝之，陶榖之犹子。十二岁能诗。（《全唐诗》无陶彝之诗）

效胡峤饮茶诗

生凉好唤鸡苏佛，回味宜称橄榄仙。同前。

按：《清异录》一书，题陶榖撰，今人指出书中部分内容为陶榖身后事，因疑非其所撰。今检全书，可断定出自宋初人之手，颇疑陶榖本有此稿，后人整理时又夹杂入其他内容。自游士藻以下九人事迹无考，其生活时代，大致可确定在五代至宋初之十数年间，故统附于此。

归　晓

归晓，字信天。同光元年生。清泰三年，出家于延寿禅院。

天福五年，至邢州开元寺受戒。历游荆渚、湖湘，驻锡于襄州凤山延庆禅院。入宋，屡承礼敬。开宝二年，赐紫绶。太平兴国三年，赐号惠广大师。端拱元年卒，年六十六。诗一首。（《全唐诗》无归晓诗）

至安陆竺乾盛会

有时途路上，见□□□□。野□有霜宿，孤峰无水斋。白云随步步，黄叶落挨挨。若遇杉松里，风寒□碧崖。《八琼室金石补正》卷八六收潘平撰《大宋襄州凤山延庆禅院传法惠广大师寿塔碑铭》引。

　　按：此诗为其入宋前作。

全唐诗续拾卷四三　　吴　南唐上

欧阳持

　　持,字化基,高安人。天复元年进士。为太常博士。昭宗迁洛,知梁祖有异志,遁归西山。杨吴时奏除左拾遗,未几归田,遂不起。诗一首。(《全唐诗》无欧阳持诗)

书翠崖—作"岩"寺壁

迎笑堂前九节筇,闲来无事得从容。时闻雷护千年橘,夜听风传万壑松。茅屋人家芳草合—作"外",竹房僧住翠微浓—作"中"。一蓑烟雨归来晚,遥听云间起暮钟。见《江西诗征》卷三。

　　按:今人编选之《滕王阁诗选》,自道光三十年刊涂阆玉辑《西山志》中录该诗,略有异文,注一作者即据该书。《西山志》未见。

殷文圭

送池阳徐守

四时风雨随旌旗,八面溪山捧郡楼。见《舆地纪胜》卷二二《池州》。

修　睦

落 星 寺 诗

是岳皆游遍，南来吴楚间。偶登湖里寺，疑到〈《大典》作"是"〉海中山。独
树茜萝〈《庐山记》作"倩罗"，今从《大典》〉湿，遥汀白鸟闲。终须谢浮世，高卧
听潺潺。见《吉石庵丛书》影宋钞《庐山记》卷四，仅署名"同前"，其前缺一页，但存修
睦《简寂观》诗之后半。《永乐大典》卷八七八二引《九江府志》正作修睦诗。

山北东林诗

二林乘兴往，几日见归程。有翼便飞去，何劳更此生。川长云迤逦，
溪静月分明。果熟僧相待，庭闲鹤自行。搔颐桱桯稳，远梦石床平。
是院水皆到，无窗书不盈。登楼双眼饱，倚桧片心清。夜永莲花漏，
殿高神运名。参空寒峤色，压雨古松声。早晚携瓶入，孤吟猿鸟情。
见《永乐大典》卷八七八二引《九江府志》。二诗皆据《古籍整理出版情况简报》一五六期
张忱石先生《〈永乐大典〉续印本印象记》转录。

庐　山　题拟

底事〔匡〕（康）庐住忘回，其如幽致胜天台。僧闲吟倚六朝树，客思
晚行三径苔。见《舆地纪胜》卷三十《江州》。

杨　夔

冰 赋 附 诗

深山穷谷〔凌〕（陵）人凿，颁赐从来天下闻。别有川池捐弃者，终思
采斫献明君。《文苑英华》卷三八。

匡　白

匡白,江州德化东林寺僧正。吴太和六年撰《江州德化东林寺白氏文集记》。封文通大师。与左偃有过从。有诗集十卷,已佚。诗二首。(《全唐诗》无匡白诗,传从《庐山记》卷五、《全唐文》卷九一九、岑仲勉《读全唐文札记》、《崇文总目》卷五、《全唐诗》卷七四○左偃《寄庐山白上人》)

题东林二首

东林佳景一何长,兰蕙生多地亦香。堪叹世人来不得,便随云树老何妨。倚天苍翠晴当户,落〔石〕潺湲夜绕廊。到此只除重结社,自馀闲事莫思量。

东林继四绝,物象更清幽。社客去不返,钟峰云也《永乐大典》作“色”秋。松枯群狖散,溪大蠹槎流。待卜归休计,重来卧石楼。见《吉石庵丛书》本《庐山记》卷四,以《永乐大典》卷八七八二引《九江府志》参校。

按:《殷礼在斯堂丛书》校排本《庐山记》二诗题作《天祚二年三月十六日偶与幕客门馆僧道,闲游题东林二首》,系将徐知证等联句诗末题记误植于匡白诗题,另详后徐知证条。

谢　建

谢建,五代吴时人。诗一首。(《全唐诗》无谢建诗)

题墙上画相扑者

愚汉勾却白汉项,白人捉却愚人骹。如人莫辨输赢者,直待墙隤始一交。宋调露子《角力记》。

彦　光

彦光，五代吴时扬州惠照寺俗讲僧。诗一首。（《全唐诗》无彦光诗）

答谢建偈 题拟

将知善事多磨，今日碍缘特八。烦我火头金刚，别告大权菩萨。宋调露子《角力记》。

徐知证

知证，徐温第五子也。在吴，历州刺史至节度使。李氏受禅，封江王，改魏王。至元宗之世，尤见优礼。年四十三卒。（《全唐诗续补遗》卷十五录徐知证诗，无事迹。今据马氏《南唐书》卷八、《十国春秋》卷二十补传）

题东林寺联句

徐知证　　虔修　　李玄　　李□　　王三□　　孟拱辰《崇文总目》卷五有《孟拱辰文集》三卷。《宋史·艺文志》作《凤苑集》　　钟敬伦（《全唐诗》无虔修等六人诗）

古殿巍峨镇碧峰，晋朝灵应显神踪。林间野鸟惊寅《大典》作"朝"梵，岭上孤猿听晚《大典》作"晓"钟。节度使特进检校太尉平章事徐知证。雁塔冷云生晓槛，虎溪秋月照寒松。赐紫僧虔修。香飞宝殿笼金像，桧倚松窗覆玉容。道士李玄。蝶恋半岩花灼灼，鹿眠深谷草茸茸。观察推官赐紫金鱼

袋李□。游僧驻锡心皆佛，老树擎烟势似龙。观察推官赐绯鱼袋王三□。竹
荫禅扉《大典》作"扁"青霭合，岚《大典》作"风"蒸幽李璧引作"山"径绿苔封。
司理参军掌表奏孟拱辰。流泉绕砌清声远，列巘趋门秀气浓。赐紫僧。望
绝路歧虽杳杳，引来车马更憧憧。高吟况爱无尘境《大典》作"老来欲脱
尘寰境"，吟《大典》作"闲"访空关不厌重。管勾官赐紫金鱼袋钟敬伦。见《吉石庵
丛书》本影印日本高山寺藏宋钞陈舜俞《庐山记》卷四。参日本内阁文库藏宋刊本。

　　按：诗末原题一行云："天祐二年三月十六日偶与幕客门馆僧闲游联
题。"《全唐诗续补遗》卷十五据《永乐大典》卷六六九七引《九江府志》、卷
六六九九引《江州志》收本诗，题作《东林寺天祐二年联句》，缺第三、第
四、第八联，又联句者姓名均不著明，统归知证名下，实误。异文颇多，已
出校。李璧《王荆文公诗笺注》卷二八《和蔡枢密种山药》注引徐知证《枣
林联句》"岚蒸山径绿苔封"一句。"枣林"为"东林"之误。其馀校改，所据
为罗振玉《殷礼在斯堂丛书》校排本《庐山记》、同人《贞松老人遗稿·〈庐
山记〉校勘记》，罗氏曾参据日本元禄本《庐山记》。惟《殷礼在斯堂丛书》
本将诗末原题一行误植于匡白诗题之上，当改正。

金昌宗

　　昌宗，南唐升元间人。诗一首。（《全唐诗》无金昌宗诗）

题钟隐画鹞子鸟

为厌翻翔下苇丛，戢翰侧脑思何穷？侍童莫便褰帘过，只恐惊飞入
碧空。见宋刘道醇《五代名画补遗》。

孙　鲂

简　寂　观

〔廊〕（郎）殿与云连，紫霄苍翠边。自然应有药，谁敢道无仙？薜色吞

崖径,松声让瀑泉。未能长息去,岂便是前缘! 见《吉石庵丛书》本《庐山记》卷四。"廊"字从《殷礼在斯堂丛书》本改。

齐　己　牟　儒

齐己、牟儒,均南唐保大间僧。诗一首。(详附按)

重开衡阳寺古迹诗刻

古迹重闻一朗兴,剔烟寻得宝阶层。只应云鹤知前事,为问齐梁旧住僧。废井荒池犹浸月,短松低柏欲遮灯。淳于道士真高达,抛却林泉便上升。见《至元金陵新志》卷十一"衡阳寺"条引《庆元志》。

　　按:《庆元志》云:"寺旧有齐己、牟儒二上人《重开衡阳寺古迹诗刻》云(诗略)。保大七年题。"唐诗僧齐己卒于天福初,未活至保大年,今亦无证可定为一人,姑分列。《全唐诗》无牟儒诗。

匡山和尚

匡山和尚,嗣福州罗山道闲禅师,在吉州。诗二首。(《全唐诗》无匡山和尚诗。道闲列大鉴八世,见《传法正宗记》卷八)

示　徒　颂

匡山路,匡山路,岩崖嵚峻人难措。游人拟议隔千山,一句分明超佛祖。

白　牛　颂

我有古坛真白牛,父子藏来经几秋。出门直透孤峰顶,回来暂跨虎溪头。均见《景德传灯录》卷二三、《五灯会元》卷八。

　　按：贯休有《寄匡山大愿和尚诗》，未知与匡山和尚是一人否。

江文蔚

　　文蔚，字君章，建安人。长兴二年进士，南奔仕吴，累迁比部员外郎、知制诰。南唐初，改主客郎中、中书舍人。中主立，判太常卿事。保大初，迁御史中丞。因事贬外，复入为翰林学士知贡举事。保大十年卒，年五十二。（《全唐诗》无江文蔚诗。事迹据《十国春秋》卷二五本传）

句

屈平《舆》作“原”若遇高堂在，应不怀沙独葬鱼《舆》作“终不怀沙吊汨罗”。见徐铉《徐公文集》卷十五《唐故左谏议大夫翰林学士江君墓志铭》，以《舆地纪胜》卷一二九《福宁府》所引对校。

江　为

瀑　布

庐山正南面，瀑布古来闻。万里朝沧海，千寻出白云。寒声终自远，灵派孰为分。除却天台后，平流莫可群。录自《吉石庵丛书》本宋陈舜俞《庐山记》卷四。

简　寂　观

才入玄都解郁陶，羽人相伴遍游邀。溪横洞口红尘断，岳耸天心紫气高。金井泉秋光潋滟，石坛松古韵萧骚。吟馀却叹浮生事，尽被流年减鬓毛。同前书卷四。影抄本仅抄至"尽"字，空框从罗振玉《殷礼在斯堂丛书》校排本《庐山记》补。据日本内阁文库藏宋刊本补六字。

简　寂　观

钱烬满庭人醮罢，西峰凉影月沉沉。到来往事碑中说，坛畔徘徊秋正深。同前书卷四。

　　按：宋本《庐山记》以此首为孟宾于作。

赠　天　台　僧

白发经年复白眉，斋身多病已无机。曾来越客留诗板，旧识蕃人送衲衣。岩窦夜禅云树湿，石桥秋望海山微。结庵更拟寻华顶，晚岁应容叩竹扉。见《四库珍本初集》本宋林师蒧《天台续集》卷下。

　　按：《天台续集》二卷，为林师蒧据宋李庚原本编成，所收"皆宋初迄宣、政间人之诗"（《四库全书总目》卷一八七），清陆心源《宋诗纪事补遗》卷四因据以录入。其实，江为并未入宋。陶岳《五代史补》卷五、龙衮《江南野录》卷八、马令《南唐书》卷十四、陆游《南唐书》卷十二、吴任臣《十国春秋》卷九七所载为传，均云为于南唐元宗时因事被诛。其时宋尚未立国，作宋诗未当。

句

亦同元亮旧生涯。史铸《百菊集谱》卷六集句引。
城头初角送残晖。《江湖小集》卷六绍嵩《江浙纪行集句诗》引。

李建勋

鹭　鸶　诗

青山藏不得，明月合相容。见《吟窗杂录》卷十四正字王玄《诗中旨格》。

罗刹石 题拟

何年遗禹凿，半里大江中。见《咸淳临安志》卷二三、明田汝成《西湖游览志》卷二四《浙江胜迹》。

临川小吏

登落星湾水心寺题水轩 题拟

分飞南渡春风晚，却返家林事业空。无限离情似杨柳，万条垂向水当中。见《增修诗话总龟》卷三。

文　益

华严六相义颂

华严六相义，同中还有异。异若异于同，全非诸佛意。诸佛意总别，何曾有同异。男子身中入定时，女子身中不留意。不留意，绝名字，万象明明无理事。

瞻须菩提颂

须菩提，貌古奇，说空法，法不离。信不及，又怀疑。信得及，复何之。倚筇杖，视东西。

衔鼓鸣颂

鼓冬冬，运大功。满朝人，道路通。道路通，何所至？达者莫言登宝地。

示舍弃慕道颂

东堂不折桂，南华不学仙，却来乾竺寺，披衣效坐禅。禅若效坐得，非想亦何偏。经劫守闲，不出生死。为报参禅者，须悟道中玄。如何道中玄，真规自宛然。

僧问随色摩尼珠颂

摩尼不随色，色里勿摩尼。摩尼与众色，不合不分离。

牛 头 庵 颂

国城南，祖师庵。庵旧址，依云岚。兽驯淑，人相参。忽有心，终不堪。

因僧看经颂

今人看古教，不免心中闹。欲免心中闹，但知看古教。

庭柏盆莲颂

一朵菡萏莲，两株青瘦柏。长向僧家庭，何劳问高格。

正月偶示颂

正月春，顺时节。情有无，皆含悦。君要知，得谁力。更问谁，教谁决。

寄钟陵光僧正颂

西山巍巍兮耸碧，漳水澄澄兮练色，对现分明有何极。以上十首均见《景德传灯录》卷二九。

颂

理极忘情谓，如何有喻齐？到头霜夜月，任情《林间录》作"运"落前溪。
果熟猿兼《林间录》作"兼猿"重，山长似路迷。举头残照在，元是住居
西。《卍续藏经》本《大法眼文益禅师语录》，又见《林间录》卷下。

偈

见山不是山，见水何曾别。山河与大地，都是一轮月。《五灯会元》卷十
一《三交智嵩禅师》引。

善　道

　　善道，嗣袁州盘龙山可文禅师，住袁州木平山，世称木平
和尚。与文益同时。诗一首。（《全唐诗》无善道诗）

偈

南山路仄《五灯会元》作"侧"东山低《祖庭事苑》作"东山路侧西山低"，新到莫
辞三转一作"担"泥。嗟汝在途经日久，明明不晓《祖庭事苑》作"向道"却成
迷。见《景德传灯录》卷二十、《五灯会元》卷六、《祖庭事苑》卷二。

绍　修

　　绍修，嗣桂琛，住抚州龙济院。诗六首。（《全唐诗》无绍修
诗）

颂

风动心摇树，云生性起尘。若明今日事，昧却本来人。

欲识解脱道，诸法不相到。眼耳绝见闻，声色闹浩浩。

初心未入道，不得闹浩浩。钟声里荐取，鼓声里颠倒。

诸佛不出世，四十九年说。祖师不西来，少林有妙诀。

万法是心光，诸缘唯性晓。本无迷悟人，只要今日了。见《五灯会元》卷
八。

卷帘除却障，闭户生窒碍。只这障与碍，古今无人会。会得是障碍，
不会不自在。同上。

王感化

咏　马　题拟

宝马雕鞍贡紫庭，渥洼神骏旧传名。四蹄蹀躞天阶下，乍对龙颜不
敢行。见《永乐大典》卷六八五一引《建安志》。据《古籍整理出版情况简报》一五六期刊
张忱石先生《〈永乐大典〉续印本印象记》转引。

宋齐丘

烈祖挽辞　题拟

宫砌无新树。

宫衣无组绣。

宫乐尽尘埃。均见《知不足斋丛书》本佚名《五国故事》。

酒　令

先吃鳝鱼，又吃旁蟹，一似拈蛇弄蝎。使者。

先吃乳酪，后吃乔团，一似嚼脓灌血。齐丘。见宋傅肱《蟹谱》卷下。

　　《蟹谱》云："艺祖时，尝遣使至江表。宋齐丘送于郊次，酒行语熟，使者启令曰：须唉二物，各取南北所尚，复以二物，仍互用南北俚语。使者曰（略）。齐丘继声曰（略）。时朝廷方草创，用度不给，倚江表为外府，故齐丘及之。左右以令逼使之太甚，相顾失色。使者雅叹焉，故归朝而间行。"今按：齐丘卒于宋立国前一年，此条所记恐有误。

李 □

　　李□，李中之舍弟，名未详。（《全唐诗》收李某诗于李中诗注中）

句

梦断海山远，夜长风雨多。李中《碧云集》卷二《哭舍弟二首》注引。

　　按：李中有《海城秋夕寄怀舍弟》、《哭舍弟二首》，其弟名未详，据李中三诗看，知其能诗，上录二句曾"传至海上"。归故里后卒，李中称其"夭柱"，身后有"遗稚"。

法 满

　　法满，洪州幽谷山僧，嗣芭蕉慧清。诗一首。（《全唐诗》无法满诗）

偈

话道语下无声，举扬奥旨丁宁。禅要如今会取，不须退后消停。《景德传灯录》卷十三、《五灯会元》卷九。

冯延巳

句

卍字回廊旋看月。沈雄《古今词话·词品》卷下引。

常　察

常察，姓彭，福州长溪人。嗣九峰和尚道虔。在洪州建昌凤栖山同安院，世称同安禅师。建隆二年卒，年九十馀。诗十一首。（《全唐诗》无常察诗，传据《景德传灯录》卷十七、《祖堂集》卷十二，其卒年据《中国佛学人名辞典》）

十玄谈 并序

夫玄谈妙句，迥出三乘，既不混源，亦非独立。当台应用，如朗月以晶空，转影泯机，似明珠而隐海。且学徒有等，妙理无穷，达事者稀，迷源者众，森罗万象，物物上明，或即理事双袪，名言俱丧。是以殷勤指月，莫错端倪，不迷透水之珍，可付开拳之宝。略序微言，以彰事理。

心　印

问君心印作何颜？心印何人敢授传？历劫坦然无异色，呼为心印早虚言。须知本自灵《大正》本、《偈颂》作“体自虚”空性，将喻红垆焰《大正》本、《偈颂》作“火”里莲。莫以《大正》本作“莫谓”、《偈颂》作“勿谓”无心便《大正》本、《偈颂》作“云”是道，无心犹隔一重关。

祖　意

祖意如空不是空，灵机争堕有无功。三贤固《偈颂》作“尚”未明斯旨，十圣那能达此宗。透网金鳞犹滞水，回途石马出沙《偈颂》作“纱”笼。

殷勤为说西来意，莫问西来及与东。

玄　机

迢迢空劫勿能收，岂为尘机作系留。妙体本来无处所，通身何更问
《大正》本、《偈颂》作"有"纵由？灵然一句超群象，迥出三乘不假修。撒手
那边诸《大正》本、《偈颂》作"千"圣外，回程堪作火中牛。

尘　异

浊者自浊清者清，菩提烦恼等空平。谁言卞璧无人鉴，我道骊珠到
处晶。万法泯时全体现，三乘分处假《大正》本、《偈颂》作"别假"安名。丈
夫皆《偈颂》作"自"有冲天志，不《大正》本、《偈颂》作"莫"向如来行处行。

佛　教《大正》本、《偈颂》作"演教"

三时次第演金言，三世如来亦共宣。初说有空人皆执，后非空有众
皆缘《偈颂》作"捐"。龙宫满藏《偈颂》作"字"医方义，鹤树终谈理未玄。真
净界中才一念，阎浮早已八千年。

乡还曲《大正》本、《偈颂》作"达本"

勿于中路事空王，策杖咸须归《大正》本、《偈颂》作"还须达"本乡。云水隔
时君莫住，雪山深处我非忙《大正》本、《偈颂》作"忘"。寻思去日颜如玉，
嗟叹回来《偈颂》作"时"鬓似霜。撒手到家人不识，更无一物献尊堂。

破还乡曲《大正》本、《偈颂》作"还源"

返本还源事亦差，本来无住不名家。万年松径雪深覆，一带峰峦云
更遮。宾主默时纯《大正》本、《偈颂》作"穆时全"是妄，君臣道合《大正》本、
《偈颂》作"合处"正中邪。还乡曲调如何物《大正》本、《偈颂》作"唱"？明月堂
前枯木《大正》本、《偈颂》作"树"华。

转位归《大正》本、《偈颂》作"回机"

涅槃城里尚犹危，陌路相逢没了《大正》本作"没定"、《偈颂》作"勿定"期。权
挂垢衣云是佛，却装珍御复名谁？木人夜半穿靴去，石女天明戴帽

归。万古碧潭空界月，再三涝《大正》本、《偈颂》作"捞"漉始应知。

转　位

披毛戴角入鄽来，优钵罗花火里开。烦恼海中为雨露，无明山上作云雷。镬汤炉炭吹教灭，剑树刀山喝使摧。金锁玄关留不住，行于异类且轮回。

正位前《大正》本、《偈颂》作"一色"

枯木岩前差路多，行人到此尽蹉跎。鹭鸶立雪非同色，明月芦华不似他。了了了时无所《大正》本、《偈颂》作"可"了，玄玄玄处亦须呵。殷勤为唱玄中曲，空里蟾光撮得么？《四部丛刊三编》景宋本、《大正藏》本《景德传灯录》卷二九、《禅门诸祖师偈颂》卷上之上。景宋本总题作"诗八首"，《十玄谈》之题及《祖意》、《转位》二首据《大正》本及《偈颂》补。序仅见于《大正》本，有注云："《卿公事苑》云：丛林所行《十玄谈》皆无序引，愚曩游庐阜，得其序于同安影堂，今录之云耳。"《大正》本与景宋本之异，承张靖龙同志告知。另可参《林间录》卷下。

搜　玄　吟

三更初夜偏，日午月明前。白云覆幽石，青霄抱月圆。鹭鸶非雪覆，乌鸦岂漆漫。纸马通消息，知音白雀还。梦手击金钟，觉来空把拳。天明夜行人，无因得自先。门门不回互，回互隔关山。步空疑月色，湛寂皎非安。龙吟明异宝，片玉凤飞衔。猿啼葱岭韵，鹤吐鹫峰烟。金乌罩席帽，玉兔具靴衫。寒泉初夜后，古涧五更前。黑白未分时，正是偏中圆。露展幽林秀，云收碧落闲。空劫道人家，深宫荡子嫌。衣锦还乡客，回机面指南。问我雪中吟，杲日耀澄潭。无影桑树子，玉女夜生蚕。携篮日未出，摘果月当轩。手把寒天扇，身无五月衫。采花入异乡，将献类中仙。谨白参玄人，参禅莫守闲。《卍续藏经》本宋释子升、如祐编《禅门诸祖师偈颂》卷上之上。

毛大仙

毛大仙，南唐时术士。诗一首。(《全唐诗》无毛大仙诗)

卦　歌

水马为妻婿，不久下泉乡。命里妨头妻，再得口天娘。《新编分门古今类事》卷十六引《秘阁闲谈》。

按：《秘阁闲谈》云：吴淑之妹丧夫后，再配于马淑。"初，马淑之先君在江南为饶州副使，其前妻冯氏，方强壮之时，常使术士毛大仙者作卦歌。其中曾述配偶之事曰(歌略)。后冯卒，再娶吴氏。"

隐　微

隐微，俗姓杨，豫章新淦人。嗣罗山道闲。后住洪州大宁院。建隆二年卒，年七十六。诗一首。(《全唐诗》无隐微诗)

偈

腾空正是时，应须眨上眉。好兹出伦去，莫待白头儿。《景德传灯录》卷二三、《五灯会元》卷八。

相里宗

相里宗，南唐时进士。与李中为友。诗一首。(《全唐诗》无相里宗诗，事迹参《全唐诗》卷七五〇李中诗)

题远大师塔

元墓石棱棱,寒云晚景凝。空悲虎溪月,不见应门僧。《太平寰宇记》卷一一一《江州》。

　　　　按:《庐山记》卷四、《万首唐人绝句》卷九五、《全唐诗》卷八一〇收此诗为僧灵澈作。按《全唐诗》卷七五〇李中有《送相里秀才之匡山国子监》诗,相里秀才即相里宗,身份、地点皆合,可知其为南唐人。《太平寰宇记》称此诗为"前进士相里宗题诗",此书作者乐史为南唐入宋之人,又为江西人,其说当可信。

全唐诗续拾卷四四 南唐下

冯延鲁

延鲁,字叔文,一名谧,新安人,延巳异母弟。中主立,累迁至中书舍人。攻福州败,流舒州。赦归,改工部侍郎。周据扬州,被俘仕北为刑部侍郎。放还为户部尚书,改堂州观察使,卒。有集,不传。诗一首又二句。(《全唐诗》无冯延鲁诗,传据马氏《南唐书》卷二一、《宋史》卷四七八)

归国南辕之日答揆相赠诗 题拟

罗巾挥逸翰,送我出夷门。保惜安怀袖,流传与子孙。

赠 李 学 士

邻居才十步,交分已三年。均见王禹偁《小畜集》卷二十《冯氏家集前序》引。

志 端

志端,福州人。嗣弘瑫。住福州林阳山瑞峰院。开宝元年卒。诗一首。(《全唐诗》无志端诗)

偈

年来一作"来年"二月二，别汝暂相弃。爇一作"烧"灰散四林，勿一作"免"占檀那地。见《景德传灯录》卷二二。注一作者为《五灯会元》卷八之异文。

沈　彬

简寂观

山藏胜境当山面，云散楼台洞府开。白发满头谁肯到，苍苔盈步自偷来。风帆闲事抛三日，玉液长生念一杯。此路有心星月在，杏坛仙侣莫相猜。

　　　　按：此首据宋刊《庐山记》补四字。

再到东林寺

十五年前还到此，池深苔藓树垂藤。重游数处心伤日，不见旧时头白僧。花有露含长夜月，殿无风动彻明灯。堪惊此去老又老，未有更来能不能。

瀑　布

泻出岳中源化水，喷成瀑布世还希《殷礼在斯堂丛书》本"希"作"稀"。虽如仙女偷来织，不见山公采得归。万古色嫌明月薄，千寻勇学白云飞。若言真个堪裁剪，预被豪家买作衣。

望庐山

东过匡庐忍醉眠，双眸尽日挂危巅。压低吴楚毅涵水，约破云霞独倚天。一面峭来无鸟径，数峰狂欲趁渔船。江人莫笑偏凝望，卜隐长思瀑布前。以上四首均见《吉石庵丛书》影印日本高山寺藏宋抄本陈舜俞《庐山记》卷四。

　　按:《望庐山》三四两句,《全唐诗》卷七四三已据《野客丛书》卷十七收入,"毂"作"遥"。

萍乡春晚寓居 四首

向隅书剑坐销魂,心计艰难有泪痕。三月不寻花下路,一春常闭雨中门。闲时易得开书帙,贫手难求傍酒樽。三十无成今四十,翊周安汉意空存。

花替残红草绿深,江头闲事岂堪寻。云山忆后思藏迹,家国话来长痛心。战地血流犹未服,侯门心热更相歆。求归闲处无闲处,三纪兵戈犹至今。

黄鸟垂杨一两声,流年流去不胜情。已伤野径锁春色,空睡山窗愁月明。金山真堪沽酒散,山河到了为谁争。古人尽入平芜去,虚对冯唐夸后生。

叶老游蜂不更忙,春残去去好思量。倚根托蒂花犹落,损力耗心谁可常。江树不能留野水,晚烟多共恨斜阳。感时伤事皆头白,几个渔竿遇帝王。见同治十一年刊锡荣纂《萍乡县志》卷六。

　　按:《萍乡县志》收沈诗为宋初之作,误。民国间李有鋆纂《昭萍志略》卷十二已改归唐代。

句

花片乱飞愁杀人。《永乐大典》卷八二二引《考古质疑》引葛次仲集句引。

更好碧溪深院静。《江湖小集》卷七绍嵩《江浙纪行集句诗》引。

黛泼千山出蜀来。《小畜外集》卷七《仲咸因春游商山下得三怪石辇致郡下甚有幽趣序其始末题六十韵见示依韵和之》引。

陈　觊

句

醒眼看诸峰,白云开又集。见《能改斋漫录》卷八。

　　　　按:中华上编本《能改斋漫录》引此作"五代时陈况诗","况"为"觊"
之误,郑方坤《五代诗话》卷三所引不误。

左　偃

怀海上故人

路遥沧海内,人隔此生中。

落　花

千家帘幕春空在,几处楼台月自明。均见《吟窗杂录》卷十四王玄《诗中旨
格》。

　　　　按:《全唐诗》卷七四〇作孟宾于句,误。

用　虚

用虚,南唐后主时僧。(《全唐诗》无用虚诗)

题栖霞寺诗 并序

　　　(前泐)吟赋咏者(下泐十三字)境遇时(下泐十四字并一行)皇风
留连(下泐九字)盖慕林泉(下泐二行)题云
寺居方外□□□□寰中□□幽□胜好下泐名迹向兹休 按右诗是七
律幽休韵。

宿 _{下泐。按是诗题下似是"千"字，当〔是〕(时)宿千佛岩诗。}

境占江南_{下泐十三字并四行。按第四行当是第三诗题。}

力_{按似"势"字}迥中秋出_{下泐十二字}彩分虽远金_{下泐十二字并三行。按第三行当是第四诗题。}

乐□□山_{下泐十九字奂按似是"黄"字}梅敢比肩_{下泐六字}畔看云□□立庵前天台从_{下泐六字}须_{下泐。按右诗似咏植物肩前韵。见《江苏通志稿・艺文志・金石》卷七引《续江宁石刻记》。}

按：用虚诗刻石在上元摄山，摩崖泐甚，末题："□(按当是唐字)上元甲子岁次(下泐)僧用虚(下泐)"《续江宁石刻记》跋云："右诗刻剥泐太甚，拓本仅存六十八字，细审当是七律四首。前有序，在千佛岩，距无量殿不远。宋张敦颐《六朝事迹》、《摄山志》并著录。严记在待访目，《江宁府志》云：'无量殿旁有正书石碣一，惜剥蚀太甚，莫能辨作者姓名，中存大唐上元岁数字。'殆即指此。遁甲三元术以唐兴元元年甲子为上元，会昌四年甲子为中元，天祐元年甲子为下元，宋乾〔德〕(元)二年甲子又上元也。此诗当刻于乾德二年以后，时南唐奉宋正朔，故不署年号。"此组诗残泐太甚，已无从点断。

梅　远

梅远，字维明。南唐时任宣城掾。著有《迁居草》，已佚。诗二首。(《全唐诗》无梅远诗，事迹详附考)

筑　居

昔居苕之南，今适宛之北。溪山故缭绕，往来等乡国。爱此太古风，不但占林樾。岚气敬亭浮，波光响潭接。虽在城市傍，而与喧嚣隔。息心谢纷烦，投闲遗一切。结构类茅茨，宁复事雕饰。草堂亦易成，经营岂木石。喜见野人来,渐与尘迹绝。把我盈樽酒,妻儿同一啜。

迁　居

百里犹乡土,千年亦比邻。愿言培世德,未敢咏维新。均见清施念曾、张
汝霖编《宛雅三编》卷二、嘉庆二十八年刊洪亮吉等纂《宁国府志》卷二四。

　　按:梅远为北宋著名诗人梅尧臣的曾祖。《欧阳文忠公文集》卷三三
《梅圣俞墓志铭》云:"曾祖讳远,祖讳邈,皆不仕。"杨杰《无为集》卷十三
《故朝奉郎守殿中丞梅君(正臣)墓志铭》云:"南唐末,曾祖远为宣城掾。"
正臣为尧臣弟。《宛雅三编》卷二引《梅氏诗谱》,谓远字维明,光化间由吴
兴之宣城为掾。以宣之风土淳厚,遂筑居于州学之西,著有《迁居草》。今
按:三书所记稍有出入。考《欧阳文忠公文集》卷三一《太子中舍梅君墓志
铭》,尧臣父梅让卒于皇祐元年,年九十一,推其生年,为显德六年。以此
推测,梅远约生于十世纪初,以仕南唐为是。《梅氏诗谱》有误,今不取光
化年仕宣说。

潘　佑

句

直拟将心付杜康。见《野客丛书》卷六。
荆溪百里水涵空。见《舆地纪胜》卷七《镇江府》。

　　按:《纪胜》录此句,作者为"潘佐","佐"为"佑"之误。潘佑《送人往宣
城》,《万首唐人绝句》卷九九、《全唐诗》卷七七〇又收潘佐名下,可证。

宋　维

　　　　维,武进人,举进士,官员外郎,与李中同时。诗三首。
《全唐诗》无宋维诗。李中《碧云集》卷三有《暮春有感寄宋维

员外》、《杪秋夕吟怀寄宋维先辈》、《春日招宋维先辈》诸诗）

题天申宫三首

殿阙《宜兴县志》作"阁"盘空压巨鳌，洗然灵迹助风骚。玉龙卧久洞云冷，玄鹤唳频山月高。深谷羽童探石菌，晓堂真侣饮樱《宜兴县志》作"仙"桃。可怜不悟长生者，尘里区区改鬓毛。

中峰嘉树绿阴阴，洞里灵踪已遍寻。欲下山门又回首，数声清磬白云深。

云岚满袖倚岩扉，龙窟寒生夜睡迟。一曲朱弦谁与听，月斜风撼碧桃枝。见洪武刻本《咸淳毗陵志》卷二二，嘉庆二年刊宁楷等纂《宜兴县志》卷十收第一首。

　　　　按：《四库全书》本《江南通志》卷一一九录宋乾德进士有宋维。疑维初居江南，后北上应试。《毗陵志》归南唐，今从之。

泰　钦

　　　泰钦，魏府人。师文益。初住洪州幽谷山双林院，次住金陵龙光院，称金陵清凉法灯禅师。再住上兰护国院，开宝七年卒。诗十三首。（《全唐诗》无泰钦诗，事迹见《景德传灯录》卷二五）

古镜歌三首

尽道古镜不曾见，借你时人看一遍。目前不睹一纤豪，湛湛冷光凝一片。凝一片，无背面，嫫母临妆不称情，潘生回首频嘉叹。何欣欣，何戚戚，好丑由来那个是《大正藏》本作"从来那是的"？只遮是，转沉醉，演若晨窥怖走时，子细思量还有以。我问颠狂不暂回，泪流向予声

哀哀。哽咽未能申吐得，你头与影悠悠哉！悠悠哉，尔许多时那里
来？迷云开，行行携手上高台。

谁云古镜无样度，古人出入何门户？门户君看不见时，即此为君全
显露。全显露《大正藏》本无此三字，与汝一生终保护。若遇知音请益来，
逢人不得轻分付。但任作见面，不须生怕怖，看取当时演若多，直至
如今成错误。如今不省影分明，还是当时同一顾。同一顾，苦苦苦！
古镜精明皎皎，皎皎遍照河沙。到处安名题字，除侬更有谁家？过
去未来现在，诸佛镜上纤瑕。纤瑕垢尽无物，此真火里莲华。莲花
千朵万朵，朵朵端然释迦。谁云俱尸入灭？谁云穿膝芦牙？不信镜
中看取，羊车鹿车牛车。时人不识古镜，尽道本来清净。只看清净
是假，照得形容不正。或圆或短或长，若有纤豪俱病。劝君不如打
破，镜去瑕消可莹。亦见杜口毗〔耶〕，亦知圆通少剩。见景宋本《景德传
灯录》卷三十。"耶"字原缺，据《大正藏》本补。

拟　寒　山

今古应无坠，分明在目前。片云生晚谷，孤鹤下遥天。岸柳含烟翠，
溪花带雨《注华严经题法界观门颂》卷上作"露"鲜。谁人知此意？令我忆南
泉。

幽鸟语如篁，柳垂金线长。烟收山谷静，风送杏花香。永日萧然坐，
澄心万虑亡。欲言言不及，林下好商量。

谁信天真佛，兴悲几万般。蓼花开古岸，白鹭立沙滩。露滴庭莎长，
云收溪月寒。头头垂示处，子细好生观《注华严经题法界观门颂》卷上作
"看"。

闲步游南陌，唯便野兴多。傍花看蝶舞，近柳听莺歌。稚子捞溪莱，
山翁携蕨萝。问渠何处住，回首指前坡。

每思同道者，屈指有寒山。得意千峰下，无人共往还。朝看云片片，

暮听水潺潺。若问幽奇处，侬家住此间。

三春媚景时，叠嶂含烟雨。携蓝采蕨归，和米铛中煮。食罢展残书，
莺鸟关关语。此情孰可论，唯我能相许。

幽岩我自悟，路险无人到。寒烧带叶柴，倦即和衣倒。闲窗任月明，
落叶从风扫。住兹不计年，渐觉垂垂老。

野老负薪归，催妇连宵织。看他家事忙，且道承谁力。问渠渠不知，
特地生疑惑。伤嗟今古人，几个知恩德。

自住国清寺，因循经几年。不穷三藏教，匪学祖师禅。一事攻烧火，
馀闲任性眠。生涯何所有？今古与人传。

飒飒西风起，飘飘细雨飞。前村孤岭上，樵父拥蓑归。蹑履寻荒径，
揾筇似力微。时人应笑我，笑我者还稀。《卍续藏经》本宋释子升、如祐编
《禅门诸祖师偈颂》卷上之上。

宝　津

宝津，嗣慧彻，住舒州四面山。诗一首。(《全唐诗》无宝津
诗)

柱　杖　颂

四面一条杖，当机验龙象。头角稍低昂，电光临背上。《天圣广灯录》卷
二四、《五灯会元》卷十四。

可　勋

可勋，姓朱，建州建阳人，嗣清凉文益。诗一首。(《全唐
诗》无可勋诗)

偈

秋江烟岛晴,鸥鹭行行立。不念观世音,争知普门人。<small>见《景德传灯录》</small>
<small>卷二六、《五灯会元》卷十。</small>

朱 存

乌 衣 巷

阀阅沦亡桉栘移,年年旧燕亦双归。茅檐苇箔无冠盖,不见乌衣见
白衣。<small>《景定建康志》卷十六。</small>

半 阳 湖

江南龙节水为乡,水不纯<small>《六朝事迹编类》作"绝"</small>阴又半阳。一片湖光共
深浅,两般泉脉异温凉。<small>同前卷十八。又见《六朝事迹编类》卷上。</small>

潮 沟

流水东西傍帝台,六朝重为两朝开。曾有蠲首知高下,莫问鱼皮识
去来。<small>同前卷十九。</small>

直 渎

昼役人功夜鬼功,阳开阴阖几时终。不闻掷土江中语,争得盈流一
水通。<small>同前。又见《六朝事迹编类》卷上。</small>

运 渎

舳舻衔尾日无虚,更凿都城引漕渠。何事馁来贪雀谷,不知留得几
年储?<small>同前。</small>

凤　凰　台

竹影桐阴满旧山,凤凰多载不飞还。登台只有吹箫者,争得和鸣堕世间。同前卷二二。

　　按:朱存《金陵古迹诗》四卷,《崇文总目》卷五著录,惟作者讹作李存。《景定建康志》卷四九云:"宋(当作"朱")存,字阙,金陵人也。尝读吴大帝而下六朝书,具详历代兴亡成败之迹,南唐时作《览古诗》二百章,章四句。沿初洎末,烂然棋布,阅诗者嘉其用心之勤云。"今存者仅十六首。另《景定建康志》卷十八云"陈轩《金陵集》有李建勋、朱存《迎担湖诗》",今未见。又宋张敦颐《六朝事迹编类》收杨修诗四十八首,其中《新亭》、《秦淮》、《北渠》、《天阙山》、《三断石》五首,《舆地纪胜》卷十七皆作朱存诗,仅《新亭》文字差异较大;《直渎》、《半阳湖》二首,《景定建康志》也作朱存诗。《景定建康志》卷四九云:"杨备字修之……庆历中为尚书虞部员外郎分司南京上轻车都尉,往复道出江上,赋百篇二韵,命曰《览古百题诗》,各注其事于题之下,与南唐朱存诗并传于世。"知二人诗在宋时已有传误。但应以孰是,尚难决断。杨诗除《六朝事迹编类》所收外,《景定建康志》存六十首,去其重复,约存八十馀首。

开宝中江南叟

醉　歌

蓝采禾,蓝采禾《江南野史》卷十首二句作"篮采采"一句,尘世纷纷世更多。争如卖药沽酒饮,归去深崖拍手歌。见马令《南唐书》卷十五。

　　《江南野史》卷十《陈陶传》:"开宝中常见一叟,角发被褐,与一炼师鬻药入城鬻之,获赀则市鲜就炉,二人对饮且唱,旁若无人。既醉且舞而歌曰(略)。时人见其纵逸,姿貌非常,每饮酒食鲊,疑为陶之夫妇焉。竟不知所终,或云得仙矣。"

马令《南唐书》卷十五《陈陶传》："开宝中常见一叟,角发被褐,与老媪货药于市,获钱则市鲊对饮,旁若无人,既醉,行舞而歌曰(略)。或疑为陶之夫妇云。"

按:陈陶为大中间人,今存其诗,事迹历历可考。自大中至开宝,已逾百年。得仙之说,固属附会,陶即耆寿,恐亦难以存活一百数十年之久,何况当时即为存疑,并无必证,今列之,另以"开宝中江南叟"列目。

陈德诚

陈德诚字仲德,建安人。陈诲子。保大中为南唐池州刺史。建隆三年诲卒,护丧归葬,起为歙州刺史。开宝五年卒,年四十。德诚出入戎马,手不释卷,篇咏词章,盛传于世。补诗一首。(《全唐诗》卷七九五收陈德诚诗二句,传甚略)

游南雁荡诗

雁山遥与白云连,六十奇峰半倚天。金鼎雨花猿听偈,石门迎月鹤参禅。戏龙高跃青霄上,群凤齐飞赤日边。诗思凭空吟不了,那堪凤驾入星躔。见周喟《南雁荡山志》卷一引陈玭《嘉靖南雁山志》、郑思恭《崇祯南雁山志》等。

按:陈德诚逸诗及小传,皆承张靖龙同志录示。

赵　晟

赵晟,孟宾于同时人。诗一首。(《全唐诗》无赵晟诗)

赠孟宾于 题拟

上国登科建业游,鼎分踪迹便淹留。江干旅梦三千里,海内诗名四十秋。华表柱边人不识,烂柯山下水空流。自从叔宝朝天后,赢得安闲养白头。周本淳校点本《诗话总龟》卷二八引《雅言系述》。

　　按:此诗当作于南唐授士之次年,援旧例仍收入。

孟宾于

句

吾祖并州隔万山,吾家多难谪郴连。

十载恋明主。

两京游寺曾题榜,五举逢知始看花。均见宋王禹偁《小畜集》卷二十《孟水部诗集序》引。

投赠张鸿　题拟

自怜成事攀仙桂,谁似投闲向草莱。见康熙《连州志》卷五《张鸿传》引。又收入《粤诗蒐逸》卷一。

续父题壁　题拟

他家养儿三四五,我家养儿独且苦。宾之父。众星不如孤月明,牛羊满山畏独虎。宾于。见《小草斋诗话》卷四、康熙《连州志》卷五《孟宾于传》。

　　《连州志》:"父以家贫,且宾于无他兄弟,题其壁云(诗略)。宾于从乡校归,续曰(诗略)。"

王仲简

　　仲简,潭州人。显德中摄长沙县丞,太平兴国二年卒。诗一首。(《全唐诗》无王仲简诗)

赠耿郎中

得接英贤喜可知，人生能得几多时。自从别后颜容改，恰似庭前雨旧碑。见《增修诗话总龟前集》卷三三引《郡阁雅谈》。

　　按：《郡阁雅谈》云此诗为仲简卒后其兄仲伟梦庄客持书来附诗。仲简与耿振显德中同官，此诗恐系当时作而后人附会入梦者。今收录，俟续考。

包　颖

寄徐鼎臣　题拟

常思帝里奉交亲，别后光阴屈指频。兰佩却归纶阁下，荆枝犹寄楚江滨。十程山水劳幽梦，满院烟花醉别人。料得此生强健在，会须重赏昔年春。《徐公文集》卷三。

　　按：《徐公文集》卷三收此诗，题作《表弟包颖见寄》，题下注："此子侍亲在饶州，累年卧疾。"详诗意，此诗为包颖寄徐铉之作，诗题及题注为徐铉自编文集时所加。《全唐诗》卷七五三以此诗为徐铉作，而将徐铉和诗收包颖名下，实误，今为移正之。此则参《文史》二十五辑曹汛先生文。

钟　谟

招徐鼎臣　题拟

看看潘鬓二毛生，昨日林梢又转莺。欲对春风忘世虑，敢言尊酒召时英。假中西阁幸无事，筵中南威幸有情。不得车公终不乐，已教红袖出门迎。《徐公文集》卷二。

　　按：《徐公文集》此诗题作《寄钟谟》，其次为《正初答钟郎中见招》，二诗皆用"莺"、"英"、"情"、"迎"四韵。详诗意，前诗为春初招人过访之作，后诗为答前诗之作。因此,前诗应为钟谟作,后诗始为徐铉作。《全唐诗》卷七五二以二诗皆归徐铉,未允,今为移正。以上参《文史》二十五辑曹汛先生文。

道　恒

道恒,嗣文益,住洪州百丈山。诗三首。(《全唐诗》无道恒诗)

偈

不要三乘要祖宗,三乘不要与君同。君今欲会通宗旨,后夜猿啼在乱峰。

颂

百丈有三诀,吃茶珍重歇。直下便承当,敢保君未彻。
过去已过去,未来更莫算。兀然无事坐,何曾有人唤?均见《五灯会元》卷十。

唐　镐

金 莲 步

金陵佳丽不虚传,浦浦荷花水上仙。未会与民同乐意,却于宫里看金莲。见周密《浩然斋雅谈》卷中。

　　按:《全唐诗》卷七九五收镐诗二句,但姓名误为齐镐。

徐　熙

　　熙，江宁人。世为江南仕族，善画花木禽鱼，后主甚爱重
之。诗一首。(《全唐诗》无徐熙诗，传据《圣朝名画评》卷三、
《图画见闻志》卷四)

桃花夫人庙

一树桃花发，桃花即是君。空祠临野水，何处觅闲云。事迹樵人说，
炉香过客焚。雨添碑上藓，难读古时文。见陆心源《宋诗纪事补遗》卷二引
《续辑汉阳县志》。

任右元

　　右元，江南道士。诗一首。(《全唐诗》无任右元诗)

题常州忠烈王庙

松竹萧萧野笛悲，寂寥冰雪对旌旗。前山月夜阴风起，神去神来人
不知。见《增修诗话总龟》卷十五引《郡阁雅谈》、《咸淳毗陵志》卷二二。

李　煜

幸后湖开宴赏荷花作　题拟

蓼稍蘸水火不灭，水鸟惊鱼银梭投。满目荷花千万顷，红碧相杂敷
清流。孙武已斩吴宫女，琉璃池上佳人头。见宋佚名《新编分门古今类事》
卷十三引《翰苑名谈》并《诗话》。

《新编分门古今类事》云："江南李后主尝一日幸后湖，开宴赏荷花，忽作古诗云(诗略)。当时识者咸谓吴宫中而有佳人头，非吉兆也。"后果应验。

　　按：《增修诗话总龟》卷三一引《摭遗》谓此诗为李璟作，《全唐诗》卷八因之，实误。《分门古今类事》同条后引李煜诗事甚详，可证。文长，恕不备录。

宿石头清凉大道场　题拟

未能归去宿龙宫。见《六朝事迹编类》卷下、《景定建康志》卷四六、《至元金陵新志》卷十一。

句

铅砌美银光，饰井雕葩植。见宋叶廷珪《海录碎事》卷三。

玉俎且共甘，羽觞合同嘉。

金缸明五夜，玉盘罗八珍。均见同书卷六。

　　按：《唐音统签》卷七五四仅从《海录碎事》卷一补入"日映仙云薄，秋高天碧深"二句，《全唐诗》卷八仍之，以上八句均失收。

别易会难无可奈。见《能改斋漫录》卷十六。

江直木

　　江直木，字子建，寻阳人。江梦孙之侄。七岁以神童擢第，后家居二十五年。仕南唐为太常寺奉礼郎，转江都县主簿，历任江夏、黄梅令，累迁至水部员外郎。开宝三年随使留宋，历任泰宁节度判官、司门员外郎、兵部员外郎。太平兴国五年卒，年六十四。有集二十卷，不存。存诗二句。(《全唐诗》无江直木诗)

丙寅岁与徐铉同赋 题拟

学《易》宁无道，知非素有心。《徐公文集》卷二九《大宋故尚书兵部员外郎江君墓志铭》。

朱贞白

题 棺 木

久久终需要，而《类说》作"如"今未要君。有时闲忆者，大是要知闻。《宋朝事实类苑》卷六三引《杨文公谈苑》。《类说》卷五三仅引前二句。

一夜小园开似雪。《江湖小集》卷八绍嵩《江浙纪行集句诗》。

按：朱贞白，《全唐诗》卷八七〇作李贞白。《增修诗话总龟前集》卷二十引《谈苑》作李正白，"正"为讳改。《类说》引作朱贞白。今从《宋朝事实类苑》列目。

许 坚

题胡氏华林书院 题拟

尽说灵踪好画图，幽奇高尚义群居。山林总是神仙隐，礼乐爰修周孔书。解驾十年惟壮士，担簦千里结名庐。功成霄汉非常事，对此那堪不我欺。见宣统元年刊《甘竹胡氏十修族谱》，转引自《文学遗产》一九八四年第三期刊谢先模《宋人佚诗一束》。

查元方

元方，歙州休宁人，文徽子。事后主为水部员外郎，吉王从谦辟掌书记，随从谦使宋。使还，为建州观察判官，入宋，擢殿

中侍御史知泉州，卒。诗一首。（《全唐诗》无查元方诗，传据
《十国春秋》卷二六）

查 公 山 诗

大道贵知止，昔贤称二疏。今来我季方，退身兹有馀。潇洒去桎梏，
放荡狎樵渔。疏泉离远窦，凿石构层庐。溪禽拂窗牖，山花满庭除。
寒藤系舴艋，碧潭澄素舒。睹兹尘垆外，始见仁智居。痛哉方散适，
溘然归丘墟。恨不同老彭，其乐永只且。自古干禄辈，知进不知退。
立事名虽扬，全身理何昧。茂先赋《鹡鸰》，体物知显晦。一旦悔自
速，临刑无以对。李斯恋富贵，下包周身智。及忆东门犬，已弃咸阳
市。平子著《归田》，渊明舍彭泽，后来区区人，谁复挂书册。我喜从
今去，吾宗有逋客。山号查公山，嵯峨云汉间。山下查公冢，溪声长
潺潺。高台好怅望，绝磴堪跻攀。他年谢簪绂，永此继闲闲。见弘治
《徽州府志》卷二、《新安文献志》卷五一、《宋诗纪事补遗》卷二。

杨文郁

文郁，贵池人。南唐进士。诗一首。（《全唐诗》无杨文郁
诗）

谒 圣 林

悠悠往古继来今，天地无穷照孔林。两到金丝堂下拜，门生无负百
年心。见《宋诗纪事补遗》卷二引《阙里志》。

张　泊

　　泊,字师阆,改字偕仁,南谯人。举进士,起家句容尉。中主时擢监察御史。后主时任中书舍人,光政院副使。入宋,仕至参知政事。至道三年卒,年六十四。(《全唐诗》无张泊诗,传据《十国春秋》卷三十)

题 越 台

我爱真人居,高台倚寥沉。洞天开两扉,邈尔与世绝。缥缈乘鸾女,华颜映绿髮。举手拂烟虹,吹笙弄松月,森萝窥万像,境异趣亦别。何必服金丹,飞身向蓬阙。见《会稽掇英总集》卷十五。

句

风物一堆灰。见《绀珠集》卷十一引《金坡遗事》。

　　《金坡遗事》:"张泊文章清赡。在江南日,将命入贡,还作十诗以訾诋京师,有'风物一堆灰'句。"

徐　铉

由皖口归升州作 题拟

一夜黄星照官渡,本初何面见田丰?《徐公文集》附《徐铉行状》引。

和表弟包颖见寄

平生中表最情亲,浮世那堪聚散频。谢朓却吟归省阁,刘桢犹自卧漳滨。旧游半是前生事,要路多达后进人。且喜新吟报强健,明年相望杏园春。《徐公文集》卷三。

> 按:《徐公文集》卷三收《表弟包颖见寄》,为包颖寄徐铉之作;其次为和诗一首,为徐铉和包颖之作。《全唐诗》误以包颖诗收徐铉名下,而以徐和诗录归包颖名下。今为分别移正之。此则参《文史》二十五辑曹汛先生文。

李 明

李明,南唐时人。有诗集五卷,《崇文总目》、《通志·艺文略》、《宋史·艺文志》皆著录,今已佚。

天柱峰 题拟

天柱一峰藏日月,洞门千仞锁云雷。见《舆地纪胜》卷四六《安庆府》。

> 按:《天柱山志》收白居易《题天柱峰》,其三四两句与此同,详本书卷二八。

乐 史

史,字子正,抚州宜黄人。仕南唐为秘书郎。入宋,复登进士,历水部员外郎,使两浙巡抚,判西京留司御史台,卒。著有《太平寰宇记》、《广卓异记》、《洞仙集》等。诗一首。(《全唐诗》无乐史诗)

钟 山 寺

千峰夹一径,一径花枕泉。听泉复看花,行到钟山前。古寺云生屋,高僧月伴禅。自惭留一宿,匹马又朝天。见厉鹗《宋诗纪事》卷三引《抚州府志》、影印文渊阁《四库全书》本《江西通志》卷一四八。

李从谦

青青河畔草

王孙归不归，翠色和春老。宋胡宿《文恭集》卷三六《宋故左龙武卫大将军李公墓志铭》引。

卢 郢

残 丝 曲

春风驰荡吹人衣，残丝胃花曳空飞。闲愁十丈断不得，雄蜂雌蝶相因依。高楼夹路凌云起，琐窗鸾柱弹《流水》。莺声啼老杨柳烟，香梦濛濛隔千里。见清朱绪曾编《金陵诗征》卷五。

王 操

　操，字正美，江左人。在南唐事迹待考。太平兴国中上《南郊赋》，授太子洗马，奉使陇右。（《全唐诗》无王操诗，传据《增修诗话总龟前集》卷十一引《雅言系述》）

缺 题

分飞南渡春风晚，却返家林旧业空。
无限离情似杨柳，万条悬放楚江原。见《吟窗杂录》卷二九《历代吟谱》。

哭左偃 题拟

堂亲垂白日，稚子欲行时。见《增修诗话总龟》卷四引《雅言杂录》。

　　按：王操入宋后诗存者尚多，兹不备录。

全唐诗续拾卷四五 吴越上

杜 棱

棱,字腾云,新城人。广明间为东安都将,始事钱镠。周宝败,镠以棱为常州制置使,以武艺称。大顺二年,为镇海节度副使。乾宁三年董昌败,进两浙诸军都指挥使,累官润州刺史,卒。诗一首。(《全唐诗》无杜棱诗。小传据《十国春秋》卷八四本传)

碧流院 题拟

石骨生泉冷,流来涧沼湄。幽禽鸣竹砌,游客步阶陲。瀜郁杉松碧,阴稠烟霭缁。古风吟不足,嗟恨老苍髭。见宋潜说友《咸淳临安志》卷八五。

按:碧流院,吴越王更名碧沼。此诗不详作年,题仍旧名。又棱约卒于乾宁、天复间,以其为钱镠佐属,故收归吴越。

罗 隐

鞠 歌 行

丽莫似汉宫妃,谦莫似黄家女。黄女持谦齿发高,汉妃恃丽天庭去。人生容德不自保,圣人安用推天道。君不见,蔡泽嵌枯诡怪之形状,大言直取秦丞相；又不见，田千秋才智不出人，一朝富贵如有神。二侯行事在方册，泣麟老人终困厄。夜光抱恨良叹一作"璞"悲，日月逝矣吾何之。见《文苑英华》卷二〇三。

　　　　按：《全唐诗》卷一八五收作李白诗，殆沿明刻本《文苑英华》之误。中华书局影印本此卷为宋刻，前为李白同题诗，后即此首，署"罗隐"，确凿无误。

宿 法 华 寺

心与空林共杳冥，孤灯寒竹自荧荧。不知何处小乘客，一夜风前闻诵经。见《会稽掇英总集》卷八。

上亭驿　题拟

细《舆地纪胜》、《天中记》作"山"雨霏微宿上亭，雨中因感《舆地纪胜》、《天中记》作"想"雨淋铃。贵为天子犹魂断，穷著荷衣好涕零。剑水多端何处去，巴猿无赖不堪听。少年辛苦今飘荡，空一作"深"愧先生教聚萤。见宋王灼《碧鸡漫志》卷五。

　　　　按：《全唐诗》卷六六五据《天中记》收首二句，《全唐诗续补遗》卷十六据《舆地纪胜》卷一八六收前四句，均不全，今重录之。

题 石 门

灵岩一窍何年凿？混沌初开有此门。探药仙人何处去，山中不改旧乾坤。《宛陵郡志备要》。此首从《郑州大学学报》一九八六年第六期李之亮《〈罗隐年谱〉补正》一文所辑收入。

吴公约神道碑附诗

吴山苍苍，吴水泱泱。降生英灵，为公为王。以严师旅，以奠封疆。派有别者，我亦鹰扬。取直之功，捍巢之绩。虽从本军，实展良画。

践历禁旅,光扬事迹。乃自西佳,迁于碄石。上君东代,诸将西征,贾其馀勇,资其锐兵。稽山雾廓,京口波清。再从貂冕,始拜冬卿。吴会纷纭,淮〔右〕(石)从雍文华校本改奔竞。驱其冻馁,犯我疆境。躬励精卒,恭承上命。雪霁松贞,风中草劲。元戎承制,圣主酬劳。大起名重,司元望高。优游渥泽,出入官曹。所谓鸡省,全资豹韬。恭仰府城,载崇吾围。惟力是助,厥功以举。云矗千堵,土攒万杵。率以资产,役以军旅。乃颁异宠,乃正华资。大国纲纪,雄藩羽仪。床间牛斗,杯里蛇疑。天胡可测,神亦难知。有仁于时,有功于物。一代殊勋,二品清秩。不谓不达,何获何失。瑞马神羊,金箱玉室。出《全唐文》卷八九七。

　　碑云:"君嗣子以隐乡里之旧,请铭其墓。而复以诗一章,文其美于道之隅。"

绣

一片丝罗轻似水,洞房西室女工劳。花随玉指添春色,鸟逐金针长羽毛。蜀锦谩夸声自贵,越绫虚说价犹高。可中用作鸳鸯被,红叶枝枝不碍刀。见雍文华校本《罗隐集·甲乙集》,又见《四库全书》本《罗昭谏集》。

　　按:《全唐诗》卷六五六收此诗,缺三字,今重录。雍文华所据为清张瓒瑞榴金《罗昭谏集》。

咏 柳

袅袅和烟映玉楼,半垂桥上半垂流。今年渐见枝条密,恼乱春风卒未休。见蜀何光远《鉴诫录》卷七《亡国音》。

　　按:《全唐诗》卷六六三收隐《柳》诗,系据《甲乙集》卷九所录,与最早记载本诗的《鉴诫录》相较,有十三字不同。今重录。

过梁震居留题

道院迎仙客，书堂隐相儒。庭栽栖凤竹，池养化龙鱼。见《尧山堂外纪》
卷三九、《全浙诗话》卷八。

　　　　按：隐卒开平间，震至后唐时始在荆南握重权。诗疑出伪托。

送　灶　诗

一盏清茶一缕烟，灶君皇帝上青天。玉皇若问人间事，为道文章不
值钱。《坚瓠甲集》卷二。又见《全浙诗话》卷八。

　　　　按：此篇似亦出后人附托。

下　杜　城

来往城南十八年，赖家桥上滻河边。村醪香美脱衣典，几度落花相
对眠。《类编长安志》卷九。

华　严　寺

华严〔西〕（而）转绕朱坡，每到春时日夕过。曾向姚家园里醉，牡丹
红紫数千窠。同前。

游　北　湖

醒心亭下水涵天，吏部风流三百年。见《舆地纪胜》卷五七《郴州》。

凤　凰　台

昔云丹穴凤，翔集高台端。同前。

句

曹韩沙嘴团，铜陵出状元。见影印天一阁藏本《嘉靖池州府志》卷一。

饮水鱼心知冷暖,濯缨人足识炎凉。《天都载》。

桃李无言应笑我,二年尘土满渔航。《五色线》。

马上抱鸡斗三市,袖中携剑五陵游。《尧山堂》。以上六句均见明闵元衢《罗江东外纪》。

　　　按:自《下第诗》以降,皆据雍文华校点本《罗隐集》所辑佚句迻录。

一列珠帘不下钩。《后村千家诗》卷十六闻人祥正《集句》引。

契　此

　　　契此,即布袋和尚,在明州奉化县。未详氏族,自称名契此。出语无定,寝卧随处,常以杖荷一布囊,凡供身之具,尽贮囊中。入廛肆聚落,见物则乞,时号长汀子布袋师。贞明三年三月卒。诗二十四首。(《全唐诗》无契此诗)

歌

只个心心心是佛,十方世界最灵物。纵横妙用可怜生,一切不如心真实。

腾腾自在无所为,闲闲究竟出家儿。若睹目前真大道,不见纤毫也大奇。

万法何殊心何异,何劳更用寻经义。心王本自绝多知,智者只明无学地。以上三首又见《宗镜录》卷十八。

非凡非圣复若乎,不强分别圣情孤。无价心珠本圆净,凡是异相妄空呼。

人能弘道道分明,无量清高称道情。携锡若登故国路,莫愁诸处不闻声。

　　　按:以上五首,《景德传灯录》原连为一首,今参《宗镜录》及《明州定应大师布袋和尚传》分作五首。

偈

一钵千家饭，孤身万里游。青目睹人少，问路白云头。此首又见《石仓历代诗选》卷一一一。

临灭偈 题拟

弥勒真弥勒，分《布袋和尚传》作"化"身千百忆。时时示时《布袋和尚传》作"世"、《鸡肋编》卷中作"识世"人，时人终《鸡肋编》作"总"、《五灯会元》作"自"、《布袋和尚传》作"俱"不识。以上诸首均见《景德传灯录》卷二七、《五灯会元》卷二、《卍续藏经》本《明州定应大师布袋和尚传》(元人昙噩作)。

> 按：《布袋和尚传》云此为其灭后作，末题九字云："不得状吾相，此即是真。"

偈

是非憎爱世偏多，子细思量奈我何。宽却肚肠须《布袋和尚传》、《明州岳林寺志》作"皮常"忍辱，豁开心地任从他《明州岳林寺志》作"放开笑口暗消磨"、《布袋和尚传》"笑口"作"洗口"，似误。若逢知己须依分，纵遇冤家也共和。若能了此心头事《布袋和尚传》、《明州岳林寺志》作"能使此心无绁碍"，自然证得六波罗。

我有一布袋，虚空无罣碍。展《布袋和尚传》作"打"开遍十方，入时观自在。

吾有三宝堂，里空《明州岳林寺志》作"有"无色相。不高亦不低，无遮亦无障。学者体不如，求者难得样。智慧《布袋和尚传》作"者"解安排，千中《布袋和尚传》、《明州岳林寺志》作"古"无一匠。四门四果生，十方尽供养。

吾有一躯佛，世人皆不识。不塑亦不装，不雕亦不刻。无一滴灰泥

《布袋和尚传》作"无一块泥土"，无一点彩色。人画画不成，贼偷偷不得。体相本自然，清净非拂拭《布袋和尚传》作"常皎洁"。虽然是一躯，分身千百亿。以上四首均见《五灯会元》卷二、《明州定应大师布袋和尚传》、《明州岳林寺志》（清戴明琮撰）卷三。

〔手〕（牛）从《明州岳林寺志》改捏青苗种福田，低头便见水中天。六根清净方成稻，退步《明州岳林寺志》作"后"原来是向前。

由贪沦堕世波中，拾却贪嗔礼大雄。直截凡情无所得，圆明寂照汝心宗。

奔南走北欲何为？百岁光阴顷刻衰。自性灵知须急悟，莫教平地陷风雷。

趣利求名空自忙，利名二字陷人坑。疾须返照娘生面，一片灵心是觉王。

圆觉灵明超太虚，目前万物不差殊。十方法界都包尽，惟有真如也太迂。

汝心即正《明州岳林寺志》作"圣"智，何须问次第。圣凡都不到，空花映日飞。

关非内外绝中央，禅思宏深体大方。究理穷玄消息尽，更有何法许参详？

肩挑〔日〕（明）从《明州岳林寺志》改月横街去，把定乾坤莫放渠。遇圣遇凡俱坐断，寂光胜地可安居。

无生无死佛家风，不堕古今莫定踪。触处圆明常湛寂，龙华鸡足两无从。

碧水映孤峰，寒潭迎皎月。尔我不知宗，须弥足底越。

汝水若还清，汝身被水溺。汝柴若还燥，汝身被火燎。燎溺病同途，大梦原未觉。汝能鞭起悬，空灵觉心反。覆看渠非深，奥神光独耀。性真常现成，公案方知道。便能稳坐毗卢，顶上吹清调。以上十一首，均见《卍续藏经》本《明州定应大师布袋和尚传》附元释广如撰《布袋和尚后序》。除"圆觉灵明超太虚"、"关非内外绝中央"、"汝水若还清"三首外的八首，又见于《明州岳林寺志》卷三。

白屋安贫终暂计，夕阳归路岂知还？莲花佛国深深处，出世芳踪不可攀。《奉化县补义志》卷三。

　　按：《明州岳林寺志》六卷，奉化戴明琮撰成于康熙二十六年。《奉化县补义志》十卷，民国元年蒋尧裳撰。二书均藏于奉化县文物室，承张靖龙同志录示。

蒋宗简

　　蒋宗简，桐城县人。梁时明州评事，罢官居于奉川。时与布袋和尚游，世呼为摩诃居士。布袋卒后，居东湖畔跨山。诗一首。（《全唐诗》无蒋宗简诗）

颂布袋和尚

兜率宫中阿逸多，不离天界降娑婆。相逢为我安心诀，万劫千生一刹那。《明州岳林寺志》卷三。

薛正明

　　薛正明，永嘉人。天祐二年进士，官文房院使。后梁主征之，不就。隐居于南雁白云山白云洞。诗一首。（《全唐诗》无薛正明诗）

游 南 雁 荡

遐僻山深自晦明，峨峨千态画难成。半空高挂龙湫瀑，万仞宏开金石城。日射岚光轻锁黛,泉飞竹径细鸣筝。隐山无路停骖问,拂拂清风两腋生。见周喟《南雁荡山志》卷七引郑思恭《崇祯南雁山志》。

　　按:薛正明逸诗及小传,承张靖龙同志录示。

重　恽

　　重恽,初谒雪峰,次依石霜,后住婺州云幽寺。诗一首。(《全唐诗》无重恽诗)

偈

云幽一只箭,虚空无背面。射去遍十方,要且无人见。《五灯会元》卷六。

钱　朗

　　朗字内光,洪州南昌人。五经登科,文宗朝为南安都副使,以光禄卿归隐庐山。昭宗时,钱镠迎居钱塘,师事之,云时已一百五十岁,后二十年尸解。诗一首。(《全唐诗》无钱朗诗,传据《续仙传》卷中)

遗　诗

有个仙人骑白鹤,曾随王母到瀛洲。于今鹤去仙人远,天际白云空自浮。《槜李诗系》卷三十。

重　机

　　重机,台州人。嗣师备。回浙中,钱镠钦重之,后住杭州天

龙寺。诗一首。(《全唐诗》无重机诗)

颂

盲聋喑哑是仙陀,满眼时人不奈何。只向目前须体妙,身心万象与森罗。《景德传灯录》卷二一、《五灯会元》卷八。

师　静

　　师静,嗣师备,住天台国清寺。诗一首。(《全唐诗》无师静诗)

问诸学流偈

若道法皆如幻有,造诸过恶应无咎。云何所作业不忘,而藉佛慈兴接诱。《景德传灯录》卷二一、《五灯会元》卷八。

小　静

　　小静,天台国清寺上座僧。诗一首。(《全唐诗》无小静诗)

答　师　静

幻人兴幻幻轮围,幻业能招幻所治。不了幻生诸幻苦,觉知如幻幻无为。同前。

义　昭

　　　义昭,嗣罗山,住婺州金柱寺。诗一首。(《全唐诗》无义昭
诗)

颂

虎头生角人难措,石火电光须密布。假饶烈士也应难,槽底那能解
差《五灯会元》作"回"互。见《景德传灯录》卷二三、《五灯会元》卷八。

师　鼐

　　　师鼐,嗣雪峰,在越州越山。钱镠甚加钦重。赐号鉴真大
师。诗三首。(《全唐诗》无师鼐诗)

于清风楼斋坐久举目
忽睹日光豁然顿晓而有偈

清风楼上赴官斋,此日平生眼豁开。方信普通年远事,不从葱岭带
将来。

临　终　示　偈

眼光随色尽,耳识逐声消。还源无别旨,今日与明朝。均见《五灯会元》
卷七。

三种病人颂

盲聋喑哑格调高,是何境界自担荷。昔日曾向玄沙道,笑杀张三李

四歌。见《祖堂集》卷十一。

钱　镠

浮　石　寺

滟滟霞光映碧流,潭湾深处有龙湫。危楼百尺临江渚,石在波心千古浮。见同治十一年刊区作霖纂《馀干县志》卷十八。

题罗昭谏新建小楼二绝

结构叨凭柱石材,敢期幢盖此徘徊。阳春曲调高难和,尽日焚香倚陔台。

玳簪珠履愧菲材,时凭栏干首重回。只待淮妖剪除后,别倾卮酒贺行台。清嘉庆刊本《诚应武肃王集》卷四。

道　怤

道怤,姓陈,温州人。卯年出家,后入闽谒雪峰。暨归越,住越州镜清院,世称镜清和尚。钱镠钦慕焉,命居天龙寺。钱元瓘延住杭州龙册寺。天福二年卒,年七十四。诗九首。(《全唐诗》无道怤诗,传据《祖堂集》卷十、《宋高僧传》卷十三、《景德传灯录》卷十八)

颂

一向随他走,又成我不是。设尔不与摩,伤著他牵匮。欲得省要会,二途俱莫缀。

答僧问好晴好雨颂 题拟

好晴好雨奇行持,若随语会落今时。谈玄只要尘中妙,得妙还同不惜伊。

象 骨 山 颂

密密谁知要,明明许也无。森萝含本性,山岳尽如如。

答僧问十二时中如何行李颂 题拟

当此支荷得,胜于历却疑应作"劫"功。多途终不到,一路妙圆通。

省超偈 题拟

省超之时不守住,更须腾身后前机。太虚不旱金乌运,霄汉宁妨玉兔飞。

僧乞示入蓁林径直之路答以此颂 题拟

我适抑不已,汝须不当急。机竖尚亏投,影没大难及。

谈 体 颂

体含众像像分明,离体含形形转精。清明妙净谁能弁,释迦掩室竭罗城。

叹 景 禅 吟

叹汝景禅去何速,虽不同道当眼明。个今永却不曾亏,地水火风还故国。好也好,也大奇,忙忙宇宙几人知,莹净宁闲追路绝,青山绿嶂白云驰。歌好歌,笑好笑,谁肯便作此中调。难提既与君凑机,其

肯无不谐其要。格志异，气骨高，森萝咸会一灵毫。虽然示作皆同
电，出岫藏峰徒思劳。希奇地，剑吹毛，脱罩腾笼任性游。此界他界
如水月，几般应迹妙逍遥。

悟 玄 颂

有路省人心，学玄者好寻。旋机现体骨，何用更沉吟。莫嫌浅不食，
犹胜意思深。鱼若有龙骨，大小尽堪任。以上九首均见《祖堂集》卷十。

令　参

令参，湖州人。嗣灵峰，在明州，世称翠岩和尚。钱王请居
龙册寺，赐紫，尊为永明大师。诗三首。（《全唐诗》无令参诗，
传据《祖堂集》卷十、《景德传灯录》卷十八）

示 后 学 偈

入门须有语，不语病栖芦。应须满口道，莫教带有无。

明照和尚和后再作　题拟

入门如电拂，后土合知无。回头却问我，终是病栖芦。

劝 学 偈

苦哉甚苦哉，波里觅干灰。劝君收取手，正与摩时徕。以上三首均见《祖
堂集》卷十。

神　禄

神禄，福州人。嗣瑞岩师彦禅师。住温州瑞峰院。诗一首。
（《全唐诗》无神禄诗）

偈

萧然独处意沉吟，谁信无弦发妙音。终日法堂惟静坐，更无人问本
来心。见《五灯会元》卷八、《全闽诗话》卷十二引《闽书》。

钱元球

元球，镠子。累官土客马步都指挥使、静江节度使兼中书
令。封扶南侯。钱元瓘立，出判温州。天福二年，为人告谋反
而见杀。诗一首。（《全唐诗》无钱元球诗，兹据《十国春秋》卷
八三本传、卷七九《文穆王世家》拟传）

游　雁　荡

东风驿路马蹄香，晓起行春到夕阳。三月莺啼花柳寺，几家人住水
云乡。名山不用问樵字，清世何须忧庙廊。且脱〔纶巾〕(轮轩)从《南雁
荡山志》改随洞客，紫箫吹月夜天凉。见民国十四年符璋等纂《平阳县志》卷九
五。题下原注："旧志。"

　　按：元球，《平阳县志》作"元球"。《十国春秋》卷八三本传注云："按
《晋高祖实录》、《十国纪年》作元球、元珣以罪诛，今从《吴越备史》、《九国
志》作元球。"今从其说。张靖龙云：见周喟《南雁荡山志》卷七引郑思恭
《崇祯南雁山志》。又见《乾隆平阳县志》卷二，题作《游雁荡山诗》，纶巾

作轮轩。

皮光业

索茗题巨瓯 题拟

未见甘心氏，先尝苦口师。见《说郛》卷六一《清异录》。

　　《清异录》："光业最耽茗事。一日，中表请尝新柑，簪绂丛集。才至未
顾尊罍，而呼茶甚急。径进一巨瓯，题诗曰（诗略）。"

灵　照

　　灵照，高丽人。游闽越，嗣灵峰。初住浙江齐云山，世称齐
云和尚。后移住越州镜清院。钱弘佐造龙华寺，命照住持。天
福十二年闰七月卒，年七十八。诗一首。（《全唐诗》无灵照诗，
兹据《祖堂集》卷十一、《宋高僧传》卷十三、《景德传灯录》卷十
八拟传）

和丽天和尚颂

遍周沙界圣伽蓝，触处文殊共话谈。若有门上觅消息，谁能敢道翠
山岩。均见《祖堂集》卷十一。

丽天和尚

　　丽天和尚，灵照同时人。诗一首。（《全唐诗》无丽天和尚
诗）

无著对文殊话颂

清凉感现圣伽蓝，亲对文殊接话谈。言下不通好消息，回头只见翠山岩。同前。

措　多

措多，详附按。

入古寺作　题拟

此寺何年造，问僧僧不知。系马枯松下，拂尘读古碑。《祖堂集》卷十一。

按：《祖堂集》引灵照语云："措多入古寺，问僧：'此寺名什摩？'其僧不知名额，措多遂作一诗曰（诗略）。"疑措多即措大，非人名。

钱弘偁

钱弘偁字智仁，文穆王第二子。本名弘偁，能书有文而自晦。后周时为静海军节度使判军州事，政尚宽惠，民悦慕之。久之改彰武军节度使知福州事，温人皆行啼巷哭，亦有携家以从者，谓之随使百姓。诗一首。（《全唐诗》无钱弘偁诗）

游南雁荡

十年曾作雁山期，今日来看似故知。好鸟隔林歌侑酒，飞花绕笔索题诗。云霞眼底原无物，丘壑胸中似有奇。萝月松风清似水，何妨游衍咏归迟。见周喟《南雁荡山志》卷七引陈玭《嘉靖南雁山志》、郑思恭《崇祯南雁山志》。此诗承张靖龙同志录示。

吴　党

党,后周时吴兴人。诗一首。(《全唐诗》无吴党诗)

始迁青溪望吴兴故里

平生愿嗣叔庠微,谁识飘零事已非。雪水远从云外隔,澄江独向月中归。烟横野渡行舟稳,露下衡门步屐稀。潮夕不通音问杳,故乡冷落钓鱼矶。见光绪十年刊李诗纂《淳安县志》卷十五,原署:"周吴党。"

德　谦

德谦,嗣德山。住婺州明招山。诗三首。(《全唐诗》无德谦诗)

偈

明招一拍和人希,此是真宗上妙机。石火瞥然何处去,朝生凤子合应知。

蓦刀丛里逞全威,汝等应当《五灯会元》作"诸人"善护持。火里铁牛生犊子,临歧谁解凑吾机。见《景德传灯录》卷二三、《五灯会元》卷八。

和翠岩和尚示后学偈

入门通后土,正眼密呈珠。当机如电拂,方免病㧪芦。《祖堂集》卷十,原署明照和尚,"照"应作"招"。

德　韶

德韶，姓陈，处州龙泉人。嗣清凉文益。吴越忠懿王延请住天台山，为国师。开宝五年卒，年八十二。诗一首。(《全唐诗》无德韶诗)

颂

暂下高峰已显扬，般若圆《五灯会元》作"圆"通遍十方。人天浩浩无差别，法界纵横处处彰。见《景德传灯录》卷二五、《五灯会元》卷十。

永　安

永安，姓翁，温州永嘉人。嗣天台德韶。住杭州报恩光教寺。开宝七年卒，年六十四。诗一首。(《全唐诗》无永安诗)

偈

汝问西来意，且过遮《五灯会元》作"这"边立。昨夜三更时，雨打虚空湿。电影豁《五灯会元》作"忽"然明，不似蚰蜒急。见《景德传灯录》卷二六、《五灯会元》卷十。

契　从

契从，嗣德谦，居处州报恩院。诗一首。(《全唐诗》无契从诗)

偈

烈士锋前少人陪，云雷击鼓剑轮开。谁是大雄师子种，满身锋刃但
出来。《景德传灯录》卷二四、《五灯会元》卷八。

瑜禅师

瑜禅师，嗣德谦，住婺州普照院。诗一首。（《全唐诗》无瑜
禅师诗）

颂

决在临锋处，天然师子机。謦咳出三界，非祖莫能知。同前。

保　初

保初，嗣德谦，住婺州双溪寺。诗一首。（《全唐诗》无保初
诗）

颂

未透彻，不须呈，十方世界廓然明。孤峰顶上通机照，不用看他北斗
星。同前。

范赞时

范赞时，吴郡人。九岁举神童，仕吴越官至秘书监。著有
《资谈录》六十卷。宋时因孙仲淹贵赠唐国公。诗一首。（《全

唐诗》无范赞时诗，事迹据《范文正公集》附《范文正公年谱》、欧阳修撰《范文正公神道碑》、富弼撰《墓志铭》）

赠华山陈希夷

□□□□□□□，□□□□□□□。曾逢毛女话何事，应见巨灵开此山。浓睡过春花满地，静林中夜月当关。纷纷诏下忽东去，空使蒲轮倦往还。《过庭录》。

> 按：《过庭录》云此诗为"文正祖唐公"作，北宋时曾刻石，首联缺。《宋诗纪事》卷五误以作者姓名为范唐公。

钱元璙

句

别泪已多红蜡泪，离杯须满绿荷杯。《两浙金石志》卷四和凝《大晋故天下兵马都元帅守尚书令吴越国王谥文穆钱公神道碑》引。

> 《钱公神道碑》："天福六年，王以弟兄归任，丝竹张筵，因抒嘉篇，久吟警句。（诗略）诗罢酒阑，情伤疾作。"

全唐诗续拾卷四六 吴越下

延 寿

舟 中

一水浮千棹,悠悠来去人。缆开湘浦岸,帆落楚江滨。风色东西变,潮痕旦暮新。只兹澄汉色,几度化为尘。

野 游

独步出衡茅,寒云著地交。烧平多败穴,叶落见危巢。见南宋钱唐陈起《增广圣宋高僧诗选后集》卷中,《南宋群贤小集》第二十五册,嘉庆六年石门顾氏读画斋刊本。

金 鸡 峰

松萝高镇夏长寒,透出群峰画恐难。造化功成彰五德,洞天云散露花冠。

蛾 眉 峰

盘空势险露岩根,深洞声寒落石泉。好是雨馀江上见,水云僧出认西天。

积 翠 峰

翠压群峰地形直,落日猿声在空碧。天风吹散断崖云,古松长露三秋色。

凌 云 峰

烟萝高巘势凌云,影泻斜阳出海门。曾与支公探隐去,夜寒雷雨上方闻。

白 马 峰

湖外层峰泻危瀑,天际阴阴长寒木。南北行人望莫穷,秋云一片横幽谷。见南宋张淏《宝庆续会稽志》卷四"姜山"条。《乾隆绍兴府志》卷四、《光绪馀姚县志》卷二亦载此五首诗,字句颇有异同。

永明山居诗 六十九首

此事从来已绝疑,安然乐道合希夷。依山偶得还源旨,拂石闲题出格诗。水待冻开成细溜,薪从霜后拾枯枝。因兹永断攀缘意,誓与青松作老期。

古树交盘簇径深,阒无人到为难寻。只知算计千般事,谁解消停一点心。冻锁瀑声中夜断,云吞岳影半天沉。寒灯欲绝禅初起,透腷疏风触短襟。

只图闲适乐箪瓢,莫讶烟霞道路遥。龙穴定知潜碧海,鹏程终是望丹霄。拨云岩下来《古今禅藻集》作"求"泉脉,嚼草坡边辨药苗。门锁薜萝无客至,庵前时有白云朝。

　　　　　按:《古今禅藻集》卷十一收以上二首。

贪生养命事皆同,独坐闲居意颇慵。入夏驱驰巢树鹊,经春劳役探花蜂。石炉香尽寒灰薄,铁磬声微古绣浓。寂寂虚怀无一念,任从苍藓没行踪。

心地须教合死灰,藏机泯迹绝梯媒。芳兰只为因香折,良木多从被直摧。寒逼花枝红未吐，日融水面绿全开。支颐独坐经窗下，一片云闲入户来。

达来何处更追寻，放旷谁论古与今。风带泉声流谷口，云和山影落潭心。资身自有衣中宝，济世谁藏室内金。策杖偶来林下坐，鸟声相和唱圆音。

事多兴废莫持论，唯有禅宗理可尊。似讷始平分别路，如愚方塞是非门。刳肠只为生灵智，剖舌多因强语言。争似息机高卧客，年来年去道长存。

碧峤经年常寂寂，更无闲事可相於。超伦每效高僧行，得力难忘古佛书。落叶乱渠凭水荡，浮云翳月倩风除。方知懒与真空合，一衲闲披憩旧庐。

幽斋独坐绝参详，兀尔何如骤世忙。拯济终凭宏愿力，安闲须得守愚方。柴门半掩花空落，苔径虚踪草自荒。最好静中无一事，翛然唯得道芽长。

旷然不被兴亡坠，豁尔难教宠辱惊。鼓角城遥无伺候，轮蹄路绝免逢迎。暖眠纸帐茅堂密，稳坐蒲团石面平。只有此途为上策，更无馀事可关情。

触目堪嗟失路人，坦然王道却迷津。井藤梗上存馀命，石火光中保幻身。任老岂知头顶白，忘缘谁觉世间春？容颜枯槁元非病，亭沼消疏不是贫。

言行相应宜此地，空谈大隐也无端。升沉歧路非他得，生熟根机且自看。瞋火微烟还渐息，贪泉馀润亦消干。平生正直须甘取，虚幻门中莫自瞒。

怡和心境了然同，大道无私处处通。举世岂怀身后虑，谁人暂省事前空。门开岩石千山月，帘卷溪楼一槛风。羸体健来知药力，缘心寂后觉神功。

进退应须与智论，浮萍自在为无根。扫门何太抛途辙，解珮犹能弃渥恩。草径旋封迷旧迹，苔阶乱织露新痕。不唯此景供游赏，无限烟萝尽一吞。

尘网休重织是非，冥心何不合玄微。庄周梦里多迷旨，惠子渔中少见机。拶路古松和冻折，盘空枯叶带霜飞。一言可达知音者，还得从吾此路归。

抱朴澄神蕴道光，石炉闲爇六时香。曳空横野云和静，逗石穿崖水自忙。晚圃雨来葵叶嫩，晴坡烧后蕨苗长。一心包尽乾坤内，莫把闲文更度量。

松萝闲锁一身孤，履道安禅是密谟。借问野云谁断续，思量春草自荣枯。多见异兽心堪伏，来惯幽禽不用呼。万物尽从成熟得，莫教容易丧工夫。

平生初志已酬之，怀抱怡然寂有归。古帙懒开缘得意，幽房长闭为忘机。数行鸟阵连云没，一带泉声隔岭微。道合古今浑总是，何须更虑昔年非。

青山一坐万缘休，努力应须与古侔。散诞襟怀因绝趣，消疏活计为无求。花明小砌和春月，松暗前轩带雨秋。景像自开还自合，怡然何必更忘忧。

自甘疏拙懒经营，大道从来戒满盈。但起贪心迷有限，谁能触目悟无生。云融远景危峰小，风戛寒溪野艇横。禅后不妨敷六义，只图歌出野人情。

忙处须闲淡处浓，世情疏后道情通。了然得旨青冥外，兀尔虚心罔象中。泉细石根飞不尽，云濛山脚出无穷。樵夫钓客虽闲散，未必真栖与我同。

且停多事莫矜夸，寂寞门中有道华。限岭静同猿窟宅，栽松闲共鹤生涯。荣来只爱添馀禄，春过谁能悟落花。唯有卧云尘外客，无思无虑老烟霞。

沉沉竹院锁轻烟，淡淡霞光欲曙天。遇境偶吟情自逸，逢人话道意
无偏。古松交处眠青帐，细草浓时坐碧毡。只此逍遥何所得，蔬食
寒寝度年年。

危岭如登百尺楼，千般异景望中收。浮生但向忙时过，万事须从静
处休。道直岂教容鬼怪，理平唯只使魔愁。空门莫说无知己，满目
松萝是我俦。

巨浸层峦本自平，只缘人世强分明。五侯门外悲欢意，长乐坡头去
住情。学道不如忘有念，修身争是了无生。三祇功业犹难及，谁信
尘劳直下明。

雾锁烟霏宴寂堂，含虚凝绿水云乡。搜玄偈里真风远，招隐诗中野
思长。真柏最宜堆厚雪，危花终怯下轻霜。滔滔一点无依处，举足
方知尽道场。

投足烟峦养病躯，驰求终是用工夫。千般有作皆从智，万种无依自
合愚。意地已抛尘事业，心田唯种稻根株。非时免见干人世，野食
山袍自有谟。

急景韶颜不可追，岂堪回首暂思之。浮云已断平生望，高节须存往
日期。庭树任猿偷熟果，崖松停鹤惜高枝。轮蹄碌碌何时歇，碾尽
红尘为阿谁？

幽栖岂可事徒然，昼讽《莲经》夜坐禅。吟里有声皆实相，定中无境
不虚玄。直教似月临千界，还遣如空度万缘。从此必知宏此志，免
教虚掷愧前贤。

何如深谷一遗人，宴坐经行不累身。废宅可嗟频换主，凋丛愁见几
回春。尖尖石笑烟笼碧，点点苔钱雨洗新。堪笑古人非我意，居山
多是避强秦。

有山有水更何忧，知足能令万事休。大道不从心外得，浮荣须向世

间求。冲开烟缕飞黄鸟，点破潭心漾白鸥。好景尽归余掌握，岂劳
艰险访瀛洲。

万事从来只自招，安危由己路非遥。笙歌韵里花先落，松桧枝间云
未消。数下磬声孤月夜，一炉香蓺白云朝。谁人会我高栖意，门掩
空庭思寂寥。

万象从来一径通，但缘分别便西东。遗簪只为情难尽，泣路方知意
无穷。偃仰不抛青嶂里，往来多在白云中。平生分野应难比，涧饮
林栖得古风。

遁逸从来格自高，莫将泰山比秋毫。冷烟寒月真吾侣，瘦竹苍松是
我曹。霜树叶疏幽径出，云泉声急晓风高。唯当话道闲吟外，时得
功夫补毳袍。

任运腾腾无所依，闲游长坐性怡怡。疏林不遣闲人到，密意多应夜
月知。骤雨过时苔路滑，拨云行处石桥危。尘沙劫尽清风在，何假
虚名上古碑。

抱拙藏锋过暮年，高名何必指前贤。只于心上标空界，谁说壶中别
有天。郁密远林停宿雾，萧骚疏竹扫寒烟。从兹不更移瓶锡，身外
无馀意了然。

息业怡神道最孤，藏名匿迹合良图。冥心难使龙神见，出语须教海
岳枯。云驻庵前疑有意，鸟鸣庭际似相呼。资持随分安排了，最急
应须与道俱。

松阴疏冷罩寒门，静见吾宗已绝伦。驱得万途归理窟，更无一事出
心源。烟云忽闭岩前洞，鸡犬时闻林下村。放旷本来无别意，免教
停海起波痕。

景虚情淡两何依，抱一冥真绝万机。松韵馀风凉竹户，柏摇残露湿
禅衣。岩灯雾逼寒光小，石像尘昏古画微。得趣了然无所虑，任缘
终日送斜晖。

遁迹无图匿姓名，万重山后葺茅亭。随情因事搜新偈，探妙穷微阅
古经。与道交时心绝念，从缘感处物通灵。应须长远存高节，屹屹
乔松老更青。

闲思尘世大悠哉，进趣门中尽可该。抛却工夫平世路，枉劳心力构
仙台。隘空云水千重合，匝野烟霞一径开。幸有圆成平坦处，辛勤
谁解望山来。

千途尽向空源出，万景终归一路通。忽尔有心成大患，坦然无事却
全功。春开小岫调新绿，水漾漂霞蘸晚红。莫道境缘能幻惑，达来
何处不消融。

身心闲后思怡然，缅想难忘契道言。千种却教归淡薄，万般须是到
根源。疏疏雨趁归巢鸟，密密烟藏抱子猿。禅罢吟来无一事，远山
驱景入茅轩。

万境闲来情淡淡，群嚣息后思微微。当时白业无门入，今日玄关有
路归。熟果不摇翻自落，生禽谁唤却惊飞。到头何用空忙得，任运
应须待对机。

携筇闲步望山行，竟日逍遥任野情。上岭梯登危石侧，渡溪桥踏古
槎横。绿罗水皱岩根急，红锦霞舒海面明。一轴咏怀高尚意，援毫
因事偶吟成。

负气争权事可悲，金貂绣縠尽何之。唯闻野棘盘荒冢，只见空陵叠
坏碑。灯暗竹堂行道夜，烟昏石窟坐禅时。怡然自得真栖处，何用
经营别路歧。

豪贵从他纵胜游，多欢终是复多愁。茅茨舍宇偏安稳，粪扫衣裳最
自由。数片云飞书案上，一条泉路卧床头。分明自有安身处，争奈
人间不肯休。

高才宏略气凌云，世上浮名梦里身。苏氏谩称降六国，韩公休说卷
三秦。当朝虽立千年事，古庙唯存一聚尘。毕竟思量浑大错，何如

林下养天真。

高怀怡淡景相和，才到尘途事便多。碧嶂好期长定计，朱门唯见暂时过。雄雄负气争权路，岌岌新坟占野坡。成败分明刚不悟，未知凡俗意如何。

得理元来行自成，万般情断一心冥。樵人不到缘山僻，游客难逢为岳灵。食蘗苦心何日就，看花醉眼几时醒。索然身外无馀物，云满前山水满瓶。

名利梯媒事已忘，唯凭拙直定行藏。探玄休炼长生药，助道时抄歇食方。溪汲古痕山雨涨，树摧残柿野风狂。一言欲寄休回首，尘路如今事正忙。

岂是疏慵僻爱山，且图馀事不相关。休夸凤诏千年贵，难敌禅扉半日闲。透水戏鱼随浪没，投巢孤鹤带云还。自然得到无心地，寂寂虚堂一景闲。

林下安身别有方，营营何太路歧忙。侯门梦过光阴促，禅室玄栖气味长。引水灌花春日媚，移林夹道暑天凉。衔恩略报元功处，一炷晨风散后香。

万般惟道最堪依，一瞬荣枯万古悲。强笑低颜何忽忽，忘机绝虑自怡怡。潜龙终要投深浦，巢鸟应须占健枝。名利门中难立足，隐藏云水更何之。

退迹何人继昔贤，凡途终是事谋先。只知兢逐浮云富，谁解惊嗟逝水年。寒影半疏霜后树，秋声万点雨中禅。千般不更经营得，一榻无馀任自然。

野景陶情皆得意，凡夫举目尽堪愁。秦川几度埋番骨，棘路还曾耸玉楼。幻体不知波上沫，狂心须认镜中头。浮生役役贪荣者，求到真空卒未休。

一生占断白云乡，适意孤高志自强。报晓音声栖鸟语，漏春消息早梅香。吟经徐傍芙蕖岸,得偈闲书薜荔墙。大道最亲无达者,苦携瓶锡叩禅堂。

养性摅情不记年,免寻云水更参禅。有心用处还应错,无意看时却宛然。析法尚嫌灰断果,烧丹堪愍地行仙。欲知此理谁人会,水自朝东月自圆。

世途从此免相关,万虑潜消野思闲。庵树逼春花自吐,岩巢欲暮鸟空还。门前雾闭疑无路,槛外云开忽有山。宴坐石岩樵径绝,姓名应不到人间。

独行独坐任天然,幽隐难逢世网牵。一志直教齐大道,万般总是涉因缘。水磨涧石平如镜,春引岩藤直似弦。虚幻已知休更续,蹄轮应不到山前。

散诞疏狂得自然,免教拘迫事相牵。潜龙不离滔滔水,孤鹤唯宜远远天。透室寒光松槛月,逼人凉气石渠泉。非吾独了西来意,竹祖桐孙尽入玄。

绿柳堤边春色多,数树重重袅翠萝。红白花枝争斗发,晴阴天气半相和。中山谩醉千壶酒,易水徒悲一曲歌。尘世无凭唯道外,荣枯瞬息尽消磨。

清平大业行皆奢,岂独尧时听所加。丰俭由人天不远,安危在智道非赊。关津防害反为害,法令除邪却长邪。争似无言敷密化,既能成国又成家。

焦翼枯鳞成底事,分明可验莫愁哉。君恩只可量功受,世利应须任运来。岂信败从成处得,谁知荣是辱边媒。但看越分诛求者,唯向身边积祸胎。

栖真境界太玄乡,静见吾宗不可量。好句只凭诗断送,闲缘唯遣道消亡。雨丝云织轻条密,烟素风抽细缕长。竟日虚怀无一事,金瓶秋水石炉香。

得丧从来事甚均，任缘徒用苦劳神。野蔬随分堪充口，石室依稀可庇身。碧海几时无去棹，红衢何日息征轮。若教求道如求利，举世浑成无事人。

数朝兴废狂风过，千载荣枯掣电飞。早向权门思息意，莫于尘世自沉机。一条水引闲花出，万里云随独鹤归。最要身安成大道，免教他后始知非。

幽栖带郭半山峰，密意虚怀莫可同。事到定中消息静，景于吟处炼磨空。玲珑色淡松根月，敲磕声清竹罅风。独坐独行谁会我，群星朝北水朝东。

三度曾经游此地，从缘权顺世间情。登山虽有谢安志，遁迹惭无慧远名。翠叠寒枝松未老，影深幽径竹新成。莫言去住关怀抱，云本无心水自清。见忏庵居士《高僧山居诗》，上海商务印书馆民国二十三年线装铅印本。

　　张靖龙云：永明即延寿。清释际祥《净慈寺志》（《武林掌故丛编》第十三集）卷十九附著述目中有"《永明寿禅师山居诗》，吴越僧延寿撰"等语。卷十八明人李日华山居诗序中记载了永明山居诗的刻本来源，序后附录佛国山人黄树毂《集山居诗绝句》十首。旁小字注曰："集永明寿禅师诗句。"其词句与忏庵居士本全部相同。集句诗后附载和诗诸公云，高峰妙法嗣布衲雍公，尝居南屏，赓和《永明山居诗》六十九首，楚石梵琦有《和永明山居诗》，梅雪有《和永明山居诗》。古春云："永明寿禅师有诗六十九首，庆寿独庵从和之。"按元代天目山大觉正等寺布衲祖雍的和作，今存其一，见《西天目祖山志》卷五，步延寿山居诗其二韵。又忏庵居士《高僧山居诗续编》载元代天台高僧无见先睹《和永明禅师（山居诗）韵》六十九首，步韵甚严。从永明山居诗的内容来看，也属智觉延寿所作无疑。详细考证参见拙作《延寿及其佚诗》，载《温州师专学报》（社会科学版）一九八六年第三期。

　　按：日本《续藏经》本宋释文冲《慧日永明寺智觉禅师自行录》末附延

寿著作总目,有《山居诗》一卷,当即指以上所录诸诗。此书所录延寿所作诗尚有《诗赞》一卷、《物外集》十卷五百首、《吴越唱和诗》一卷、《光明会瑞应诗》一卷、《供养石桥罗汉一十会祥瑞诗》一卷、《杂歌》一卷、《布金歌》一卷、《定慧相资歌》一卷。

偈

孤猿叫落中岩月,野客吟残半夜灯。此境此时谁得意?白云深处坐禅僧。《五灯会元》卷十。

　　　　按:张靖龙云:见清严行恂《康熙雪窦寺志》卷三"中峰庵"条,题作《夜坐诗》。

欲识永明旨,门前一湖水。日照光明生,风来波浪起。见《景德传灯录》卷二六、《五灯会元》卷十。

定慧相资歌

祖教宗中有二门,十度万行称为尊。初名止观助新学,后成定慧菩提根。唯一法,似双分,法性寂然体真止,寂而常照妙根存。定为父,慧为母,能孕千圣之门户。增长根力养圣胎,念念出生成佛祖。定为将,慧为相,能弼心王成无上。永作群生证道门,即是古佛菩提样。定如月,光烁外道邪星灭。能挑智炬转分明,滋润道芽除爱结。慧如日,照破无明之暗室。能令邪见愚夫禅,尽成般若波罗蜜。少时默,刹那静,渐渐增修成正定。诸圣较量功不多,终见灵台之妙性。瞥闻法,才历耳,能熏识藏觉种起。一念回光正智开,须臾成佛法如是。禅定力,不思义,变凡为圣刹那时。无边生死根由断,积劫尘劳巢穴堕。湛心水,净意珠,光吞万象烁千途。抉开己眼无瑕翳,三界元无一法拘。觉观贼,应时克,攀缘病,倏然净。荡念垢兮洗惑尘,显法身兮坚慧命。如断山,若停海,天翻地覆终无改。莹似琉璃含宝月，倏然无寄而无待。般若慧，莫能量，自然随处现心光。万行门中为导首，一切时中称法王。竭苦海，碎邪山，妄云卷尽片时间。贫女室中金顿现，壮士额上珠潜还。斩痴网，截欲流，大雄威猛更无俦。能令铁床铜柱冷，顿使魔怨业果休。和诤讼，成孝义，普现群生超佛智。边邪恶慧尽朝宗，蝼蚁鲲鹏齐受记。偏修定，纯阳烂物剋正命。若将正慧照禅那，自然万法明如镜。偏修慧，纯阳枯物成迁滞。须凭妙定助观门，如月分明除雾翳。劝等学，无偏修，从来一体无二头。似禽两翼飞空界，如车二轮乘白牛。即向梵途登觉岸，便于业海泛慈舟。或事定，制之一处无不竟；或理定，唯当直下观心性；或事观，明诸法相生筹算；或理观，顿了无一无那畔。定即慧，非一非二非心计；慧即定，不同不别绝观听；或双运，即寂而照通真训；或俱泯，非定非慧超常准。一尘入定众尘起，般若门中成法尔。童子身中三昧时，老人身分谈真轨。能观一境万境同，近尘远刹无不通。真如路上论生死，无明海里演圆宗。眼根能作鼻佛事，色尘入定香尘起。心境常同见自差，谁言不信波元水。非寂非照绝言思，而寂而照功无比。权实双行阐正途，体用更资含妙旨。劝诸子，勿虚弃，光阴如箭如流水。散乱全因缺定门，愚盲只为亏真智。真实言，虚入耳，千经万论同标记。定慧全功不暂忘，一念顿归真觉地。定须习，慧须闻，勿使灵台一点昏。合抱之树生毫末，积渐之功成宝尊。猕猴学定生天界，女子才思入道门。自利利他因果备，若除定慧莫能论。《大正新刊大藏经》第四十八册延寿《永明智觉禅师唯心诀》附收。

游上雪窦诗

下雪窦游上雪窦，过云峰后望云峰。如趋仙府经三岛，似入天门彻九重。无日不飞丹顶鹤，有时忽起隐潭龙。只因奉诏西归去，此境何由得再逢。

同于秘丞赋瀑泉诗

大禹不知凿，来源亦自成。色应怜众白，声合让孤清。远势曾吞海，飞流欲喷鲸。灵槎如可泛，天际问归程。二首均录自光绪三十四年刊张美翊纂《奉化县志》卷四。前首又见《古今图书集成·山川典》卷一一〇。

　　　　按：二诗原署"周僧智觉"。同书卷三三《方外传》云："周知觉，名延寿，钱塘王氏子。周广顺二年住雪窦，吴越钱氏崇信之。著宗镜录一百卷。"原注："康乾志。"

武肃王有旨石桥设斋会进一诗

南有天台事可尊，孕灵含秀独超群。重重曲涧侵危石，步步层岩踏碎云。金雀每从云里现，异香多向夜深闻。当知此界非凡界，一道幽奇各自分。

仙源佛窟有天台，今古嘉名遍九垓。石磴嵌空神匠出，瀑泉雄壮雨声来。景强偏感高僧住，地胜能令远思开。一等翘诚依此处，自然灵贶作梯媒。

智泉福海莫能逾，亲自王恩运睿谟。感现尽冥心境界，资持全固道根株。石梁低矗红鹦鹉，烟岭高翔碧鹧鸪。胜妙重重惟祷祝，永资军庶息灾虞。

凌晨迎请倍精诚，亲散鲜花异处清。罗汉攀枝呈梵相，岩僧倚树现真形。神幡双出红霞动，宝塔全开白气生。都为王心标意切，满空盈月瑞分明。

幡花宝盖满清川，祈祷迎来圣半千。莫道圣缘无影响，须知嘉会有因缘。空中长似闻天乐，岩畔尝疑有地仙。何必更寻兜率去，重重灵应事昭然。

登云步岭涉烟程，好景随心次第生。圣者已符祥瑞事，地灵全副祷祈情。洞深重叠拖云湿,滩浅潺湲漱水清。愿满事圆归去路,便风相送片帆轻。见《四库全书珍本初集》本宋林表民《天台前集别编》。

　　　　按:《全唐诗》卷八五一收六诗,仅云为"吴越僧"作。今确定为吴越释　　延寿作。

句

言前体道乾坤窄,笔下搜吟海岳枯。

绕绣屏飞花外蝶,隔金笼语柳中莺。

春雨闭花径,晚云生石楼。

草浓春径狭,树密晚窗阴。均见明刻本《吟窗杂录》卷三二《古今诗僧》。

　　　　按:延寿卒于开宝八年,时吴越虽已奉宋为正朔,用其年号,而仍维　　持独立。吴越纳土,为延寿卒后三年之事。诸书或以延寿为宋人,实未谛。

钱师悦

　　　　师悦,官少卿,吴越时人。诗一首。(《全唐诗》无钱师悦　　诗)

题 清 乐 亭

林亭虚敞依金地,终待休官此结庐。因共支公话空理,人中清乐更无如。见复旦大学图书馆藏旧抄本《至元嘉禾志》卷三二。

江景防 一作"景房"

　　　　景防,字汉臣,常山人。事钱俶,官侍御史。时吴越赋敛甚　　重。宋平诸国,赋敛仍旧籍为断。钱俶入宋,景防以侍从当上图籍，叹曰："民苦苛敛久矣。使有司仍其籍，民困无已时也。吾宁以身任之。"遂沉图籍于河。诣阙，自劾所以亡失状，宋太宗大怒，欲诛之，已而谪沁水尉，遂屏居田里以卒。诗一首。(《全唐诗》无江景防诗，传据《十国春秋》卷八七。《宋诗纪事补遗》作"江景房")

保 安 寺

扰扰尘埃白日忙，偶然来谒赞公房。行登峻岭跻攀倦，坐俯清泉笑傲凉。林静鸟声酬客语，风来花气逐人香。此时已觉凡尘断，分得高僧兴味长。见《宋诗纪事补遗》卷二引《开化县志》。

钱　俶　补二首

诗寄赠四明宝云通法师 二首

海角复天涯，形分道不赊。灯清读圜觉，香暖顶袈裟。戒比珠无类疑当作"颣"，心犹镜断瑕。平生赖慈眼，南望一咨嗟。

相望几千里，旷然违道情。自兹成乍别，疑是隔浮生。得旨探玄寂，无心竞利名。苑斋正秋夜，谁伴诵经声。见《大正新修大藏经》第四十六册南宋释宗晓编《宝云振祖集》。

　　按：此诗题下署"吴越国王钱俶"，末附嘉泰壬戌宗晓跋，叙得诗始末，文长不具录。通法师卒于宋太宗端拱改元之年，年六十三。俶作此诗时已降宋否，尚难考详。

赞　宁

寄题明月禅院 之二

积翠湖心迤逦长，洞台萧寺两交光。鸟行黑点波涛白，枫叶红莲橘柚黄。人我绝时偎树石，是非来处接帆樯。如何遂得追游性，摆却营营不急忙。见范成大纂《吴郡志》卷三三。

　　按：《吴郡志》录赞宁诗二首，题作《寄题水月禅院》。然同卷云：水月禅院，"天祐四年，刺史曹珪以'明月'名之，皇朝祥符间诏易今名"。院名"水月"，在赞宁死后，故据旧名改题。其一已收入《全唐诗补逸》卷十八。

悟 空 塔

浮图萧瑟入虚空，一聚全身图像中。传马祖心开佛印，识龙潜主示神通。毫光委坠江楼月，道气馨香海岸风。此地化缘才始尽，更于何处动魔宫？《海昌胜迹志》卷一。此首承陶敏先生录示。

夜 吟

独坐闲吟野思清，秋庭萧索暮烟轻。孤灯欲炧月未上，万籁寂然蛩一声。

秋 日 寄 人

白鸟行从山嘴没，青鸥群向水湄分。松斋独坐谁为侣？数片斜飞槛外云。以上二诗为张靖龙同志提供，云见南宋陈起《增广圣宋高僧诗选后集》卷上。

钱 唐 潮 信 诗

午未未未申，申《西湖游览志》作"寅"卯卯辰辰，巳巳巳午午，朔望一般轮。见元陶宗仪《南村辍耕录》卷十二。

　　按：明田汝成《西湖游览志》卷二四收此为"杭人"诗。

句

要路花争发，闲门草易荒。见宋吴子良《荆溪林下偶谈》卷二。

山黛浅深春气力,浪花开合水工夫。

草浓春径狭,树密晚窗阴。均见《锦绣万花谷后集》卷三《春门》。

按:"草浓"二句,《吟窗杂录》作延寿诗。未详孰是,今互收。

何用密防奸。《江湖小集》卷五绍嵩《江浙纪行集句诗》引。

与闲为活计。同前。

晓 荣

晓荣,俗姓邓,温州人。嗣德韶,住杭州龙册寺。诗二首。
(《全唐诗》无晓荣诗)

答 慧 文

般若大神珠,分形万万亿。尘尘彰妙体,刹刹静毗卢。

一念周沙界,日用万般通。湛然常寂灭,常展自家风。《五灯会元》卷十。

遇 臻

遇臻,俗姓杨,越州人。嗣德韶,住婺州齐云山。诗一首。
(《全唐诗》无遇臻诗)

颂

秋庭肃肃风飔飔,寒星列空蟾魄高。揸颐静坐神不劳,鸟窠无端吹
布毛。同前。

本　先

本先,俗姓郑,温州人。嗣德韶,后住本州瑞鹿寺。大中祥符元年卒。诗三首。(《全唐诗》无本先诗)

非风幡动仁者心动颂

非风幡动唯心动,自古相传直至今。今后水云人欲晓,祖师直是好知音。

见色便见心颂

若是见色便见心,人来问著方难答。更求道理说多般,孤负平生三事衲。

明　自　己　颂

旷大劫来只如是,如是同天亦同地。同地同天作麼形,作麼形兮无不是。同前。

按:以上三颂皆为参德韶后作,德韶卒于吴越纳土前,故收入。

洪　寿

洪寿,嗣德韶,住杭州兴教寺。诗一首。(《全唐诗》无洪寿诗)

闻堕薪有省偈

扑落非他物,纵横不是尘。山河及大地,全露法王身。同前。

按:此偈为与德韶"普请次"作。

钱惟治

春日登大悲阁二首 一字至七字

阁,阁。雕镂,彩错。簇明霞,攒丽莩。玉女窥牖,飞仙捧铎。沉烟
燠宝香,媚水涵珠箔。千山蓊郁晴霁,万井喧填晓郭。登临徙倚傍
琼栏,满目春光熙寥廓。

阁,阁。般斤,郢斫。木从绳,工必度。华饰藻绘,密施榱桷。明蟾
代宝灯,瑞霭为珍箔。栏危似倚高空,梯迥疑穿碧落。有时闲上瞰
人寰,自谓禽中腾一鹗。

春日登大悲阁 四言回文

春城满望,晓阁闲登。尘销霁景,定出真僧。人怀远思,槛凭危层。
因圆果证,胜境斯兴。均见明梁桥《冰川诗式》卷二。

黄夷简

　　夷简,字明举,福州人。仕吴越为明州判官,累迁检校秘书
监、平江节度副使。开宝初使宋,太祖劝以归顺,归匿其言而退
隐。至吴越纳土,始复出,仕至平江军节度使。大中祥符四年
卒,年七十七。(《全唐诗》无黄夷简诗,传据《宋史》卷四四一、
《十国春秋》卷八七)

山 居 诗

宿雨一番蔬甲嫩,春山几焙茗旗香。见《玉壶清话》卷一。

钱　昱

　　昱，字就之，忠献王长子。初为咸宁、大安二宫使，授秀州刺史。尝使宋，归为台州刺史、温州刺史，转彰武军节度使。入宋后，历任知州、工部侍郎等职，咸平二年卒，年五十七。诗三首。(《全唐诗》无钱昱诗，传录《十国春秋》卷八三)

升山灵岩寺　题拟

松杉满寺廊，栏杆倚高冈。郡郭晓云漠，禅斋春草长。涧青连竹色，山静带茶香。更有名僧在，茅庵住上方。见《淳熙三山志》卷三八。

涵虚沼留题

景致逼神仙，心幽道亦〔玄〕(元)。僧闲来出世，松老不知年。放马眠岩草，移杯酌涧泉。浮名如脱得，终老此云边。见影印文渊阁《四库全书》本《福建通志》卷七七。

留题巾山明庆塔院

数级崔嵬万木中，最堪影势似难同。栏杆《赤城志》作“阑干”夜压江心月，铃铎秋摇岳顶风。重叠画檐遮世界，稀疏清磬彻虚空。有时问著禅僧路，笑指丹霄去不穷。见《天台续集》卷下、《嘉定赤城志》卷十九。

全唐诗续拾卷四七 闽

师 备

师备,姓谢,福州闽县人。嗣雪峰。住福州玄沙院,世称玄沙和尚。开平二年卒,年七十四。诗八首。(《全唐诗》无师备诗,传据《祖堂集》卷十、《宋高僧传》卷十三、《景德传灯录》卷十八)

送灵云和尚颂 题拟

三十年来只如常,叶落几回_{卷十九作"几回叶落"}放毫光。自_{卷十九作"从"}此一去云霄外,圆音体性应法王。见《祖堂集》卷十、卷十九。

偈

三棒愚痴不思议,浩浩溶溶自打之。行来目前明明道,七颠八倒是汝机。

用处妙理不换机,问来答得不思议。应现常闻明知友,人人自在得功稀。

再睹道友话清源,人人问道无不全。法法恒然皆如是,四生九类体中圆。均见《祖堂集》卷十。

颂

玄沙游径别,时人切须知。三冬阳气盛,六月降霜时。有语非关舌,无言切要辞《五灯会元》卷七作"词"。会我最后句,出世少人知。

奇哉一灵叟,那顿许吱吱音兜。风起引箜篌,迷子争头凑。设使总不是,虾蟆张大口。开口不开口,终是犯灵叟。欲识个中意,南星真北斗。

万里神光顶后相,没顶之时何处望。事已成,意已《五灯会元》作"亦"休,此个从来《五灯会元》作"来踪"触处周。智者聊闻猛《五灯会元》作"撩著便"提取,莫待须臾失却头。均见《景德传灯录》卷二九。

一二三四五,日轮正当午。可怜大丈夫,先天为心祖。《祖庭事苑》卷二。

志　勤

志勤,福州人。嗣沩山。在福州,号灵云和尚。诗一首。
(《全唐诗》无志勤诗)

偶睹春时花蕊繁发忽然发悟
喜不自胜乃作一偈

三十年来寻剑客,几逢花发《景德传灯录》作"落叶"几《五灯会元》作"又"抽枝《祖堂集》卷十作"叶落几回再抽枝"。自从一见桃花后,直至如今更不疑。见《祖堂集》卷十九、卷十、《景德传灯录》卷十一、《五灯会元》卷四。

从　范

从范,师全豁,在福州香溪,与罗山道闲同时。诗一首。

（《全唐诗》无从范诗）

偈

迦叶上名《五灯会元》作"行"衣，披来须捷机。才分招的箭，密露不藏
龟。见《景德传灯录》卷十七、《五灯会元》卷七。

普 闻

　　普闻，初为唐僖宗太子。僖宗幸蜀，遂断发为僧。嗣石霜。
后住邵武龙湖寺三十馀年。诗一首。（《全唐诗》无普闻诗）

临示寂声钟集众说偈

我逃世难来出家，宗师指示个歇处。住山聚众三十年，寻常不欲轻
分付。今日分明说似君，我敛目时齐听取。见《五灯会元》卷六。

义 存

　　义存，俗姓曾，泉州南安人。年十七出家，嗣德山。大中间
北游，咸通间南归，后移居福州雪峰山，时称雪峰和尚。开平二
年卒，年八十七。诗四十三首又四句。（《全唐诗》无义存诗，传
据《宋高僧传》卷十二）

住山后作 题从《小草斋诗话》卷四

光阴倏忽《小草斋诗话》作"迅速"暂须臾，浮世那《小草斋诗话》作"何"能得久
居。出岭年登《祖庭事苑》卷四作"始年"三十二，入闽《祖庭事苑》作"如今"蚤
是四旬馀。他非不用频频检《祖庭事苑》、《小草斋诗话》作"举"，已过还《祖庭

事苑》作"当"须旋旋除。为报满朝《小草斋诗话》作"报与满朝"朱紫道，阎王《祖庭事苑》作"罗"不怕佩金鱼。

按：《语录》原缺题。

游桎洋

青山无适莫，四畔无来路。安居不到处，出身终有馀。

因学人问事

佗事佗人断，己事己自裁。万法刹那包，何用更往来？

送澄沼

忽告归乡去，崎岖枉涉途。雪岭三秋外，澄沼一事无。

因读寒山诗

可怜寒山子，多言复多语。横路作篱障，何如直下觅光舒？

咏鱼鼓二首

我暂作鱼鼓，悬头为众苦。师僧吃茶饭，拈槌打我肚。身虽披鳞甲，心中一物无。鸬鹚横溪望，我誓不入湖。

可怜鱼鼓子，天生从地养。粥饭不能殉，空肚作声响。时时惊僧睡，懒者烦恼长。住持闹喧喧，不如打游漾。

放　牛

早朝放牛承露草，直至日昼干饱好。牛饱更无思食念，牛儿无事唱牛歌。

劝　人

莫道肯去易，肯去也大难。虚空满天下，迷人坐不安。

若切老婆心，劝君莫掠虚。忽遇明眼人，相逢笑杀渠。

枯树解藏龙，贪睡不闻钟。一朝侵早起，忽觉是何龙。

低头不见地，仰面不见天。欲知白牛处《林间录》作"欲识金刚体"，但看髑髅前。《林间录》卷上云此篇为见亡僧后作。

达摩来路远，汝莫辜负佗。子细审思观，忽然悟去好。

人人尽有乾坤眼，莫随妄境颠倒窥。恒沙国土总吞尽，吞尽不我何旨旨。

枯木藏龙，雷动必惊。惊者是少，不惊者多。

绝顶白似雪，众水一源深。道场平如掌，我宗超佛心。

长江抛钓子，游鱼带丝绦。恩重钩头饵，轻欺上祖歌。

脚踏香积垅，头枕马鸣崎。身卧白云里，神光万里秘。会我最后句，与汝同一枝。

冬瓜长优侗，葫芦剔突圙。玲珑满天下，覧子黑漫漫。

君不见《祖堂集》卷七"不见"二字作"觅"路边华表柱，天下忙忙总一般。琵琶桓楔《祖堂集》作"拗捩"随手转，广陵妙曲无人弹。若有人能解弹得，一弹弹尽天下曲。

世中《祖堂集》卷七作"间"有一事，奉劝学者取。虽无半钱活，流传历劫富。

登天不借梯，遍地无行路。包尽乾坤处，禅子火急悟。又见《祖堂集》卷七。

寅朝不肯起，贪坐昏黄晡。鱼被网〔裹〕(里)从《祖堂集》卷七改却，胀《祖堂集》作"张"破猎师肚。

满天不见路，万里迷也没。问汝世间人，何时得成佛？

磨砖不成镜,虚空终有月。火急自提取,莫受多生屑。

高抛不至天,低掷岂著地?日轮隐山去,回头更觅鼻。

我今劝汝道,汝休念文字。兼劝采樵人,努力莫相欺。

多生不出家,万劫受辛苦。今日舍恩爱,誓愿莫回顾。

春霜满天寒,览子黑漫漫。白牛常在髑髅前,劝君审细看。

报汝等知乎,真性不在途。色身只要闲,何用苦区区。

须知不从人处得,何劳昼夜苦求人。已珠迥然越三界,不是圣人非色尘。

天色晴明绿嶂分,万里虚空绝点云。可惜时人何不悟,肯者同游此法门。此首又见《石仓历代诗选》卷一一一。

万里无寸草,迥迥绝烟霞。历劫长《祖堂集》卷七作“常”如是,何须《祖堂集》作“烦”更出家?

辞 曾 氏

昔年曾许郁多罗,直至如今未动梭。此日且随云水去,谁能待得鸭成鹅。

赠 实 师 伯

善哉道者,顿息大机。堂堂密密,将何显伊?千山绝顶,万重绿衣。风云抱合,我终不知。以此浮幻,随处祥痴。严霜欲至,放发齐眉。僧俗不辩,怀量任疑。晓我微功,雨势云飞。

幽州未得授戒

一十出家未是时,二十出家正是时。今遇官坛缘未合,龋踵且作老沙弥。

自　述

思量未到雪峰时，爱把浮生取次疑。及至法门非法法，到头无我亦无师。此首又见《石仓历代诗选》卷一一一。

师亲写版牌云

妄身临镜照影，影与妄身不殊。若欲去影留身，不知身影常虚。身影从来不异，不得一有一无。若拟憎凡爱圣，生死海里常浮。欲得不招无间业，莫谤如来正法轮。有物密救人，争奈人不知。

题枯木庵　题拟

庵前永日无狼子，磨下终年绝雀儿。

　　　按：原题作："师在枯木庵坐禅，于水磨坊前晒麦，乃亲题云。"句后云："山中至今并无狼虎，凡于磨坊前晒麦，亦无鸟雀，皆如师言。"

题僧堂前梁

今朝不保明朝，常作千载遮头。以上均见《卍续藏经》本《雪峰真觉禅师语录》卷下。是书附北宋王随、孙觉等人序。

偈

心镜明，鉴无碍，廓然莹彻周沙界。万像森罗影现中，一性圆光非内外。见《宗镜录》卷十。

苦屈世间错用心，低头曲躬寻文章。妄情牵引何年了，辜负灵台一点光。见《祖堂集》卷七。

可怜徒勤子，时人笑作昏。神清如镜像，迥然与物分。同前卷六。

和 双 峰 偈

非但抛僧去,云岭不相关。虚空无隔碍,放旷任纵横。神光迥物外,
岂非秋月明。禅子出身处,雷罢不停声。<small>同前卷七。</small>

晖和尚

晖和尚,义存同时人。诗一首。(《全唐诗》无晖和尚诗)

颂

雪山养得一条蛇,寄著南山意如何?不是寻常毒恶物,参玄须得会
先陁。<small>见《祖堂集》卷七。</small>

光　云

光云,莆田人。嗣长庆慧棱。闽主请住福州报慈院,世称
报慈和尚。(《祖堂集》卷一二)

和晖和尚颂

劝君崄处好看蛇,冲著临时争奈何。欲得安身觅负物,向南看北正
先陁。<small>同前。</small>

道　溥

道溥,姓郑,福唐县人。嗣雪峰。在泉州,时称睡龙和尚。
诗二首。(《全唐诗》无道溥诗)

三种病人颂

奇哉大师恶盲聋,善能方便唱真宗。为报知音须带会,莫将意句竞来通。

示 学 偈

瞎眼善解通,聋耳却获功。一体归无性,六处本来同。我今齐举唱,方便示汝浓_{疑应作"依"}。相传佛祖印,继续老胡宗。_{均见《祖堂集》卷十一。}

神 晏

神晏,姓李,汴州人。嗣雪峰。住福州鼓山寺,世称鼓山和尚。天福中卒,年七十七。诗九首。(《全唐诗》无神晏诗)

偈 颂 六 首

直下犹难会,寻言转更赊。拟_{《景德传灯录》卷十八及《五灯会元》卷七作"若"}论佛与祖,特地隔天涯。_{见《祖堂集》卷十。}

有曲无弦索,宫商调不同。若人才和得,拍拍尽为龙。

彩笔除装色更浓,针挑疮患理难同。维摩昔日称何事,迷从西土却还东。

何事最堪依,岩中独坐时。路险人难到,峦高鸟不飞。

白云长满洞,论劫未曾亏。不话曹溪旨,焉干道者机。

石室周圆庆已多,有人不到复如何?待封此样呈诸友,开时只好笑呵呵。

十八郎殿下送彩球上于方丈顶挂便请偈

众彩裁成已，工多妙最殊。收归方丈里，长玩一明珠。

十八郎殿下又送偈上国师兼请和师乃答之

建化开遮假立名，无名之说亦难停。其中荐得非关识，朗月当空不自明。北京秀长称为泽，南派传宗祖讳能。黄卷暂诠呼作性，教外须参有别行。以上八首均见《古尊宿语录》卷三七《鼓山先兴圣国师和尚法堂玄要广集》。

题所居屋壁　题拟

白道从兹速改张，休来显现作妖祥。定祛邪行归真见，必得超凡入圣乡。见《五灯会元》卷七。

王十八郎

　　十八郎，闽王王氏子。诗一首。（疑此人即王延彬，惜无确证，姑另列目俟考详）

上鼓山国师偈兼请师和之　题拟

无形无本亦无名，日用驱驱不暂停。对面向人多不识，纵横自在转分明。权时来寄君家宅，万种千般是事能。认取当来真本性，一时抛弃事皆行。同前。

皎　然

　　皎然，福州人。嗣灵峰。住福州长生山，世称长生和尚。诗二首。(《全唐诗》卷八一五所收皎然为贞元间僧，此为另一人)

见挑灯偈　题拟

一灵孤灯当门悬，拟欲挑来历劫昏。山声朴直人难见，此中会得处处全。

在灵峰时为后生造偈　题拟

素面相呈犹不识，更添脂粉竞斗看。这里若论玄与实，与吾如隔万重山。均见《祖堂集》卷十。

王延彬

赠泉州宏则和尚　题拟

莫怪我来偏礼足，萧宫无个似吾师。见郑方坤《五代诗话》卷一、《全闽诗话》卷一引《闽书》。

上长庆和尚偈　题拟

世人悟道非从耳，耳患虽加道亦分。灵鹫一机迦叶会，吾师传得岂关闻。《祖堂集》卷十。

翁承赞

寄圭峰寂公

屈指闲思癸丑年，共师曾听翠微泉。高梧疏冷月才上，古屋荒凉人未眠。别后青云虽寄迹，乱馀白发欲垂肩。无端贫病莲峰下，一半乡心属暮蝉。影印本《诗渊》第一册第七三六页。

酬韦二十二行次见寄

风触离肠雪满襟，晚来惆怅两难任。早知上马同千里，且合携觞更一斟。曩眷已坚金石志，新诗重壮岁寒心。他时挂壁尘冠在，不为闲人取次寻。影印本《诗渊》第二册第八七三页。

题河阴崔少府素幛

真玉不显文，至人不逞迹。君见华堂幛，转觉虚室白。旷然绝氛滓，润色惟粉泽。皎若朗月升，皓如繁霜积。清晨卷帘望，秋天横半壁。昼景当户窥，晴云拂瑶席。非无丹青妙，点污吾所惜。世事巧乱真，我将世情隔。自持纯素质，可悦神仙客。何必玩画屏，留连假泉石。同前第一三八九页。

送人归觐南海

迢迢南越路，送子意难分。雁背三湘月，家遥五岭云。舶经秋海见，角向晚城闻。想得问安后，新诗独不群。同前第六册第四三八八页。

送刘光载归宁

少年才子喜还家，满袖新诗敌绮霞。襟袖凉生归马病，关河秋晓早鸿斜。趋庭虽未擎丹桂,问绢何妨赋《白华》。莫为时危翻自滞,回头一步是星槎。同前。

严禅师

　　　严禅师,嗣全豁,住福州圣寿院。诗一首。(《全唐诗》无严禅师诗)

颂

山僧一衲衣,展似众人见。云水清两条《五灯会元》作"两条分",莫教露针线。《景德传灯录》卷十七、《五灯会元》卷七。

慧 救

　　　慧救,泉州莆田人。出家于龟洋山,后嗣师备。世称中塔和尚。闽王钦敬,奏赐紫衣。诗二首。(《全唐诗》无慧救诗)

曜 日 颂

见物明明绝见尘,闻声浩浩亦非因。宗师真示无闻见,未晓徒劳见月新。《祖堂集》卷十一。

送灵云和尚颂 题拟

谛当恒然直古今,未彻见闻实甚深。现现运转三十载,春尽荎花示君心。《祖堂集》卷十九。

韩　偓

深　村

甘向深村固不材,犹胜摧折傍尘埃。清宵玩月唯红叶,永日关门但绿苔。幽院菊荒同寂寞,野桥僧去独裴回。隔篱农叟遥相贺,伫看芳田膏雨来。《四库全书》本《韩内翰别集》。

　　按:《全唐诗》卷六八二收此诗,末句缺四字,今重录。

□　明

迢迢恩义吹区分。《断肠诗集前集》卷五《秋日杂书二首》郑元佐注引。

王审知

　　审知,字信通,光州固始人。唐季,从兄潮起兵,入据福建。潮卒,继任威武军节度使,奄有闽地。开平三年,封闽王。同光三年卒,年六十四。(《全唐诗》无王审知诗,兹据《十国春秋》卷九十拟传)

与僧对句　题拟

钩偷豆蔻花。审知。日动珑璁髻。僧。见《吟窗杂录》卷三八。

黄子稜

　　子稜,字威元,洛阳人。随父入闽,事王审知,累官至侍御史。退居建阳,筑亭望父墓,名曰望考亭。诗一首。(《全唐

诗》无黄子稜诗，传据《十国春秋》卷九五及《闽小纪》）

题 所 居

青山木笏尚初官，未老金鱼是等闲。世上几多名将相，门前谁有此
溪山。市楼晚日红高下，客艇春波绿往还。人过小桥频指点，全家
都在画图间。见《嘉靖建阳县志》卷七、周亮工《闽小纪》卷二。

　　按：《四库全书》本《福建通志》卷七七题作《望考亭》。

省　澄

　　省澄，俗姓阮，泉州仙游县人。嗣保福，在泉州，世称福先
招庆和尚。闽王钦重，赐号净修禅师。诗七首。（《全唐诗》无
省澄诗，传据《祖堂集》卷十三、《景德传灯录》卷二二。《五灯会
元》卷八作"省僜"）

示执坐禅者颂

大道分明绝点尘，何须长坐始相亲。遇缘悗解无非是，处惯那能有
故新。散诞肯齐支遁侣，逍遥曷与慧休邻。或游泉石或阛阓，可谓
烟霞物外人。

　　按：《闽诗录丙集》卷十九录此诗作："大道分明绝点尘，何须枯坐始
相亲。杖藜日涉溪山趣，便是烟霞物外人。"

示坐禅方便颂

四威仪内坐为先，澄虑身心渐坦然。瞥尔有缘随浊界，当须莫续是
天年。修持只话《五灯会元》作"祗学"从功路，至理宁论在那边。一切时
中常管带，因缘相凑豁通玄。以上二首均见《景德传灯录》卷二九、《五灯会元》

卷八。

颂 三 首

佛日冲天闲雾开，觉城东际象王回。善财五众承当得，鹜子虽逢似不来。

大士梁天请讲开，始登莲座蹑梯回。皇情未晓志公说，大士《金刚》已讲来。

吴坂当年塔未开，宋云葱岭见师回。手携只履分明个，后代如何密荐来。见《祖堂集》卷十三。

答 国 师

仰山唒镞话，拟议都难会。指拟益后来，言损这边在。《祖堂集》卷十八。

长庆和尚赞

缁黄深郑重，格峻实难当。尽机相见处，立下闭僧堂。同前卷十。

如 体

如体，嗣义存，住福州芙蓉山。诗一首。(《全唐诗》无如体诗)

古曲偈 《祖堂集》卷十一作《雄颂》

古曲发声雄，今古唱还同《五灯会元》作"今时韵亦同"。若论第一拍《五灯会元》作"指"，祖佛尽迷踪。见《祖堂集》卷十、卷十一、《五灯会元》卷七。

慧　忠

　　慧忠，俗姓陈，泉州人。嗣草庵法义禅师。诗三首。(《全唐诗》无慧忠诗)

偈

雪后始知松柏操，云收方见济淮《五灯会元》作"河"分。不因世主令《五灯会元》作"教"还俗，那辨鸡群与鹤群。

多年尘土《五灯会元》作"事"谩腾腾，虽著伽黎《五灯会元》作"方袍"未是僧。今日归来酬本志，不妨留发候然灯《五灯会元》作"今日休行依善慧，满头留发候然灯"。

形容《五灯会元》作"仪"虽变道常存，混俗心源亦不昏。试读善财巡礼偈，当时岂例是《五灯会元》作"作"沙门。见《禅林僧宝传》卷十、《五灯会元》卷十四。

章文谷

　　文谷，京山邑人。诗一首。(《全唐诗》无章文谷诗)

送士濂弟之京

行色翩翩入帝都，壮怀此去莫踟蹰。昔曾故国登高第，今向新朝再上书。汝负才猷堪济世，我惭衰朽合闲居。〔鸰〕(鸰)原今日常相望，衣锦还乡常有馀。见光绪二十六年刊翁昭泰纂《浦城县志》卷三九引《章氏会谱》。

　　按：题下原注："士濂，得象祖。"宋祁《景文集》卷五九《文宪章公墓志铭》："曾祖仁嵩，仕李昇为驾部郎中。……祖士廉，汀州宁化令。"

王　涤

南　涧　寺　阁

上阁便见海，入门方是山。塔高端似笔，城转曲如环。见《舆地纪胜》卷
一二八《福州》。

詹敦仁 附詹琲

行至双溪口午炊主人开瓷求诗作

地僻双溪合，村深邸舍稀。主人如旧识，稚子觅新诗。洗杓开春酝，
淘粳作午炊。春风吹酒醒，琴剑又追随。

欧阳长官见迓约余买邻作此奉呈

一识荆州面，令人意气舒。知心真我辈，遂性即吾庐。佛耳云堪扫，
湖山水可渔。明朝整琴剑，踏雪醉骑驴。

父子联韵诗
詹敦仁　　　詹琲

夜静月华明，仁。秋深露气清。琲。园林消溽暑，仁。山水送寒声。琲。
菊富陶无酒，仁。莼肥翰可羹。琲。人生贵自适，仁。世利不须营。琲。
漫舞衣饶冷，仁。狂歌酒易倾。琲。欢酬儿与父，仁。今古梦还醒。琲。
笑眼看毛凤，仁。长怀念鹍鶬。琲。干戈时已定，仁。款款话平生。琲。
均见《闽诗录乙集》卷四。

文　彧

　　文彧，五代闽僧。有《诗格》一卷，收入《吟窗杂录》。《宋史·艺文志》有“僧文彧诗一卷，今不存。诗一首又二句。(《全唐诗》无文彧诗)

赠陈文亮 题拟

闻学汤休长鬓髭，罢修禅颂不披缁。龙盂虎锡安何处，象简银鱼得几时。宗炳社抛云一榻，李膺门醉酒千卮。莫言谁管你闲事，今日尘中复是谁？周本淳校点本《诗话总龟》卷三九引《雅言系述》。

吊陈文亮 题拟

不知冥漠下，今似鹧鸪无？同前。

陈文亮

　　陈文亮，闽人。少为浮屠，后入王氏幕下，终遇害。诗一首又四句。(《全唐诗》无陈文亮诗)

代迁客吟鹧鸪诗

毛羽锦生光，江南是你乡。四山声欲合，迁客路犹长。相应隈丛竹，低飞近夕阳。就中汨罗岸，非细断人肠。同前。

为僧时作 题拟

谁管你闲事，尘中自有人。同前。

句

草铺春□阔,兵偃塞垣操。《增修诗话总龟》卷十六引《古今诗话》。

杨　岂

句

岛山断云垂极浦。《江湖小集》卷六绍嵩《江浙纪行集句诗》引。

玄　应

　　玄应,俗姓吴,泉州晋江人。嗣白龙道希,漳州报劬院。开宝八年卒,年六十六。诗一首。(《全唐诗》无玄应诗)

临寂示漳州刺史陈文颢偈　题拟

今年六十六,世寿有延促。无生火炽然,有为薪不续。出谷与归源,一时俱备足。《景德传灯录》卷二四、《五灯会元》卷八。

定　御

　　定御,乾德中居仙游高田院,六年卒。诗一首。(《全唐诗》无定御诗)

答冥使　题拟

三年过了又三年,阅遍《华严》满五千。功德完时珍重去,何劳使者上高田。同治《仙游县志》卷四五。

郑元弼

　　元弼，仙游人，良士子。事王继鹏为礼部员外郎。通文时，尝使晋。王延羲立，改官谏议大夫，迁礼部尚书、判三司。天德二年为朱文进所杀。诗二首。(《全唐诗》无郑元弼诗，传据《仙游志》卷四、《十国春秋》卷九六)

汀州定光南安岩诗二首　题拟

石耸灵岩接太虚，百千年称定光居。未知天上何方有，应是人间别地无。

香风影里迎新魄，梵贝声中见落晖。自幸劳生名利役，不能来此共忘机。路入云山几万层，豁然岩宇势峥嵘。地从物外嚣尘断，天到壶中日月明。见《舆地纪胜》卷一三二《汀州》。

　　按：《舆地纪胜》收二诗，列宋郭祥正诗前，署"郑弼"，应即郑元弼。同书卷一三五《兴化军》有其传云："郑元弼，仙游人。唐昭宗景福二年献《白岩集》十卷，载《唐艺文志》。迁御史中丞。天复中蛰伏于仙游之白岩。"可证。惟此传全部误录其父良士事迹，不免疏谬。《仙游志》卷四载郑氏父子事迹甚详，可参看。

清　豁

夜睹豺虎奔至契如庵前
自然驯绕因有诗　题拟

行不等闲行，谁知去住情。一餐犹未饱，万户勿聊生。非道应难伏，空拳莫与争。龙吟云起处，闲啸两三声。见《五灯会元》卷八。

韦　添

添,闽中书吏。(《全唐诗》无韦添诗)

天 字 谜

露头更一日,真是艳阳根。见《说郛》卷六一《清异录》。

钱　熙

熙,字大雅,南安人。初为泉州陈洪进巡官。入宋,于雍熙二年登进士第,历任直史馆、右司谏等职,咸平三年卒,年四十八。诗三首。(《全唐诗》无钱熙诗,传据《宋史》卷四四〇)

清源山　题拟

巍峨堆压郡城阴,秀出天涯《泉州府志》作"崖"几万寻。翠影倒时吞半郭,岚光凝处滴疏林。见《古今图书集成·山川典》卷一八五《泉山部》、同治庚午年刊黄任等纂《泉州府志》卷六。

龙 首 山

残年仍置闰,五日恰逢春。携酒客不赏,敲门僧不嗔。双松如拱立,万井自横陈。精舍故盘磄,元规尘上人。同治《泉州府志》卷六。

九日溪偶成

渔家深处住,鸥鹭泊柴扉。雨过山《清源文献》作"莎"迷径,潮来风满衣。岸幽分远景,波冷漾清《清源文献》作"晴"晖。却忆曾游赏,严陵有旧矶。见同书卷七、《宋诗纪事》卷四引《清源文献》。

　　按:《舆地纪胜》、《全芳备祖》、《皇朝事实类苑》引《杨文公谈苑》尚存熙诗多首,似皆入宋后作,兹不录。

张　连

　　张连,闽太常博士。

添撰享太庙乐章
敬宗庙奏

大孝显庆,景运应时。德合天地,威戢蛮夷。神呈福祉,岁有经□。
无私之礼,□□□□。《大唐郊祀录》卷九。

文宗庙奏

赫尔昭代,显应元亨。祥符史牒,德振文明。风调雨顺,海晏河清。
应延大宝,千秋化成。同前。

陈致雍

　　陈致雍,莆田人。初仕闽为太常卿。复入南唐,以通礼及第,除秘书监。未几,致仕归,陈洪进辟为掌书记。撰《曲台奏议》二十卷等。(《十国春秋》卷九七本传)

补迎神奏永和之舞九变第二奏

说祝于室,爇萧燃脂。几筵斯设,妥以皇诗。云韶清越,绛服离披。
偄然如此,永感孝思。《大唐郊祀录》卷九。

全唐诗续拾卷四八　　楚上

居　遁

居遁，俗姓郭，抚州南城人。嗣洞山，住潭州龙牙山妙济寺，世称龙牙和尚。龙德三年卒。所作歌行偈颂，颇行于世。诗九十六首。（《全唐诗》无居遁诗）

偈颂　并序　序为南岳齐己撰

禅门所传偈颂，自二十八祖止于六祖，已降则亡，厥后诸方老宿亦多为之，盖以吟畅玄旨也。非格外之学，莫将以名句拟议矣。洎咸通初，有新丰、白崖二大师所作，多流散于禅林，虽体同于诗，厥旨非诗也。迷者见之，而为抚掌乎。近有升龙牙之门者，编集师集，乞余序之。龙牙之嗣新丰也，凡托像寄妙，必含大意，犹夫骊颔蚌胎，炟耀波底，试捧玩味，但觉神虑澄荡，如游寥廓，皆不若文字之状矣。且曰：鲁仲尼与温伯雪子，扬眉瞬目，何妨言语哉！乃为之序云耳。

夫人学道莫贪求，万事无心道合头。无心体得《景德传灯录》卷二九作"始体"无心道，体得无心道也《景德传灯录》作"亦"休。

学道先须且学贫，学贫贫后道方亲。一朝体得成贫道，道用还如贫底人。

学道蒙师指斯二一六五卷作"止"却闲，无中有路隐人间。直饶《景德传灯录》卷二九作"饶君"讲得《祖堂集》卷八作"时人尽讲"、斯二一六五卷作"饶君会得"

千经论，一句临机《祖堂集》、斯二一六五卷作"时"下口难。

学道先须立自身，直教行处不生尘。僧真不假居岩《祖堂集》卷八作"俱言"室，到处无心即在人。

学道先须有悟由，还如曾斗快龙舟。虽然旧阁闲《传灯录》作"于"田地，一度赢来方始休。又见《僧宝传》卷九。

学道先须息万机，将机学道转生疑。此门广大无遮障，学者虽多达者稀。

一得无心便道情《景德传灯录》卷二九作"心"，六门休歇不劳形。有缘不是余朋友，无用双眉却弟兄。

一得无心便豁空，只因先圣祖门通。个中若向三乘学，万劫无因得遇逢。

自体如如任运常，因兹行歇在三湘。双眉无用是毫相，说处无分舌广长。

自小从师学祖宗，闲华犹似缠人蜂。僧真不假栖《景德传灯录》卷二九作"居"云外，得后无心色亦空《景德传灯录》作"知无色自空"。

得圣超凡不作声，卧龙长怖斯二一六五卷作"布"碧潭清。人生若得长斯卷作"常"如此，大地那能留一名。

得道还同未得人《景德传灯录》卷二九作"悟了还同未悟人"，心无胜负自安神。从前古德称贫道，向此门中能几人？

心空不及道空安，道与心空状一般。参玄不是道空士，一乍相逢不易看。又见《祖堂集》卷二十、《景德传灯录》卷二九。

此生不息息何时，息在今生共要知。心息仙因《景德传灯录》卷二九作"只缘"无妄想，妄空《景德传灯录》作"除"心息是休时。

劫火曾将无气吹，不劳心力当时菱。人天不见风尘起，怖息无招各自归。

人若无心称道情，觌见《祖堂集》卷八作"识得"无明道已明。人能弘道道能显,道在人中人自宁。

何事朝愁与暮愁,少年不学老还羞。骊珠不是骊龙惜,自是时人不解求。

了得心源处处安,何须终日对林峦。玉向火中烧转润,莲华在水叶长干。

扫地煎茶及针把,更无馀事可留心。山门有路人皆到斯二一六五卷作"去",我户无门那畔寻?

或居城郭或居山,得道无心在处闲。实似小儿归父母,身衣随分补遮寒。

道情六用如眉用,用处如眉始可观。人见道时如寂寞,人情全是道情安。

拟学论情实苦哉,疑心不断妄难摧。未了携囊须且去,得闲无事却回来。

四气吹成物不虚,可怜青叶下垂珠。虽然种得无心宝,一任傍人恣意须。

世人无心不能治,致祸愁生累及眉。一朝体得心无事,眉放毫光自不知。

僧房阒寂夏修持,闭户疏人怪亦知。侬家自有同风事,千里无来却肯伊。

临窗不觉寸阴移,火急修行早是迟。白日只陪人事过,园林那得道成时。

缘觉《景德传灯录》卷二九作"菩萨"声闻未尽空,人天来往访真宗。争如《景德传灯录》作"知"佛是无疑士,端坐无心只廖通。

顶相拟求终不见,应缘同谷不违方。此门别处无寻路,只有休心更厮当。

三事无忧乐道情,且陪云水不求名。任渠更作千般解,体自无暇不染青。

将心除妄妄难忘,不体玄微事转忙。未了只言如来秘,觉后方知不
覆藏。

道者《传灯录》作"学道"无端学画龙,元来未得笔头踪。一朝体得真龙
后,始觉平生《传灯录》作"方觉从前"枉用功。

凡有含生共一尘,先圣精勤早出伦。彼既丈夫我亦尔,谁遣他春我
不春。

毫厘有差千里隔,刹那一悟祖师齐。玄微须向玄中体,道用还教道
者知。

参玄道者莫因循《祖堂集》卷八作"参寻玄道莫因修",学处须教皂白分。千
圣从来无异路,妄缘机智有多门《祖堂集》作"闻"。

向前吴氏学丹青,不体僧〔繇〕(瑶)事不精。画马不成驴亦失,时人
尽笑枉平生。

粉壁朱门事岂繁,高墙扃户住如山。莫言城郭无休士,人若无心在
处闲。

俭用贵图延日月,补衣还免到人间。无心道者方如此,未得无心也
大难。

冷月霜天道者孤,一堂禅侣守寒炉。衲衣穿处冰侵骨,夜坐更深炭
也无。

万般施设不如常,又不惊人又久长。如常恰似秋风至,无意凉人人
自凉。又见《祖堂集》卷八。

膝袴斑阑火炙成,浑身破碎不能惊。山房独坐观极乐,豁然无事畅
人情。

一室一床居物外,一瓶一钵寄生涯。门前纵有通村路,是我何曾识
一家。

昔生未了今须了,此生度取累生身。古佛未悟同今者,悟了今人即

古人。

木食草衣心似月，一生无念复无涯。时人若问居何处，渌水青山是我家。

朝看花开满树红，暮观花落树还空。若将华比人间事，花与人间事一同。

柳色含烟山花笑，莺啼林下几人知？后生正好寻玄路，莫弃光阴虚度时。

志慕空门誓不休，莫将闲事挂心头。白云便是修行伴，从听时光去不留。

知身是幻不求名，浮沤出没几时生。借问云山学道者，此去修行早晚成。

在梦那知梦是虚，觉来方觉梦中无。迷时恰似梦中士，悟后还同睡起夫。

迷人未了劝盲聋，土上加泥更一重。了《景德传灯录》卷二九作"悟"人有意如迷意，只在迷中迷不逢。

人情浓厚道情微，道用人情世岂知。空有人情无道用，人情能得几多时？又见《景德传灯录》卷二九。

成佛人稀念佛多，念来岁久却成魔。君今欲得易《传灯录》作"自"成佛，无念之心《传灯录》作"人"不较多。

家具扰扰一老翁，眉间长发白匆匆。心休意息从何有，只为心头万事空。

二时粥饭随长短，三界休求也大精。世间大有多求者，直至无常不称情。

未了及《祖堂集》卷八作"之"时亲遍礼，不须《祖堂集》作"应"端坐守清贫。

直似罗睺罗《祖堂集》作"行"密行，争《祖堂集》作"岂"如迦叶不闻闻。

若教求道似求名，世上无人道不成。心静道场何曾到，世间尘路等闲行。

杉松直拔映峰峦，一色长青道者看。四气盛衰无变异，岂同凡木有
多般。

就中慈母感儿情，失便哀啼处处惊。门市人多非是母，虽然观瞩泪
还盈。母来寻见儿还见，当下回颜不作声。

眉间豪相焰光身，事见争如理见亲。事有只因于理有，理慈《景德传灯
录》卷二九作"权"方便化天人。一朝大悟俱消却，方得名为无事人。

沙门莫苦远祇桓，身四威仪且自观。蓬若出麻终不直，僧离清众太
无端。从前上古诸先德，尽向丛林里获安。

人天须假像行持，无像无形世岂知？空生体得岩中坐，华雨由来责
见迟。三乘欲学如斯事，直似空生方始知。

一切名山到因脚，辛苦年深与袜著。如今年老不能行，手里把个破
木杓。破木杓，俵与众生甘露药。众生吃了尽惺惺，一切昏迷皆失
却。

无端遣向墨池边，染得身衣黑似烟。却去上流清处洗，身心用尽亦
如然。令教脱却重披素，不免依前著净缘。染净二途俱不了，到头
须得自心玄。

拟住城隍守不非，见云生处又思归。三间茅舍喜犹在，九带青萝尚
绕围。松柏近栽方始盛，槿花秋首未尝菱。山云暧叇虽垂布，承揽
不知谁复谁？

自从知始觉无明，一衲随缘只麽行。被人骂辱无心诤，见说无为上
拟争。只合守愚居暗室，又缘缁素要分明。为报往来参学者，得师
无意始无生。

微微细雨下多时，百卉抽枝长不知。正化亘兴民自赡，亘兴民赡亦
如斯。天观万物如刍狗，有覆无心更望伊。不因无事在林在，争觉
王侯有此资。

备米柴茶是事殷,茅茨蓬户不惊人。晨朝有粥斋时饭,资我如常任运身。冬至息心随分过,春来量力事须勤。支持若得今生度,来世还如无事人。

学道如钻火,逢烟且莫休。直待金星现,归家始到头。

阎浮有大宝,见少得人稀。若人将献我,成佛一饷时。

悟则一饷时,能了万劫疑。若人万劫疑,不了一饷时。

不了万劫疑,古德岂论之。为报参玄士,须怀悔底时。

寻牛须访迹,学道访无心。迹在牛还在,无心道易寻。

唯念门前树,能容鸟泊栖《景德传灯录》卷二九作"飞"。来者无心唤,腾身不慕归。若人心似树,与道不相违。

夜寒宜向火,护众到天明。日出身温暖,心惺思更惺。

岂是无干意,多求失道情。我见多求者,年高事不成。

老似临江树,风摇枝必危。岸崩随水去,入海勿人追。

道死如枯木,波涛岂更违。时人虽不顾,能歇海盲龟。

新创三间舍,多泥虑有风。门前无贵客,拙意懒迎逢。

饭吃随时食,心穿独自缝。若人来问我,招手报伊聋。

十月夜明深,山寒冷彻心。弃缘求大道,一衲更无衾。

体得如来意,知无寒暑侵。悟无成佛者,一一尽无心。

破布裹闲身,无言可示人。居山山得乐,住郭郭还欣。

体得无生意,朝朝近古人。若也更不会,虽乐苦临身。

唯念深秋扇,临冬转就闲。银装将物裹,箧作插檐间。

只为因无用,方能伴住山。不因无用后,伴我住应难。

柱杖行低道,逢溪澡漱多。平田偏乐坐,人命可经过。

守道身心息,资缘岂挠他。除非僧次外,归寺补袈裟。

觉倦烧炉火,安铛便煮茶。就中无一事,唯有野僧家。

一念心清净,莲华处处开。一华一净土,一土一如来。

头戴朝生菌，身披补破衣。见贫人可可，同道乃方知。

龙牙山里龙，形非世间色。世上画龙人，巧巧描不得。唯有识龙人，一见便心息。

西来意未明，徒学诸知见。不识本真性，契道即悬远。

若能明实相，岂用陈知见。一念了自心，开佛诸知见。

寄语诸仁者，复以何为怀。达道见自性，自性即如来。

天真元具足，修证转差回。弃本却逐末，只守一场呆。以上九十五首，均见《卍续藏经》本宋释子升、如祐编《禅门诸祖师偈颂》卷上之上。

君若随缘得似风，吹沙走石不劳功。但于事上通无事，见色闻声不用聋。《禅林僧宝传》卷九《龙牙居遁禅师》。

全唐诗续拾卷四九 楚下

虚 中

赠天昕禅老

翰苑营嘉致，到来山意深。会茶多野客，啼竹半沙禽。雪溜悬危石，棋灯射远林。言诗素非苦，虚答侍臣心。《诗渊》第一册第三八四页。

按：疑为元人马臻（字虚中）诗。

戴 偃

还 丹 口 诀

求仙觅黄芽，须得真铅花。并是自成者，乃可作金砂。重飞服一粒，腾空入碧霞。周游天地外，处处是仙家。《大还丹照鉴》。原署"玄黄子"。

守 安

守安，嗣漳州桂琛禅师。初住江州悟空院，后住衡岳南台。诗一首。（《全唐诗》无守安诗）

颂

南台静坐一炉香，亘—作"终"日凝然万事忘—作"虑亡"。不是息心除忘想,都缘无事可思量。见《景德传灯录》卷二四,注一作者为《五灯会元》卷八之异文。

惟　劲

惟劲,福州永泰人。嗣灵峰,光化中入南岳,住报慈东藏,迁般舟道场。开平中撰《续宝林传》四卷及《南岳高僧传》。马殷迎入府中,赐号宝文大师。诗四首。(《全唐诗》无惟劲诗,传据《祖堂集》卷十一、《宋高僧传》卷十七、《景德传灯录》卷十九)

赞镜灯颂

伟哉真智士,能开方便津。一灯明一体,十镜现十身。身身相暎涉,灯灯作孚因。层层身土广,重重理事渊。俨睹微尘佛,等逢毗目仙。海印从兹显,帝纲义由诠。一尘说法界,一切尘亦然。五蕴十八界,寂用体俱全。圆光含镜像,一异不可宣。达斯无碍境,无那法报圆。

述象骨偈

象骨雄雄举世尊,统尽乾坤是一门。词锋未接承当好,莫待言教句里传。拟议终成山海隔,擗面浑机直下全。更欲会他泥牛吼,审细须听木马嘶末字疑误。

学道颂

学道如攒火,逢烟且莫休。直得金星现,归家始到头。以上三首均见《祖堂集》卷十一。

觉 地 颂

略明觉地名同异，起复初终互换生。性海首建增名号，妙觉还依性
觉明。体觉俱含于明妙，明觉妙觉并双行。妙觉觉妙元明体，全成
无漏一真精。明觉觉明明所了，或因了相失元明。明妙二觉宗体决，
体觉性觉二同明。湛觉圆圆无增减，此中无佛与众生。不觉始终非
了了，不闻迷悟岂惺惺。是称心地如来藏，亦无觉照及无生。非生
非灭真如海，湛然常住名无名。太虚未觉生霞点，岂闻微尘有漏声。
空沤匦离于觉海，动寂元是一真明。觉明体尔含灵焰，觉明逐焰致
亏盈。差之不返名无觉，会之复本始觉生。本觉由因始觉生，正觉
还依合觉明。由地二种成差互，遂令浑作赖邪名。具含染净双歧路，
觉明含处异途萌。性起无生不动智，不离觉体本圆成。性起转觉翻
生所，遂令有漏堕迷盲。无明因爱相滋润，名色根本相次生。七识
转处蒙圆镜，五六生时蔽觉明。触受有取相依起，生老病死继续行。
业识茫茫没苦海，徇流浩浩逐飘零。大圣慈悲兴救济，一声用处出
三声。智身由从法身起，行身还约智身生。智行二身融无二，还归
一体本来平。万有齐含真海印，一心普现总圆明。湛光焰焰何依止，
空性荡荡无所停。处处示生无生相，处处示灭无灭形。珠镜顿印无
来往，浮云聚散勿常程。出没任真同水月，应缘如响化群情。众生
性地元无染，只缘浮妄翳真精。不了五阴如空聚，岂知四大若乾城。
我慢痴山高屹屹，无明欲海杳溟溟。每逐旒陁恓诳友，常随猛兽作
悲鸣。自性转识翻为幻，自心幻境自心惊。了此幻性同阳焰，空花
识浪复圆成。太虚忽觉浮云散，始觉虚空本自清，今古湛然常皎莹，
不得古今凡圣名。见《景德传灯录》卷二九。

刘昭禹

田　家

高原耕种罢,牵犊负薪归。深夜一炉火,浑家身上衣。见《竹庄诗话》卷
二十引《禁脔》。

　　按:昭禹,《竹庄诗话》误作"禹昭"。

何仲举

谢　秦　王

三千里外抛渔艇,二十人前折桂枝。见《增修诗话总龟》卷三六引《青琐集》。

　　《青琐集》云:"王仲举,营道人,母尝梦挟仲举入月。仲举修进业,长
兴(化)二年赴举,谒秦王登第,后有诗谢秦王曰(略)。太平兴国中,仲举
有子曰嗣全,亦中进士第,乃挟两子入月之祥。"以《五代史补》卷二载何
仲举事迹参证,知"王仲举"为"何仲举"之误。二书所载及第年有异,未详
孰是。

廖匡齐

　　匡齐,虔州虔化人。父爽,永州刺史。匡齐以功署决胜指
挥使,与溪州蛮战死。诗一首。(《全唐诗》无廖匡齐诗,传据
《十国春秋》卷七三)

游零陵见父题壁感而成诗 题拟

下马连声叩竹门,主人何事感遗恩。回头泣向儿童道,重见甘棠旧

子孙。见《增修诗话总龟前集》卷二五引《青琐后集》。

　　《青琐后集》："廖齐父爽直尝为永州刺史。齐后游零陵,于民间见父题壁,感而成诗曰(略)。"清邓显鹤辑《沅湘耆旧集》卷八定此诗作者为廖偃,其说谓"偃父图曾为永州刺史,后偃游零陵,于民间见父题壁,感而成诗"。偃事迹详陆氏《南唐书》卷八、《十国春秋》卷七四,祖爽,父匡图。匡圆,宋人避讳或省"匡"字,《十国春秋》卷七三载其仕历,未任永州刺史。其父爽事迹附匡图传,初仕南汉,后举族奔楚,马氏表爽为永州刺史。此诗非廖偃作。爽子今知有二人,即匡图、匡齐。因知此诗为匡齐作。《青琐后集》所谓"廖齐父爽直尝为永州刺史","齐"字上因避讳略去"匡"字,与匡图同例。"爽直"之"直"字为衍文。

廖　凝

待　月

一片月生海,几家人上楼。见《吟窗杂录》卷十四正字王玄《诗中旨格》。

云居寺　题拟

远水微茫转,前山次第卑。见宋陈田夫《南岳总胜集》卷中。

句

直待素秋霜色里。宋史铸《百菊集谱》卷六集句引。

千山景象通。《江湖小集》卷四绍嵩《江浙纪行集句诗》引。

春色遍空明。同前。

李观象

　　观象,桂林人。初事刘言为掌书记,复事周行逢为节度副

使。行逢卒,劝其子归宋。诗一首。(《全唐诗》无李观象诗,传据《十国春秋》卷七五本传)

纸　帐　诗

清悬四面剡溪霜,高卧梅花月半床。花瓮有天春不老,瑶台无夜月生香。觉来虚白神光发,睡去清闲好梦长。一枕总无尘土气,何妨留我白云乡。《坚瓠甲集》卷一。

徐仲雅

桃　源　题拟

锁断桃源一窟春,避秦日月无归处。见《舆地纪胜》卷六八《常德府》。

东华观偃松　补序

摇一枝则万枝动,看一面则八面同。白羊出其根,青羊出其腹。汉高祖琥珀枕,虚真君茯苓人,疑其孕也。见《增修诗话总龟前集》卷二一引《零陵总记》。

　　按:此诗已收《全唐诗》卷七六二。此序为节文。

蒋　钧

孤　雁

苇岸风吹雨,沙汀月照霜。还同我兄弟,零落不成行。见《能改斋漫录》卷八。全诗八句,此为后四句。

卢承丘

承丘，长沙人，居芙蓉山，著文为《芙蓉集》。年八十，卒。诗二首。（《全唐诗》无卢承丘诗）

题　花　钿

傅粉销金剪翠霞，黛烟浓处添铅华。也知曾伴姮娥笑，将来村里卖谁家。

题　渡　头　船

刳木功成济往还，古溪残照下前山。看看向晚人来少，犹自须来觅见钱。见《增修诗话总龟前集》卷一引《雅言系述》。

张仲达

张仲达，永州人，张文宝从子。诗二句。（《全唐诗》无张仲达诗）

咏　鹭　鸶　诗

沧海独深处，鲈鱼衔得时。见《类说》卷二二《荆湖近事》。《渑水燕谈录》卷十作"沧浪最深处，鲈鱼初得时"。

廖匡图

寄　黄　损

庄周指我悟荣生，买得衡山十里青。却许野禽栖竹径，不教凡客扣柴扃。横琴独坐泉围石，倚棹长吟月满汀。珍重零陵旧知己，菱花时把照星星。周本淳校点本《诗话总龟》卷二八引《雅言系述》。《南岳总胜集》卷中"兜率寺"条引"买得衡州十里青"一句，谓廖处士作。

王正己

赠　蕴上人

佛法诗名更谁继，未闻随分谒侯王。洗盂秋涧日华动，捣药夜堂云气香。苔藓乱青封叠石，杉松浓影过空墙。若非火岳□□地，那得吾师住久长。周本淳校点本《诗话总龟》卷二八引《雅言系述》。

赠　廖　融

湖南虽不就卑官，高卧深云道自安。病起坐当秋阁迥，酒醒吟对夜涛寒。炉中药熟分僧服，榻上琴闲借我弹。幸遇清朝有良鉴，退身争忍似方干。同前。

句

未可轻樗栎，尤能济雪霜。同前卷二一引《零陵总记》，云为王正诗，王正当即王正己之误。

廖　融

赠王正己 题拟

吟高鄙俗流，傲逸访巢由。古寺寻僧饭，寒岩衣鹿裘。园桃山鼠啮，崖蜜猎人偷。遂这个清性，浮生不苟求。周本淳校点本《诗话总龟》卷二八引《雅言系述》。

赠　狄　涣

高卧白云乡，崖泉对阁凉。守贫无属道，多病数求方。耕犊惊雷毙，寒芜入圃荒。如何帝未梦，吟若顶铺霜。同前。

　　　　按：王正己、廖衡等人为五代末至宋初居住于湖南衡山一带的诗人，今可考知诸人事迹均已入宋，然历来皆视为五代作者，故仍予以收录。

廖处士

游般若寺上方

榔粟步溪光，随云到上方。经秋禅客病，积雨石楼荒。古藓糜鹿迹，阴崖松桧香。平生豁所思，吟啸倚苍苍。见《吟窗杂录》卷十三桂林淳大师《诗评》引。

　　　　按：此诗署廖处士作，当为廖匡图、廖凝、廖融等人中之一人。未审孰是，姑仍分列。

缘　观

　　　　缘观，嗣同安志禅师，住鼎州梁山。诗二首。《全唐诗》无

缘观诗)

偈

梁山一曲歌,格外人难和。十载访知音,未尝逢一个。

红焰藏吾身,何须塔庙新。有人相肯重,灰里邈全真。《景德传灯录》卷
二四、《五灯会元》卷十四。

启　柔

　　启柔,嗣文偃。后住南岳般若寺。诗一首。(《全唐诗》无
启柔诗)

偈

妙哉三下板,诸德《五灯会元》作"知识"尽来参。既善分时节,吾今不再
三。《景德传灯录》卷二二、《五灯会元》卷十五。

丰禅师

　　丰禅师,嗣文偃,住潭州谷山。诗一首。(《全唐诗》无丰禅
师诗)

偈

骏马机前异,游人肘后悬。既参云外客,试为老僧看。《景德传灯录》卷
二三、《五灯会元》卷十五。

王　鼎

赠　程　明　甫

古县枕前滩,官闲道自安。执杯山鸟唱,晒药野猿看。石缝横琴笔,
槎根插钓竿。不知陶靖节,早晚入云端。

赠　僧

出斋猿献果,烹茗鸟衔薪。

又　题

风落桂枝惊鹤去,水流山果向人来。

送　僧

孤云踪迹都无定,出个青山入个山。均见周校本《诗话总龟》卷四六引《雅言
杂载》。

程　嵩

程嵩,字明甫,延津人。初举不第,遂不肯事场屋。年至八
十馀。诗二句。(《全唐诗》无程嵩诗)

八十后作　题拟

虽无事业传千古,却得安闲过一生。同前引《云斋广录》。

郁山主

郁山主,与泰钦同时。住茶陵。诗一首。(《全唐诗》无郁山主诗)

颂

我有神珠一颗,久被尘劳关锁。今朝尘尽光生,照破山河万朵。《五灯会元》卷六。

云端和尚

云端和尚,与泰钦、郁山主同时。诗一首。(《全唐诗》无云端和尚诗)

郁 山 主 赞

百尺竿头曾进步,溪桥一踏没山河。从兹不出茶川上,吟啸无非啰哩啰。同前。

璘禅师

璘禅师,嗣文偃,住鼎州沧溪。诗一首。(《全唐诗》无璘禅师诗)

颂

天地指前径,时人莫强移。个中生解会,眉上更安眉。《景德传灯录》卷

二三、《五灯会元》卷十五。

道 寻

道寻,五代时潭州龙会寺僧。诗一首。(《全唐诗》无道寻诗)

偏参三昧歌

天崖海角参知识,遍恣惠我全提力。师乃呵余退步追,省躬廓尔从兹息。睹诸方,垂带直,善财得处难藏匿。棒头喝下露幽奇,纵去夺来看殊特。赵州关,雪岭陟,筑庐峰前验虚实。据证灵由辟万机,挥祖刃,开三域,卷舒重重孰可委?休呈识意谩猜揣,纳子攒眉碧眼唏。黄河倒逆昆仑觜。沩山牛,道吾唱,马师奋迅呈圆相。执水投针作后规,把镜持幡看先匠。广陵歌,谁继唱?拟续宫商调难况。石人愠色下鞭挝,水马奔嘶梵天上。丽水金,兰田玉,祝融峰攒湘浪蹙。满月澄溪松韵清,云纵龙腾好观瞩。见《景德传灯录》卷三十。

全唐诗续拾卷五〇　　南汉　荆南

陈用拙

　　用拙，本名拙，以字行，连州人。唐天祐元年进士，授著作郎。假使节南归，依刘隐，为其掌书记。乾化四年，奉使吴越。隐自立，擢吏部郎中、知制诰。久之，卒。有集八卷，著《大唐正声琴籍》十卷，均不传。（《全唐诗》无陈用拙诗，传据《十国春秋》卷六二本传）

登临湟楼

浮世自无闲日月，高楼长有好山川。

送史长沙

人说洞庭波浪险《广东通志》、《南汉书》作"恶"，使君自有《广东通志》、《南汉书》作"身是"济川舟。见《小草斋诗话》卷四、《粤诗搜逸》卷一引《连州志》、郑方坤《五代诗话》卷二、同治《广东通志》卷三〇三、梁廷楠《南汉书》卷十。

梁　嵩

　　嵩，浔州平南人。白龙元年举进士第一，仕至翰林学士。见时多虐政，遂乞归。诗一首。（《全唐诗》无梁嵩诗，传据《十国

春秋》卷六三本传）

殿试荔枝诗

露湿胭脂拂眼明，红袍千裹画难成。佳人胜尽盘中味，天意偏教岭外生。橘柚远惭登贡籍，盐梅应合共和羹。金门若得栽培地，须占人间第一名。见清汪森辑《粤西诗载》卷十三。

黄　损

赠 剑 客

杯酒会云林，扶邦志亦深。晶莹三尺剑，决烈一生心。见死寻常事，闻冤即往寻。荆轲不了处，扼腕到如今。周本淳校本《诗话总龟》卷二八引《雅言系述》。

大鹏山　题拟

山清神骨水澄心，到此方知胜二林。见《舆地纪胜》卷九二《连州》。

林楚材

月 夜 江 行

攲枕卧抛千嶂月，卸帆闲却一溪风。《舆地纪胜》卷一二三《贺州》。

文　偃

文偃，姓张，苏州嘉兴人。嗣雪峰。住韶州云门山光奉院。创云门宗。乾和七年卒，年八十六。诗三十首。《全唐诗》无

文偃诗,传据《五灯会元》卷十五、《释氏疑年录》卷五)

十 二 时 偈

半夜子,命似悬丝犹未许。　　因缘契会刹那间,了了分明一无气。

鸡鸣丑,一岁孙儿大哮吼。　　实相圆明不思议,三世法身藏北斗。

平旦寅,三昧圆光证法身。　　大千世界掌中收,色透髑髅谁得亲。

日出卯,嘿说心传道实教。　　心心相印息无心,玄妙之中无拙巧。

食时辰,恒沙世界眼中人。　　万法皆从一法生,一法灵光谁是邻。

禺中巳,分明历历不相似。　　灵源独曜少人逢,达者方知无所虑。

日中午,一部笙歌谁解俦。　　逍遥顿入达无生,昼夜法螺击法鼓。

日昳未,灌顶醍醐最上味。　　一切诸佛及菩提,唯佛知之贵中贵。

晡时申,三坛等施乎为宾。　　无漏果圆一念修,六度同归净土因。

日入酉,玄人莫向途中走。　　黄叶浮沤赚杀人,命尽惝惶是了手。

黄昏戌,把火寻牛是底物。　　素体相呈却道非,奴郎不弁谁受屈。

人定亥,莫把三乘相匹配。　　要知此意现真宗,密密心心超三昧。

宗 脉 颂

如来一大事,出现于世间。五千方便教,流传几百年。四十九年说,
未曾忏出言。如来灭度后,付嘱迦叶边。西天二十八,祖佛印相传。
达摩观东土,五叶气相连。九年来面壁,唯有吃茶言。二祖为上首,
达摩回西天。六祖曹溪住,衣钵后不传。派分三五六,各各达真源。
七八心忙乱,空花坠目前。苦哉明眼士,认得止啼钱。外道多毁谤,
弟子得生天。昔在灵山上,今日获安然。六门俱休歇,无心处处闲。
如有玄中客,但除入我山。一味醍醐药,万病悉皆安。因缘契会者,
无心便安禅。以上十三首均见《祖堂集》卷十一。

十 二 时 歌

夜半子，愚夫说相似。鸡鸣丑，痴人捧龟首。平旦寅，晓何人。日出卯，韩情枯骨咬。食时辰，历历明机是悟《古尊宿语录》卷十五引作"误"真。禺中巳，去来南北子。日南午，认向途中苦。日昳未，夏逢说寒气。晡时申，张三李四会言真。日入酉，恒机何得守。黄昏戌，看见时光谁受屈。人定亥，直一作"真"得分明沉苦海。见《大正新修大藏经》第四十七册宋僧守坚集《云门匡真禅师广录》卷上。此条承王小盾同志告知。

偈 颂

云门耸剔《天圣广灯录》卷二十作"踢"、《五灯会元》卷十五作"峻"白云低，水急游鱼不敢栖。入户已知来见解，何劳更《天圣广灯录》、《五灯会元》作"再"举轹中泥。

药病相治学路医，扶篱摸壁小儿戏。幽谷不语谁人测，管解师承孰不知。

康氏圆形滞不明，魔深虚丧击寒冰。凤羽展时超碧汉，晋锋八博拟何凭。

是机是对对机迷，辟机一作"尘"尘远远机《僧宝传》卷二作"尘"栖。夕日日中谁有挂，因底底事隔情《僧宝传》作"尘"迷。

太阳溢目极玄微，谁人说道我渠非。句中有路人皆响，觌面难遭第一机。

卯岁依山人事稀，松下相逢话道奇。锋前一句超调御，拟问如何历劫违。

玩古松高云不齐，鸿鸨鹤抱几年栖。剖鷇同时殊有异，羽张腾汉碧霄低。

万像森罗极细微，素话当人却道非。相逢相见呵呵笑，顾伫停机复是谁。

话尽途中事，言多何省机。贵人言是妙，上士见知亏。

大道何曾讨，无端入荒草。卷来复卷去，不觉虚生老。

丧时光，藤林荒。图《僧宝传》作"徒"人意，滞肌尪。

举不顾，即差互。拟思量，何劫悟。

咄咄咄，力韦《僧宝传》作"目"希。禅子讶，中眉垂。并同前。

不露锋《五灯会元》卷十五作"风"骨句，未语先分付。进步口喃喃，知君大
罔措。见同前书卷下。

云门顾鉴笑嘻嘻，拟议遭渠顾鉴咦。任是张良多智巧，到头于是也
难施。《禅林僧宝传》卷二。

北 邙 行

前山后山高峨峨，丧车辚辚日日过。哀歌幽怨满岩谷，闻者潜悲《薤
露歌》。哀歌一声千载别，孝子顺孙徒泣血。世间何物得坚牢，大海
须弥竟磨灭。人生还如露易晞，从来有会终别离。苦海哀伤不暂辍，
况复百年惊梦驰。去人悠悠不复至，今人不会古人意。栽松起石驻
墓门，欲为死者长年计。魂魄悠扬形化土，五趣茫茫井轮度。今人
还葬古人坟，今坟古坟无定主。洛阳城里千万人，终为北邙山下尘。
沉迷不计归时路，为君孤坐长悲辛。昔日送人哭长道，今为孤坟卧
芳草。妖狐穿穴藏子孙，耕夫拨骨寻珠宝。老木萧萧生野风，东西
坏冢连晴空。寒食已过谁享祀，冢畔馀花寂寞红。日月相催若流矢，
贫富贤愚尽如此。安得同游常乐乡，纵经劫火无生死。见明焦竑《焦氏
类林》卷八。

缘　密

　　缘密,嗣文偃,后住朗州德山。诗十一首。(《全唐诗》无缘密诗,传据《景德传灯录》卷二二)

颂云门三句语　并馀颂八首

函　盖　乾　坤

乾坤并万像,地狱及天堂。物物皆真现,头头总《天圣广灯录》作"用"不伤。

截　断　众　流

堆山积岳来,一一尽尘埃。更拟论玄妙,冰消瓦解摧。

随　波　逐　浪

辩口利舌问,高低总不亏。还如应病药,诊候在临时。

三句外别置一颂　《古尊宿语录》作"问"

当人如举唱,三句岂能该。有问如何事,南岳与天台。

褒　贬　句

金屑眼中翳,衣珠法上尘。已灵犹不重,佛祖为何人?

辨　亲　疏

黑豆未生前,商量已成颠。更寻言语《天圣广灯录》作"句"会,特地隔西天。

辨　邪　正

罔象谈真旨,都缘未辨明。守他山鬼窟,不免是精灵。

通　宾　主

自远趋风问,分明向道休。再三如不《天圣广灯录》作"未"晓,消得个非遥。《天圣广灯录》作"更摇头"。

抬荐商量

相见不扬眉,君东我亦西。红霞穿碧海,白日绕《天圣广灯录》作"照"须
弥。

提纲商量

若欲正提纲,直须大地荒。欲来冲雪刃,不免露《天圣广灯录》作"碎"锋
铓。

据实商量 《天圣广灯录》作"据实话会"

睡来合眼饭来餐,起坐终诸《古尊宿语录》作"须"勿《天圣广灯录》作"无"两
般。同道尽知言不惑,十方刹土目前观《天圣广灯录》作"看"。

委《天圣广灯录》作"迂"曲商量

得用由来处处通,归机施设认家风。扬眉瞬目同《天圣广灯录》作"开"一
眼,竖拂敲床为耳聋。以上十二首均见《大正藏》第四十七册及《古尊宿语录》卷十
八收宋守坚辑《云门匡真禅师广录》卷下。《天圣广灯录》卷二十一以为鼎州普安道禅师
作,道禅师为缘密之法嗣。

周　渭

渭,字得臣,昭州恭城人。大宝时苦于繁赋,逾岭北行,至
汴京上书陈时务。后仕宋,历任漕使。咸平二年卒,年七十七。
诗二首。(《全唐诗》卷二八一收周渭,为大历间人。此为南汉
宋初人,兹据《宋史》卷三〇四、《十国春秋》卷六五录传)

叠　秀　山

平生赋性爱观澜,今日登临叠秀山。天锡卦爻分象外,地将圭笏出
人间。昭州本绕孤城小,五岭山高众埒难。极目紫宸何处是,碧云

深处珮珊珊。见《粤西诗载》卷十三。

游兼山

插空峭壁白云迷,独上高巅万象低。一路接天连楚界,两峰拔地镇南夷。泉飞石涧游魂冷,风卷松涛匹马嘶。踏破层崖心未折,凤凰山后鹧鸪啼。见光绪十五年陆履中纂《恭城县志》卷四。

7

智　寂

　　智寂,嗣云门文偃。住韶州披云寺。诗一首。(《全唐诗》无智寂诗)

偈

以字不是八不成,森罗万像此中明。直饶巧说千般妙,不是讴阿一作"讴和"不是经。见《景德传灯录》卷二二、《五灯会元》卷十五。

胡君防

　　君防,字朝宗,连州人。与黄匪躬、邓恂美齐名,歌谣好效李长吉体,著有《藁川诗集》。后入宋。(《全唐诗》无胡君防诗)

送郡太守

桄榔雨醉江城夜,橄榄风吟野驿秋。

咸 阳 闲 望

楼台旧地牛羊满,宫殿遗址禾黍平。

水　边

岛日斜明僧寺阁,汀云低影客船窗。

句

水边闲咏处,云岛月斜明。均见《粤诗搜逸》卷一引《连州志》本传。

按:胡君防另有《赠魏野处士》诗,知宋真宗初尚在世。

朗上座

朗上座,姓里不详。嗣云门文偃,为上座。南汉主三召,不赴。诗一首。(《全唐诗》无朗上座诗)

葛 藤 歌

阿呵呵,是什么,听向精灵窟里坐。朕兆生兮与未生,蓦口揾弓无罪过。如今口使谁人揾,纵使揾弓复何责?除是知音同道流,未言已过新罗国。乾坤大地本来虚,靡用观空作意除。作意除兮终不了,还似霜钩钓火鱼。恨余数载勤劳苦,为剖玄中一玄语。明明玄自不玄玄,更尚玄中求玄悟。无法迷人及悟人,忽于平地致难辛。丈夫须禀天生格,蹋破虚空莫问津。单刀秀句枉施设,剜肉成疮向谁说?直饶讲得石点头,终归不离水中月。更言者个是如来,诳他自诳苦哀哉!若也不信葛藤语,一任青天掣电雷。余家一任青天笑,碧落浮云徒浩浩。解说刀兮口不伤,今古岂无言语道。闲来把笔动毫锭,不欲顾然伫寂乡。无事强生多种解，争如无事且寻常。且寻常，犹被虚真笑一场。可怜好个究全子，唤作究全早压良。默不是，语乖张，到此分明总是狂。为报诸方毳侣道，最好波斯入大唐。《天圣广灯录》卷二十。

齐　己

落　星　寺

此星何事下穹苍，独为僧居化渺茫。楼阁两回青嶂冷，轩窗风度白蘋香。经秋远雁横高汉，飓风寒涛响夜堂。尽日凭栏聊写望，顿疑身忽在潇湘。

西　林　水　阁

松楸连塔古，窗槛任闲开。水绕清阴里，人从热处来。噪风蝉带鹤，欹树石兼苔。向晓东林下，迟迟舍此回。以上二首均见《吉石庵丛书》本《庐山记》卷四。

题　天　门　山

可怜宋玉多才思，不见天门十六峰。见《舆地纪胜》卷七十《澧州》。

送　人　归　吴

比说归耕钓，迢迢向海涯。春寒游子路，村晚主人家。野岸纷垂柳，深山绿过茶。重寻旧邻里，菱藕正开花。影印文渊阁《四库全书》本《白莲集》卷一。

　　按：《全唐诗》卷八三八收此诗缺六字，今重录。

寄　王　振　拾　遗

折槛意何如？平安信不虚。近来焚谏草，深去觅山居。志定荣枯外，身全宠辱馀。分明知在处,难寄乱离书。同前。

按:《全唐诗》卷八三八收此诗缺九字,今重录。

送〔韩〕(刘)据诗意及《白莲集》卷九改蜕秀才赴举

百发百中技,长〔杨〕(阳)献赋年。丹枝如技分,一箭的无偏。文物兵销国,关河雪霁天。都人看春榜,韩字在谁前。同前。

按:《全唐诗》卷八三八收此诗缺五字,今重录。

寄勉二三子

不见二三子,悠然吴楚间。尽应生白发,几个在青山。暇日还宜爱,馀生莫放闲。君闻国风否?千载咏关关。同前。

按:《全唐诗》卷八三八收此诗缺七字,今重录。

与张先辈话别

为子同志者,各自话离心。及第还全蜀,游方归二林。巴江经峡涨,楚野入吴深。他日传消息,东西不易寻。同前卷二。

按:《全唐诗》卷八三九收此诗缺五字,今重录。

渚宫莫问诗一十五首之十一

莫问休贪恋,浮云逐性情。人间高此道,禅外剩他名。夏雨松边坐,秋光水畔行。更无时忌讳,容易得题成。同前卷五。

按:《全唐诗》卷八四二收此诗缺六字,今重录。又《全唐诗》卷八四一收《还族弟养》第五句缺一字,前引四库本《白莲集》卷四作"诣",《四部丛刊》本作"苦"。卷八四三《闻西蟾从弟卜岩居岳诗有寄》第八句缺一字,四库本《白莲集》卷六作"总"。

句

相思坐溪石，微雨下山岚。见《吟窗杂录》卷十五。

　　按：《全唐诗》卷八四七收二句，缺三字，今重录。

竟　脱

　　竟脱，嗣文偃，住郢州林溪。诗五首。（《全唐诗》无竟脱和尚诗，传据《景德传灯录》卷二二）

入道浅深颂

露柱声声唤，猢狲绳不断。中下莫知由，上士方堪看。
露柱不声唤，猢狲绳子断。上士笑呵呵，中流若为见。
猢狲与露柱，未免东西步。任唱太平歌，徒话超佛祖。
我见匠者夸，语默玄妙句。不善本根源，巧布祇园事。
少室与摩竭，第代称扬许。我今问汝徒，谁作将来主。见《景德传灯录》
卷二十九，原署“敬脱和尚”。

怀　濬

寄　南　平　王

马头渐入扬州路，亲眷应须洗眼看。见《太平广记》卷九八引《北梦琐言》、《宋
高僧传》卷二二《晋巴东怀濬传》。

孙光宪

荆　台　题拟

百尺荆台草径荒,如何前日谓云阳?古今不尽迁移恨,依旧台边水
渺茫。见《舆地纪胜》卷六四《江陵府》。

孙光宪同僚

句

科松为落花。见《北梦琐言》卷二。

慧　坚

慧坚,嗣归仁,住郢州大阳山。诗一首。(《全唐诗》无慧坚
诗)

法　身　颂

扶桑出日头,黄河辊底流。六六三十六,陕府出《五灯会元》作"灌"铁
牛。《天圣广灯录》卷二四、《五灯会元》卷十四。

全唐诗续拾卷五一 　蜀上

杜光庭

寓玉局山寺感怀

一年一度喜春光，及至秋来又感伤。白日似风留不住，青春如水去何忙。眼前有路同归路，身在他乡忆故乡。若不倾心向真宰，也应憔悴鬓成霜。见民国五年刊周宗麟纂《大理县志稿》卷三十。

诗

五百年中降岳灵，神仙风骨鹤仪形。剑光带日冲南斗，鹏翼翻云起北溟。见《锦绣万花谷》卷二三。

生 死 歌 诀

切脉定知生死路，但向止代涠中取。看取涠脉喻止代，此是死期之大概。涠脉喻外有形证，未可断他殂大命。若无形证与代同，尺部见之皆死定。欲知死期何以取？古贤推定五般土。阳土须知不过阴，阴土遇阳当细数。四季中央戊己同，万物凭土以为主。孤阳寡阴即不中，譬取鳏夫及寡妇。假如申年肾代止，十投一岁分明主。尺部失主鬼称尊，其人子年夏季死。鬼贼脉在一年内，此事人间尽称会。春得肺脉死庚辛，愚者反嫌药不对。叔和歌诀论精微，但何其中寻取义。尺部伏似树无根，阴毒伤寒合其类。回阳着文后仍看，切骨若无堪下泪。若人六脉动摇摇，又怕其中无胃气。屋漏雀啄恶见脾，馀部见之皆不畏。死期常例有多门，弹石解索须细论。此候不逾于一季，姻亲泣送葬孤坟。虾游若也及鱼翔，一气之期即不长。十五日中寻鬼贼，水一火二木三量。金四土五数已实，各随部位好参详。每季土王十八日，此法古今永无失。黄帝一法四分三，一法亦云三十日。随分远近各不同，藏在玉函夸秘密。唯有伤寒最无定，汗吐下后脉须静。忽然相反即难医，外边有怕乖形证。脉息至少冷虚恋，至多热壅非为怪。补虚泻实更仍前，见此分明还可骇。上医四事尽须谙，脉病证治要相参。有一乖违难措手，此即难医大不堪。更有久病及暴病，大都要知消详惯。久病脉变即不中，死候当须宜早辨。暴病脉变亦多端，或善或恶依法看。脉病相违即不效，要知大命必须挤。关前为阳关后阴，妇人反此是冠簪。乘凌覆溢相侵夺，荣卫调和理更深。欲识童男与童女，诀在寸关并尺里。自然紧数甚分明，都缘未散精华气。小儿脉气似大人，老少相违即不起。本经自病最难医，纵疗何年有瘥时。间藏七传无外证，强将元散与扶持。伤寒中风自难看，指下逢之脉缭乱。合吐即泻即非良，汗脉见时须发汗。虽然得汗状如珠，密密铺排在病躯。此候不堪休胗脉，其人朝夕命将殂。但于弦钩毛石中，此状见之当病剧。徒夸五色大还丹，若愿痊除空费力。更有死脉多般样，难经细说那堪向。从上损下死即迟，死脉多从下损上。连传五脏死疾时，一朝焂少堪调养。再损之时促命期，如逢真个堪惆怅。病候脉状多中取，要知大抵医门户。有一乖违即不中，但看强者推为主。复有久病更难看，或与健人脉一般。忽然加至脉翻变，结托寻衣好买棺。若遇风疾及劳疾，妙法看时如抵圣。风疾脾缓空费力，劳极心数命难存。风疾无令脉至迟，劳疾至多药无应。伤寒中风得死脉，但将真药与病斗。药灵病退脉须和，脉若准前命难救。如此定知生死期，可作医家箕本柄。若能指下悟元机,便是灵台挂明镜。

脉分虚实为君说,弦数沉迟并冷热。关前阳脉数弦浮,关后阴沉迟细脉。浮弦而数热兼风,沉细为寒气上攻。阳浮为表阴沉里,尺寸关中看子细。学者要知生死期,九怪脉中定凶吉。结促牢代四脉者,可取死生期岁月。假令四十动一止,一脏无恙死之义。三十动中一止时,三岁二脏死无恙。脉来十动一止之,一岁死期堪下泪。若还十动不满者,五脏恙衰人不起。须当以日定死期,盖为动中不应指。三元正气难拘束,魂魄冥冥随风去。一呼三寸阳恙出,一吸复然阴恙入。阴阳呼吸定息匀,来往升降中不息。肝脉达而风恙生,肾水下而雨滋湿。肺恙清浮上属天,地恙浊而通其嗌。脾司出纳象谷空,雷动于心声霹雳。水谷包容肠胃间,六经为川流不息。阳为形表血为阴,精气为荣悍为卫。络有十五经十二,上应周天下临地。水漏百刻运流行,与周天度为纲纪。手足阳明江海水,天蝎金牛并豫冀。太阳手足合清淮,天秤白羊充淮里。阴阳人马对寅申,燕益渭漯水气深。太阴巨蟹并磨蝎,丑未湖河水难竭。宝瓶狮子对周齐,汝水三河合应之。巳上楚宫属双女,亥上双鱼时掉尾。十二脉中合经水,内外相输为表里。人身血气要充盈,六脉无邪无病体。火之精气主生神,水气充盈生志意。复胗濇脉何部中,败血折精之脉候。唯有三秋乃应时,馀月见之皆恶候。洪钩夏脉居寸口,堪笑愚夫多不晓。脉若俱洪不带钩,钩不应时血常走。秋脉微毛若无濇,病者多应命单得。设然肺部胗见之,濇谓秋中多结脉。严冬尺脉要弦沉,肾部无邪体恙清。忽然弦大多虚候,梦中涉水鬼随人。春怕庚辛秋丙丁,微毛洪数病相侵。玉函歌诀最玄微,俗眼庸人难探赜。若能精向义中求,审察元通神可比。

浮弦多是风头痛,积聚体疼胸膈噎。紧实号为寒热证,涩泻烦燥小便涩。芤脉盖因阳耗散,鼻衄无时精恙竭。脉沉兼优是重阴,气刺胸膈症块结。风寒相传脉浮迟，外受寒邪内风热。肺受风寒痰欬嗽，左手见之心战怵。弱而兼濡是阳虚，汗出憎寒㒃羸劣。风湿风温及湿温，脉候交差要分别。汗无重汗耳无知，妄语无喑名重喝。洪数脉来阳气盛，目赤舌干唇破裂。浮而兼紧肾之虚，温助寒邪益精血。阳绝尺中脉细微，针灸勿令精㒃绝。促结代脉是脾虚，若见之时难救得。女人尺中须要盛，浮细沉迟是虚证。忽然胗脉寸中盈，六部无邪身有孕。童女童男何以别？须看天真无损缺。大凡童子脉来沉，童女尺中洪拍拍。男子妇人精血衰，假饶覆溢脉无回。一呼四至为平脉，一呼一至死相催。伤寒舌黑洗不红，药洗分明定吉凶。汗若脉和无恶候，脉如躁疾命将殂。中风目闭口开者，喉中拽锯㒃不瘥。脉若洪弦由可救，浮大多应命不苏。男女五劳洪数脉，定知不久㒃长吁。大抵七表八里脉，相连九道作程途。表里脉分轻重病，九怪传来病不舒。胗脉要分轻与重，始知生死可枝梧。浮洪短促为阳弱，沉细兼长阴有馀。如此分张轻重断，岂同俗眼一凡夫。六部鬼贼是如何，造化阴阳事更多。心火怕逢沉滑脉，肺金犹怕浮洪克。唯有脾元恶木侵，四时寄旺本无形。甲乙最嫌金㒃重，肾中脉缓水无盈。一位克重当须断，二位克重却分轻。三位克时难救疗，纵然暂醒必归冥。水火相临分上下，金木相侵事必凌。水土二宫俱要静，一宫有克少安宁。高士要知刑克贼，孰能考究记心经。春怕庚辛秋恶候，夏嫌水气火相刑。刑克只分轻与重，自然切脉甚精明。左手胗得重病脉，右手脉候却调匀。只断脉中须应病，故知命脉得和平。假此一例馀仿此，医门学者要劳心。以上三首均见《宛委别藏》影写宋本杜光庭《广成先生玉函经》。

寿邓将军

文星一夜动天关，此日真仙降世间。千里光华蟾影满，九皋空阔鹤情闲。临戎暂许分忧寄，入相看随急诏还。自愧嘉辰无异礼，只将吟咏祝崇山。

当年五百合生贤，自入青云更不还。岳气此时来世上，文星今日到人间。降因天下思姚宋，出为儒门继闵颜。惟有感恩无路报，一生倾酒祝南山。影印本《诗渊》第六册第四五四○页。

太阳真君咒

东望扶桑宫，稽首朝郁仪。太阳洞明景，寥寥何所思。令我拜金色，候天望英姿。皇华将玉女，临轩降此时。

太阴真君咒

仰望顾八表，惟月孕阴精。中有大素皇，夫人驾绿𫐄。曜华光二极，混明照三清。殷勤求志道，五色下来迎。

木德星君咒

岁星乘木德，展望耀东乡。凌天姿润泽，正色滉明皇。寻华歌浩漾，掷水咏芝芳。经时频祷祝，获福自然长。

火德星君咒

芒角森龙凤，威光叱十方。丹罴耀午夜，朱火焰三边。晶明符正炁，剑戟焕兵权。欃枪应灭迹，孛慧敢当前。

金德星君咒

太白凌清汉，腾霜耀素英。亭亭浮瑞彩，皎皎盛长庚。锋高能御寇，色润每降兵。推穷符历数，合道与长生。

水德星君咒

妙哉符五炁，仿佛见真门。嵯峨当丑位，壬癸洞灵君。分辉凝皎洁，
肸蚃赴思存。仙歌将舞蹈，良久下金天。

土德星君咒

高穹符戊己，藏陆起重霄。五行尊暗曜，九土见光昭。甘石推留伏，
陶巫筭沈寥。上仙垂雨露，伏地礼空谣。

罗睺星君咒

神首循黑道，冥冥超至灵。暗明期朔望，阳德晦阴精。高镇黄幡阙，
矛戟耀霜铃。志心伺多福，稽首讽真经。

计都星君咒

处暗表阴德，豹尾镇星宫。怒指摧山岳，权雄暝太空。龙蛇生怪状，
变异忽昏濛。主人长寿乐，禳应在恪恭。

紫炁星君咒

授制宗元帝，含精耀紫微。阴阳乘运极，幽显闷灵机。玉舆登广汉，
金铃布斗飞。四宿循周度，九土尊天威。

月孛星君咒

太阴光玉纬，精魄育群生。青桂黄华辅，郁罗保素灵。毛头分怪状，
彗尾或潜经。舍次流灾福，斋修洞香冥。

本命咒

本命尊威赫，元辰位豹宫。三元分品秩，六十卫躔躬。仙吏俾神化，真官亦治功。人伦无贵贱，终始赖含洪。《正统道藏》本杜光庭《道门科范大全集》卷四八。

贺府主令公甘雨应祈

一炷名香达杳冥，旋闻风雨应精诚。染来山岳千重翠，洗尽尘埃六合清。不独旱苗苏垅亩，便期嘉谷遍寰瀛。须知至理调元化，丞相为霖致太平。宋吕祖谦《诗律武库后集》卷十。

诗

数声鸡唱锦楼前，引得春风散锦川。星斗似沉初报晓，羽仪如画已朝天。翠华尚未离三蜀，白日那堪又一年。只如明时倍多感，瑶炉重炷祝尧烟。宋无名氏《翰苑新书前集》卷六三。《分门纂类唐宋时贤千家诗选》卷十六闻人祥正《集句》引首句。

通玄赞八首

至道常虚寂，玄化应真精。分神通一切，凝景在三清。恍惚生有象，冲寞见无形。逐运开缘会，因机说妙经。修之登景汉，慢之堕幽囹。天女散金华，神童唱玉声。十华回宝盖，九凤遏云营。若能弘至赜，家国悉安宁。

五亿诸天界，三千道境中。是非更有待，生死互无穷。妄起贪瞋狱，虚成杀害宫。谬言人我异，安知彼此同。六骸俱不实，万法悉归空。体道烦恼尽，心与色尘终。未能求解脱，常只处樊笼。若欲常自在，稽首至道宗。

天堂与地狱,凡夫及圣人。悉从方寸起,非复有馀因。悟则聪明友,迷为愚瞽邻。苦魂犹有识,罪魄亦含神。何为沈恼难,良由不信真。弃此身上宝,染彼世间尘。既依流浪海,还没死生津。若欲渡此苦,安坐自观身。

善哉元始尊,慈悲度一切。德出虚空表,功满尘沙界。广说大乘经,发生无上慧。轮回周亿劫,教化通三世。精贯有形中,妙穷无色际。迹遍方方域,道应天天帝。权实度天人,机缘随巨细。神用难可穷,方圆无不制。

罪福犹镜象,生死若轮回。但观明里去,谁识暗中来。未慕三天阙,唯愁五苦台。罪魂随运尽,幽魄应缘开。精气空浮爽,形骸久化灰。且甘为鬼质,谁念入仙胎。徒愿青书录,终悲黑簿催。法轮难再睹,长夜足堪哀。

我身良可惜,宜各修生道。孰云白玉芝,多莳黄金草。结志行六度,专心论三宝。白元来降接,赤子常携抱。朽年惭晚学,壮岁须及早。知足自逍遥,贪荣更忧恼。坐观环堵大,静觉乾坤小。守一若无移,终天岂云老。

三千分世界,五亿化诸天。一一开净域,方方有圣缘。九光生院草,七宝满池莲。行馆排朱日,飞台映紫泉。烧香皆玉女,说法尽神仙。梵引九啸凤,炉飘五色烟。稽首虚皇阙,歌咏太上前。慎莫忽宿命,当须信福田。

道化三元布,神凝万像分。龙汉开玄篆,天书下赤浑。应期铿法鼓,随方启妙门。太上垂至赜,威德被乾坤。神经三一侍,妙理五千文。字列金华府,名传玉帝君。心中生宝日,身上起罗云。十仙何足友,载劫乃长存。

授经赞

飘飘太虚岭，流景在上玄。经始无终劫，常保天地人。国主学理世，道士诵得仙。贤者今奉受，依法以相传。时无至德子，保秘不妄宣。宗之升太清，弃之堕九泉。我说无为道，冲寂得自然。

光明赞

立功须及早，学道亦当时。昼夜宜勤苦，发意莫狐疑。烧香常礼拜，诵经恒奉师。勇猛加精进，专诚无想思。四等将六度，三奔与五雌。洗尘入空寂，虚心将自持。唯期不转退，岂为人所嗤。若能如是者，朝夕自仙飞。

真人赞六首

大道虽无心，可以有情求。伫驾空洞中，回眄翳沧流。净明三界外，萧萧玉京游。自无玄挺运，谁能悟冥趣。落落天汉澄，俯仰即虚柔。七玄散幽夜，返胎顺沉浮。冥期苟潜凝，阳九无虞忧。睹此去来会，时复为淹留。外身而身存，真仙会良俦。

亹亹玄中趣，湛湛清汉波。代谢若旋环，椿木不改柯。静心念至真，随运顺离罗。感应理常通，神适逮自徂。澹游初无际，繁想洞九遐。飞根散玄叶，理返非由他。常能诵玉章，玄音彻霄霞。甲申洪灾至，控翮王母家。永享无终纪，岂知年劫多。

玄都七宝林，十华并弥罗。紫烟冠灵晖，云京秀玉阿。上有福德堂，宫室互参差。皆是清信士，真仙飞天家。三界通玄路，五道清不邪。善缘应根生，累功享福多。牵对相寻续，大法谅不虚。无有万年人，皆与劫同徂。依依欢乐世，发言成咏歌。此世欢无极，当奈来运何。八观因缘门，罪福从中生。时见有心者，思悟感天灵。吾今为是故，开说真妙经。如从经中言，忆劫皆受荣。习道行劝戒，以经度我形。
思念宿命根，洗拔先身婴。超越过三罗，八难于是冥。

魂返入定质，神操从是荣。灭度如蜕胞，旷朗睹八清。转轮得神仙，
由我改心精。受报无穷量，志定入福庭。七十二相好，皆从身中明。
顶负七宝光，照耀诸天形。云迅八景舆，风回匡绿轩。升入玄玄门，
期乐乐未央。

妙通转我神，弘普无量功。道成天地初，轮化发九重。灭度历生死，
缘对各有宗。孰悟去来苦，形魂无始终。积善隆福基，身拔五难锋。
脱离三恶道，萧萧入闲堂。念度无边境，思定感神通。法轮三度回，
辅我高仙功。回我大椿步，飘升太极宫。

奉 戒 赞

奉戒为身宝，永劫享灵期。虚心会虚寂，精感在精思。九鸾陪玉轶，
八凤荐金芝。青童歌妙曲，玄女唱清词。神尊示光景，太上湛希夷。
天华杂香起，法雨散灵滋。勤苦修生道，翘想作仙基。精诚如不怠，
鹤驾自当之。以上十七首，均见《正统道藏》本杜光庭《太上三洞传授道德经紫虚箓
拜表仪》。

受 送 颂

此法甚高妙，免汝九祖役。是其人不授，令人与道隔。非人而辄授，
见世被考责。死堕三途狱，万动悔无益。《正统道藏》本杜光庭《太上三五正
一盟威阅箓醮仪》。

天坛王屋山圣迹颂

王屋天坛福地玄，清虚小有洞天仙。无穷胜境于人物，有感神通古
今传。《正统道藏》本杜光庭《天坛王屋山圣迹记》。

句

五行正气产黄花。宋史铸《百菊集谱》卷六集句引。

天地西南思早蟾，弓门环尽势纤纤。元刻本元林桢《联新事备诗学大成》卷
一。

可惜年华容易过。胡伟《宫词》。

步 虚 词

旋行蹑云纲，乘虚步玄纪。吟咏帝一尊，百关自调理。俯命八海童，
仰携高仙子。诸天散香花，萧然灵风起。宿愿定命根，故致标高拟。
欢乐太上前，万劫犹未始。

嵯峨玄都山，十方宗皇一。岂岂天宝台，光明焰流日。炜烨玉林华，
茜璨耀朱实。常念餐元精，炼液固形质。金光散紫微，窈窕大乘逸。
俯仰存太上，华景秀丹田。左顾提帝仪，右盼携结璘。六度观梵行，
道德随日新。宿命积福应，闻经若至亲。天挺超世才，乐诵希微篇。
冲虚太和气，吐纳流霞津。胎息静百关，寥寥究三便。泥丸洞明镜，
遂成金华仙。魔王敬受事，故能朝诸天。皆从斋戒起，累功结宿缘。
飞行凌太虚，提携高上人。《正统道藏》本杜光庭《太上黄箓斋仪》卷一。

控辔适十方，旋憩玄景阿。仰观劫刃台，俯眄紫云罗。逍遥太上景，
相与坐莲华。积学为真人，恬然荣卫和。永享无期寿，万椿奚足多。
同前卷五。

大道师玄寂，升仙友无英。公子度灵符，太一捧洞章。舍利耀金姿，
龙驾倏来迎。天尊眄云舆，飘飘乘虚翔。香花若飞雪，氛霭茂玄梁。
同前卷六。

头脑礼金阙，携手邀玉京。骞树圆景园，焕烂七宝林。天兽三百名，
师子巨万寻。飞龙踯躅吟，神凤应节鸣。灵风扇奇华，清香散人襟。

自无高仙才，焉能耽此心。同前卷七。

严我九龙驾，乘虚以逍遥。八天如指掌，六合何足辽。众真诵洞玄，
太上唱清谣。香华随风散，玉音成紫霄。五苦一时进，八难顺经寥。
妙哉灵宝圃，兴此大法桥。同前卷八。

稽首礼太上，烧香归虚无。流明随我回，法轮亦三周。玄愿四大兴，
灵庆及王侯。七祖生天堂，煌煌耀景敷。啸歌冠太漠，天乐适我娱。
齐馨无上德，下仙不与俦。妙想明玄觉，诜诜乘虚游。同前卷二二。

太极分高厚，轻清上属天。人能修至道，身乃作真仙。行溢三千数，
时丁四万年。丹台开宝笈，金口为流传。同前卷二六。

大梵三天主，虚皇五老尊。尚难窥徽妙，岂复入名言。宝座临金殿，
霞冠照玉轩。万真朝帝所，飞舄躡云根。同前。

濛濛如细雾，冉冉曳铢衣。妙逐祥烟上，轻随彩凤飞。几陪瑶室宴，
忽指洞天归。仁立扶桑岸，高奔日帝晖。同前。

旋步云纲上，天风飒尔吹。飘裾凌斗柄，秉拂揖参旗。狮子衔丹绶，
麒麟导翠辀。飞行周八极，几见发春枝。同前卷二七。

绿鬓巍丹帻，青霞络羽衣。晨趋阳德馆，夜造月华扉。抟弄周天火，
韬潜起陆机。玉房留不住，却向九霄飞。同前。

昔在延恩殿，中霄降九皇。六真分左右，黄雾绕轩廊。广内尊神御，
仙兵护道场。孝孙今继志，咫尺对灵光。同前。

宝箓修真范，丹诚奏上苍。冰渊临兆庶，宵旰致平康。万物消疵疠，
三晨效吉祥。步虚声已彻，更咏洞玄章。同前卷二八。

宛宛神州地，巍巍众妙坛。鹤袍来羽客，凫舄下仙官。玉斝斟元醴，
琅函启大丹。至诚何以祝，四海永澄澜。同前。

水噀魔宫慑，灯开夜府明。九天风静默，四极气澄清。啸咏朱陵府，
翱翔白玉京。至诚何以祝，国祚永安荣。同前。

始青黎元盖，金香结珠烟。飞晨总翘蹕，稽首玉帝前。帝心浩以舒，

锡吾《太灵篇》。是谓不灭道，万天秉吾权。吾行空洞中，下仙昧其渊。同前卷三十。

一炁化之元，邈在两仪先。宝埒驰金马，真香喷玉莲。飞空按龙辔，梵响导芝轺。绵永长春劫，翱翔无色天。初真难晓谕，以此戒中仙。同前。

高真明道德，垂世五千言。解释惭凉薄，殚诚测妙元。霓旌严教典，羽唱彻云轺。瑞鹤仪空际，祥风拂暑烦。穹窿兹响应，宝祚亿斯年。同前。

华夏吟哦远，人声自抑扬。冲虚归道德，曲折合宫商。殿阁沉檀散，楼台月露凉。至诚何以祝，多稼永丰穰。同前卷四十。

天真帝一宫，蔼蔼冠耀灵。流涣法轮网，旋空入无形。虚皇抚云璈，众真诵洞经。高仙凛手赞，弥劫保利贞。同前卷二四。同书卷九作《三启颂》。

三涂五苦颂八首

三才及万物，倚伏各有灵。终始大劫数，福尽天地倾。往返于五道，苦哉更死生。展转三涂中，去来与祸并。

大贤慎兹戒，忍世念割情。愚夫不信法，罪痛常自婴。吾念世无已，今故重告明。若欲度斯祸，归命太上经。

罪福不由他，谅自发尔身。大贤故闭口，欲灭诸恶根。灭念归兼忘，倚伏待长泯。弘道以安世，终当见正真。

淫嫉为祸首，灭身之至患。食养如斯祸，恐必致夭残。知恶而不革，岂是道所安。怀毒日斋直，令我发长叹。

宿命有信然，弱丧谓之无。皆欲眼前见，过目即言悠。大贤明道教，惨戚悯顽夫。依依念子苦，勤勤令我忧。

人命已销尽，亦犹膏中火。四大暂相寓，五物权时假。盛年当勤学，趣求存无我。福尽身神散，冥冥地狱下。上圣畏是故，寻道度斯祸。
学仙行为急，奉戒制情心。虚夷正气居，仙圣自相寻。若不信法言，
胡为栖山林？

大贤乐经戒，受之为身宝。就学常苦晚，治身恨不早。比当被幽赜，
倏忽年已老。执卷吟尔极，将更死痛恼。吾故及弱龄，弃世以学道。
同前卷五十。

解　坛　颂

太空包有象，至道杳无形。承和通妙气，应感达中情。倏忽周八极，
依稀降万灵。微香陈素款，委质表丹诚。远泛翔鸾盖，遐攀绮凤旌。
烟宫高郁郁，云阁上亭亭。琼驾出霄汉，金龙入太清。甘露洽人世，
家国悉安宁。

辞　三　师　颂

经法随玄妙，崇奉悉因师。凡欲立善者，咸当礼愿之。气专功易就，
心慢侮难追。若能勤系念，朝日自仙飞。

道以斋为重，法以朝为常。不奉不信者，焉能游帝乡。有骨入仙品，
自然开紫房。玄女登云台，但见金银堂。是故谢三师，稽首礼虚皇。
岩岩玉京山，玄都何巍巍。真人乘虚步，朗朗长夜开。大道由人弘，
心至神自归。修斋行道毕，稽首辞三师。同前。

七　真　赞

太上玄虚宗，弘道尊其经。俯仰已得仙，历劫无数龄。巍巍太真德，
寂寂因无生。霄景结空构，乘虚自然征。日月为炳灼，安和乐未央。
学仙绝华念，念念相因积。去来乱我神，神躁靡不历。灭念停虚闲，
萧萧入空寂。请经若饥渴，持志如金石。保子飞玄路，五灵度符籍。

济我六度行，故能解三罗。清斋礼太素，吐纳养云牙。逍遥金阙内，
玉京为余家。自然生七宝，人人坐莲花。仰嚼玄都柰，俯酣空洞瓜。
容颜曜十日，奚计年劫多。法鼓会天仙，鸣钟征大魔。

灵风扇香华，璨烂开繁衿。太真抚云璈，众仙弹灵琴。雅歌三天景，
散慧玉华林。七祖升福堂，由此步玄音。前世福未足，斯书邈难寻。
信道情不尽，图飞乃反沉。太上无为道，弘之在兆心。

学道由丹信，奉师如至亲。挹景偶清虚，孜孜随日新。众人未得度，
终不度我身。大愿有重报，玄德必信然。阴恶罪至深，对来若转轮。
学道甚亦苦，晨夜建福田。种德犹植树，积篑而成山。子能耽玄尚，
飘尔升青天。修是无为道，当与善结缘。太上至隐书，名曰智慧篇。
拔苦其大才，超俗以德真。灵姿世所奇，晔若渊中莲。

人行各有本，皆由宿世功。立德务及时，发愿莫不从。善恶俱待对，
倚伏理难穷。贤士奉法言，道亦在兼忘。解是大智慧，上为太极公。
宝盖连玉舆，命驾御九龙。金华擎洞经，捧香悉仙童。啸歌彻玄都，
鸣玉叩琼钟。

竦身凌太清，超景逸紫霄。保无持法网，游玄极消遥。万劫犹昨夜，
千春如晨朝。巍峨荫云华，手攀宝林条。香烟自然生，玄阶与扶摇。
灵幡顺风散，繁想应时消。灭智弘大混，无为为清谣。同前卷五二。

小学仙赞

学仙行为急，奉戒制情心。虚夷正焉居，仙圣自相寻。若不信法言，
胡为栖山林。同前。

明灯颂

太上散十方，华灯通精诚。诸天悉辉耀，诸地皆朗明。我身亦光彻，
五藏生华荣。炎景照太无，遐想通玉京。同前卷五六。

启 堂 颂

勤行奉斋戒,诵经制六情。故得乘空飞,耀景上玉清。精心奉经教,吐纳练五神。功德冠诸人,转轮上成仙。同前卷一。

出 堂 颂

夙世恩德报,道心超然发。身飞升仙都,七祖咸解脱。同前。

投 龙 颂

祈真登紫府,告命诣灵坛。玉女谣梵响,金童奏香烟。书名通九地,列字上三天。永享无期寿,克成高上仙。同前卷四九。

送 神 颂

渺渺空无象,悠悠感有情。敬则承天贶,泄则被魔精。吉凶随运起,否泰应缘生。道不贵珠玉,神惟在至诚。丹碧尽勤苦,恳款竭中情。自然通大圣,皆得降明灵。捻香陈所愿,稽首冀嘉祯。天尊常寂静,回心礼杳冥。同前卷五十。

还 戒 颂

天尊大慈悲,说戒度众生。威德被幽显,果报感神灵。诸天来稽首,群魔自束形。过去超八难,见在保千龄。斋福行当息,相共送虔诚。流梵逸云唱,飞香杂烟声。琼凤乘丹辇,金龙驾绿辂。先死皆快乐,家国悉安宁。同前。

三 启 颂

乐法以为妻,爱经如珠玉。持戒制六情,念道遣所欲。淡泊正气停,萧然神静默。天魔并敬护,世世享大福。同上卷一。

郁郁家国盛,济济经道兴。天人同其愿,缥缈入大乘。因心立福田,
靡靡法轮升。七祖生天堂,我身白日腾。同前卷十一。

大道洞玄虚,有念无不契。炼质入仙真,遂成金刚体。超度三界难,
地狱五苦解。悉归太上经,静念稽首礼。同前卷十二。

楚 词 颂

众生多障难,大道甚矜怜。救度留科戒,咸令忏罪缘。愆辜编地府,
衅结已闻天。发露祈真祐,精诚仰圣贤。虔恭礼三宝,愿当奏延年。
焚词归上界,奏名玉帝前。同前卷四九。

六十甲子歌 题拟

甲子秋,耕民怀苦忧。禾苗不成实,灾厄害田畴。但看入秋后,高田
不可守。辛苦临冬春,父子离乡走。兄弟成路人,妻子单糊口。万
姓愁灾迤,民随千里走。

乙丑春,瘟灾害万民。夏首灾疫起,偏伤楚鲁人。家类悉糊口,吴地
又分张。民奔千里外,六畜悉逢殃。高田但种植,低处伤苗秀。灾
疫如去年,不得归家守。

丙寅首,猛兽成群走。四海悉扬波,源野连山阜。高田宜种植,领畔
并山阜。但看四五月,众鱼庭前走。

丁卯中,未可逐时风。春初无猛雨,秋中有大洪。低田灾弥起,山际
好施功。岁中虽薄熟,仓储不免空。

戊辰里,虫蝗皆竞起。人民遭灾疫,妇女悲生死。灾害是秋中,稻出
山腰里。低处定难收,必是遭洪水。

己巳初,阶前观戏鱼。湖里蛟龙出,乘舟在陆衢。平路遭淹浸,禾稻
涝皆无。欲求干净处,须早竖楼居。

庚午首，水旱俱应有。船行陆路中，牵马湖中走。夏旱忧百日，秋遭三六九。禾定出高田，秋收早冬首。晚刈必逢灾，兵革起非久。

辛未年，种植近山边。初春有大水，夏中必旱然。吴地应无事，荆楚被灾缠。夏首虽微旱，秋泉遍满源。不免病灾起，家家被率牵。

壬申候，高田难保守。乘车行渎中，不见吴兴部。仓储多偏促，家家无升斗：北地遭连厄，九离皆并受。兼疫发登莱，平复吴江口。

癸酉年，高低不可怜。春初先作旱，夏首水连连。末秋风火急，禾稻不丰鲜。但看齐鲁地，此处是荒年。

甲戌中，春首被灾虫。夏景逢灾旱，秋冬又被洪。高田虚种植，必定见蒿蓬。欲知灾厄地，燕魏及山东。

乙亥初，水旱遍通渠。灾厄由此起，大鬼镇城居。远应定九五，得失未年初。种得禾苗处，高低然可居。

丙子过，种田出江河。作植民忧苦，种苗被害多。灾鼠成群队，十儿同一窠。虔诣神祇佑，保护上期禾。

丁丑改，田夫难自在。春初虽种植，秋首成河海。牛马被灾伤，京兆最惊忙。欲知苗秀处，稻出去年场。

戊寅年，山头好作田。陆路成江涧，饥民死道边。鱼鳖同兔走，高岸称栽莲。但看孟夏末，庭前好斗船。

己卯到，高处田苗好。春初虽乏水，秋夏连江浩。楚鲁受其灾，吴会蒙恩造。其年皆丰稔，种作偏宜早。

庚辰至，燕魏人灾起。畜类亦如然，田苗被虫死。山际好施功，吴地耕民喜。低处遭淹浸，中高甚丰美。

辛巳箷，赪尾戏庭溜。鱼行衢巷间，稻苗秀山阜。种植但向前，施功莫在后。低处有灾殃，中高甚丰厚。

壬午春，水旱不调均。旱处忧千里，低处戏游鳞。非但只饥荒，亦惧兵灾频。疫瘴连年起，饥饿亦多逃。

癸未中，一井五家同。春夏逢兹瘴，秋来又被洪。但看吴楚地，并及在山东。向西荒灾起，田父但施工。

甲申凑，忧惧应非久。车行湖湫中，骤马三河口。移居定不回，此是灾中咎。稻出五湖边，不用耕山阜。

乙酉迁，春旱必应然。三家同一井，灾从吴会连。种作生涯处，皆慕五湖边。不用耕山阜，高处是荒田。

丙戌年，秋来枯井泉。夏首虽然水，向后地焦然。此岁云龙起，稻出五湖边。中高徒种植，必定被灾缠。

丁亥馀，吴分好安居。高低通见熟，荒歉在洪庐。泗城皆厄难，燕楚最荒虚。岁中虽薄稔，灾水在春初。

戊子过，田父好耕坡。灾虫夏末有，秋中灾害多。水旱数相寻，虫鼠不偏颇。低田不须种，高处有微禾。

己丑者，灾殃遍天下。瘟黄害郑地，田夫船作马。六畜悉逢殃，种植中高野。鬼行诸般病，着者难解谢。

庚寅中，高地好施功。虽复有微旱，水与去年同。低地得微熟，中高最是丰。野兽连群走，高低路并通。

辛卯禾，早种不须多。秋洪作祸故，山际水成波。早种又复旱，晚植那应好。但看秋景后，鱼戏于人道。

壬辰祀，禾被虫灾死。并及害万民，六畜亦如是。低禾不用耕，种植山腰里。早作劣堪收，晚种难准拟。

癸巳纪，高低无准拟。中田又被殃，粟麦归山里。此岁有灾伤，低处多逢水。旧有书吃除，新又多无备。

甲午初，水旱定难除。车马行湖底，船则纳山居。低田纵耕植，冬藏定是无。欲知成家处，山际但耕锄。

乙未首，田种三江口。吴地养民邦，京兆多灾咎。非但是炎灾，妖争来凑。流浪逐风波，值死宁非久。

丙申年，高低未可迁。五湖堪种棘，来去并皆然。若见当灾处，斗米值千钱。欲知安乐处，江南最可怜。

丁酉侧，高低徒种植。三家共一井，湖底生荆棘。江东并出乡，齐鲁皆逐食。西陇濠楚忧，东南未休息。

戊戌木，江南丰稻谷。燕魏定饥荒，三载留空屋。男子被兵牵，亦有归门哭。妻子见分张，各自相追逐。

己亥间，江南最可怜。不必看高下，通熟满山川。灾临西部地，饥荒似去年。边隅多扰扰，后更见忧煎。

庚子末，居家无定活。禾苗被害多，亲戚相欺夺。糊口并无馀，妻子单眠活。江南虽得熟，向后亦号哭。灾殃则应逢，处处唯空屋。

辛丑于，灾临定不虚。吴越炎千里，当之是夏初。但看入秋首，虫蝗处处有。饥殍死他乡，畜类多灾咎。

壬寅金，猛兽结群侵。种植依山阜，庭户阙过寻。稻出高田里，逢灾是魏秦。乘船于陆地，高城浪涌浔。

癸卯岁，晋魏逢灾害。值旱隔三秋，向应成两载。田畴多乏水，高低失准拟。人物竟喧争，厄据中城里。

甲辰候，灾虫处处有。其岁足灾殃，偏苦三江口。粟麦最为佳，春夏耕山阜。江南虽薄熟，不免遭兵寇。

乙巳至，地底蛟龙起。此岁主饥荒，乘船于陆地。苏湖被波涛，吴地得全刈。禾稻出高田，向去多宜利。

丙午馀，水旱无定图。忽来即时没，若旱井泉枯。水族成兔鹿，鸡犬变成鱼。稻出低田内，高处不须锄。

丁未纪，种植山腰里。低处不须耕，堕民遭饿死。非但逢灾水，亦乃干戈举。吴地是平邦，厄在燕齐楚。

戊申末，江南民独活。高低总得收，灾虫俱自灭。此岁八谷丰，人畜皆欢悦。官吏逐阶迁，诸道咸通彻。

己酉年，耕民但作田。虫灾眚眚有，瘟灾亦易痊。山坡堪种植，斗米直三钱。低处微伤水，中高甚可怜。

庚戌秋，人民不可愁。江南虽小旱，亦未外方求。仓储皆得满，禾稻美秋收。田夫俱喜悦，四海尽风流。

辛亥凑，灾疫当处受。悖党害平邦，发在沧陵口。分野有凶灾，时应归陇右。江南微薄熟，不利吴丘阜。

壬子直，谷米无人食。江南足可居，东道征无息。泗城归御道，驿路生荆棘。诸处并荒忙，吴邦堪种植。

癸丑来，人民定受灾。蓬瀛疫病起，齐鲁厄殃摧。瘟黄灾竞起，门户乏人开。迤䙹仍斯地，桑田又更回。

甲寅候，江东足糊口。仓储处处空，民户离乡走。又乃发瘟灾，遇厄难脱手。低处必水伤，中高又无有。

乙卯中，四海并交通。无殃皆得熟，田父美施功。粟麦最为首，偏益在山东。其年多有福，岁内足狂风。种植宜须早，高处莫施功。中低耕最好，高处出蒿蓬。

丙辰于，禾苗种陆衢。安泰在濠楚，齐晋受殃殂。亦复多灾水，鹿兔杂群鱼。是处民乏食，仓库悉空虚。

丁巳周，吴地足风流。仓库皆盈满，沧茫人并游。但令逢圣主，迁官不在求。高低俱得熟，耕民忘却愁。

戊午扣，家家有三口。逢患在秋中，少畈多咨咨。高低皆得收，荒灾近末后。此岁是丰年，人民得自守。

己未里，畜养逢灾厄。五马博一牛，定知其岁后。粮储可散求，田中得薄熟。虽乃逢斯难，不至怀苦忧。

庚申年，稻谷出高田。夏中有大水，低潜被虫煎。莫夸苗艳秀，濠楚亦如然。低源劳种植，中高甚可怜。

辛酉后，中田将可守。有旱损高源，大水淹湖部。早稻被风灾，偏苦吴门口。高低未可安,中平的应有。

壬戌中,高低尽不同。春夏应遭旱,江南船不通。秋冬定有旱,低地好施功。高田徒种植,终是见蒿蓬。欲知受灾处,扬楚及江东。

癸亥周,吴分坐无忧。中田最可托,低处不须求。岁后青龙伏,中平并可求。秋冬虽有旱,还是得全收。《正统道藏》本杜光庭《太上洞渊神咒经》卷十八。

　　按:《太上洞渊神咒经》,敦煌遗书中有残本多卷。此组诗中有"官吏逐阶迁,诸道咸通彻"之句。以道为行政区划名,始于唐初。因知此组诗应为唐时之作。以上从《道藏》中杜光庭编撰整理诸书中录出的诗歌,虽未必皆为杜光庭之作,但皆可信为唐或唐以前人之作。今姑录存于杜光庭名下,祈读者引用时有以注意之。

全唐诗续拾卷五二 蜀下

李 简

　　简，大顺二年为梓州行营都指挥使。后官邛州刺史，卒。（《全唐诗》无李简诗，传据《十国春秋》卷四十）

句

山绕一城藏古寺，江连二水送孤舟。见《锦绣万花谷续集》卷十三"潼川府"引。宋之潼川府即唐之梓州。

张 蠙

述 怀

白首成空事，无欢可替悲。空馀酒中兴，犹似少年时。见王安石《唐百家诗选》卷十九。李璧《王荆文公诗笺注》卷四一引前二句。

　　按：《万首唐人绝句》卷九三收此诗于崔橹名下，《全唐诗》卷五六七沿之。《唐百家诗选》早出，今两存之。

句

上饶多胜景，樽酒不应同。《记纂渊海》卷十。

韦 庄

寄禅月大师

新春新霁好晴和，间阔吾师鄙吝多。不是为穷常见隔，只应嫌醉不相过。云离谷口具无著，日到天心各几何。万事不如棋一局，雨堂闲夜许来么？《禅月集》卷十九。

按：《全唐诗》卷七○○收三、四两句。

韦 曲

满耳莺声满眼花，布衣藜杖是生涯。时人若要知名姓，韦曲西头第一家。《类编长安志》卷九。

贯 休

戒童行 慈受二十偈意同

劝汝出家须决志，投师学业莫容易。添香换水结因缘，佛殿僧堂勤扫地。莫闲游，莫嬉戏，出入分疏说出处。三朝四宿不见归，妙法何曾闻一偈。敬师兄，教师弟，莫向空门争意气。上中下座用谦和，莫贱他人称自贵。衣食难，岂容易，计功多少须惭愧。随缘饮啄任精粗，不用千般求细腻。布素衣，随时乤，知足便超功果位。才能岂是皂罗衣，有道何须黄锦被。清信男，清信女，舍却一身饲饿虎。此因缘，苦中苦，不用再三说酸楚。心中有罪自心知，自向心中忏悔取。亲明师，学智慧，别人睡时你慢睡。出家儿，学妙理，习读夜眠须早起。三更睡到四更初，归向释迦尊殿里。挑明灯，换净水，礼拜焚香作福祉。报答三有及四恩，天龙八部生欢喜。莫愚痴，莫懈怠，一超直入佛境界。行亦禅，坐亦禅，了达真如观自在。见日本《续藏经》本《禅门诸祖师偈颂》卷下之上。

大隐四字龟鉴

在尘出尘，如何处身？见善努力，见恶莫亲。纵居暗室，如对大宾。乐情养性，逢危守贫。如愚不愚，修仁得仁。谦让为本，孤高作邻。少出为贵，少语最珍。学无废日，时习知新。荣辱慎动，是非勿询。常切责己，切忌尤人。抱璞刖足，兴文厄陈。古圣尚比，吾徒奚伸？安问世俗，自任天真。奇哉快哉，坦荡怡神。同前卷上之下。

题东林寺四首 之一

闲行闲坐思攀缘，多是东林古寺前。小瀑便高三百尺，短松多是一千年。卢楞伽画苔漫同书卷二引作"浸"尽，殷仲堪碑雨滴穿。今欲更崇莲社去，不知谁是古诸贤。见《古石庵丛书》本《庐山记》卷四。

赞念法华经僧

空王门下有真子，堪以空王为了使。常持菡萏《白莲经》，屈指无人得相似。长松下，深窗里，历历清音韵宫徵。短偈长行主客分，不使闲声挂牙齿。外人闻，耸双耳，香风袭鼻寒毛起。只见天花落座前，空中必定有神鬼。吾师吾师须努力，年深已是成功积。桑田变海骨为尘，相看长似红莲色。见斯四〇三七卷。

咏雁山十八寺

本觉凌云到宝冠，〔能〕㈭仁古塔上飞泉。普门罗汉石门里，瑞鹿华岩天柱边。古洞灵峰真际并，灵岩霞嶂净名连。石梁不与双峰远，十八精蓝绕雁〔巅〕（岭）。未字不韵，疑为"山"之误。见《全浙诗话》卷九引《瓯江逸志》。陈耀东云见光绪《乐清县志》卷十六,今据以校改。

过窦道者

经秦历魏松千尺,浴海挽星月一轮。《祖庭事苑》卷四。

送 边 将

但看千骑去,知有几人归。见《吟窗杂录》卷十四正字王玄《诗中旨格》引。

　　按:《全唐诗》卷八三七收此二句,缺题,今重录。

　　又按:《全唐诗》收贯休诗缺文甚多,今据影印文渊阁《四库全书》本《禅月集》多可补齐,录如次。全诗不重录。

　　《全唐诗》卷八二六《送姜道士归南岳》第十一句缺二字,《禅月集》卷二此句作“落叶萧萧□杳杳”。

　　《全唐诗》卷八二七《上孙使君》第三十九句缺一字,前书卷三此句作“瑞雪锁戈鋋”。

　　《全唐诗》卷八二八《送崔使君》第二十七句缺二字,前书卷五此句作“望尘一气连紫闼”。

　　《全唐诗》卷八二九《秋居寄王相公三首》之一首句缺一字,前书卷八此句作“禅林蝉蜕落”。

　　《全唐诗》卷八三〇《桐江闲居作十二首》之七第四句缺二字、第八句缺一字,前书卷十此二句作“诗好抵琼瑶”、“谁更美南朝”。同诗之八第四句缺二字,前引书作“风栗似盐苞”。《严陵集》卷二引作“罔葛似盐苞”。

　　《全唐诗》卷八三〇《送黄宾于赴举》第三、第七句各缺一字,《禅月集》卷十此二句作“二阶欣夜雪”、“经师无一事”。

　　《全唐诗》卷八三一《夜对雪寄杜使君》第十四句缺一字,前书卷十二此句作“丰年已可敷”。

　　同书同卷《避寇白沙驿作》第五句缺三字,前书卷十二此句作“寇乱时时作”。

　　同书同卷《送友人之岭外》第七句缺一字,前书卷十三此句作“明时好登进”。

　　《全唐诗》卷八三二《别东林僧》第三句缺二字,前书卷十五此句作“自怜无定在”。又此诗首句下,《四部丛刊》本《禅月集》有自注云:“双□□□□大夫宅。”《送杜使君朝觐》末句缺一字,《四库全书》本《禅月集》卷十四此句作“应许代天功”。

　　《全唐诗》卷八三三《送僧归山》第六句缺一句,《四部丛刊》本《禅月集》卷十六此句作“坞燠烧如畾”。《四库全书》本亦缺一字。

　　《全唐诗》卷八三五《经弟妹坟》第五句缺二字,《四库全书》本《禅月集》卷十九此句作“鸿冲碧汉霜中断”。

　　《全唐诗》卷八三五《大蜀皇帝潜龙日述圣德诗五首》之二第五句缺三字,第六句缺一字,前书卷二十此二句作“风清鼙角山河壮,剑肃神龙草木寒”。

　　《全唐诗》卷八三六《东阳罹乱后怀王慥使君五首》之一第三句缺一字,前书卷二二此句作“裂地鼓鼙军羽急”。

　　同书同卷《避地毗陵寒月上孙徽使君兼寄东阳王使君三首》之三首句缺一字,前书卷二二此句作“殷雷车雨滴阶声”。

处　默

为贯休作　题拟

分袂无血泪,望处空阑干。见《四部丛刊》本《禅月集》附昙域《后序》引。

卢延让

冬夜宴柳驸马陟宅得更字

兰堂夜宴在秦城,座上荷衣倍觉荣。金鼎烹炮过百味,铜壶刻漏转三更。红妆伎出催添烛,白雪歌迟待暖笙。犹自何郎欢不足,桂华未谢玉峰倾。见蜀何光远《鉴诫录》卷八《屈名儒》。

宋光嗣

　　光嗣，福州人。为宦者，给事普宁公主。入蜀，王建以为阁门南院使、宣徽南院使。建病革，以为枢密使。衍立，判六军诸卫事。凡断国章，多同儿戏。前蜀亡，为王宗弼所杀。诗七首。（《全唐诗》无宋光嗣诗，传据《十国春秋》卷四六本传）

判行营将士申请裹粮

才请冬赐，又给行装。汉州咫尺，要甚裹粮？绵州物贱，直到益昌。

判内庭求事人

觅事撮巅拗—作"领襩"，勾当须教了。倘若有阙疑，禁君直到老。

判导江县申状封皮上著状上门府衙

敕加开府，不是门府。典押双眇，令佐单瞥。量事书罚，胜打十五。令佐盘庚，典押岁取。事了速归，用修廨宇。

判小朝官郭延钧进识字女子

进来便是宫人，状内犹言女子。应见容止可观，遂令始制文字。更遣阿母教招，恨不太真相似。且图亲近官家，直向内廷求事。

判神奇军背军官健李绍妻阿邓乞改嫁

淡红衫子赤辉辉，不抹燕，不画眉，夫婿背军缘甚事，女人别嫁欲何为。孤儿携去君争忍，抵子归来我不知。若有支持且须守，口中争著两把匙。

判简州刺史安太尉申
院状希酒场云系州收榷

安胡安胡,空有髭须。所见不远,智解全愚。酒场是太后教令,问你还有耳孔也无。

判内门捉得御厨杂使衙官偷肉

斤斤肉是官家物,饱祭喉咙—作"陇头"更将出。不能为食斩君头,领送右巡枷见骨。均见蜀何光远《鉴诫录》卷六《戏判作》。

王家乐

　　家乐,王衍时伶官。(《全唐诗》无王家乐诗)

应　制

一段圣琉璃。见《说郛》卷六一《清异录》。

　　《清异录》:"王衍伶官王家乐侍燕小池,水澄天见,家乐应制曰(略)。"

王　衍

自　制　词

画罗衫子画罗裙,能结束,称腰身。柳眉桃脸不胜春,薄媚足精神。可惜许,流落在风尘。见《分门古今类事》卷十三《该闻录》引。

　　按:《全唐诗》卷八八九收此词,题作《甘州曲》,无首句前四字。第六句无"许"字,遂与下连作七字句。今重录之。《该闻录》,宋初李畋作。

曲　子

尽是《五代诗话》引作"赢得"一场傀儡。《类说》卷四三引《北梦琐言》。

花蕊夫人

采桑子　途中作

初离蜀道心将碎,离恨绵绵。春日如年,马上时时闻杜鹃。三千宫女皆花貌,妾最婵娟。此去朝天,只恐君王宠爱偏。见《能改斋漫录》卷十六。

按:《全唐诗》卷八九九仅收此词之上半阕。一说后半片为后人补作。

宫　词

雨洒瑶阶花尽开,君王应是看花来。静凭雕栏浑忘倦,忽听笙簧殿外回。见毛氏汲古阁本《花蕊夫人宫词》。转录自《开明书店廿周年纪念文集》所刊浦江清《花蕊夫人宫词考证》。浦云此诗他本俱无,未详来历。

李　珣

句

猺女鬌松卍字螺。清沈雄《古今词话·词品》下卷。

张　格

感　皇　恩

最好是,长街里,听喝相公来。见宋江少虞《皇朝事实类苑》卷六六引《杨文公谈苑》。

可　朋

赠　孙　真　人

世上屡更改,山中常晏安。六爻穷《易》象,九转炼神丹。洞里花开晚,峰头雪落残。为余琴一弄,鹤舞下松端。影印本《诗渊》第一册第四〇七页。

赠　友　人

来多不自一作"似"客,坐久却垂帘。见《吟窗杂录》卷三二《古今诗僧》。

寄　齐　己

虽一作"唯"陪北楚三千客,多话东林十八贤。同前。又见《唐诗纪事》卷七四。

　　按:以上四句《全唐诗》卷八四九已收,缺题,今重录。

欧阳彬

复为翰林作　题拟

昔年追感泪横流,今日寻思是漫愁。容易得来容易失,等闲成了等闲休。皇图本谓儿孙置,白刃番成骨肉仇。梁汉后唐三世主,九泉相见大悠悠。见《类说》卷十九李畋《该闻录》。

　　《该闻录》:"欧阳彬王蜀时为翰林学士,唐明宗时入洛,责令归蜀。孟氏开国,复为翰林,作诗云(略)。"

徐光溥

秋 山 图 歌

按:《全唐诗》卷七六一题作《题黄居寀秋山图》,今从《王氏画苑丛书》本《益州名画录》卷中。其第十七、十八句,《全唐诗》作"月槛参桥□,僧老坐揸筇",检《益州名画录》,此段应作:"月槛参差锦鳞跃,星坛斑驳翠苔封。傍岸牛羸行嚼草,过桥僧老坐嗜筇。"《全唐诗》殆脱去十八字,今为补出。全诗甚长,不重录。

郑　奕

奕,孟蜀时人。诗一首。(《全唐诗》无郑奕诗)

歌

莫传读得五车书,莫言文似马相如。不如家有一镒金,一囊珠,可以赂相公之子弟,结相公之僮奴。便可朝为屠沽,夕乘轩车。见《类说》卷二七《外史梼杌》。末云:"词多不备载。"

掌牟修

牟修,仕蜀为太子左赞善大夫。诗二句。(《全唐诗》无掌牟修诗)

书　壁　题拟

酒客干喉去,唯存呷大夫。见《说郛》卷六一《清异录》。

　　《清异录》:"家述、掌聿修仕伪蜀为太子左赞善大夫。两人皆滑稽。聿修伺述酒瓮将竭,叩门求饮,未通大道,已见麤耻,濡笔书壁曰(诗略)。"

田　淳

　　淳,孟蜀时进士。后任犀浦簿、龙游令。诗一首。(《全唐诗》无田淳诗)

失　题

闲行闲坐复闲吟,一片澄然太古心。拾得好诗清似玉,练来虚府静如琴。已将蛇足师陈轸,懒把蝇头爱华歆。必也长磨到如此,退身何更羡云岑。见《新编分门古今类事》卷十二引李畋《该闻录》。

李仁悦

　　李仁悦,后蜀广政二十年为简州清化军镇遏使。诗一首。(《全唐诗》无李仁悦诗)

偈

昔日古伽蓝,名为王董龛。数载无僧俗,积岁少人瞻。县镇兴三善,率土尽庄严。我佛□□□,□□□□□□。《八琼室金石补正》卷八一绍□撰《普慈县永封里再兴王董龛报国院碑记》附。

孟　昶

洞　仙　歌

冰肌玉骨,自清凉无汗。贝阙琳宫恨初远。玉阑千倚遍,怯尽朝寒;

回首处,何必留连穆满。　　芙蓉开过也,楼阁香融,千片红英泛波面。洞房深深锁,莫放轻舟,瑶台去,甘与尘寰路断。更莫遣流红到人间,怕一似当时,误他刘阮。宋赵闻礼《阳春白雪》卷二。

　　按:苏轼《洞仙歌序》,谓老尼能诵孟昶此词首二句,不见全篇,乃为足之。后《漫叟诗话》、《本事曲》载孟昶《玉楼春》词,以为即原作,但宋时即有人疑为后人据东坡词隐括而成,并非孟作。赵闻礼此词,云为“蜀帅谢元明因开摩诃池,得古石刻,遂见全篇”。似较可信,然清宋翔凤《乐府馀论》亦疑为南宋人伪托,但并无确证。说详王水照先生《苏轼选集》。《全唐诗》卷八收《避暑摩诃池上作》一首,即世传之《玉楼春》词。

王处厚

　　处厚,字元美,华阳人。孟蜀广政时进士及第,百日后暴卒。诗一首。(《全唐诗》无王处厚诗)

出西郊游古陌作　题拟

虽《洞微志》作“谁”言今古事难穷,大抵荣枯总是空。算得生前随梦蝶,争如云外指冥鸿。暗添雪色眉根白,旋落花光脸上红。惆怅荒原懒回首,暮林萧瑟起悲风。见宋佚名《新编分门古今类事》卷四引《名贤小说》。

　　《名贤小说》谓处厚于“孟氏广政丁卯岁下第”,遇一僧,谓处厚明春可及第,但以“百日为程”。次年“及放榜,处厚果第一”。“处厚心恶百日之语,日出西郊游古陌”,吟诗云云。“及暮还家,暴卒。”《增修诗话总龟》卷三一引《洞微志》叙事甚略,不言其下第之年。陆心源《宋诗纪事补遗》卷二收处厚诗,传谓宋初进士,未允。《文献通考·选举考》载宋初状元,无处厚,可证。惟广政无丁卯年,疑原文所记有误。

周敬述

　　周敬述，郫人。孟蜀时为翰林学士，尝隐居青城山。诗一首。(《全唐诗》无周敬述诗，其名据《临川集》九六《周氏志》)

芙　蓉　堂

昔时曾从汉梁王，濯锦江边醉几场。拂石坐来衫袖冷，踏花归去马蹄香。当初酒贱宁辞醉，今日愁来不易当。暗想旧游浑似梦，芙蓉城下水茫茫。见宋蔡梦弼《杜工部草堂诗笺》附《杜工部草堂诗话》卷一引杨湜《古今词话》引。《竹庄诗话》卷二四引三、四两句，题作《古诗》。

　　蔡梦弼云："《古今词话》：'蜀人《将进酒》，尝以为少陵诗，作《瑞鹧鸪》唱之：(诗略)。'此诗或谓杜甫，或谓鬼仙，或谓曲词，未知孰是。然详味其言，唐人语也。首先有'曾从汉梁王'之句，决非子美作也。况集中不载，灼可见矣。不知杨曼倩何所据云。"

　　《文史》第二辑刊拙存《杜甫瑞鹧鸪词考》云："今按宋周麟之《海陵集》卷一《呈郫人李金判》诗有注云：'吾家本郫人。先侍郎侍蜀日《芙蓉堂》诗有"踏花归去马啼香"句。'同卷《送吕道人》诗亦有注云：'余家本郫人，先侍郎仕孟蜀王为翰林学士，有"拂石坐来衫袖冷，踏花归去马蹄香"之句传于世。尝隐居青城山。'世无有以他人作品为祖先所作者。周麟之云是其先人之诗，当属可信。此首实五代后蜀周某所作的诗，既非少陵作，亦非鬼仙诗。杨湜云蜀人《将进酒》，疑原题即为《将进酒》也。此诗《全唐诗》失收，盖以为宋人作也。"今从其说收入，唯诗题仍从周麟之所引。

幸寅逊

登戎州江楼闲望

满目江山四望幽，白云高卷嶂烟收。日回禽影穿疏木，风递猿声入

小楼。远岫似屏横碧落，断帆如叶截中流。〔□□□□□□□，

□□□□□□□〕。见《舆地纪胜》卷一六三《叙州》。

　　按：《全唐诗》卷七六一收三、四两句。

雪　题拟

巧剪银花乱，轻飞玉叶狂。见《古今合璧事类备要前集》卷三。

杏　花　题拟

寒艳芳姿色尽明。见同书《别集》卷二八。

句

片逐银蟾落醉舷。《江湖小集》卷二十，李莘《梅花衲》引。

晓　峦

　　晓峦，一名楚峦，为释梦龟弟子。攻草书，得张旭笔法，与昙域一时并称。有诗一卷，今佚。诗四首又二句。（《全唐诗》无晓峦诗，传据《书史会要》卷五、《十国春秋》卷五七、《宋史·艺文志》七）

青城山观

静见门庭紫气生，前山岚霭入楼青。玉坛醮罢鬼神喜，金鼎药成鸡犬灵。岩下水光分五色，壶中人寿过千龄。何当一日抛凡骨，骑取苍龙上杳冥。《增广圣宋高僧诗选后集》卷中。

蜀中送人游庐山

君游正值芳春月,蜀道千山皆秀发。溪边十里五里花,云上三峰五峰雪。君上匡山我旧居,松萝抛掷十年馀。君行试到山前问,山鸟只今相忆无?影印本《诗渊》第六册第四四四八页。

按:此诗原署"唐僧峦"。唐诗人名相近者惟僧鸾与晓峦二人。此诗风格不类僧鸾之作,僧鸾又未见入蜀之迹,而晓峦恰为蜀僧,故暂定为晓峦作。

春　题拟

滩漱金沙过枕前,雨丝斜织曲尘烟。绿杨红杏宜寒食,紫雁黄鹂聒昼眠。见明刻本《锦绣万花谷前集》卷三。《古今合璧事类备要前集》卷二录第二句。

隐　居　题拟

杖履独游栽药圃,琴楼多在钓鱼船。晚来花下敲门者,不是神仙即酒仙。见前书卷二五"隐逸"门。

句

临水鹤窥行道影,隔云僧认读书声。同前。

灵　岩

灵岩,嗣罗山道闲禅师,在灌州。诗一首。(《全唐诗》无灵岩诗)

颂石巩接三平

解擘当胸箭,因何只半人。为从途路晓,所以不全身。见《景德传灯录》

卷二三。

李尧夫

中 秋 月

栖禽移昼向空飞,林麓虚明水大肥。万国仰瞻当此夕,片云争合闭清辉。群妖始觉神通小,列宿应惭照耀微。达曙何人最关念,庾公楼上独忘机。见《古今岁时杂咏》卷三一。

题白崖三洞

嘉州地僻天西南,重叠江山绕城郭。见《舆地纪胜》卷一四六《嘉定府》。

按:诗末原署:"唐至和三年李尧夫《题白崖三洞》。"至和为宋仁宗年号,前五字显误。尧夫为蜀人,仁宗时未闻有同名者。

答蜀相李昊

甘作尧时夫,不乐蜀中相。见《能改斋漫录》卷五。

句

水沉为骨玉为肌。《梅花字字香前集》。

群芳且莫相矜笑。《梅花字字香后集》。

欧阳炯

棋

棋理还将道理通,为饶先手却由衷。古人重到今人爱,万局都无一局同。静算山川千里近,闲销日月两轮空。诚知此道刚难进,况是平生不著功。《事文类聚前集》卷四二。

　　　　按:《韵语阳秋》卷十七引三、四两句,《全唐诗》卷七六一收入。

卞　震

忆鹳诗

积雨生残稻,苍苔入旧笼。

途中诗

风涛秋渡阔,烟雨晚村孤。

寄陈抟诗

双阙暂随丹诏入,三峰寻与白云归。

　　　　按:此二句疑为震入宋后作。

东郊诗

芳草又牵为客恨,白云空寄未闲心。以上均见《吟窗杂录》卷三三《历代吟
谱》。

　　　　《吟窗杂录》载田锡序云:“蜀有胡台、李尧夫为诗人,而卞公之名出
　　　　其右。”

全唐诗续拾卷五三　无世次上

于观文

　　观文,字梦得,射洪人。进士及第。诗一首。(《全唐诗》无于观文诗)

及第后作　题拟

东堂令史报来时,仙桂云攀第九枝。乍听言音犹似梦,却思公道即无疑。寒门仿佛春将到,幽径朦胧月渐移。残漏声中鞭马去,纟介袍重戴已相随。见《新编分门古今类事》卷七引李畋《该闻录》。

　　按:《该闻录》云观文"下第后,献主司《凤玉赋》,为时所称。"次年试,梦人告以当在榜末及第。"言讫,院吏报先辈第九人。是年只放进士九人,果符所梦。"据所述,当为唐五代间事。

牛承直

　　牛承直,唐巩县令。诗一首。(《全唐诗》无牛承直诗)

石窟寺

老去寻山意渐便,兴来登览独怡然。僧归禅榻香盈帐,人唤渔舟晚济川。清洛冷光浮巨栋,灵崧积翠拱中天。公馀底事频来此,民远官刑不用鞭。见上海图书馆胶卷复制天一阁藏嘉靖三十四年康绍第纂《巩县志》卷七。

> 按：诗下署："唐牛承直，巩县知县。"后录宋初李淑诗。同书卷二《职官》载唐知县："牛承直，贯无考。"

王 肱

肱，有《无题》五十首，仅存首篇。（《全唐诗》无王肱诗）

无 题

茆屋江山上，夜来梦吴越。岩溜穿白云，桂花落明月。子规啼空山，一声一滴血。何事□秋风，出门又离别。见《吟窗杂录》卷二九《历代吟谱》。

王 渐

缺 题

公族为良雅，僧堂视事幽。纲轩疏雨霁，金刹片云秋。树色新兰若，经声小比丘。从来东道意，无见不相留。

五言同乔父君游茅溪兰若一〔首〕

松柏江头寺，寅缘胜虎溪。水云晴过慢，沙鹭〔湿〕（温）飞低。兰若曾岩抱，旃檀画阁齐。赛帷双树北，行道一灯留疑当作"西"字。落日催轩骑，秋城限鼓鼙。临川兴不尽，真赏寄丹梯。均见日本藏唐抄本《唐诗卷》。

王国华

邻 相 反 行

〔东〕（柬）家有儿年十五，只向田园独辛苦。夜开沟水绕稻田，晓叱
耕牛垦堵土。西家有儿才弱龄，仪容清峭云鹤形。涉书猎史无早暮，
坐期朱紫如拾青。东家西家两相诮，西儿笑东东又笑。西云养志与
荣名，彼此相非不相调。东家自云虽辛苦，躬耕早暮及所一作"莫及"
亲。男春女纛二十载，堂上未为衰老人。朝机暮织还充体，馀者到
兄还及〔弟〕（第）。春秋伏腊长在家，不许妻奴暂违礼。尔今二十方
读书，十年取第三十馀。往来途路长离别，几人便得升公车。纵令
得官一作"贵"身须老，衔恤终天向谁道。百年骨肉归下泉，万里枌榆
长秋草。我今躬耕奉所天，耘锄刈获当少年。面上笑添今日喜，肩
头薪续厨中烟。纵使此身头雪白，又有儿孙还稼穑。家藏一卷古
《孝经》，世世相传皆得力。为报西家知不知一作"不"，何须谩笑东家
儿。生前不得供甘滑，殁后扬名徒尔为。见《文苑英华》卷三五〇。

　　按：明刻本《文苑英华》收此诗，不署名，前为薛逢《醉春风》，《全唐
　　诗》卷五四八遂误收为薛逢诗。今据中华书局影印本新编目录改正。

元　淳

感　怀

仙府寥寥殊未传，白云尽日对纱轪。只将下缺。见伯三二一六卷。

　　按：伯三二一六卷存诗五首。前二首为李冶《偶居》（缺题）和《八至
　　篇》，其后三篇署"女道士元淳"，有总题《寄意五首》、《秦中春望》、《寄洛
　　阳姊妹》二首完整，《全唐诗》已收。次即本诗，惜已残缺。

元 昉

边上秋望

草秋宜病马，风疾称饥鹰。见《吟窗杂录》卷十四正字王玄《诗中旨格》。

> 按：《唐文拾遗》卷五十据《安阳金石录》收元昉开元七年作《大唐邺县修定寺传记》。传谓其为"开元中修定寺僧"。未详与此诗作者是一人否。今不取。

元□□

石门精室诗

竟养浩气稽颡中缺戏使石门。

> 按：光绪元年刘沛纂《零陵县志》卷十三录华严岩皇祐初残题名云："地□古刻石得元□□《石门精舍诗》，知其地也。有竟养浩气稽颡（下缺）戏使石门之称，与遗迹（下缺）其传。皇祐乙丑祀明堂日。"原刻为政和间人磨去，今仅存残文。疑元□□即为元结。

毛熙圣

题 孟 岩

资中多秀异，自古出贤良。川岳炳灵气，烟霞舒瑞光。家家习诗礼，处处闻丝簧。见《舆地纪胜》卷一五七《资州》。

> 按：此诗原题"唐毛熙圣"作，疑即蜀词人毛熙震之昆从。

史君宝 《绿窗新话》作"史君实"

赠还俗女真 题拟

脱却霞裾换《绿窗新话》作"裙著"绣裙，仙凡从此路〔歧〕(岐)据《绿窗新话》改分。蛾眉再画当时月，蝉鬓重梳旧日云。玉貌缓将鸾镜照，锦衾兼把麝香薰。屏帏乍得萧郎爱，更没心情忆老君。见《类说》卷十二《纪异记》《绿窗新话》卷下引《纪异录》。

司马□

题 伏 波 庙

汉令班南海，蛮兵避郁林。天涯分柱界，徼外贡输金。坐失奸臣意，谁明报主恩。一棺忠勇骨，漂泊瘴烟深。见元阮崵《安南志略》卷十六。

江　津

句

宝剑匣中开似水，娥眉一笑塞云轻。见《吟窗杂录》卷十三僧虚中《流类手鉴》。

存初公

天 池 寺

汉王峰上拥楼台，万绿阴中石镜开。明月和僧窗外立，天风吹鹤日边来。一匡翠岫烟霞好，九叠云屏海岳魁。爽气荡空尘世少，仙人为我洗茶杯。见嘉靖《九江府志》卷十五。

吴　翊

翊，字子充，有《凤凰集》盛行于世。（《全唐诗》无吴翊诗）

游　塞

此地古今存，何年苦战频。

秋烧黄云黯暮尘。夜深闻鬼哭，一一是忠臣。

征　妇　诗

尘鉴经春掩，霜衣隔岁裁。均见《吟窗杂录》卷二九《历代吟谱》。

吴　资

合　肥　怀　古

合肥一都会，世号征战地。我来值明时，不识兵戈事。见《舆地纪胜》卷
四五《庐州》。

李　斌

大　桐　军　行

驱马出关城，孤舟边思盈。风传万里去，目末两乡情。北望单于道，
〔东临〕(临东)大武营。塞阙烁舷合，山浮夜泉明。

剑　歌

我有一长剑,磨来十数年。但藏玉匣里,未向代人传。锷露星将转,
珠开月共悬。霜锋暎牛斗,雪刃倚长天。每欲清万国,常怀定四边。
希君持取用,方谓识龙泉。

我有夜光宝,自然明月□。堪媲汉祖剑,曾上魏王台。五色人难辨,
千金匣始开。不逢天子照,却复度关来。

日　南　王

附臣通赵国,奉使拜辽燕。沧海行无驿,宁知路几千?猛风空里骤,
明月浪中悬。水与天同色,山共白云连。随朝去去远,未见有归年。
比来闻汉使,一别似张〔骞〕(愆)。

秋　渡　颍　水

荡子乘春夜,行歌渡颍川。云浮初〔蔽〕(弊)月,风动乍摇船。暗水空
流响,惊人信莫前。唯闻靡靡曲,砂上叹□捐。均见伯三六一九卷。

李　聪

咏历溪在历阳西一里

泠泠一带清溪水,远派来通历阳市。涓涓出自碧湖中,流入楚江烟
雾里。见《锦绣万花谷续集》卷十。

　　　按:《全唐诗》卷七七五收本诗,有缺文,今重录。诗题中"历溪",《全唐
诗》作"潕溪"。

李 驿

法 华 寺

莓苔又绝壁,薜荔依高林。见《嘉泰吴兴志》卷二十。

李昌遇

龙 诗

上天须致雨,在野即眠云。见《吟窗杂录》卷十四《诗中旨格》。《诗学指南》本作
"李昌运"。

李思聪

鸡 笼 山

山状鸡笼攒翠黛,水通滴沥落冰崖。谁知内隐神仙宅,金叠云房玉
琢阶。见《舆地纪胜》卷四八《和州》。同卷《碑目》云:"唐李思聪《鸡笼山》诗,在和州小
厅东。"清赵绍祖《安徽金石略》卷九亦著录。

李善美

习家池大堤诗 题拟

岘首何人碑,行客独垂泪。见《舆地纪胜》卷八二《襄阳府》。

李嘉运

咏　萤

映水光难定，凌虚体自轻。夜风吹不灭，秋露洗还明。向烛仍藏焰，投书更有情。犹将流乱影，来此傍檐楹。据中华书局影印本《文苑英华》卷三二九及该书新编目录。

　　按：《全唐诗》卷二百六误收作李嘉祐诗。

李主簿

　　李主簿，名不详。官越水主簿。诗一首。

答 姬 寄 诗

偶到扬州悔别家，亲知留滞不因花。尘侵宝镜虽相待，长短归时不及瓜。见《增修诗话总龟前集》卷二三引《南部新书》。

　　按：《全唐诗》卷八百一李主簿姬诗小注亦引有此诗。

何　蠲

　　何蠲，前进士。诗二首。（《全唐诗》无何蠲诗）

渔父歌沧浪赋附歌

微风动兮百花坞，扣舷归兮满江雨。挂云帆兮何足数，来濯缨兮沧浪浦。

泛蓬舣兮戏凫鹥，澄水暗一作"镜"兮照虹霓。指尘路兮何足迷，来濯缨兮沧浪溪。见伯二四八八、二六二一、二七一二卷,兹从张锡厚校录本。

林　铎

送郑〔郚〕(逞)州

官从书府拜,吏向武闾迎。见《吟窗杂录》卷二九《历代吟谱》。

　　　　按:郁贤皓先生《唐刺史考》卷一九三载郑姓任郚州刺史者,贞元十年有郑某,十六年有郑正则。

林先辈

登　山

数歇未到顶,穿云势渐孤。见《吟窗杂录》卷十二沙门文彧《诗格》。

孟安序

桃　源 题拟

扁舟却下五湖水,胜地重游八迹坛。见《舆地纪胜》卷六八《常德府》。

武　涉

山行书情呈王十四

悠悠一径入云端,艰险千重渡转难。涧下厌听流咽水,岩间愁望古松寒。风沙终日情迷惑,霜雨侵宵梦不安。憔悴途中无镜照,却回蓬鬓似君看。

游 花 苑 词

侍女相邀上苑游,笙歌嘹唳满花楼。玉颜自倚君王宠,无处金钗落不收。

君游园苑百花新,花下红妆采白蘋。竞将颜色比花色,花色无情不及人。均见伯三八一二卷。

周 源

周源,官尚书,显庆后人。(《全唐诗》无周源诗)

访 李 真 人

八十康强鬓未华,琴书图史是生涯。是非应不关心虑,名利何曾挂齿牙。野鹤无心栖道院,岩花流水入仙家。□□□□□□□,近闻巢许出烟霞。见道光《宝庆府志》卷一〇三《艺文略四·金石一》。此诗承陶敏先生录示。

　　按:《宝庆府志》云此诗刻石在郡南百里高霞山。李真人名震,显庆间修真于此,白昼冲举。周尚书源过访留诗,勒碑新甲山仙宅。万历间江涸碑见,获此诗,泐第七句。

周 渍

红 梅

姑射仙人笑脸开,肯将脂粉涴香腮。只因误入桃源洞,惹得春风上面来。见《永乐大典》卷二八〇九,中华书局影印本第三五册。

　　按:《粤诗搜逸》卷二引《连州志》谓渍为渭弟。若其言可信,则渍应为南汉末至宋初人。惜尚无从证定,姑仍从《全唐诗》收入事迹无考作者。

周如锡 一作"如锃"

如锡,道州刺史。诗二首。(《全唐诗》无周如锡诗)

题 古 寺

梵林岑寂妙圆通,灵籁无声起远钟。青鸟梦回天际白,赤乌翅展海头红。晨光灿灿流残月,曙色苍苍散晓风。自古洗心须净地,何须假榻坐禅空。

月波亭观书

痴儿事未了,山照已衔西。数曲寻江路,层空步石梯。栖高得月早,壁峭与天齐。往矣初寮躅,摩挲旧碣题。见上海图书馆藏胶卷复制康熙六年刊蒋士昌纂《永明县志》卷十二。

按:《题古寺》署"唐周如锃,太守",《月波亭观书》署"唐周如锡,刺史",显为唐人,然未详孰是,今并存之。

季仲砥

题 鼎 湖 山

紫阳洞府压青山,白日骑龙去不还。轩辕丹灶□□识,烧得金丹奉帝颜。见《吟窗杂录》卷四九。

尚隆之　吴永素

对雪联语

面堆金井，谁堆汤饼。尚隆之。玉满天山，难刻佩环。吴永素。见冯贽《云仙杂记》卷五《姑臧记》。

范崇

潇湘 题拟

川源通汉沔，舟楫下潇湘。见《永乐大典》卷五七七〇引《长沙府志》。

范洒心

句

乔木耸田园，青山乱商邓。见《吟窗杂录》卷七皎然《诗议》引。

姚揆

谢客岩

不见古君子，空馀旧林峦。翠色媚车马，爽气严衣冠。水天《同治志》作“天水”影交碧，松竹声相寒。见上海图书馆据天一阁藏本所摄胶卷弘治《温州府志》卷二二、同治五年刊齐召南纂《温州府志》卷四。

　　　按：陆心源《宋诗纪事补遗》卷八八收姚揆此诗。

句

怜香擘破花心颗。史铸《百菊集谱》卷六集句引。

独上南楼四望赊。《江湖小集》卷二十李莽《梅花衲》引。

姚 赞

赞，一名质，吴兴人，工八分书。诗一首。（《全唐诗》无姚赞诗，传据《书史会要》卷五）

八分书歌

吴兴姚赞能八分，一点一画若崩云。又如春水绿波纹，上有鸡鹊鸂鶒群。见宋陈思《书苑菁华》卷十七。

按：此首似为他人称许姚赞诗。

袁 吉

吉，唐代婺州刺史。（《全唐诗续补遗》卷十九收袁吉诗一首，无事迹。今据嘉庆《浙江通志》卷一一二《职官》二录其事迹）

宿上霄洞居诗

一宿烟霞境，更无尘梦侵。泉声寒绕枕，山色冷归衾。自得希夷性，还忘名利心。更阑不成寐，岩鸟共寒吟。

宿赤松会仙阁诗

道分相投气味长，就中何处最难忘？芙蓉阁上秋窗下，卧枕泉声并石床。均见光绪二十年刊邓钟玉撰《金华县志》卷二，次诗又见同书卷五。

唐　枢

赠　琴　僧

不待江上移入座，便开一作"闻"三峡水来声。《千载佳句》卷下《宴喜部·琴》。

　　按：《全唐诗逸》卷中录此诗，缺一字，今重录。

高　瀛

咏　千　僧　釜

香积厨空铁釜存，万年鼎列镇山门。何时再作千僧供，饭罢潮音彻远村。见同治十一年刊黄凤楼纂《德化县志》卷四九。

孙　诵

一　行　算　法

一行寻师触处游，到天台后始应休。因知算法通天地，溪水寻常尽逆流。见《四库珍本初集》本《天台集》卷下。

　　按：诗末原跋云："一行穷大衍算法，求访师资不远千里。尝至天台国清寺，见一院古松，门有流水。一行立于门屏，闻僧于庭前布算之声，谓其徒曰：'今日当有弟子自远来，求吾算法，已合在门，岂无人导达耶？'即除一算，谓曰：'门前水合却西去，弟子当至。'一行闻其言而入，稽首请法，授其术，而门外旧东流水，忽改而西流矣。"《册府元龟》卷八六九《总录部·明算》所记，与上文大致相同。

孙宗闵

孙宗闵,梓州人。前进士。(《全唐诗》无孙宗闵诗)

恺悌诗 并序

良二千石之任,古无轻授,化被于物,则诗人流其咏,道洽于民,则太史传其事。故金册绿字,焕清范于日星,景钟洪铭,丽馥烈于世永。於铄哉,若非风望峻整,韵宇夷旷,集戟之祥允契,瑞廷之文克协,敦固民宗,敷兴邦教,则何以为国共理,作藩于君,剖竹析圭,遭天子之盛会,升车抗隼,为儒者之荣观哉!国家以左蜀之重,厥民惟艰,灵开玉垒,峻邈而重复,渊商绮里,交会而丰蔚,兆自中古,实称巨防。盖王室之藩屏,神壤之襟带,银铄发彩,驾肩而作贡,白狼成章,敷袥而从化,乃眷倡牧,必资钜贤。惟庚申岁王正月,帝命尚书刑曹郎陇西李公,以杰操宏耸,俊望弥蔚,辍自分陕,移镇是邦,故星乌以进秩,仍金绶而加宠,锡万镒以〔办〕(辨)装,巾□轓而戒路,皆思召伯,爱树之谣方洽,复借寇君,遮道之情弗允。惟公储精象纬,炳灵河汉,含渊英而命世,毓醇德而口迹,秉心允塞,诞节弥亮,挺神锋而洒利,耸天骨以疏秀,高蹈冠乎品流,清晖映于当世,号庙连之重器,称天球之秘宝,□丹涂之印,世显而锡羡,藏秘府之书,德格而流庆,郁为时栋,懔兹邦良。爰自抚翼蝒阶,升名仙箓,陟降天日之表,徊翔云龙之庭,动造九言,日宣三德,舒文华国,尽购东夷之金,濯质清流,式契南台之咏。振缨近署,扬声紫微,或掌财都会,漕运邦计,胥遭嘉运,便蕃优渥,治皆称职,纲匪失举,允副金俞之选,克隆眷注之盛,冠冕必澄,缙绅相照,启藩斯境,相映前后。不待期月,政敷时听,夙夜匪懈,虑细民之失职,□□必举,轸一物之有伤,持直绳以纠奸,按柔辔而惠□。□□载路,淑气蒸野,图圄寂寞,稼穑丰融,闭阁思过,蹊田下缺时两务苏苟而需润,季野阳秋,惟振槁而熙照,坦□□之怀,开招纳之肃,量封圻于千里,谧云屋之万家,老安□□,□歌里咏。虽使赵张并驾,邵杜方轨,比之

同时,彼有下缺弥著,岩赫之瞻斯集。议者谓下缺靡远,膺异数之可仁,仰
方升之伟望,俟山甫之下缺丹青神化,扇醇风于大块,鼓庶汇于洪钧,辅
下缺论禹舜之景业,继皋稷之大典,茫茫九土下缺矣。宗闵叨服儒学,久乐
郡化,饱闻德音,思下缺颂,诚不假一竖儒谀闻,滥胸纵臆,抉下缺又念莳
菲可采,不遗于下体,污潦备荐,式下缺诗云:"恺悌君子,民之父母。"下缺
撰成诗二十首,总其题曰《恺悌》,其下缺敢馀以诬辞直以摭其行事下缺
咏,或备采诗者尔。谨序。

澄俗二章　章十句

上缺物有方。口含天宪,手提国纲。实邦之翰,为民之防。宵沉猎吠,
晨无饮羊。千古是仰,昭其耿光。

按:此诗题称二章,仅存后章,前章已失去。

心如水兮二章　一章十句,一章八句

心如水兮,志尚清洁也。

我公之心,含渊浚洁。挹之弥冲,酌而莫竭。灵府汪洋,璇源莹彻。
若鉴之明,如井之冽。利物至柔,漱芳弥澹。
行业滋茂,言泉洞开。浸仁沐义,津贤育材。润无不洒,清而不回。
叔度之顷,公何远哉。

惠风二章　一章十二句,一章八句

惠风,民被赐也。

习习惠风,施于千里。吹淡民心,洽兹仁理。动必响臻,应如草靡。
泠泠四驰,飘飘中起。利物厚生,条纲振纪。鼓音埙篪,发馨兰芷。
猎野班春,苏萌润坏。腾茂英英,扬光赫赫。福介群黎,欢飞广陌。
敢继周诗,式歌召伯。

慎独二章　一章十句,一章八句

慎独,闭邪存其诚也。

恐惧不睹,诚慎不闻。我公慎独,于斯洞分。微既莫显,隐何可云?

温树奚问,谏草自焚。克谨天戒,允符帝文。

仲舒格言,许绪深旨。灵怀发中,神资素履。吻契洵猷,践扬前轨。

蔼蔼令名,烂光青史。

良哉二章　一章十句,一章十二句

良哉,协帝赉也。

巨望弥耸,其德不回。乃眷西顾,赉公贤才。帝曰钦往,时称良哉。

乃邦之彦,实民之怀。飞荣骊阙,进秩兰台。

铜虎分符,朱藩戒路。棠郊去思,潼江来暮。恂恂德心,汪汪轨度。

宽不容奸,直不抵忤。煌煌发辉,绰绰垂裕。翊彼天聪,克昌景祚。

宜兮一章　二十句

宜兮,洽民心也。

启藩斯境,民之宜兮。令必响赴,动而悦随。浚明宣哲,淑慎经彝。

善化郁郁,群心披披。我有茕独,公则安之,我有弟子,公则教之。匪

民之宜,实天之宜,匪德之基,实邦之基。帝典昭灼,王度清夷。说

命将举,慰兹群黎。

里无叹兮二章　一章十二句,一章□句

里无叹兮,洽颂声也。

公之来矣,里无叹兮。清猷浚发,舆颂争驰。仁声旁达,廉风□□。

□白携手,其乐如之。流转保业,其心归之。□不□响,耕无随时。

连袿架肩,途歌巷咏。邵杜宣慈,_{下缺}庭,永膺休命。

翼翼谨心二章　一章十二句,〔一章□句〕

翼翼谨心,莅事也。

克己温温,秉心翼翼。静以保_{下缺}融,沉诵渊塞。言必再思,动不过

则。_{下缺}

_{上缺}阳,辉光日新。兢庄率清,纯操持_{下缺}诵坐,永昭臣邻。

千里蒸蒸二章　十句

千里蒸蒸，□□□也。

上缺教里间勃兴远是效敦□崇德下缺心因，慕之慎□。□纪敦淡，黎庶咸归。下缺公之下缺

　　按：此诗二章，因残泐已无从分析，姑连录。

慎　　□　诗缺

慎□，无枉也。

　　按：以上组诗及序，皆录自光绪《潼川府志》卷九、民国《三台县志》卷二一。《三台县志》云：此诗石刻为正书小楷，首题前进士孙宗闵撰，旧存文庙《干禄碑》侧，民国初毁于兵。

康　道

句

晴望东溟小，夜观南斗长。见《吟窗杂录》卷十三王梦简《进士王氏诗要格律》。

晁祖道

咏　屏　风

映花谁辨色，隔树不分香。见《后村大全集》卷一七七《诗话续集》引李康成《玉台后集》。

徐　魁

闲游赋附长歌

上幽岫兮得所钦，山蔬尘兮桂酒斟，嗟草木兮洛疑春心，悼日月兮游疑相寻，贵龙凤兮就高深，悦张邴兮托萧森。见《文苑英华》卷一二七。

全唐诗续拾卷五四　无世次下

章　导

　　　　章导,字子诲。恋名妓梁楚楚,后殉情而死。

题 诗 枕 屏

两意而今惜别离,焚香发愿告神祇。一条彩索双双挂,愿学千年连理枝。见《绿窗新话》卷上引《南楚新闻》。

　　　　按:今本《南楚新闻》无此条。或疑为宋人伪托。

许　晏

雨　霁

风卷乱云散,天悬暖日明。见《吟窗杂录》卷十四正字王玄《诗中旨格》。

淑德郡主

教 子 诗

我本世胄深宫质,下嫁祝门妇道执。汝父从戎干戈戢,命我避难江郎入。下抚双郎时训饬,上侍老祖年九十。念汝生父丧原隰,生死茫茫不相及。人生励志应早立,汝宜经史勤时习。莫负我身亲炊汲,汝父汝祖各饮泣。见同治十二年刊王彬等纂《江山县志》卷十一。

张 琰

感 怀

年年人自老，日日水东流。

春 词

庭芳自摇落，永念结中肠。见《吟窗杂录》卷三十《古今才妇》。

按：《全唐诗》卷八〇一收四句，缺题，故重录之。

张 杰

张杰，有诗一卷，《宋史·艺文志》著录，已佚。

与三人鼎坐吟 题拟

三人铠脚坐，一夜掉头吟。

句

皂角树头悬拍板，葫芦架上钓茶锤。见曾慥《类说》卷五四王仁裕《玉堂闲话》。

《玉堂闲话》："张杰滑稽，能为假对。尝与三人鼎坐，吟曰(略)。又曰(略)。尝取怒一武弁，杰曰：'大夫既欲行拳，小子不甚忧惕。'"

张　随

无弦琴赋附歌

乐无声兮情逾倍，琴无弦兮意弥在。天地同和有真宰，形声何为叠相待。见《文苑英华》卷七七。

张承福

柘枝舞 题拟

白雪慢回抛旧态，黄莺娇啭唱新词。见《韵语阳秋》卷十五。

张彦胜

露　赋　附　歌

天降气兮地凝精，皇德茂兮芝盖平。金盘渍兮玉杯清，叶有露兮落有声。辽东之鹤中夜惊，日南之鸡凌晨鸣。华山柏兮多珠露，松子服之得长生。见《文苑英华》卷十五。

陈　端

以剡笺赠陈待诏

云母光笼玉杵温，得来原自剡溪渍。清含天姥岭头雪，润带金庭谷口云。九万未充王内史，百番聊赠杜参军。从知醉里纵横墨，不到羊欣练白裙。见同治九年刊蔡以璟纂《嵊县志》卷二八。

陈　嘉

句

巴益千山翠,潭衡一水通。见《舆地纪胜》卷六九《岳州》。

陈文弼

文弼,字处仁,有诗三百篇行于世,今存一首。(《全唐诗》无陈文弼诗)

咏 海 潮 诗

百谷朝宗处,朝昏汹涌时。未尝闻失信,不省与谁期。落势分江岛,来声震海涯。鱼龙争会合,鸥鹭竞相随。卷钓人眠待,贪程客怪迟。幸通蓬阆路,孤棹去何疑。见《吟窗杂录》卷二九《历代吟谱》。

陈从道

从道,字象先。(《全唐诗》无陈从道诗)

咏 扇 诗

况有明年三伏在,秋风能占几多时。见《吟窗杂录》卷二九《历代吟谱》。

陶令君

乌石山

岩壑六七崦,茅茨三两家。整巢归燕子,刺水长蒲芽。贯碧流春涨,
埋红落野花。困随木上坐,脚力未须嗟。见民国十七年余绍宋纂《龙游县
志》卷三七。

> 《龙游县志》附按:"右诗录自两旧志。案原注云:'唐人。'今考群书,
> 均未知其为何人。岂令君二字,称其官耶?明季清初人著书,恒不喜注明
> 出处,以致后人失考类如是,可慨也。"

崔　萱

戏　赠

如今身披上清箓,莫遣落花沾羽衣。见《吟窗杂录》卷三十《古今才妇》。

> 按:《全唐诗》卷八〇一作崔仲容诗。

崔元明

鹊巢背太岁赋附诗

日宫难可跻,月树复惊栖。未听将雏曲,空闻怨夜啼。见《文苑英华》卷
一三七。

崔公远

远　意

看花独不语,裴回双泪潸。

寄　远

君今远戍在何处？遣妾秋来长望天。均见《吟窗杂录》卷三十《古今才妇》。

　　按：《全唐诗》卷八○一收四句，缺题，故重录之。

崔立言

赠营妓敦庞者 题拟

瓦棺寺里逢行迹，华岳山头露掌痕。不须惆怅愁难嫁，待与将书问
岳神。瓦棺寺有大佛迹岳神大人。见《增修诗话总龟》卷三七引《南部新书》。

　　按：此诗与《云溪友议》卷中所载杜牧嘲妓诗之后半首多相同。范摅
　　此书载事，多与史实相左，颇疑系采立言诗附会成杜牧故事。杜诗已收
　　《全唐诗》卷八七○。

常　浩

赠　友　人

闻道东山逸兴多，为怜明月映沧波。不辞红粉随君去，其奈苍生有
望何？

闺　情

门前昨夜信初来，见说行人卒未回。谁家楼上吹横笛，偏送愁声向
妾哀。均见明刻本宋陈应时《吟窗杂录》卷三十《古今才妇》。又见《名媛诗归》卷十四。
胡伟《宫词》收末句。

曾　扈

井　诗

浅深人莫测,高下索应知。见《吟窗杂录》卷十四正字王玄《诗中旨格》。

冯友仁

冯友仁,陇西冯用和之长子,商人。诗三首。(《全唐诗》无冯友仁诗)

别　弟

十里河桥蔓草青,片帆瞬息短长亭。不禁又作天涯客,愁睹郊原有鹡鸰。

题诗壁上

呼号三谏信言难,义利分明一念间。莫谓求名沽世誉,清风千古首阳山。

寄　弟

义心既重利心轻,分异何乖手足情。糗饭自饴虞舜乐,采薇独守伯夷清。析居不忍从亲令,退逊甘当矫世名。贤弟晨昏勤定省,莫因流落念而兄。《坚瓠己集》卷四。

冯友义

冯友义，冯友仁之弟。诗二首。(《全唐诗》无冯友义诗)

别　兄　题拟

手足分携肠断时，关山千里共相思。此行愿促归鞭早，莫待枝头叫子规。

踵韵和兄见寄之作　题拟

势利鸿毛眼底轻，异居忍背雁行情。薛包让德千年烈，太伯存仁万古清。弃礼乱伦趋薄俗，分门割户总浮名。悬悬早发归家念，并奏埙篪乐弟兄。同前。冯氏兄弟诗承张靖龙同志录示。

按：冯氏兄弟事迹不见唐宋时记载，诗意亦颇俚俗，疑出后人依托。

贺兰遂

北　京　内　晏

镜鸣桂殿千山晓，花发梨园百卉新。《千载佳句》卷下《宫省部·禁中》。

按：《全唐诗逸》卷中收贺兰逼诗，注"一作遂"。今检《千载佳句》作贺兰遂，《日本国见在书目》有"《贺兰遂集》二(卷)"。当以作遂为是。

杨　明

明，字文举，号潜醉，诗一首。(《全唐诗》无杨明诗)

烂柯山 题拟

〔洞天春远日〕行迟,〔几点残星(残)〕仙子棋。〔樵斧〕烂柯人换世,
〔碧〕桃花影未曾移。见光绪三二年郑永禧纂《烂柯山志》卷十一《历朝金石考》录
《唐杨明残诗碑》。碑仅存十六字,缺字系郑氏据《府志》补。

　　碑后附款识,上半已缺,残文云:"讳明,字文举,号潜醉,文章高古,
诗为崇门(中缺)柯山,而先生之诗,遂刻山中,以俟赏者(中缺)二年冬十
月十有八日门生碣石王主敬谨。"

　　郑氏跋云:"右碑正书四行,行七字,诗一句。每字方四寸许。后二行
款识,末一行年月,脱上年号,致难稽考耳。碑四边花纹,据瞿溥《日迟亭
记》,系唐人诗刻,明代已断,今尚存两截。跋内明无籍贯。康熙《县志》称
河东人,碣石在今山东武定府海丰县黄河入海处,古河东地也,当不误。"
"《府志》列宋诗,嘉庆《志》并改《日致亭记》,取唐人'春远日迟'之咏为,
昔人岂别有所考欤?留俟知音。"杨明为唐人抑为宋人,尚难确定,今姑录
出以备考详。

　　又按:《南部新书》卷丁有王主敬事迹,未知即诗后题识者否。据劳格
《御史台精舍题名考》卷一云,王主敬即王上客,高宗时人,事详《刘宾客
外集》卷九《王俊神道碑》及《太平广记》卷二五○引《两京新记》。

杨　达

　　杨达,姚月华同时人。诗一首。(《全唐诗》卷七七六收杨
达诗,但与此诗作者恐非一人)

谢姚月华遗石华诗

青袿仙女隔蓬莱,珠树金窗向晓开。燕子羽毛非广袖,殷勤也带石
花来。《琅嬛记》卷中引本传。

杨少阳

茅 亭 诗

池枯树老花未开，黄莺歌春空亭台。见《吟窗杂录》卷二九。

齐　颢

宿南岩寺感兴

南岩寺，本沧海，任子钓台今尚在。见说垂钓于此中，犊牛钓饵庄书载。沧海竭，任子殁，波涛打处为岩窟。不知任子何所之，唯见钓台空嵚岏。见《会稽掇英总集》卷九。

> 《嘉泰会稽志》卷十一云：新昌县"齐公井，在县南五里南明山东麓，俗云齐相井。唐齐颢所居山中有十五题，井其一也。"原注："案齐颢不为相，俗传误也。"

邓廷闻

分宜读书台诗

钟山高高钟水绿，昔有佳人在幽谷。台荒只见草萋萋，万卷不留谁更读。见明郭子章《豫章诗话》卷二。

赵　林

林，进士及第，升朝赐绯而卒。（《全唐诗》无赵林诗）

朝 霞 诗

不因红日照,长作白云飞。见《类说》卷十二《纪异记》。

裴 极

碧流院 题拟

一沼光涵四座寒,夕阳回首更凭栏。凭师早把香莲种,他日期来结社看。见《咸淳临安志》卷八五。

裴相公

大 丹 歌

大道留丹灶,清心慕烟霞。阴阳成造化,水火结河车。铅汞须归戊,炉开紫金花。华池再修育,神水各为家。志士得之须保惜,定我性命育神室。下士闻之多暗笑,真人见说安魂魄。焚香礼之万事毕,皆感天地作仙质。《正统道藏》本《大丹篇》。

按:《大丹篇》,作者不详。大致可确定为宋或宋以前人之作。宋时无裴姓入相者,因知为唐人之作。

刘 聘

句

成童片子时,变老须臾事。见《后村大全集》卷一七七《诗话续集》引李康成《玉台后集》。

刘　媛

除　夜

春风报梅柳，一夜发南枝。

赠　怨　者

傍人那得知心事，一面残妆空泪痕。见《吟窗杂录》卷三十《古今才妇》。

　　按：《全唐诗》卷八○一收四句，缺题，故重录之。

欧阳皓

句

门前清江水，流水秦人家。见《吟窗杂录》卷十三王梦简《进士王氏诗要格律》。

郑在德

柘枝舞　题拟

三敲画鼓声催急，一朵红莲出水迟。见《韵语阳秋》卷十五。

戴光乂

　　光乂，袁州人。有《回文诗》一卷，今不传。诗一首。（《全唐诗》无戴光乂诗）

山　居 七言

犁锄阔地烧侵云,焰猛冲岩进鹿群。鼙鼓静时长霸国,战争无事感
明君。啼猿响树寒山碧,宿鸟喧巢夜雾曛。梯崄上岩缘路去,院僧
敲磬晓来闻。见宋桑世昌《回文类聚》卷三。

　　按:徐松《登科记考》卷二七引《永乐大典》引《宜春志》,袁州进士及
第者有戴光义,及第年代不详。光义当即光义,未详以孰为正。《宋史·
艺文志》七著录"戴文(一作"义")《回文诗》一卷",戴文或戴义,均为戴光
义之误。

萧　沼

缺　题

生年一半在燕支,容颜沙场日夜衰。萧关不隔乡园梦,瀚海长愁征
战期。容颜日日老金徽,砂碛年年卧铁衣。白草城中春不入,黄花
戍上应长飞。伯三六一九卷。

萧　铎

偶　作

笼中鹦鹉啭清歌,尽是萧娘旧教他。今日独来人不见,绿窗斜雨落
花多。影印本《诗渊》第六册第三九四五页。

萧　辟

留题曹娥庙

屈平以楚死,死浊不死清。伍员以吴死,死暗不死明。死者人所难,

一死鸿毛轻。壮哉二子为，留得不死名。曹娥以父死，年龄童未成。
抱尸出洪澜，非可二子并。二子谏不从，齐秦韩魏征。娥若不之死，
父葬鳣与鲸。二子死以介，娥死以孝诚。于今会稽人，事之如事生。
娥若生尧时，舜不妻女英。娥若逢孔子，娥名书《孝经》。娥父若罗
辜，岂止为缇萦。蔡邕不知娥，但爱碑上铭。我来拜祠下，古木寒云
横。往往大江水，犹作哀哀鸣。安得娥有知，为我神用灵。鼓此大
江波，注入四渎平。洗濯天下心，皆行娥所行。见《会稽掇英总集》卷八。

钱叔献

至　西　山

闲说吴王避暑宫，满山六月绛纱红。见《舆地纪胜》卷八一《寿昌军》。

苏　虬

游　苑

庭院开金镞，周回赏碧堂。池深流水慢，岸阔引桥长。遇石攀藤息，
逢林摘果尝。更呼园子问，何处可寻凉？见伯三六一九卷。

清明日登张女郎神庙

汧水北，陇山东，汉家神女庙其中。寒食尽，清明旦，远近香车来不
断。飞泉直注漾道间，大岫横遮隐伯三八八五卷无此字天半。花正新，草
复绿，黄莺现见任半塘改为"睍睆"〔迁乔〕(千桥)从任说改木。汧流括任改作
"活"，古树攒，陇〔坂〕(返)从任说改高高布云族疑应作"簇"，任改为"端"，恐
非。水清灵，竹矇密，无匦仙潭难延碧。谈任改作"淡"楼阁，人画成，翠
岭山花天绣出。尘冥寞，马盘桓，争奔陌上声散散。公子王孙一队

队，管弦歌舞几般般。酌醴醑，补伯三八八五卷作"捕"，似皆未允，任录作"舞"，似无据锦筵，罗帏翠幕奄任改作"掩"灵泉。是日任录误作"堤上"淹留不觉寐，归来明月满秦川。见伯三六一九、三八八五卷。

> 按：任半塘先生《敦煌歌辞总编》卷三录此诗，仅据伯三六一九卷，文字偶有误，但校改处亦颇可采，又推测苏乩应为哥舒翰同时人，亦可备一说。

元阳子

> 元阳子，隋唐间人。或以为即羊参微。诗三十三首。(《全唐诗》无元阳子诗，事迹据陈国符《道藏源流考》附《道藏札记》)

还 丹 口 诀

还丹篇，还丹篇，欲得黄芽先炬铅。阳壬不去火中走，阴丙如何得作烟。鸡抱卵兮日数足，母生子兮十月全。但得坤来为屋宅，坤至何愁不作乾？伏吾此法在目前，违吾此法饶万年。八石须向火中走，莫弄水饱费君钱。还丹不是世难学，自是时人志不坚。若明魏君歌十首，千回海水变桑田。《大还丹照鉴》。

金液还丹歌　题拟

真阴真阳是其道，只在目前何远讨？凡流岁岁炼神丹，或见青黄自云好。

志士应须承法则，莫损心神须见道。但知求得真黄芽，人得食之寿无老。

神水华池世所稀，流传不许俗人知。还将世上凡铅汞，相似令教人不疑。以上三首又见《金液还丹百问诀》。

黄芽不与世铅同，徒以劳神不见功。虚失光阴生白首，何处悠悠访赤松？

青龙逐虎虎随龙，赤禽交会声嗃嗃。调气运火逐离宫，丹砂入腹身自冲。

五行深妙义难知，龙虎隐藏在坎离。还丹之术数过百，最妙须得金华池。

丹砂其位元非赤，四季排来在南宅。流珠本性无定居，若识其原似秋石。

日魂月华二气真，含胎育子自堪神。变转欲终君自见，分明化作明窗尘。

铅汞一门不可依，金丹秘诀圣无知。莫将世上凡铅汞，论年运火竞相持。

天生二物应虚无，为妻为子复为夫。三五之门唯日月，能分卯酉座为初。

含养天然禀至神，冲和之气结成身。富贵只缘怀五彩，心知铅汞共成亲。

乾坤不许相为避，志士元知在天地。十月养成子母分，贤者何曾更运气？

玄黄冥寞不可辩，铅汞之门义难显。世人不晓定其原，细思至行自然见。

婴儿漠漠不可悟，徒以劳神虚见苦。但知会得圣人言，即是分明上天路。

三四同居共一室，一二夫妻为偶匹。要假良媒方得亲，遂使交游情意密。

浮沉恍惚性难辨，误取迷途年月远。欲知灵药何日成，阳数终须归九转。

阴阳冥寞不可知，青龙白虎自相持。年终变转自相啖，白虎制龙龙渐希。

乾天为父坤为母，南方朱雀北玄武。年终岁久俱成土，时人何处寻龙虎？

三人义合同为宗，常饮日月照其中。已过三花金再液，九转须终岁月功。

青龙本质在东宫，配合乾坤震位中。白虎自兹相见后，流珠那肯不相从。

龙虎修来五转强，炉中渐觉菊花香。如今修炼正当节，莫恨悠悠岁月长。

欲-作"要"识丹砂是木精，移来西位与金并。凡-作"迷"人何处寻踪迹-作"龙虎"，恍惚中-作"之"间在-作"是"杳冥。此首又见《金液还丹百问诀》。

悟者犹如返歧踪，迷途不易寻路苦。三人运合同一原，本性何曾离宗祖？

一人本有一人无，金公为妇木为夫。玄冥深奥不可度，志士何曾肯语图。

玄天汪汪配地黄，男精和合并同房。白液炉中随月化，时人服者莹心凉。

金木相伤谁定原，五行相返自相连。世上共藏阴火白，谁能识得黄芽铅？

世间铅汞不相依，志士元知在坎离。贤者共藏人不见，淮南修秘在华池。

九转丹成岁欲终，开炉忽见药花红。水火变来俱作土，时人何处觅金公？

铅汞相传世所希，丹砂玉质雪为衣。朦胧只在君家舍，日日君看君不知。

还丹入口身自轻，能销久病去袄精。贪爱自兹无所染，能改愚人世与情。

谁悟灵丹出世尘，三花合会与龙亲。君看前后炼丹者，误煞千人与万人。以上皆见《正统道藏》珠字号《元阳子金液集》。

还丹金液歌

和气和太初，初气终归一。母子本相生，相生又相失。阴炼玄阴精，月旬嫁于日。日月既相交，还丹艴然出。北方取河车，南方朱雀一。碧水生妙花，白花怀玉质。龙虬入相交，刀圭须谨密。独弄在乾坤，能滋于万物。姹女玄阴精，二种皆归一。河上无水银，乃合著阴律。荡荡赤龙蟠，火候看容质。变作衮蹄金，黄芽无根术。火记三百篇，知之万不失。如骡怀妊驹，自怀其形质。《正统道藏》珠字号《还丹金液歌注》。原有张果注。

白云仙人

灵草歌

达道草

结汞事如何，莫抛灵草歌。只知赤勤好，偏用达道多。

海宝草

十年学仙术，灵草少知音。白禄堪为柜，海宝善软金。生在沙岗上，常得道家钦。朱内抽真汞，花红根自深。

紫芝草

此花有不稀，出土并三枝。朱砂见宝白，煮汞自然痴。

合　穗　草

天降神柜草，无过访合穗。烧药实堪夸，不与凡草揆。众草经霜软，此草不憔悴。寒暑不相侵，烧药添智慧。

望　仙　草

春生草铺烟，未上摘望仙。伏朱砂作汁，结汞汞便乾。

金　莲　草

烧丹偏教玄，但采草金莲。众药堪为柜，遇凡不须言。

玉　液　草

玉液草能红，大药与相通。偏柜草砂子，见宝有殊功。

大　秘　草

大道须怀志，此草深要记。四神偏能伏，兼烧大二气。

金　风　草

子黑根白花叶青，仙家惜似掌中珍。真汞煮作硬砂子，白体成庚重不轻。

大　通　草

大通花红叶似青，子黑根白味不辛。一生长养河次畔，独体结成砂子真。

天　降　草

芝草延年寿，五凤结成珍。六龙堪为柜，七宝善养庚。玉柱能香美，青泉苦味辛。万通偏煮汞，天降立制成。

惹　罗　衣　草

出群叶绿顺五枝，见宝雄煮事相依。煮汞成珍作砂子，五金偏道定相宜。

大　道　草

大道名高以传声，阴阳二气子双新。抽汞使来经数载，不知标在出灵真。

大道草叶细,一花结二子。抽汞自然新,水银见即死。

长 生 草

此草功能世所稀,不遇真本少人知。仙家异呼长生草,偏解常烧伏
火砒。

白 鹤 草

白鹤偏有功,叶青花自红。独体伏真汞,长生在林中。

磨 罗 草

紫花白汁多,大道号磨罗。不但延年寿,伏药柜使多。

凤 青 草

志道要超升,须访神草经。圣事常宜重,非人莫谩轻。恐折人间寿,
看似掌中珍。欲知庚汞了,须采草凤青。

显 志 草

显志实堪夸,雪内放黄花。寒暑不相碍,独体草结砂。

水 红 草

天生号水红,伏汞意不重。偏伏硇砂白,兼柜大雌雄。

地 蕉 草

伏药偏清高,无过采地蕉。不但抽真汞,兼伏石中硝。

宝 山 草

宝草号宝山,生居大林间。仙家偏秘借,价直万千钱。

小 金 线 草

灵草并光鲜,金线力最坚。便是稀砂子,叶里自然乾。

真 珠 草

灵苗柜药好,无过真珠草。伏药定无忧,服食人不老。

金 鸾 草

大道秘金鸾，仙家亦不传。堪作庚汞柜，采宝胜涌泉。

海 石 榴 草

采汞不知休，无过海石榴。不遇灵草本，将心那边求？

聚 珍 草

天降号聚珍，四季叶长青。凡人多不识，看似掌中金。服食添长命，
生餐善治心。不是真仙本，世间少知音。

海 桃 草

灵枝号海桃，生服善治劳。不但添人寿，兼软汞与锚。

金 灯 草

此草味教辛，仙家唤金灯。生服能治病，一载自身轻。伏砒砒能白，
结汞汞转新。不然济人命，兼取汞中庚。

山 青 草

仙草名山青，根株似黄精，人服发再黑，偏疗小儿惊。烧药堪为柜，
秋夏叶长新。

万 通 草

大道依仙踪，方显有神功。三黄成真体，白虎是一宗。金丹求灵草，
石柜卒难穷。欲知铅汞了，须采草万通。

白 珠 草

大道与仙同，须向草中功。金石能飞走，灵草自相通。但依真仙草，
制向铅汞中。欲得金丹就，采取草山红。

龙 泉 草

万物萌芽在春前，只有龙泉出土先。见宝朱砂用叶裹，自然汁煮汞
成乾。

宝　峰　草

大道居鄽市，访道莫西东。但求真铅汞，四事总相通。圣事依指教，
不越大仙踪。欲知黄芽现，须采草宝峰。

金　钱　草

了道与延年，无过访金钱。服食添人寿，乾汞兼驻颜。

仙　娥　草

造化紫河草，不及草仙娥。能伏飞流药，大道知也麽。

黄　芽　草

花叶能青绿，根白色似金。黄芽生遍地，识者有几人？

青　金　草

久闻有灵草，不过青金好。叶绿枝条嫩，服食人不老。

秘　曰

七十二草总有灵，各伏丹砂并通神。不是上方留下界，凡世俗流少
听闻。《正统道藏》如字号。

《崇文总目》卷四道书类七著录："《白云仙人灵草歌》一卷。"不题撰
人。又见《通志·艺文略》。

朱君绪

朱君绪，字法满，唐时玉清观道士。著有《要修科仪戒律
钞》十六卷。存诗四首。（《全唐诗》无朱君绪诗，事迹据《三洞
群仙录》卷十三引《真境录》）

法师升高座咏

弟子仰法师，敢启有所陈。众生暗塞久，思闻至法音。大慈开长夜，

设化万劫新。主人建福斋,延及四辈人。

法师升高座时咏

斋直道所务,妙品元始贵。故设祖劫桥,广度诸民物。尔曰设清斋,
帐座罗五色。天仙游诞上,五帝列方职。功曹传符命,拥卫左右直。
我升龙舆座,玉梯附机息。神霄助授护,天魔不举目。五神不移动,
披宣太上域。

定　座　咏

大道无为中,积气运起形。为众设桥梁,故遗无等经。修之得长乐,
莫有三界生。烧去六尘垢,一心静念听。

下　座　咏

妙品演布化,迢迢霄玄音。等受无碍智,三梁度黄津。神霄功曹使,
疲劳小停神。三会因劳赏,当报不负言。须启更当白,便曹未恚悬。
下座服居位,礼拜三宝尊。《要修科仪戒律钞》卷二。

岑真人

还　丹　口　诀

天生太素,地产灵津。能伏能飞,变化如神。阴阳宗祖,道契君臣。
圣人秘宝,非者不闻。且太素为君,灵津为臣。合和两性,呼吸相吞。
为夫为妇,男女姻亲。变化钩牵,恩爱传真。

还　丹　歌

东方青龙,丙丁甲乙。西方白虎,壬癸凝液。二气舍真,世人难觅。

机持此宝,一水一石。灰池焰烁,名除死籍。

传付心诀再歌

水神投金碧,乾坤日月精。坎离为既济,三才显其名。阳数居阴杀,阴数归阳刑。欲知颠倒术,相克是相生。若修诸八石,千万无一成。欲觅真道者,壬癸上寻庚。《大还丹照鉴》。

冲虚子

还 丹 口 诀

叹羡巨江月影沉,金之主起见铅心。须当努力求仙诀,莫使蹉跎岁月深。

还 丹 歌

九炼铅精大道成,我家何虑不长生？朝寻弄玉过仙府,暮谒麻姑入太清。神照本来自灵气,汉武荣知有俗情。万事只今空寂寞,一生飘荡落浮名。《大还丹照鉴》。

　　按:《茅山志》卷七载唐成延昭号冲虚先生,未知即其人否。

李玄光 一作"李光玄"

　　　李玄光,渤海人。常乘舟于青社淮浙间货易。著有《还元丹论》一卷。诗二首。(《全唐诗》无李玄光诗,事迹据《金液还丹百问诀》及《崇文总目》卷四)

还 丹 口 诀

夫养生之术，非难亦非易。世人也用铅，不得修铅志。才与脱黑衫，
便即露素质。及池炎火上，刀圭依法律。铅白还同此，抽时莫教失。
持入赤色门，点时坚如石。药用真水精，八数为第一。妙精亦八两，
阳人身上出。两般相合和，甑山须秘密。凡曲乌龙上，数满经三七。
一两真龙脑，还要肥苏腻。白色真龙脑，苍色亦不是。别有方法制，
取用在临时。二物合为体，须使真金器。世人会此语，地仙只这是。
若将非处用，殃祸自立至。十年暗障日，五载不见明。若点一粟粒，
须臾即抵圣。

还 丹 歌

参同金碧尽藏情，赖有阴君序节明。学人更遇清霞诀，龙虎从兹识
本形。

天生元气本虚无，红颜长者体如酥。火里变身还火里，仙人得意号
玄珠。

世人识柔不识刚，便道黄芽色带黄。学来若到杯铅境，始信黄芽色
不黄。均见《大还丹照鉴》。

柳冲用

　　柳冲用，号玄明子，上清大洞道士。少亲儒墨，曾入仕。诗
十首。(《全唐诗》无柳冲用诗)

巨胜歌 并序

陶真君三篇云：以水银为金丹者，妄人言也。朱砂可以驻年者，不知

道人也。且水银非五行正位，朱砂非龙虎配合，若以水银为还丹之要，可以耕石而植稻耳。况抱朴子以二山之秘、铅汞之源，晓谕丁宁，迷者至死不悟。《混元经》引五行相克，更为父母，此盖明乾坤之道。《金碧经》云：金土相配，《参同》亦然，引验至明，指示不昧。且龙虎者，阴阳之轴辖，造化之枢机。虽曰坎离，实亦天地，以刚伏柔，从无入有，五行节序，各得其位，在于配匹，举东合西。一气既分，三才并列，六爻递设，四象具陈。然可伏炼丹砂，斯道玄微，世人罕测，只如《参同》云：以金为堤防，水入乃优游，金计有十五，水数亦如之。临炉定铢两，五分水有馀，其三遂不入，水二与之俱。此数句是大药之纲纪，如金水枢柄，人皆不晓是道，但穿寻巧谲，自率胸襟，无师执文，终无得理，诚所哀哉。且古歌云："始青之下月与日，两半同升合为一。"举世不知此义，但伏汞与砂，不然则取朱砂中水银，多门燠伏，变为烟烬，何由还返，不亦谬哉。《太易》云：二女同居，其志不相得，是即位而居也。北方坎是阴，返而归阳。南方离是阳，伏而为阴。日中之有乌，月中之有蟾。乌者阴精，都归其阳，故曰生男不生女，明矣。大凡果实因毫末而生，长而秀，终得其实。实之于树，树亦不知，是为自然。《太易图》云：凡有阴阳，即生人民、禽兽、草木。若以水银朱砂产于巴蜀，其不出水银朱砂处，即不合有人民、禽兽、草木也。以此方之，不亦愚乎。水银朱砂有自然之者，非世人可解，千变万化，难穷乎理，圣人多借金石以名之。坎居七十二石之长，何由之？歌云："不用雄兮自有黄。"是此义也。若用水银朱砂，见火即飞，何门可住？纵伏火以为坚质，本亦不存，无生长还返之道，那肯致焉？又以雾散若风雨，川流百脉即乖矣。经云："得一万事毕。"又云："得一莫执一。""杳杳冥冥，其中有精，恍恍惚惚，其中有物。""玄之又玄，体道之宗。"是各一二，参及五行戊己之功，叹铅之美，实难明解。《参同》云：有若汉经星百，川流带海，举世不可知之。元君歌曰："五内斤两文葳蕤，赤盐白雪成雄雌，真还在此人不知。"即应不用人间朱砂水银。乃知万物因一气而生，三才因万物所育。又歌云："一炁所失，犹如瓦砾。"此论鼎内之事，非外旨也。余少亲儒墨，长学玄风，偶因求瘼之馀，近得长生之道。虽尽彤襜之任，有惭朱绶之荣。辄以谀学，将论大药，穷其精实，究以玄微，曾遇明师，获传要妙，固非谬妄。演道贤良，为《巨胜歌》十首。

其间歌咏铅汞五行之妙，后来学者，用祛迷惑云尔。

九鼎何所自，都因一炁生。银铅看得所，龙虎自吞并。铢两相句制，河车辨性情。循还依节候，还丹应可成。

龟蛇体殊异，铅汞共宗祖。二女虽同居，良媒分子母。配合由三花，青龙句白虎。四象既可凭，五神当有主。

巍巍尊复高，飘飘何左顾。世人徒炼丹，不识神仙路。众石属坎宫，假名皆不悟。黑白既不知，流年亦虚度。

尽言水土金，三物成大药。假气递相生，相生复相烁。黄芽不是铅，元向铅中作。举东已合西，戊己为囊橐。

二八成两家，中弦敌二八。乃知天地间，阴阳制枢辖。子因母而生，母因子而杀。长养婴孩精，温颜防利滑。月满每成形，抽添还暂歇。壬子一阳生，循环至玄绝。若知出世期，神符与白雪。

修真炼形须守一，参差一二炉间失。且将壬子制衰蹄，不然更泥扶桑日。必令有味到无情，方保元和天性质。不要他处觅良媒，夫妻由来相配匹。马牙从此胜琅玕，弦望晦朔候迟疾。乃知东西定圆方，世人莫谩夸奇术。

水母金父不易识，化他流珠转辉艳。假气若到白雪宫，黄芽从兹实难测。堤防坚固半浮沉，姹女悲吟宁暂息。

古诗歌诀尽分明，只是迷人强穿凿。至道犹来不甚烦，妄将砂汞相交错。未知赤血与青腰，终日只向铅中作。铅中有物岂易修，失之一气无断腭。

黄芽不是铅，二物生丹田。若求巨胜法，铅汞须自然。都非世间有，不问愚与贤。日魂与月华，识者皆神仙。

太元道士本神仙，移名中都学自然。世人炼药迷金水，烧尽黄芽不识铅。西蜀水银人竞采，得火须臾变作烟。若能得一莫执一，妙法玄之又更玄。《正统道藏》如字号。

　　《崇文总目》卷四道书类七著录："《巨胜歌》一卷。"

曹真人

还 丹 口 诀

捉取东青龙,配与西白虎。更将南朱雀,会偶北玄武。四者穷其根,
本来同宗祖。世人不知深,众石多错误。不解演阴阳,配合为夫妇。
阴阳气本双,始得俱相聚。就中最妙者,须得中央土。泥炉不假法,
运火心须苦。一日两卦候,进退依节度。细穷日月盈,莫遣失风雨。
十月还丹成,身除贫病苦。沧海与桑田,变时君始睹。谁人得吾道,
不得轻取与。容易泄天机,谪罚殃七祖。《大还丹照鉴》。

徐真君

　　徐真君,唐时道士,名不详。住天目山。诗一首。

石 胆 歌

白珠碧水平铛中,文武微微声渐雄。一伏三时成半死,再烹经宿变
成铜。将军此朝须舞剑,青腰小儿莫相厌。白霜理石常煞人,黄矾
石胆从来艳。铁埚土釜各文武,一须五时连夜煮。开匣见玉须焚香,
仙人遇之名长久。唐金陵子《龙虎还丹诀》卷下。原署"天目徐真君"。

彭真君

还丹口诀

阴阳造化不须传，只用水银是黑铅。不伤汞，不伤铅，此物道中玄复玄。世人识得真龙虎，成道只在片时间。《大还丹照鉴》。

陶　埴 一作"陶植"

　　陶埴，唐时道士。著有《还金述》一卷、《蓬壶集》三卷、《还丹经术黄老经》一卷、《还金丹诀》三卷等。诗四首。(《全唐诗》无陶埴诗，事迹据《崇文总目》卷四)

还丹口诀

真汞非水银，还向此中得。若要真水银，须求坎里力。《大还丹照鉴》。

还金歌

仙人拍手雪成团，黄花欲入紫河难。子母一时流作水，变化还同九转丹。《正统道藏》本陶埴《还金述》引。

望江南

还丹术，切要经手传。若信故方终自误，颠来倒去倒来颠，不得怨神仙。

菩萨蛮

家家尽有长生药，时人取用皆差错。气候若飞沉，问君何处寻？

眼看犹不识,误向铅中觅。此物没黄芽,徒劳岁月赊。以上二首均见《金液还丹百问诀》。

贺兰求

还 丹 歌

青龙起,白虎卧,玄武飞,朱雀坐,黄龙中央自结裹。母怜子,子怜母,炉中结成云一朵。《金液还丹百问诀》。

杨玄一

杨玄一,唐五代间道士。诗一首。

还 丹 口 诀

世上人人尽好药,个个元来寻不着。也道用铅不用铅,及至用铅还是错。用铅不用铅,不用得长年。用铅须用铅,用铅住丹田。无铅不成丹,还丹生在铅。金公能住水,黑铅有黄芽。黄芽入汞家,覆载以河车。

歌

铅向铅中出,铅同色不同。若能分皂白,日日是仙翁。见《正统道藏》本后蜀人著《大还丹照鉴》。

杨行真人

还 丹 歌

世上人人总爱药,个个元来寻不著。也道用铅不用铅,及至用铅还

只错。寻不著，莫生嗔，都为黄芽不得真。有信有行堪分付，财色不
染是真人。潜拯济，莫彰露，本觅长生却短祚。慎勿将身游贵门，医
卜经求且闲处。未能隐，没闲处，且去经求无病药，长生乐道何忧
虑。铅为君，汞为臣，火为使者，赤血将军，守阴守阳，制御伏药，药
成先用点水银。水银被点堪服饵，鬼官不追人不死。世世喧喧若得
之，闲处经求莫干贵。心口诀，手眼传，制伏只在黄芽边。心口不决，
手眼不传，耽荒酒色，与道无缘。

丹田水结黄芽起，百日养来伏火矣。阴居阳鼎是金丹，十月养之堪
服饵。服饵由来驻颜色，容鬓不衰定心力。卖丹卖药住人间，寿命
千年人不识。

长生药，不死丹，世人欲作寻复难。心犹豫，意迟疑，八丹方法由来
有，如何不取一门知。二人语，共商量，日夜寻思不死方。若取黑铅
并姹女，腾身天上自翱翔。一为左，一为右，阴阳具足还丹就。真须
炼，必长生，逍遥自在紫云庭。

世上喧喧车马人，红颜绿鬓不长春。药术相传万甲子，学者忙忙寻
不真。若交个个识黄芽，世间那得有贫人。

老翁老婆造大药，铅汞二金用不错。出汤入火少精神，半生半死相
依约。依约由来一甲子，上阴下阳相伏矣。世上喧喧若得之，鬼官
不收免生死。铅是铅，汞是汞，世上人人总能用。草黄芽，木黄芽，
世上人人总谩夸。自古口传不形纸，烧者徒劳尽破家。

　　　　　按：此诗末八句与轩辕集《还丹口诀》中八句相近，见本书卷三十。

西方白帝居武都，里有鸡冠众所须。华池固济经七日，姹女因媒寻
得夫。看炉切候四时炁，冷暖寒温心不寐。供养仙人礼度周，一点
黄金应满地。

铅汞二阴，还丹之心。相制不难，人迷不寻。学者不见，徒费千金。
堪得指教，作福拯贫。如斯之用，天人不嗔。非道破除，天之大怒。

恶病加之，遭官刑狱。

黑类不同居，母子相依约。不得铅黄芽，制伏还不著。黄芽阴中伏，白雪阳中作。将入火中烧，阴阳相系缚。母子不能逃，生死不离却。

丹砂丹砂，济命济家。能济我命，能济我家。能生姹女，嫁与黄芽。事夫洁素，无喜无怒。礼乐周旋，晨昏节度。金亦可作，世亦可度。作金不成，徒然自误。

汞结本在丹田中，次居阳鼎炁相通。和合三朝方始住，还知大药在铅中。先入阴炉成大白，后居阳鼎变金丹。世人若达其中理，水银被制不为难。

朱砂水银入铅池，收得黄芽人不知。本是仙人留口诀，有缘相遇还要师。师须分明传口诀，世上喧喧少言说。七十年中付一人，分明还须有仙骨。

世上求道，酒肉愚痴。百年欲过，颙颙不知。金公制伏，还丹一支。朱砂伏火，治病无疑。长生有望，坚固无疑。不衰不老，彭祖同时。

古仙取得赤铜精，一两水银一两精。硇砂半两浆水煎，从朝至暮体能坚。入铜入铁铸镜力，鬼神怕惧不能言。若得至人留口诀，事须保爱始长年。

阳精若坚魂自立，阴精若坚魄自成。魂魄坚强心有圣，红铅朱汞更能灵。得遇仙公留此术，魂神魄立自长生。

能知少女，必定还精。能伏朱儿，必定坚贞。金精石髓，是魂之灵。能修者圣，能伏者灵。鬼官不追，仙籍有名。

五十六十堪分付，此处由来始坚固。还须医卜掩行藏，行住坐卧无忧虑。

自古来来多少人，都缘此术损亡身。须学阴阳兼卜相，混俗经求且外贫。

堪分付，递相传，拯济元来此道门。妄传之者遭殃祸，父子粗疏不合言。

欲觅丹田本是铅，朱砂被制体能坚。但得至人传口诀，红铅入水大丹圆。

一一事须心口记，造作还须手眼传。河车覆载丹田里，伏火总在黄芽边。

金公能住水，黑铅有黄芽。变此黄芽水，用水作河车。

南方赤帝髓，本是太阴精。古仙能夺剥，却取水银形。

二精合会，还丹之心。若逢此理，不假远寻。黑铅取阳，朱砂取阴。《还丹歌诀》卷上。

> 按：此组诗第一首前四句与杨玄一诗几全同，颇疑二人为同一人。姑分列，俟续考。

杨真人

还丹口诀

淮王炼秋石，黄帝美金花。世人不悟莫咨嗟，神仙之药遍中华。不用铅，不用砂，迷愚之者亦如麻。修取铅，炼取砂，顷刻之间见黄芽。得黄芽，莫谩夸，将此黄芽配女家，夫妻和合岁月赊。身披紫服驾云霞，验之刀圭是河车。

再　歌

阴中有阳，阳中有阴。既识砂中汞，须求铅里金。二味实天地之大宝，日月之至精。炼得此者，下鬼不欺。《大还丹照鉴》。

> 按：杨真人有可能为前二人中之一人，亦可能为同一人。因无他据，姑分列。

董大仙

还 丹 口 诀

日魂月魄无形状,采得天然太新样。契合神仙实难论,云霄起在黄芽上。龙腾虎伏变金田,始末须得出世铅。为家为屋自然居,配俪之时顷刻间。认得离胎争欲言,不在文书口诀传。《大还丹照鉴》。

韩蕴中

　　韩蕴中,太白山隐士。诗十三首。(《全唐诗》无韩蕴中诗,事迹据《大还丹照鉴》)

火记歌　并序

　　夫大道弘远,阴阳难穷,造化发生,世人莫测。妄谈虚而白首,谬制作以亡财,比求延命驻年,反却伤伐短寿。古今好者过丧亿人,例抱乖非,不明宗旨,及临炉火,尽炼朱砂,抽汞称阴,对于黄石。或将铅而入汞,或飞汞而入流,或炼土而言金,或乌乳而为蜜。销铅投汞,称是黄芽,汞入庚辛,呼为龙虎。汞为大道,咸尽非心。若为利而可亲,夫为丹而大谬。余积岁好道,不悟真元,如斯制伏,皆亲历试。见世人之疫毙,深切哀伤,观生死之倏尔,何处访道。故述要妙,将显学流,细详阴阳,总愿悟道。夫铅者,坎中之男,正属壬癸,炼阴销烁,九转浮沉,数足成乾,故配西位。世人常见,不晓真元,虎亦现形,为刚利炁,上腾天而为云雨,下降地而为泉源,玉质九还,金公灭火,全由白雪也。夫汞者,离中之女,正属丙丁,万物滋荣,皆受其炁。上应青阳而有信,下隐白藏而潜沉,龙腾天而见木精,春发来而花蕊卉。朦胧恍惚,只在目前。七返还魂,妙花碧水,若以省悟,玄奥皆明,瞑目之流,难为眺望也。是以月中之魄,虎炼曦和,日中之魂,龙伏桂影。二炁相感,结为夫妻,坎在三华,成为至理。故彰要妙,以示知音,兼咏天符十三首。后学详览,必契真元,若获此文,请不妄泄也。

复始才阳发,循环顺节移。龙潜腾未得,虎伏叫声希。二炁相方会,三花兆启期。火盈临九数,亏折却来归。

二九临炉日,乾坤气正交。金童来克木,土镇水胎胞。感应相吞啖,和同在意调。进时加刻漏,退即卦依爻。

道泰亲承候,阳和始发生。律移和孟月,斗建守寅行。君子心乾惕,阴阳顺节萌。三旬终出户,捣治再还烹。

榆死魁临卯,三无正是时。日魂和月魄,此两精合为大道也。龙虎自相持。大壮成规矩,花开向桂枝。罢炉停火候,青色转光辉。

万木尽含阳,花开满路香。金鸡乘大火,朱火精。玉兔却亏伤,水精。至士忧生死,尊卑倏忽亡。药成朝大帝,服饵灭灾殃。

苦节炼成乾,修丹在志坚。虎伤龙带血,金杀木无烟。阳盛阴将至,荣来衰自然。击声同磬响,观视得延年。

初六到南宫,阴升姤启蒙。刻频移律吕,持节递相攻。五日才亏折,三花运数供。取来临户看,血点几千重。

小吉柄天符,阴来遁积孚。金公凑筋髓,朱鸟握机枢。道体同天地,冲和药在炉。莫将为变化,服饵死皆苏。

否闭三阴降,将军杀炁多。牵牛星汉会,织女渡天河。甲乙变伤木,庚辛剑始磨。令行巡节候,寒暑总经过。

月合天刚至,风生荞麦芽。土公亲祭祀,埏埴养金砂。桂影圆霄汉,曦和韵紫霞。鸿来玄鸟去,将见水中楂。

冷炁伤时物,阴来万木凋。菊花寻戊己,赤血斩龙腰。剥烂将为土,离铅见即消。苦心修至道,莫恨路迢迢。

上六居坤位,阴阳括始终。帝男精作髓,离女血殷红。二八当交合,三人义不同。开炉看至宝,服即变衰翁。

重历纯元地，阳潜造六寒。三旬攻荐至，六九始成丹。金榜书名字，
仙宫立醮坛。厌离人世患，羽化去乘鸾。盐胆未左味，煮帝男帝女，三日三
夜，左味调黄作匮，养一七日也。　元阳子《还丹歌诀》卷上。

　　按：元阳子《还丹歌诀》，《郡斋读书志》（《文献通考·经籍考》引）引
　　《李氏书目》有此书，知为宋仁宗前著作。然其中《古神仙身事歌》中提及
　　洞宾、图南，则又已入宋。五代后蜀时人著《大还丹照鉴》引韩蕴中此歌
　　序为口诀，因知其应为唐时人，生活年代待考。

窦真君

七 返 砂 歌

金公年六十，六十金公老。姹女年六十，六十姹女少。金公年三十，
姹女还渐少。老翁得少妻，枯杨自生筱。夫妻同一处，成道和合了。
根本是黄芽，金公元一家。姹女入铅室，须臾地变茶。覆月合仰月，
仰月急须赊。固济重固济，固济似丹家。丙丁张下诐，混沌自甜葩。
七八阳数极，九六更须加。四壳阳既满，五色似朝霞。去阳除覆月，
上上好黄芽。黄即黄金色，白即白马牙。变化成运载，故号曰河车。
玄明与滨伏，夫妇同一家。本是王阳术，黄帝羡金花。智者能隐秘，
愚者向人夸。若达此道者，鹤控白云涯。《大还丹照鉴》。

九 转 诗

岩叟承恩宠，烧丹在禁闱。釜中诸药化，炉上水银飞。璧合秋霜色，
光含夜月辉。总由明主感，能使道精微。
却取抽成汞，还烧遣作砂。上仙方秘密，中禁药精华。紫炁含真色，
朱光杂晓霞。欲将同一体，须更猛三花。
转转穷微妙，重重入杳冥。由将药砂体，却变水银形。炁合秋霜静，

朱光夜落星。自然成姹女,何虑不通灵。

白锡虽初化,黄芽制已凝。元如天降雪,映似结池冰。研土乾和炒,
罗灰湿拌蒸。仍须看炁色,更待卤咸澄。

文武长调火,阴阳镇作炉。釜中看炁过,锅里定真虚。炬石重镣养,
防非六药涂。已坚如合璧,何处觅流珠?

硝石临汤沃,硇砂浸水煎。咸粗只是转,矾细不须研。旧白初凝硬,
新黄色未坚。欲将持入火,由怯水银烟。

罢火开丹灶,成金去药泥。瑞光连日月,真气杂虹霓。形胜参金鼎,
精华向马蹄。由须九转毕,看取一刀圭。

化粉初研炼,临炉定否臧。似尘惊半紫,如面讶全黄。瑞作三茎穗,
灵含五色光。待抽金毒尽,特献玉阶傍。

玉律春初至,金丹帝感成。南山同圣寿,东海比时清。福是玄元德,
功由至道呈。小臣虽有术,仙士谢茅盈。《还丹诗诀》卷上。原署"峨眉窦真
人",与窦真君应为同一人。

逸人不顾

注葛仙公气诀赠友人

君今遣我注仙经,我乃为君强释名。华岳峰前霞客喜,天台洞里隐
人惊。云翔嶂外缘文就,鹤唳天边为气成。奉劝仙公除自秘,莫教
流俗浪相轻。见《四库珍本初集》本《天台前集别编》。

> 按:诗题下原注:"见《洞天集》。"《洞天集》为五代后汉道士王贞范所
> 纂,见《崇文总目》。

芒鞋道人

芒　鞋　诗

芸鞋织得甚坚牢，万两黄金价不高。当时不听妻儿语，跟我蓬莱走
一遭。见《沅湘耆旧集》卷十四。

大　宗

下　鹿　苑　寺

鹿苑重兴梵宇宽，天台罗汉逐云端。雨花石上成趺坐，瀑布泉边悟
水观。四壁无邻山鸟待，深岩有洞老猿看。当时婺岭龙回去，今日
还归护法坛。同治《嵊县志》卷二五。此首承陶敏先生告。

若　讷

大还丹口诀

黄芽砂汞造，阴壳含阳花。不得黄芽理，还丹应路赊。世人炼至药，
尽认铅黄花。黄花是死物，那得到仙家。黄芽非外药，内象取精华。
若到黄芽地，金银徒尔夸。

歌

芽若是铅，去铅万里。芽若非铅，从铅而始。铅为芽母，芽为铅子。
既得金花，舍铅不使。见《正统道藏》本后蜀人著《大还丹照鉴》。

法　珍

山　居

烟暖乔林啼鸟远，日高方丈落花深。积香橱内新茶熟，轻泛松花满碗金。

风定泉花当涧响，雨馀山色入楼多。老僧灭却心头火，一榻松阴养太和。

清风拂处叶欲落，碧藓堆时人不来。满院秋光浓欲滴，禅门闲向白云开。

梅花墙角开新历，松树枝头曝衲衣。怕冷老僧嫌朔吹，却教童子掩柴扉。均见《古今禅藻集》卷七。

南　粤

题 宝 相 寺

松径行才尽，香城绝世尘。倚岩开半殿，凿石见全身。钟鼓中天晓，烟花上界春。出门重稽首，愿值下生晨。见《会稽掇英总集》卷九。《增广圣宋高僧诗选后集》卷中作南越《石佛寺》诗。

惠　敏

春日题感上人山庄简法友

吾友幽栖地，今来艺黍南。阶生王子竹，庭结负山庵。花叶裁新□，樵舟泊小潭。相传此为胜，诗迟坐中探。日本藏唐抄本《新撰类林抄》卷四。

惠　颙

邻　霄　台

平台屹峰巅,去天不盈尺。云来隐巉岩,云散露形迹。长啸视大荒,烦襟尽冰释。不知身世远,但觉乾坤窄。一勺沧溟浮,万家烟树隔。解衣恣盘礴,谢我山水癖。极目送斜晖,寥寥海天碧。见影印文渊阁《四库全书》本《福建通志》卷七六。

僧　可

鹤　诗

红尘无系泽《诗学指南》本作"缚",碧落自翱翔。见《吟窗杂录》卷十四正字王玄《诗中旨格》。

德　最

题罗霄洞

江南二月春无边,溪行十里花争妍。儿童且莫吹羌笛,我欲临流枕石眠。见《古今禅藻集》卷七。

德　圆

游云门寺 之一

晋代云门寺,寻常岂易名。难关千峤色,不锁乱泉声。树石烟中老,香镫雪后清。伊余来扣寂,猿鸟共忘情。同前书卷四。

　　按:《游云门寺》二首,其二已收《全唐诗续补遗》卷二十。

慧集法师

悟 道 颂

普光初学道，无边世界动。回天复转地，并入一毛孔。见《宗镜录》卷一〇〇。

全唐诗续拾卷五五

赵志集

敬赠　张晧兄

昔我背准时，淄庭叨筮仕。及君飞盖夕，梁墀擅诗史。联文日华上，接绚阳台里此字原残。东阁奉宾游，西园追宴喜。谬此梁松筠，相彼历冬春。连璧交逾密，断金情更亲。林中浮渌蚁，濠际跃颒鳞。自然知管鲍，宁止挹雷陈。欢娱乐相乐，放旷寻岩壑。原野萦心神，琴樽谐赏托。萧深周改为"森"对风景，顾步披花药。烟霞牙萦暎，茑萝纷苒弱。淹留穷〔眺〕(眺)玩，丽藻方辉焕。逸唱子为轻，课拙余成惮。联翩限从〔役〕(伇)，云雨俄分散。各下潸然泪，共切离群叹。长望关河阻，结思徒延伫。春莺啼故林，秋雁喧幽渚。空悲结霜霰，无由欣晤语。时阅赠离章，持用宽羁绪。上善冠前良，弈叶播馀芳。丹〔穴〕(宂)摛鸾〔凤〕(凤)从周校改，玄岫吐珪璋。墙仞攸伦孔，陂澄固偶黄。司文践蓬阁，刊册染芸香。咸揖铜墨才，实资瑚琏器。简牍闻尚父，灌坛初历试。谁当嗣往哲？君子绍斯位。感神既不殊，非熊宁有异。非熊在渭川，佐圣仁光先。语德虽云类，比迹讵同年？雕虫开制锦，乳翟应鸣弦。何止高无二，终期掩半千。自揣无庸质，滥尔承朝顾。本之三疑当作"王"生能，遂践庞公路。望古承清白，修今恧尸素。何以嗣馀基？履冰期岁暮。索居睽宴语，每恨离筵促。下车忽相遇，适愿于斯足。言志悦披沙，放情欣倚玉。岂唯忘郑峇，复此陈心曲。重叙旧嬉游，芳卮几献酬。蝉吟催晚夏，鸿响应新秋。风气清幽谷，云阴澹浅流。写怀凭五际，长歌遣四愁。

奉酬　刘长史

晋岭高无极，汾川清且浚。诞粹表前修，资灵光后胤。澄陂溢万顷，断山耸千仞。淬水曜金芒，陵寒标玉润。励精悦缃素，抗志敦风雅。书帐烛流萤，辨围驰非马。发藻春葩落，挥毫秋露下。宁止冠扬班，方见超终贾。巨鳞初击浪，迅翮始抟空。梁园奉修竹，楚馆仰雄风。才倾《大言赋》，芳溢小山丛。曳裾参上客，悬藉偶□此字已无从辨认,周补为"群"字公。无庸惭薄伎，多幸陪高躅。接景猿岩阴，追飞鸟渚曲。交态君无□，□□二字仅存残迹遂自酌。共悦忘是非，俱欣齐荣辱。碣石秋风日，长洲丽景时。名山多爽气，奇树有华滋。弦琴恒共赏，酌□□同嬉。披襟穷雅论，握管赋新诗。扰扰劳形役，栖栖倦时网。欢娱不再来，光阴诚易往。遽嗟云雨别，行睽风月〔□〕。搔首怅劳歌，沾缨独长想。宏才惟不器，出处□多迥。玉阶表令词，铜章宣美续。渔人释夜网，孺子驯朝翟。宽刑狱犴虚，富教田畴辟。鸣峻本周壤，祠仕此字仅可见下半截实秦京。大藩资变赞，上德荷恩荣。题舆昭令范，展骥闻喜声。惠化移氓俗，仁风被属诚。顾惟策蹇姿，还伤雕朽质。及斯牵墨绶，〔□〕往谢铅笔。方申捧檄心，聊安代耕袯。问松宁有裕，求辖终无术。谬兹叨下邑，滥喜永嘉惠。依仁道不骞，惟旧情无替。复此论襟抱，于乌追赏契。投赠重千金，披文高五际。文酒重留连，高宴促芳筵。秋灰移玉管，夏火度金天。□送衔芦雁，风吹嘒叶蝉。徒欣接素赏，空恧继华篇。

秋日在县望雨仰赠郑司马

阴云凝素序，凉雨散秋旻。望山疑拥雾，〔瞻〕(幨)野若飘尘。始飞鸣

凤岭,还洒饮龙津。宿草沾逾润,寒花濯更新。色黯虚庭夕,声喧危
砌晨。索居劳望美,离思切依仁。徒怀〔伐〕(代)从周改木唱,独敛向隅
颦。方惭灌坛术,空慕颍川巾。

仰酬　郑司马兄秋日望雨见赠之作

感秋嗟旅思,怀友怆离居。闲〔斋〕(齐)倦寂静,望美空踌躇。浮云低
峻堞,飞雨散遥墟。似雾萦丹阜,疑尘扬紫虚。既泛文通迳,还拂子
思庐。别有陶元亮,纷然雅翰摅。铿锵韵金石,辉焕藻璠玙。欣觊
安仁锦,空望景山车。

秋晚感时寄　裴草然

兰凋夏尽,菊茂秋深。惊□飚飓,寒木萧森。天高月净,鸟思虫吟。
感时怀友,望美沾襟。情唯丘壑,志在山林。从兹释纲,谢病抽簪。
眷言鲍叔,知余此心。

奉酬　裴草然秋晚感时见贻之制

景澄旻寓,气从寒葭。林惊风叶,菊照霜花。爰有吉士,感物兴嗟。
驰魂岩壑,缔想烟霞。展兹逸骥,握此灵蛇。式存匪石,言降披沙。
顾惭璧友,空戢瑶华。

敬和　裴草然秋晚感时寄张结之作

朱明从律,白藏御时,草腓寒露,木落凉飚。有斐君子,感物陈诗。义
深潘兴,词均宋悲。方追逸迹,乃论心期。粤惟不敏,滥吹连司。庶
陪高躅,共采灵芝。

　　按:疑张结、张皓为一人而抄讹为二人。

闲厅晚景敬呈　徐长史

落日下桑榆，暝烟起林薄。砌闲来狎鸟，檐空多噪雀。旅思独栖遑，心事两睽索。寂寞无兴晤，徘徊竟何托。

敬和　徐司马闲厅晚景之赠

俄景暖馀晖，寒村归栖翼。吏休案牍敛，庭闲喧讼息。顾修圬钝姿，多惭弱谐力。不能庶知止，方归事耕植。

奉和　闲厅晚景　司户萨照

薄晚闲无事，澹然休简牍，寥寥馆宇虚，苒苒寒光速。轻霜遍衰草，高风断群木。别有沧〔洲〕(州)人，栖遑也干禄。均见日本《天理图书馆善本丛书》汉籍之部二影印古钞本《赵志集》。

　　《赵志集》末附花房英树《解题》谓《赵志集》一卷，卷首第一行题"赵志集一卷"，下小字注："十七张。"实存六张。第二首与第三首(引者注：以下只称第某首，不录诗题，以省篇幅)之间有缺脱，第十首以后缺。

　　关于诸诗作者，花房英树认为："然十首非皆赵志之作。第十首即署为'司户萨照'。盖其始赵志作第八首呈徐长史，应此徐长史即徐司马有酬诗至，赵志乃更作第九首和之，而同时司户萨照亦有和徐司马之作。古人于己集中附载他人酬和之作，是常见的。又此前各篇，第五首题中'裴草然'上空一格，恐非表明裴草然为诗作者，由裴寄赵志。空格当系赵志对裴草然之表敬形式，诗为赵志寄裴。第六首，为裴草然有诗答赵志后，赵志复作酬篇。第七篇，裴草然以答赵志之诗并寄张结，赵志另作和篇，亦寄张结。由是观之，则悉为寄赠酬和之作。"

　　关于诸诗产生的时代，花房英树认为当在唐初。主要证据是：各篇修辞颇为洗练，风格近乎《文选》。如第一首"联文日华上"以下四句，可谓《文选》体措辞。第八首起首二句，构想及语汇皆《文选》风格。末句以

"竟何"连语,亦屡见于《文选》。其他对仗句法及用典,与《文选》类似者甚夥。可知诸诗是在《文选》之文学传统中形成的。然亦有不见于六朝,入唐方始使用之语汇及措辞。如第二首以"秋灰"、"夏火"为对即是。在卢照邻、刘允济诗中始见此二语。以二语相对应使用,则见于骆宾王《初秋登王司马楼宴序》。同篇以"题舆"、"展骥"为对语,始见于陈子昂《为郑资州让官表》。另外可认为诸篇为入唐所作的证据有四:一、第二首首联云:"晋岭高无极,汾川清且浚。""晋岭"、"汾川"非南朝地,而"晋山"、"汾水"广见于唐代诗文。二、第一首云"非熊宁有异"、"非熊在渭川",语出《史记·齐太公世家》:"所获非龙非彲,非虎非罴。"以"非熊"代"非虎",与避唐讳有关。三、第十首作者"司户萨照","司户"应为官名。司户一职隋文帝时曾置,旋废。据《旧唐书》载,在府曰户曹参军,在州曰司户参军,在县曰司户。萨照系州县官员,故此"司户"为唐代官职。四、集中有三篇四言诗。自六朝至隋,除郊庙歌辞外,四言诗未见广泛运用于一般主题。至唐初,始有王勃《倬彼我系》及崔知贤、陈子昂等六人《三月三日宴王明府山亭》的写作。《赵志集》中的三首四言诗,似乎可以认为是对陈子昂等人写作四言诗活动极为关心的结果。因此诸诗之写作时代,当在六朝文学风气衰微之前,律诗意识尚未确立之际,很可能在初唐末期。

关于作者的身份,花房英树认为:司户萨照是州县的属官,赵志也应是地方官。诗中可得到证明。如第三首题言"在县",诗中说到"方惭灌坛术"。第一首亦云:"简牍闻尚父,灌坛初历试。"均用太公望吕尚任灌坛令的典故。由此可推测赵志是一县令。第二首云"及斯牵墨绶"、"谬兹叨下邑",可以参证。他对上级,本州的刘长史、郑司马极其郑重地冠以敬、奉、仰等文字,亦与其身份相合。赵志等所在的州县,可能在京师的北面。十首所咏都是秋景,其中"寒树"、"寒光"、"寒露"、"寒葭"、"寒木"之类辞汇再三出现。北地的地名也时有所见,如前面提及的"晋岭"、"汾川"等。作为一种意见,可以这样认为:《赵志集》的作者,是初唐末期、京师北面某地的县令赵志。今存的十首诗,是以赵志为主的寄赠酬和之作。

　　花房英树还对钞本的年代作了推测。他认为,这本书于唐代中期传入日本。现在所见,是其转钞本的一轴。其中有不少别字,恐怕是因袭原钞的。作为表敬的书写形式,也应该是唐代原钞的旧貌。其书法可断定为日本的古书法。从避唐讳、保存空格及书写格式来推测,这个钞本当是平安中期以前之物,至少不迟于背纸所抄《唯识章》所注明的"长元叁年"(一○三○)。(骆玉明摘译)

　　《艺文志》第一辑刊周绍良《〈赵志集〉跋》云:"日本汉学家都认为这是'赵志'的诗集,是他的作品。实际这是值得商榷的。仔细审查此十首诗中,至多可能只有赵志诗三首,甚或此卷诗集只是赵志抄录者,内中连他的作品一首也没有,也属可能。现在根据卷中所标诗题,我们可以知道,第一首《敬赠》是张皓给刘长史者,其诗题应作《敬赠刘长史》,盖其题下'张皓兄'三字乃抄录者所记作者姓名,由于同属友人,因加'兄'字。其第二首当是刘长史和章,诗题应作《奉酬张皓兄》,其'刘长史'三字亦抄录者所标识。第三首是郑司马所作,诗题应是《秋日在县望雨仰赠□□□》,'郑司马'三字亦抄录者所记。第四首是郑司马仰酬之作(引者按:此句似应为'是仰酬郑司马之作'),如果郑司马所赠之人即赵志,则此首即赵志之作,否则当另有其人,而是由赵志抄录者。不过有一点可以知道,作此诗者其地位应视司马为高,所以原题用'仰赠',而此诗则以礼貌答之作'仰酬'也。第五首诗题应作《秋晚感时寄张结》,而作者乃'裴草然'。第六首则是张结奉酬裴草然之作。第七首或者是赵志之作,但也可能为他人所作而由赵志录之于此者。第八首诗题应是《闲庭晚景敬呈□□□》,题下所署'徐长史'亦作者官职与姓也。第九首为被赠诗者和章,其人或即赵志,亦无法确指。第十首则为司户苏然之作。从整个十首诗的诗题与内容总起来看,它与卷题《赵志集》之名是不相符的,因其中明显大部非赵志作品。但此书何以题作《赵志集》,实为不解。"

　　今按:以上二家对诸诗作者的考证,均持之有故,言之成理,可各成一说,但均不足以论定。除第十首二家均断定为"司户萨照"(周绍良录作"苏照"、"苏然",皆误)之作外,其馀九首尚难遽定归属。为慎重起见,今仍以"赵志集"列目,各诗诗题及次第仍照原卷面貌编排,以便进一步研究。

全唐诗续拾卷五六

无名氏

青 峰 诗

野人不相识，偶坐为林泉。莫漫愁沽酒，囊中自有钱。回瞻林下路，已在翠微间。时见云林外，青峰一点圆。见宋岳珂《宝真斋法书赞》卷八。

> 按：原帖为草书八行。诗末有云："近见崔法曹书此诗，爱之不觉下笔也。"岳珂跋云："右唐无名人青峰诗帖真迹一卷。帖亦与《奉礼》、《不倦》二帖相似，意皆出于习书之勤者，有小玺表焉。"同卷跋《奉礼帖》，谓有贞观初年风度。

诗

时人有酒送张八，惟我无酒送张八。君有疑当作"看"陌上梅花红，尽是离人眼中血。见《艇斋诗话》。

> 按：《萤雪丛书》卷下收杜甫二句云："君看墙头桃树花，尽是行人眼中血。"《全唐诗续补遗》卷四收入。二句即出自本诗后二句。《萤雪丛说》错舛甚多，《四库总目提要》已指出。若але依其说定此为杜甫佚诗，证据尚不足。今仍收归无名氏。另《全唐诗》卷三〇九收李约《赠韦况》有"明月照张八"句，《唐诗纪事》卷三一谓张八为张谂。疑与本诗中张八为一人。

泉 月 之 歌

月照泉兮泉涵月，泉潺湲兮月皎洁。波无鱼兮清澄，月有蟾兮澄澈。

见《文苑英华》卷六缺名《月照寒泉赋》附。

七夕歌　题拟

悲莫悲兮离别长，怨莫怨兮私自伤。敛横波而向秋野，垂玉箸兮沾罗裳。见同书卷二三缺名《七夕赋》附。

冰 赋 附 诗

深山穷谷〔凌〕（陵）人凿，颁赐从来天下闻。别有川池捐弃者，终思采斫献明君。见同书卷三八缺名《冰赋》附。

君臣同德赋附歌

元良明哉！股肱良哉！盛德至矣，大业广矣！我一人兮化无穷，临万国兮道既融。同心同德，君圣臣忠，子子孙孙，永代克隆。见同前卷四三缺名《君臣同德赋》附。

籍田赋附田父歌

畇畇千亩兮理有疆，济济千耦兮稷既良。躬三推兮供神苍，分九鹿兮应农祥。粢盛普淖兮洁敬斯皇，神之昕之兮将登穰穰。见同书卷七〇缺名《籍田赋》附。

桔槔赋附歌

大道隐兮世人薄，无为守拙空寂寞。老圃之道可行，何耻见机而作。见同书卷一一〇缺名《桔槔赋》附。

唐伯牙弹琴镜铭

独有幽栖地，山亭随女萝。涧清长低筱，池开半卷荷。野花朝暝落，盘根岁月多。停杯无尝慰,峡鸟自经过。

唐八棱贴银镀金海上仙真八卦花鸟镜铭

舞凤归林近,盘龙渡海新。缄封待还归,披拂鉴情亲。只影若为客,
孤鸣复几春。初成照瞻镜,遥忆画眉人。以上二首见沈从文《唐宋铜镜》,中
国古典艺术出版社一九五八年出版。

八卦十二生肖镜铭

水银呈阴精,百炼得为镜。八卦寿像备,卫神永保命。

唐 镜 铭

赏得秦王镜,判《金石索》一作“渐”不惜千金。非关欲照胆,特是自明
心。以上二首见一九七九年《中国考古学会第一次年会论文集》刊孔祥星《隋唐铜镜的
类型与分期》引。后一首又见《金石索·金索六》,有二件,又见民国十五年钱祥保纂《续
修江都县志》卷十五《金石》,云为邑人程青岳所藏。

唐 镜 铭

照日菱花出,临池满月生。官看巾帽整,妾映点一作“美”妆成。见同治
己巳广州刊林昌彝《海天琴思续录》卷二,云镜为周南卿明经藏,“河东君物也”。此条承
黄霖同志录示。又见王士伦编《浙江出土铜镜选集》序引,异文已注出。

冬朝日照梁,含怨下前床。帷寒以叶带,镜转菱花光。会是无人觉,
何用早红妆。同前。见王士伦《浙江出土铜镜选集》序引。

水 星 镜 铭

永保命,水银星,阴精百炼得为镜,八卦寿象备卫神。见《全唐文》卷九
八八。

唐武德祷雨辟邪镔铁镜铭

镔铁作镜辟大旱，清泉虔祀甘霖感，魅孽当前惊破胆，服之疫疠莫能犯。双龙嘤咯垂长颔，回禄睢盱威早敛。见《唐文拾遗》卷六二引《湘烟录》。铭末署：“武德壬午，造辟邪花镔铁镜。”

唐凤皇镜铭

对凤皇舞，铸黄金蒂《金石索》首句作“凤凰双镜南金装”。阴阳各有合《金石索》作“为配”，日月恒相会。白玉芙蓉匣，翠羽琼瑶带。同心人，心《金石索》无“心”字相亲，照心照胆保千春。见《西溪丛语》。《金石索·金索六》有凤凰双镜铭，文字稍异。

芙 蓉 镜 诗

鸾镜晓匀妆，慢把花钿饰。真如渌水中，一朵芙蓉出。《金石索·金索六》。首有“诗云”二字。

镜　　铭

偏识秦楼意，能照玉〔妆〕（庄）成。花发无冬夏，临台晓夜明。《铜镜图案·湖南出土历代铜镜》。

李德裕相公贬崖州三首

乐天尝任苏州日，要勒须教《莒》作“烦文”用礼仪。从此结成千万恨，今朝果中白家诗。

昨夜新生黄雀儿，飞来直上紫藤枝。摆头撼脑花园里，将谓《莒》作“为”春光总属伊。

闲《塵史》作“田”、《莒》作“开”园不解栽桃李，满地唯闻种蒺藜。万里崖州君自去，临行惆《麈史》作"怊"怅欲怨谁？见《四部丛刊》影印那波道圆本《白氏文集》卷二十，以《麈史》卷中、《苕溪渔隐丛话后集》卷十三参校。

　　苏辙《栾城后集》卷二一《书白乐天集后二首》云："会昌之初，李文饶用事，乐天适已七十，不一二年而没。嗟夫，文饶尚不能置一乐天于分司中耶？然乐天每闲冷衰病，发于咏叹，辄以公卿投荒僇死、不获其终者自解，余亦鄙之。至其《闻文饶谪朱崖三绝句》，刻核尤甚，乐天虽陋，盖不至此也。且乐天死于会昌之初，而文饶之窜，在会昌末年，此决非乐天之诗。岂乐天之徒浅陋不学者陋益之邪？乐天之贤，当为辨之。"

　　王得臣《麈史》卷中云："令狐先生曰：'唐白傅以丞相李德裕贬崖州为三绝句，便不负世人訾毁。'予以为诗三百皆出圣贤发愤而为，又何伤哉。后尝语于客，会安陆令李楚老翘叟在坐上，曰：'非白公之诗也。白公卒于李贬之前。'予因按《唐史》，会昌六年白公卒，是岁宣宗即位，明年改元大中，又明年李贬，盖当时疾李者托名为之附于集。诗曰（略）。予观其词意鄙浅，白为杂律诗讥世人，故人得以轻效之。"

　　胡仔《苕溪渔隐丛话后集》卷十三云："余以《元和录》考之，居易年长于德裕，视德裕为晚进。方德裕任浙西观察使，居易为苏州刺史，德裕以使职自居，不少假借，居易不得以卑礼见，及其贬也，故为诗云（略）。然《醉吟先生传》及《实录》皆谓居易会昌六年卒，而德裕贬于大中二年，或谓此诗为伪。余又以《新唐书》二人本传考之，会昌初，白居易以刑部侍郎致仕，六年卒。李德裕大中二年贬崖州司户参军。会昌尽六年，距大中二年，正隔三年，则此三诗非乐天所作明甚。但苏子由以谓乐天死于会昌之初，而文饶窜于会昌之末，偶一时所记之误耳。"

　　按：今参诸家之说，收三诗为无名氏作。

望　岳　题拟

前缺霜雪唯惜许，让王遁时滋。千乘不回虑，万金宁易节。美物忌芳坚，达人讳明哲。孤高霞月上，杳与氛埃绝。见《分门纂类唐歌诗》卷二二。

甘 州 乐

燕路霸山远，胡关易水寒。茫茫风藻动，浍浍阳只闲。残月芦江白，老花菊岸〔丹〕(舟)。竹惊暖露冷，落叶寒飙阑。见日本《古事类苑》"唐乐乐曲甘州第四帖"辞。

小 秦 王

柳条金嫩不胜雅《词品》作"鸦"，青粉墙头道韫家。燕子不来春寂寂，小窗和雨梦梨花。见杨慎《百琲明珠》及《词品》卷一。

轮 台

燕子山里食散，莫贺盐声平回。共酌葡萄美酒，相抱聚蹈轮台。见日本源光圀《大日本史·礼乐志》。以上四首，皆转录自任半塘先生《唐声诗》下编。

花

小隐园中百本花，各随红紫发新芽。东君见借阳和力，尽在公侯富贵家。见《分门纂类唐宋时贤千家诗选》卷七。

继古韵一百十二字赠穆先生

大华山阴穆老仙。专持清静探幽玄。修补祇陀无漏园，常流慧水溉心田。擒猿缚马翠峰巅，定观不用买山钱。舍俗投玄心契悟，善恶之由凤世缘。心香福炷起灵源，杳杳冥冥达上天。秋日碧潭真了了，野花啼鸟谩喧喧。鼎中火灭开金蕊，木上无烟结玉莲。垒功积行满三千，性圆丹结去朝元。影印本《诗渊》第一册第四一八页。

赠韩家郎君在家修行

崇真起善立玄堂，谨奉朝昏两炷香。内侍媚亲行孝道，外持贞正合三光。常行矜悯提贫困,每施慈悲挈下殃。他日聪明如省悟,也应归去到仙乡。同前第四二二页。

赠别毕道士

夜梦海上群仙山,且逢瀛洲道士还。凭风倚景长叹息,弥怜昨夜云峰邑。霓裳羽旆惜分飞,方外人间此日违。君不见辽东华表柱,但有空歌丁令威。同前第五六二页。

五代时人为至聪禅师颂 _{题拟}

有道山僧号至聪,十年不下祝融峰。腰间所积菩提水,泻向红莲一叶中。见《侍儿小名录拾遗》引《古今诗话》。

题闲处士隐居

野老南湖上,茅檐向水低。应门仲躬子,举〔案〕(按)伯鸾妻。篱下山花笑,窗前谷鸟啼。犹言近人境,不似武陵溪。《新撰类林钞》卷四,据小川环树录本。

古琴袋织成诗

自来行止赋骄奢,更有何人力可加。分得御沟新凿址,占他农地别种花。楼台夜宴停红烛,妓女春梢俵绛纱。大醉不知光景去,难迹双鬟染霜华。宋俞文豹《吹剑三录》,云"疑是孟蜀或藩国宗戚所作"。

白 牡 丹

漫山桃李占春光,始见檀心吐异芳。花骨不禁寒料峭,多烦晓日为催妆。

既全国色与天香,底用家人紫共黄。却喜骚人称第一,至今唤作百花王。《分门纂类唐宋时贤千家诗选》卷九。

箜篌谣

结交在相得，骨肉何必亲。甘言无忠实，世薄多苏秦。从风暂靡草，富贵上升人一作"真"。不见高颠树，摧杌下为薪。岂甘一作"目睹"井中泥，时至出作尘。见《文苑英华》卷二一〇。

赠段文昌

昔日骑驴学忍饥，今朝忽著锦衣归。等闲画虎驱红旆，可畏登龙入紫微。富贵不由翁祖一作"簪组"解，文章生得羽毛飞。广都再去应惆怅，犹有江边旧钓矶。见唐何光远《鉴戒录》卷八"衣锦归"条。

　　《鉴戒录》云："段相国文昌本广都人，父以油柞为业。生而有致，长亦多才，物业荡空，文章迥振。洎跨卫行卷，乡里笑之。历三十年间，衣锦还蜀，蜀人有诗赠曰（略）。"

五言诗

夜夜挂长钩，朝朝望楚楼。可怜孤月夜，沧照客心愁。

圣水出温泉，新阳万里传。常居安乐国，多报未来缘。

日日思前路，朝朝别主人。行行山水上，处处鸟啼新。

只愁啼鸟别，恨送古人多。去后看明月，风光处处过。

一别行万里，来时未有期。月中三十日，无夜不相思。

千里人归去，心画疑为"尽"字一杯中。莫虑前途远，开坑疑为"帆"字逐便风。

小水通大河，山深鸟宿多。主人看客好，曲路亦相过。

道别即须分，何劳说苦〔辛〕（新）。牵牛石上过，不见有〔蹄痕〕（啼恨）。

一月三场战，曾无赏罚为。将军马上坐，将士雪中眠。"眠"字不韵，疑有误。原校改作"归"字,尚难确定。

自入新〔丰〕(峰)市,唯闻旧酒香。抱琴酤一醉,尽日卧弯汤。

我有方寸心,无人堪共说。遣风吹却云,言向天边月。

男儿大丈夫,何用本乡居。明月家家有,黄金何处无。

客人莫直入,直入主人〔嗔〕(宴)。扣门三五下,自有出来人。

君生我未生,我生君已老。君恨我生迟,我恨君生早。

天地平如水,王道自然开。家中无学子,官从何处来。

龙门多贵客,出户是贤宾。今日归家去,将与贵人看。

天明日月矗,五月已三龙。言身一寸谢,千里重金僮。末字疑应为"钟"
字。

上有东流水,下有好山林。主人居此宅,可以斗量金。

买人心惆怅,卖人心不安。题诗安瓶上,将与卖人看。

自从君别后,常守旧时心。洛阳来路远,还用几黄金。

念念催年促,由如少水如。劝诸行过众,修学香无馀。

句

富从〔升〕(昇)合起,贫从不计来。

不知何处在?惆怅望东西。

为君报此训,世上求名利。

上有千年树,下有百年人。

流水何年尽,青山卷几□。

言满天下无口过。

罗冈之鸟,悔不高飞。

人生壹世,草生壹时。以上均录自《考古学报》一九八○年第一期刊长沙市文化局
文物组撰《唐代长沙铜官窑址调查》。

　　按:唐代长沙铜官窑窑址,在今长沙市望城县铜官镇至石渚湖一带。

长沙市文化局于一九七四年至一九七八年间加以发掘调查,得器物二千馀件。以上所录各诗,均题于器物之上,多写于壶嘴或盘碗内底。其中六言诗一首,为刘长卿《苕溪酬梁耿别后见寄》中四句,五绝"万里人南去"一首,即韦承庆《南行别弟》诗。二诗已收入《全唐诗》。另有俗语若干条,未录。同时所有有纪年之器物凡三件,录如次:"元和三年四月卅日造印子田子宰记。""大中玖年正月廿八日书记。""大中拾年拾日参造鼓价。"

五 言 诗

春水春池满,春时春草生。春人饮春酒,春鸟哢春声。见《文物》一九七二年第三期刊李知宴《唐代瓷窑概况与唐瓷的分期》引,系"无产阶级文化大革命中出土文物展览"在湖南展出的一件长沙窑壶腹部所题诗。伯三五九七卷收此诗,前二句作"春日春风动,春来春草生"。

日红衫子合罗裙,尽日看花不厌春。更向妆台重注口,无那萧郎恍煞人。

白玉非为宝,千金我不须,忆念千张纸,心藏万卷书。以上二诗皆见长沙铜官窑唐代瓷器题诗,录自香港《大公报》一九八五年十月二十六日刊傅举有《长沙窑新发现的唐诗》一文。该文承任半塘先生录示。

灵 叟 吟

我欲学菩提,输他释迦先。我欲学阐提,落他调达后。不涉二家风,未免中途走。设使总不是,凭何而开口。开口不开口,切忌犯灵叟。著会个中意,望南观北斗。见延寿《宗镜录》卷四一。

偈

得之不得天魔得,玄之又玄外道玄。抛却父娘村草里,认他黄叶作金钱。百丈竿头快撒手,不须观后复观前。见同书卷一○○引先德偈。

简—作"拣"金颂

君不见,澄清丽水出黄金,逐浪随波永被沉。有幸得逢良鉴者,披砂细拣暂知音。因此遂蒙皇上宠,直入琼楼宝箧中。一练—作"炼"一明光照耀,一回掌上一回钦。以此尘沙含妙宝,故喻众生觉照心。众生无此沉三有,元来流浪被境侵。对尘恰似真如慧,离境元无照体心。迷即一真名二体,只为群生不照心。若能对境常真照,随尘离境一般心。如来今日除分别,意遣众生妄习心。但除妄习存终始,真照何妄不真心。见《宗镜录》卷八五。

纪弥勒菩萨上生变赞

上越参罗第四天,三柢道满实难宣。补□慈尊光□□,谁蒙□圣□三千。宝树常能说妙然,八功池内锁门莲,铁网玲珑严宝柱,无住竞奏□诸天。盈盈玉女凭珠槛,两两玉童弄绿波。报□□分随器变,修因六行更无过。见《山右石刻丛编》卷八。前有序,略。末署:"唐宝历二年景午岁姑洗之月廿日侯政书。"

兴 文 塔 铭

东西南北总铜山,万万千千弥亿千。钱坊日铸百万算,功匠千人若神仙。天宝三载置此塔,不朽不坏与天连。见光绪元年刊刘荣等纂《广昌县志》卷十二。

　　　　按:《兴文塔铭》石刻,正书,天宝三载建,在东岳行祠。署"渤海郡常
　　　　选上柱国高澄书"。作者不详。

献 钱 镠 诗

一条江水槛前流。见《续世说》卷三。

《续世说》:"有人献诗于(钱)镠者云(略)。镠以为讥己,杀之。"

五代幽蓟人诗

月明星稀夜,皆欲向南飞。见《古今诗话》,《增修诗话总龟前集》卷二十引。《全
五代诗》卷十二录此诗前有后人附加之"要识涂鸦意,栖迟未得归"二句。

无 双 歌

庭下梨花雪四垂。见宋陈元龙《片玉集注》卷二《浪淘沙》注引。

红帘如水隔神仙,月清露冷隔茶烟。茶烟未灭帘中语,一寸深心暗
与传。同前书卷六《诉衷情》注引。

　　《文史》十一辑刊程毅中《丽情集考》云:"这首《无双歌》作者不详,不
　　知是薛调同时人所作,还是宋代人所附加的。"

真 真 歌

红玉枕高冰簟滑,凝烟戛水春云阔。重重翠被红云锦,枕肱不枕相
思枕。

蛱蝶双飞芍药前,鸳鸯对浴芙蓉水。均见《锦绣万花谷前集》卷十七。

　　按:郑还古恋沈真真故事,见《侍儿小名录》及《绿窗新话》卷上。《太
　　平广记》卷一六八所载缺名氏。

枣

雨颗青玑密,风香白雪翻。见《剡录》卷十。

牡 丹

红开西子妆楼晓,翠揭麻姑水殿春。见《苕溪渔隐丛话前集》卷二七引《陈辅
之诗话》。

十二月三台词 新

正月年首初春，〔□□〕郭沫若补"万户"二字改故迎新。李玄郭改"理弦"，非是附灵郭改"抚琴"，非是求学，树〔下〕(夏)乃〔逢子〕二字原模糊，从龙晦、任半塘说写定珍郭沫若补以上三字为"调银筝"。项托七岁知事郭沫若定为"书"字，甘罗十二〔相〕(想)从郭沫若说改秦。〔若〕从郭说增无良妻解梦，冯唐宁得忠〔臣〕(辰)从郭说改。

二月遥望梅林，青条吐叶下缺。以上均录自郭沫若《出土文物二三事》卷首附一九六九年吐鲁番阿斯塔那唐墓出土卜天寿抄本《论语郑氏注》卷末诗词照片。原诗有缺讹，从郭沫若《卜天寿〈论语〉抄本后的诗词杂录》、龙晦《卜天寿〈论语〉抄本后的诗词杂录研究和校释》、任半塘《唐声诗》下编校改。

五言诗四首

〔百〕(伯)鸟〔投〕(头)林宿，各各觅高〔枝〕(支)。〔五〕更分散去，苦〔乐〕(落)不〔相〕(想)知。

日落西山〔下〕(夏)，〔黄〕(潢)河东海流。人〔生〕不满百，恒作万年〔忧〕(优)。以上二首均从郭沫若说校改。

高门出己子郭沫若谓当作"杰子"，龙晦怀疑应为"举子"，《考古》曾刊一短文谓当作"杞梓"，作者及刊期皆失记，好木出良〔材〕(才)。交□学〔问〕(敏)去，三公〔何〕(河)处来？后三处皆从郭沫若说改。

学问非今日，〔唯〕(维)从龙晦说改须〔积〕(迹)年多。〔□□〕郭沫若补"请"字看〔千涧〕(阡简)水，万合始〔成〕(城)河。后四字均从郭沫若说改。以上四首，出处均同前。

　　按：卜天寿《论语》抄本后附抄五绝六首，郭沫若以为仅第一首为卜天寿自作，龙晦则以为第一、第五首皆出其自作。除其自作之一二首外，

馀皆系抄录旧作,二家意见大致相同。今收第一、第五两首入本书卷四
卜天寿,馀皆收于此。

题三危圣王寺　题拟

　　□因从台驾随侍□政道舍□道真等七人就三危圣王寺安下霸道场
记。维天福十五年五月八日游记之耳。

三危山内枭世贤,结此道场下停闲。侍送门人往不绝,圣是山谷水
未宽。一旬之间僧久住,感动山神赐霜树。□值牟尼威力重,此山
本□住僧田。见敦煌莫高窟第一〇八窟窟檐南壁外侧题壁,据《敦煌莫高窟供养人
题记》。

题 王 将 军

东下王师势若翔,吴人设险为非常。横江铁锁成何用,反引将军入
武昌。见民国二十一年韩嘉会纂《阌乡县志·诗征》。

宜 城 怀 古

巍峨朱轩甲第稠,缨簪文武尽名流。而今印累千官冢,瓜圃何曾有
故侯。

杜 康 台

勒马问樵夫,前村酒有无?"杜唐家在此,一任君来沽。"
逐鹿群雄姓几埋,杜君何得尚存台。醉乡另有乾坤在,那见糟丘付
劫灰。以上三首均见同治五年刊张炳钟纂《宜城县志》卷九。

筹 山 虎

筹山高极入穹苍,人道虎为殃。人行过此不曾伤。咸阳宫阙在平地,

高鹿食人无所计。吁嗟苛政猛于虎，斯言垂万古。见同治三年刊文良等修《嘉定府志》卷四十。

题上高香山院

谁将万斛旃檀子，撒向千春古道场。万壑晓风吹不断，至今犹自满山香。见《豫章诗话》卷二。

剑　津　题拟

双剑分二峡，万古水溶溶。邪气夜常动，精灵日少逢。《舆地纪胜》卷一三三《南剑州》。

咏　剑　池

剑去池空一水寒，游人来此凭栏干。世间万事消息尽，只有青山好静观。见元蔡正孙《诗林广记后集》卷三。

桐庐金鸡石

天上金鸡石，何时坠此山。只因鸣有信，流落在人间。见清陶元藻《全浙诗话》卷六引《严州府志》。

题大庾岭　题拟

大庾岭上梅，南枝落，北枝开。见影印京都大学人文科学研究所藏《永乐大典》卷六六五引《元一统志》引《白氏六帖》。

题　断　石　源

一酌丹华享万龄，游人竞访只闻声。那知坎井埋砂久，犹得全家寿几生。

凤　凰　峰

文凤集南岳，徘徊竹孤根。于心有不厌，奋翅凌紫云。岂不曾辛苦，羞与黄雀群。何时尝来仪，顺于圣明君。以上三首均见宋陈田夫《南岳总胜集》卷上。

洞灵宫　题拟

洞灵源接洞阳天，瘦《沅湘耆旧集》卷十三作"疲"堑危峰吐绛烟。曾踏落花听玉籁《沅湘耆旧集》作"笛"，赤松坛畔鹤鸣泉。

咏　九　仙　宫

一峰鳞次开一观，片石朋来会九仙。宝牌尚记明皇篆，灵台尝闻御史传。以上二首均见同书卷中。

钴　鉧　潭

常闻南郭智，未识北山愚。试问溪中水，潺潺只自如。见道光《永州府志》卷十八《金石略》、同治《湖南通志》卷二六四《金石》六。

　　按：诗后署"癸酉中冬既望日□□□□过永州□□"。

　　《湖南通志》附引钱邦芑《游记》、许虬《游记》疑为柳子厚作，《嘉庆通志》以为非柳作，"殆后人所题也"。《金石补正》谓"以笔意审之，当是宋人所题"。"诗句颇似邢恕，疑是元祐癸酉，然无可证，姑系诸宋末，俟考。"

福州乌石岭无字碑古偈

一片如屏紫翠间，风吹日炙藓花斑。莫言个里无文字，为待高人著眼看。见《淳熙三山志》卷三四、《闽都记》卷二二。

罗　浮　山

千径岚光湿不开，洞中楼阁锁琼瑰。罗山万仞云中起，浮岛一峰天
外来。五岳神仙多往复，九霄鸾鹤自徘徊。葛洪旧隐丹炉畔，掩映
麻姑锦绣台。

玉殿朝元夜已深，三千世界静沉沉。霏微紫气通蓬岛，浩荡江风下
宝林。云彩散为天上绮，日华浮动水中金。步虚声断一回首，十二
楼台何处寻。见康熙乙酉刊李嗣珏纂《罗浮山志》卷一。

题华岩洞石壁

岩前流水无人渡，洞口碧桃花自开。东望蓬莱三万里，等闲归去等
闲来。录自清汪森纂《粤西诗载》卷二二。

谒圣林 题拟

灵光殿古生秋草，曲阜城荒噪晚鸦。惟有孔林残照里，至今犹属仲
尼家。见宋孔传《东家杂记》卷下。

> 《东家杂记》谓有唐以来谒林者必一一赋诗，而以此诗最为绝唱。孔
> 宗翰幼时已闻人诵此诗，或云一诗僧留题，竟不知谁氏之作。今按：此时
> 在宋初即已流传，则当为唐五代人作。从诗意看，不会晚于宋初崇儒之
> 际。故收入。

南剑州古诗

双溪分二峡，万古水溶溶。彩气衣常动，精灵日夕逢。《记纂渊海》卷十。

化州郡守诗

罗川带郭古南州，陵水环城小庾州。云淡青山无过雁，雨涵丹荔集

鸣鸠。同前卷十五。云"郡守不知名氏"。

题 宁 州 泉

澄波涵万象,明镜泻天色。有时乘月来,赏咏还自适。同前。

七言不全诗句石刻

一瓶寒水背书囊。见《安阳县金石录》卷四。

　　《安阳县金石录》:"案《禹璜题名》上有不全诗句,第一行存'往'字,第二行存'石'字,存'屮'字,三行存'一瓶寒水背书囊'七字,另行存'七言'字,盖为后人磨治。书类欧阳率更,亦唐人佳刻也。"

　　按:《禹璜题名》在灵泉寺佛殿前西塔,咸通八年刻。

题狼山慈航院　题拟

飞来灵鹫岭,化作宝陀山。见宋王辟之《渑水燕谈录》卷七。

　　《渑水燕谈录》:"通州狼山广教寺,在唐为慈航院,在江中山上,昔人有诗云:(略)。前后乃江海相接处,舟出二山间,水湍碍石,率多覆溺。昔有僧率其徒,操楫以护之,舟无触石之患,故有慈航之名。近年江水南徙,山之前后皆陆田,后人又有诗云:'昔年船底浪,今日马蹄痕。'皆纪实也。"

庐 山 诗

简寂观中甜苦笋,归宗寺里淡咸齑。见《庐山记》卷二。

袁 山

袁山大小双螺并,秀水东西一带横。见正德《袁州府志》卷一《山川》。

题 水 帘 洞

今古长垂地,晨昏不上钩。见《嘉定赤城志》卷二二。

题圆超寺俯山堂

近离城市不多地,高压楼台无限家。见《舆地纪胜》卷十《绍兴府》引昔人诗,
列钱俅前。

池　州　题拟

闲行池口江边路,看尽江南岸上山。同前书卷二二引古诗。

宣城诗　题拟

翡翠列成千嶂碧,琉璃泻出两溪寒。同前书卷十九《宣城》引《宣城志》。

潜皖二水　题拟

玉光白橘香争秀,金翠嘉莲蕊斗开。同前书卷四六《安庆府》引古诗。

玉镜山　题拟

主簿山高难见日,玉镜峰前易晓人。见同书同卷引唐僧诗。

天柱峰　题拟

三十六峰藏好景,更于何处觅瀛洲?同前。

岳阳楼　题拟

洞庭八百里,幕阜三千寻。见同书卷六九《岳州》引古诗,原列唐人间。岳阳楼始
建于唐时。

白洞滩　题拟

滩头白洞空相待。见同书卷七四《归州》引《晏公类要》引古诗。

小酉洞　题拟

山留盘瓠亦此字疑为"迹"字之误，洞有秦人书。见同书卷七五《辰州》引《晏公类要》引。

犍　为　题拟

犍为古佳郡，山水宜不恶。见同书卷一四六《嘉定府》引。

黔　州　题拟

不到施黔不见山。见同书卷一七六《黔州》引《澧州图经》诗。《澧州图经》为宋初修。

过　壁　山

今日壁山山下路，依前马上看梨花。同前书卷一八七《巴州》。

榜　诗

员外欲题铨里榜，尚书不得数中分。见《唐会要》卷七四。

食　笋　诗

稚子脱锦绷，骈头玉香滑。见《瓮牖闲评》卷五、《孔氏谈苑》卷五、《五总志》。

吊　子　美

赋出《三都》上，诗须二雅求。见《苕溪渔隐丛话前集》卷十四引《西清诗话》。

句

相识满天下，知心能几人？见《宗镜录》卷二六引昔人诗。

山僧不解数甲子，一叶落知天下秋。见《唐子西文录》引。

隔帘歌已俊，对坐貌弥精。见《东坡题跋》卷二、《仇池笔记》卷上。

　　按：此二句见于苏子美家藏张长史书，苏轼以为亚栖之流作。

秋分夜夕月乐章

降神奏元和之舞六变

月以阴德，自西而生。积水之气，作金之精。丽天成像，配日为明。
三光显耀，万古作成。《大唐郊祀录》卷六。

登歌奏肃和

测妙为神，通微曰圣。坎祀贻则，郊礼展敬。璧荐登光，金枝动映。
以载佳德，以流曾庆。同前。

全唐诗续拾卷五七

唐五代小说中神仙鬼怪诗

叶法善掘地得古曲几上十八字歌 题拟

岁年永悲，羽翼殆归，哀哉罹殃苦，令我不得飞。见《太平广记》卷七七引佚名《广德神异录》。

任升之五代祖仕梁于
钟山悬岸圮圹中得古铭

龟言土，蓍言水，旬服黄钟启灵趾。瘗在三上庚，堕遇七中巳。六千三百浃辰交，二九重三四百圮。见《太平广记》卷三九一引李吉甫《梁大同古铭记》。

按：《全唐诗》卷八七五收《京西市放生池墓铭》，与此首二句同，"土"作"市"。李吉甫书名，从程毅中《古小说简目》说。

壶隐仙人吟诗

杯贤与杓圣，与我万户封。见《说郛》卷三二引佚名《树萱录》。

陈蔡女鬼与长孙绍祖歌 题拟

宿昔相思苦，今宵良会稀。欲持留客被，一愿拂君衣。
星汉纵复斜，风霜凄已切。薄陈君不御，谁知思欲绝。见《太平广记》卷三二六引《志怪录》。

> 按：六朝人所著小说以《志怪》为书名者有多种，鲁迅辑入《古小说钩沉》，不录此条。长孙为塞北胡姓，似不应见于南朝小说中。宋朱翌《猗觉寮杂记》卷上引张荐《灵怪集》，有东蔡女鬼与裴绍祖诗二句："横陈君不御，惟知思不绝。"疑《广记》所注书名有误。

滕庭俊自叹吟诗

为客多苦辛一作"辛苦"，日暮无主人。

滕庭俊遇麻大和且耶作诗 题拟

田文称好客，凡养几多人。如欠冯谖在，今希厕下宾。以上二题见《太平广记》卷四七四引牛僧孺《玄怪录》。

> 按：麻大、和且耶为大苍蝇、秃扫帚。《全唐诗》卷八六七已收二怪诗及故事梗概。

柳归舜闻君山鹦鹉所唱歌诗 题拟

戴蝉儿，分明传与君王语。建章殿里未得归，朱箔金缸双凤舞。唱歌者云此曲是汉武钩弋夫人常所唱。

昔请司马相如此句疑衍"司"字，为作《长门赋》，徒使费百金，君王终不顾。阿苏儿云此为阿娇深宫下泪唱者。

顾鄙贱，奉恩私。愿吾君，万岁期。武游郎云此为李夫人随汉武帝时歌。

露接朝阳生，海波翻水晶。玉楼间寥廓，天地相照明。此时下栖止，投迹依旧楹。顾余复何忝，自一作"日"侍群仙行。凤花台云此为昨过蓬莱玉楼所作诗。以上四首，均见程毅中校点本《玄怪录》卷二。《太平广记》卷十八引作《续玄怪录》。

> 《玄怪录》：吴兴柳归舜，隋开皇九年自巴陵泛舟，遇风吹至君山，因维舟登岸，行数里，忽道旁有一大石，石中央又生一树，有鹦鹉数千，翱翔

其间,相呼姓字,有名阿苏儿、武游郎、凤花台等名者。相互唱歌吟诗,又与归舜相问对。后归舜得二道士指点,方达舟所。后再寻访,不复见也。

(节录大意)

顾总见刘桢卒后诗题目曰从驾游幽丽—作"房"宫却忆平生西园文会因寄修文府正郎蔡伯喈 题拟

在汉绝纲纪,溟涞多腾〔湍〕(濡)。煌煌魏世祖,拯溺静波澜。天纪已垂定,邦人亦保完。大开相公府,掇拾尽幽兰。始从众君子,日侍〔贤〕(冥)主欢。〔文〕(天)皇在春宫,烝孝逾问安。监抚多馀闲,园囿恣游观。末臣戴簪笔,翊圣从和鸾—作"銮"。月出行殿凉,珍〔木〕(水)清露泻。天文信辉丽,铿锵〔振〕(枕)琅玕。被〔命〕(中)仰〔为〕(微)和,〔顾己诚所难〕(顾征成所难)。弱质不自持,危脆朽萎残。岂意十馀年,陵寝梧〔楸〕(漱)寒。今朝坤明国,〔再〕(弄)顾簪蝉冠。侍游于离宫,高蹑浮云端。却忆西园时,生死暂悲酸。君昔汉公卿,未央冠群贤。倘若念平生,览此同怆然。

徐干对顾总诵刘桢小娘子娇羞娘奉忆诗 题拟

忆爷〔爷〕,抛女不归家,不能作侍中,为小吏,就辛苦,弃荣华,愿爷想念早相见,与儿买李市甘瓜。

总闻诗涕泗交下为一章寄娇羞娘子 题拟

忆儿貌,念儿心,望儿不见泪沾襟。时殊世异难相见,弃谢此生当访寻。以上三首均见程毅中校点本《玄怪录》卷二。异文及改动均系程氏据《太平广记》卷三二七校改。

　　《玄怪录》云：梁天监元年，顾总为县吏，数被鞭捶，因逃墟墓间。遇二
黄衣，自称为王粲、徐干，谓总生前是刘桢，并出桢卒后所为诗。干复述桢
女娇羞娘忆父词，总感而作一章以寄。既别，持桢卒后诗见县宰，宰待以
宾礼。后不知总所在。（节录大概）

袁夸郎遇仙诗

袁夸郎清夜长吟　题拟

露湿寒塘草，日映清淮流。

翡翠婢咏封郎春诗

花落也，蛱蝶舞。人何多疾，吁足忧苦。

袁夸郎作催妆诗

好花本自有春晖，不偶红妆乱玉姿。若用何郎面上粉，任将多少借
光仪。

夸郎咏花扇诗

团扇画方新，金花照锦茵。那言灯下见，更值月中人。

王二十七郎赠袁郎诗

人家女美大须愁，往往丑郎门外求。昨日金刚脚下见，今朝何得此
间游？

夸郎赠封平仲诗

宝匣开玉琴，高梧追烦暑。商弦一以发，白云飘然举。何必苍梧东，
激情怀怨浦。见程毅中校点本《玄怪录》卷四。

　　《玄怪录》：陈朱崖太守袁洪儿，小名夸郎，年二十，罗得翠翠鸟，鸟化
为一婢，又结识封郎平仲。次日往访封郎，至一处宾馆宏敞。穷极瑰宝。复
识王氏兄弟，又与封氏姨成婚。众人吟诗鼓琴，夸郎遂无归思。后诸人云
他徙，回顾已无一物。夸郎数月犹惝恍，终岁乃如故。（节录大意）

牛僧孺入薄后庙与诸后妃共吟诗 题拟

薄太后作诗

月寝花宫得奉君,至今犹愧管夫人。汉家旧是笙歌处,烟草几经秋复春。

王 嫱 作 诗

雪里穹庐不见春,汉衣虽旧泪痕《唐人小说》作"垂"新。如今最恨毛延寿,爱把丹青错画人。

戚夫人作诗

自别汉宫休楚舞,不能妆粉恨君王。无金岂得迎商叟,吕氏何曾畏木强。

杨太真作诗

金钗堕地别君王,红泪流珠满御床。云雨马嵬分散后,骊宫不复舞霓裳。

潘 妃 作 诗

秋月春风几度归,江山犹是〔邺〕(业)从汪辟疆《唐人小说》改宫非。东昏旧作莲花地,空想曾披金缕衣。

牛僧孺作诗

香风引到大罗天,月地云阶拜洞仙。共道人间惆怅事,不知今夕是何年。

绿 珠 作 诗

此日人非昔日人,笛声空怨赵王伦。红残翠碎花楼下,金谷千年更不春。见《太平广记》卷四八九引。今人汪辟疆《唐人小说》本系据《顾氏文房小说》本校录,今据以校异文。

　　按:《周秦行纪》作者,《太平广记》署"牛僧孺撰",后人已证定为韦瓘作,今从之。《全唐诗续补遗》卷八将第六首收归牛僧孺名下,未谛,今重录之。

吴彩鸾作越王山诗 <small>题拟</small>

一斑与两斑,引入越王山。世数今逃尽,烟萝得再还。箫声宜露滴,鹤翅向云间。一粒仙人药,服之能驻颜。<small>见宋陈元靓《岁时广记》卷三二引裴铏《传奇》。</small>

马拯闻衡山祝融峰
僧寺食堂内土偶吟诗 <small>题拟</small>

寅人但溺栏中水,午子须分艮畔金。若教特进重张弩,过去将军必损心。<small>见《太平广记》卷四三〇引裴铏《传奇》。</small>

吴清妻受仙诗 <small>其二</small>

心清境静闻妙香,忆昔期君隐处当。一星莲花山头饭,黄精仙人掌上经。<small>见中华书局排印汪绍楹校本《太平广记》卷六七引卢肇《逸史》。</small>

　　按:吴清妻受仙诗共四首,《全唐诗》卷八六三皆收入,但第二首缺首十字。谈刻本《太平广记》所缺同。汪绍楹先生据清黄晟刻本为补足之,今据以重录。

嵩山女临去赠任生诗 <small>题拟</small>

阮郎迷不悟,何处伸情愫<small>《神仙感遇传》作"何要申情素"。</small>明日海山春,彩舟却归去。<small>见《增修诗话总龟前集》卷四五引卢肇《遗史》,校以《云笈七签》卷一一三引《神仙感遇传》。</small>

　　按:《全唐诗》卷八六三收嵩山女诗三首,其中《临去书赠》一首,系误将《太平广记》卷五三引《博异志》所载洪饶间女郎赠杨真伯的诗意相近的另一首诗收入。今另录出。

沈警遇仙张女郎庙诗 题拟

沈警奉使秦陇途过张女郎庙独酌水具祝词

酌彼寒泉水,红芳掇岩谷。虽致之非遥,而荐之随俗。丹诚在此,神
其感录。

既暮宿传舍凭轩望月作凤将鹄含娇曲

命啸无人啸,含娇何处娇？徘徊花上月,空度可怜宵。

又 续 为 歌

靡靡春风至,微微春露轻。可惜关山月,还成无用明。

吟毕闻帘外叹赏之声复云

闲宵岂虚掷,朗月岂无明？

张氏大女郎歌

人神相合兮后会难,邂逅相遇兮暂为欢。星汉移兮夜将阑,心未极
兮且盘桓。

小 女 郎 歌

洞箫响兮风生流,清夜阑兮管弦遒。长相思兮衡山曲,心断绝兮秦
陇头。

又 题

陇上云车不复居,湘川斑竹泪沾馀。谁念衡山烟雾里,空看雁足不
传书。

沈 警 歌

义熙曾历许多年,张硕凡得几时怜？何意今人不及昔,暂来相见更
无缘。

沈警与张氏二女临别又歌

直恁行人心不平,那宜万里阻关情。只今陇上分流水,更泛从来呜

咽声。

小女郎赠警金合欢结歌

结心缠万缕,结缕几千回。结怨无穷极,结心终不开。

大女郎赠警瑶镜子歌

忆昔窥瑶镜,相望看明月。彼此俱照人,莫令光彩灭。

警使回至庙中得小女郎书书末有篇云

飞书报沈郎,寻已到衡阳。若存金石契,风月两相望。见《太平广记》卷
三二六引陈翰《异闻录》。

> 今人程毅中《〈异闻集〉考》云:"记中沈警诗'徘徊花上月,空度可怜
> 宵'两句,《诗人玉屑》卷十二引作沈亚之诗,疑本篇为沈亚之作,但《沈下
> 贤文集》不载。"

> 按:《异闻录》云:沈警,字玄机,吴兴武康人。为梁东宫常侍,名著当
> 时。后荆楚陷没,入周为上柱国,奉使秦陇,途过张女郎庙,得遇群仙。

赵阿奴鱼背字 题拟

三曾到杨府,五转归马湖。身上千斤肉,今还赵阿奴。见何光远《鉴诫
录》卷十《鱼还肉》。

> 《鉴诫录》云:"天复初,任可芝任戎州刺史日,有渔人赵阿奴,善钓大
> 鱼。……其年秋,忽获一络子鱼,果重千斤,背上自然有字,其文金色,观
> 者感伤。赵阿奴因此从军,遂改钓业。其大鱼背上字云(略)。"

卢携梦人赠句 题拟

若问登庸日,庭椿不染风。见冯贽《云仙杂记》卷五引《凤池编》。

> 《凤池编》云:"卢携梦人赠句曰(略)。初不解其言,后数年携拜相,庭
> 下古椿一株,虽狂风骤雨,不湿不摇。"

杨国忠闻屏风女歌

三朵芙蓉是我流,大杨造得小杨收。见乐史《太真外传》卷上。

句曲父老为三茅君歌 题拟

茅山连金陵，江湖据下流。三君乘白鹤，各治一山头。召雨泽旱田，陆地亦复收。妻子保堂堂，使我无百忧。白鹤翔青天，何时复来游？见《广卓异记》卷二十引《总仙记》。

　　　按：《太平广记》卷五引《洞仙记》"茅濛"条，与《总仙记》此条前半合，知乐史当有所本。此诗见该条后半，未见更早记载。

青萝帐女赠穆师言双琉
璃杯诗 题参《万首唐人绝句》卷六九拟

良宵织女会牵牛，琼液成双预献酬。枝叶相连无替改，愿同松竹保千秋。《灯下闲谈》卷上《榕树精灵》。

眇目道士命笺毫书诗 题拟

鹊羽桥成星斗连，何须携室下遥天。来逢蓬荜当诸夜，共缀词华染素笺。霓帔岂劳施粉藻，宝冠犹更贴花钿。人间限满离尘土，即俟瑶阶厕列仙。《灯下闲谈》卷上《桃花障子》。

美少年继作 题拟

乘鸾跨凤下昆仑，正值三星影入门。银烛高低攒宝帐，彩笺交互劝瑶尊。药灵许向人间说，《易》妙期于象外论。休忆当年陪孟德，绕梁争看酒杯翻。同前。

青城白裘叟赠杨内侍二十八字诗 题拟

五色云英生海月，能饮南方赤龙血。生冷宫中住雌雄，紫金台上凝霜雪。《灯下闲谈》卷上《弃官遇仙》。

湘妃庙席上妲己赋诗 <small>题拟</small>

欢乐平生自纵心，武王兵起势难任。自兹宗社倾危后，方悟当时酷暴深。《灯下闲谈》卷下《湘妃神会》。

泰山猎人石室遇
仙闻董双成奏《云和》笙词

淅沥复悠溶，诸天乐所宗。愔愔形类凤，冉冉势从龙。片触崚嶒碎，声飘列缺重。不辞歌一曲，此会信难逢。《灯下闲谈》卷下《猎猪遇仙》。

罗浮松续贾松句 <small>题拟</small>

白发不由己。贾松。黄金留待谁？松作人语。见《灯下闲谈》卷上《松作人语》。

　　《灯下闲谈》云："松乃诺之，遂同入罗浮，三年守真丹灶，药既无成，吟且不废。因夜靠松瞑目，吟曰：'白发不由己。'如是数四，至于中夜。忽闻松上应声曰：'黄金留待谁？'"

　　按：贾松，字梦得，乾宁中游宜春，与齐己、虚中等游。光化四年登进士第，名列第八人。后至宜春与郑谷游。

日华月华君赠郑冠卿诗 <small>题拟</small>

倏忽而来暂少留，凡间风月已三秋。趋名竞利何时了，害物伤人早晚休。祸极累成为世谤，贵荣过却《仙迹记》作"荣过恩却"与身仇。君看虎战龙争者《仙迹记》作"处"，几树白杨飘陇头。
名利教疏便可疏，俗情时态莫蹰躇。人寰律历千回换，仙洞光阴数息馀。应《仙迹记》作"顷"信令威曾化鹤，亦《仙迹记》作"今"知庄叟美《仙迹记》作"羡"游鱼。不缘过去行方便，那得今来《仙迹记》、《碧虚铭》作"朝"会碧虚。见《灯下闲谈》卷下《代名纳税》。又见桂林市文管局编《桂林石刻》录桂林七星洞磨崖宋尹穑绍兴五年撰《仙迹记》。《粤西金石略》卷九录范成大《碧虚铭》录"不缘"二句。《全唐诗》卷八六二仅收"不缘"二句，似即出《碧虚铭》。

　　按：《灯下闲谈》一书，旧题宋江洵著，实误。据拙考应为五代间人著，作者姓名已佚，约生于唐末，而书成则在后唐天成以后。

《南岳魏夫人传》所引诗

王母赠魏夫人歌一章 并序

　　夫人既白日升晨，在王屋山时，九微元君、龟山王母、三元夫人、双礼珠、紫阳左仙、石路成、太极高仙伯、延盖公子、西成真人、王方平、太虚真人、南岳赤松子、桐柏真人、王子乔等，并降夫人小有清虚上宫绛房之中。时夫人与王君为宾主焉。设琼酥渌酒，金觞四奏，各命侍女陈曲成之钧。于是王母击节而歌。

驾我八景舆，欻然入玉清。龙裙拂霄汉，虎旂摄朱兵。逍遥玄津际，万流无暂停。哀此去留会，劫尽天地倾。当尽无中景，不死亦无生。体彼自然道，寂观合太冥。南岳挺真翰，玉映曜颖精。有任靡期事，虚心自受灵。嘉会绛河内，相与乐未央。

双礼珠弹云璈而答歌一章

玉清出九天，神馆飞霞外。霄台焕嵯峨，灵夏秀蔚嶭。五云兴翠华，八风扇绿气。仰吟消魔咏，俯研智与慧。万真启晨景，唱期绛房会。挺颖德音子，神映乃拂沛。天岳凌空构，洞台深幽邃。游海悟井隘，履真觉世秽。儜轮宴重空，筌鱼自然废。回我大椿罗，长谢朝生世。

高仙盼游洞灵之曲一章 并序

　　玉皇又命欻生入隐室见上清元君、龟山君。于是二真乃各命侍女王延贤、于广运等，弹云林琅玕之璈，侍女安德音、范四珠，击昆明之筑，侍

女左抱容、韩能宾，吹凤鸾之箫；侍女赵运子、李庆玉，拊流金之石，侍女
辛白鹄、郑辟方、燕婉来、田双连等四人合歌。

玉室焕东霞，紫辇浮绛晨。华台何盼目，北宴飞天元。清净太无中，
眇眇蹑景迁。吟咏大洞章，唱此三九篇。曲寝大漠内，神王方寸间。
寂室思灵晖，何事苦山林。须臾变衰翁，回为孩中颜。

四真人降魏夫人歌共五章 并序

　　四真人降魏夫人静室，教神真之道，授《黄庭》等经。因设酒肴，四真
吟唱。太极真人先命北寒玉女宋联消弹九气之璈，方诸青童又命东华玉
女燕景珠击西盈之钟，扶桑旸谷神王又命云林玉女贾屈庭吹凤唳之箫，
清虚真人又命飞玄玉女鲜于灵金拊九合玉节。于是，太极真人发飞空之
歌一章。

丹明焕上清，八风鼓太霞。回我神霄辇，遂造玉岭阿。咄嗟天地外，
九围皆吾家。上采日中精，下饮黄月华。灵观空无中，鹏路无间邪。
顾见魏贤安，浊气伤尔和。勤研玄中思，道成更相过。

方诸青童歌一章

太霞扇晨晖，九气无常形。玄辔飞霄外，八景乘高清。手把玉皇袂，
携我晨中生。盼观七曜房，朗朗亦冥冥。超哉魏氏子，有心复有情。
玄挺自嘉会，金书东华名。贤安密所研，相期旸谷汧。

次扶桑神王歌一章

晨启太帝室，超越匏瓜水。碧海飞翠波，连岑赤岳峙。浮轮云涛际，
九龙同辔起。虎旗郁霞津，灵风翻然理。华存久乐道，遂致高神拟。
拔徙三缘外，感会乃方始。相期阳洛宫，道成携魏子。

次清虚真人歌二章

驾欻控清虚，徘徊西华馆。琼林既神杪，虎旗逐烟散。慧风振丹旍，
明烛朗八焕。解襟庸房里，神铃鸣蒨粲。栖景若林柯，九弦玄中弹。

遗我积世忧，释此千年叹。怡盼无极已，终夜复待旦。

紫霞儵玄空，神风无纲领。欻然满八区，祝尔豁虚静。八窗无常朗，
有冥亦有炅。洞观三丹田，寂寂生形景。凝神挺相遇，云姿卓铄整。
愧无郢石运，盖彼自然颖。勤密摄生道，泄替结灾眚。灵期自有时，
携袂乃俱上。以上均见《云笈七签》卷九六。

　　按：以上诸诗，《云笈七签》未云出处，今考应出《南岳魏夫人传》。检
颜真卿《文忠集》卷九《晋紫虚元君领上真司命南岳夫人魏夫人仙坛碑
铭》云：“于是西王母击节而歌。歌毕，冯双礼珠弹云璈而答歌，馀真人各
歌。”《太平广记》卷五八《魏夫人》条引《集仙录》及《本传》云：“于是四真
吟唱，各命玉女，弹琴击钟吹箫，合节而发歌。……是时太极真人命北寒
玉女宋联消，弹九气之璈，青童命东华玉女烟景珠，击西盈之钟。旸谷神
王命神林玉女贾屈廷，吹凤唳之箫，青虚真人命飞玄玉女鲜于虚，拊九合
玉节。太极真人发《排空之歌》，青童吟‘太霞’之曲，神王讽‘晨启’之章，
清虚咏‘驾飙’之词。……王母击节而歌，三元夫人弹云璈而答歌，馀真各
歌。”魏夫人，传为西晋时人，陶弘景《真诰》已载其事，惟较简略。晋范邈
撰《南真传》，今不存。《太平广记》所录《本传》，据陈国符先生《道藏源流
考》考证，应即《新唐书·艺文志》著录之项宗《紫虚元君魏夫人内传》之
节文。参以颜《碑》所云，其说可信。项宗，陈某为唐人。《云笈七签》所据，
当即项宗之书，《太平广记》删去诸诗，犹录存之，较可宝惜。

宋人著作中所载唐五代神仙鬼怪诗

申光逊梦张沇手出小佛塔上诗　题拟

今生不见故人面，明月高高上翠楼。见《旧五代史》卷一三一《张沇传》。

　　《旧五代史》云：“有士人申光逊者，与沇友善。沇未病时，梦手出小
佛塔示光逊，视其上有诗十四字云（略）。光逊既寤，心恶之，俄闻沇卒。”
张沇卒于广顺二年秋。

钱仁侒闻牡丹空中吁叹之辞 题拟

一花三百朵，含笑向春风。明年三月里，朵朵断肠红。见《增修诗话总龟》卷四八引《洞微志》。

《洞微志》："钱仁侒，尚父之孙也。为元帅府中书检校司徒，与中军都虞候金沼邻居。沼所居堂东，植牡丹花一本，着花三百朵，其色如血，加之金含棱。每瓶子顶上有碎金丝，如自然蛱蝶之状。一城以为殊异。每岁花开张宴，仁侒预焉。开宝七年春三月，花才一两朵开。仁侒一夕洪饮击剑，裎服中单，背负大篮，左手携锄，腰插六匕首，逾墙而过沼，中外无知者。锄取牡丹置篮中，乃平其地。空中闻有吁叹之声，细微若游蜂音，辞曰（略）。仁侒异之，移植于亭后。明日，沼觉失花，为非人力所及。来年花盛开，乃宴召沼，沼一见无语，得疾以归。至夜愤闷不已，以刀决肠而卒。肠皆寸寸断，果符空中之语。"

大历间五台山翁赠无著偈 题拟

一念净心是菩提，胜造恒沙七宝塔。宝塔究尽碎为尘，一念净心成正觉。《宋高僧传》卷二十《唐代州五台山华严寺无著传》。

大历间五台山童子赠无著偈 题拟

面上无瞋供养具，口里无瞋吐妙香。心里无瞋是珍宝，无染无垢是真常。同前。

按：《五灯会元》卷九《无著文喜禅师》云此偈为杭州无著文喜禅师大中初至五台山华严寺见童子说偈。

咸通三年文喜在
洪州见文殊现身说偈 题拟

苦瓠连根苦，甜瓜彻蒂甜。修行三大劫，却被老僧嫌。《五灯会元》卷九、

《西湖游览志馀》卷十四。

于则梦汧阳神紫相公谢供茶赠诗 题拟

降酒先生风韵高，搅银公子更清豪。碎身粉骨功成后，小碾当衔马脚槽。《说郛》卷六一引《清异录》。

蒲津朱衣人献范仁恕诗

栏马遇孙阳，超光力自强。北林花正发，西江彩笔香。万汇须经手，千年事更长。感君施大惠，从此佐吾皇。《新编分门古今类事》卷六引《脞说》。范仁恕为前、后蜀时人。

九嶷邢仙翁诗

虚皇天诏下仙家，不久星潢借客槎。壁上风云三尺剑，床前龙虎一炉砂。行乘海屿千年鹤，坐折壶宫四序花。为爱《阴符》问元义，更随彩仗入烟霞。《三洞群仙录》卷十六引《谈选》。云邢仙翁自唐僖宗时隐九嶷山，宋时尚在世。

浔阳渔父歌

竹竿籊籊，河水悠悠。相忘为乐，贪饵含钩。非夷非惠，聊以忘尤。同前卷四引《五代逸史》，云浔阳太守孙恤见之。

僧伽卒后显形长庆元年
夜半于泗州牧苏公寝室前歌 题拟

淮南淮北，自此福焉。自东自西，无不熟矣。《宋高僧传》卷十八《唐泗州普光王寺僧伽传》。

　　按：僧伽卒于中宗景龙四年，年八十三。

崔球梦妻作诗 题拟

数日相望极，须知意思迷。梦魂不怕险，飞过大江西。见《增修诗话总龟
前集》卷三五引李颀《古今诗话》。

　　《古今诗话》云："池阳崔球为太学生，苦学不归。一日，昼梦到其家，
　　见其妻正写字，呼之，不应，与之言，不答，视其所书，乃诗也，曰(略)。既
　　觉，历历记之。数日书至，其妻寄此诗，一字不差。验其写诗日，乃球得梦
　　之日也。"球，宝历二年进士，传附《旧唐书》卷一七七兄珙传。

邢凤挑女仙诗

意态精神画亦难，不知何事出仙坛。此君堂上云深处，应与萧郎驾
彩鸾。见《绿窗新话》卷上《邢凤遇西湖女仙》。

　　按：此条原注出"商芸《小说》"，显误。邢凤事，见《沈下贤文集》卷四、
　　《博异志》、《酉阳杂俎》卷十四及《太平广记》卷二八二引《异闻录》。《绿窗
　　新话》所载，疑出宋人续拟。

李知遥临化闻空中说偈

报汝李知遥，成功果自招。引君生净土，将尔上金桥。见《大正新修大藏
经》四七册宋王日休《龙舒增广净土文集》卷五。

　　按：李知遥，唐长安人，善净土教。

青童君别赵旭诗

与君宿世有仙缘，衾枕交欢岂偶然。十载为期君记取，洞明山上鹤
冲天。

赵旭酬青童君诗

凡庸弱质感天仙，欢合交情仅一年。十载为期专在念，莫忘历历枕

前言。

后十三年有人于益州见赵旭形
容短小如八九岁小儿模样行歌于市曰

尘缘尽兮仙缘来，清风冷然入我怀。青童仙君事已谐，洞明山上瑞云埋。九月九日黄花开，仙人招我上天阶，凌空双鹤何快哉。见罗烨《醉翁谈录》已集卷二《赵旭得青童君为妻》。

　　按：《太平广记》卷六五引《通幽录》载赵旭与青童往来故事，录诗一首，《全唐诗》卷八六三收入。《醉翁谈录》所载故事，较《通幽记》为详，不注出处。有二种可能：其一，《广记》所收为节本。其二，宋人在《通幽记》基础上增益。同书全录唐人传奇之文甚众。今尚难遽作论断。

贾真人壁间留诗 题拟

此后不知谁有分，壁间留得上天梯。见《舆地纪胜》卷一八六《巴州》。

　　《舆地纪胜》："贾真人，唐人，居难江之紫极宫，白昼登仙，留诗壁间云（略）。"

陈七子题胭脂岩诗

朝游秦地暮嶓台，暂向人间独往来。家在碧潭深处住，从教清浅化蓬莱。见同书卷一九○《洋州》。

　　《舆地纪胜》："陈七子，号休复。《兴元记》谓正元中居褒城，然非定居也。尝有人遇之于嶓台山，山高而秀，不与众峰杂，势如耸台，上有胭脂岩、水帘洞、石焙拂焙竹、烧药炉、烧药台，下有清河水碧潭。七子尝题诗于胭脂岩曰（略）。"

唐时有人入观源洞见石室壁间稚川诗

松门石径茸芳草，落花满院香沉沉。见《罗浮志》卷四引南宋人郑介《续葛仙诗序》引。

　　按：葛洪字稚川，东晋人。此二句不可能为其所作。

咏千岁宝掌和尚 题拟

劳劳玉齿寒，似迸岩泉急。有时中夜坐，阶前神鬼泣。《嘉泰普灯录》卷二四、《五灯会元》卷二。

千岁宝掌和尚游吴偈 题拟

梁城遇导师，参禅了心地。飘零二浙游，更尽佳山水。同前。

千岁宝掌和尚返飞来峰栖石窦题句 题拟

行尽支那四百州，此中偏称道人游。同前。

千岁宝掌和尚题朗禅师壁

白犬御书至，青猿洗钵回。同前。

千岁宝掌和尚临灭示徒慧云偈

本来无生死，今亦示生死。我得去住心，他生复来此。同前。

　　按：二书云千岁宝掌和尚为中印度人，生于周威烈王十二年。魏晋时东游至中国，时已六百馀岁。梁时曾晤达摩而开悟。复遍历江浙名山，贞观十五年返飞来。显庆二年卒，年一千七十二。其事显然出于附会，唐人著作及较早的几部灯录亦不载，似只能视为小说家言，姑录附此。

宋以后著作中所载唐代神仙鬼怪诗

徐登诗句

凤立烟霄迥，桃香碧涧逢。见《全闽诗话》卷十一。

《全闽诗话》云,徐登,"神仙,兄弟姊妹七人,隐于闽国西岳名山。乾封时来于绝顶,仪封二年化于潭上"。仪封,当为"仪凤"之误。

陆禹臣赠吴生诗二首

世俗风波险,人情巧智长。要知安分处,修性本真常。

露下瑶簪湿,云生石室寒。星坛鸾鹤舞,丹灶虎龙蟠。尘世人情窄,壶中景界宽。凭君高著眼,物外试回观。见郑方坤《五代诗话》卷九引《广远府志》。

　　按:《全唐诗》卷八六一收后诗之前四句。

南岳仙题金牛石壁

手持黄鹤来,脚踏金牛背。尘世无人知,白云久相待。见《沅湘耆旧集》卷十三。

　　按:宋以后著作中托名唐代神仙诗,为数甚夥,尤以吕岩诗为最多,就余所见,数在千首以上,今皆不取。

凤凰台兽和歌 题拟

纤阿敛照窗风起,渐觉霜寒逼玉床。幽恨从来无早暮,不知宵漏向人长。

遥知把笔怯禽声,密语书来屡自惊。若道花笺传不尽,幽情含处已分明。

愁多四月日如年,金错囊无买醉钱。满地落花愁不寐,非关明月夜迟眠。

寒灯未灭夜愁添,轻帐低垂薄似烟。忘却闺中病无寐,空教魂梦到君边。见元林坤《诚斋杂记》卷下,元伊世珍《琅嬛记》卷上引《诚斋杂记》。

　　《诚斋杂记》云:"唐大历中,有人独行到凤凰台,望见一男子与一妇人相和而歌,声澈云际。""歌罢,其人迫而视之,乃二兽焉,一类猪而体特高,蔚有文彩,一类龙而小,遍体纯黄色。其人惊而走。行者问之,因语其故,共往观之,寂然无所见,惟竹书一束在地。"

　　按:《全唐诗》卷八六七收此组诗中妇人歌四首,此四首为男子和。

全唐诗续拾卷五八

歌　谣　讖记　嘲嘘　谚　语

载初元年沙州歌谣 并序　题拟　以下歌

　　神皇圣氏，生于文王，〔文王〕（二字从《敦煌社会经济文献真迹释录》录文补）之祖，生于后稷。故诗人所谓《生人》，尊祖也。

於昭武王，承天剪商。谁其下武？圣母神皇。穆斯九族，绥彼四方。遵以礼仪，调以阴阳，三农五谷，万〔庚〕（庚）千箱。载兴文教，载构明堂。八窗四闼，上圆下方。多士济济，流水洋洋。明堂文兴，百工时揆。庶人子来，敍鼓不胜。肃肃在上，无幽不察，无远不相。千龄所钟，万国攸向。俗被仁礼，家怀孝让。帝德广运，圣寿遐延。明明在下，於昭于天。本枝百代，福祚万年。惟彼洛邑，圣母营之；惟彼河水，神皇清之；穆穆帝子，圣母生之；浩浩海渎，神皇平之。福兮祐兮，在圣母兮；盛兮昌兮，在神皇兮。圣母皇皇，抚临四方。东西南北，无思不服。秃发狂瞽，侵我西土。皇赫斯怒，爰整其旅。荒徼之外，各安其所。穆穆圣君，受天之佑。圣皇为谁？神皇圣母。於万斯伯二六九五卷作"斯万"年，受天之佑。永淳之季，皇升玉京。如丧其考，人不聊生。裴、徐作衅，淮海波惊。皇皇圣母，定〔纵〕（从）服横。绥以大德，威以〔佳〕（往）兵。神谋独运，天鉴孔明。危邦载静，乱俗还平。河图洛书，龟背龙胁。圣母临人，永昌帝业。既营大室，爰构明堂，如天之堰，如地之方。包含五色，吐纳三光，傍洞八牖，中制九房。百神荐趾,膺乾之统,得坤之经。子来之作,不日而成。不得有得,〔□□〕非名。如天之寿,於万斯龄。黄山海水,蒲海沙场。地邻蕃服,家接浑乡。昔年寇盗,禾麦调伤。四人〔扰扰〕(优优),百姓遑遑。圣人哀念,赐以惟良。既抚既育,或引或将。昔靡单袴,今日重裳。春兰秋菊,无绝斯芳。见罗振玉《鸣沙石室佚书》影印敦煌写卷《沙州〔都督府〕图经》,即伯二〇〇五卷。校以伯二六九五卷,此卷末署“《沙州都督府图经》卷第三”。

　　按:原诗题作《歌谣》,在《图经》中自成一目。末云:“右唐载初元年四月,风俗使于百姓间采得前件歌谣,具状上讫。”今据以拟题。

邺下百姓为张嘉祐歌 题从《古谣谚》卷八一

张公张公清且明,蝗虫避境阙成,正《金石萃编》作“巫”晴阙雨阙晴。见《全唐文》卷三九六尉迟士良《周太师蜀国公碑阴记》,据《金石萃编》卷八二参校。

　　按:张嘉祐,事迹附《旧唐书》卷九九兄《嘉贞传》。

蜀州民为郑知贤歌 题拟

州有长史,一隅欢喜,调吏如琴,养民如子。《千唐志斋藏志》圣历二年《周中大夫行蜀州长史上柱国郑公(知贤)墓志铭》。

选人为崔沔王丘歌 题拟

沔人澄明澈底清,丘山介直连天峻。见三长物斋刊本《颜鲁公文集》卷五《通议大夫守太子宾客东都副留守云骑尉赠尚书左仆射博陵崔孝公宅陋室铭记》引。

　　记云:“明年(开元十四年),入朝,分掌十铨,公与王丘为选人所歌曰(略)。时人韪之。”

　　按:《全唐诗》卷八七六收作时人语,二句互乙,文字有数处不同,故重录之。

扬州民为杜亚诵 题拟

肌肌原田,自今以始,岁其丰年。野人诵。

沔彼流水,我邦是纪,钟美不知。都人诵。均见《文苑英华》卷八一二梁肃《通爱
敬陂水门记》引。

> 按:贞元四年,杜亚为扬州牧,疏浚邗沟,通爱敬陂,事竣,甚便农商,
> 州民为之作诵。梁肃文述其事甚详,兹不具录。

澧州人为刺史歌 题从《古谣谚》卷八一拟

可邻地上楼,百姓不知修。上有清使君,下有清江流。见《全唐文》卷六
一九戎昱《澧州新城颂序》引。

清源郡人为薛昱歌 题从《古谣谚》卷二七

郡号清源,官有清德。《嘉庆一统志》卷二六四。

> 《嘉庆一统志》:"唐薛昱,天宝中为清源太守,郡人歌曰(歌略)。"

河南民为河南尹某公歌 题从《古谣谚》卷八一拟

天灾流行兮代有,下民昏垫兮时数。命无以逃兮谅自嗟,岂将天怒,
我尹之慰恤兮,实解予之愁苦。夫得耕兮妇得织,日出得作兮日入
得息。此固我君之忧民兮,俾我尹之来即。

又　歌

明明在上兮天子圣,四方取则兮我公令。疲民苏息兮公之政,一日
将去兮,谁活我之性命。均见《全唐文》卷五一〇李方郁《修中岳庙记》引。

> 《修中岳庙记》:"上四年,用大司计侍郎为丞相。其明年,以我相秉枢
> 机,我公掌纶诰,宜为避嫌,遂自阁下拜河南尹。将辞,上悄然谓公曰:'前
> 时洛水为灾,洛民大溃,四走无逃,至有没死者,岂胜其冤耶。而公今去,

我无东顾之患矣.'公既至理事,先以恤民为寄,活生瘗死,大开廪庾,赈贫乏,饱饥肠,暖寒体,极于畿甸.而又蠲逋租,省徭赋,俾安稳其起居,勤强其事业.故远迩之民,相贺而歌曰(略).又歌曰(略)."杜文澜《古谣谚》卷八一云:"案《全唐文》称李方郁为建中时人.今考建中为德宗年号,而建中之号仅有四年,其明年则为兴元元年,文内叙述,又与时事不甚相符.惟据连枝台座之语,知尹河南者为时相之昆弟耳.俟考."

长道县人为王田二公歌 题拟

二公更事,阖境之庇.二公其休,谁其为嗣.见《文苑英华》卷七九三于邵《田司马传》引.

　　《田司马传》:"司马姓田氏,名某,字某.……知长道县事,……在公之勤,岁寒不易,嘉声美政,益震于曩时.……时特进鸿胪卿兼刺史太原王公,劳于取人,逸于用人,前后褒贬,无有不当.田公虽让德有馀,而王公渴日不足,遂举摄司马仍知县事.……故人歌之曰(略)."

吉州民为刺史张儇歌 题拟

昔吏诋诋,今吏詹詹,公能驭之,铅一作"雄"亦为铦,跖一作"路"亦为廉.始泄而一作"继始"苦,终优以恬.昔民嗷嗷,今民哈哈,公能植一作"抚"之,鳏寡有怡.流亡既来,徭役先具,污茨尽开.向覆官仓,仓无斗粮,公来几时,积粟埋梁.向阅官库,库无尺缯,公来几时,山积层层.瑞露溶溶,降味公松,瑞莲漪漪,合蒂公池.公有异政,神之祚之,民歌路谣一作"陲",冀闻京师.天子明圣一作"堂",恩光远而.见杜文澜《古谣谚》卷七六引《皇甫持正集》卷五《吉州刺史厅壁记》引,注一作者为《四部丛刊》本《皇甫持正集》之异文.张儇之名,据同人《庐陵县令厅壁记》补.

果州百姓为史谦恕歌 题从《古谣谚》卷五三

使君来何晚,昔日无储今有饭.《海录碎事》卷十二.

《海录碎事》：史谦恕为果州刺史，百姓歌之曰（歌略）。

杭州民诵刺史房孺复 题拟

虽有饥馑，必有丰年。大盗既去，我公来臻。见李观《李元宾文集》卷四《上杭州房使君书》引。

载笔氏书百辟之词

郁郁纷纷，维庆霄之云。古有尧舜，幸得以为君。

象胥氏译四夷之歌

炜炜煌煌，天子之祥。唐有神圣，莫敢不来王。均见《元氏长庆集》卷二七《郊天日五色祥云赋》引。

道州民为刺史薛伯高毁鼻亭神歌 题拟

我有耆老，公燠其饥。我有病瘵，公起其羸。髫童之罴，公实智之，鳏孤孔艰，公实遂之。孰尊恶德，远矣自古。孰羡一作"恣"淫昏，俾我斯瞽。千岁之冥，公辟其户。我子洎孙，延世有慕。见柳宗元《柳河东集》卷二八《道州毁鼻亭神记》引。

刘明德墓志铭末附歌

哀哉哲人，於何是美。言满山川，名扬闾□疑为"里"字。上敬而恭，下问不耻。直而能谦，和而有礼。奈何龙剑，俱沉逝水。风树萧萧，荒坟累累。曾闵攀号，哀情摧毁。中外痛咽兮苦深，肠断绝兮不能已已。见《山右石刻丛编》卷八《唐故校尉守左武卫泾州四门府折冲都尉员外置同正员赐紫金鱼袋上柱国刘府君墓志铭》。刘明德字节望，长庆二年卒。

钟陵郡民为节度使纥干臮歌 题拟

自公之来，阖境欢咍。饮公之化，若乳婴孩。见《文苑英华》卷八一〇韦悫《重修滕王阁记》引。

按：记云大中执徐岁“故我雁门公按节廉问”。检《唐方镇年表》卷五，大中二年纥干臮镇江西。臮封雁门公。

高平野老为文斤歌 题从《古谣谚》拟

我圣君兮德巍巍，择良牧兮治边陲。感神功兮云雨施，稼穑如梁兮又如茨。无阶达天真兮，咸愿立乎丰碑。见《全唐文》卷七一三潘滔《文公祠记》引。

按：文斤为东晋高平令，其隐居地后称文仙山。元和三年大旱，州县为文斤立碑而获雨，野老相对伫锸而歌此歌。详见潘记。同治《湖南通志》卷二十《山川》收作尚颜《邵州甘雨歌》，未详有他据否，今不取。

咸通中小儿歌 题拟

得节不得节，不过十二月。见司马光《资治通鉴考异》卷二三。

吴高祖时华姥山童子歌 题拟

灵菌长，金刀响。见元刘大彬《茅山志》卷十一、《十国春秋》卷十四《刘得常传》。

华亭君歌

华亭君，来几时，免我疾苦疗我饥。《槜李诗系》卷四二。

《槜李诗系》：“唐末，琅玡张聿为嘉兴军华亭令。有以干乞至境上者，闻民此歌，不谒而去。”

眉州民为张琳歌 题拟

前有章仇后张公，疏决水利粳稻丰。南阳杜诗不可同，何不用之代天工。见《十国春秋》卷四十《张琳传》引。

周季年东汉国大雪盛唱 题拟

生怕赤真人,都来一夜春。见《说郛》卷六一《清异录》。

闽人为郑家八虎歌 题拟

贾彪之虎兮往代,荀爽八龙兮典载,名不朽兮人不逢,人不逢兮名空在。荥阳八虎今成群,见之避之走纷纷。见宋赵与泌、黄岩孙纂《仙溪志》卷四,注出《艺文志》、《九国志》、《独(疑有误)实录》及《郡志》。

  按:唐末诗人郑良士有子八人,皆善文学,时称郑家八虎,为作歌。

纥真山神泉歌

纥真山头有神井,入地千尺绝骨冷。见《太平寰宇记》卷五一《朔州》。

秦中儿童戏歌

颠当颠当牢守门,蠮螉窭汝无处奔。见《酉阳杂俎前集》卷十七。

  按:《全唐诗》卷八七六收此歌不全,今重录。

武德二年江东童谣 以下谣

江水何泠泠,杨柳何青青。人今正好乐,已复戍彭城。见唐赵蕤《长短经》卷四《霸图》。

  《长短经》:"大唐武德二年,王充杀越王侗于洛阳,僭称尊号,随氏灭矣。"注云:"今兹三月江东童谣曰(略)。"

随日童谣

斛水竭,武井溢,此中当有圣人出。见蒋斧《沙州文录补》录伦敦博物馆藏敦煌出《大云经疏》。

《大云经疏》："又并州太皇陵侧，旧有一井，俗称武井。先来有水，后遂干枯。随末以来，微似有水，自国家之后，水便满井，至于今日，其水大流阔数丈，流水汾水。故随日童谣云（略）。即明水流之义，本应神皇，非关人姓刘也。至刘武周闻人说决之即流，不决即李，武周无识，不解此语，谓是刘姓，遂起逆心。家破身亡，一何谬误，岂知黑河武水之流义也。"

按：《大云经疏》为载初元年沙门十人为武氏篡政而作之伪经。此首童谣，亦为武氏而作，虽称随日，似未可信从。今收入。

女武王谣　题从《古谣谚》卷十二

当有女武王者。《旧唐书》卷六九《李君羡传》。

军　中　谣

邓守噀，百夫避途。明黄佐《广州人物传》卷三《邓文进传》，原注："用《唐书》、《一统志》参修。"邓于唐高祖时仕至韶州刺史。

长安中谣言

见乞儿，与美酒，以免破屋之咎。见宋马永卿《实宾录》卷十四。

武后时谣　题拟

武后临朝万万年。见《分门古今类事》卷十四引《纪异录》。

开元末童谣

山下一群鹿，大鹿来相逐。啼杀—一作"死"涧下羊，却被猪儿触。见宋刘斧《青琐高议前集》卷六《骊山记》引。

天宝间谣　题拟

杨安史。《贵耳集》卷下。

《贵耳集》:"天宝间杨贵妃宠盛,安禄山、史思明之作乱,遂有'杨安史'之谣。"

上元元年淮西童谣

手执金刀起东方。见《资治通鉴》卷二二一。

零陵郡复乳穴谣 题拟

氓之熙熙,崔公之来。公化所彻,土石蒙烈。以为不信,起视乳穴。
见《柳河东集》卷二八《零陵郡复乳穴记》。

成都人为新修福成寺谣 题拟

昔公去此,福成以毁。今公重还,福成复完。民安军治,亦如此寺。
见《刘宾客文集》卷四《成都府新修福成寺记》。

荆门县人送裴均入朝谣 题拟

起我堙废而完之,徕我荡析而安之。昔室于墟,风摇雨濡,自公优
柔,郛闬盈兮。昔饮于洿,夏溷冬枯,自公感通,膴沸生兮。淑旂之
华兮,四牡之骓。俟公之还兮,觞以祝之。见同书卷九《复荆门县记》引。

钟陵民为李公谣 题从《古谣谚》卷八一拟

李公不愉,吾何以居。李公不室,我何以逸。见《文苑英华》卷八二四符载
《钟陵东湖亭记》。

峡路谣 题从《古谣谚》卷五八拟

朝发白帝,暮彻江陵。见李肇《国史补》卷下。

陇亭童谣

秦陇无人塞草青，将军一去泣空营。汉家天子车巡狩，行到江南又起兵。《记纂渊海》卷二五。

抚州民为千金陂谣　题从《古谣谚》卷八一拟

公倅景城，民苏南皮。南皮斗门，厥绩今存。在昔河流，西走燕魏，民困堤防，日忧理水。舟楫壅遏，为弊仍岁。公作斗门，分水之势，亦不役民，荷公之制。

公作千金，抚民惠深。陂水沈沈，乐乎人心。我田不荒，我苗如林。忧公之去，谁其嗣音？见《全唐文》卷八〇五柏虔冉《新创千金陂记》引。

　　　　按：据记云：公指咸通间"抚州刺史渤海李公"。郁贤皓先生《唐刺史考》疑李公为李寂。

咸通初洛中谣

勿鸡言，送汝树上去；勿鸭言，送汝水中去。勿笑父母不认汝。均见《唐语林》卷七。

诸军为唐末帝谣　题拟

去《续世说》作"除"却生菩萨，扶起一条铁。见《旧五代史》卷四六《唐末帝纪上》、《续世说》卷七。

　　　　按：《全唐诗》卷八七八收此谣，仅作四言二句，似据《通鉴》卷二七九所录，今重录之。

杨渥时谣言

杨老抽嫩鬓，堪作打钟槌。见《知不足斋丛书》本《五国故事》卷上。

淮南市井小儿唱

檀来也。同前。

武义中童谣 题拟

江北桃花作雪飞,江南李树玉团枝。李花结子可怜在,不似杨花没了期。见《钓矶立谈》。

吴越文穆王治世子弘樽府时谣言 题拟

何处有鹿脯？见《吴越备史》卷二。

长兴中人为张生铁谣 题拟

生铁打石头,直待圆即休。见《分门古今类事》卷二引《纪异录》。

湖　南　童　谣

湖南有长街,栽柳不栽槐。百姓任奔窜,槌芒织草鞋。《十国春秋》卷六九《楚废王世家》。

　　按:《全唐诗》卷八七八收此谣为七言四句,此作五言四句,与前不同,故重收之。

益　阳　土　谣

长沙益阳,一时相印。杜光庭《录异记》卷七。

卢光稠未举南康时谣 题拟

卢破黎头出,李子始花开。潭深鱼正聚,杨柳两边栽。《九国志》卷二《谭全播传》。

谷城石人腹谶文

摩兜鞬，慎勿言。见宋苏颂《苏魏公集》卷五《累年告老恩旨未俞……》诗注引，并云："唐刘洎少尝遇异人，谓之曰：'君当佐太平得富贵，然宜慎兜鞬之戒。'洎后为侍中，以议论不常获谴。"刘洎，唐太宗时人。

白云先生张约言葬失其地谶

安龙头，枕龙角。不三年，自消铄。《新编分门古今类事》卷十七引《撫遗》。

崔巽遗言

安龙头，枕龙耳。不三年，万乘至。同前。

　　　　按：《撫遗》云唐明皇猎于温泉，见一山上有新坟，张约随行，云葬失其地，引数语。询樵者，知为崔巽墓。巽子告以遵父遗言葬此。诏蠲巽子终身徭役。

安庆绪将败时谶

渡河野狐尾独速，明年死在十八日。

胡绝其后，死在合河口。均见《安禄山事迹》卷下。

锡山铭二首

有锡兵，天下争。无锡宁，天下清。

有锡沴，无锡乂，天下济。元《无锡县志》卷四陆羽《慧山寺记》后附，作者署"后世无名人"，原题作"唐锡山铭"。

牛僧孺谶

首尾三麟六十年，两角犊子恣狂颠，龙蛇相斗血成川。见《李文饶文集·穷愁志》卷四《周秦行纪论》引。

《周秦行纪论》云："余尝闻太牢氏好奇怪其身，险易其行，以其姓应国家受命之谶曰(略)。"三句为僧孺自撰，抑为敌党诬构，尚不详。宋陈善《扪虱新语》卷十三云"两角犊子自全忠姓也"，傅璇琮先生《李德裕年谱》据以认为此谶"本是晚唐五代人讥讽朱全忠的言辞被用进这篇《周秦行纪论》中去"。《后村诗话后集》卷一引朱翌说"夫犊子双角，殆拆朱字耳"，刘克庄以为朱泚、朱温皆"有时而验"。

黄巢将兴之谶

黄蛇独吼，天下人走。见《广卓异记》卷六。

天复初刘道昌得篆书

八雄争天下，牦鼠先啾唧。自庚子年黄巢见，朱全忠等八人僭号。兔子上天床，王建属兔，又以卯年开国。猿猴三下失。朱温三帝属猴也。李子生狼藉，昭宗也。乃牛生叛孽。杨行密王于吴。斗牛，吴之分也。群犬嘶首尾，走上中华国。即六侵中国也。见《分门古今类事》卷十四引《宾仙传》。

王　建　时　谶

数在五楼前。见《说郛》卷二十引《洛中纪异录》。

天　目　山　谶

天目山前两乳长，龙飞凤舞到钱塘。海门一点巽山小，五百年间出帝王。见宋钱俨《吴越备史》卷一、元刘一清《钱塘遗事》卷一。

　　《吴越备史》云此出郭璞《临安地志》，然此首平仄工稳，非郭璞之时所宜有，当出唐末人依托为钱氏开国之谶。

　　《钱塘遗事》："临安都城，其山肇自天目，谶云(略)。钱氏有国世，臣事中朝，不欲其说之著，更其末云'异姓王'，以迁就之。高宗驻跸，其说始验。"

莆阳古谶

自湖腰欲断,莆阳朱紫半。水绕壶公山,此时大好看。见宋李俊甫《莆阳
比事》卷一。

  原注云:"《搜神秘览》云:'壶公山欲断,莆阳朱紫半。'讹矣。"

宋齐丘引南唐开国谶　题拟

密密作,唐唐得。《新编分门古今类事》卷二十引《纪异录》。

  按:《纪异录》载宋齐丘劝徐知诰即位语云:"又谶曰'密密作',杨行
密开托之初也。'唐唐得',非公而谁? 天命定矣,愿公速副民望。"

广顺末京师谶

小儿剃元首。《说郛》卷二十引秦再思《洛中记异录》。

  按:《洛中记异录》言此为"新君之兆也。未几世宗嗣位,即替元首
也"。《类说》卷十二引《纪异录》作"识者曰","元首"作"光首"。

壶公山古谶

市连义井岁时半,水绕壶公文物盛。见《舆地纪胜》卷一三五《泉州》。

唐商客王昌瑾得古镜铭

三水中,四维下,上帝降子于辰马。先操鸡,后搏鸭,此谓运满一三
甲。暗登天,明理地,遇子年中兴大事。混踪迹,沌名姓,混沌谁知
慎与圣。振法雷,挥神电,于巳年中二龙见。一则藏身青木中,一则
现形黑金东。智者现,愚者盲,兴云注雨与人征。或见盛,或视衰,
盛衰为灭恶尘浑。此一龙,子三四,递代相承元甲子。此四维,定灭
丑,越海来降须待酉。此文若见于明王,国泰人安帝永昌。《高丽史》卷

一。时当后梁贞明中。

患目鼻人互嘲 题拟　以下嘲谑

眼能日月盈，为有陈根委。齇鼻人先咏侧眼人。不别似兰斯，都由雁门紫。患眼人续下句。见《太平广记》卷二五七《启颜录》。

谑 高 涣

一百二十个蜣螂，推一个屎块不上。见《唐摭言》卷十五。

戏 杜 审 权

座主审权，门生处权，可谓权不失权。见《南部新书》卷丁。

　　　　按：《全唐诗》卷八七六录此条不全，今重录。

楚州好事者题吴尧卿苇棺

信物一角，附至阿鼻地狱。请去斜封，送上阎罗大王。见缪荃孙刊本《广陵妖乱志》。

教坊伶人献语

天子不须忧北寇，守贞面上管幽州。见《旧五代史》卷一〇九《李守贞传》。

　　　　《旧五代史》云："其年（指开运二年）夏，契丹寇边，以守贞为北面行
　　　营都部署。少主开曲宴于内殿，以宠其行，教坊伶人献语云（略）。既罢，
　　　守贞有自负之色。"

咏和凝范质 题拟

从此庙堂添故事，登庸衣钵亦相传。见《邵氏闻见录》卷七、《渑水燕谈录》卷六。

　　　　《邵氏闻见录》云："范鲁公质举进士，和凝为主文，爱其文赋，凝自以

第十三登第,谓鲁公曰:‘君之文宜冠多士,屈居第十三者,欲君传老夫衣钵耳。鲁公以为荣。至先后为相。献诗者曰(略)。”

嘲李度登第　题拟

主司只诵《增修诗话总龟》卷三七引作“选”一联诗。见《玉壶清话》卷七。

时为俳偕语咏天

高平上监碧翁翁。见《说郛》卷六一《清异录》。

《清异录》:“晋出帝不善诗。时为俳偕语咏天曰:(略)。”

泰州民刺褚仁规诗

多求囊白昧苍苍,兼取人间第一黄。同前。

《清异录》:“伪唐赃臣褚仁规窃禄泰州刺史,恶政不可缕举。有智民请吻儒为二诗,皆隐语,凡写数千幅,诣金陵粘贴,事乃上闻。诗曰(略)。黄自隐金银字。”

伶伦改诗嘲陈癞子　题拟

三十年来陈癞子,如今始得碧纱幪。见《太平广记》卷二五七引《玉堂闲话》。

按:《玉堂闲话》谓二句为短李相公诗,实误。二句系改王播《题木兰院》诗。王诗见《唐摭言》卷七。

嘲　虾　蟆

一跳八尺,再跳丈六。从春至夏,裸袒相逐。天地取作,掉尾肃肃。
见《历代笑话集》本唐朱揆《谐噱录》。

颜师古引谚

贼无历底中道回。《匡谬正俗》卷八,云“内应导引为历底”。

华壤英主为神迥谚 题拟

大论主，释迦迥，法界多罗一时领。见《续高僧传》卷十三《神迥传》。

贞观时谚 题拟

无知之叟，又指禅师，乱识之夫，共归明德。返迷皆有大照，随妄普翳真科。见前书卷二十《僧彻传》。

魏徵引谚

丰年珠玉，俭年谷熟。《魏郑公谏录》卷三。

王勃引谚

祸不入慎家之门。见《王子安集》卷十《平台秘略论》。

陈子昂引谚

欲知其人，观其所使。见《陈拾遗集》卷八《上军国利害事》。

刘知己引今谚

季与厥昆，争知嫂讳。见《史通》卷十九《汉书五行志错误篇》。

张鷟引谚

官仓喝雀，犹是向公。《施注苏诗》卷二一引《朝野佥载》引。

心欲专，凿石穿。《游仙窟》。

张说引谚

岁在申酉，乞浆得酒。见《张燕公集》卷九《请置屯田表》。

李邕引谚

河南照，天下少。见日本《续藏经》第一五〇册收李邕《唐故白马寺主翻译惠沼神塔碑》。

　　　　按：此谚当即《续高僧传》所收"河南一遍照，英声不徒召"之语的别一本，详后。

李邕妻温氏引谚

士无贤不肖，入朝见疾。见《新唐书》卷二〇二《李邕传》。

崔仁师引谚

杀人刖足，亦皆有礼。见《新唐书》卷九九《崔仁师传》。

赵蕤引谚

太白入南斗，天子下殿走。见《长短经》卷七《惧诫》。

画松谚语

画松当如夜叉臂，鹳鹊啄。《宣和画谱》卷十。

李谭引谚

百日斫柴一日烧。见《全唐文》卷四〇八李谭《炉神颂序》。

张怀瓘引谚

韩《诗》郑《易》挂著壁。见《书断》卷上、《墨池编》卷七。

李观引谚

溜之细穿石，绠之细断干。见《李元宾文集》卷五《请修太学书》。

省 躬 谚

义尽省躬。《宋高僧传》卷十五《唐扬州慧照寺省躬传》。

襄 阳 古 谚

襄阳无西。《元和郡县图志》卷二一。

卭 县 古 谚

卭无东。同前。

白居易引谚

郑玄家牛,触墙成八字。见《白氏长庆集》卷二六《双鹦鹉》诗注引。

范 摅 引 谚

街谈巷议,倏有裨于王化。《云溪友议序》。

王 睿 引 谚

鸟穷则啄,兽穷则角,人穷则诈。见《类说》卷二五《炙毂子》引。

《独异志》引谚

骄奢之灾,祸非一致。《独异志》卷下。

李匡文引谚

千里井,不及唾。见《资暇集》卷下。

按:苏鹗《苏氏演义》卷下引杜诗"畏人千里井"注引同。

稷 下 谚

学识何如观点书。见《资暇集》卷下。

木 奴 谚

木奴千,无凶年。见段公路《北户录》卷三、《侯鲭录》卷四。又见《四时纂要》卷三。

琼振二州人 题拟

跳石牛骨碌,好笑又《武英殿聚珍版丛书》本《岭表录异》无"又"字好哭。见《太平御览》卷九〇〇引刘恂《岭表录异》。

安定郡里谚 题拟

岘山张盖雨滂沱《孔帖》卷二作"沛"。见皇甫枚《三水小牍》卷下。

徐知谔引谚

人生百岁,七十者稀。《玉壶清话》卷九。

孙光宪引谚

好事不出门,恶事行千里。《北梦琐言》卷六,参《古谣谚》卷五八。

时人为张全义谚 题拟

王祷雨,买雨具。无畏之神耶?齐王之洁诚耶?见宋张齐贤《洛阳缙绅旧闻记》卷二。

王蜀时人为高道兴谚 题拟

高君坠笔亦成画。见宋郭若虚《图画见闻志》卷二。

王仁裕引谚

一饮一啄，系之于分。见《太平广记》卷一五八《玉堂闲话》引。

孤云两角，去天一握。见《类说》卷五四《玉堂闲话》引。

　　《玉堂闲话》云："兴元中，有南路通巴州，其峭岩顶谓之'孤云两角'，谚云（略）。"

杨亿引谚

不到长安辜负眼，不到两浙辜负口。见《类说》卷五三引《杨文公谈苑》。

　　按：长安于唐末毁于兵灾，此谚应为其前之作。

时人为省中谚　题从《古谣谚》卷五九拟

司门都官，屯田水部，入省不数。见钱易《南部新书》卷丁。

　　按：《全唐诗》卷八七六所录不全。

赞宁引谚

东家种竹，西家种地。

腊月煮笋羹，大人道便是。

恭敬不如从命，受训莫如从顺。见《百川学海》本赞宁《笋谱》。

青成蓝，蓝谢青。师何常？在明经。《宋高僧传》卷十二《唐福州雪峰广福院义存传》。

陶榖引谚

阑单带，叠垛衫，肥人也觉瘦严岩。见《说郛》卷六一《清异录》。

　　《清异录》释云："兰单，破裂之状。叠垛，补衲盖掩之多。"

南郑县旱山谚

牛头戴，旱山晦，家中干谷莫相贷。见《太平寰宇记》卷一三三。

鄜州云岩县库利川土谚

昔有奴贼，居此川内。稽胡呼奴为库利。见同书卷三五。

　　　　按：《太平寰宇记》为乐史于宋初所著书。其所引二谚，应为唐五代时
　　之作。

谚

悯忠高阁，去天一握。《天府广记》卷三八。

时人为神照语　题拟　以下语

河南一遍照，英声不徒召。见《续高僧传》卷十三《神照传》。

唐史官引语论冀州民俗　题拟

魏郡清河，天公无奈何。《隋书》卷二五《地理志中》。

时人为玄奘法师兄弟语　题拟

昔闻荀氏八龙，今见陈门双骥。见于志宁《〈大唐西域记〉序》引。

时人为来虞二氏子语　题从《古谣谚》卷十六

护儿儿作相，世南男作匠。《弘简录》卷十三。

　　　　按：《新唐书》卷一〇五《来济传》云此为许敬宗语。

鹦鹉谷水世语　题从《古谣谚》卷三二

此水清，天下平。《唐会要》卷二八。

按:《唐会要》云:"武德元年十二月,新丰鹦鹉谷水清。世传云云。"

中宗时人为李元恭语 题拟

长宁安乐并狂颠,既教翻地亦翻天。卖弄大家犹未足,便使元恭来取钱。《册府元龟》卷六三八《铨选部·贪贿》。此首及下首承陶敏先生见告。

　　《册府元龟》云:"李元恭中宗时以大理少卿为长宁、安乐二公主所引用,令知吏部侍郎,分往东都掌选事,亦以赃污闻于天下。故时人为之语曰(语略)。"

中宗时京师人为郑愔语 题拟

杀郑愔,天必阴。同前。

　　《册府元龟》:"郑愔谄事武三思及韦氏悖逆庶人,历选吏部侍郎。愔掌选,专以卖官为务,人多怨蘦。时京师大旱,为之语曰(语略)。其为人所恶如此。"

时人为苏颋语 题拟

苏瓌有子,李峤无儿。见《太平御览》卷四一四引《朝野佥载》。

京中人作二豹咒 题拟

若违心负教,横遭三豹。见《朝野佥载》卷二。

　　按:《全唐诗》卷八七六作三言二句,系录自《新唐书》卷一八六《王旭传》。今重录。

时人为韩朝宗语 题拟

生不愿封万户侯,但愿一识韩荆州。见《李太白全集》卷二六《与韩荆州书》引。

轻薄者为进士及第语 题拟

及第进士，俯视中黄郎；落第进士，揖蒲华长马。
进士初及第，头上七尺焰光。见《封氏闻见记》卷三。

世人为吴道子王陁子言 题从《古谣谚》卷四十

陁子头，道子脚。《历代名画记》卷九。

徐浩引俗语

书无百日工。《法书要录》卷三徐浩《论书》引。

唐时为八诗人语 题从《古谣谚》卷十二

前有沈宋王杜，后有钱郎刘李。《唐才子传》卷二《刘长卿传》。

时人为魏博牙军语 题拟

长安天子，魏府牙军。《新唐书》卷二一〇《藩镇魏博传》。

陈藏器引俗语

韭是草钟乳，茨是水硫磺。《古谣谚》卷三八引陈藏器《本草拾遗》。
　　　按：《重修政和经史证类备用本草》卷二三引陈藏器《本草》作"韭叶是草种乳"。

时人为阳城郑刚李周南语 题从《古谣谚》卷五七

转远转高，转近转卑。《唐国史补》卷上。

长安人为宋清语 题拟

人有义声，卖药宋清。同前卷中。

峡中旧语 题拟

五月下峡，死而不吊。同前卷下。

江 湖 语

水不载万。同前。

《国史补》云此言"大船不过八九千石"。

时人为兔褐语 题从《古谣谚》卷五八

兔褐真不如假。同前。

镇海军壮儿语 题拟

壮儿过大梁，如上龙门。《云溪友议》卷上。

历城土人为光政寺磬语 题拟

磬神圣，恋光政。《酉阳杂俎》卷三。

齐人为妒妇津语 题拟

欲求好妇，立在津口。妇立水傍，好丑自彰。同前卷十六。

文宗时举场中语 题拟

乡贡进士，不博上州刺史。《太平广记》卷一八一引《卢氏杂说》。

京 师 语

丑侯眹眹，多用半装。《续谈助》卷三引《牛羊日历》引。

会昌中长安人语

今年长安人吃人。《入唐求法巡礼行记》卷四。

里　　语

当时妇弃夫,今日夫弃妇。若不逞丹青,空房应独守。见《云溪友议》卷上。

时人为刘师贞语

孝于何,通神明。汉有丁兰,唐有师贞。见《太平御览》卷四一四引《史系》。

俚　　语

骑虎者,势不得下。见《新五代史》卷二四《郭崇韬传》。

人为分香莲语 题拟

分香莲,不论钱。见《云仙杂记》卷七。

蜀人谓长须僧语 题拟

一事南无,折却长须。见《太平广记》卷二六二引《王氏见闻》引。

宣州人为弘农王语 题拟

何独后予,俟其来苏。见《文苑英华》卷八〇二沈颜《宣州重建小厅记》引。

崔淙引俚语

川壅则溃,月盈则匡,善败由己,吉凶何尝。见《全唐文》卷四五九崔淙《登姑苏台赋》引。

丹 州 俗 语

丹州白室,胡头汉舌。见《元和郡县图志》卷三《丹州》。

户牖俗语 题拟

二十三,日正南。二十五,日当户。见《国史补》卷中。

金榆山土人言 题拟

金驴一鸣,天下太平。见《酉阳杂俎续集》卷八。

俗 语

王母甘桃,食之解劳。见前书卷十。

时人为沈警语

玄机在席,颠倒宾客。见《太平广记》卷三二六引《异闻录》。参本书卷四十。

蜀人为南诏语

西戎尚可,南蛮残我。见《新唐书》卷二一五引。

乾符中人称蒋凝语

白头花钿满面,不若徐妃半妆。见《唐摭言》卷十。《钗小志》作谚。

唐时人为秘书省太常寺官语 题从《古谣谚》卷六七

正字校书,咏诗骑驴。奉礼太祝,轻裘食肉。见《翰苑新书前集》卷二四引《雍洛灵异记》。

风 流 箭 语

风流箭，风流人人愿。见《说郛》卷六一引《清异录》。

《清异录》："宝历中，帝造纸箭，竹皮弓纸间密贮龙麝末香。每宫嫔群聚，帝躬射之，中者浓香，触体了无痛楚，名风流箭。为之语曰(略)。"

韩鄂引俗语

一年计树之以谷，十年计树之以木。

一日之计在一晨，一年之计在一春。

以时及泽为上策。均见《四时纂要》卷一。

八月雨班阑，高低尽可怜。同前卷三。

人为太白山横云语　题拟

南山瀑布，非朝则暮。见宋敏求《长安志》卷十四。

清丰故老传语　题拟

金堤头，上有秦女楼。见《太平寰宇记》卷五七。

人为吴道子曹仲达语

吴带当风，曹衣出水。见《图画见闻志》卷一。

梁时人为吴道子刘彦齐语　题拟

唐朝吴道子手，梁朝刘彦齐眼。《图画见闻志》卷五。

扬州人为彭玕语　题从《古谣谚》卷二四

十金易一笔，百金易一篇。《十国春秋》卷七三《彭玕传》。

蓟州耆旧语 题拟

燕山石鼓,鸣则有兵。《太平寰宇记》卷七十。

南溪故老传语 题拟

东石从西,乞子将归。《太平寰宇记》卷七九。

赞 宁 引 语

利不百,不变格。《宋高僧传》卷十《唐新吴百丈山怀海传》。

宋城民为祝天贶和甄语 题拟

去了裹头冰,却得一段著脚琉璃。《说郛》卷六一引《清异录》。

《灌畦暇语》引常言

一作一止,知人表里。《灌畦暇语》。

《酉阳杂俎》引语

买鱼得鲔,不如食茹。

宁去累世宅,不去鼗鱼额。

洛鲤伊鲂,贵于牛羊。

得合澜蝲,虽不足豪,亦足以高。

槟榔扶留,可以忘忧。

白马甜榴,一实直牛。

草木晖晖,苍黄乱飞。均见《酉阳杂俎前集》卷十六《广动植》。

举场旧话

闻多见少，迹静心勤。省闲游，事知己也。卷头有眼，投谒必其地也。肚里没嗔。得失算命，群居用和。

貌谨气和，见面少，闻名多。古人有言，见多成丑之谓也。凡后进游历前达之门，或虑进趋揖让，偶有蹶失，则虽有烜赫之文，终负生疏之诮。故文艺既至，第要投谒及时，不必孜孜求见也。如其深知已下岁寒之契，师友则不然也。

上等举人，应同人举。推公共也。中等举人，应丞郎举。计通塞也。下等举人，应宰相举。均见《唐摭言》卷十五。此承汤华泉同志见告。

全唐诗续拾卷五九　先宋诗上

傅　翕

　　傅翕，字玄风，一名灵璨，字德素。俗姓楼，东阳郡乌伤县竹山里人。建武四年生。居婺州双林寺。世称傅大士、双林大士。太建元年卒，年七十三。

四相诗

生　相

识托浮泡起，生从爱欲来。昔时曾长大，今日复婴孩。星眼随人转，朱唇向乳开。为迷真法性，还却受轮回。

老　相

览镜容颜改，登阶气力衰。咄哉今已老，趋拜礼还亏。身似临崖树，心如念水龟。尚犹耽有漏，不肯学无为。

病　相

忽染沉疴疾，因成卧病身。妻儿愁不语，朋友厌相亲。楚痛抽千脉，呻吟彻四邻。不知前路险，犹向恣贪嗔。

死　相

精魄辞生路，游魂入死关。只闻千万去，不见一人还。宝马空嘶立，庭花永绝攀。早求无上道，应免四方山。

颂

遍参四大海，观寻五阴山。如来行道处，灵智甚清闲。宝殿明珠曜，
花座美玉鲜。心王明教法，敷扬般若莲。净土菩提子，盖得天中天。
观此色身中，心王般若空。圣智安居处，凡夫路不同。出入无门户，
观寻不见踪。大体宽无际，小心尘不容。欲得登彼岸，高张智慧篷。
清净明珠戒，庄严佛道场。身作如来相，心为般若王。愿早登莲座，
口放大圆光。广照无边界，为佛作桥梁。开大毗尼藏，名传戒定香。
观达无生智，空中谁往来？永超三界狱，不染四魔胎。游戏莲华上，
安居法性台。天上悉瞻仰，冥空赞善哉！有缘逢广化，般若妙门开。
夜夜抱佛眠，朝朝还共起。行住镇相随，坐卧同居止。分毫不相离，
如身影相似。欲知佛何在，只这语声是。
寂是法王根，动是法王苗。涅槃既不远，常住亦非遥。回心名净土，
烦恼应时消。欲过三涂海，勤修六度桥。定当成正觉，喻若待来潮。
伏藏不离体，珠在内身中。但向心边会，莫远外于空。
万类同真性，千般体一如。若人解此法，何用苦寻渠。四生同一体，
六趣会归余。无明即是佛，烦恼不须除。

贪嗔痴

不须贪，看取游鱼戏碧潭。只是爱他钩下饵，一条线向口中含。
不须嗔，嗔则能招地狱因。但将定力降风火，便是端严紫磨身。
不须痴，痴被无明六贼欺。恶业自身心所造，愚迷披却畜生皮。

十　劝

劝君一，专心常念波罗密。勤修六度向菩提，五浊三涂自然出。
劝君二，夫人处世莫求利。纵然求得暂时间，须臾不久归蒿里。

劝君三,人身难得大须惭。昼夜六时常念佛,勤修三宝向伽蓝。

劝君四,努力经营修善事。莫言少壮好光容,未委前程是何处。

劝君五,寻思地狱真成苦。眼前富贵逞容仪,须臾不久还归土。

劝君六,第一莫吃众生肉。若非菩萨化身来,便是生前亲眷属。

劝君七,万事无过须的实。朝三暮四不为人,此理安身终不吉。

劝君八,吃肉之人真罗刹。今生若也杀他身,来生还被他人杀。

劝君九,天堂地狱分明有。莫将酒肉劝僧人,五百生中无脚手。

劝君十,相劝修行须在急。一朝命尽入黄泉,父娘妻子徒劳泣。

颂 二 首

空手把锄头,步行骑水牛。人从桥上过,桥流水不流。

有物先天地,无形本寂寥。能为万象主,不逐四时凋。延寿《心赋注》引
此首。

还源诗十二章

还源去,生死涅槃齐。由心不平等,法性有高低。

还源去,说易运心难。般若无形相,教君若为观。

还源去,欲求般若易。但息是非心,自然成大智。

还源去,触处可幽栖。涅槃生死是,烦恼即菩提。

还源去,依理莫随情。法性无增减,妄说有亏盈。

还源去,何须更远寻。欲求真解脱,端坐自观心。

还源去,心性不思议。志小无为大,芥子纳须弥。

还源去,解脱无边际。和光与物同,如空不染世。

还源去,何须次第求。法性无前后,一念一时修。此首见《宗镜录》卷十四。

还源去,心性不沉浮。安住三《宗镜录》卷二七作"王"三昧,万行悉圆收。

还源去,生死本纷纶。横计虚为实,六情常自昏。

还源去,般若酒澄清。能治烦恼病,自饮劝众生。

浮　沤　歌

君不见骤雨近着庭际流,水上随生无数沤。一滴初成一滴破,几回
销尽几回浮。浮沤聚散无穷已,大小殊形色相似。有时忽起名浮沤,
销尽还同本来水。浮沤自有还自无,象空象实总名虚。究竟还同幻
化影,愚人唤作半边珠。此时感叹闲居士,一见浮沤悟生死。皇皇
人世总名虚,暂借浮沤以相比。念念人间多盛衰,逝水东注永无期。
寄言世上荣豪者,岁月相看能几时?

独自诗二十章

独自山,茅茨草屋安。熊罴撩人戏,飞鸟共来飧。

独自居,何意此勤劬。翘心寻本性,节志服真如。

独自眠,寂寞好思玄。休息攀缘境,不著有无边。

独自坐,静思观无我。调直个身心,慈悲成萨埵。

独自处,本誓如应语。示道在经中,扣破无明主。

独自行,见色恰如盲。轻躯同类化,蠕动未曾惊。

独自戏,问我心中有何为?若见无记在心中,急断令还般若义。

独自往,触处随缘皆妄想。妄想心内逼驰求,即此驰求亦非往。

独自归,登山度岭何所依?比至所依无定实,熟观此境竟何为?

独自作,问我心中何所著?推《止观辅行传法诀》作"巡"检四运并无生,千
端万绪何能缚?此首又见湛然《止观辅行传法诀》卷二之三。

独自语,问我心中何所取?照了巧说并皆空,咽喉唇舌谁为主?

独自精,其实离声名。三观一心融万品,荆棘丛林何处生?

独自美,迢迢弃朝市。追昔本愿证无生,不得无生终不止。

独自佳,禅味朝飧不用虾。弊此抟食如应与,假借五阴以为家。

独自乐,但欲求无学。急断三界绳,得免泥犁恶。

独自好,决求菩萨道。万行为众生,未取泥洹宝。

独自欢,试取世缘看。捉此无常境,一理向心观。

独自奇,正是学无为。回首多许念,运向涅槃池。

独自足,愿心无限局。怨亲法界语圆真,始得应身化群育。

独自宿,意里心储蓄。为作良友系衣珠,历劫弥生根会熟。

尔时大士语诸弟子昼夜思维观察自心生而不生灭而不灭止息攀缘人法相寂是为解脱乃作五章词曰

一更始,心香遍界起。敬礼无上尊,心心已无已。

二更至,跏趺静禅思。通达无彼我,真如一不二。

三更中,观法空不空。无起无生灭,体一真如同。

四更前,观法缘无缘。真如四句绝,百非宁复煎。

五更初,稽首礼如如。归依无新故,不实亦不虚。

行路难二十篇 并序

　　夫心性虚凝,量同法界,真如绝相,无作无缘。湛尔常存而无住,法流满世界而实理不迁,妙道归空而普同万有,法王依此而喻说金坚,故借言欲显其相,而复不为言之所诠。然触事该罗,而事无不摄,性本解脱而无十缠,缘所不起,呼之为妙,言方不及,故号自然。常与世和而世法不染,俗是其体而亦不为俗之所牵,尔乃虚玄绝妙,空廓坦荡,虽无状而现形,虽有形而无象,散合无方,而非还非往,虽聚敛而不促,设开舒而不广,实非物而有音,具大音而希响。性寂虚冲,非一非两,广照分明,徒自明而自朗,未曾暂有,而全体现前。虽复现前,而难习难仿,细于毫末而不微,生遍三千而不长,理无决定,而形事微妙而忽恍。生死坦然,非因育养,识类含生，同斯法纲。就悟名为涅槃，而不知者说为忆想。斯则真实无疑，能柔能强，广望则世界不容，息念则举体皆空。乃是无色之色，恬静渊洪，止之则为无量无穷之体，合之则为无只无双之宗，普周万国，无远弗到，包罗太虚，无物不容，非凡非圣，非智非愚，惟有无心质士，合此虚宗。会之者豁冥昧，照之者朗迷蒙，遮那湛然，无增无减，四生三有，阒尔还空。若乃幽微寂寞，难见难知，莫立一名相，而不合不离，非断非常，而二边俱会，无明无暗，非慧非痴，此非世间智辩照之所能及，是无生慧者之所深思。斯乃自悟虚心，即长生而不灭，见而非见，无著无依，世有九十六种外道，亦所不及。惟是无上佛法，要切良基，余既瞽闻，不能默已，抱愚竭智，聊述拙辞。虽不会妙理，然其语意大指，终归真如，然烦愦群迷，制斯遣虑，愿高明正士，见者不嗤。

第一章明心非断常

君不见自心非断亦非常，普在诸方不入方。亦复不依前后际，又复非圆非短长。湛然无生亦无灭，非白非黑非青黄。虽复念虑知诸法，而实不住念中央。众生入而无所入，虽取六境无所伤。智者分明了知此，是故号曰法中王。自悟知此非知法，因尔智慧等金刚。不借外缘资内府，戒定慧品自闲防。安住普超三昧顶，忆想颠倒永消亡。觉诸烦恼真如相，称此空名为道场。为众班宣演常教，如此妙义未曾彰。行路难，路难微妙甚难行。若以无知照知法，现前证得本无生。

第二章明真照无照

君不见真照分明性无照，通鉴坦荡复无平。安住无明知明照，了达明照之无明。一心永断于诸行，始复勤行于不行。一心非心亦非一，无一无心行不生。识心即是无生法，非难生法有无生。若知诸缘性无起，随心颠倒任纵横。解了空心无隔碍，世间言论不庸争。若复苦欲争言论，方为贪痴之所盲。是故经言乐知见，五阴尘劳随复生。若能专心复本际，自得正道坦然平。性正心平无有正，假设平正引群生。行路难,路难常居五阴山。涅槃虚玄不为寂,虽有生死独清闲。

第三章明心相实相

君不见心相微细最奇精,非作非缘非色名。虽复恬然非有相,若凡若圣己之灵。此灵无形而常应,虽复常应实无形。心性无来亦无去,缘虑流转实无停。正觉此之《宗镜录》卷二九作"觉此"真常觉,方便鹿苑制尊经。为度妄想诸邪见,令知寂灭得安宁。广说菩提与诸行,而此二法即音声。了达音声处非处,三毒烦恼不亏盈。又达五阴皆空寂,正慧无生制六情。于兹六情随念灭,即是真了涅槃城。行路难,路难无往复无还。贪嗔不在于内外,亦复的不在中间。

第四章明无相虚融

君不见决定法中无决定,虚妄颠倒是菩提。若心分别菩提法,分别菩提还复迷。若了此迷无分别,迷与分别与菩提。分别菩提非一异,恒一同体不相离。安住性空真实性,空性无空亦不齐。同体大悲含一切,故知真性不乖迷。只此昏迷即无性,亦复不论齐不齐。若舍尘劳更无法,喻若莲花生淤泥。如来法身无别处,普通三界苦泥犁。三界泥犁本非有,微妙谁复得见蹊?行路难,路难本自是泥洹。内外身心并空寂,颠倒贪嗔何处安?

第五章明凡圣非一非二

君不见烦恼茫然非是一,虽复非一亦非多。若能照知其本际,即是真身卢舍那。入于微尘亦无碍,无碍体寂遍婆婆。凡圣两途非二处,生死涅槃常共和。虽复强立名和字,只个爱痴真佛陀。般若深空智非智,以无心意制众魔。余既诚心学此术,聊抽拙抱作斯歌。行路难,路难心性实极宽。贪欲本来常寂灭,智者于此可盘桓。

第六章明心性无染

君不见智人求心不求佛,诸法寂灭即贪淫。爱欲贪淫从心起,我亦征心于无心。若也求心复不得,自然无处起贪淫。贪淫无起亦无灭,颠倒非浅亦非深。又亦不得非贪欲,无得不得妙难寻。三毒性中恒如此,具足常同坚固林。余事贪淫为佛事,更无三毒横相侵。若求出离还沉没,分别出没还复沉。诸佛善得于三毒,众生虚妄不能任。我亦勤修三毒性,更不愿求诸佛心。行路难,路难心中本无物。无物即是净菩提,无见心中常见佛。

第七章明般若无净

君不见般若真源本常净,生死根际自虚微。即此生死真般若,离斯外觅反相违。心若分别于生死,诸苦毒难竟相追。今若事之为功匠,虚妄颠倒不能归。而此但假空言语,净秽两边俱不依。无心舍离于生死,涅槃无心亦不追。涅槃无心即生死,生死无心般若晖。般若无心明照用,无照无用断言辞。亦复不欲有诸见,即是法王无上医。善解于此无心药,三有诸病尽能治。行路难,路难遣之而复遣。识此遣性本来空,无心终是摩诃衍。

第八章明本际不可得

君不见本际之中无复本,无本真际无人知。若人无知了斯际,清净微妙不为奇。知与无知常自尔,苦乐等同于大悲。三界众生乃迷骛,于其实录是无为。亦复无此无为法,强自生心是苦疲。苦疲皆空如炎响,生灭不住不分离。能知此心无隔碍,生死虚妄不能羁。而此一心皆悉具,八万四千诸律仪。亦复不堕过人法,嵚崿绝危而不危。一切法中无有法,世人遑遽欲何为?行路难,路难心中无可看。昔日谓言诸佛远,今知贪嗔是涅槃。

第九章明无断烦恼

君不见文殊妙德非为远,三障三毒即二空。五分法身缠五阴,六入无知为六通。四倒四果何曾异,八邪八正体还同。七觉菩提性无别,七识流浪会真宗。一切烦恼皆空寂,诸佛法藏在心胸。恒将法忍相随逐,只自差舛不相逢。诸佛如来住何所,并在贪淫爱欲中。今劝断贪淫爱欲,但是方便化童蒙。贪欲本相真清净,假说空名名亦空。行路难,路难心中非是心。寄语真修无念士,慎勿分别毁贪淫。

第十章明寂灭无心常行精进

君不见寂灭性中无寂灭,真实觉中无觉和。亦复无有无知觉,清虚寂寞离方规。法性自尔无因致,忆想颠倒性无为。正使飘流遍三界,于其心中实不移。无去无来亦无住,善达无住亦无亏。诸佛世雄非尊大,三毒四倒亦非卑。却寻缘心无所得,无缘心中缘复弥。若欲速去无上道,无知三毒性能资。三毒生于三解脱,七识还生七觉支。倒心去来无有实,去来无急亦无迟。觉诸烦恼观前境,但自惩心而却推。心本无根何有本,六尘五欲不能拘。行路难,路难微妙甚希奇。昔日殷勤勇精进,不知精进背无为。

第十一章明法身体用自在

君不见大士自观身中法,身是如来净法身。虚空往还最迅速。独脱自在不由人。出入毛孔而无碍,爱取尘时不染尘。现处凡情等诸圣,离斯求道更无真。建立诸法而无法,即是真如无上真。亿劫本有而非故,于今现觉亦非新。成就大我而无我,具足大人无有人。圣体无明不可说,为复方便名心神。即此心是真常法,亦是涅槃之上珍。愿诸学人同此悟,各自守门而禁津。行路难,路难名异理无分。若能了于无生死,便得除消生死云。

第十二章明金刚解脱

君不见金刚语句非真实，万象森罗同一无。而此空无为佛母，复是真如无上珠。世人不知求此宝，贫穷匆匆六趣奴。不事身中法身佛，冗冗向外礼浮图。乍看而欲似精进，检责身中皆并粗。用个粗心逞言语，不了真源由是愚。随情忆想而分别，五阴六贼竞来诛。不肯寻求无上道，但知虚妄取名誉。口虽唱善还生恶，空言真实反成虚。余今反虚持作实，亦不证实入无馀。行路难，路难举世皆虚妄。十缠五阴性无知，愚人于中自生障。

第十三章明寂静无照无得

君不见诸法但假空施设，寂静无门为法门。一切法中心为主，余今不复得心源。究检心源既不得，岂知诸法并无根。用此无根心照境，照之分明弥复惛。即此惛心还自照，正照之理未曾存。照之与境俱差异，是故智士不能论。世人往往强分别，无中照见乱精魂。若能智照亡非照，分别智照复还奔。诸法本尔谁人作，寂静无寂亦无喧。故知众生颠倒想，还是众生无上尊。行路难，路难舍痴而非痴。飞禽走兽我能伏，只个心贼独难治。

第十四章明三空无性

君不见诸佛圣人心无碍，为通道化说三无。虽说三无实无说，心为万境所由居。正使颠倒造五逆，随情所作并归如。抱朴澄神念无念，亦不分别灭无余。所以安心不择处，了知真俗体非殊。息虑心空不舍事，名理言行不相扶。不依六尘心摇动，真如无作顺空虚。无去无来常不住，心神竭尽亦非无。不坏于身随一相，不断贪淫而不居。若谓无差还自缚，言其体异转伤躯。犹如梦幻无真实，本来非有若为除。行路难，路难顿尔难料理。凡夫妄见有差殊，真实凝心无彼此。

第十五章明空有不违

君不见邪见非边不离边,颠倒分别亦非缘。自心非心念非念,常来常去实无迁。犹若金刚难沮坏,诸佛用此作金坚。世人称誉涅槃妙,余道生死最深玄。即是无生之上忍,又是摩诃无碍禅。正士由心于是定,不为八风之所牵。天乐之在无心恋,小小财色岂能缠。随逢苦乐心无变,永别忆想忘忧煎。虚心无人无我所,任性浮沉如似颠。实照常法知无定,知法无性号为贤。行路难,路难非空亦非有。有无双遣两俱存,俱存无遣亦无受。

第十六章明魔怨

君不见大道寂寞叵思寻,通融万象尽皆深。一切恬然无起灭,颠倒分别并从心。智者求心无处所,茫然绝相离贪淫。了了分明何所见,犹如病眼睹空针。若人体知颠倒想,不为妄苦所漂沉。世间诸法如阳焰,行者慎莫致怨嫌。恒以空心而反照,无上佛道亦能任。行路难,路难微妙实无双。若识六情空非有,众魔结贼自然降。

第十七章明法性平等

君不见法性无知不可说,有漏无漏并虚通。虽复乖差作诸地,寻其本际尽皆同。亦复无同可同法,亦不以空持作空。若欲知斯殊妙道,但自穷搜五阴丛。如实无来亦无去,亦不的在六情中。即是无原真法界,湛然常存无始终。行路难,路难苦乐何未央。时往西方无量寿,或复托化现东方。

第十八章明不思议佛母

君不见爱欲贪淫诸佛母,诸佛世尊贪欲儿。从来菩提为我匠,今使我为众匠师。昔日千端外求佛,佛在衣中今始知。无量痴心本是道,三毒四倒不思议。虚妄行慈愍众苦,不知众苦是慈悲。嗔恚无明最微妙,世间智者不能思。昔日辛勤学知见,不知知见自无知。四趣三涂悉非有,三障三脱不分离。行路难,路难无有俱并忘。了知烦恼无生相,即是如来坐道场。

第十九章明无觉精进

君不见正心修行诸佛子,以见非心故不忧。知心非心意非意,八风伤逼岂怀愁。随风东西无我所,独脱逍遥不系舟。设使住时终非住,走遍十方而不流。不见我时于无我,善哉设性任沉浮。世间妄想无真实,吾于此中何所求?只用非心觉非觉,亦复正修于不修。若人不知如此处,不应称名作比丘。为个痴心作奴仆,爱结缠之不自由。而此更增诸苦恼,永劫长涂三界囚。生死相连弥复甚,盼不能得永长休。行路难,路难无令过诸念。无念之念乃为真,真念无真还自炎。

第二十章明菩提微妙

君不见无上菩提最为近。四大五阴皆深奥。其实清净妙难知,不悟此心真卒暴。和合性中无有实,是故称为诸法要。于中无妄亦无真,只用无为作微妙。寻其体寂不应言,假为众生立名号。若知名号即非名,解了众生知佛教。觉知无因之正因,当得无因无果报。善达贪爱得无生,无名去来无动摇。不见圣果异凡情,分别圣凡还复倒。若人无愿亦无修,必定当为世间导。行路难,路难非秽亦非净。是非双泯复还存,泯存叵测见真性。

行路易十五首

佛生具一体,生佛本来同。触目皆如此,无心自性中。行路易,路易不修行。有无心永息,只个是无生。

众生是佛祖,佛是众生翁。三宝不相离,菩提皆共同。行路易,路易真无作。持经不动口,坐禅终日卧。

无生无处所,无处是无生。若觅无生处,无生无处生。行路易,路易坦然平。无心真解脱，自性任纵横。

菩提无处所，无处是菩提。若觅菩提处，终身累劫迷。行路易，路易真不虚。善恶无分别，此则是真如。

有无皆解脱，累息在无生。菩提是颠倒，生死最为精。行路易，路易人莫疑。解我如此语，修道不须师。

东山水上浮，西山行不住。北斗下阎浮，是真解脱处。行路易，路易人不识。半夜日头明，不悟真疲剧《宗镜录》卷六作"极"。

猛风不动树，打鼓不闻声。日出树无影，牛从水上行。行路易，路易真可怜。修道解此意，长伸两脚眠。

佛心与众生，是三终不移。虚空合真理，人我在无为。行路易，路易真难测。寄语行路人，大应须努力。

人道行路难，我道行路易。入山十二年《宗镜录》卷四一作"数载馀"，长伸两脚睡。行路易，路易莫思量。刹那心不二《宗镜录》作"异"，终日是《宗镜录》作"何处不"天堂。

须弥芥子父，芥子须弥爷。山海平坦地《宗镜录》卷二五作"坦然平"，烧冰将《宗镜录》作"来"煮茶。行路易，路易真寂寞。菩提在心中，世人元不觉。

有无来去心永息，内外中间心总无。欲觅如来真佛处，但看石牛生象儿。行路易，路易须及早。不用学多闻，无言真是道。

无明是无作，无作是无心。若见无心处，杨花水底沉。行路易，路易真无得。讲说千般论，不如少时默。

无情正是道，木石尽真如。达时遍处是，不悟永乖疏。行路易，路易真可乐。刹那登正觉，不用披三教。

无心真无事，无事少人知。无为无处所，无处是无为。行路易，路易人莫惊。无有无为事，空有无为名。

无我无人真出家，何须剃发染袈裟。欲识逍遥真解脱，但看水牛生象牙。行路易,路易君谛听。无觉无菩提,无垢亦无净。

率 题 六 章

第一章叹仁归珠至今获

携明是今日,感应在明阳。想思深洞尽,企子实难当。朝忆生眷恋,
夕望动心伤。若期灵树下,度脱不相忘。忍见孤憔悴,俱愿普趋踌。
双飞白日顶,出气紫云光。神龙左右梵,散花来芬芳。菲菲常乐境,
蔼蔼升金堂。

第二章叹断高遂背元志

近背天宫乐,念苦暂羁斯。舒散金来抱,流缩布交知。唯仰相随善,
依领使忘疲。同登八位境,共乐宝莲池。肉身变金体,妙果遂众奇。

第三章劝修无上道

改缩素容转,体净得金兰。从修无上道,常乐自然完。拂拭明珠莹,
光发遍界看。

第四章叹世人不厌苦任自缠婴

肯入七宝车,宁归地狱所。刀山已伤形,剑树方应处。日日痛难当,
年年无暂弭。流泄三涂中,憔悴玉容毁。不听余今训,尔时仙步阻。

第五章劝请仁贤背苦就乐

愿子从为善,名价身为呈。诸天散花下,飞梵来相迎。同升珍宝殿,
处处皆光明。共居常乐境,齐悦证无生。

第六章劝同趣至真解因缘缚

唯愿趣真道,研虑荡众缘。累尽超妙国,逍遥无畏天。

有沙门问大士那不出家答曰不敢
住家不敢出家尔时
又为东乡侯率题二章略说理要云

脱中如不如,缚中莫如相。乃会三菩提,如如等无上。法相并无双,
恒乖未曾各。沉浮随不随。摇漾泊无泊。

劝谕诗三首

持戒如天日,能明本有躯。照见家中宝,兼闻额上珠。直超三有海,
径到萨云衢。并会等无等,齐证拘无拘。

破戒如船洺,没溺大江海。临穷方唤佛,志操不能改。命如风中灯,
迅灭宁相待。身死罪犹存,牵向阿鼻门。千苦俱时至,万痛切神魂。
独婴烧煮炙,困剧事难论。

修空截三有,精进作医王。共弘调御法,甘雨注无方。泽润群生等,
慧解悉芬芳。普会三菩室,齐证真如房。

率 题 两 章

罢世还本源,离有绝名相。栖神不二境,体一上无上。

性狎无彼此,心由不去归。逍遥空寂苑,悦意境忘依。以上均见《傅大士
语录》(复旦大学图书馆藏清佚名校本)卷三。

三 谏 歌

舍世荣,舍世荣华道理长。努力殷勤学三谏,谏我身心还本乡。谏
意意根莫令起,谏口口根莫说彰。谏手手根莫鞭杖,三谏三王王自
香。此间似脱一句。虚空自得到仙堂。仙堂不近亦不远,徘徊只是众中

央。若欲行住仙堂里，不用匍匐在他乡。若欲求念弥陀佛，东西南北是西方。西方弥陀触处是，面前背后七重行。或黄或赤或红白，或大或小或短长。天盖正是弥陀屋，木孔木穿弥陀房。天上空中弥陀路，草木正是弥陀乡。日夜前后嘈嘈闹，正是弥陀口放光。若欲礼拜弥陀佛，不用思想强干忙。若不诳人是礼拜，若不求人是道场。努力自使三功作，殷勤肆力种衣粮。山河是家无尽藏，草木是人常满仓。泥水是人常满库，藤萝是人无底囊。多作功夫自成就，自行手脚熟严装。若欲往生安乐国，只是个物是西方。见《宗镜录》卷二九。

歌

诸佛村乡在世界，四海三田遍满生。佛共众生同一体，众生是佛之假名。若欲见佛看三郡，田宅园林处处停。或飞虚空中扰扰，或掷山水口轰轰。或结群朋往来去，或复孤单而独行。或使白日东西走，或使暗夜巡五更。或乌或赤而复白，或紫或黑而黄青。或大或小而新养，或老或少旧时生。或身腰上有灯火，或羽翼上有琴筝。或游虚空乱上下，或在草木乱纵横。或无言行自出宅，或入土坑暂寄生。或攒木孔为乡贯，或遍草木或窠城。或转罗网为村巷，或卧土石作阶厅。诸佛菩萨家如是，只个名为舍卫城。同前。

颂

佛亦不离心，心亦不离佛。心寂即涅槃，心能即有物。物则变成魔，无物即见佛。若能如是用，十八从何出？同前卷十九。

能知此心无隔碍，生死虚妄不能羁。而此一心皆悉具，八万四千诸律仪。同前卷二九。

凡地修圣道，果地习凡因。恒行无所践，常度无度人。同前卷十四。

　　按：傅大士诸诗，冯惟讷、丁福保、逯钦立皆不取，殆疑其为后人依托。然如前所录，湛然（天宝、大历间在世）、延寿（吴越时僧）所见，与传本大致相同，晚唐日本僧人携归书目中亦提及其集，知即其依托，亦应出唐时人之手，故录存之。

宝 志

宝志，不知何许人。梁武帝敬事之，天监十三年卒。

大乘赞十首

大道常在目前，虽在目前难睹。若欲悟道真体，莫除色声言语。言语即是大道，不假断除烦恼。烦恼本来空寂，妄情递相缠绕。一切如影如响，不知何恶何好。有心取相为实，定知见性不了。若欲作业求佛，业是生死大兆。生死业常随身，黑暗狱中未晓。悟理本来无异，觉后谁晚谁早。法界量同太虚，众生智心自小。但能不起吾我，涅槃法食常饱。

妄身临镜照影，影与妄身不殊。但欲去影留身，不知身本同虚。身本与影不异，不得一有一无。若欲存一舍一，永与真理相疏。更若爱圣憎凡，生死海里沉浮。烦恼因心有故，无心烦恼何居？不荣分别取相，自然得道须臾。梦时梦中造作，觉时觉境都无。翻思觉时与梦，颠倒二见不殊。改迷取觉求利，何异贩卖商徒？动静两亡常寂，自然契合真如。若言众生异佛，迢迢与佛常疏。佛与众生不二，自然究竟无馀。

法性本来常寂，荡荡无有边畔。安心取舍之闲，被他二境回换。敛容入定坐禅，摄境安心觉观。机关木人修道，何时得达彼岸？诸法本空无著，境似浮云会散。忽悟本性元空，恰似热病得汗。无智人前莫说，打你色身星散。

报你众生直道,非有即是非无。非有非无不二,何须对有论虚?有
无妄心立号,一破一个不居。两名由尔情作,无情即本真如。若欲
存情觅佛,将网山上罗鱼。徒费功夫无益,几许枉用功夫。不解即
心即佛,真似骑驴觅驴。一切不憎不爱,遮个烦恼须除。除之则须
除身,除身无佛无因。无佛无因可得,自然无法无人。

大道不由行得,说行权为凡愚。得理返观于行,始知枉用功夫。未
悟圆通大理,要须言行相扶。不得执他知解,回光返本全无。有谁
解会此说,教君向己推求。自见昔时罪过,除却五欲疮疣。解脱逍
遥自在,随方贱卖风流。谁是发心买者,亦得似我无忧。

内见外见总恶,佛道魔道俱错。被此二大波旬,但即厌苦求乐。生
死悟本体空,佛魔何处安著?只由妄情分别,前身后身孤薄。轮回
六道不停,结业不能除却。所以流浪生死,皆由横生经略。身本虚
无不实,返本是谁斟酌?有无我自能为,不劳妄心卜度。众生身同
太虚,烦恼何处安著?但无一切希求,烦恼自然消落。

可笑众生蠢蠢,各执一般异见。但欲傍鏊求饼,不解返本观面。面
是正邪之本,由人造作百变。所须任意纵横,不假偏耽爱恋。无著
即是解脱,有求又遭罗罥。慈心一切平等,真如菩提自现。若怀彼
我二心,对面不见佛面。

世间几许痴人,将道复欲求道。广寻诸义纷纭,自救己身不了。专
寻他文乱说,自称至理妙好。徒劳一生虚过。永劫沉沦生老。浊爱
缠心不舍,清净智心自恼。真如法界丛林,返作荆棘荒草。但执黄
叶为金,不悟弃金求宝。所以失念狂走,强力装持相好。口内诵经
诵论,心里寻常枯槁。一朝觉本心空,具足真如不少。

声闻心心断惑,能断之心是贼。贼贼递相除遣,何时了本语默。口
内诵经千卷,体上问经不识。不解佛法圆通,徒劳寻行数黑。头陁
阿练苦行,希望后身功德。希望即是隔圣,大道何由可得?譬如梦

里度河,船师度过河北。忽觉床上安眠,失却度船轨则,船师及彼度人,两个本不相识。众生迷倒羁绊,往来三界疲极。觉悟生死如梦,一切求心自息。

悟解即是菩提,了本无有阶梯。堪叹凡夫伛偻,八十不能跋蹄。徒劳一生虚过,不觉日月迁移。向上看他师口,恰似失奶孩儿。道俗峥嵘聚集,终日听他死语。不观己身无常,心行贪如狼虎。堪嗟二乘狭劣,要须摧伏六府。不食酒肉五辛,邪眼看他饮咀。更有邪行猖狂,修气不食盐醋。若悟上乘至真,不假分别男女。

十 二 时 颂

平旦寅,狂机内有道人身。穷苦已经无量劫,不信常擎如意珍。若捉物,入迷津,但有纤豪即是尘。不住旧时无相貌,外求知识也非真。

日出卯,用处不须生善巧。纵使神光照有无,起意便遭魔事挠。若施功,终不了,日夜被他人我拗。不用安排只麽从,何曾心地生烦恼?

食时辰,无明本是释迦身。坐卧不知元是道,只麽忙忙受苦辛。认声色,觅疏亲,只是他家染污人。若拟将心求佛道,问取虚空始出尘。

禺中巳,未了之人教不至。假使通达祖师言,莫向心头安了义。只守玄,没文字,认著依前还不是。暂时自肯不追寻,旷劫不遭魔境使。

日南午,四大身中无价宝。阳焰空华不肯抛,作意修行转辛苦。不曾迷,莫求悟,任你朝阳几回暮。有相身中无相身,无明路上无生路。

日昳未,心地何曾安了义?他家文字没亲疏,莫起功夫求的意。任纵横，绝忌讳，长在人间不居止。运用不离声色中，历劫何曾暂抛弃？《宗镜录》卷十五引此首，"没"作"有"，"居止"作"居世"，"不离"作"元来"，末句作"凡夫不了争为计"。

晡时申，学道先须不厌贫。有相本来权积聚，无形何用要安真。作净洁，却劳神，莫认愚痴作近邻。言下不求无处所，暂时唤作出家人。《宗镜录》卷二四引末二句。

日入酉，虚幻声音终不久。禅悦珍羞尚不飧，谁能更饮无明酒。没可抛，无物守，荡荡逍遥不曾有。纵你多闻达古今，也是痴狂外边走。

黄昏戌，狂子兴功投暗室。假使心通无量时，历劫何曾异今日。拟商量，却啾唧，转使心头黑如漆。昼夜舒光照有无，痴人唤作波罗蜜。

人定亥，勇猛精进成懈怠。不起纤豪修学心，无相光中常自在。超释迦，越祖代，心有微尘还窒阂。廓然无事顿清闲，他家自有通人爱。

夜半子，心住无生即生死。生死何曾属有无，用时便用没文字。祖师言，外边事，识取起时还不是。作意搜求实没踪，生死魔来任相试。《宗镜录》卷二九引末五句，"识取起时"作"取著元来"，"没"作"勿"。

鸡鸣丑，一颗圆珠明已久。内外推寻觅总无，境上施为浑大有。不见头，又无手，世界坏时终不朽。未了之人听一言，只遮如今谁动口。

十 四 科 头

菩提烦恼不二

众生不解修道，便欲断除烦恼。烦恼本来空寂，将道更欲觅道。一念之心即是，何须别处寻讨。大道晓在目前，迷倒愚人不了。佛性天真自然,亦无因缘修造。不识三毒虚假,妄执浮沉生老。昔时迷日为晚,今日始觉非早。

持 犯 不 二

丈夫运用无碍,不为戒律所制。持犯本自无生,愚人被他禁系。智者造作皆空,声闻触途为滞。大士肉眼圆通,二乘天眼有翳。空中妄执有无,不达色心无碍。菩萨与俗同居,清净曾无染世。愚人贪著涅槃,智者生死实际。法性空无言说,缘起略无些子。百岁无智小儿,小儿有智百岁。《宗镜录》卷八十引"大士"二句。

佛与众生不二

众生与佛无殊,大智不异于愚。何须向外求宝,身田自有明珠。正道邪道不二,了知凡圣同途。迷悟本无差别,涅槃生死一如。究竟攀缘空寂,惟求意想清虚。无有一法可得,翛然自入无馀。

事 理 不 二

心王自在翛然,法性本无十缠。一切无非佛事,何须摄念坐禅。妄想本来空寂,不用断除攀缘。智者无心可得,自然无争无喧。不识无为大道,何时得证幽玄。佛与众生一种,众生即是世尊。凡夫妄生分别,无中执有迷奔。了达贪嗔空寂,何处不是真门?

静 乱 不 二

声闻厌喧求静,犹如弃面求饼。饼即从来是面,造作随人百变。烦恼即是菩提,无心即是无境。生死不异涅槃,贪嗔如焰如影。智者无心求佛,愚人执邪执正。徒劳空过一生,不见如来妙顶。了达淫欲性空,镬汤炉炭自冷。

善 恶 不 二

我自身心快乐,翛然无善无恶。法身自在无方,触目无非正觉。六尘本来空寂,凡夫妄生执著。涅槃生死太平,四海阿谁厚薄?无为大道自然，不用将心画度。菩萨散诞灵通，所作常含妙觉。声闻执法坐禅，如蚕吐丝自缚。法性本来圆明，病愈何须执药。了知诸法平等，翛然清虚快乐。

色空不二

法性本无青黄，众生谩造文章。吾我说他止观，自意扰扰颠狂。不识圆通妙理，何时得会真常？自疾不能治疗，却教他人药方。外看将为是善，心内犹若豺狼。愚人畏其地狱，智者不异天堂。对境心常不起，举足皆是道场。佛与众生不二，众生自作分张。若欲除却三毒，迢迢不离灾殃。智者知心是佛，愚人乐往西方。

生死不二

世间诸法如幻，生死犹若雷电。法身自在圆通，出入山河无间。颠倒妄想本空，般若无迷无乱。三毒本自解脱，何须摄念禅观。只为愚人不了，从地戒律决断。不识寂灭真如，何时得登彼岸？智者无恶可断，运用随心合散。法性本来空寂，不为生死所绊。若欲断除烦恼，此是无明痴汉。烦恼即是菩提，何用别求禅观？实际无佛无魔，心体无形无段。

断除不二

丈夫运用堂堂，逍遥自在无妨。一切不能为害，坚固犹若金刚。不著二边中道，翛然非断非常。五欲贪嗔是佛，地狱不异天堂。愚人妄生分别，流浪生死猖狂。智者达色无碍，声闻无不恛徨。法性本无瑕翳，众生妄执青黄。如来引接迷愚，或说地狱天堂。弥勒身中自有，何须别处思量。弃却真如佛像，此人即是颠狂。声闻心中不了，唯只趁逐言章。言章本非真道，转加斗争刚强。心里蚖蛇蝮蝎，螫著便即遭伤。不解文中取义，何时得会真常？死入无间地狱，神识枉受灾殃。

真 俗 不 二

法师说法极好,心中不离烦恼。口谈文字化他,转更增他生老。真妄本来不二,凡夫弃妄道道。四众云集听讲,高座论义浩浩。南座北座相争,四众为言为好。虽然口谈甘露,心里寻常枯燥。自己元无一钱,日夜数他珍宝。恰似无智愚人,弃却真金担草。心中三毒不舍,未审何时得道?

解 缚 不 二

律师持律自缚,自缚亦能缚他。外作威仪恬静,心内恰似洪波。不驾生死船筏,如何度得爱河?不解真宗正理,邪见言辞繁多。有二比丘犯律,便却往问优波。优波依律说罪,转增比丘网罗。方丈室中居士,维摩便即来呵。优波默然无对,净名说法无过。而彼戒性如空,不在内外娑婆。劝除生灭不肯,忽悟还同释迦。

境 照 不 二

禅师体离无明,烦恼从何处生?地狱天堂一相,涅槃生死空名。亦无贪嗔可断,亦无佛道可成。众生与佛平等,自然圣智惺惺。不为六尘所染,句句独契无生。正觉一念玄解,三世坦然皆平。非法非律自制,倏然真入圆成。绝此四句百非,如空无作无依。

运 用 无 碍

我今滔滔自在,不羡公王卿宰。四时犹若金刚,昔乐今常不改。法宝喻于须弥,智慧广于江海。不为八风所牵,亦无精进懈怠。任性浮沉若颠,散诞纵横自在。遮莫刀剑临头,我自安然不采。

迷 悟 不 二

迷时以空为色,悟即以色为空。迷悟本无差别,色空究竟还同。愚人唤南作北,智者达无西东。欲觅如来妙理,常在一念之中。阳焰本非其水,渴鹿狂趁匆匆。自身虚假不实,将空更欲觅空。世人迷倒至甚,如犬吠雷吒吒。以上皆见《景德传灯录》卷二九。

偈

顿悟心源开宝藏,隐显灵踪现真相。独行独坐常巍巍,百亿化身无数量。纵令罥塞满虚空,看时不见微尘相。可笑物空无比况,口吐明珠光晃晃。寻常见说不思议,一语标宗言下当。《宗镜录》卷九八。

预　言

五马从南来,燕赵起三灾。□□勤修善,得见化城开。兔子乱三州,万恶自然收。东弱西强阿谁愁,欲得世燕南头。武安川里白鸡鸣,百姓辽乱心不宁。四月八日起鬼兵,冀州城东起长城。尔来君士面奄青,五月十日灭你名。冀州城头君子游,折尾苟子乱中州,欲得避世黄河头。今年天下是乱世,但勤修善自防身。得安乐,无忧愁,不肯看经心罗错。天下辽乱真可留,若得尽门斩贼头。

四月八日游,斗鸡台上樗蒲卢。正见笑,兵不输,阻雏正见唤兵人人死室粟麦无□□犊合河北脱却角白血五之间辽乱推搭,圣人之间天运迎。此篇首有“宝公曰”三字。中间一段难以点断。

秃人今日已定,不须卜于长安。天坐住汝男津,百官大会千斤肭。一斗谷夜饷,一匹绢二丈,丁车大牛西南上。若不信吾语,看先乌东飞,雏北走,空虚匡上见猪狗。□□□□□□□,日无光,月无影,星辰辽乱入下缺。以上皆见《沙州文录》,原题《宝公预言》,据上虞罗氏藏敦煌残卷。

　　按:宝志诗,《先秦汉魏晋南北朝诗·梁诗》卷三十仅据《南史》、《隋书》收谶诗四则,漏收二则,即《洛阳伽蓝记》所载:“大竹箭,不需羽。东箱屋,急手作。”《南史》卷六三《王神念传》载其天监中谶:“太岁龙,将无理。萧经霜,草应死。馀人散,十八子。”本书前录诸诗偈谶言,是否出于唐前,无从确定。如其《十二时》,《洛阳伽蓝记》称宝公“造《十二辰歌》”,

但其真伪,今人颇有争论,多倾向于非六朝时之作(详参王重民《敦煌遗书论文集》附录)。但前录诸作,即出依托,至迟亦应为五代以前的作品,故录收于此。另《太平广记》卷一六三引《刘宾客嘉话录》引"两角女子"谶一则,《全唐诗》卷八七五已收,不重录。

菩提达摩

菩提达摩,南印度人。梁时来中国。为禅宗初祖。

谶

路行跨水复逢羊,路行者,来也。跨水者,过海也。复逢羊者,洛阳也。达摩大师从南天竺国过海而来,初到广州,次普通八年丁未岁入梁国。独自恓恓《天圣广灯录》、《五灯会元》作"栖栖"暗渡江。独自者,无伴侣也。恓恓者,苦恓也。暗渡江者,梁武帝不悟大理,变容不言。师知机不契,则潜过江向北魏国也。日下可怜双象马,日下者,京都也。可怜者,好。双象马者,志公傅大士也。两株懒桂《天圣广灯录》、《五灯会元》作"二株嫩桂"久昌昌。两株者,二木也,二木是林字也。嫩桂者,少也。则是少林寺也。久昌昌者,九年面壁,而出大行佛法也。

心中虽吉外头凶,心中者,周字也。外头凶者,周王无道灭佛法也。川下僧房名不中。川下僧房者,俗号僧房为邑,川下邑为邕字也。后周文帝(陈按:应作武帝)姓宇文,名泰邕。不中者,后周沙汰灭佛法。为遇毒龙生武子,毒龙者,武帝父王也。生武子者,生武帝也。忽逢小鼠寂无穷。小鼠者,庚子也。周武帝庚子崩。寂无穷者,尽灭无也。

路上忽逢深处水,路上者,李字也。深水者,渊字也。唐高祖神尧皇帝姓李名渊也。等闲见虎又逢猪。等闲见虎者,寅也,唐高祖戊寅年登位也。又逢猪者,亥也,高祖丁亥年崩。小小牛儿虽有角,小小牛儿者,高祖武德四年九月日,有前道士太史令傅奕,先是黄巾党其所习,遂上表废佛法事十有一条。大略而云:释经是损国破家,未闻益世,请胡佛邪教退还天竺,凡是沙门放归桑梓,则国家昌泰,李孔教行矣。高祖纳奕奏书，乃下诏问诸沙门曰："弃父母须髡，去君臣花服，利在何间，益在何情？损益二宜，请动妙释。"时有琳法师，上表得延五年。高祖崩，太宗登位，再兴佛法矣。具如别传。言半角者，正当挃触，而无害即是。**清溪龙出总须输**。清溪者，山名也。龙者，琳法师护法之龙，能令傅奕等邪见之徒总须伏也。

震旦虽阔无别路，震旦者，唐国也。无别路者，唯有一心之法，让大师化导如此也。**要假侄**《古尊宿语录》、《五灯会元》作"儿"**孙脚下**《天圣广灯录》作"上"**行**。侄孙者，今时传法弟子也。**金鸡解衔一颗米**，《古尊宿语录》、《五灯会元》作"一粒粟"，金鸡者，金州也，让师是金州人也。一颗米者，意取道一，江西马祖名道一。**供养十方**《古尊宿语录》作"什邡"**罗汉僧**。让和尚付法与道一，故言供养。十方者，马和尚是汉州十方县罗汉寺出家也。

尊胜今藏古，尊胜者，妙智也。古者，可大师，本有妙高之性，性被烦恼覆之，未现了，故言藏也。**无肱亦**《天圣广灯录》作"又"**有肱**。肱者，手也，可大师求法断臂也。**龙来方受**《天圣广灯录》作"授"**宝**，龙来者，初祖西来也。方受宝者，二祖传法。**捧物复**《天圣广灯录》作"奉物伏"**嫌名**。捧者，惠也。本名神光，复过达摩，嫌之，改名言为惠可。

初首不称名，后周第三主己卯之岁，有一居士，不称姓名，故言不称名。**风狂又有声**。风狂者，三祖有风病。有声者，远近皆知有病，故言有声也。**人来不喜见**，人来不喜见，患风之形状。**白宝初平平**。白宝者，玉也。玉边作祭，璨字也。三祖名璨大师。

起自求无《天圣广灯录》作"不"**碍**，有一沙弥，年十四，名道信，来礼拜问："唯愿和尚，教某甲解脱法门。"故言求无碍。**师传我没绳**。师者，三祖也。我没绳者，既无人缚汝，即是解脱。**路上逢僧礼**，路上者，道也。礼者，信也。四祖大师名道信。**脚下六枝分**。脚下者，门下也。四祖下横出一宗，六枝者，牛头融禅师等六祖。

三四全无我，三四者，七也。五祖七岁遇道信大师，无人我出家也。**隔水受心灯**。隔水者，五祖于蕲州蕲水得传四祖心印，故言受心灯。**尊号过诸量**，过量者，弘字也。**逢嗔不起憎**《天圣广灯录》作"从嗔不起增"。不起者，忍字也。**捧**《天圣广灯录》作"奉"**物何曾捧**，捧者，惠字。**言勤又不勤**。勤者，能也。六祖名能。唯书四句偈，唯书四句偈者，神秀和尚呈四句偈，□能和尚亦呈四句偈，故言四句偈。将《天圣广灯录》作"为"对瑞田人。瑞田人者，神秀和尚南阳嘉禾县瑞田人。心里能藏事，能藏者怀，则怀信也。说向汉江滨。说向者，说法也。汉江滨者，马大师汉州人也。马大师求佛心印，让和尚说向道一也。湖波探水月，湖波者，曹溪也。探水月者，得也。让大师于六祖身边得传心印。将照二三人。二三者，六。让大师传法弟子六人，言六人者，一道一得心，二智远得眼，三常浩得眉，四神照得鼻，五坦然得耳，六严峻得耳，是为六人也。

领得〔弥勒〕(珍勤)从《天圣广灯录》改语，领得者，马大师于让大师处领语也。离乡日日敷。离乡者，南方也。日日者，昌字也。敷者，演也。马大师归至洪州南昌寺，敷演大教是也。移梁来《天圣广灯录》作"来梁移"近路，移梁者，梁都也。近路者，洪州观察使姓路，遂请大师自虔州南康县，移入洪州开元寺，故言来近路。余算脚天徒。余者，我字也。从马大师二十年外，契道者千万，遍行天下，故言脚天徒。

艮地生玄旨，艮地者，东北也。神秀和尚从五祖下传一枝法，在北自为立宗旨也。通尊媚亦尊。通尊者，谥号大通禅师也。媚者，秀也。亦尊者，三帝所尊敬，故亦尊也。比肩三九《天圣广灯录》作"吼"族，比肩者，同学也。三九族者，十二人也。秀大师同学十二人。足下一有分。从秀和尚足下，各分宗旨，南北有异。

灵集愧天恩，灵者，神。集者，会也。愧者，荷也。天恩者，泽也。神会大师住洛京荷泽寺。生亐二六人。生亐者，师资也。二六者，会大师弟子十二人也。法中无气味，法中者，佛法也。会大师传佛知见，甚深法也。无气味者，缘北宗秀大师弟子普寂，于京盛行，通其经教。当此之时，曹溪宗旨，于彼未盛行，故言无气味也。石上有功勋。石上者，秀大师弟子，磨却南宗碑，神秀欲为六代，何其天之不从，乃得会大师重立实录，故有功勋。

本是大虫勇，印宗法师本是小乘，喻如大虫，不是师子。回《天圣广灯录》作"翻"成师子谈。回者，传也。回小作大，印宗法师礼六祖便悟上乘，是成师子吼。官家封马岭，封者，印也。马岭者，宗也。印宗曾为讲经法师也。同详三十三。同详者，同学也。六祖弟子祥岑等三十三人，祥禅师住於峡山。

八《天圣广灯录》作"九"女出人伦，八女者，安字也。出人伦者，为国师也。八个绝婚姻。八个者，安字。绝婚姻者，安徒难为绍继之。朽床《天圣广灯录》作"将"添六脚，朽床者，老字也。六脚者，则天、中宗，腾腾坦然圆寂，百五十五年住世，破灶堕和尚六住嵩山，是为六脚也。心祖众中尊。心祖者，姓也。安和尚顿悟禅理为国师，故众中尊也。

走 戊与朝邻，走戊者，越字，忠国师是越州人也。与朝邻者，为国师。鹅乌子出身。鹅者，鹅州也，今越州是。乌者，鸣鹤县也，今诸暨县是，国师生此县也。二天虽有感，二天者，肃宗、代宗二帝也。有感者，帝礼为师也。三化寂无尘。三化寂无尘者，二帝与国师俱寂也。

说小何曾小《天圣广灯录》作"说少何曾少"，希字是也。言流又不流。迁字是也。草若除其首，石头无草。三四继门修。传法弟子人数，准其传法人数，应云十七继门修也。　　以上十七首，均见《祖堂集》卷二。《五灯会元》卷一录其一、其二、其四三首。《古尊宿语录》卷一引二首。

八月商尊飞有声。巨福来群《天圣广灯录》作"祥"鸟不惊。怀抱一鸡来赴《天圣广灯录》作"重起"会，手把龙蛇在两楹。

寄公席〔帽〕（脱）从《天圣广灯录》改权时脱，蚊子之虫惭小《天圣广灯录》作"足去"形。东海象归披右服《天圣广灯录》作"石胀"，二处蒙恩总不轻。

日月并行君《天圣广灯录》作"若"不动，即无冠子上山行。更惠一峰添翠岫，玉教人识始知名。

高峰《天圣广灯录》作"岭"逢人又脱衣，小蛇虽毒不能为。可中井底看《天圣广灯录》作"着"天近，小小沙弥善大机。

大浪虽高不足知，百年凡木长乾枝。一鸟南飞却归北，二人东往却《天圣广灯录》作"复"还西。

可怜明月独当天，四个龙儿各自迁。东西南北奔波去，日头平上照无边。

鸟来上高堂欲兴《天圣广灯录》作"惊"，白云入地色还青。天上金龙日月明,东阳海水清不清。首捧朱《天圣广灯录》作"珠"轮重复轻,虽无心眼转惺惺《天圣广灯录》作"醒醒"。不见《天圣广灯录》作"具"耳目善观听,身体元无空有形。不说姓字但验《天圣广灯录》作"签"名,意寻书卷错开《天圣广灯录》作"看"经。口谈《天圣广灯录》作"说"恩幸心无情,或去或来身不停。以上七首见《卍续藏经》本《祖庭事苑》卷八,原注:"未见注八首。""路上忽逢深处水"一首已见《祖堂集》。《天圣广灯录》卷六收二十三首,缺"初首不称名"一首,各首均无注。

　　按:以上诸谶,云为菩提达磨所作,显为依托。其作者,应为南宗禅僧,较大的可能为南岳怀让、马祖道一一系的禅僧。诸谶中所述事,以石头希迁、马祖道一为最迟,因知作者应为德宗以后人。《祖堂集》成书于南唐间,诸谶伪托之下限,疑不迟于唐末。

付 法 颂

吾本来唐国《景德传灯录》作"兹土",传教《景德传灯录》作"法"救迷情。一花开五叶,结果自然成。《南宗顿教最上大乘摩诃般若波罗密经六祖慧能大师于韶州大梵寺施法坛经》)。

　　按:此首亦出唐人依托。

全唐诗续拾卷六〇 先宋诗下

朱彦时

黑 儿 赋

世有非常人，实惟彼玄士。禀兹至缁色，内外皆相似。卧如骊〔马〕(牛)司义祖校记云："似应作'骊马'。"今从《事文类聚》改骊，立似乌牛蹄。忿如鹳鸽斗，乐似鸱鹩喜。下缺。见中华书局校排本《初学记》卷十九。宋祝穆《事文类聚后集》卷十八作"朱彦时赋黑儿诗"。

按：彦时时代不明，要为开元前人。《新唐书·宰相世系表》有朱彦时，约中唐人，非是。严可均辑《先唐文》收入彦时此篇及刘思真《丑妇赋》，并无确据。王重民先生《敦煌变文研究》(刊《中华文史论丛》一九八一年第二辑)以为初唐时作，或得其实。

徐 成

徐成，字子长，代郡人。官江淮津督。(详附按)

宝 金 篇

三十二相眼为先，次观头面要方圆。相马不看先代本，一似愚人信口传。眼似垂铃紫色鲜，满厢凸出不惊然。白缕贯睛行五百，斑如撒豆勿同看。面若侧墼如镰背，鼻如金盏可藏拳。口叉须深牙齿远，

舌如垂剑色如莲。口无黑黡须长命，唇似垂厢盖一般。食槽宽净腮
无肉，咽尖平而筋有拦。耳如杨叶裁杉竹，咽骨高而软不坚。八肉
分而弯左右，龙会高而上古传。项长如凤须弯曲，鬃毛茸细要如绵。
鬐高膊阔抢风小，臆高胸阔脚前宽。膝要高而圆似掬，骨细筋粗节
要攒。蹄要圆实须卓立，身形充阔要平宽。筋骨弯而须坚密，排鞍
肉厚稳金鞍。三峰稳压须藏骨，卧如猿落重如山。鹅鼻曲直须停
稳，尾似流星散不连。膏筋大小须匀壮，下节攒筋紧一钱。羊髭有
距如鸡距，能奔解走可行千。已前贵相三十二，万中难选一俱全。

宝 金 歌

三十二相眼为珍，次观头面要停匀。相马不看先代本，亦似盲人信
步行。眼似垂铃紫色浸，睛如彻豆要分明。白缕贯睛行五百，瞳生
五彩寿多龄。鼻纹有字须长寿，如火如公四十春。寿旋顶门高过眼，
鬃毛茸细万丝分。面如剥兔腮无肉，鼻如金盏食槽横。耳如杨叶根
一握，项长如凤似鸡鸣。口叉须深牙齿远，舌如垂剑色莲形。口无
黑黡须长命，唇似垂箱两合停。四大三高兼二小，双长两短一湾平。
瘦见肉而肥见骨，视而不惧听无惊。八肉弯而分耳后，龙会高而上
古闻。牝骝不欲偏多骡，骅骖蹄啮善能奔。首钩项曲三峰稳，筋粗
骨细四蹄轻。鬐高臆广平弓手，胸宽膊阔小抢风。头长腰短双凫大，
腹垂臁小逆毛生。跛停寸紧蹄坚实，膝高节近骨筋分。肋骨弯而须
紧密，排鞍肉厚稳鞍轮。肾袋小藏如吊壳，里囊垂大若悬铃。燕骨
隐微三山小，胯似琵琶后犬蹲。尾似流星须放细，鹅鼻曲直汗沟深。
骨筋大小须匀壮，身形充阔要宽平。已上毛骨皆是骏，还将驽逸细
推寻。腰凹脊弓焉致远，粗蹄捺跛岂能奔。白首黑身须可忌，银鬃
玉项不须钦。破脸孤蹄真未吉，耳白腰花实是凶。流鼻绣项休呼美，
沙睛环眼莫高称。面短骨横真可恶，眼深无肉不堪亲。槽微口浅多

无食，腿粗蹄大实无行。毛殊旋广休夸贵，寸长跧软莫称骏。背直
尾高休言美，耳大头肥不足钦。羊睛象目遥无力，猪膀驼腰不善奔。
龙颅突目天然快，獐头鹿耳号雏风。孔中筋现非常相，目有重瞳勿
视轻。溺而似犬真难得，耳毫一尺值千金。初产无毛称龙子，骨角
双生亦号龙。耳微一寸行千里，溺过前足半前程。羊须有距驰三百，
距如鸡爪日千程。已前贵相分明载，古典流传万世遵。自"还将"至"不
善奔"一十九句皆恶相，前后皆善相。

王良百一歌

略　相

耳小根一握，头长鼻要宽。能行三百里，解立四蹄攒。
臆前虽阔备，眼旷腹须平。项长筋骨促，尾骨短为精。
鹿耳天然快，獐头第一强。蹄轻腰又短，伯乐亦称良。
鼻上纹王字，目中青晕侵。虽然有筋骨，更要汗沟深。
初生无毛者，伯乐号龙驹。七朝方始起，千匹也应无。
近者虽似小，远望却成高。要知深有力，腹上逆生毛。
蹄大蹄又软，腹阔更腰长。行时无步骤，何必问孙阳。
口浅不能食，眼深多咬人。猪膝难任重，焉堪致远行。
要知有寿马，唇慢口方停。好是如羊目，骍良寿亦长。
不在如龙状，追风号古来。目前毛骨骏，未可比驽骀。

毛　病

项上如生旋，有之不用夸。环缘不利长，所以号螣蛇。
后有丧门旋，前兼有挟尸。劝君不用蓄，无事亦须疑。
牛额并衔祸，非常害长多。古人如是说，此事不须歌。
带剑浑小事，丧门不可当。滴泪如入口，有福也须防。
黑色耳全白，从来号孝头。假饶千里走，奉劝不须留。

背上毛生旋，驴骡亦有之。只惟鞍贴下，此者是驼尸。

衔祸口边冲，时间祸必逢。古人称是病，焉敢不言凶。

眼下毛生旋，遥看似泪痕。假饶福也病，无祸亦妨人。

毛病深知害，妨人在不占。大都如此类，无祸也宜嫌。

担耳驼鬃项，虽然毛病殊。更若兼鳌尾，有实不如无。

杂　忌

骑来未得饮，汗解是为强。卸鞍面向北，此事最招殃。

欲出须知此，笼头莫挂垂。虽然无大患，惊惧事防为。

面北朝朝喂，形躯渐渐伤。其中忽有患，有患悔难当。

远来亦忌饱，出去不妨饥。向水莫许骤，偏伤肺与脾。

浊水休教饮，多饶毛色焦。时间虽不觉，日内不生膘。

偏怕腥膻物，仍嫌土作槽。鼠穿成大秽，更忌草中毛。

上山犹许骤，下岭不宜骑。必定伤筋骨，能令日渐羸。

近学新医者，还知此事难。将针宜刺浅，方便更须端。

凡针六脉血，不在昔令多。移时苦不止，伤损返如何。

有病何妨疗，无伤血莫针。近来愚学者，此意未知深。

眼　病

一切眼昏瘴，皆因热所伤。莫令肝脏冷，泪出转难当。

黄风有赤脉，白翳忌侵睛。须抽眼脉血，救疗有功能。

乌风起肝脏，忽患便青盲。便是通神妙，除非解损睛。

有瘴多须泪，无令冷药多。细辛并地骨，犀角决明和。

外瘴须磨点，黄连最能驱。乌鱼骨颇妙，辄莫用珍珠。

欲疗先令暖，仍须使子肝。防风圆蔚好，去泪得睛宽。

不可全凭药，时闻亦用针。频抽口鼻血，脑热勿令侵。

肝病眼睛病，眼昏肝有风。发来时生晕，嚽烙抵神功。

环睛难为病，侵睛多即惊。月中骑亦惧，云内更同盲。

卒热传肝肺，尪羸也易推。奈何双目暗，得较也何时。

医　候

欲知看口色，春季忌于青。若似秋时候，医之必得宁。

夏病不食草，口中赤色深。莫将为热疗，热疗病难寻。

秋病口中白，时时喘息粗。于中带黑色，肝肺恐应无。

冬季口中黑，医之不必痊。卧蚕虽有色，而退也无缘。

大抵怕青黑，兼忧喘息粗。神功也不救，迟治气全无。

肺病多方疗，心伤鹘骨抽。目前虽得效，已后发无休。

鼻内出脓血，如加气转抽。岂堪连背硬，何用更开喉。

肺病休疑冷，腥膻不可为。但将凉药疗，莫使小猪脂。

天门还治肺，地骨也医肝。心热黄芩妙，人参性不寒。

前面热未退，腰胯却行迟。是热须医热，少将冷药医。

起　卧

脾寒令肉颤，胃冷吐清涎。但针脾上穴，暖胃药为先。

扑尾褰唇痛，起卧四蹄摊。频频觑胗上，冷热气相干。

起卧无时度，将身似狗蹲。肠中如粪结，巴豆最为珍。

若作如斯候，切在细推寻。如逢肾脉上，多应肠入阴。

识得寻常病，便须用橘皮。槟榔为第一，葱油最相宜。

止痛当归妙，牵牛芍药和。生姜宜剩使，滑石勿令多。

治脾人间妙，针脾第一功。目前兼恶急，气脉当时通。

尿血还缘热，风虚结涩为。秦艽能治疗，通利大黄奇。

忽伤粪如水，赤黄气息腥。饶医能用药，口色怕微青。

若还退草料，腹中虚气鸣。大似肠黄候，脾家气不匀。

疗　风

有伤即为急，无伤呼为慢。先针喉脉血，亦须先由汗。

尾揭遍身硬，耳肾闪骨生。此风从后得，暖处勿吹惊。

病见从前得,斯须便过关。　大风烙最妙,入口下应难。

四脚难移动,一边汗出微。　口中时吐沫,见此莫生疑。

不独如斯状、忽然后脚迟。　尽知呼脾冷,卒急也难医。

是药皆治病,唯风却要蛇。　防风并半夏,最急是天麻。

治疗皆凭药,就中风也难。　七朝疑似退,火烙大无端。

歇汗风饶痒,为疮急癞多。　肺风多揩擦,疥癞即相和。

花蛇及干蝎,亦疗脑旋风。　乌头勿单使,麻黄更要芎。

有风切忌惊,角耳最为精。　汉椒并附子,相合耳中倾。

筋　骨

膊痛缘骑苦,蹄伤败血攻。　痛时针且妙,蹄损火能通。

膝骨难任痛,行时脚失多。　无端针脉血,得效也蹉跎。

子骨连蹄痛,多应是物伤。　烙蹄蹄不发,渐渐骨开张。

失节莫交频,鹿节黄水成。　假饶用火烙,滑石镇长盈。

但是筋骨痛,皆因伤损为。　于中砚子骨,末后不通医。

食槽胀虽烙,多缘腑病生。　胃翻加止沫,何药效能成。

小胯骨若痛,牵连雁翅疼。　从针须得穴,用药更持锋。

曲池鹅鼻骨,胀时不在针。　芸台并紫葛,已豆最功深。

附骨侵于膝,走骤多饶失。　火烙意还粗,药消为第一。

筋胀用猪脑,冷药用蛇床。　细辛并藁本,米醋及生姜。

疗　黄

头闷忽衔缰,此即是心黄。　先须用火烙,时下得安康。

胸黄忽肿硬,未可用针针。　须使消黄药,无令痛所侵。

偏次黄虽少,还缘积热成。　尝闻连五脏,根向肺中生。

喉内若生黄,此病实难当。　药针但少效,向里结成囊。

急慢肠黄候,患时俱一般。　慢时一月多,急则当时间。

肾黄肾脉肿,积冷致如然。　还须燴腰上,以此出顽涎。

水黄连带脉，虚肿在皮肤。先用火针治，消时脓出馀。
朊黄不用针，涂药妙能深。滑石并葶苈，橘皮使蔚金。
骡马缘风热，因此作奶黄。涂药教驹匼，切恐结成囊。
一切黄虚肿，多缘积热生。宜抽喉脉血，诸毒不能成。

疮　痍

竹节疗膊疮，骨钻亦难当。若涂先用洗，欲使洗盐汤。
贴疮须用药，艾炙且令焦。干姜将入内，根出始方消。
疳疮生眼畔，疳血化为虫。即渐侵于脑，和睛变作脓。
口内忽生涎，心脏热如然。有疮须用药，包药使绵缠。
肺毒若生疮，医之要肺凉。贴药虽宜洗，可用甘草汤。
断跩缘风血，燥蹄亦一般。麝香葶苈子，贯众及黄丹。
冷病缘草结，脓多疮口寒。乳香并附子，贴此始应看。
疥癣深秋旺，爪疮盛夏多。都缘风血聚，忙疗莫蹉跎。
血躁连蹄肿，筋风血作脓。芜荑鹤风妙，能杀此般虫。
一切破损疮，勿令口自伤。瘢疮难治疗，客风须是防。

齿　岁

齿有数般苍，教伊识不妨。莫言为小事，识得大贤良。
黑白一齐全，生来始八年。中间初似破，十二岁无偏。
齿如十二月，驵牙象四时。二十四气足，伯乐视为规。
四齿不曾退，年已只似驹。但看边畔者，咬得白还殊。
驹子生驼齿，嚼之必不匀。直饶齿岁小，区臼也多平。
向南马齿口，野放咬山多。区臼虽先破，莫言齿岁过。
黄区将欲尽，黑白以全无。上下齿更展，十二岁应馀。
驵牙初出肉，俗言五六春。至老或不生，须凭区臼真。以下均见宛委山堂本《说郛》卷一○七徐成《相马书》。

《旧唐书·经籍志》子部农家类著录："《相马经》，又二卷，徐成等撰。"

《新唐书·艺文志》子部农家类著录："徐成等《相马经》二卷。"

《太平御览》卷八九六引《伯乐相马经》云："江淮津督徐成字子长，兄弟蒙宠于府君，治马方以报，千金不传，号《淮津方》。"

今人王毓瑚《中国农学书录》云："据现有的线索推测，（徐成）极可能是唐代人。《说郛》收的有一种徐咸的《相马书》，'咸'、'成'二字字形相近，或者就是此书。"

今按：《郑堂读书记补逸》谓徐咸为宋人，今人编《中国丛书综录》从之。核以文献，尚无明证。《说郛》收此书于陆龟蒙《耒耜经》、傅肱《蟹谱》之间，卷首署"代郡徐咸"，不言时代。"代郡"非宋时地名。两《唐志》既已著录此书，其时代当在开元以前。《伯乐相马经》见载于《隋书·经籍志》五行类，《旧唐志》录此书于隋诸葛颖之前，据此二证，颇疑成为隋前人。但《隋志》不录此书，至《旧唐志》始见收，终不能排除其为唐人的可能性。今收入先宋诗，以俟考定。

阴真君

还　丹　歌

北方正气为河车，东方甲乙为金砂。两情含养归一体，朱省调养生金华。金华生出天地宝，人会此言真正道。子称虎，卯为龙，龙虎相生自合同。龙居震位当其八，虎数元生在一宫。采有日，取有时，世人用之而不知。收取气候若差错，万般工力徒劳施。至神至圣极容易，先向宫中求鼎器。温养火候审阴阳，安排炉室须择地。不得地，莫妄为，切须隐密审护持。保守莫泄天地机，此药变化不思议。阳真砂，阴真汞，时人求之莫妄动。无质生质是还丹，凡汞凡砂不劳弄。见《道藏·洞真部·玉诀类》陈抟《阴真君还丹歌注》。

　　按：阴真君即阴长生，为汉时神仙，详《太平广记》卷八引《神仙传》。

此首当出依托。宋董逌《广川书跋》卷八载李贻孙书阴真人诗,当即此首,知其应为中唐以前之作。

葛　玄

登 天 台

高高山上山,山中白云闲。瀑布低头看,青天举手扳。石桥横海外,风笛落人间。不见红尘客,时时鹤往还。见《四库珍本初集》本《天台集·拾遗》。

　　按:葛玄为晋前神仙,见《太平广记》卷七一引《神仙传》。此首五律显为齐梁以后人依托。

刘思真

丑 妇 赋

人皆得令室,我命独何〔咎〕(吝)从安刻本改。不遇姜任德,正值丑恶妇。才质陋县俭,姿容剧嫫母。鹿头猕猴面,椎额复出口。折颈𦠄楼鼻,两眼颇一交切如臼。肤如老桑皮,耳如侧两手。头如研米槌,发如掘扫帚。恶观丑仪容,不媚似铺首。暗钝拙梳髻,刻画又更丑。妆颊如狗舐,额上独偏厚。朱唇如踏血,画眉如鼠负。傅粉堆颐下,面中不遍有。领如盐豉囊,袖如常拭釜。履中如和泥,爪甲长有垢。脚鞁可容箸,熟视令人呕。见《初学记》卷十九。

　　按:参前朱彦时条。

戴　良

　　良,字文让。

失父零丁

敬白诸君行路者,敢告重罪自为积。恶致灾交天困我,今月七日失
阿爹。念此酷毒可痛伤,当以重币(重)用相赏,请为诸君说事状。我
父躯体与众异,脊背伛偻卷如戴。唇吻参差不相值,此其庶形何能
备。请复重陈其面目,鸱头鹘颈獦狗啄,眼泪鼻涕相追逐,吻中含纳
无牙齿,食不能嚼左右蹉。〔□〕似西域〔□〕骆驼。请复重陈其形骸,
为人虽长甚细材。面目芒苍如死灰,眼眶臼陷如(米)羹杯。见《太平御
览》卷五九八。

> 按:戴良时代不明,或作东汉人,非,详王重民《敦煌变文研究》。今从
> 王说收入并据以校改。

无名氏

道 藏 歌 诗

玉龟七宝林,唱赞愿同舟。丹景曜目精,令我心跐蹰。
解带天皇寝,停驾高上兵。玉真启角节,翊卫自相扶。
玉皇命真王,飞轩浪天陜。诸天欢且悦,琼音自玱凄。
五老监魂戒,心端情自恢。身度水火官,名入九天一作"龙"庐。
重萌郁以赫,朱风引鸣鸠。既忘荣曜契,何不宝仙居。
不见九灵母,北真道相逢。九龙运东井,天马发西嵎。
仰翕长庚井,练胎反婴孩。太一保命籍,南陵拔夜居。
同欢舞云华,众真欣谁喻。丹景曜目精,令我心跐蹰。
日月粲华晖,回光照真符。忆兆不同劫,千载莫之尤。
白帝行焉道当新,名书紫府得其篇,西龟定录位真人。以上均见吴棫
《韵补》卷一。

游云落太阳，飙景凌三天。千秋似清旦，万岁犹日半。

玄挺－作"庭"自嘉会，金书东华名。贤安密所戒，相期阳洛汧。

　　　　按：《孟东野诗集》卷九《列仙文·方诸青童君》末四句与此首相似，
　　详附按。

观见学仙客，蹂路放炎烟。阳光不复朗，阴精不复明。

终劫复〔始〕（姑）劫，愈觉灵颜新。道林蔚天京，下光诸地仙。

推校千精，执咸雷震。五帝秉钺，神公吐烟。

徘徊二元际，内观自缠绵。灵胎运九霞，永保亿万椿。

齐－作"跻"景西那东，肆欢－作"观"善因缘。常融无地官，皆是圣皇
臣。

今日庆元吉，亿－作"忆"曾状曲泉。法师及弟子，至德自然勋。

白鹄挥轻翻，神虬奋绿鳞。群仙严轩驾，玉女散华烟。

策驾玄中汉，訇素扶希－作"桑"林。妙微浑混遭，长扇回五烟。

逍遥聚无散，身生水火先。大运会开度，弥劫为一龄。

冥化自有数，我真法自然。妙曲发空洞，宫商结仙灵。

今日度－作"庆"元吉，忆曾状曲泉。万神同斯和，亿劫岂知沦。

椿龄会足衰，劫往岂足辽。虚刀挥至空，鄙滞五神愁。

回舞太空岭，六气运重幽。我际岂能寻，使尔终不凋。

仙童掇朱实，神女献玉瓜。浴身丹洰池，濯发甘泉波。

宴景玉京上，游轮蹲玄都。逍遥大明中，长灯焕翠罗。

乞兔五难中，制召诸天魔。灵岳不崩陷，福地更炼胎。

运役自然气，于是息三徒。一畅万劫感，庆贺西玉那。

五道息对魂，九幽罢三途。不闻孤魂声，但闻兴乐歌。

荣秀椿却期，乘运应灵图。兜术开大有，一庆享祚多。

下看荣竟子，笃似蛙与蟆。顾盼尘浊中，忧患自相罗。

静心念至真，随运顺离罗。感应理常通，神适逯－作"还"自徂。

弹璈北寒台，七灵曜紫霄。济济群仙举，纷纷尘中罗。

太虚感灵会，命我生成章。诸天普欣悦，一切稽首恭。

开度飞玄真，凝化轮空洞。帝真始明精，号曰字元阳。

绿盖协晨霞，青轩掷空峒。右揖东林帝，上朝太虚皇。

　　按：嘉庆刊张伯魁《崆峒山志》收此诗，似即引自《韵补》。

郁郁对启明，圆华焕三冲。飘粲丽九天，天绿绕丹房。

斩灭六天，严整北酆。束精缚妖，受事玉皇。

停盖濯碧溪，采秀月支峰。咀嚼三灵华，吐吸九神芒。

灵章荫玄方，仰感旋曜精。诜诜繁茂萌，重德必克昌。

携袂明真馆，仰期无上皇。北钧唱羽人，玉女粲贤众。

引领嚣庭内，开心机秒冲。一静安居苦，试去视沧浪。

渊响启灵扉，七门扇羽章。阳台大洞野，幽逸英芝充。

神畅一作"粲"感寂庭，嘿思彻九重。灵歌理冥运，百和结成章。

霄轩纵横舞，紫盖托朱方。风尘有忧哀，陨我白鬓翁。

司命保算，丹书南昌。解技七元，腐骨更蓊。

提携高上宾，反我素灵房。道场灵沫内，高歌登太虚。

玉台敷朱霄，绿霞高有埔。体矫万津波，神生摄十方。

但闻仙道贵，不闻鬼道隆。谣歌参天炁，贾生元正章。以上四十首均见
同书卷二。

提携宴玉宾，契驾乘烟骈。黄篆命玉符，公子运我上。

玉虚范玄象，高会通冥想。三曜无停晖，明真焕云芒。

解散七玄祖，更法无中影。七化反自然，帝一同玄飨。以上见同书卷三。

飞轮蔼太空，无形亦无迹。纵路任飞轮，萧萧起界外。

清明重霄上，合期庆云际。玉条流逸响，从容灵妙话。

夕游蓬莱岛，期对华景宴。神仙结丹藻，流晖寄文翰。

风云隐宛微，讲论五岳匠。砰磅精流璃，琥珀金刚镜。

绛衣表群会，生始似久梦。德隐冲内迹，至寂不觉当当，去声。以上见同书卷四。

道藏元君诗

披云泛灵舆，倏忽适下土。崆峒灭玄云，至感不容冶。同前卷三。

道藏元始歌

黄庭戊己无流源，彻通五藏十二纶。见同书卷二。

道藏左夫人歌

腾跃云景辕，浮观霞上空。霄軿纵横舞，紫盖记灵方。

道藏中岳仙人歌

徘徊玄岳巅，翻焉御飞龙。齐腾八纮外，翱翔闾阖房。见同书卷一。以上所录《韵补》中诗，均以中华书局影宋本为底本，校以《连筠簃丛书》本、影印文渊阁《四库全书》本。

　　《韵补》卷首书目释《道藏》歌诗云："当是魏晋时人所作。其文词非儒家所急，取其韵古也。多阳声，与《黄庭》同。"今人逯钦立《先秦汉魏晋南北朝诗后记》云："《韵补》引用的《道藏》歌诗，其中就有唐孟郊作的《列仙文·方诸青童歌》，……为此，《韵补》所引道歌，本书一概不取。"

　　今按：以孟郊诗与吴棫所录对校，二十字中有八字不同，故前仍录出。据逯先生所云，《韵补》诸诗虽不能断定为魏晋间人作，但为宋以前人作，殆无疑义。宋代道家著作中常见的"坎离交媾、婴儿姹女、道家修养之术"（《四库全书总目》卷一四七《金丹诗诀》提要语），诸诗中皆未见，即为一证。今收入先宋诗。

叠　韵　诗

看河水漠沥，望野草苍黄。露停君子树，霜宿女姓姜。

叠 连 韵 诗

羁客意盘桓，流泪下阑干。虽对琴觞乐，烦情仍未欢。

掷 韵 诗

不知羞，不敢留。但好去，莫相虑。孤客惊，百愁生。饭蔬箪食乐道，忘饥陋巷不疲。

不知羞，不肯留。集丽城，夜啼声。出长安，过上兰。指扬都，越江湖。念邯郸，忘朝餐。但好去，莫相虑。

重 字 韵 诗

望野草青青，临河水活活。斜峰缆舟行，曲浦浮积沫。

同 音 韵 诗

今朝是何夕，良人谁难觑。中心实怜爱，夜寐不安席。以上六首均见《文镜秘府论》天卷《八种韵》。

　　按：《八种韵》节凡引诗九首，除梁萧绎、唐王昌龄、李白各一首外，馀六首作者不详。王利器《文镜秘府论校注》引任学良《文镜秘府论校注》稿本云："本节曾引王昌龄李白诗，疑系元兢《脑髓》之文，皎然《诗议》不致有此种琐屑声韵之论也。"然兢为高宗时人，安得引及李、王之诗。其说未谛。诸诗为六朝至盛唐间作品，殆无可疑。

句

斟清酒，拍青琴。

寻往信，访来音。

春可乐，秋可哀。

朝燃兽炭,夜秉鱼灯。

宋腊已歌,秦姬欲笑。

雾开山有媚,云闭日无光。

燥尘笼野白,寒树染村黄。

素琴奏乎五三拍,绿酒倾乎一两卮。

嗟余薄德从役至他乡,筋力疲顿无意入长杨。均见《文镜秘府论》东卷
《〈笔札〉七种言句例》。

的 名 对 诗

送酒东南去,迎琴西北来。

异 类 对 诗

风织池间树一作"字",虫穿草一作"叶"上文。

双 声 对 诗

秋露香佳菊,春风馥丽兰。

双 拟 对 诗

议月眉欺月,论花颊胜花。

隔 句 对 诗

相思复相忆,夜夜泪沾衣。空叹复空泣,朝朝君未归。以上五题均见《诗
人玉屑》卷七引李淑《诗苑类格》引上官仪语引。又见《文镜秘府论》东卷《二十九种对》。
疑即出上官仪《笔札华梁》。

句

风花无定影,露竹有馀清。

映浦树疑浮，入云峰似灭一作"截"。以上二联为形似体。

四邻不相识，自然成掩扉。此为情理体。

隐隐山分地，沧沧海接天。此为直置体。

侵云蹀征骑，带月倚雕弓。此为映带体。

歌前日照梁，舞处尘生袜。

泛色松烟举，凝花菊露滋。以上二联为婉转体。

寒葭凝露色，落叶动秋声。此为清切体。

青田未矫翰，丹穴欲乘风一作"凤"。

曲沼疏秋盖，长林卷夏帷。

积翠彻王利器疑当作"澈"深潭，舒丹明浅濑。以上三联为菁华体。以上十三联均见《文镜秘府论》地卷《十体》引崔融《唐朝新定诗格》。

　　按：《十体》节共引诗二十一题，今可查知作者之作凡八题，分属宋鲍照、齐王融、梁戴暠、陈江总、隋杨广、孔德绍、虞世基、唐崔信明。不知作者之作凡十三联，当为六朝至初唐人所作，惜已无从甄辨。

繁说病诗

从风似飞絮，照日类繁英。拂岩如写镜，封林若耀琼。

龃龉病诗

雾生极野碧，日下远山红。

晨风惊叠树，晓月落危峰。

丛木病诗

庭梢桂林树，檐度苍梧云。棹唱喧难辨，樵歌近易闻。以上三题均见《文镜秘府论》西卷《文二十八种病》引崔融《唐朝新定诗格》引。

切侧对诗

浮钟宵响彻,飞镜晓光斜。

双声侧对诗

花明金谷树,叶映首山薇。
翠微分雉堞,丹气隐檐楹。

叠韵侧对诗

平生披黼帐,窈窕步花庭。
自得优游趣,宁知圣政隆。以上三题均见《文镜秘府论》东卷《二十九种对》引崔
融《唐朝新定诗格》。

声对诗

彤驹初惊路,白简未含霜。
初蝉韵高柳,密莴挂深松。

字侧对诗

忘怀接英彦,申劝引桂酒。
玉鸡清五洛,瑞雉映三秦。
桓山分羽翼,荆树折枝条。

字对诗

山椒架寒雾,池篠韵凉飙。
何用金扉敞,终醉石崇家。
原风振平楚,野雪被长营。均见《文镜秘府论》东卷《二十九种对》,似出元兢《诗

髓脑》。

句

夜闻木叶落,疑是洞庭秋。

竹声先知秋。

绿一作"流"水溢金塘。

诗

明月下山头,天河横戍楼。白云千万里,沧江朝夕流。浦沙望如雪,松风听似秋。不觉烟霞曙,花鸟乱芳洲。以上均见《文镜秘府论》南卷《论文意》引王昌龄《诗格》。

平 头 诗

芳时淑气清,提壶台上倾。

山方翻类矩,波圆更若规。树表看猿挂,林侧望熊驰。

朝云晦初景,丹池晚飞雪。飘枝聚还散,吹杨凝且灭。

上 尾 诗

可怜双飞凫,俱来下建章。一个今依是,拂翩独先翔。

荡子别倡楼,秋庭夜月华。桂叶侵云长,轻光逐汉斜。

蜂 腰 诗

徐步金门出,言寻上苑春。

鹤 膝 诗

拨棹金陵渚,遵流背城阙。浪蹙飞船影,山挂垂轮月。

陟野看阳春,登楼望初节。绿池始沾裳,弱兰未央结。

大 韵 诗

游鱼牵细藻,鸣琴哢好音。谁知迟暮节,悲吟伤寸心。

小 韵 诗

搴帘出户望,霜花朝濊日。晨莺傍枳飞,早燕挑一作"排"轩出。
夜中无与悟一作"语",独寤抚躬叹。唯惭一片月,流彩照南端。

傍 纽 诗

鱼游见风月,兽走畏伤蹄。
元生爱皓月,阮氏愿清风。取乐情无已,赏玩未能同。
云生遮丽月,波动乱游鱼。凉风便入体,寒气渐钻肤。

正 纽 诗

抚琴起和曲,叠管泛鸣驱王利器云:"疑当作'讴'"。停轩未忍去,白日小
踟蹰。
心中肝如割,腹一作"肠"里气便燋。逢风回无信,早雁转成遥。

春 诗

沼萍遍水缬,榆荚满枝钱。
斜云朝列陈,回娥夜抱弦。二联为水浑病。

闺 怨 诗

尘暗离后镜,带永别前腰。
怨心千过绝,啼眼百回垂。二联为火灭病。

秋　诗

金风晨泛菊，玉露宵沾兰一作"悬珠"。
玉轮夜进辙，金车昼灭途。二联为木枯病。

寒　诗

兽炭陵晨送，鱼灯彻宵燃。
狐裘朝除冷，裒褥夜排寒。二联为金缺病。

述　怀　诗

鸣琴四五弄，桂酒复盈杯。
夜夜怜琴酒，优游足畅情。二联为阙偶病。

缺　偶　诗

苏秦时刺股，勤学我便耽。

不　缺　偶　诗

刺股君称丽，悬头我未能。

对　酒　诗

清觞酒恒满，绿酒会盈杯。
满酌余当进，弥瓯我自倾。

诗

远岫开翠雾，遥山卷青霭。以上三联为繁说病。

不犯支离诗

春人对春酒,新树间新花。

犯支离诗

人人皆偃息,唯我独从戎。

犯相滥诗

玉绳耿长汉,金波丽碧空。星光暗云里,月影碎帘中。

咏月诗

玉钩千丈挂,金波万里遥。蚌亏轮影灭,蓂落桂阴销。入风花气馥,出树鸟声娇。独使高楼妇,空度可怜宵。

咏春诗

何处觅消愁?春园可暂游。菊黄堪泛酒,梅红可插头。以上二首为落节诗。

忆友诗

思君不可见,徒令年鬓秋。独惊积寒暑,迢递阻风牛。粤余慕樵隐,萧然重一丘。此为杂乱诗。

秋诗

熠燿庭中度,蟋蟀傍窗吟。条间垂白露,菊上带黄金。

咏秋诗

熠燿流寒火,蟋蟀动秋音。凝露如悬玉,攒菊似披金。

句

渭滨迎宰相。

树荫逢歇马,鱼潭见洗船。

隔花遥劝酒,就水更移床。以上均为文贽诗。

相 反 诗

晴云开极野,积雾掩长洲。

相 重 诗

驱马清渭滨,飞镳犯夕尘。川波张远盖,山日下遥轮。柳叶眉行尽,
桃花骑转新。自《平头诗》以下二十八题均见《文镜秘府论》西卷《文二十八种病》。

　　　按:《文二十八种病》节,为弘法大师综合刘善经、元兢、崔融及《文笔
式》等诸家之说而成。所引作品,可考知者有六朝及初唐人之作,多数为
作者无考之佚诗佚句。今将可考知出某家著作所引者另录,馀皆附于此,
虽难定时代,为六朝至初唐人作则无问题。

的 名 对 诗

东圃青梅发,西园绿草开。砌下花徐去,阶前絮缓来。

手披黄卷尽,目送白云征。玉霜摧草色,金风断雁声。片云愁近成,
半月隐遥城。

鲜光叶上动,艳彩花中出。疏桐映兰阁,密柳盖荷池。

隔 句 对 诗

昨夜越溪难,含悲赴上兰。今朝逾岭易,抱笑入长安。

月映茱萸锦,艳起桃花颊。风发蒲桃秀,香生云母帖。

翠苑翠峰外,单蜂拾蕊归。芳园芳树里,双燕历花飞。

双 拟 对 诗

夏暑夏不衰,秋阴秋未归。炎至炎难却,凉消凉易追。

乍行乍理发,或笑或看衣。

结蕚结花初,飞岚飞叶始。

联 绵 对 诗

看山山已峻,望水水仍清。听蝉蝉响急,思乡乡别情。

嫩荷荷似颊,浅河河似带,初月月似眉。

烟离离万代,雨绝绝千年。

望日日已晚,怀人人不归。

霏霏敛夕雾,赫赫吐晨曦。轩轩多秀气,奕奕有光仪。

视日日将晚,望云云渐积。

互 成 对 诗

天地心间静,日月眼中明。麟凤千年贵,金银一代荣。

玉钗丹翠缠,象榻金银镂。青昳丹碧度,轻雾历檐飞。

岁时伤道路,亲友念东西。

异 类 对 诗

天清白云外,山峻紫微中。鸟飞随去影,花落逐摇风。

鲤跃排荷戏,燕舞拂泥飞。琴上丹花拂,酒侧黄鹂度。

赋 体 对 诗

袅袅树惊风,丽丽云蔽月。

皎皎夜蝉鸣，晒晒晓光发。二联为句首重字。

汉月朝朝暗，胡风夜夜寒。句腹重字。

月蔽云晒晒，风惊树袅袅。句尾重字。

徘徊四顾望，怅恨独心愁。句首叠韵。

君赴燕然戍，妾坐逍遥楼。句腹叠韵。

疏云雨滴沥，薄雾树朦胧。句尾叠韵。

留连千里宾，独待一年春。句首双声。

我陟崎岖岭，君行峣峬山。句腹双声。

妾意逐行云，君身入暮门。句尾双声。

团团月挂岭，纳纳王利器《文镜秘府论校注》引日本密禅僧伽维宝《文镜秘府论笺》云："'纳'疑当作'细'"露沾衣。头。

花承滴滴露，风垂袅袅衣。腹。

山风晚习习，水浪夕淫淫。尾。

双 声 对 诗

飋飈岁阴晓，皎洁寒流清。结交一顾重，然诺百金香。

五章纷冉弱，三冬綮陆离。怅望一途阻，参差百虑违。

洲渚递萦映，树石相因依。

叠 韵 对 诗

放畅千般意，逍遥一个心。漱流还枕石，步月复弹琴。

徘徊夜月满，肃穆晓风清。此时一樽酒，无君徒自盈。

回 文 对 诗

情亲由得意，得意遂情亲。新情终会故，会故亦经新。自《的名对诗》以下十题均出《文镜秘府论》东卷《二十九种对》。

诗

净宫邻博望，香刹对承华。见《文镜秘府论》地卷《十四例》引皎公《诗议》引。

双虚实对诗

故人云雨散，空山来往疏。

假 对 诗

不献胸中策，空归海上山。同前书东卷引皎然《诗议》。

咏 物 阶 诗

双眉学新绿，二脸例轻红。言模一作"摸"出浪鸟，字写入花虫。
洒尘成细迹，点水作圆文。白银花里散，明珠叶上分。

赠 物 阶 诗

心贞如玉性，志洁若金为。托赠同心叶，因附合欢枝。
合瞑刺缝罢，守啼方达曙。带长垂两巾，代人交手处。

述 志 阶 诗

有鸟异孤鸾，飞无群独漾。鹤戏逐轻风，起响一作"聊起"三台上。
丈夫怀慷慨，胆一作"瞻"上涌波奔。只将三尺剑，决搆一朱门。

写 心 阶 诗

命礼遣舟车，伫望谈言志。若值信来符一作"府"，共子同琴瑟。
插花花未歇，熏衣衣已香。望望遥心断，凄凄愁切肠。

返 酬 阶 诗

盛夏盛炎光一作"光炎"，焦天焦气烈。

清阶清溜泻，凉户凉风入。

赞 毁 阶 诗

施朱桃恶彩，点黛柳惭色。

皓雪已藏晖，凝霜方叠影。

援 寡 阶 诗

女萝本细草，抽茎信不功。凭高出岭上，假树入云中。

愁临玉台镜，泪垂金缕裙。

和 诗 阶 诗

花桃微散红，萌兰稍开紫。客子情已多，春望复如此。

风光摇陇麦，日华映林蕊。春情重以伤，归念一作"命"何由弭。均见《文
镜秘府论》地卷《八阶》录佚名《文笔式》。

今人逯钦立《先秦汉魏晋南北朝诗后记》云："又如《文镜秘府》也曾
征引许多诗篇，但这些诗篇率不著作者，其中有一部分又可能是初唐之
作，因此，这里也不加辑录。"

按：逯说甚是。今参照王利器先生《文镜秘府论校注》的考订，将《文
镜秘府论》中不见于《先秦汉魏晋南北朝诗》及《全唐诗》的作品，皆录入
先宋诗，以便研究者检用。

北 方 歌

北方玄武身本黑，家乡体住昆仑国。寻常定志有长生，方圆任性可

生得。随流信运长为客,谁识我身性无白。不独含著五行精,就中偏感阴阳魄。调和兑震为夫妇,四象排来在高处。分明指似后人言,莫使昏迷错天路。

西　方　歌

西方白虎本属阴,为男为女亦为金。长立子宫胎产午,成形兑体坎同心。娇姿玉貌欺冰雪,素质含光洒轻血。则知唤作白琅玕,怎识我身是明月。无媒自嫁得黄芽,生死须归戊己家。炎烈下时寒国上,阴阳催促总成砂。若人会得吾此语,目前便是三清路。驾鹤冲天日有期,定知永劫抛尘土。

南　方　歌

南方朱雀其身赤,猛烈雄强势难敌。性共乾坤造化齐,体并阴阳难消息。水妻土母木家子,白帝金形胎受此。四象皆因我气生,万类须由我气死。性连甲乙气偏通,媾扇金娘嫁木翁。归投戊己到中宫,看看变转总交红。此歌不悟殷勤说,句句从头细分雪。莫言积学但阴功,始解消详吾志诀。

东　方　歌

东方有木本名砂,为男为女亦为芽。受气午成须立子,含精育质长金家。自从成长多年月,朝朝各自向天涯。莫欺形貌黑皴皲,浑身总是日精华。忽若遇著阴家子,不假良媒自相许。迎归宝帐到中宫,阴阳气合情意与。特地为胎重造化,运动坎离巡八卦。十月怀胎母子分,定知霄汉骖鸾驾。

中　方　歌

中央戊己属句陈，体合虚无与道邻。纯抱元和精粹气，陶身万炼总成真。木妻火子水家鬼，水土相镇不能起。还教却产西方金，递代相承壮精髓。虽然我身无正形，志事隈凭四象生。四象不因连我气，水金木火岂能成？遍通金木恩情熟，留向胎中亲养育。两物相和气总并，须凭丙火来煎爂。丙火元来是我命，节候轮排依法令。自合天人造功机，谁见仙家真径路？

二气产黄芽歌

乾坤感应始为形，造化元因北户成。日月周旋魂魄合，阴阳交媾结为精。分明一气从金长，认取黄芽自水生。无限虚于尘世里，时人日用不知名。

广成子口诀

世上忙忙没了程，百年如梦瞥然荣。不知道有云衢客，刚自争超尘里名。若欲留年从太一，须吞灵药便长生。纯烧天地阴阳髓，炼取乾坤日月精。

广成子传附二味

要伏离宫亦等闲，搜求坎户取精研。但比夫妇成交感，孕出黄芽见本源。若不亲传师指受，此外徒劳虚费钱。火候仍修终九九，丹成直待是三年。

　　　按：广成子为古神仙，事见《庄子·在宥》。

抱朴子口诀

朱砂水银入华池，收得黄芽人不知。本是仙人留口诀，世上喧喧乱言说。七十年中付一人，分付还须有仙骨。一一事须手眼传，采取只在片时间。河车覆在丹田里，制伏只在黄芽边。

　　按：抱朴子即晋葛洪。

张华真人铅汞歌

赤龙化为粉，白虎利如霜。其中投石液，还要帝流浆。调神清五脏，欲得炼三光。专守坚冰性，如何阴使阳？

张华真人二味口诀

虎伏龙亦藏，龙潜先伏虎。但毕河车功，不用堤防虑。黄老学飞仙，狂迷不得路。回首指牝鸡，不测阴阳数。却坐太一宫，参商方始遇。左右得近神，四相皆扶护。乾坤法象成，自有仙人顾。

　　按：张华为西晋时人。

尹喜真人口诀

至药须用铅，杯向黑中聚。若欲识黄芽，先应问阴土。真铅配坎男，戊己来相顾。只此号黄矾，便是还丹祖。

　　按：尹喜即关尹喜，传为老子同时人。

函谷关老君铅汞歌

红铅黑铅大丹头，红铅黑铅体同金。黑金取精赤取髓，解用赤黑药无比。用赤入黑保长生，用黑入赤天仙矣。颠倒两法总称铅，黑能变化赤天仙。至道之人莫容易，贪财好色不须传。函谷关头梁石山，老君镌石留此言。

汉祖天师口诀

铅抽髓,髓抽精,精髓相合丹必成。一斤水银十七两,一两变化是铅精。将此铅精作大丹,老子九转入生研。一两水银特牛力,服之令人貌若仙,貌若仙兮筋骨坚。筋骨坚强返枯槁,截舌人间不须道。未能隐显出没藏,切须慎口莫颠狂。若教上界天神怒,恐遭非横及刀光。

严君平口诀

铅是铅,汞是汞,只这两般是铅汞。龙是龙,虎是虎,只这两个同宗祖。若能识此坎离宫,离宫之下出黄土。黄土出黄芽,黄芽之下金花成。金花成,金花之下结紫精。紫精成,紫精之下出白金。白金沉,黄金浮,世人采沉作丹头,搜取赤髓相和种。种有时,采有日,换筋骨,添寿历,天仙地仙不思议。点铅铁,兼瓦砾,一二三四五,水火木金土。但知明此诀,便是长生路。

阴长生口诀

金作骨兮铅作身,阴阳定配龙虎亲。红颜二八三才合,八卦分张斗建寅。从子午,不须移,七十二候莫参差。姹女因媒归太一,紫微宫内生雄雌。铅中宝,砂中珍,此物含弘象五神。七月怀胎分六甲,终岁人转乃成真。淮南法,炼秋石,黄帝金花烧琥珀。白酒杯添九酝香,晶辉甘甜号龙液。一人有,一人无,三姓同家二子俱。狐兔非群不乳马,异类天然种性殊。冥复冥,玄复玄,此法非人不可传。世人不知世上药,知我还命不由天。

　　按:严君平、阴长生皆汉时人。

果州谢自然口诀

白女正当年十六,自夸弱质颜如玉。常嗟岁月无良媒,昼夜孤单唯
独宿。爷娘不审他心意,谩说张三并李四。几度为话总不成,教人
羞天复愧地。忽遇黄婆来扣门,说道金公体性温,遂将二命问君平。
君平断言此好婚,不偏不曲合乾坤。审此因缘甚宜良,至今子孙满
帝乡。昔时不因黄婆力,如何得契合阴阳。以上皆见《正统道藏》本《大还丹
照鉴》。

　　按:《大还丹照鉴》编者不详,卷首有后蜀广政二十五年序,称"偶因
闲暇,采摭仙经,重删先圣格言,留为后人轨范,名曰《照鉴登仙集》,总成
一卷,分作三十三篇"。《通志·艺文略》著录作《大还丹照鉴登仙集》一
卷。知今本书名未完。此书所收诗以唐人之作为多。上录自《北方歌》以
下六篇不题撰人,自《广成子口诀》以下十篇皆题古圣前哲之名,应皆为
唐人或唐以前人所依托。谢自然,为唐德宗贞元时人,事详《太平广记》
卷六六引《集仙录》。然此诗显为时人咏其事之作。与前列诸诗不同,姑
录存于此。

太微天帝君赞大有妙经颂一章

丹晖映云庭,紫烟光玉林。焕烂七宝花,璀璨瑶灵音。宫商自相和,
妙灵开人衿。玄唱种福田,广度无界心。

天帝君赞大有妙经颂一章

玄化本无迹,有迹生道宗。遨游九天际,息驾六领宫。道畅虚漠内,
灵歌发太空。形感至寂庭,思咏希微通。

太帝君赞大有妙经颂一章

翳翳元化初,眇眇晨霞散。太寂空玄上,寥朗二仪判。凝精抱空胎,

结化孕灵观。含真颐神内，倏欻启冥旦。始悟忧促龄，运交反天汉。

老君本生经颂一章

众生之本际，寂然无起灭。弱丧迷其根，自与真源别。妄作善恶缘，
祸福报无绝。欲得苦海倾，当使爱河竭。守一固专柔，持此无疵缺。
正智通群有，妙慧摧诸结。万行混同归，三乘泯殊辙。真静离尘垢，
清凉无恼热。

太上智慧侗玄经颂一章

灵仙乘庆霄，驾龙蹑玄波。洽真表嘉祥，濯足八天河。福应不我期，
故能释天罗。道德冠三界，地网亦以过。感遇灵真会，净慧经莲华。

太上智慧经赞一章

学仙绝华念，念念相因积。去来乱我神，神躁靡不历。灭念停虚闲，
萧萧入空寂。请经若饥渴，持志如金石。保子飞玄路，五灵度符籍。

本愿大戒经颂一章

学仙行为急，奉戒制情心。虚夷正气居，仙圣自相寻。若不信法言，
胡为栖山林？

玉皇授欻生大洞三十九章与登龙台歌二章

飘飘三霞领，侗刚七元盖。八景入太元，飞洒九天外。琼扉生景云，
灵烟绝幽蔼。西宫咏洞玄，清唱扶桑际。守雌森峰间，玄吟五老会。
欻生有心哉，与尔结中带。
匏河振沧茫，天津鼓万流。八风驾神霄，缅缅虚中游。咏洞神明唱，
音为汝玄投。欻生必至行，肘伏尘中趋。可为苦心哉，当告尔所求。

西王母授紫度炎光神变经颂三篇

啸歌九玄台,崖岭凝凄端。心理六觉畅,目弃尘滓氛。流霞耀金室,
虚堂散重玄。积感致灵降,形单道亦分。倏欻盼万劫,岂觉周亿椿。
秀圃蔚神阶,朱扉琼林庭。流风鼓空洞,玉籁乘虚鸣。紫烟缠曲户,
丹晖映绿轷。飞旗郁玄盖,羽节耀紫清。登景九霄际,遨游戏凤城。
顾爱幽境子,一乐同朝生。

腾箸控朗晖,宴景洞野外。流浪寻灵人,合形庆霄际。手披朱岛户,
朗若神冲泰。金阙郁嵯峨,清景无尘秽。解衿玄阆台,适我良愿会。
脱屣三涂难,保炼固年迈。

灵宝真一自然太上玄一真人颂一章

众妙出洞真,焕烂曜太清。奉者号仙人,体无永长生。逍遥戏玄虚,
宫殿罗无形。茜粲七宝林,晃朗日月精。龙鳞交横驰,凤皇翔悲鸣。
太上治紫台,众真诵洞经。捻香稽首礼,旋行绕宫城。三周归高座,
道王为应声。人主弘至道,天下普安宁。

太上弘道颂一章

太上玄虚宗,弘道尊其经。俯仰已得仙,历劫无数龄。巍巍太真德,
寂寂因无生。霄景结空构,乘虚自然征。日月光炳灼,安和乐未央。

吴王夫差书一章 并序

《天文五符》云:仙人乐修门于劳盛山上,刻石作《五符文》。

玄津流绛波,昆碧映琅山。朝日控晨辉,荟艳何婉蜒。游云落太阳,
飙景凌三天。灵宝曜九虚,幽明钟山间。夏禹登八窗,散气响金兰。
因枝振玉条,缘波讨洪源。扶质立灵干,垂叶以结繁。渺邈龙凤迹,

焕烂九天翰。仰挹三辰精，保身永长安。俯漱五华液，还复反童颜。
腾神温凉宫，岂知热与寒。千秋似清旦，万岁犹日半。鼓翼空洞上，
要我灵宝官。棼棼五帝驾，俱会景漠端。相问饥与渴，玄泉饶流丹。
永仙方寸内，八遐无易难。顾闻朱门臭，当涂中有难。铭碣劳岩阴，
穴岫可稽盘。以上皆见《云笈七签》卷九六。

众仙步虚词五首

飘飘上云路，黯黯入长霄。星宫日去远，光阴劫数遥。仰德金颜隐，
倾想仁神飙。愿得暎霞轸，焚香稽首朝。
玄风转飞盖，紫气泛仙车。浮空不待驾，倐忽升虚无。徘徊哀下界，
顾眄愍群诸。三元真化毕，倏然入太虚。
万气浮空上，千光合太微。霄间望华盖，虚里眄霞衣。真仪入云路，
圆曜逐风飞。愿得三元会，金容乘运归。
吉光腾紫气，霄路逸丹天。幡扬香风转，盖动超浮烟。道中还复道，
玄中已复玄。真光不识际，大道竟无形。法轮常自转，希音不可听。
空闲待三宝，虚中闻洞经。七变游魂反，万气驻颓龄。
香风飘羽盖，游气转飙车。泠泠上云路，窈窈入长虚。顾愍埃尘子，
应运演灵书。妙果谐今日，冥契自然符。《云笈七签》卷九九。

青童天君常吟一首

欲植灭度根，当拔生死栽。沉吟堕九泉，但坐惜形骸。同前。

陶隐居望江南

长生药，本是五行作。子午三门开卯酉，四时运火合乾坤。龙虎自
相吞。
十月满，开鼎一团红。数片残雪含五彩，解胎神水响玲珑。气复异

香秾。《金液还丹百问诀》。

　　按:陶隐居即陶弘景。此二首当为唐人托其名之作。疑即陶埴作。

校 后 记

本书于一九八八年交稿后,陆续又有不少新材料的发现。同时,国内学术界也发表了一些有价值之论著,如曹汛先生撰《〈全唐诗续补遗〉订补剩稿》(刊《文史》三十三、三十四辑),可匡补拙订《全唐诗外编》未及者,有三十馀则。徐无闻、汤华泉、陈耀东等先生,也续有唐诗补遗之文发表。承蒙本书责任编辑徐俊先生不厌其烦地将我陆续提供的新材料插入书稿,并代为录自敦煌遗书之诸诗覆核了缩微胶卷,又检出拙辑中重收误收诗数十则。先后增删,达五百馀篇。本书能臻于此,是与他的努力分不开的。

此次看校,在版面许可的情况下,作了一些修订。因版面已定,无法插入而又须说明者,统附于后。近期所见之零星佚诗,亦附入。唐人遗诗而本书未收者,敦煌遗书及《道藏》中各有千馀首,只能俟诸今后。本书新见作者事迹,这里仅补几则重要者,细节出入请检《中国文学家大辞典·唐五代卷》(中华书局出版)及《唐诗大辞典》(江苏古籍出版社出版)中的拙撰条目。

陈尚君 一九九二年七月五日

附 记

二四四页(按:此页码为原繁体字本《全唐诗补编》的页码,下同),司空图《晚思》,《全唐诗》卷二九二收作司空曙诗。《万首唐人绝句》卷七、明铜活字本及席刻本《司空文明诗集》皆收作曙诗。作图诗疑误。

三五七页，李白《寒女吟》，曹汛云此诗后半与《补全唐诗》收高适《在哥舒大夫幕下请辞退托兴奉诗》大同小异。

三七一页，皇甫冉《三月三日后亭泛舟》。曹汛云此为《全唐诗》卷五一宋之问《桂州三月三日》中之四句。

四二三页，储嗣宗《送春》，曹汛云《全唐诗》卷七二七收作任翻诗，题作《惜花》，仅微有异同。按《唐诗纪事》卷六四、《万首唐人绝句》卷一七皆收作任诗。

四三〇页，李郢《骊山怀古》五首之一，曹汛云《全唐诗》卷七八五收无名氏下，题作《骊山感怀》。

四四七页，韩喜，原列无世次作者，此次修订据唐彦谦《逢韩喜》诗改入晚唐。然今人王兆鹏考定彦谦此诗实为元人戴表元作，见《剡源戴先生文集》卷二九，题作《逢翁舜咨》。明人以戴诗伪入彦谦集，并改诗题。是韩喜生平，尚俟另考。

四六九页，朱存《北渠》、《秦淮》、《新亭》、《天阙山》、《石头城》、《乌衣巷》、《段石岗》七诗，宋张敦颐《六朝事迹编类》、宋周应合《景定建康志》又收作北宋杨备诗。详《全宋诗》卷一二四。

四七七页，钱镠《功臣堂》，《诚应武肃王集》卷四序末增"以志其事"四字，诗末署："唐天祐二年十一月题。"《西园产芝》，题作《西园建后特产灵芝赋诗以记》。所录诸诗颇存异文，不一一。

四九二页，冯涓《嵁竿歌》，曹汛谓《文苑英华》卷三四八、《全唐诗》卷七七六收作柳曾诗，题作《险竿歌》。并云"此诗疑是冯涓所作"。

五〇三页，杜仁杰，疑为元人。按《续古文苑》卷一四有仁杰另一三言铭，《道家金石略》四九八页收《虚静真人像赞》，署"清亭杜仁杰"，亦为三言之作，皆与《至真观》三言诗相类。

五〇六页，淘沙子《诗》，曹汛云《全唐诗》卷八五八吕岩《赠李德成》诗与此大同小异。

五二九页，澹交，《全唐诗》卷八二三云为僖宗时僧，当移前。曹汛谓《望樊川》诗非僧家口吻，疑出误收。

五三三页，无名氏《黄金台》，曹汛谓此即《全唐诗》卷八八三李涉《六叹》三首之一。

六二九页，查蓍仲木句："潼关一败胡儿喜，簇马骊山看御汤。"（修订本已删）曹汛云此即司空图《剑器》中后二句，见《全唐诗》卷六三三。

七〇二页，王梵志，参校了项楚《王梵志诗校注》的录文。斯一三九九卷末尚有一诗，前未收，据项书录如次："各各保爱脓血袋，一聚白骨带顽皮。学他造罪身已误，羡□□福是點儿。今身人形不修福，如至宝山空手归。向下缺。"

七五一页，陈元光诗，《福建论坛》一九八九年五期刊谢重光《〈龙湖集〉的真伪与陈元光的家世和生平》，以为传世之陈元光诗，均为其后人伪造。可参看。

八〇三页，司马承祯《太上升玄消灾护命妙经颂》，均为五绝，凡三十七首。

八五三页，张司马，《道藏》收唐佚名《龙虎元旨》云："贞元十九年传受剑州司马张陶。"知其名为陶。

八八七页，李幼卿诗，录自滁州琅玡山石刻。近年凡发现唐时摩崖诗刻四首，另三首录如次。皇甫曾《题标上人房》："寂寞知成道，山林若有朝。岚峰暗掩后，微路车半时。壑谷闻泉近，云深待月迟。颓颜方问法，形影自堪悲。"云南监察御史柳遂《同前》诗："永日空持律，长年不下山。身依青嶂老，心与白云闲。童子添香毕，沙弥问路还。无人无我相，总在山垂间。"柳遂另一诗缺题："释氏栖禅处,莲宫最上方。数峰十地远,万劫一灯长。绀殿飞泉侧,丰碑古砌旁。为寻新世界,因到旧津梁。众壑随心尽,残机逐坐忘。绿窗低夜魄,朱户映朝光。伏兽长巡槛,降魔镇在房。澡瓶将布纳,锡杖与绳床。不睹真如乐,焉知惠化康。遗文犹刻石,一见一凄凉。"三诗均见琅玡山志编纂委员会编《琅玡山志》(黄山书社出版)及《东南文化》一九九二年一期刊张宏明文引。柳遂,《全唐诗》无其诗。

八九四页,玄览,此与《全唐诗续补遗》(三六九页)之玄览非一人。兹据《宋高僧传》卷二六补传:玄览,钱唐人。俗姓褚,右散骑常侍褚无量之弟。出家后,师承慧昶。住杭州华严寺。开元二十二年卒,年八十四。

九○四页,《大历年浙东联唱集》,友人贾晋华有《〈大历年浙东联唱集〉考述》,刊《文学遗产增刊》十八辑,可参看。

九三五页,陆羽,储仲君先生告:《嘉庆浙江通志》卷一五有陆羽《会稽东小江》诗:"月色寒潮入剡溪,青猿叫断绿林西。昔人已逐东流去,空见年年江草齐。"

九八一页,薛巽,其墓志近年出土于巩县,题作《唐故鄂州员外司马薛君墓志铭》,崔雍撰,记其卒于元和十五年,年四十五。拓本刊《中原文物》一九九一年四期。

九九七页,潘存实,《方舆胜览》卷一三有其《梁山》诗:"盘根来楚蜀,作镇表瓯闽。"

一○四四页,谢观,《千唐志斋藏志》收其自撰墓志,字梦锡,寿春人,开成二年登进士第,官至慈州刺史,咸通六年卒,年七十馀。

一○四六页,吕让,墓志已出,北京图书馆有拓本,吕焕撰,载其字逊叔,曾佐太原令狐楚幕,迁海州刺史,复佐楚于汴州、河中,累官膳部郎中、万年令、司农、大理少卿、右庶子德王傅,以秘书监致仕,大中九年卒,年六十三。

一一四七页,师虔,宋余靖《武溪集》卷九《筠州洞山普利禅院传法记》,载其姓陈,为杭州馀杭人。嗣良价。广明初抵南郑。归青林后,曾应江西钟传召。天祐元年卒。门人录其语三百节,为《玄机示诲集》。

一三四七页,符蒙《赠张山人》,《全唐诗补逸》卷一二据《永乐大典》卷三〇〇四收作赵昰诗,题作《览卷赠张山人》。赵昰《渭南诗集》无此诗,疑非昰诗。

一三八三页,沈彬,尚可补一句:"立驱巇嶂压波澜。"见《嘉靖江阴县志》卷一收宋俞壹《重修朝宗门楼集句呈王宰》引。

一四〇二页,杨文郁,民国《清平县志·艺文》载其为元人。俟续考。

一四六四页,慧忠,据《景德传灯录》卷二三,为宣、懿间僧。此作闽僧,未允。

一五〇九页,杜光庭,可补一句:"应喜中原正无事。"出处同前沈彬条。

一五五一页,晓峦《蜀中送人游庐山》,为隐峦作,《全唐诗》卷八二五已收,此应删。

一五五六页,王肱,明何乔远《闽书》载其字用辅,晋江人。好为文讥刺当世,以致累举不第。

一五六三页,李思聪,疑即宋仁宗时虔州大中祥符宫道士,《道藏·太玄集》所收《洞渊集》之作者。

一五七〇页,姚揆,此人自南宋时即被视为唐人,《分门纂类唐歌诗》、《三体唐诗》皆收其诗,《全唐诗》亦沿之。然据《全宋诗》卷七四所考,揆于宋太宗端拱二年登进士第,为颍州团练推官,改曹州观察推官,见《宋会要辑稿·选举》二之二。作唐人恐误。

一五九三页,萧沼,《唐诗纪事》卷二三收岑参诗有《天山雪送萧沼归京》,即其人,知与参同时。《岑嘉州诗集》收此诗作"萧治",未允。

一六〇四页,朱君绪,《洞霄图志》卷五载其为馀杭人,十八岁入玉清观为道士,后移居天柱山。开元八年卒。

一六〇六页,冲虚子,《历世真仙体道通鉴》卷三五载其姓罗,名子房,玄宗开元中修行于玉笥元真观。

一六二四页,惠敏,《全唐文》卷九一七清昼《唐湖州佛川寺故大师塔铭》,载惠明弟子有惠敏,疑即其人。

一六四二页,长沙铜官窑唐代瓷器上所题诗,近年续有发表,可补者有:"一双青鸟子,飞来三两次。借问船轻重,附信到扬州。""处处关山远,行行胡地深。早知今日苦,多与画师金。"(以上二首见李正中、朱裕平《中国古瓷铭文》)"自入长信宫,每对孤灯泣。闺门镇不刻,梦从何处入。""去岁无田种,今春乏酒财。恐他花鸟笑,伴醉卧池台。""凡人莫偷盗,行坐饱酒食。不用说东西,汝亦自涤直。"(以上三首见《当代》一九九一年三期唐挚《千年诗情仍悠悠》)"须饷三杯万〔事〕(士)休,眼前花拨四枝桑。不知酒是龙泉剑,吃入伤中别□名。""海岛浮还没,云山断更连。""行人山水上,处处鸟啼新。""悬钓之鱼,悔不忍饥。"(以上四则见《考古》一九九〇年六期)

一六六九页,《四真人降魏夫人歌》,与《全唐诗》卷三八〇孟郊《列仙文》颇相似,疑宋敏求编《孟东野诗集》时,误收《南岳魏夫人传》中诗。

另本书未收而有佚诗可补者,附录于次。

张循宪《五言隙岁过栖岩寺》:"缅听山之巅,冲虚世不传。登攀凭暇日,萧洒出人天。而我沉迷士,胡为契佛缘。清襟仰真艳,斋想访幽禅。色□行将遣,声贪坐自捐。钟铃□□□,□□眇相连。松翠上森竦,竹碧下婵□。□□□他饰,能言所未诠。欢留诚志愿,勤

□□时牵。周览慨将夕,川涨起暝烟。"见北京图书馆藏石刻拓本。原署:"敕河东道括户兼采访使右台监察御史摄殿中侍御史张循宪。"循宪,武后长安中以御史使河东,擢司勋郎中,见两《唐书·张嘉贞传》。

胡英《乐府诗》:"昭昭素明月。晖光烛我床。忧人不能寐。耿耿夜何长。微风冲闺闼。罗帷自飘扬。揽衣曳长带。纵履下高堂。东西安所之。徘徊以彷徨。春鸟向南飞。翩翩独翱翔。悲声命俦匹。哀鸣伤我肠。感物怀所思。泣涕忽沾裳。"见《戏鸿堂帖》卷八、《昭和法帖大系》卷八。末署:"唐天宝十一载三月六日,胡英偶笔。"

沈迥《临风阁》:"烟霞生座右,林沼匝城隈。"见《方舆胜览》卷五三。

僧无德赞宁国寺响画诗:"僧繇墨妙画西方,月殿时闻有异香。不信佛前微拍手,空中音乐韵宫商。"见《金石苑》六册宋康定元年万当世撰《中江县宁国寺响画赞》。无德,唐僖宗乾符中僧。无德及张循宪诗,均见《古籍整理出版情况简报》二五三期刊徐无闻《唐诗辑佚十三首》。

《清源文献》卷一二录宋黄宗旦《闽帝游龙兴山记》,载闽主王延钧于龙启二年十一月祠家庙,酒酣戏曰:"太阳俯照秀溪山,后径前蹊干不干?"黄克济正色扬言曰:"愿彼丽天恒在午,并干九有八荒间。"延钧,事见《十国春秋》卷九一。克济,疑为黄滔之子。

徐韬句:"朝暾岚石赭,宿雨钓矶平。"见清谢起龙《东山志》卷八引宋《余氏宗谱》。韬,馀姚泗门人,唐时隐于东山南岙。

徐溶句:"赭石桥敧烟水寒,舟横九曲一渔竿。"出处同前。溶,韬族人,吴越时隐士。二徐诗转录自陈耀东《唐代文史考辨录·〈全唐诗〉拾遗》。

《光绪长子县志》卷七载,《白鹤观碑》(已收《唐文续拾》卷一三)碑阴有诗云:"尝闻王屋山,积思长安道。及尔回归妹,便得穷探讨。缭绕尽五服,峥嵘倚穹昊。洞非人代知,境是神仙造。初寻木方入,渐邃云逾浩。峰多事莫征,谷众名难考。左右互交竞,前后更相抱。路转疑将极,石悬言欲倒。贪玩东岭奇,暗逗西岩好。林茂被栌柞,潭幽罗蘋藻。喷薄溜悬飞,骹横木枯槁。猿声出樛葛,樵径生崖草。已觉王神魂,兼合去烦懆。羽人中定室,恬泊自安保。芝术满阶除,烟虹挂栋橑。金丹飞复炼,仙药筛仍捣。胡麻与松晴,哺啖将益脑。北壁要长关,东流水恒澡。叩缶歌月明,宴坐吸阳杲。身骨轻鸡芰,肌肤润绮缟。不须沐天瓜,自时餐玉□。术昭紫台诀,盘盈玉门枣。希微据梧探,冥契焚香禧。□台即初服,淮海期浴燥。轻角泛江波,布发寋湖葆。先生屡征辟,出谷清耀皓。恩鸿赉既殊,玉花琴自宝。身虽居苍阙,心每摇蓬岛。迹浪群麇麚,机忘狎鸥鸨。真俗匪齐能,骈骐岂同僚。先生慕高举,难以久京镐。所欲天乐从,知归匹行潦。冲诏暂离阙,倾朝赠文藻。如非道可尊,安得升元造。工部先族秀,诒章守成稿。相逢如旧识,持用代绘缟。继作类奔涛,声誉日增浩。翻然日望□,所□非至道。未如华顶上,云卧嚼灵草。笙歌下黄庭,骑鹤朝清颢。嗟余尚蒙幼,斯芬穷儒老。今喜承下风,弥恨来不早。远念从兹适,喧纷争如扫。愿垂度代言,永得离忧〔恼〕(脑)。"末署:"改载岁,春闰月,晓霁时,清明节,功既就,事亦列。即天宝三载中春闰月首旬馀六日也。"作者不详。

　　又《全唐诗》收郊庙乐辞,多不著撰人。唐王泾《大唐郊祀录》,间载及之。卷五载魏徵有《五郊乐章》中《送神》五首、卷六载许敬宗有《春分祀朝日乐章》、《蜡百神南郊乐章》、卷八载房玄龄有《祭社稷乐章》、太府卿萧憕有《祭神州地祇乐章》、卷九载玄宗有《荐献太清宫乐章》、卷十载太子洗马郭瑜有《祭先农乐章》。以上诸诗,《全唐诗》卷一一、卷一二、卷一四已收,均未载作者。房玄龄、萧憕、郭瑜,《全唐诗》无诗。玄龄为唐初名臣,两《唐书》有传。憧,世次待考。瑜,高宗时为太子洗马,助玄奘译经,又为崇贤馆学士,预修《瑶山玉彩》。撰有《修多罗法门》二十卷、《古今诗类聚》七十九卷等,见《旧唐书》《艺文志》、《文苑传》、《方伎传》。

又日本弘前大学植木久行先生撰《〈唐诗大辞典〉短评——并期望〈全唐诗补编〉早日出版》(刊日本《东方》杂志一三二期,一九九二年三月出版)一文中,提及日本圆城寺藏唐人送别日僧圆珍诗,尚有高奉九首、蔡辅五首,未见。

新见逸诗附存

本书此次出版简体字本，时间很仓促，从通知我到发稿，仅有十多天时间。其间我还得忙其他工作，来不及对全书作彻底的修订，仅能就明显的误收之作，作了删除，有疑问处，增写了若干条按语。另新见逸诗，近年颇有发见，敦煌遗书中尤多，此次也来不及采用了。谨就手中所有者，录存于次，以供读者参考。陈尚君　一九九七年十一月初于沪寓。

本书已见作者，十五家得补录逸诗。

张继，《诗渊》第六册四三六八页收其《送客往汉阳迎妇》："楚水秦云连别愁，所思天末路悠悠。频年独对鸳鸯绮，计日双栖鹦鹉洲。题诗愿报西飞燕，相见无劳河汉秋。"《续拾》仅据《舆地纪胜》收"频年"二句。

杨衡，《文苑英华》卷二二五存《游仙》："葳蕤三株树，杳霭仙源路。日规半隐霞，山窗未敛雾。泛琴宜秋寂，吹箫看凤度。披云振轻衣，踏叶罗幽步。前溪鬼谷隐，后岭王乔住。翡翠映碧流，桂花凝清露。眇然归天理，逍遥任真趣。寄谢桑榆客，荣耀非所务。"《全唐诗》及《补编》均未收。

元稹题生公影堂诗："我有三百一百僧，伟哉生公道业弘。金声玉振神迹远，古窟灵龛天香腾。"见池田温《中国古代写本识语集录》收《白氏文集》卷一一日僧惠萼会昌四年题记，诗其叙云："寒食三月八日断火,居士惠荨九日游吴王剑池武岳东寺到。天竺道生法师昔讲《涅槃经》时,五百阿罗汉化出现,听经座石上,分明今在生公影堂里,影侧牌诗。"下录元诗,并云"石龛中置影像"。

李涉,《诗渊》第二册八六三页存《酬凤翔田少尹》:"缪因章句有浮名,不料知音遇上卿。一篇见示如神貌,子细吟来刮骨清。"

张又新,日本内阁文库藏宋刊本《庐山记》卷四(转录自《福井大学教育学部纪要·人文科学》四十四号刊泽崎久和《内阁文库藏宋刊本〈庐山记〉以及〈全唐诗〉的补订》)存其作《游匡庐》:"读史与传闻,匡庐擅高称。及兹浅游历,听览已可证。气秀多异花,景闲足幽兴。泉声隐重薮,狄影瞥危礓。崖壑相吐吞,林峦互绵亘。披藤入荒莽,打草成新岖。山近状渐奇,迹穷景逾胜。惬心忘险远,惫足只蹭蹬。跻岭云外晴,出山岚已愔。回途眷犹顾,浚谷皆微峻。"

张毅夫,《全唐诗续补遗》据《永乐大典》收《东林寺》,凡十句。宋刊《庐山记》卷四载此诗,题作《春暮寄东林寺行言上人》,凡十八句,重录如次:"驻旆息东林,清泉洗病心。上人开梵夹,趋吏拂尘襟。游宦情田浼,拘牵觉路沉。炉峰霄汉近,烟树荔萝阴。溪浚龙蛇隐,岩高雨露侵。猿声云壑断,磬韵竹房深。危礓随僧上,云溪策杖寻。古苔疑组绣,怪石竞嵚岑。欲问吾师法,衰年力不任。"

秦韬玉,《锦绣万花谷别集》卷一存《雪》:"缭绕因风到地迟,幽庭暗户发光辉。乘槎羽客隈琼树,化石佳人着素衣。"

崔致远,《续拾》录十一首,附存十一首,按云"尚缺二十首左右"未见。今承友人张伯伟录示《东文选》中诗,阎琦印示《崔文昌侯文集》中诗,补录如次。《东文选》卷九补四首:《长安旅舍与于慎微长官接邻有寄》:"上国羁栖久,多惭万里人。那堪颜氏巷,得接孟家邻。守道唯稽古,交情岂惮贫。他乡少知己,莫厌访君频。"《赠云门兰若智光上人》:"云畔构精庐,安禅四纪馀。筇无出山步,笔绝入京书。竹架泉声紧，松棂日影疏。境高吟不尽，瞑目悟真如。"《题云峰寺》："扪葛上云峰，平观世界空。千山分掌上，万事豁胸中。塔影日边雪，松声天半风。烟霞应笑我，回步入尘笼。"《旅游唐城有先王乐官将西归夜吹数曲恋恩悲泣以诗赠之》："人事盛还衰，浮生实可悲。谁知天上曲，来向海边吹。水殿看花处，风棂对月时。攀髯今已矣，與尔泪双垂。"卷一二可补二首：《春晓偶书》："叵耐东流水不回，只催诗景恼人来。含情朝雨细复细，弄艳好花开未开。乱世风光无主者，浮生名利转悠哉。思量可恨刘伶妇，强劝夫郎疏酒杯。"《和张进士乔村居病中见寄乔字松年》："一种诗名四海传，浪仙争得似松年。不唯骚雅标新格，能把行藏继古贤。藜杖夜携孤峤月，苇帘朝卷远村烟。病来吟寄漳滨句，因付渔翁入郭船。"卷一九补七首：《邮亭夜雨》："旅馆穷秋雨，寒窗静夜灯。自怜愁里坐，真个定中僧。"《途中作》："东飘西转路歧尘，独策羸骖几苦辛。不是不知归去好，只缘归去又家贫。"《饶州鄱阳序》："夕阳吟立思无穷，万古江山一望中。太守忧民疏宴乐，满江风月属渔翁。"《题芋江驿亭》："沙汀立马待回舟，一带烟波万古愁。直得山平兼水渴，人间离别始应休。"《春日邀知友不至因寄绝句》："每忆长安旧苦辛，那堪虚掷故园春。今朝又负游山约，悔识尘中名利人。"《留别西京金少尹峻》："相逢信宿又分离，愁见歧中更有歧。手里桂香销欲尽，别君无处话心期。"《赠梓谷兰若独居僧》："除听松风耳不喧，结茅深倚白云根。世人知路翻应恨，石上莓苔污屐痕。"《崔文昌侯全集·孤云先生文集》卷一补七首又三联：《泛海》："挂席浮沧海，长风万里通。乘槎思汉使，采药忆秦童。日月无何外，乾坤太极中。蓬莱看咫尺，吾且访仙翁。"《赠希朗和尚》六首："步得金刚地上说，扶萨铁围山间结。苾刍海印寺讲经，杂花从此成三绝。""龙堂妙说入龙宫，龙猛能传龙种功。龙国龙神定欢喜，龙山益表义龙雄。""摩羯提城光遍照，遮拘盘国法增耀。今朝慧日出扶桑,认得文殊降东庙。""天言秘教从天授,海印真诠出海来。好是海隅兴海义,只应天意委天才。""道树高谈龙树释,东林雅志南林译。斌公彼岸震金声,何似伽俪继佛迹。""三三广会数堪疑,十十圆宗义不亏。若说流通推现验,经来未尽语偏奇。"《题舆地图》:"昆仑东走五山碧,星宿北流一水黄。"《姑苏台》:"荒台麋鹿游秋草,废院牛羊下夕阳。"《碧松亭》:"暮年归卧松亭下,一抹伽俪望里青。"同上本《孤云先生续集》补五首又一联:《和李展长官冬日游山寺》:"暂游禅室思依依,为爱溪山似此稀。胜境唯愁无计住,闲吟不觉有家归。僧寻泉脉敲冰汲,鹤起松梢摆雪飞。曾接陶公诗酒兴,世途名利已忘机。"《汴河怀古》:"游子停车试问津,隋堤寂寞没遗尘。人心自属升平主,柳色全非大业春。浊浪不留龙舸迹,暮霞空认锦帆新。莫言炀帝曾亡国,今古奢华尽败身。"《友人以球杖见惠以宝刀为答》:"月杖轻轻片月弯,霜刀凛凛晓霜寒。感君恩岂寻常用,知我心须仔细看。既许驱驰终附骥,只希提拔早登坛。当场已见分馀力,引镜终无照胆难。"《辛丑年寄进士吴瞻》:"危时端坐恨非夫,争奈生逢恶世途。尽爱春莺言语巧,却嫌秋隼性灵粗。迷津懒问从他笑,直道能行要自愚。壮志起来何处说,俗人相对不如无。"《和友人春日游野亭》:"每将诗酒乐平生,况值春深炀帝城。一望便驱无限景,七言能写此时情。花铺露锦留连蝶,柳织烟丝惹绊莺。知己相邀欢醉处,羡君稽古赛桓荣。"《马上作》:"远树参差江畔路,寒云零落马前峰。"凡补二十五首又四联。

　　熊皎,明刊《锦绣万花谷别集》尚存三诗,卷三有《水》:"百川东注事难猜,千古悠悠竟不回。无滞自能随势去,有声多为不平来。轻浮范蠡舟何处,冷浸灵均骨可哀。举世尽知兼济物,流年争忍被君催。"卷二一存《赠晓空太师》:"嵯峨山顶昔安禅,几度兴亡在目前。白发任生离乱世,紫衣曾看太平年。云藏圭岭经春雪,雨暗乾陵欲暮天。不受外方侯伯请，自携瓶锡住秦川。"又缺题一首："不独世人惊换骨，也曾王母怒偷桃。明朝别我归何处，笑指三山碧浪高。"

修睦，宋本《庐山记》卷四收《留题东林寺二首》，其一《续拾》作《山北东林诗》，其二作《庐山》，仅存四句，重录如下："底事匡庐住忘回，其如幽致胜天台。僧闲吟倚六朝树，客思晚行三径苔。明月入池还自出，好云归岫又重来。不知十八贤何在，说着令人双眼开。"

孟宾于，宋本《庐山记》卷四存其《归宗寺右军墨池》一首："澄月夜阑僧正定，风生时有叶飘来。几人到此唯怀想，空绕池边又却回。"又收《简寂观》一首："钱烬满庭人醮罢，西峰凉影月沉沉。到来往事碑中说，坛畔徘徊秋正深。"《续拾》误作江为诗。

翁承赞，《诗渊》尚存二诗。第四册二五九二页收《新栽竹》："劲节离松坞，清风入士林。粉犹招野色，翠已结庭阴。好景堪同醉，高情莫厌吟。与君相爱久，看取岁寒心。"第五册三四六三页《宿王怀州西斋（原误作"齐"）》："寒城闭暮云，对雨夜将分。更与朔风杂，还如江上闻。宿烟和幂幂，凉叶共纷纷。何幸西斋里，仍陪谢使君。"

杜光庭，明刊《锦绣万花谷别集》尚存其逸诗，卷三有《荆江》："浸月吞山势未休，纤波不动冷光浮。润从鹦鹉洲前过，深向鹧鸪峰下流。橘柚香飘荆渚暮，兼葭风度楚汀秋。何时得遂浮桴兴，期尔蓬壶烂漫游。"卷二存《剑门山》："谁运乾坤陶冶功，铸为双剑倚苍穹。显门（《舆地纪胜》作"题诗"）曾驻三天驾，疑（《舆地纪胜》作"碍"）日长含八海风。李势雄图寻委地，刘禅霸业亦成空。须知在德非关险，二主兴亡一梦中。"《舆地纪胜》卷一九二、《方舆胜览》卷六七、《全唐诗》卷八五四均仅存前四句。另前书卷五有"北斗暗量浮世去，东篱旋报菊花黄"二句。又《全唐诗》卷八五四收《赠将军》，首二句缺。《锦绣万花谷别集》卷一一题作《赠上将军》，诗完，首二句作"不烦方岳聘贤豪,独运神机斩巨鳌"。

幸寅逊,《锦绣万花谷别集》卷一存《雨》佚句:"狂风似手拔枯树,骇波如雷劈断桥。"

李尧夫,《锦绣万花谷别集》卷三存其逸诗:"沃日涵空势自由,通天巨派出昆丘。清膺我后千年运,浊为何人万古流。"同书《前集》卷七存逸诗:"风撼孤根雪压枝,小苞香拆大寒时。群芳自莫相矜笑,止渴和羹自有期。"

欧阳炯,《锦绣万花谷别集》卷五存《七夕》:"新秋气象已恬如,牛女相逢欲渡河。星里客来应处士,月中人到是姮娥。清风袅袅鸣环佩,薄雾纷纷透绮罗。莫向一宵怀怨别,万年千载却成多。"

本书未收作者诗,就所知录如次。

李问政诗:"五文何彩彩,十影忽昂昂。"见《千唐志斋藏志》收天宝元年王端撰《大唐故右金吾卫胄曹参军陇西李府君(符彩)墓志铭》引崔日用致李问政书引。问政,陇西人,玄宗开元初任和州刺史。

先汪《题安乐山》:"碧峰横倚白云端,隋代真人化迹残。翠柏不凋龙骨瘦,石泉犹在镜光寒。一身迥向天边立,万壑皆从脚底看。莫道烟消无路上,但看仙骨到非难。"见《莲堂诗话》卷上。《全唐诗》卷四七二仅存前四句。

元季方《纪鹤林政事诗》:"但美诗书教,曾无鼙鼓喧。"见崔致远《孤云先生文集》卷一《谢嗣位表》引。季方,《新唐书》卷二〇一有传,义方弟,举明经,调楚丘尉,历度支员外郎,金、膳二部郎中,顺宗时以兵部郎中使新罗,卒年五十一。

唐懿宗赐新罗景文王诗:"礼义国为最,诗书家所传。"出处同上则。

谢迢《寓题诗》："永夜一台月，高秋千户砧。"见《千唐志斋藏志》收咸通九年谢承昭撰《唐秘书省欧阳正字故夫人陈郡谢氏墓志铭》。迢（839—866），字升之，谢观女，秘书正字欧阳琳妻。

裴谐《集左氏诗》："南山有鸟，自名啄木。饥则缘树，暮则巢宿。无干于人，惟志所欲。此盖禽兽，性清者荣，性浊者辱。"见《太平御览》卷九二三。

韩溉《燕诗》："对语春风翠满衣，碧江迢递往来稀。远空尽日和烟去，深院无人带雨归。珠箔下时犹脉脉，画堂深处正依依。王孙尽许营巢稳，惯听笙歌夜不飞。"见《锦绣万花谷别集》卷二八。

无则逸句："石上凉多新雨歇，池边吟久好风生。"见《锦绣万花谷别集》卷三。

应之，宋本《庐山记》卷四存其《西林》诗："寺与东林景物齐，泉通虚阁接清溪。树从山半参差碧，猿向夜深相对啼。岚滴杉松僧舍冷，月明庭户鹤巢低。徘徊寻遍幽奇处，已有前朝作者题。"应之为南唐僧，与徐铉同时。

崔匡裕《御沟》："长铺白练静无风，澄景涵晖皎镜同。堤柳两馀光映绿，墙花春半影含红。晓和残月流城外，夜带残钟出禁中。人若有心上星汉，乘查未必此难通。"《长安春日有感》："麻衣难拂路歧尘，鬓改颜衰晓镜新。上国好花愁里艳，故园芳树梦中春。扁舟烟月思浮海，羸马关河倦问津。只为未酬萤雪志，绿杨莺语大伤神。"《庭梅》："练艳霜辉照四邻，庭隅独占腊天春。繁枝半落残妆浅，晴雪初销宿泪新。寒影低遮金井日，冷香轻锁玉窗尘。故园还有临溪树，应待西行万里人。"《送乡人及第还国》："仙桂浓香惹雪麻，一条归路指天涯。高堂朝夕贪调膳，上国欢游罢醉花。红映屃楼波吐日，紫笼鳌极岫横霞。同离故国君先去，独把空书寄还家。"《郊居呈知己》："车马何人肯暂劳，满庭寒竹靖萧骚。林含落照溪光远，帘卷残秋岳色高。仙桂未期攀兔窟，乡书无计过鲸涛。生成仲勊裁《商诰》，莫使非珍似旅葵。"《细雨》："风缲云缉散丝纶，阴噎濛濛海岳春。微泫晓花红泪咽，轻沾烟柳翠眉颦。能鲜石径迷踪藓，解浥沙堤马足尘。炀帝锦帆应见忌，偏宜蓑笠钓船人。"《早行》："才闻鸡唱独开扃，羸马悲嘶万里亭。高角远声吹片月，一鞭寒彩动残星。风牵疏响过山雁，露湿微光隔水萤。谁念异乡游子苦，香灯几处照银屏。"《鹭鸶》："烟洲日暖隐蒲丛，闲刷霜毛伴钓翁。高迹不知舟（疑当作"丹"）顶鹤，疏情应及绀翎鸿。严光台畔蘋花晓，范（原误"茫"）蠡舟边苇雪风。两处斜阳堪爱尔，双双零落断霞中。"《商山路作》："春登时岭雁回低，马足移迟雪润泥。绮季家边云拥岫，张仪山下树笼溪。悬崖猛石惊龙虎，咽涧狂泉振鼓鼙。懒问帝乡多少地，断烟斜日共凄凄。"《忆江南李处士居》："江南曾过戴公家，门对空江浸晓霞。坐月芳樽倾竹叶，游春兰舸泛桃花。庭前露藕红侵砌，窗外晴山翠入纱。徒忆旧游频结梦，东风憔悴泣京华。"均见高丽权永编《东文选》卷一二。匡裕，新罗宾贡进士，约唐末入唐。

　　朴仁范《送俨上人归竺乾（原作"乾竺"）国》："家隔沧溟梦早迷，前程况复雪山西。磬声渐逐河源迥，帆影长随落月低。葱岭鬼应开栈道，流沙神与作云梯。离乡五印人相问，年号咸通手自题。"《江行呈张峻秀才》："兰桡晚泊荻花洲，露冷蛩声绕岸秋。潮落古滩沙觜没，日沉寒岛树容愁。风驱江上群飞雁，月送天涯独去舟。共厌羁离年已老，每言心事泪潜流。"《马嵬怀古》："日旆云旗向锦城，侍臣相顾暗伤情。龙颜结恨频回首，玉貌催魂已隔生。自此暮山多惨色，到今流水有愁声。空馀露湿闲花在，犹似仙娥脸泪盈。"《寄香岩山睿上人》："却忆前头忽黯然，共游江海偶同船。云山凝志知何日，松月联文已十年。自叹迷津依阙下，岂胜抛世卧溪边。烟波阻绝过千里，雁足书来不可传。"《早秋书情》："古槐花落早蝉鸣，却忆前年此日程。千绪旅愁因感起，几茎霜发为贫生。堪知折桂心还畅，直到逢秋梦不惊。每念受恩恩更重，欲将酬德觉身轻。"《泾州龙朔寺阁兼束云栖上人》："翚飞仙阁在青冥，月殿笙歌历历听。灯撼萤光明鸟道，梯回虹影到岩扄。人随流水何时尽，竹带寒山万古青。试问是非空色理，百年愁醉坐来醒。"《上殷员外》："孔明筹策惠连诗，坐幕亲临十万师。骐骥蹑云终有日，鸾凤开翅已当期。好寻山寺探幽胜，爱上江楼话远思。浅薄幸因游郑驿，贡文多愧遇深知。"《赠田校书》："芸阁仙郎幕府宾，鹤心松操古诗人。清如水镜常无累，馨比兰荪自有春。日夕笙歌虽满耳，平生书剑不离身。应怜苦戍戍何事，许借馀波救涸鳞。"《上冯员外》："陆家词赋掩群英，却笑虚传榜上名。志操应将寒竹茂，心源不让玉壶清。远随旌斾来防虏，未逐鸾鸿去住城。莲幕邓林容待物，翩翩穷鸟自哀鸣。"《九成宫怀古》："忆昔文皇定鼎年，四方无事幸林泉。歌钟响彻青霄外，羽卫光分草树前。玉榭金阶青霭合，翠楼丹槛白云连。追思冠剑桥山月，千古行人尽惨然。"均见《东文选》卷一二。仁范，高丽金富轼《三国史记》卷四六谓其"仅有文字传者，而史失行事，不得之传"。据诗，知为咸通中新罗宾贡进士，似曾登第。高丽李奎报《白云小说》（见《诗话丛林》卷一）称其为"学士"，恐为归国后所任官。

崔承祐《镜湖》："采蕨山前越国中，麹尘秋水澹连空。芦花散扑沙头雪，菱菜吹生渡口风。方朔绛囊游渺渺，鸱夷桂楫□匆匆。明皇乞与知章后，万顷恩波竟不穷。"《献新除中书李舍人》："五色仙毫入紫微（原作"薇"），好将新业助雍熙。玄卿石上长批诏，林府枝间已作诗。银烛剪花红滴滴，铜台输刻漏迟迟。自从子寿登庸后，继得清风更有谁。"《送曹进士松入罗浮》："雨晴云敛鹧鸪飞，岭峤临流话所思。厌次狂生须让赋，宣城太守敢言诗。休攀月桂凌天险，好把烟霞避世危。七十长溪三洞里，他年名遂也相宜。"《春日送韦太尉自西川除淮南》：“广陵天下最雄藩，暂借贤侯重寄分。花送去思攀锦水，柳迎来暮挽淮渍。疮痍从此资良药，宵旰终须缓圣君。应念风前退飞鹢，不知何路出鸡群。”《关中送陈策先辈赴邠州幕》：“祢衡词赋陆机文，再捷名高已不群。珠泪远辞裴吏部，玳筵今奉窦将军。尊前有雪吟京洛，马上无山入寒云。从此幕中声价重，红莲丹桂共芳芬。”《赠薛杂端》：“圣君须信整朝纲，数岁公才委宪章。按辔已清双阙路，搢绅俱奉一台霜。鸿飞碧落曾犹渐，鹰到金风始见扬。长庆桥边休顾望，忽闻消息入文昌。”《读姚卿云传》：“曾向纱窗揭缥囊，洛中遗事最堪伤。愁心已逐朝云散，怨泪空随逝水长。不学投身金谷槛，却应偷眼宋家墙。寻思都尉怜才子，大抵功曹分外忙。”《忆江西旧游因寄知己》：“掘剑城前独问津，渚边曾遇谢将军。团团吟冷江心月，片片愁开岳顶云。风领雁声孤枕过，星排渔火几船分。白醪红脸虽牵梦，敢负明时更羡君。”《别》：“入（原作“人”）越游秦恨转生，每回伤别问长亭。三尊绿酒应须醉，一曲丹唇且待听。南浦片帆风飒飒，东门驱马草青青。不唯儿女多心绪，亦到离筵尽涕零。”《邺下和李秀才与镜》：“汉南才子洛川神，每算相称有几人。波剪脸光争乃溢，山横眉黛可曾匀。纷纷舞袖飘衣举，袅袅歌筵送酒频。只恐明年正月半，暗教金镜问亡陈。”均见《东文选》卷一二。

承祐，金富轼《三国史记》卷四六有传：“崔承祐以唐昭宗龙纪二年入唐，至景福二年，侍郎杨涉下及第。有四六五卷，自序为《觚本集》。后为甄萱作檄书，移我太祖。”其《春日送韦太尉自西川除淮南》，韦太尉指韦昭度，“自西川除淮南”，为龙纪元年（889）事，见《唐刺史考》卷二二二。承祐入唐，当在此年前，《三国史记》有误。其登第事，《登科记考》失载。归国年不详。曾为甄萱移檄高丽太祖王建，知后唐明宗时仍在世。

张□《哭亡女二首》：“送汝出秋□，□舟临路歧。全家共来处，丹旐独归时。抚樏肠欲绝，举觞心更悲。不知黄壤里，知此与无知。”
"吴兴嘉山水，为汝不复游。终日□□后，闭门空泪流。冥然当盛暑，
忽尔成高秋。片玉想如在，一生□□□。"见《唐代墓志汇编》残志二
一《张氏亡女墓志铭》。此志仅此二诗，年代不详。友人曹汛以为元
和中张士阶作。

　　舒□。《北京图书馆藏中国历代石刻拓本汇编》三五册有陕西
华阴残诗刻，诗存"芙蓉登临恨"、"时豪兴发收"、"中"三行，末署存
"辰夏"、"同长史前"、"乡贡进士舒"三行。同书同册有唐某年刻《嵩
山六十峰诗》石刻，署"登封令邠州傅梅元鼎撰"。按傅梅为明末人，
《明史》卷二四一有传，非唐人。

　　本书校后记述及高奉、蔡辅送别日僧圆珍诗未见，近承日本大
阪市立大学斋藤茂教授录寄小野胜年《入唐求法行历研究》所录日
本圆城寺存唐人送别诗，其中蔡辅十一首、高奉四首、道玄一首，本
书未收，录如次：蔡辅（大中间管道衙前散将）《大德璠心之唐国游
帝京等道搜寻经教归本国诗一首》："判心唐国游帝京，寻得经教甚
分明。无过为搜精华尽，且归本国更朝天。"《唐国进仙人益国带腰
及货物诗一首》："大唐仙货进新天，春草初生花叶鲜。料知今□随
日长，唐家进寿一千年。"《大德归京敢奉送别诗四首》："鸿胪去京
三千里，一驿萧条骏苦飞。执手叮咛深惜别，龙门早达更须归。""一
别去后泪凄凄，心中常忆醉迷迷。看选应是多仙子，直向心头割寸
枝。""一别萧萧行千里，来时悠悠未有期。一年三百六十日，无日无
夜不相思。""游历天下心自知，斋前惜别不忍啼。自从一辞云去志，
千里相送候来期。"《上人西游汉地将得宗旨回到本国奉诏入城送
诗一首》："吾师奉诏入皇城，巡念禅房意叮咛。莲华贝字驾龙马，明
月金刚指云呈。一朝控锡飞上界，何时得见拜真容。奉辞一到天王
阙，去后千回忆断肠。"《又一首》："西游大士送天涯，君王续命便交

归。惠云一去千里国,谁懈玩珠击袖衣。"《大德唐归入朝新天临途之日奉献诗一首》:"唐归入朝月腾光,新天时亮曙色霜。纵然浮云暂遮却,须臾还照莫苦伤。"《大德唐归伏承苦忆天台敢奉诗二首》:"忆昔大唐天台寺,乍离惆怅拭泪啼。忽然喜悦有情赖,应是仙德有所期。""别忆天台五岭歧,两伴森林尽松枝。辞归本国鸿胪馆,无日游戏暂相思。"高奉(大中间人)《昨日鸿胪北馆门楼游行一绝》:"鸿馆门楼掩海生,四邻观望散人情。遇然圣梨游上嬉,一杯仙药奉云青。"《怀秋思故乡一首》:"日落西郊偏忆乡,秋深明月破人肠。亭前满露蝉声乱,霜雁天边一带长。尽夜吟诗还四望,一轮桂叶落四方。一年未在鸿胪馆,诗兴千般入文章。"《今月十二日得上人忆天台诗韵和前奉上(注:点韵五十六字)》:"飞锡东流憩四龙,却赠天台五岭松。难忘众仙行道处,望思罗汉念真容。六年洗骨金刚汁,八戒薰心邀身通。谓纵法界无障碍,志缘常在五台中。"道玄(大中间镇西老释)《谨呈珍内供奉上人从秦归东送别诗》:"一时倾盖恩如旧,岂敢情论白发新。贰(疑当作"岱")岳知踪拾玉早,海藏迷路阻玄津。龙宫入者虽多客,独得骊珠宝髻珍。若遇善根分付了,台山有室待□□。"

无名氏诗:"荒草微,起暮云,寒郊㫄㫄不来人。堪伤九族哀离尽,每叹孤禽野吊频。"见《隋唐五代墓志汇编·洛阳卷》一五收后周显德二年《大周田府君(仁训)墓志铭》志盖四周环刻此诗。

另《唐代墓志汇编》据北京图书馆藏拓本收《慈润寺故大明歇律师支提塔记》云:"律师俗姓□,生长在瀛州。出□□具戒,问道□都游。三藏俱披□,□□□□□。□□群英□,远近□来求。四□□□□,□□八十周。□□数十遍,释滞解玄幽。亦谓无量寿,净土业恒修。爰登于六九,七十五春秋。迁神慈润所,起庙此岸头。略记师之德,芳名万古留。"通篇押韵,亦可视作诗。

　　长沙窑所出唐诗，本书已录三十馀首。《中国诗学》第五辑刊周
世荣《长沙窑唐诗录存》，将此组诗全部刊出。本书未收诸诗，转录
如次："幼小春闺眷，睡霄春睡重。□□□□□，□□□□□。""新妇
家家有，新郎何处无。伦情好果报，嫁取可怜夫。""有僧长寄书，老
□长相忆。莫作□□□，一去无消息。""□□□家日，□途柳色新。
□前辞父母，洒泪别尊亲。""寒食元无火，青松自有烟。鸟啼新柳
上，人拜坟古前。""□林□付之，鸿雁北向飞。今日是□日，早
□□□□。""人归万里外，意在一杯中。只虑前程远（或作"人归千
里去"），闻讯待好风（或作"人画一杯中"）。""人归千里去，心画一
杯中。莫道前程远，开坑（当作"帆"）逐便风。""孤竹生南海，安根本
自危。每蒙东日照，常被北风吹。""街上满梅村，春来尽不成。腹中
花易发，荫处苦难生。""东家种桃李，一半向西邻。幸有余光在，因
何不与人。""岁岁长为客，年年不在家。见他桃李树，思忆后园花。"
"作客来多日，常怀一肚愁。路逢千丈木，堪作坐竹楼。""古人皆有
别，此别泪恨多。去后看明月，风光处处过。""自从与客来，是事皆
隐忍。有负平山心，崎岖在人尽。""剑缺那堪用，霞珠不值钱。芙蓉
一点污，□人那堪怜。""二八谁家女，临河洗旧妆。水流红粉尽，风
送绮罗香。""衣裳不如注，人前满面修（当作"羞"）。行时无风彩，坐
在下行头。""凡人莫偷盗，行坐饱酒食。不用说东西，汝亦自缘直。"
"上有千年鸟，下有百年人。丈夫具纸笔，一世不求人。""□起自长
呼，何名大丈夫。心中万事有，不□□中无。""备酒还逢酒，逃杯又
被杯。今朝即不醉，满满酌将来。""终日如醉泥，看东不看西。为存
酒家令，心里不曾迷。""世人皆有别，此别泪恨多。送客醉南酒，悬
令听楚歌。""不意多离别，临别洒泪难。愁容生白发，相送出长安。"
"去去关山远，行行胡地深。早知今日苦，多与尽（当作"画"）师金。"
"远送还通达，逍遥近道边。遇逢遐迩过，进迢遒遛连。""□□□□

岩，□□□魌磆。□□磷崊褐，□□□磷磑。""单乔亦是乔，着木亦成乔。除却乔边木，着女便成娇。""闻流不见水，有石复无山。金瓶成碎玉，挂在树枝间。""熟练轻容软似绵，短衫披帛不纵缠。萧郎恶卧衣裳乱，往往天明在花前。""一暑(当作"树")寒梅南北枝，每年花发不同时。南枝昨夜花开尽，北内梅花犹未知。"另有残句若干，不备录。

全唐诗作者索引

杨玉芬　柳过云　编

凡　　例

一、本索引收录增订简体横排本《全唐诗》中的作者,即包括原编
　　《全唐诗》及附录之《全唐诗逸》、《补全唐诗》、《补全唐诗拾
　　遗》、《全唐诗补逸》、《全唐诗续补遗》、《全唐诗外编修订说
　　明》、《全唐诗续拾》、《全唐诗补编校后记》及《全唐诗续拾新见
　　逸诗附存》中的全部作者。

二、原编《全唐诗》部分直接标注卷数,附录部分采用简称加卷数
　　的形式。简称如下:

　　　　《全唐诗逸》　　　简称为"逸"

　　　　《补全唐诗》　　　简称为"补"

　　　　《补全唐诗拾遗》　　　简称为"补拾"

　　　　《全唐诗补逸》　　　简称为"补逸"

　　　　《全唐诗续补遗》　　　简称为"续补"

　　　　《全唐诗外编修订说明》　　　简称为"说明"

　　　　《全唐诗续拾》　　　简称为"续拾"

　　　　《全唐诗补编校后记》　　　简称为"校后记"

　　　　《全唐诗续拾新见逸诗附存》　　　简称为"附存"

三、本索引按作者姓名笔画排列,并按起笔部位一丨丿、乛归类。
　　各类中部首相同的字一般归在一起。

四、作者名下所列数码,依次为本条在书中所见的册数、卷数和页
　　数。例如:

　　　　白居易

　　　　　1/18/195

　　　　　14/续补 5/10658

　　表示白居易见于《全唐诗》第 1 册第 18 卷第 195 页,又见于第
　　14 册《全唐诗续补遗》第 5 卷第 10658 页。

一　画

二　画

三　画

一

三高僧谚
　14/续补 16/10796
于尹躬
　5/305/3473
于则
　15/续拾 57/11843
于休烈
　14/续拾 15/11115
于兴宗
　9/564/6598
于观文
　15/续拾 53/11741
于志宁
　1/33/449
　14/续拾 3/10930
于邺
　9/595/6950
　10/696/8077
　10/696/8088
　11/725/8392
于良史
　5/275/3113
于邵
　1/12/123
　4/252/2839

于武陵
　1/18/194
　9/595/6945
　11/725/8394
　13/884/10067
　15/续拾 30/11336
于季子
　1/46/560
　2/80/869
于季友
　13/补逸 7/10446
于经野
　2/104/1096
于祐
　14/续补 9/10704
于祐妻　见韩氏
于结
　5/272/3053
于敖
　5/318/3592
于逊
　4/259/2883
于頔
　7/473/5398
于鹄
　1/18/187
　1/19/203
　1/19/206

于濆
　4/271/3045
　5/282/3207
　5/310/3488
　5/332/3700
　13/逸上/10248
　14/续补 4/10641
　14/说明/10848
于渍
　1/17/169
　1/18/182
　1/20/260
　1/26/351
　9/599/6981
　9/600/6997
　10/660/7634
于德晦
　13/补逸 6/10435
于璟
　9/564/6601
土偶
　15/续拾 57/11834
大义
　14/续拾 23/11216
大同济禅师
　14/续拾 18/11156
大闲
　13/逸中/10281
大易（太易）

四　画

王三□
　15/续拾 43/11566
王之涣
　1/18/186
　3/203/2127
　4/253/2841
　14/说明/10846
王无竞
　1/19/217
　1/21/281
　2/67/757
　13/补/10299
王元
　11/762/8741
　14/续补 14/10768
　14/说明/10871
王巨仁
　11/732/8457
王仁裕（王承旨）
　11/736/8486
　12/798/9075
　14/续补 13/10763
　15/续拾 42/11546
王公亮
　7/466/5330
　8/491/5597
王氏（潘令妻）
　12/799/9081
王氏女
　12/863/9827
王氏妇
　12/866/9864
王正己

　11/762/8743
　15/续拾 49/11683
王丘
　2/111/1135
王仙仙
　12/863/9828
王仙乔
　13/补逸 18/10571
王仙客
　13/871/9942
王处厚
　15/续拾 52/11735
王玄
　11/778/8890
王训
　1/26/365
　11/774/8864
王母　见西王母
王有初
　13/逸中/10274
王贞白
　1/24/317
　9/584/6827
　10/701/8133
　13/885/10079
　13/补逸 14/10522
　14/续补 11/10723
　14/说明/10866
　15/续拾 36/11445
王师闵
　14/续拾 25/11245
王光庭
　2/111/1141

王早
　11/789/8982
王乔
　3/203/2122
　14/续拾 11/11059
王廷珪
　11/795/9047
王传
　9/566/6610
王延钧（闽惠宗）
　15/校后记/11949
王延彬
　11/763/8753
　15/续拾 47/11655
王仲舒
　7/473/5403
王仲简
　15/续拾 44/11593
王观
　5/311/3513
王羽　见王希羽
王约
　11/779/8896
王丽真
　12/866/9865
　13/899/10228
王苏苏
　12/802/9124
王孝廉
　13/补逸 7/10442
王严
　9/564/6602
王严光

元友让
　4/258/2874
元友直
　5/288/3286
元安
　15/续拾 34/11410
元阳子
　15/续拾 54/11774
元希声
　2/101/1077
　13/补/10307
元孚
　12/823/9359
　12/823/9362
　13/补逸 18/10561
　14/说明/10856
元昉
　15/续拾 53/11744
元和举子
　11/784/8936
元季川
　4/258/2886
元季方
　15/附存/11957
元览　见玄览
元亮　见宗亮
元结
　1/28/412
　4/240/2683
　4/241/2694
　13/890/10124
　14/续拾 15/11114
元载

2/121/1214
元础
　12/851/9696
元晟
　3/209/2177
元卿　见玄卿
元晦
　8/547/6369
元康
　13/869/9908
元淳
　12/805/9158
　13/补逸 18/10571
　15/续拾 53/11743
元寂
　12/825/9383
元兢
　13/逸中/10258
元积
　1/17/170
　1/17/172
　1/20/235
　1/20/238
　1/20/248
　1/21/271
　1/22/288
　1/24/310
　1/25/332
　1/26/363
　5/302/3436
　6/365/4132
　6/396/4462
　6/397/4469

6/398/4476
　6/399/4483
　6/400/4490
　6/401/4497
　6/402/4504
　6/403/4511
　6/404/4519
　6/405/4527
　6/406/4533
　6/407/4540
　6/408/4546
　6/409/4553
　6/410/4560
　6/411/4568
　6/412/4575
　6/413/4583
　6/414/4590
　6/415/4597
　6/416/4603
　6/417/4609
　6/418/4616
　6/419/4624
　6/420/4633
　6/421/4639
　6/422/4646
　6/423/4657
　9/556/6499
　14/续补 5/10658
　14/续拾 25/11252
　15/附存/11952
元德秀
　14/续补 3/10620
元德昭

11/795/9046

元凛

11/774/8862

元□□

15/续拾 53/11744

无了

14/续拾 22/11211

无可

8/545/6350

12/812/9229

12/813/9233

12/814/9243

14/说明/10852

15/续拾 28/11310

无则

12/825/9385

15/附存/11958

无名女鬼

12/866/9874

无名氏

3/201/2102

11/785/8946

11/786/8954

11/787/8961

12/796/9055

12/862/9812

12/862/9813

13/872/9950

13/884/10062

13/899/10225

13/逸下/10282

13/补逸 17/10556

14/续补 16/10783

14/说明/10830

14/说明/10878

15/续拾 56/11808

15/续拾 60/11917

15/校后记/11945

15/附存/11963

无名鬼

12/866/9875

12/866/9876

无名释

12/851/9693

无名僧

13/补逸 18/10566

无作

12/849/9683

无住

14/续补 4/10639

14/续拾 15/11121

无闷

12/850/9687

无际　见希迁

无德

15/校后记/11949

韦元旦

2/69/770

13/补逸 3/10397

14/说明/10818

14/续拾 7/10992

韦元甫

5/272/3049

韦介

11/788/8971

13/补逸 17/10554

韦丹

3/158/1618

韦处厚

7/479/5485

14/续拾 25/11247

韦式

7/463/5295

韦权舆

11/788/8970

韦执中

5/313/3527

11/789/8981

韦同则

5/309/3494

韦庄

1/24/327

1/26/354

10/660/7634

10/695/8066

10/696/8076

10/697/8089

10/698/8104

10/699/8115

10/700/8119

13/892/10143

13/补/10322

14/说明/10827

14/说明/10868

15/续拾 52/11725

韦冰

11/726/8399

韦安石

2/104/1093

公乘亿
　9/600/6998
公畿和尚
　15/续拾 26/11278
凤凰台怪
　12/867/9891
凤凰台兽
　15/续拾 57/11847
勾龙逢
　14/续补 13/10759
勾令元(勾令玄)
　14/续补 13/10761
勾令玄　见勾令元

丶

卞震
　11/795/9051
　13/补逸 16/10549
　15/续拾 52/11740
文丙
　13/887/10100
文秀
　12/823/9367
　15/续拾 35/11437
文茂
　12/800/9094
　12/800/9095
文炬
　15/续拾 34/11404
文宗皇帝　见李昂
文彧
　15/续拾 47/11663

文益
　12/825/9384
　13/补逸 18/10564
　15/续拾 43/11571
文偃
　15/续拾 50/11690
文喜〔唐人〕
　15/续拾 34/11413
　15/续拾 57/11842
文喜〔宋人〕
　14/说明/10872
文鉴
　12/850/9692
文德皇后
　1/5/53
方干
　5/273/3068
　5/273/3076
　5/273/3081
　5/273/3082
　10/648/7491
　10/649/7499
　10/650/7511
　10/651/7523
　10/652/7535
　10/653/7549
　13/885/10077
　13/逸上/10255
　14/续补 9/10698
　15/续拾 33/11397
方为
　15/续拾 42/11561
方泽

　11/774/8863
方壶居士
　12/862/9811
方诸青童
　15/续拾 57/11840
方械
　11/775/8870
方愚
　11/778/8894

乛

尹元凯
　13/补逸 3/10398
尹孝逸
　14/说明/10873
尹喜真人
　15/续拾 60/11936
尹鹗
　13/895/10176
　14/续补 13/10749
尹璞
　8/517/5949
尹懋
　2/98/1055
巴峡鬼
　12/865/9842
巴陵馆鬼
　12/866/9855
孔氏
　12/866/9861
孔仲良
　14/续拾 24/11242

五　画

14/续补 15/10779

石文德

　11/795/9048

石召

　11/777/8888

石仲元

　14/续补 14/10767

石严

　13/逸中/10269

石抱忠

　13/869/9910

石季武

　13/868/9894

石瓮寺灯魅

　12/867/9887

石贯

　9/552/6454

石恪

　12/865/9851

石倚

　11/781/8916

石殷士

　11/779/8897

石惠泰

　13/869/9917

布燮

　11/732/8455

龙女

　12/864/9837

龙护老人

　12/864/9830

平可正

　14/说明/10830

平康妓

　8/542/6312

　12/802/9126

平曾

　8/508/5820

东方虬

　1/19/211

　2/100/1071

　13/补/10307

东阳夜怪

　12/867/9881

东柯院妖

　12/867/9885

丨

卢士玫（卢士玫、卢士

　政）

　5/318/3591

　11/789/8983

卢士玫　见卢士玫

卢士政　见卢士玫

卢士衡

　11/737/8494

　13/886/10084

　13/补逸 14/10527

卢子发

　11/770/8835

卢元辅

　13/补逸 7/10447

　14/续拾 25/11251

卢从愿

　1/12/115

2/111/1139

卢文纪

　1/16/159

　11/737/8492

卢全

　1/17/173

　1/25/339

　6/387/4378

　6/388/4390

　6/389/4400

　13/补逸 6/10434

　15/续拾 26/11266

卢幼平

　11/794/9027

卢贞

　1/28/397

　7/463/5300

　14/说明/10852

卢休

　11/795/9050

卢延让（卢延逊）

　11/715/8293

　13/870/9937

　13/885/10081

　14/续补 13/10746

　15/续拾 52/11728

卢延逊　见卢延让

卢并

　11/795/9036

卢汝弼（卢弼）

　1/24/316

　10/688/7980

卢求

12/866/9854
田娥
　1/26/366
　12/801/9111
田敏
　14/续补 10/10715
田章
　9/564/6600
田淳
　15/续拾 52/11734
田游岩
　2/67/757
田登　见田澄
田澄（田登）
　4/255/2858
史凤
　12/802/9127
史延
　5/281/3189
史仲宣
　11/788/8971
史君宝
　15/续拾 53/11745
史青
　2/115/1173
　2/145/1474
史松
　15/续拾 41/11533
史昂
　14/续拾 13/11092
史思明
　13/869/9920
　14/续拾 13/11093

史俊
　2/75/819
史虚白
　11/795/9042
史维翰
　14/续补 15/10776
史瑜
　11/795/9052

丿

丘上卿
　9/552/6453
丘丹
　5/307/3480
　11/789/8979
　13/883/10052
丘为
　2/129/1317
　6/384/4339
　13/补/10314
丘光庭
　11/768/8803
丘齐云
　14/说明/10874
丘希范
　14/说明/10873
丘说　见丘悦
丘悦（丘说）
　1/14/141
　2/94/1015
白元鉴
　13/补逸 18/10567

14/续拾 22/11210
白云仙人
　15/续拾 54/11777
白氏（独孤遐叔妻）
　13/868/9899
白田獭魅
　12/867/9883
白行简
　7/466/5334
　14/说明/10852
　14/续拾 24/11241
白衣女子
　12/867/9891
白衫举子
　11/784/8937
白居易
　1/18/195
　1/19/207
　1/19/212
　1/19/216
　1/20/248
　1/20/251
　1/21/269
　1/21/277
　1/23/297
　1/24/313
　1/25/335
　1/25/341
　1/26/354
　1/26/356
　1/27/388
　1/27/389
　1/28/395

1/28/396

1/28/405

1/28/406

1/28/408

1/28/416

6/385/4356

7/424/4665

7/425/4684

7/426/4701

7/427/4711

7/428/4723

7/429/4736

7/430/4750

7/431/4764

7/432/4778

7/433/4790

7/434/4807

7/435/4820

7/436/4834

7/437/4854

7/438/4872

7/439/4892

7/440/4912

7/441/4933

7/442/4950

7/443/4969

7/444/4988

7/445/5003

7/446/5020

7/447/5040

7/448/5060

7/449/5078

7/450/5096

7/451/5112

7/452/5130

7/453/5144

7/454/5156

7/455/5173

7/456/5188

7/457/5207

7/458/5223

7/459/5241

7/460/5263

7/461/5275

7/462/5281

10/700/8131

11/790/8984

11/790/8985

11/790/8986

11/790/8987

11/790/8988

11/790/8989

11/790/8990

11/790/8991

13/883/10051

13/890/10128

13/补逸 7/10449

14/续补 5/10658

14/说明/10825

15/续拾 28/11298

白敏中

8/508/5815

14/说明/10854

白履忠

14/续拾 10/11041

白蘋洲碧衣女子

12/867/9890

令狐挺

11/778/8893

令狐峘

4/253/2849

令狐峤

14/续补 13/10757

令狐绹

9/563/6587

令狐楚

1/19/212

1/19/229

1/23/299

1/24/325

1/25/341

1/26/355

1/27/391

1/28/410

5/334/3748

8/513/5900

11/778/8893

14/说明/10841

15/续拾 27/11282

令狐德棻

1/33/449

令参

15/续拾 45/11617

令超

15/续拾 34/11412

用虚

15/续拾 44/11584

印粲　见印崇粲

印崇粲(印粲)

9/616/7152
11/793/9017
11/793/9019
11/793/9020

13/870/9930
13/885/10072
13/补逸 13/10515
14/续补 9/10694

15/续拾 33/11390
皮光业
11/795/9046
15/续拾 45/11619

六　画

一

匡山和尚
　15/续拾 43/11568
匡仁
　15/续拾 41/11523
匡白
　15/续拾 43/11565
匡慧
　15/续拾 35/11439
邢巨
　2/117/1184
邢凤
　13/868/9894
　15/续拾 57/11844
邢允中
　14/续拾 23/11222
邢仙翁
　15/续拾 57/11843
邢君才旧宅三怪
　12/867/9883
邢邵
　1/30/432

邢象玉
　11/777/8883
邢群
　8/546/6359
邢□
　14/续拾 11/11057
戎昱
　1/19/226
　1/19/231
　1/20/237
　1/21/276
　4/270/2998
　5/274/3096
　5/283/3213
　5/283/3227
　5/333/3741
　7/465/5319
　14/续补 4/10637
　14/续拾 19/11162
吉万　见周万
吉中孚
　5/295/3344
　14/续拾 18/11145
吉中孚妻　见张氏

吉师老
　11/774/8858
吉益　见王益
吉皎
　7/463/5293
吉驹谕
　13/补逸 7/10439
吉逾
　13/补逸 7/10438
吉潜　见吉播
吉播(吉潜)
　13/补逸 7/10439
老君
　15/续拾 60/11939
芒鞋道人
　15/续拾 54/11797
亚栖
　12/850/9688
朴仁范
　15/附存/11959
朴昂
　13/逸中/10275
权龙褒
　13/869/9914

朱光弼
　1/19/220
　11/778/8891
朱休
　11/780/8906
朱休之
　14/说明/10863
朱延
　11/778/8894
朱延龄
　11/779/8903
　14/说明/10874
朱仲晦
　1/38/497
朱华
　11/779/8898
朱冲和
　8/505/5788
　13/870/9923
朱庆馀
　8/503/5772
　8/514/5906
　8/515/5921
　14/说明/10825
　15/续拾 27/11279
朱均
　12/866/9860
朱佐日
　14/续补 1/10604
朱评之
　14/续拾 10/11036
朱君绪
　15/续拾 54/11781

　15/校后记/11948
朱使欣
　2/98/1059
朱放
　1/19/220
　4/267/2957
　5/315/3539
　14/续补 4/10643
　14/续拾 18/11148
朱泽
　13/870/9927
朱绛
　14/说明/10874
朱彦时
　15/续拾 60/11908
朱昼
　8/491/5602
朱绛
　11/769/8820
朱彬
　5/311/3513
　5/311/3514
朱著
　15/续拾 35/11434
朱迪（朱遥）
　3/204/2137
朱晦
　11/777/8888
朱宿
　5/275/3117
朱琳
　11/769/8821
朱超

　14/说明/10859
朱景玄
　8/547/6365
　13/884/10063
朱斌
　3/203/2127
　4/253/2841
朱湾
　4/245/2744
　5/272/3058
　5/306/3475
　6/348/3900
　6/348/3901
　14/续拾 16/11133
朱遥　见朱迪
朱褒
　11/734/8471
朱颿
　11/795/9043
先汪
　7/472/5387
　15/附存/11957
乔
　11/788/8972
乔氏
　12/799/9077
乔弁　见高弁
乔匡舜　见乔舜
乔知之
　1/18/189
　1/19/219
　1/19/225
　1/26/368

七　画

12/800/9101

李世民（唐太宗、太宗皇
帝）

　1/1/1

　1/20/239

　1/52/646

　2/63/740

　2/63/741

　14/续补 1/10594

　14/说明/10832

　14/续拾 2/10916

李正封

　6/347/3891

　11/791/9001

　14/续补 5/10647

　14/续拾 23/11221

李正辞

　5/319/3602

李平

　11/795/9041

李归唐

　11/778/8890

李旦（唐睿宗、睿宗皇
帝、李轮）

　1/2/25

　13/869/9905

　14/续拾 7/10980

李生姬　见柳氏

李白

　1/17/167

　1/17/170

　1/17/171

　1/17/172

1/17/173

1/18/190

1/18/192

1/18/194

1/18/196

1/18/198

1/18/199

1/19/200

1/19/205

1/19/207

1/19/209

1/19/211

1/19/214

1/19/215

1/19/222

1/19/227

1/19/231

1/20/234

1/20/235

1/20/238

1/20/241

1/20/242

1/20/244

1/20/246

1/20/247

1/20/249

1/20/252

1/20/254

1/20/259

1/20/260

1/21/263

1/21/264

1/21/268

1/21/269

1/21/271

1/21/273

1/21/274

1/21/275

1/21/278

1/21/279

1/21/280

1/21/281

1/22/284

1/22/285

1/22/286

1/22/287

1/23/294

1/23/296

1/23/299

1/23/304

1/23/307

1/24/309

1/24/310

1/24/311

1/24/313

1/24/315

1/24/317

1/24/318

1/24/320

1/24/321

1/24/322

1/24/323

1/25/332

1/25/333

1/25/337

1/25/340

9/564/6603

李希仲

　1/24/311

　3/158/1620

李亨(唐肃宗、肃宗皇
　帝)

　1/4/43

　13/868/9893

李序

　12/864/9833

李冶(李季兰、李裕)

　1/23/305

　12/805/9155

　13/888/10111

李应

　6/368/4156

李沇(李滚)

　10/688/7978

　14/说明/10862

李忱(唐宣宗、宣宗皇
　帝)

　1/4/50

　13/补逸 1/10376

　14/续补 7/10680

　15/续拾 29/11326

李宏皋

　11/762/8737

李怀远

　1/46/561

　13/882/10041

李沛

　11/780/8906

李汶儒

9/564/6600

李罕

　15/续拾 31/11362

李君芳　见李君房

李君何

　7/466/5328

李君武

　14/续拾 2/10920

李君房(李君芳)

　5/319/3604

李纹

　14/说明/10850

李纵

　11/794/9024

　11/794/9030

李纾(李舒)

　1/14/140

　1/15/145

　4/252/2837

李范〔关中人〕

　11/795/9050

李范〔惠文太子〕

　13/逸中/10258

李林甫

　2/121/1213

　14/续拾 12/11075

李茂复

　11/768/8806

李郁

　11/795/9038

李直方

　14/续拾 23/11219

李轮　见李旦

李叔卿

　11/776/8876

李叔霁

　12/865/9844

李贤(章怀太子、皇太
　子)

　1/6/67

　1/29/424

　14/续拾 7/10908

李昉

　11/738/8505

　13/补逸 16/10545

　14/说明/10827

　15/续拾 42/11556

李昂〔开元中考功员外
　郎〕

　2/120/1209

　13/补/10313

　14/续拾 10/11035

李昂(唐文宗、文宗皇
　帝)

　1/4/48

李昌邺

　11/726/8399

李昌符

　9/601/7003

　13/870/9929

李昌遇

　15/续拾 53/11748

李明

　15/续拾 44/11601

李明远

　9/563/6594

1/44/543

李敬伯

　　5/331/3696

李敬彝

　　14/续拾 25/11244

李堪

　　13/逸中/10261

李尊　见李崿

李揆

　　14/补逸 5/10422

李景

　　8/542/6313

　　11/734/8470

李景让

　　9/563/6589

李景伯

　　1/27/390

　　2/101/1075

　　13/890/10121

李景俭

　　11/789/8983

李景遂

　　11/795/9041

李崿（李尊）

　　11/788/8971

　　11/788/8972

　　11/788/8973

　　11/788/8974

　　11/788/8975

　　11/788/8976

　　13/补逸 17/10554

李嵘

　　9/597/6968

李程

　　6/368/4157

李舒　见李纾

李舜弦

　　12/797/9060

李斌

　　15/续拾 53/11746

李㻋

　　5/281/3186

李善宁之子

　　15/续拾 42/11560

李善夷

　　9/563/6595

李善美

　　15/续拾 53/11748

李翔

　　13/补拾 1/10338

李滚　见李沇

李渤

　　7/473/5399

李渭

　　14/续补 15/10777

李渥

　　9/564/6602

李裕　见李冶

李退周

　　12/860/9783

　　14/续拾 13/11082

李骘

　　9/607/7062

　　14/续补 9/10699

　　15/续拾 31/11359

李瑝

1/4/44

李搏

　　10/667/7698

李蓇（李莒）

　　14/续补 3/10632

李频

　　9/587/6864

　　9/588/6877

　　9/589/6889

　　13/884/10064

　　14/续补 7/10683

　　14/说明/10825

　　15/续拾 31/11361

李虞

　　8/507/5805

　　14/说明/10854

李虞仲

　　7/479/5487

李嗣宗

　　2/100/1071

李嗣昭妻　见杨氏

李暇

　　1/20/250

　　1/21/265

　　1/25/336

　　11/773/8855

李愚

　　15/续拾 41/11535

李锜

　　14/说明/10850

李简

　　15/续拾 52/11724

李微

张立（张玄）
　　11/761/8734
张立本女
　　12/799/9086
张玄　见张立
张永进
　　15/续拾 36/11456
张弘靖
　　6/366/4144
张司马（张陶）
　　14/续拾 13/11089
　　15/校后记/11945
张吉甫
　　14/说明/10878
张光朝
　　8/505/5788
张乔
　　9/585/6840
　　10/638/7356
　　10/639/7373
　　14/说明/10860
　　15/续拾 32/11379
张华真人
　　15/续拾 60/11936
张休
　　15/续拾 41/11538
张仲方
　　7/466/5330
张仲达
　　15/续拾 49/11682
张仲素
　　1/19/212
　　1/26/367

1/26/369
1/26/371
1/27/390
1/28/406
1/28/410
6/367/4148
14/说明/10851
张仲谋
　　11/770/8827
张后胤
　　14/续拾 3/10923
张众甫
　　5/275/3116
张旭
　　2/117/1180
　　14/续拾 11/11058
张齐贤
　　1/14/141
　　2/94/1015
张安石
　　11/771/8840
张守中
　　12/866/9875
张聿
　　5/288/3258
　　5/319/3595
　　14/续补 4/10643
张观
　　11/762/8745
张巡
　　3/158/1615
　　14/续补 17/10802
张抃

3/158/1616
张芬
　　14/续拾 18/11157
张均
　　2/90/979
　　2/90/980
张志和
　　1/29/418
　　5/308/3491
　　13/890/10125
张连
　　15/续拾 47/11667
张何
　　11/782/8923
张佐
　　5/281/3191
张佖　见张泌
张彻
　　11/791/8996
张希复
　　8/546/6362
　　11/792/9009
　　11/792/9010
　　11/792/9011
　　11/792/9012
　　11/792/9013
　　11/792/9014
　　11/792/9015
　　11/792/9016
　　13/891/10133
张彤
　　7/463/5296
张灿

6/365/4122
6/382/4291
6/383/4307
6/384/4316
6/385/4341
6/386/4358
8/498/5710
8/525/6064
11/790/8984
11/790/8985
11/790/8987
11/791/8993
11/791/8996
14/续补 5/10656
14/说明/10823
14/续拾 25/11250

张□
15/附存/11961

陆士修
11/788/8971
11/788/8972
11/788/8973
11/788/8974
11/788/8975
11/794/9026
13/补逸·17/10554

陆子
13/869/9912

陆长源
1/26/372
5/275/3115

陆弘休
11/768/8807

陆亘
15/续拾 26/11266

陆贞洞
11/726/8398

陆羽
5/308/3493
11/788/8971
11/788/8972
11/788/8974
11/788/8977
11/789/8982
11/794/9027
13/补逸 17/10554
14/说明/10844
14/续拾 19/11165
15/校后记/11946

陆坚
2/108/1118

陆希声
10/689/7982

陆龟蒙
1/19/205
1/19/208
1/19/217
1/19/221
1/20/258
1/21/263
1/21/264
1/22/283
1/25/337
1/26/356
1/26/364
1/29/423

9/617/7158
9/618/7166
9/619/7175
9/620/7183
9/621/7192
9/622/7201
9/623/7207
9/624/7214
9/625/7224
9/626/7234
9/627/7245
9/628/7252
9/629/7264
9/630/7277
11/793/9017
11/793/9018
11/793/9019
14/续补 9/10695
14/说明/10860
15/续拾 32/11381

陆沈
4/242/2712

陆畅
7/478/5477
13/逸上/10250
14/续拾 23/11220

陆岩梦
13/870/9934

陆凭
12/865/9846

陆侍卿
13/逸中/10278

陆质

陈通方
6/368/4155
陈菊南
14/说明/10876
陈萧琳
11/769/8821
陈翊（陈诩）
5/305/3466
14/续拾 19/11169
陈谏
14/续拾 24/11233
陈琡
9/597/6967
陈裕
14/续补 13/10750
陈蓬
12/862/9815
15/续拾 32/11377
陈蜕
11/795/9034
陈蔡女鬼
15/续拾 57/11829
陈嘉
15/续拾 54/11763
陈嘉言

2/72/791
陈嘏
15/续拾 27/11285
陈羲
7/466/5329
13/883/10054
陈端
15/续拾 54/11762
陈寡言
12/852/9701
陈璀
11/779/8900
陈德诚
11/795/9045
15/续拾 44/11592
陈瑶
11/732/8459
陈嶰
11/770/8829
陈凝
11/776/8879
陈曙
13/补逸 16/10552
陈黯
9/607/7064

邵士彦
11/774/8861
邵大震
2/63/743
邵升
2/69/772
邵拙
11/795/9045
邵真
5/313/3527
邵偃
6/347/3895
14/说明/10849
邵谒
9/605/7048
12/865/9851
15/续拾 32/11378
邵景
13/869/9916
邵楚苌
7/464/5304
妙女
12/863/9829
妙香
12/867/9889

八　画

丿

知业
12/851/9697

知玄
12/823/9358

和且耶
12/867/9877

和凝
1/28/403
1/29/418
11/735/8476
13/893/10157
14/续补 10/10713
14/说明/10863
15/续拾 42/11544

季广琛
11/795/9034

季方
13/逸中/10278

季仲砥
15/续拾 53/11752

郤殷象
15/续拾 41/11532

金云卿
13/逸中/10271

金车美人
12/866/9872

金可记　见金可纪

金可纪(金可记)
13/逸中/10262

金立之

13/逸中/10262

金地藏
12/808/9205
14/续补附录/10812
14/说明/10880

金缶魅
12/867/9880

金昌宗
15/续拾 43/11567

金昌绪
11/768/8813

金厚载
9/552/6456

金真德
12/797/9061

周万(吉万)
2/145/1475

周元范
7/463/5296
13/逸上/10249

周弘亮
7/466/5328

周匡物
8/490/5589
13/补逸 7/10444

周朴
10/673/7759
10/691/7995
13/补逸 13/10519
14/续补 9/10700
15/续拾 32/11375

周成
8/505/5785

周存
5/288/3284
14/续补 4/10640
14/续拾 15/11116

周存孺
13/逸中/10274

周延翰
13/868/9902

周仲美
12/799/9090

周如锡(周如锃)
15/续拾 53/11752

周如锃　见周如锡

周利用
2/105/1100

周彻(周澈)
5/281/3193

周述
11/793/9020

周昙
11/728/8416
11/729/8431

周岳秀
11/772/8848

周思钧
2/72/793

周彦昭
2/72/786

周彦晖
2/72/791

周庠
11/760/8719

周祚

11/719/8340
周贺
8/503/5758
14/说明/10854
15/续拾 28/11296
周颂
11/789/8980
14/续拾 17/11137
14/续拾 17/11141
周郭藩
14/说明/10846
周敬述
15/续拾 52/11736
周溃
11/771/8842
15/续拾 53/11751
周渭〔淮阴人〕
5/281/3195
14/续拾 19/11169
周渭〔昭州人〕
15/续拾 50/11695
周瑀
2/114/1163
周碏
15/续拾 30/11330
周源
15/续拾 53/11751
周愿
11/795/9033
周墀
9/563/6589
15/续拾/29/11317
周颛

13/871/9944
周澈　见周彻
周鏞
11/727/8410
周繇
10/635/7341
14/说明/10860
15/续拾 30/11339
鱼
12/867/9886
鱼又玄
12/855/9737
鱼玄机(蕙兰)
12/804/9145
14/说明/10860

、

京师小子弟
15/续拾 31/11360
京兆女子
12/801/9115
京兆韦氏子
11/783/8932
净义　见义净
净显
12/825/9382
庞季子
11/795/9051
庞蕴
12/810/9220
14/续拾 20/11177
14/续拾 21/11189

庞德公
12/866/9859
郑士良　见郑良士
郑义真
1/44/549
郑元璹
14/续拾 2/10911
郑元弼
15/续拾 47/11665
郑云从
14/续补 13/10758
郑中丞　见郑儋
郑壬
14/续拾 22/11203
郑仆射
11/782/8928
郑仁轨
14/续拾 2/10913
郑仁表
9/607/7065
13/870/9928
郑丹
5/272/3057
郑玉
11/772/8846
郑世翼(郑翼)
1/17/168
1/38/491
郑史
8/542/6314
郑生
12/864/9837
郑立之

7/472/5393

郑在德
15/续拾 54/11771

郑轨
11/769/8814

郑师冉
13/逸中/10275

郑师贞
11/779/8896

郑光业
13/870/9927

郑休范
14/说明/10877

郑合（郑合敬）
10/667/7697

郑合敬　见郑合

郑玘
15/续拾 30/11348

郑严
11/776/8880

郑还古
8/491/5597

郑谷
1/20/256
10/654/7573
10/674/7768
10/675/7785
10/676/7803
10/677/7824
14/说明/10861
15/续拾 36/11448

郑良士（郑士良）
11/726/8402

15/续拾 34/11417

郑启
10/667/7703
15/续拾 36/11443

郑述诚
11/782/8921
11/794/9027

郑旷
5/272/3057

郑昉
11/781/8918

郑昌图
15/续拾 33/11396

郑明
13/逸中/10274

郑放
14/说明/10843

郑郊
12/866/9857

郑审
5/311/3514

郑郎中
15/续拾 41/11529

郑详
14/续补 15/10780

郑居中
15/续拾 27/11281

郑绍
3/203/2127

郑南金
2/104/1095

郑畋
9/557/6517

13/补逸 12/10506
15/续拾 33/11388

郑锹
11/769/8818

郑俞
7/464/5304

郑奕
15/续拾 52/11733

郑洪业
9/600/6992

郑冠卿
12/862/9815

郑说
11/789/8978
11/794/9024
11/794/9030
11/795/9052

郑细
1/13/136
5/318/3584
14/续拾 25/11248

郑损
10/667/7693

郑虔
4/255/2856
14/续拾 15/11108

郑殷彝
15/续拾 33/11392

郑馀庆
1/13/136
5/318/3585

郑准
10/694/8064

1/20/246
1/21/280
1/23/291
1/24/312
1/24/327
1/25/331
1/25/346
1/26/354
1/26/359
1/26/366

12/826/9386
12/827/9397
12/828/9409
12/829/9422
12/830/9433
12/831/9447
12/832/9458
12/833/9469
12/834/9479
12/835/9483

12/836/9493
12/837/9501
13/888/10107
13/补逸 18/10562
14/续补 13/10753
14/说明/10869
15/续补 52/11725
贯徽
　14/续补 14/10767

九　画

一

契从
　15/续拾 45/11622
契此
　15/续拾 45/11608
契盈
　12/851/9696
春台仙
　12/862/9802
封行高
　1/33/450
封抱一
　13/869/9914
封孟对　见封孟绅
封孟绅（封孟对、封孟
　封）

7/464/5303
封孟封　见封孟绅
封彦卿
　9/566/6612
封敖
　7/479/5491
封特卿
　15/续拾 30/11344
项斯
　9/554/6465
　9/572/6700
　9/573/6708
　15/续拾 30/11329
赵元淑
　14/续拾 7/10985
赵不为
　13/补逸 3/10400
赵中虚

1/33/457
赵仁奖
　11/795/9032
赵氏
　8/516/5942
赵氏（寇坦母）
　12/799/9078
赵氏（刘氏、杜羔妻）
　12/799/9081
　12/802/9125
　14/说明/10848
赵氏（韦滂妻）
　12/800/9100
赵节
　14/续补 14/10775
赵冬曦
　2/98/1051
　14/续拾 10/11036

11/791/9004

侯道华

　12/860/9785

皇太子　见李贤

皇甫大夫

　13/873/9960

皇甫冉

　1/17/169

　1/18/186

　1/20/258

　3/148/1514

　3/148/1515

　3/149/1529

　3/149/1530

　3/151/1573

　3/151/1575

　3/210/2181

　4/242/2713

　4/248/2776

　4/248/2781

　4/248/2782

　4/249/2786

　4/250/2805

　13/882/10045

　13/补逸 6/10428

　14/续补 4/10636

　14/说明/10844

　14/续拾 15/11114

　15/校后记/11944

皇甫松

　1/28/400

　1/28/405

　4/250/2826

6/369/4166

13/891/10139

15/续拾 31/11349

皇甫继勋

　14/续补 11/10729

皇甫斌

　13/补/10332

皇甫曾

　3/148/1514

　3/210/2180

　4/250/2827

　5/315/3539

　11/788/8974

　11/789/8978

　13/补逸 6/10429

　14/续补 4/10638

　14/说明/10822

　14/说明/10844

　15/校后记/11945

皇甫湜

　6/369/4163

皇甫澈（皇甫激）

　5/313/3524

皇甫镛

　5/318/3592

皇甫激　见皇甫澈

皇甫曙

　8/490/5591

　14/续补 6/10666

　15/续拾 26/11278

俞简

　7/464/5307

独孤及

1/24/320

4/246/2753

4/247/2762

13/补逸 5/10424

14/续补 3/10632

14/说明/10845

14/续拾 16/11123

独孤申叔

　7/470/5375

独孤贞节

　14/续补 10/10715

独孤均

　14/续补 15/10780

独孤良弼

　7/466/5333

独孤良器

　5/313/3523

独孤实

　5/318/3591

独孤铉

　8/491/5598

独孤授

　5/281/3195

独孤绶

　5/281/3190

独孤遐叔妻　见白氏

庭实

　12/851/9697

施肩吾

　1/21/272

十 画

十 一 画

12/866/9868

萧昕
3/158/1619
7/464/5304
14/续拾 18/11144

萧沼
15/续拾 54/11772
15/校后记/11947

萧建
8/495/5661

萧项
11/726/8403

萧钧
14/续拾 3/10924

萧祜
5/318/3589

萧结
13/873/9960

萧彧
11/757/8704

萧铎
15/续拾 54/11772

萧遘
9/600/6990

萧楚材
1/44/550

萧嵩
2/108/1115

萧微
12/865/9849

萧颖士
3/154/1595
13/882/10043

萧意
11/773/8850

萧辟
15/续拾 54/11772

萧缜
9/563/6594

萧静
4/235/2595
11/774/8861

萧德言
1/38/491

萧憕
15/校后记/11950

萧膺
15/续拾 27/11284

萧翼
1/39/506
14/续补 1/10596
14/续拾 2/10919

萨照
15/续拾 55/11804

乾康
12/849/9684

梅远
15/续拾 44/11585

梓潼双灯寺僧
15/续拾 42/11559

曹文姬
12/801/9118

曹生
11/783/8932

曹邺
9/561/6565

9/592/6918
9/593/6929
14/说明/10826
14/说明/10859
15/续拾 32/11373

曹汾
8/546/6360
13/补逸 7/10451

曹松〔衡阳人〕　见曹崧

曹松〔舒州人〕
11/716/8304
11/717/8316
13/886/10082
13/补逸 14/10526

曹修古
11/770/8831

曹真人
15/续拾 54/11787

曹唐
10/640/7386
10/641/7396
15/续拾 32/11370

曹著
7/466/5329

曹崧（曹松）
14/续补 14/10770

曹戡
13/逸中/10266

戚夫人
15/续拾 57/11833

戚逍遥
12/863/9818

龚霖

崔立言
　13/870/9924
　13/870/9931
　15/续拾 54/11765
崔玄亮
　7/466/5331
　15/续拾 26/11264
崔玄真
　14/续拾 13/11089
崔玄童
　1/12/115
　2/67/760
崔弘
　11/788/8971
崔匡裕
　15/续拾 36/11452
　15/附存/11958
崔亘
　2/145/1469
崔成甫
　1/29/424
　4/261/2899
崔仲容
　12/801/9107
崔行检
　13/逸中/10267
崔全素
　14/续拾 15/11119
崔邠
　1/15/150
　5/330/3689
崔安潜
　9/597/6963

崔江
　11/775/8866
崔兴宗
　2/129/1315
崔远
　15/续拾 35/11433
崔护
　6/368/4160
　7/479/5488
崔李二生
　11/795/9053
崔轩
　9/552/6448
崔岐
　15/续拾 26/11264
崔何
　4/252/2834
　14/说明/10846
崔希周
　12/864/9833
崔希逸
　14/续拾 11/11054
崔应　见崔膺
崔怀宝
　13/891/10132
崔沔
　2/108/1121
崔词
　14/续拾 23/11224
崔枢
　5/319/3601
崔尚
　2/108/1122

崔国辅
　1/19/207
　1/19/209
　1/20/251
　1/20/257
　1/21/262
　1/21/272
　1/21/275
　1/22/286
　1/24/314
　1/24/328
　1/25/336
　1/26/356
　1/26/359
　1/26/361
　2/119/1199
　3/160/1639
　3/160/1656
　3/160/1671
　3/202/2113
　11/786/8955
　14/说明/10839
　14/续拾 13/11081
崔季卿
　5/295/3347
崔知贤
　2/72/784
崔备
　5/318/3588
　11/789/8983
　14/续拾 23/11225
崔郊
　8/505/5785

12/801/9106
15/续拾 54/11764
崔翘
2/124/1229
崔紫云
12/800/9098
崔鲁　见崔橹
崔道融
11/714/8282
14/说明/10870
崔善为
1/38/496
13/882/10039
崔湜
1/2/24
1/2/25
1/18/189
1/20/257
1/54/661
1/54/669
2/68/763
13/补/10297
14/续补 1/10599
崔湜
12/864/9839
15/续拾 33/11395
崔锜
14/续补 9/10705
崔群
11/790/8984
11/790/8987
崔觐
15/续拾 26/11268

崔幢
13/逸中/10270
崔璘
14/续拾 12/11064
崔璞
10/631/7287
崔融〔齐州全节人〕
1/18/192
1/54/661
2/68/762
13/补逸 3/10396
崔融〔吴郡人〕
13/887/10099
崔橹（崔鲁）
9/567/6623
10/702/8146
13/884/10067
14/说明/10857
崔澹（崔胆）
9/566/6611
13/逸上/10255
崔璐
10/631/7286
崔暮
14/续拾 19/11173
崔曙
3/155/1602
13/逸上/10246
崔膺（崔应）
5/275/3114
13/逸上/10247
崔藩
11/780/8912

崔颢
1/18/194
1/20/235
1/23/308
1/24/329
1/25/332
1/25/343
1/26/358
1/26/359
2/130/1321
14/说明/10840
14/续拾 12/11076
崔瓘
5/311/3513
崔□
15/续拾 29/11318
崇圣寺鬼
12/866/9857

丿

秾华
12/866/9875
符子珪（符子圭）
11/769/8817
符昭远
15/续拾 42/11560
符彦卿
14/说明/10828
符载（苻载）
7/472/5386
符蒙
11/795/9041

11/783/8930

梁知微
　　2/98/1057

梁宝
　　13/869/9908

梁洽
　　3/203/2126

梁陟　见梁涉

梁载言
　　13/869/9911

梁铉
　　8/505/5789

梁涉(梁陟)
　　11/778/8894
　　14/续补 3/10619
　　14/续拾 12/11067

梁琼
　　1/19/218
　　1/23/298
　　12/801/9105

梁献
　　1/19/210
　　11/769/8817

梁嵩
　　15/续拾 50/11689

梁锽
　　3/202/2116

梁震

11/762/8747

梁德裕
　　3/203/2127

梁璟
　　12/865/9850

梁藻
　　11/757/8698

寇坦
　　2/120/1211

寇坦母　见赵氏

寇泚
　　2/101/1079

寇埴
　　11/778/8895

密陀僧
　　12/866/9866

谭禅师
　　15/续拾 36/11445

扈载
　　13/887/10104

　　　　　┐

尉佗
　　12/865/9846

尉迟匡
　　11/795/9033

尉迟汾
　　13/887/10104

屠环智(屠璿智)
　　11/795/9046
　　14/续补 12/10744

屠璿智　见屠环智

隐山和尚
　　15/续拾 31/11358

隐丘　见隐求

隐求(隐丘)
　　2/114/1159
　　12/850/9686

隐者
　　12/862/9806

隐峦
　　12/825/9379
　　15/续拾 35/11419

隐峰
　　14/续拾 22/11211

隐微
　　15/续拾 43/11579

绿珠
　　15/续拾 57/11833

维扬少年
　　12/867/9884

维扬空庄四怪
　　12/867/9879

十二画

一

斑特
　12/867/9883
斑寅
　12/867/9883
越溪杨女
　12/801/9117
彭伉
　5/319/3598
　12/799/9083
彭伉妻　见张氏
彭城
　14/续拾 25/11244
彭真君
　15/续拾 54/11788
彭晓
　12/855/9736
彭蟾
　8/546/6362
葛氏女
　12/801/9114
葛玄
　15/续拾 60/11916
葛鸦儿
　11/784/8936
　12/801/9110

尊岭书生
　12/862/9808
董大仙
　15/续拾 54/11793
董双成
　15/续拾 57/11838
董初
　2/63/739
　11/770/8824
董思恭
　1/1/14
　1/1/16
　1/1/17
　1/1/18
　1/19/210
　1/20/236
　2/63/738
　11/770/8824
　14/续补 1/10601
蒋子微　见蒋防
蒋氏(陆濛妻)
　12/799/9090
蒋吉
　11/771/8840
蒋防(蒋子微)
　8/507/5803
　14/续补 5/10654
　14/续拾 24/11233

蒋志
　11/788/8975
蒋肱
　11/727/8405
　14/续补 14/10774
蒋洌
　4/258/2875
　14/续拾 13/11080
蒋宗简
　15/续拾 45/11611
蒋挺
　1/12/115
　2/67/761
蒋贻恭
　11/760/8723
　13/870/9937
蒋钧
　11/795/9042
　15/续拾 49/11681
蒋涣
　2/122/1220
　4/258/2876
蒋密
　11/795/9041
蒋维东
　14/续补 14/10771
蒋维翰(薛维翰)
　1/29/424

12/823/9357

善会
　15/续拾 32/11382

善导
　14/续拾 7/10981

善道
　15/续拾 43/11573

湛贲
　7/466/5323

湘中女子
　12/866/9869

湘中蛟女
　12/864/9837

湘妃庙
　12/864/9838

湘驿女子
　12/801/9115

温达
　13/逸中/10267

温会
　5/331/3695

温庭皓
　9/597/6970

温庭筠
　1/18/198
　1/19/201
　1/19/204
　1/21/265
　1/21/266
　1/21/274
　1/21/278
　1/21/279
　1/22/290

1/25/333
1/26/357
1/26/364
1/27/392
1/28/399
1/29/423
1/29/424
1/29/425
8/548/6377
9/575/6748
9/576/6755
9/577/6762
9/578/6770
9/579/6782
9/580/6787
9/581/6793
9/582/6800
9/583/6808
9/584/6823
13/871/9946
13/891/10133
13/逸上/10255
14/续补 7/10680
14/说明/10858
15/续拾 30/11343

温宪
　10/667/7704
　14/续补 9/10701

温翁念
　13/补逸 3/10399

温婉女
　14/说明/10876

游士藻

15/续拾 42/11559

道允
　15/续拾 31/11357

道世
　14/续拾 4/10943

道会
　12/808/9200

道寻
　15/续拾 49/11688

道吾和尚
　15/续拾 30/11338

道怤
　15/续拾 45/11615

道彦
　13/逸中/10276

道恒
　15/续拾 44/11595

道恭
　12/808/9198

道虔
　15/续拾 34/11415

道朗
　15/续拾 32/11374

道常
　15/续拾 27/11293

道慈
　14/续拾 10/11028

道溥
　15/续拾 47/11652

道镜
　14/续拾 7/10981

愊
　11/794/9027

富春沙际鬼
　12/865/9852
富嘉谟
　2/94/1007
　14/续拾 7/10990
寒山
　12/806/9160
　12/807/9190
　14/续补 2/10615
　14/续拾 14/11105
谢太虚
　11/772/8847
谢生
　12/801/9117
谢仲宣
　11/757/8705
谢自然
　15/续拾 60/11938
谢观
　15/续拾 26/11263
　15/校后记/11946
谢孚

14/说明/10871
谢良辅
　5/307/3483
　11/789/8979
谢良弼
　11/789/8979
　14/续拾 17/11138
　14/续拾 17/11139
谢迢
　15/附存/11958
谢建
　15/续拾 43/11565
谢调
　15/续拾 42/11560
谢陶
　11/769/8822
谢偓
　1/28/411
　1/38/494
　14/续拾 2/10913
谢勮
　5/312/3519

谢翱
　12/866/9873
谢邈
　11/775/8869
谦光
　12/825/9385
谦明(明光)
　14/续补 11/10732

　　　　　乛

强蒙
　11/788/8971
隔窗鬼
　12/866/9855
婺州山中人
　11/784/8939
缘观
　15/续拾 49/11684
缘密
　15/续拾 50/11694

十 三 画

　　　　　一

瑜禅师
　15/续拾 45/11623
蓝采和

12/861/9801
蒯希逸
　9/552/6449
蒲禹卿
　14/续补 13/10751
蒲津朱衣人

15/续拾 57/11843
楼颖
　3/203/2129
楚儿
　12/802/9124
甄后

15/续拾 42/11553

窦庠
4/271/3035

窦洵直
8/508/5811

窦真君
15/续拾 54/11795

窦常
4/271/3022

窦梁宾
12/799/9088

窦裕
12/865/9844

窦蒙
4/261/2903

窦群
4/271/3031

窦冀
3/204/2136

福全
14/续补 10/10718

褚亮
1/10/90
1/10/97
1/10/98
1/10/100
1/12/111
1/12/117
1/12/118
1/12/120
1/13/126
1/17/174
1/32/442
1/36/478

13/882/10038
14/说明/10832
14/续拾 2/10914

褚载
8/522/6020
10/694/8061

褚琇
2/108/1119

褚朝阳
4/254/2853
14/续拾 13/11081

褚遂良
1/33/452
13/补逸 1/10377

谬独一
15/续拾 33/11389

十 四 画

静泰
14/续拾 3/10925

韬光
12/823/9358

綦毋诚
5/272/3052

綦毋潜
2/135/1368
2/146/1479
4/253/2844
4/253/2846

慕幽
12/850/9689

慕容韦
11/772/8844

慕容垂
12/865/9842

蔡文恭
11/777/8887

蔡允恭
1/38/495

蔡希周

2/114/1159

蔡希寂
2/114/1160
13/补/10311
14/续拾 13/11082

蔡孚
1/12/124
2/75/817
13/补/10302

蔡押衙
13/871/9946

蔡昆

　11/778/8892

蔡京

　7/472/5394

蔡祯

　14/说明/10877

蔡辅

　15/附存/11962

蔡隐石　见蔡隐丘

蔡隐丘（蔡隐石）

　2/114/1159

　14/续拾 11/11060

蔡璟

　11/773/8851

丨

裴士淹

　2/124/1231

　13/补逸 5/10416

裴大章

　11/781/8917

裴元

　7/466/5327

　11/780/8904

裴公衍

　13/逸中/10264

裴丹

　15/续拾 27/11285

裴玄智

　13/869/9907

裴幼清

　11/788/8971

　11/788/8972

裴达

　5/288/3287

裴夷直

　5/334/3754

　8/513/5897

　14/续补 6/10670

裴光庭

　2/108/1120

裴廷裕

　10/688/7977

裴休

　9/563/6587

　13/补逸 12/10506

　14/续补 7/10678

　14/说明/10857

　15/续拾 30/11336

裴延

　11/769/8821

裴延龄

　14/续拾 19/11162

裴次元

　6/347/3892

　7/466/5326

　8/513/5898

　11/780/8904

　14/续拾 23/11218

裴交泰

　1/20/253

　7/472/5391

裴守真

　1/44/548

裴羽仙

　12/801/9109

　14/说明/10829

裴极

　15/续拾 54/11770

裴杞

　11/779/8900

裴坦

　15/续拾 32/11368

裴迪

　2/126/1275

　2/127/1289

　2/129/1312

裴相公

　15/续拾 54/11770

裴思谦

　8/542/6312

　12/802/9127

裴修

　13/补逸 17/10554

裴度

　1/15/150

　5/335/3758

　11/789/8983

　11/790/8984

　13/补逸 6/10434

　15/续拾 27/11287

裴济

　11/794/9023

裴说

　11/720/8342

　13/补逸 14/10524

　14/续补 9/10703

　15/续拾 41/11532

廖融
　11/762/8742
　15/续拾 49/11684
廖凝
　11/723/8382
　11/740/8527
　15/续拾 49/11680
漳郡守
　13/868/9898
谭用之
　11/764/8755
谭峭
　12/861/9794

谭铢
　9/557/6520

⁀

熊皎　见熊皦
熊渠
　14/说明/10877
熊孺登
　7/476/5450
熊曜
　11/776/8877
熊皦（熊皎）

11/737/8495
11/737/8496
13/886/10084
15/附存/11955
翟奉达
　15/续拾 42/11549
缪氏子
　11/783/8932
缪岛云
　11/795/9036
　13/补逸 12/10501
　15/续拾 28/11309

十 五 画

一

慧光（慧觉）
　15/续拾 33/11399
慧坚
　15/续拾 50/11701
慧忠〔泉州人〕
　15/续拾 47/11661
　15/校后记/11947
慧忠〔越州人〕
　14/续拾 15/11112
慧净（慧浸）
　12/808/9196
　12/808/9201

14/续补 2/10617
慧觉　见慧光
慧宣
　12/808/9194
慧浸　见慧净
慧能（惠能）
　14/续补 2/10616
　14/续拾 9/11017
慧救
　15/续拾 47/11657
慧偘
　12/808/9195
慧寂
　15/续拾 33/11387
慧超

13/补逸 19/10586
　14/续拾 10/11030
慧集法师
　15/续拾 54/11800
慧稜
　14/续补 14/10766
慧藏
　14/续拾 23/11217
蕙兰　见鱼玄机
樊光　见樊晃
樊阳源
　6/347/3893
樊忱
　2/105/1099
樊宗师

6/369/4165

樊珣
　5/307/3489
　11/789/8979

樊晃（樊光）
　2/114/1167

樊铸
　13/补/10330

樊宷
　13/逸中/10268

樊骧
　9/552/6448

丿

黎逢
　5/288/3284
　5/319/3595

黎瓘
　13/870/9933

德宗皇帝　见李适

德宗宫人
　12/797/9059

德诚
　15/续拾 26/11273

德圆
　14/续补 15/10782
　15/续拾 54/11799

德最
　15/续拾 54/11799

德谦
　15/续拾 45/11621

德韶

15/续拾 45/11622

滕白
　11/731/8450

滕迈
　8/491/5603
　9/558/6534
　15/续拾 28/11296

滕传胤
　12/864/9831

滕庭俊
　15/续拾 57/11830

滕珦
　4/253/2850

滕倪
　8/491/5603
　14/续拾 23/11221

滕潜
　1/28/407
　11/778/8893

丶

颜仁郁
　11/763/8753

颜允南
　11/795/9034

颜令宾
　12/802/9125

颜师古
　1/30/434

颜岘
　11/788/8971
　13/补逸 17/10554

颜荛
　11/727/8408
　15/续拾 35/11429

颜胄
　11/776/8882

颜须
　11/788/8971
　13/补逸 17/10554

颜浑
　11/788/8971

颜顼
　11/788/8971

颜真卿
　3/152/1584
　11/788/8971
　13/补逸 17/10554
　14/续补 3/10622
　14/续拾 18/11158

颜曹
　14/续拾 7/10983

颜萱
　10/631/7289

颜舒
　11/769/8820

颜粲
　5/319/3593
　13/补逸 17/10554

颜颛
　11/788/8971
　13/补逸 17/10554

颜濬
　12/866/9869

潘天锡

11/795/9043

潘令妻　见王氏

潘成　见潘咸

潘存实
　8/490/5591
　14/续拾 23/11219
　15/校后记/11946

潘妃
　15/续拾 57/11833

潘求仁
　11/773/8851

潘佑
　11/738/8504
　14/续补 11/10724
　15/续拾 44/11586

潘佐
　11/770/8833

潘纬
　9/600/6996

潘述
　11/788/8972
　11/794/9022
　11/794/9023
　11/794/9024
　11/794/9027
　11/794/9028
　11/794/9029
　11/794/9030
　11/794/9031
　13/补逸 17/10554

潘图
　11/770/8833

潘炎
　5/272/3050

潘炜
　15/续拾 32/11370

潘诚　见潘咸

潘孟阳

5/330/3692

潘咸（潘成、潘诚）
　8/542/6317
　13/884/10060
　15/续拾 27/11292

潘唐
　9/562/6586

潘雍
　11/778/8894
　12/801/9114

潘滔
　14/说明/10877

潼关士子
　14/说明/10862

澄
　11/794/9026
　11/794/9027

澄观
　14/续拾 19/11171

十 六 画

一

璘禅师
　15/续拾 49/11687

薛开府
　14/续拾 2/10921

薛元超

1/39/505
　14/续拾 4/10952
　14/续拾 7/10980

薛元暖妻　见林氏

薛少殷
　11/782/8926

薛正明
　15/续拾 45/11611

薛业
　2/117/1185

薛令之
　3/215/2246
　14/续补 4/10636
　14/续拾 11/11054

薛戒
　5/312/3519

十 七 画

戴察
　11/779/8899

戴寮
　13/逸中/10272

戴衢
　11/775/8868

檀约
　14/说明/10829

丿

魏万
　4/261/2898

魏元忠
　1/46/559
　14/续拾 7/10988

魏氏
　12/799/9076

魏丕
　15/续拾 42/11556

魏玄同
　14/续拾 7/10984

魏朴(魏璞)
　10/631/7288
　13/补逸 13/10516

魏扶
　8/516/5939

魏求己
　1/44/551

魏证
　14/续补 15/10781

魏奉古
　2/91/983
　13/补/10305

魏知古
　2/91/986
　14/续拾 9/11024

魏朋妻
　12/866/9873

魏炎
　14/续补 4/10637

魏承班
　13/895/10174

魏盈
　14/续拾 12/11066

魏峦
　11/778/8892

魏兼恕
　11/776/8875

魏理
　11/788/8971

魏深
　13/补逸 13/10510

魏璀
　3/204/2135

魏徵
　1/10/90
　1/11/102
　1/13/126
　1/18/182
　1/31/436
　14/续拾 1/10896
　15/校后记/11950

魏璞　见魏朴

魏暮
　9/563/6588

繁知一
　7/463/5297

丶

襄阳妓
　12/802/9122

襄阳旅殡举人
　12/865/9848

濮阳人
　15/续拾 33/11395

濮阳瓘
　11/782/8924

十 九 画

麴信陵　　　　　　　5/319/3596　　麴崇裕

中華書局

初版责编　孙通海　王海燕